蘇敏

—— 著

文本文學
審美風格

謹以此書獻給我的比較文學第一個老師，尊敬的孫景堯教授，以及尊敬的楊周翰會長、樂黛雲會長領導的中國比較文學學會！獻給我的導師尊敬的褚斌傑教授、馮憲光教授！獻給重慶師範大學！

自序

　　1883 年，德國狄爾泰（1833-1911）《精神科學引論》反思康得或者柏拉圖、亞里斯多德以來形而上學的弊端，提出精神科學的歷史理性批判立場，即在人文學科中倡導**經驗事實與邏輯推演重構文化系統整體**相結合的方法。狄爾泰主張概念不再來自於先驗假設或者推論，而是來自活生生的經驗，來自個體意志自由為前提的對人類意志、人類心靈整體與部分關係的洞察；主張人文科學研究領悟藝術、宗教等既存在於心靈之中，又存在於社會之中的精神生活實體化歷史過程，其為人文科學在西方傳統學術與現代科學方法結合上提供的認識論基礎，將人文科學的支撐點從傳統形而上學的先驗假定概念、或者實證主義的歷史細節考察，轉移到歷史探討與系統探討相結合方法，可謂開科學人文學科之先河。

　　大體同時，俄國維謝洛夫斯基（1838-1906）《歷史詩學》（1870-1906）倡導在**社會文化歷史背景**制約下，以實證為基礎的研究文學**過程**的歷史比較方法，倡導在各個民族自古至今的文學現象和過程基礎上，揭示人類文學藝術形式發展的共同規律的歷史的、歸納的詩學，可謂開科學詩學之先河。

　　在維謝洛夫斯基歷史詩學基礎上，1921 年，日爾蒙斯基（1891-1971）《詩學的任務》使用符號學整體思維方式，將文學現象視為一個整體，明確**提出風格是各種手法統一體之功能**，並明確提出從素材－手法－風格建構科學的詩學體系，可謂文學符號學之萌芽。1968 年，索科洛夫（1895-1970）《風格理

論》是日爾蒙斯基關於建構以風格為核心的科學詩學理論假設的嘗試之一，只不過索科洛夫把日爾蒙斯基的「手法」改為「形式」。

由維謝洛夫斯基開啟的 20 世紀俄蘇詩學在文學實證基礎上界定了文學基本概念文學手法、文學審美風格等，並借助符號整體性思維方式討論了文學手法與文學風格之間的關係。遺憾的是，由於俄蘇詩學沒有嚴格按照符號結構方法闡釋文學經驗事實，比如缺乏建構意義性理論體系必須完成的研究起點、單位等基本規定，因而沒有成功建構邏輯一貫到底的文學符號學。

與索科洛夫《風格理論》大體同時，法國羅蘭・巴特（1815-1980）《符號學原理》（1964）《文學批評文集》（1964）《S/Z》（1970）等雖然使用符號學方法研究文學現象，並在葉姆斯列夫基礎上提出文學符號屬於**第二性附加意義系統**，符號意指是從形式到內容的**過程**等重要觀點。但是，相對於俄蘇詩學而言，羅蘭・巴特的文學符號研究沒有明晰的文藝學概念界定以及文藝學理論框架，文學符號第二性附加意義系統究竟怎樣從形式到內容的過程並沒有說清楚，文學實證基礎也缺乏俄蘇詩學的大量文學作品考察。

本書是筆者三十餘年研究的成果之一。在索緒爾語言符號學、羅蘭・巴特第二性附加意義系統基礎上，筆者還借助於皮亞傑結構層級、貝塔蘭菲開放系統展開推演文學符號結構層級，從文學符號的起點、單位開始，邏輯一貫到底地討論文學符號連續構成過程，從符號－結構角度闡釋自然語言與文學、文學手法與文學風格、文學客體與文學主體、文學活動與其他精神文化活動之間的關係。

在西方模仿文學系統與中國言志詩系統經典作品文本考察基礎上，筆者發現，文學符號內在結構構造過程不限於兩個結構層級，而是一個多結構層級整體；文學符號多結構層級整體，即俄蘇詩學曾經討論過的包括文學手法到文學風格的整體，它是一個包括四個結構層級嵌套關係之整體：最小文學手法、文本文學手法統一體、文本純文學風格、文本文學審美風格。

　　人生有涯，學海無涯。筆者只期望以自己的生命體驗參與嚴謹的文學符號學理論建構。學力、精力有限，疏漏之處在所難免，敬請學界同仁批評指正。

癸巳年（2013 年）正月初八，心遠齋

目次

第三章　最小文學手法／231

第一章

引言

第一章　引言

　　歌德在討論「風格」等術語時說：「今後我們要時常使用這些詞，現在我們來正確地闡明它們的意義並不是多餘的。因為儘管這些詞在文學上已經屢見不鮮，儘管它們由於在理論著作中的運用而似乎取得了固定的涵義，可是每個人大抵都在一種特定的意義上使用它們，並且根據自己認為它們應該表示的或強或弱的概念使之多少具有一定的內涵。」[1]

　　歌德的這些話，至今仍然有意義。其實，「風格」一詞，就是在今天，一方面大家仍在文學研究中經常使用，但另方面該話語的定義似乎仍然沒有比較明確的共識，風格似乎仍然還是屬於可以意會不可言傳的東西。由此可見，文學風格建構在文學本體論研究中之重要和研究之困難。

1.1. 文學審美風格的研究對象

1.1.1. 問題的提出

　　問題意識，是一切學問的開始。雖然學術活動存在它自己的自主自足演化過程，但是，其自主自足演化過程不是絕對封閉的，它同時與當時具體歷

---

[1]　歌德，《自然的單純模仿‧作風‧風格》，《文學風格論》，王元化譯，上海：上海譯文出版社，1982 年，第 1 頁。「風格」，范大燦譯為「獨特風格」（參見《歌德文集》卷十，北京：人民文學出版社，1999 年，第 7 頁）。筆者以為，還是王元化的「風格」似乎更妥。

史時空社會需要存在這種那種聯繫。從柏拉圖、亞里斯多德的哲學體系，到康德的哲學革命以及黑格爾的體系以及胡塞爾現象學、伽達默爾闡釋學，從孔子的儒家哲學的創立，到朱熹的理學以及新儒家，精神科學的學術創造和發展的動力都來自各自具體歷史時空存在的問題。當下具體歷史時空所存在的問題，是一切學術創新中最重要開端，正是在具體歷史時空的生命體驗孕育的研究動機，選擇了具體研究對象。任何學術研究，既要瞭解學術發展過程以及學術前沿，同時，更要關注當下自己所在具體歷史時空所存在的問題。研究主體從當下歷史時空「問題」意識出發言之有據的研究，雖然一方面不可避免地使其學術研究帶上自己具體歷史時空獨特的視域侷限，但另方面，也使其研究烙印上具體歷史時空人類靈性與理智的獨特價值，並以此融入人類精神世界。

文學審美風格理論，肇始於筆者 1982 年在師範學院中文系講授外國文學課程時碰到的問題，即按照現實主義典型化創作原則，或者當時流行的「性格二重組合論」，雨果、拉辛、莫里哀的文學成就不如莎士比亞、巴爾扎克的文學成就。然而，在外國文學實際教學中，或者說，在外國文學作品實際接受活動中，文學作品給人的生命體驗並不存在這種「理論」人為劃分的高低之別，拉辛、莫里哀、雨果等人的作品給人的強烈藝術震撼，絲毫不亞於莎士比亞、巴爾扎克、托爾斯泰。

面對當下以西方學術為龍頭的當代學術前沿，這個問題或許根本沒有對話的價值。而且，即使就中國學界而言，這個問題似乎也在過時，現在中國的文藝理論專著或教材中似乎也已在淡化現實主義規律問題。但是，把某種文學類型人為規定為文學規律的現象，至今仍然存在。是否可以把某種具體歷史時空存在過的文學類型或者價值尺度作為文學規律或者絕對價值尺度看待，或者說，文學活動中是否存在絕對價值尺度，這個問題並沒有在理論上得到令人信服的解釋。

要指出的是，這個問題並不僅僅是中國文學理論界存在的特殊問題，國外學界也存在這樣的問題，只是因為這樣的觀點在國外不是出於國家意識形態的規定，沒有被作為統一教材的觀點固定下來，因此，這種觀點在國外不存在中國這樣尖銳的理論與現實之衝突。譬如，韋勒克就希望在批評史中尋找某種具有普遍性的文學價值判斷標準。[2]再如，伽達默爾關於理解的歷史視域中提出一種普遍性的、更正確的大視域，在方法論上，與韋勒克關於普遍性的文學價值判斷標準相近相通。[3]

韋勒克關於文學絕對價值尺度探尋、伽達默爾關於大視域的提出，不存在非學術研究因素的影響。因此，從方法論看，在精神文化中是否存在一種超越歷史具體時空而絕對正確的大視域、在文學審美活動中，是否存在一種超出歷史之外的絕對價值尺度，是人類精神文化活動研究或者說文學本體研究不應該而且也不能夠迴避的重要問題。

伽達默爾在強調精神科學的特殊性時說過：「一般來說，我們所經歷的事物進程是某種可能不斷改變我們的計畫和期待的東西。誰試圖頑固地堅持他的計畫，誰恰恰就會發現他的理智是怎樣的無能。」[4]我們願意改變不合符文學事實的陳舊觀念，然而，我們怎樣以我們的靈性與理智從文藝學理論本身對上述問題給予合理的解釋呢？

---

[2] （美）雷·韋勒克、奧·沃倫，《文學理論》，劉象愚等譯，北京：三聯書店，1984年，第296頁。這個問題，筆者在文學審美風格研究的價值問題中將有進一步的討論。參見本書引言1.2.4.。

[3] 在討論歷史視域時，伽達默爾提出「自我置入」時提出「大視域」的概念。在伽達默爾看來，這種自我置入，指向著普遍性提升，更正確的尺度、更大的整體，大視域。筆者以為，這種大視域，是不同文化、不同時代歷史視域的關係構成的整體，不存在一種具體的普遍性的、更正確的尺度的「大視域」。參見（德）漢斯-格奧爾格·伽達默爾，《真理與方法》詮釋學卷一，洪漢鼎譯，北京：商務印書館，2007年，第414-415頁。

[4] （德）漢斯-格奧爾格·伽達默爾，《真理與方法》，詮釋學卷一，洪漢鼎譯，北京：商務印書館，2007年，第504頁。

　　生命之樹常綠，理論都是灰色的。為了解決上述困惑，筆者在教學之餘以科學客觀方式研究外國文學事實，將西方文學作品概括為四種基本類型，發現似乎根本不存在超出歷史之外的文學作品類型或者絕對的文學價值尺度[5]。

　　在此基礎上，在 80 年代末，筆者開始研究理論文獻，企圖尋找駕馭西方文學作品四種類型的方法。在方法論上，在索緒爾、羅蘭・巴特、皮亞傑、貝塔蘭菲啟發下，筆者選擇了符號學、結構主義方法，企圖在表面上仿佛是任意的或者是非系統的現象中探尋其符號－結構橫組合構成、縱聚合類型以及結構層級、開放式結構構成的方法。在詩學理論方面，在日爾蒙斯基、索科洛夫啟發下，筆者選擇了風格理論，以描述文學作品整體特徵以及不同類型。90 年代，筆者基本完成文學審美風格論的建構。[6]

　　由於在西方文學中抒情詩不是文學正宗，浪漫主義在西方文學中持續時間相對不長，非模仿文學類型在西方文學中的資料相對不是很充分。因此，在 21 世紀，筆者開始從事中國古典詩歌實證研究，提出「言志」是中國古典詩歌基本品格，是中國古典詩學基本原則，[7]從而使文學審美風格建構在跨越不同文明中西文學互照互識實證基礎上。

　　在展示被開啟問題的邏輯中，在中西文學互照互識實證基礎上，筆者發現，風格，不僅可以概括文學作品整體類型，而且，還涉及文學手法、涉及文學審美活動中文本客體和文學主體的關係，因而，筆者的研究超越文學作品客體類型探尋進而擴展到從文學手法到文學審美風格複合體的文學審美風格演繹性理論體系。

---

[5] 蘇敏，《從歐洲文學談文學規律──文隨時變》，提交 1987 年中國第二次比較文學年會暨學術研究會論文。該論文定稿即蘇敏，《從歐洲文學談文學風格結構》，《西南民族學院學報》，1994 年第 2 期。

[6] 蘇敏，《文學審美風格論》，《比較文學與世界文學第一輯》楊乃喬、田辰山主編，北京：商務印書館，2004 年；《符號－結構與文學性──從文學手法兩大層級談文學性》，《文藝理論前沿》第八輯，北京大學出版社，2011 年。

[7] 蘇敏，《從中西文學視域論中國詩學體系的詮釋原則──「言志」》，《東方叢刊》，2009 年第 2 期。

顯然，相對於今日的文學審美風格理論體系，80 年代初筆者在外國文學實證基礎上的類型研究顯得非常幼稚和粗淺，但是，正是 80 年代那幼稚粗淺的生命體驗開啟了筆者三十年的學術研究，問題意識確實是一切學問之始！

1.1.2. 文學審美風格的研究對象

伽達默爾說：「文本的意義傾向一般也遠遠超出它的原作者曾經具有的意圖。理解的任務首先是注意文本自身的意義」。「我們想加以重構的問題首先並不涉及作者思想上的體驗，而完全只涉及文本自身的意義。」[8]在闡釋學中，伽達默爾關於文本的強調，改變了施賴爾馬赫、狄爾泰以來的對作者的強調。伽達默爾關於文本的論述，成為筆者確定研究對象的理論資源。

文學審美風格研究的基本對象，是自主自足的文學作品本身。不過，這個自主自足文學作品，不是抽象空間存在的，不是根據某種先驗概念或者既定理論教條衍生的，也不是若干文學作品例證證明的，而是關於風格命題的符號－結構方法邏輯推演與實際發生審美效應的中國言志詩與西方模仿文學互照互識基礎上提出的自主自足文學作品整體。[9]

1.1.2.A. 文學作品可以感知的整體

在中西詩學話語中，文學風格的基本內涵，多指作品可以感知的整體。中西詩學文獻所討論的風格，不同角度、不同程度都既涉及到文學作品表達手段、文學作品整體類型，又涉及到作家－讀者主體。

在中國古代詩論中，劉勰的《文心雕龍‧體性》所說的「體性」之「體」指包含作家「心性」和作品「體」之「異面」兩個層面的整體。在西方詩學中，「style」，雖然在亞里斯多德《詩學》裡僅僅指語言修辭，在 20 世紀法國

8　（德）漢斯-格奧爾格‧伽達默爾，《真理與方法》詮釋學卷一，洪漢鼎譯，北京：商務印書館，2007 年，第 504-505 頁。

9　筆者關於文學審美風格研究對象的確定，涉及到筆者的研究方法，關於本書的研究方法，參見本章 1.2.、1.3.2.。

語言風格研究中這種語言風格仍在繼續，但是，其實從朗迦納斯開始，西方風格理論就既涉及到文學客體（作品題材、詩的形象）又涉及到文學主體（作家靈魂）等，20 世紀熱乃特論風格還涉及到讀者。[10]

在中西詩學相關研究中，「體性」之「體」或「style」話語符號的所指──可以感知的作品整體究竟是怎樣構成的呢？它究竟怎樣既包括文本整體又包含文學主體地存在於文學審美活動中呢？

在西方模仿文學經典作品和中國古代言志詩經典作品互照互識基礎上，筆者用文學審美風格理論體系描述了這個文學作品可以感知的整體。因此，這裡勢必涉及到什麼是筆者所說的文學經典作品的問題？

1.1.2.B. 文學經典作品與文學整體

在討論理解的「前見」時，伽達默爾在古典型舉例中介紹了「古典型」的概念。雖然伽達默爾所說的古典型作品有明顯的歐洲人文主義視域侷限，但他關於古典型的討論其實涉及到什麼是文學經典作品的問題。

伽達默爾說：「其實，古典型乃是對某種持續存在東西的意識，對某種不能被喪失並獨立於一切時間條件的意義的意識，正是在這種意義上我們稱某物為『古典型的』──即一種無時間性的當下存在，這種當下存在對於每一個當代都意味著同時性。」

關於「無時間性」，伽達默爾指古典型作品不需要克服歷史距離的持久有效性。他說：「『古典型』這詞所表示的正是這樣一點，即一部作品繼續存在的直接表達力基本上是無界限的。所以，不管古典型概念怎樣強烈地表現距離和不可企及性並屬於文化的意識形態，『古典的文化』依然還總是保留著某種古典型的持久有效性。甚至文化的意識形態也還證明著與古典作品所表現的世界有某種終極的共同性和歸屬性。」伽達默爾還引用了施萊格爾的話說

---

[10]　關於中西詩學關於風格的看法，參見本書第二章。

明他的觀點：「一部古典作品必定永遠不能被完全理解。但是，那些受其薰陶
並正在教導它們的人卻必定總想從它們中學會更多的東西。」

伽達默爾在討論審美教化意識時提出，審美教化意識的審美區分，為自
己創造了一個特有的外在的存在：百科圖書館、博物館、劇院、音樂廳等。[11]
伽達默爾這裡所說的審美教化意識的外在存在——百科圖書館、劇院等，其實
也涉及到經典作品。

在上述意義上，筆者基本同意伽達默爾關於古典型的斷言。筆者以為，
文學經典作品，通常是獨立文化系統中被該民族文化積澱肯定的、在文學活
動中超越時間限制而具有持久有效性的文學作品，它以學校教育活動和文化
教化活動以及羊皮紙、絹帛、紙質文獻、電子文獻、圖書館、劇院、音樂廳等外
在物質存在形式保存下來，為該民族或者為人類提供文學活動甚至精神文化活動
的永恆空間。在此意義上，經典文學作品具有無時間性的當下性，是其所屬民族
文化系統文學活動中的保留書目。同時，經典作品也存在歷史距離與不可企
及性，後來時代的文學活動未必完全讀懂這些經典作品，後來的文學研究只
能儘量還原這些文學作品，但經典作品似乎永遠不可能 100% 還原。

既然我們把經典作品視為那種融入民族文化積澱中的、在民族文化精神
中具有終極共同性與歸屬性的作品。因此，不是所有產生於古代的作品，都
屬於經典作品。從中西文學互照互識看，文學作品生產軌跡呈金字塔形，一
個歷史時期的經典作品，代表了一個歷史時期的最高成就與特點。承認文學
作品生產這種金字塔形軌跡以及經典作品的代表性，絲毫沒有否定二流作品
或者通俗文學、大眾文學與經典作品平等的存在權利。不過，一方面我們雖
然應該承認所有文學作品都有被闡釋的平等權利，另一方面，我們也應該承
認經典作品與通俗文學、大眾文學之間確實存在差異。無論是學校教育還是
文化薰陶，無論是圖書館還是劇院，人們關於過去時代文學作品的接受活動，

---

[11] （德）漢斯-格奧爾格・伽達默爾，《真理與方法》詮釋學卷一，洪漢鼎譯，北京：
商務印書館，2007 年，第 391-394、112-113 頁。

經典作品的概率明顯大於二流、三流作品。《咆哮山莊》之類飛鏢效應，畢竟不是普遍現象。

　　經典作品的無時間性的當下性，筆者以為，不是說關於經典作品接受不需要克服歷史距離。經典作品的無時間性的當下性，指經典作品具有持久有效性，是學校人文教育與社會精神文化活動的永恆載體。經典作品接受活動中存在的歷史距離，意味著經典作品歷史時空與當下時空之間的差距帶來理解困難。因此，學校教育與文化教養的任務，是在具體歷史條件下使當下受眾克服經典作品的歷史距離認識經典作品的歷史視域。把經典作品存在形式的無時間性，等同於經典作品接受的無時間性的當下性，即主觀隨意以當下視域闡釋經典作品，勢必導致把莎士比亞的《哈姆雷特》誤讀為張愛玲小說。在此意義上，筆者以為，經典作品接受的視域融合，必須以克服歷史距離還原歷史視域為絕對前提。這種歷史視域的還原，不妨礙任何關於經典作品的「應用」。

　　歐洲的中世紀、中國的文化大革命，人類歷史上這兩個獨特的歷史時期，都曾經導致文化斷裂，都曾經導致文學活動中經典作品歷史距離人為放大。文藝復興以來的思想文化運動，如果沒有還原古希臘經典作品的歷史視域，根本無法進入古希臘人文科學世界，無從談及近代歐洲對古希臘羅馬文化的「應用」。文化大革命給中國人帶來的經典作品人為放大歷史距離，如果沒有還原經典作品的歷史視域，同樣無從談及中國人關於經典作品的當下「應用」。

　　因此，在經典文學作品研究中，筆者堅持施賴爾馬赫浪漫主義闡釋學的歷史還原原則。在討論效果歷史意識的任務時，伽達默爾提出「視域融合隨著歷史視域的籌畫而同時消除了這視域。」[12]筆者以為，伽達默爾在提出闡釋學的應用時，沒有必要否定、也否定不了浪漫主義闡釋學的歷史視域。

---

[12]　（德）漢斯-格奧爾格·伽達默爾，《真理與方法》詮釋學卷一，洪漢鼎譯，北京：商務印書館，2007 年，第 417 頁。

　　鑑於對經典作品這種金字塔形生成軌跡以及代表性，筆者關於中西文學整體的實證研究，其整體性不是指這兩個文化系統中數量上的全部文學作品，而是這兩個文化系統中不同時期代表作家的代表作品所形成的整體，或者說是中西文化系統中在歷史上發生過實際審美效果並具有持久有效性的文學作品風格所構成的關係整體。

　　這裡所說的西方模仿文學，指以古希臘文化和基督教文化為共同源頭的西方文化圈[13]所屬文學風格關係整體。這裡所說的中國文學整體，是在與西方文學互照互識基礎上選擇的、最具中國文學特點的中國古代言志詩，即從先秦到唐宋的詩歌風格關係整體。

　　此外，由於筆者主張首先從中西各自詩學文獻出發尋根闡釋中西文學，然後互照互識視域融合探尋文學風格理論，[14]因此，中西詩學相關文獻，也是筆者關於文學審美風格論研究的基本對象。

　　如果從中西文學史上留存的經典作品出發，使用符號－結構方法推演建構文學作品風格理論，即從研究文學作品最小符號－結構以及文學審美風格整體結構出發討論文學作品整體基本性質與功能，筆者認為，文本文學審美風格是由文學審美風格系統×文本文學審美風格個體×文化審美期待三者構成的、以文學審美風格個體為中心的複合體。

　　實際存在的作品風格，都是存在於審美具體化中的文本整體。沒有審美追求的作家或讀者觀眾，不會發揮創造性想像創造文學作品或者發揮再造性想像觀照文學作品。不為審美主體觀照的文學作品沒有實現自己的生存價值，等於未曾存在過。資訊所產生的價值，與資訊的利用率、資訊傳遞速度成正比。在此意義上，文學審美風格研究的對象，是**審美活動中存在的、在審美主體和審美客體之間保持傳播通路的作品整體特徵與功能**。

---

[13] 蘭克提出羅馬帝國創立了一種普遍意義的世界文學。蘭克所說的以歐洲為中心的世界文學，與筆者所說的西方文學相近。參見（德）蘭克，《歷史上的各個時代》，楊培英譯，北京：北京大學出版社，2010年，第19頁。

[14] 關於筆者從中西詩學文獻出發尋根闡釋各自文學作品的方法，參見本章1.2.3.B。

　　為了初步理解筆者所說的這種文學審美風格複合體，以及文學審美風格個體，在此對文學審美風格論的基本概念作一粗略介紹。

1.1.3. 文學審美風格論的基本概念

　　文學審美風格論的基本概念包括兩組：第一組是關於文學審美風格個體的四個概念，即最小文學手法、文本文學手法統一體、文本純文學風格、文本文學審美風格。第二組是關於文學審美風格複合體的兩個概念，即民族－文化風格系統和文化審美期待。

　　在文學審美風格論中的第一組概念，主要是從文本自身意義探討自主自足自律的文學風格個體（這即本書討論的內容）；第二組概念主要是從經典文學作品的歷史視域角度探討文學風格自律與他律統一的開放結構（這將是筆者下一部著述的內容）。

1.1.3.A. 文學審美風格個體

　　文學審美風格個體，是對文學作品個體整體風貌的描述，換言之，是對獨立的文學作品可以感知的整體性質與功能的概括。最小文學手法，是文學審美風格個體研究的起點。文學審美風格個體是包含四個結構層級的結構整體。其四個結構層級依次分別是：最小文學手法、文本手法統一體、文本純文學風格、文本文學審美風格。

1.1.3.A.a. 最小文學手法

　　在文學作品中，自然語言符號橫組合以不可再分文學想像具象再次切分時，可以與性質功能不同的文學想像具象交換，即不可再分文學想像具像是其新的所指。由此出發，最小文學手法，是以不可再分文學想像具象為單位切分的自然語言橫組合組合整體，是自然語言與不可再分文學想像具象相互作用轉換生成的最小文學符號－結構。以不可再分文學想像具象為切分單位

的自然語言符號橫組合關係集合是其能指，文學想像具像是其所指。其中，文學想像具像是其結構要素，它規定最小文學手法的基本性質與功能。自然語言符號－結構保持自己的結構邊界、結構轉換規律、結構性質與功能參與最小文學手法構造，並具有文學想像具象賦予的虛構－造型性質與功能。敘述、描寫、抒情議論，是最小文學手法縱聚合三大類型。

虛構－造型性、以及敘述、描寫、抒情議論三大縱聚合類型賦予自然語言的屬性，語言手法的裝飾性－反常性等，是最小文學手法體現的文學性。其中，虛構－造型，是最基本的文學性。

1.1.3.A.b. 文本文學手法及文本手法統一體

文本文學手法及文本手法統一體，是文學手法以文本藝術圖畫為切分單位的文學符號－結構。

在文學符號－結構連續構造過程中，最小文學手法橫組合以文本藝術圖畫為單位切分時，最小文學手法橫組合整體可以與性質功能不同的文本文學手法交換，即文本文學手法成為以文本為單位的最小文學手法集合體的所指。

體裁－體制、題材、結構佈局方法、形象塑造方法、語體風格，是文本文學手法縱聚合五大類型。其中，體裁－體制是其結構要素，它的基本性質與功能規定文本文學手法的基本性質與功能。最小文學手法保持自己的結構邊界、結構轉換規律、結構性質與功能，參與文本文學手法構造，並獲得以體裁－體制為結構要素的文本文學手法的性質與功能。

在以文本藝術圖畫為切分單位的文學手法連續構造過程中，最小手法集合體與文本手法相互同化作用的結構轉換過程和轉換結果整體，筆者稱之為文本手法統一體。其中，作為切分單位的文本藝術圖畫是其結構要素，它規定文本手法統一體的基本性質與功能。最小手法、文本手法保持自己的結構邊界、結構轉換規律、結構性質功能參與文本手法統一體構造。只有具有創造文本藝術圖畫的性質與功能的文本手法，才屬於文學手法。

虛構－造型性、以及體裁－體制、題材、結構佈局方法、形象塑造方法、語體風格五大類型賦予文本的屬性，是文本手法統一體的文學性。其中，虛構－造型也是最基本的文學性。

1.1.3.A.c. 文本純文學風格

具有虛構－造型的性質與功能的文本手法才屬於文學手法。從文學符號－結構連續構造過程看，在以文本藝術圖畫切分時，文本手法統一體本身還可以與性質功能不同的文本藝術圖畫交換，文本藝術圖畫是文本手法統一體的所指。文本手法統一體和作品藝術圖畫以文本為單位相互作用轉換生成的新的結構整體，筆者稱之為文本純文學風格。其中，文學手法統一體是其能指，作品藝術圖畫是其所指。

故事或形象、主題或文化精神（編碼的形而上追求），是文本藝術圖畫縱聚合兩大類型。其中，故事或形象是其結構要素，它的基本性質與功能規定了主題或文化精神（編碼的形而上追求）的基本性質與功能。文本手法統一體保持自己的結構邊界、結構轉換規律、結構性質與功能，參與文本藝術圖畫的構造，並獲得可以感知的作品整體特性。文本手法統一體的虛構造型性，是故事或形象賦予文本手法統一體的性質與功能。

文學風格縱聚合類型，與文學手法縱聚合類型不同，它不是存在於人類文學集體記憶中，而是分別存在於異質文化－文明的文化積澱中。模仿與表現，是西方模仿文學系統文本純文學風格基本類型二元對立；雅麗與奇麗，是中國言志詩系統文本純文學風格基本類型二元對立。結構佈局方法與形象塑造方法，是文本純文學風格縱聚合類型的結構要素，它們之間的關係規定文本純文學風格基本性質與功能。從中西文學互照互識看，必然性想像空間與擺脫必然性束縛的想像空間二元對立，是文本純文學風格縱聚合類型的基本對立。

文本純文學風格，是文學手法以文本為單位的第二次結構轉換過程與結構轉換結果。文學手法以文本為單位的第二次結構構造過程，與第一次結構構造過程的基本性質與功能不同。在第一次結構構造過程中，文學手法的基本性質與功能是虛構－造型，第二次結構構造過程的基本性質與功能是賦予文本可以讓人感知的整體特徵，即風格。在此意義上，風格也是文學性的體現，但這種文學性，與文學手法賦予文本的文學性不同。

1.1.3.A.d. 文本文學審美風格

在文學符號－結構連續構造過程中，文本純文學風格還可以與性質功能不同的文本審美理想交換，即文本審美理想是其所指。文本純文學風格與文本審美理想以文本為單位相互作用轉換生成的新的結構整體，筆者稱之為文本文學審美風格或者文學審美風格個體。其中，文本純文學風格是其能指，文本審美理想是其所指。文本純文學風格保持自己的結構邊界、結構轉換規律、結構性質功能參與文本文學審美風格構造。

文本審美理想，是文本純文學風格圖式化外觀——故事或形象——所凝固的、通過情感方式判斷的、某種包含豐富內容但又似乎不確定的觀念之心理複現。作為符合某觀念的個體表象，作品審美理想既包括作品中凝固的作者審美觀念、又包括受眾接受作品時的審美理想。文學風格之所以不再是純事物，就是因為它包孕了作品審美理想。從文學風格編碼看，作者審美觀念是其結構要素，規定作品文學想像活動空間的基本性質。從文學風格釋碼看，受眾審美理想是其結構要素，實現作品審美風格在文學再造想像活動中的功能。

文本主題或文本藝術意志，是文本審美理想縱聚合關係兩大類型。其中，文本藝術意志是文本文學審美風格的結構要素，它的性質放大影響文本純文學風格以及文本主題，規定文本文學審美風格基本性質與功能。文本藝術意志縱聚合聯想，存在於不同文化系統詩學文獻中。

　　在文學手法以文本為單位的第三次結構構造過程中，結構要素比較特殊，它不再是文學作品客體的組成部分，而屬於文學主體範疇。如果說，文學手法以文本為單位的第二次結構構造過程賦予文本讓人可以感知的整體審美特徵，那麼，這第三次結構構造過程則賦予文本文學主體願意感知的審美需要。在此意義上，只有在文學手法以文本為單位的第三次結構構造過程中，文學作品個體才獲得主體客體統一的風格整體特徵。

　　在文本文學審美風格上述四個結構層次中，每一層級的結構存在，都是其能指與所指相互作用的第三者，它既不等於其能指，也不等同於其所指，也不是其能指與所指相加之和。每一結構層級都具有自己的結構邊界、自己的結構整體特徵、自己的結構要素以及結構轉換規律。在文學審美風格個體諸結構層級構成的整體中，較低結構層級是較高結構層級的能指，較低結構層級保持自己的結構邊界、自己的結構構造規律等參與較高結構層級的構造，從而構成四個結構層級的文學審美風格符號－結構整體。（參見圖1-1）

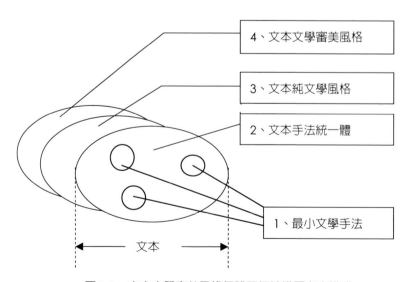

圖1-1　文本文學審美風格個體四個結構層次之構成

　　在文學審美風格個體中，文本純文學風格，是理論抽象空間存在的作品風格客體，是從作品內部構成角度對作品部分與整體關係之概括；文本文學審美風格，由於文本審美理想的介入，因而它是存在於具體歷史文化時空審美活動中的作品文學風格，是讀者－作家與作品相互作用的整體，是從審美客體與審美主體關係角度對作品整體審美意義的概括，是以文本為單位的文學風格的開放性結構存在。

1.1.3.B.　文學審美風格複合體

　　限於時間精力，本書暫時討論到第四章文本文學審美風格，原定的第五章文學審美風格複合體在本書中不加以討論。不過，為了幫助讀者理解文本文學審美風格，所以，在此我們對第五章的基本概念還是稍作介紹。

　　在作品文學風格自我構造過程意義上，文本文學審美風格是自在、自主、自足的結構存在。但是，在具體歷史時空審美活動中，當涉及到對文本文學審美風格體驗時，文本文學審美風格就不再是絕對自在、自主、自足的了。

　　任何審美意識體驗，都需要審美主體意識流潛在體驗邊緣域的補充[15]。因此，文本文學審美風格個體不是空穴來風，它總是存在於某種特定文學審美風格系統，受到「傳統」即自己的「遺傳基因庫」影響；同時，它總是存在於某種特定歷史文化時空審美主體－審美客體之間文學傳播通路中，即特定文本審美理想與特定文化審美期待同構的歷史視域[16]。

　　在具體文學審美活動中，發生實際審美效應的文本文學審美風格，客體與主體之間存在的聯繫，即文本風格個體與環境之間存在的控制論迴路。因

---

[15]　（德）胡塞爾著、（荷蘭）舒曼編，《純粹現象學通論》，李幼蒸譯，北京：商務印書館，1995 年，第 208-209 頁。

[16]　歷史視域，伽達默爾提出的概念，指理解傳統時主體丟棄自己與自我置入而具有的一種視域。這種自我置入，伽達默爾指向著普遍性提升，更正確的尺度、更大的整體，大視域。（德）漢斯-格奧爾格‧伽達默爾，《真理與方法》詮釋學卷一，洪漢鼎譯，北京：商務印書館，2007 年，第 414-415 頁。

此，文學審美風格自身調節作用超出了個體本身，涉及到類似生物「種群」的文學傳統和類似生物「環境」的文化精神，它是一個包括由文學審美風格系統、文本文學審美風格個體、文化審美期待相互作用構成的複合體。在此意義上，文學審美風格複合體，是對在具體歷史時空審美活動中發生作用的文本文學審美風格的結構性概括，是包含審美主體體驗表達[17]與文學作品可感知整體審美特徵的理論表述。

民族－文化風格系統整體特徵對文本個體的影響，構成文本文學審美風格的潛在的傳統意義；文化審美期待對文本文學審美風格文本個體的認同，構成文本文學審美風格潛在的開放意義。文學審美風格系統潛在傳統意義、開放意義，與文本文學審美風格個體文本外在存在的顯在意義，共同構成文本文學審美風格的三大意義。

1.1.3.B.a. 文學審美風格系統

在文學連續構造過程中，以獨立文學史為切分單位的文本文學審美風格橫組合集合，可以與性質功能不同的「民族－文化審美品格」交換。民族－文化審美品格，是以文學史為單位的文學審美風格個體橫組合關係集合的所指，是對具有獨立民族－文化傳統的文學史的基本審美趣味的概括。

以文學史為單位的作品審美風格個體集合與民族－文化審美品格相互作用構造過程及結果，筆者稱之為文學審美風格系統。其中，該民族－文化文學史第一個文學審美風格基本類型是其結構要素，規定該民族－文化文學史的基本審美趣味，或者說該民族－文化的古典文學的基本審美品格。文本文學審美風格個體保持自己的結構邊界、結構轉換規律參與文學審美風格系統構造。

---

[17] 體驗表達，狄爾泰提出的生命表達三種類型之一。在狄爾泰看來，體驗表達，屬於生命表達，生命體驗表達與理解之間存在一種特殊關係。理解，不存在對與錯，而存在表裡是否一致。藝術屬於體驗表達類型。參見（美）魯道夫・馬克瑞爾，《狄爾泰傳》李超傑譯，北京：商務印書館，2003 年，第 296-298 頁。

西方文學中的「模仿」與中國言志詩的「言志」，確定了中西文學各自最基本的審美品格。

　　任何具有獨立民族－文化審美個性的文學史，其民族文化基本審美趣味與審美品格積澱以潛在「體驗邊緣域」形式賦與所屬文學審美風格個體。任何作者讀者的文學審美活動，通常，總是無法擺脫所屬民族－文化風格這種潛在「體驗邊緣域」方式的控制。

1.1.3.B.b. 文化審美期待

　　文化審美期待，指在具體歷史時空發生過實際審美作用的文本文學審美風格個體中曾經存在過的、特定歷史文化條件下社會群體文學審美心理趨向，它是特定歷史時空、特定文學系統文學審美活動中體現的特定審美時尚，屬於精神文化系統的組成部分。這種特定歷史文化條件下社會群體文學審美心理趨向，可以通過當時的哲學、宗教、道德倫理、非文學的其他藝術種類，以及政治制度、經濟制度、科學技術等重構。

　　產生過實際審美效應的作品文學風格，不僅意味著在某一具體歷史時空出現了佔有空間性的物質實體──某文本，不僅意味著該文本曾經凝固過某種文學藝術編碼──可感知的文學審美風格個體，而且，還意味著該文本曾經在審美主體和審美客體之間的傳播通路中流動過與編碼同構的解碼──某文化審美期待。文本只不過作為實體性物質存在參與當時的文學審美活動，為當時的作者與讀者的文學審美活動提供特定「第三空間」：作者創造這種特定空間，並從中感受創造想像的審美愉悅；讀者觀眾享受這種特定空間，從中感受再造想像的審美愉悅。

　　與文本審美理想同構的文化審美期待，指認可相應文本審美理想的社會群體文學審美心理趨向，是文學審美活動中編碼釋碼形成傳播通路的基本條件。在文學審美理想與文化審美期待同構意義上，文化審美期待進入了文學審美領域；文學審美理想進入了精神文化系統。在此意義上，文化審美期待

與文學審美理想，均出現了既存在於精神文化大系統，又存在於文學子系統，或者說跨越兩個系統的「雙棲」現象。

　　文化審美期待和文學審美理想的這種特殊「雙棲」現象，使文學審美風格個體走出封閉的自我構造活動，在保持自己的結構邊界、結構轉換規律同時，不斷有新的物質輸進輸出，參與更大單位的精神文化構造，成為「自律」與「他律」統一的開放性結構。（參見圖 1-2）。

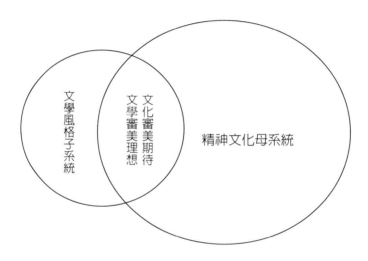

圖 1-2　文學審美理想與文化審美期待「雙棲」身份示意圖

1.2. 文學審美風格研究的方法

　　一百多年以前狄爾泰說，他只希望他的《精神科學引論》這本書能夠在某種程度上完成把歷史方面和系統方面的真知灼見統一起來的任務，這些真知灼見作為某種基礎，是法學家、政治家、神學家和歷史學家成功研究他們的具體學科所必需的。狄爾泰關於精神科學的歷史理性批判立場，即經驗事

實與邏輯推演重構文化系統整體相結合的方法，確實為筆者關於文學審美風格研究提供了必需的方法論。

　　在邏輯推演重構文學審美風格系統整體時，筆者採用符號－結構方法，以利於宏觀駕馭中西文學作品風格系統整體以及揭示相關研究中部分與整體之間的關係，避免陷於經驗細節描述或者因果關係簡單分析。同時，在使用符號－結構方法邏輯推演建構文學風格理論時，筆者堅持從具體歷史時空發生實際審美效應文學作品經驗事實出發，堅持嚴謹客觀研究原則，以避免符號結構理論教條或者傳統文藝學理論教條對文學審美風格理論建構的束縛。此外，在經驗與邏輯推演重構相結合的研究中，筆者堅持中西文學風格詩學模子雙線尋根的方法，以避免闡發法[18]以甲文化之文學闡釋乙文化之文學的壟斷，在異質文化系統文學事實互照互識中探尋超越具體文化的文學之為文學的文學性。

　　由於符號－結構方法涉及符號學基本概念需要較多篇幅專門介紹，因此，在這一節裡，我們主要介紹狄爾泰的歷史理性批判方法，中西傳統學術的嚴謹客觀原則、以及詩學模子尋根法等。

1.2.1. 狄爾泰的歷史理性批判

　　（德國）狄爾泰（1833－1911），十九世紀 20 世紀之交西方重要思想家。奧爾特加·加西特評價為：「十九世紀最偉大的思想家」。趙稀方說：如果不理解狄爾泰的思想，我們就很難理清 20 世紀哲學的來龍去脈。筆者以為，狄爾泰提出的歷史理性批判立場，為人文科學在西方傳統學術與現代科學方法結合上提供的認識論基礎對未來人文科學研究的深遠影響，將隨著時間的推移被學界日益重視。

---

[18]　關於異質文化比較文學闡發法，參見本書 1.2.3。

　　在《精神科學引論》（1883）中，狄爾泰反覆強調精神科學的歷史理性批判，是沒有任何偏見之經驗觀察與人類精神生活整體建構相結合的方法。狄爾泰指出：對於各種事實的確定過程與綜合性聯結過程，構成各種精神科學的第一個具有綜合性的任務。在《精神科學引論》第二編第三章，在討論具體人文科學中的真正分析取代形而上學的一般概念時，狄爾泰斷言：形而上學對其一般概念網路的編織，隨著歷史批判而被取代。單獨建立起來的事實融入一個有意義的整體之中的獨立體系，建立在沒有任何偏見的經驗基礎之上，依據經驗解釋現實，取代形而上學的目的論構想。人本身，成為精神生命的單位分析，是其第一任務。研究互相交織的文化系統與社會外在組織的關係，是其第二任務。這種取代傳統形而上學的人文科學或者精神科學，以現代歷史意識分析作為主體的個人，同時分析精神生活實體化的宗教、藝術等歷史過程。其間，從個體可以穿行於團體、宗教或者藝術系統，或者時代橫斷面，構成一個整體。概念不再來自於先驗假設或者推論，而是來自活生生的經驗，來自個體意志自由為前提的對人類意志、人類心靈整體與部分關係的洞察。領悟藝術、宗教等既存在於心靈之中，又存在於社會之中的精神生活實體化歷史過程。[19]

1.2.1.A. 精神科學認識論基礎

　　19 世紀後期，面對傳統形而上學與 19 世紀自然科學方法同時對社會歷史科學施加壓力企圖使其俯首貼耳之時，西方學界使用自然科學方法機械闡釋歷史、社會科學失敗之際——有的後退到限於描述，有的只是主觀解釋，有的回到某種傳統形而上學，1883 年，狄爾泰發表《精神科學引論》，跨越大相徑庭的歷史、法律、美學等不同學科，以一種獨立批判精神，提出精神科學作

---

[19] （德）威廉・狄爾泰，《精神科學引論》，童奇志、王海鷗譯，中國城市出版社，2002年，第 47、271-272 頁。（德）韋爾海姆・狄爾泰，《人文科學導論》，趙稀方譯，北京：華夏出版社，2004 年，第 144-145 頁。

為基礎科學的認識論基點，將歷史、社會科學的支撐點從傳統形而上學的先驗假定概念、或者實證主義的歷史細節考察，轉移到歷史探討與系統探討相結合方法。

在《精神科學引論・引言》中，狄爾泰面對當時學界的壓力或後退堅信不疑地斷言：所有科學都是從經驗出發的，但是，所有經驗都必須回過頭來與它們從其中產生出來的人類本性的意識總體性整體聯繫起來，並尋找其中部分與整體之間的關係。經驗事實的有效性必須出自這樣的人類本性總體性整體。狄爾泰把這種立場稱之為現代科學的「認識論」立場。[20]在《精神科學引論》的具體研究中，狄爾泰所宣導的歷史理性批判，即引言中所說的精神科學認識論立場。

馬克瑞爾關於狄爾泰的這種歷史理性批判或者精神科學認識論基礎的評價是：狄爾泰強調哲學從直接給定的經驗事實出發，也就是意識的事實出發，瞄準生活事實本身，但是，同時，這種經驗事實是引入意識建構真實世界的預設、是修正意識建構世界預設的根據，而且，它自身是在意識建構真實世界預設中完善的。狄爾泰經驗哲學這種對經驗的強調，一方面避免經驗主義的因果解釋，另方面，避免把這種意識事實來源於先驗原則的思辨哲學。[21]

狄爾泰的這種歷史理性批判立場，為筆者關於文學審美風格研究提供了方法論理論資源。筆者建構文學審美風格理論的出發點，是對中西文學活動中發生實際審美效應的具體作品不帶偏見的觀察，同時，筆者使用符號－結構方法重構文學手法與文學風格之間的關係，文學主體與文學客體之間的關係，以及文學與文化之間的關係。

---

[20] 狄爾泰，《精神科學引論・引言》，（德）威廉・狄爾泰，《精神科學引論》，童奇志、王海鷗譯，中國城市出版社，2002年，第5-10頁。

[21] （美）馬克瑞爾，《人文科學導論・概述》，（德）韋爾海姆・狄爾泰，《人文科學導論》，趙稀方譯，北京：華夏出版社，2004年，第180頁。

1.2.1.B. 從經驗事實出發

在提出精神科學認識論立場時，狄爾泰明確宣稱：不能在經驗事實背後進行探索，如果在經驗事實背後探索，猶如在沒有眼睛的情況下觀看，或者把認識的關注點引向人的雙眼背後。在現代科學發展的歷史條件下，任何一種在形而上學方面為精神科學奠定基礎的做法，都屬於過去。而從形而上學先驗假定出發的洛克、休謨、康德所建構的認識論，因為沒有這種從經驗出發，血管裡沒有流淌真實的血液，只有理性的稀釋物。只有通過內在經驗給定的各種意識事實，我們才能切實把握實在。精神科學的核心任務就是對這些事實進行分析。

筆者關於文學審美風格理論假設的提出，首先是出自筆者對西方文學事實的體驗。在 2000 年以後，這種實證基礎擴大到中國言志詩。在命題邏輯推導與中西文學經驗描述兩者關係上，筆者堅持邏輯推演依賴經驗觀察的原則。

20 世紀 80 年代，從西方文學事實出發，筆者提出西方文學四大類型。這種文學類型，包括作品形式與時代精神兩個方面。在 80 年代結構主義語言學以及歐洲文學結構主義引入中國大陸時，筆者關於時代精神的材料不符合結構主義語言學以及文學結構主義的封閉原則。正是堅持文學事實是研究的絕對出發點，筆者沒有放棄關於這種包括作品內在形式與時代精神的類型，並在理論上開始探尋解釋這種開放結構的方法。90 年代，筆者最終在皮亞傑結構主義、貝塔蘭菲一般系統論中找到開放結構的方法，完成文學審美風格複合體的理論建構。

1.2.1.C. 整體重構邏輯推演

狄爾泰一方面宣告傳統形而上學對於精神科學研究的過時，同時，另一方面，他說，他經常發現他自己與洛克、休謨、康德認識論學派的一致，並指出歷史學派以同情方式觀察歷史細節的考察缺乏歷史普遍性探討。在狄爾

泰看來，歷史學派由於缺乏認識論基礎，因此，一直沒有獲得某種說明方法，沒有能力對歷史事實加以系統論述，徒勞無益地反對那些既蒼白又膚淺、然而卻是從分析角度經過提煉的結果。他的歷史理性批判，就是為歷史學派具體研究提供某種哲學基礎。因此，狄爾泰在宣導從經驗出發的同時，在方法論上強調文化系統之間部分與整體關係的重構。

　　狄爾泰一方面強調精神科學是不帶任何偏見的、有實證材料作為可靠基礎的科學，同時，他又強調文化系統科學是一個互動的整體體系。個體活動有生有滅，宗教、藝術、法律等文化體系整體卻是永恆存在。任何一個個體活動，都是作為各種文化系統交叉點而存在，並表明文化系統的這種多樣性。因此，具體精神科學需要人們既認識到它們的真理與現實世界之間的關係，又要認識到這些真理與那些真理之間的關係，才使科學的概念具有總體性的明晰性，又具完全的確定性。這是精神科學認識論最基礎的任務。狄爾泰明確指出：完成這些任務，即歷史理性批判——對於人類認識自己，認識人類社會和歷史能力的批判。[22]

　　在強調方法論結構主義時，皮亞傑指出：整體性結構主義只限於把可以觀察到的聯繫或互相作用的體系，看做是自身滿足的；而方法論結構主義的本質，乃是要到一個深層結構裡去找出對這個經驗型體系的演繹性解釋，它不屬於觀察得到的事實範圍，而「應該用推演的方式重建」。[23]20 世紀符號－結構方法，為狄爾泰的歷史理性批判究竟怎樣擺脫經驗材料，建構演繹性理論提供了有效方法[24]。

　　在文學審美風格研究中，如果沒有符號－結構邏輯推演方法說明，筆者確實沒有能力對文學事實加以系統論述，不僅不能說明 20 世紀 80 年代中國大陸

---

[22]　（德）威廉・狄爾泰，《精神科學引論》，童奇志、王海鷗譯，中國城市出版社，2002年，第 59、87-88、191 頁。

[23]　（瑞士）讓・皮亞傑，《結構主義》，倪連生、王琳譯，商務印書館，1984 年，第68-69 頁。

[24]　關於 20 世紀符號結構方法，參見本書 1.3.。

出現的性格二重組合不屬於文學規律，不能說明美國學者韋勒克探尋一種絕
對文學價值尺度之不可能，而且，更不能像本書的理論建構這樣說明文學手
法與文學風格之間的關係，以及文學與精神文化之間的關係。

1.2.2. 中西學術研究的嚴謹客觀原則

直接面對文學作品或者詩學文獻的第一手材料，盡量擺脫自己的主觀偏
見觀察分析文學事實，把文學作品還原到其所產生的時代闡釋，堅持結論從
材料得出，有多少材料說多少話，在上述這些方面，英國培根近代科學觀察
試驗方法論、德國蘭克客觀主義歷史方法與施賴爾馬赫重構歷史文本的闡釋
學方法，和中國乾嘉學派的嚴謹態度及採銅於山方法相通，都在方法論上盡
量超越研究主體具體歷史時空的侷限性與主觀偶然性。中西學術研究中這種
嚴謹－客觀原則，與狄爾泰從經驗事實出發的原則相通，是筆者在文學審美風
格研究時所遵循的具體原則之一。

1.2.2.A. 西方傳統學術的客觀主義原則

西方近代自然科學的客觀態度和觀察歸納方法，十九世紀歷史研究、文
本闡釋的客觀主義原則，為筆者關於文學風格實證研究提供了具體理論資源。

1.2.2.A.a. 培根的近代科學實驗歸納法

（英國）弗蘭西斯‧培根 Francis Bacon，（1561－1626），是第一批意識到
科學的歷史意義以及它在人類生活中可能扮演的角色的人，他立志做「新的
理智世界」的哥倫布，他所說的「對自然的解釋」，即實驗歸納法，對近代實
驗科學開闢了道路。培根的《新工具》（新邏輯）（Novum Organum, 1620）是
關於科學方法論的重要著作。《新工具》的宗旨是要「給人類的理智開闢一條

與以往完全不同的道路」，「以便人的心靈能夠在事物的本性上行使它所固有的權威」。[25]

　　面對傳統怎樣取得科學進步？培根認為：若期待用在舊事物上加添和移接一些新事物的做法來在科學中取得什麼巨大的進步，這是無聊的空想。我們若是不願意老兜圈子而僅有極微小可鄙的進步，我們就必須從基礎上重新開始。……我們的傳授方法只有一條，簡單明瞭地說來就是：我們必須把人們引導到特殊的東西本身，引導到特殊的東西的系列和秩序；而人們在自己一方面呢，則必須強制自己暫把他們的概念撇在一邊，而開始使自己與事實熟習起來。

　　培根認為，一切科學知識都必須從不帶偏見的觀察開始。人的心靈「像一面魔鏡」，給出虛假反映的失真的鏡子。這種失真，是由於某種纏住人的心靈的成見或假相（即幻影和幻象）所致。培根提出了著名的「四種假像」說。他在《新工具》卷一第三十九段說：「圍困人們心靈的假像共有四類。為區分明晰起見，我各給以定名：第一類叫作族類的假像，第二類叫作洞穴的假像，第三類叫作市場的假像，第四類叫作劇場的假像。」族類假像，亦叫種族假像，即整個種族共有的成見；洞穴假像，即個人偏愛的成見；市場假像，即概念、詞語之爭；第四，劇場假像，即思想體系的偏見。

　　「對自然的解釋」正確的探索方法，培根宣導經驗主義和理性主義結合、仔細觀察和正確推理結合的方法。他關於三種動物的著名舉例，形象說明近代觀察試驗科學方法：他把單純的經驗主義者比為螞蟻，只會採集和使用材料；先驗的理性主義者比做蜘蛛，只憑自身的材料織網；上述這兩種方法都把經驗和理性分開來了，是不可取的方法。真正的科學方法應該把二者結合起來；像蜜蜂那樣從物質世界採集材料，又以自身的理性邏輯將其消化。他說：「試驗家像螞蟻：它們只知道採集和利用；推理家猶如蜘蛛，用它們自己

25　（英）亞・沃爾夫，《十六、十七世紀科學、技術和哲學史》，周昌忠等譯，商務印
　　書館，1991 年，第 706-708 頁。

的物質編織蜘蛛網。但蜜蜂走中間路線：它從花園和田野裡的花朵採集原料，但用它自己的力量來變革和處理這原料。」系統細緻的觀察和實驗，是科學研究的開始，由此達到普遍性的有限真理，再從這些真理出發，通過歸納達到更具普遍性的概括。[26]

1.2.2.A.b. 十九世紀人文科學的實證主義

蘭克與施賴爾馬赫的歷史還原主張，體現了十九世紀西方人文科學中的實證主義傾向。如果說蘭克的客觀性原則，將培根的自然科學方法運用到歷史科學領域，主張還原歷史時代，那麼，施賴爾馬赫的闡釋學則是將培根的自然科學方法運用到語文學，主張還原歷史文本。

一、蘭克近代歷史的「客觀性理想」

培根的面對自然，與蘭克的面對歷史事實相通，而蘭克歷史研究的「客觀性」，是培根自然科學研究方法在人文科學中的應用。

在 19 世紀自然科學的影響下，（德）利奧波德・馮・蘭克（Leopold Von Ranke, 1795－1886），在歷史研究中強調客觀態度與科學方法，主張寫歷史要公正客觀，不帶任何個人偏見地還原歷史。由於蘭克史學理論與治史方法在歐洲史學界的重要影響而形成注重「客觀性」的「蘭克學派」。

在歷史研究中，蘭克反對任何預設目的，提出「每個時代都直接與上帝相關聯。每個時代的價值不在於產生了什麼而在於這個時代本身及其存在……每個時代或謂每個歷史階段都具有其特有的原則和效能，而且都有資格受到尊重。」

由此出發，蘭克提出「歷史學家的首要任務是研究人類在特定歷史時代中的所思所為」，發現每個歷史時代的特定趨勢和理想。這些歷史趨勢只能描

---

[26] （英）培根，《新工具》，許寶騤譯，北京：商務印書館，1984 年，第 19 頁。

述，而不能加以最終的評判。其次，是尋找各個歷史時代之間的區別以及前後歷史時代之間的內在聯繫。「我們的任務僅僅是要依據客觀事實。」[27]

二、施賴爾馬赫「闡釋學」的重構歷史文本

在怎樣理解過去時代經典文本問題上，浪漫主義闡釋學代表施賴爾馬赫（1768-1843）提出他的名言：比作者理解他自己更好地理解作者。該斷言強調在過去時代經典文本理解時，凡是需要克服時間差距的地方，就有一種特別的任務，即「與原來的讀者處於同一層次」，即從語言與歷史方面建立這種同層次的活動。真正的理解，是讓自己與原來的讀者、作者處於同一層次，對原來作者的創造進行重構。

在《真理與方法》中，伽達默爾梳理了施賴爾馬赫該斷言的源流與影響，認為這是德國學界理解作者的一個古老原則。該看法在費希特的《著作集》、康德的《純粹理性批判》中就存在了，並在後來的施泰因塔爾《心理學和語言學導論》、狄爾泰《狄爾泰全集》中複述。

怎樣重構歷史，怎樣避免誤讀地理解歷史，施賴爾馬赫從客觀與主觀兩個部分解釋闡釋學的理解的迴圈：客觀看，個別文本從屬於作者的作品上下文，以及相關文字的文學的整體。主觀看，某一文本作為某一瞬間創造性表現，從屬於作者的內心生活的整體。理解在這種客觀和主觀的整體中才得以完成。

施賴爾馬赫重構歷史時對文本客體的重視，相對於斯賓若莎從作者精神出發的歷史研究，是西方學界的一個重大進步。不過，施賴爾馬赫闡釋學在方法論上並沒有完全擺脫作者視域。[28]

---

[27] （德）利奧波德·馮·蘭克，《歷史上的各個時代》，北京大學出版社，2010年，第6-10頁。

[28] 關於施賴爾馬赫的闡釋學，伽達默爾有比較詳細的研究，參見（德）漢斯—格奧爾格·伽達默爾，《真理與方法》第一卷，洪漢鼎譯，北京：商務印書館，2007年，第254-272、396頁。

筆者關於還原中西文學經典作品的實證研究，在以文本為中心的角度看，擺脫了施賴爾馬赫的作者視域侷限，但是，在追求讓自己與原來的讀者、作者同一層次理解作品意義上，筆者與施賴爾馬赫的闡釋學相近相通。

1.2.2.A.c. 十九世紀以來人文科學的「價值判斷」

十九世紀人文科學實證主義產生之後，出現了關於人文科學價值判斷問題。狄爾泰、伽達默爾是其代表。

一、狄爾泰論人文科學的「價值判斷」

狄爾泰在提出歷史理性批判的同時，在關於精神科學特徵研究中，狄爾泰把價值判斷視為精神科學的基本特徵。在《精神科學引論》第一編第六章，狄爾泰把精神科學分為三類：第一，通過感知給定的實在，即各種事實，該類斷言包含著精神科學的歷史性組成部分；第二，各種實在的局部知識之間的一致性，即各種原理，該類斷言包含著精神科學的理論性組成部分；第三，價值判斷以及規則，該類斷言包括精神科學的實踐性組成部分。

在狄爾泰看來，其中的第三種類型，屬於精神科學發展出現的新的特點，它使精神科學不再圍於單純的知識。狄爾泰指出：隨著精神科學的發展，精神科學才開始包含某種關於價值判斷與絕對命令的體系的認識，在這種意識中，價值、理想、規則、以及塑造未來的目標，都是聯繫在一起的。人文科學的任務或者說其理論主張，包括應該是什麼的價值判斷系統的意識和價值、觀念、法則等。[29]R・A・麥克威爾在《人文科學導論・概述》中對此評論到：「雖然我們現在承認自然科學中也包含評價性的因素，但是，它們是在背景之中，而在人文科學中卻是前沿，而且可以成為理論實證的中心」。[30]

---

[29] （德）威廉・狄爾泰，《精神科學引論》，童奇志、王海鷗譯，中國城市出版社，2002 年，第48-49 頁。參見趙稀方譯本，《人文科學導論》，華夏出版社，2004 年，第27-28 頁。

[30] （德）韋爾海姆・狄爾泰，《人文科學導論・附錄》，趙稀方譯，華夏出版社，2004 年，第 183-184 頁

二、伽達默爾效果歷史

伽達默爾在提出效果歷史意識的任務時，提出歷史視域籌畫活動不會使自己成為某種過去意識的自我異化，而是被自己現在的理解視域所替代。理解過程中的視域融合，隨著歷史視域的籌畫而同時消失。

伽達默爾的效果歷史任務、歷史視域的籌畫等，強調精神科學的特點，與狄爾泰的精神科學的價值判斷相近相通。不過，伽達默爾從這種效果歷史原則出發，批評蘭克「客觀性」原則、以及施賴爾馬赫方法論闡釋學等，認為十九世紀人文科學中的實證主義把歷史意識本身就包容在效果歷史中這一點掩蓋掉了。由此出發，伽達默爾斷言這種歷史客觀主義未能達到真理。[31]

筆者以為，雖然人自身作為歷史存在，永遠處於一種詮釋學的處境，確實是從歷史地在先給定的東西開始自我認識，而且，歷史視域確實也是開放運動的過程。但是，人文科學的價值判斷、歷史視域籌畫，沒有必要否定人文科學的實證主義原則，也否認不了人文科學的實證主義。換言之，歷史哲學沒有必要否定也否定不了歷史實證研究。

從文學風格研究看，只要研究者自覺認識到自我所處的這種詮釋學處境，認識到歷史視域的運動開放特徵，並注意克服當下視域以及其他歷史視域對所研究的具體文化審美期待的干擾，研究者的認識不是不可以大體接近當時歷史視域並一定程度還原歷史。筆者要強調的是，關於超越具體歷史時空的文學風格理論研究，必須以這種相對還原的歷史視域為前提，斷不能用當下視域取代歷史視域，或者說，風格理論研究當以具體歷史實證研究為基礎，不能以當下歷史哲學闡釋為基礎。

---

31 （德）漢斯-格奧爾格·伽達默爾，《真理與方法》第一卷，洪漢鼎譯，北京：商務印書館，2007 年，第 408-417 頁。

1.2.2.A.d.文學審美風格研究的實證主義選擇

雖然人的個體生命認識能力有限，作為個體存在的人可能永遠都不能絕對還原歷史時代；雖然審美研究的對象特殊，審美研究不能完全遵循自然科學的客觀性原則；但是，正是前輩學者有限個體不斷「有限」努力，方才構成持續不斷的人文科學探索，才使我們今天更接近歷史時代、歷史文本。人的認識能力有限、審美研究對象的特殊性，斷不是否定風格理論研究中科學客觀規律探索的理由。文學審美研究與這種客觀科學規律探索，不僅不是絕對矛盾衝突的，而且，正是這種客觀科學的審美實證研究，給風格理論研究提供前所未有的堅實平臺。

努力還原的歷史時代以及歷史文本雖然不絕對等於歷史視域，但它畢竟與主觀臆斷的歷史時代與歷史文本存在天壤之別。在孟子「以意逆志」、董仲舒「詩無達詁」以來，沈德潛雖然也說詩「斷章取義，原無達詁也，箋釋評點，俱無可庸。評點箋釋，皆後人方隅之見。」然而，他的《古詩源》《唐詩別裁集》卻仍然「不廢評點，間存箋釋，」「略示軌途，裨讀者知所從入耳」，「為學人啟途徑，不能免俗耳。」[32]其「裨讀者知所從入」之「軌途」、「途徑」之所以不能「免俗」，是因為這些「軌途」、「途徑」是中國詩教義理發揮時不得不遵從的歷史視域。任何歷史哲學闡釋，或者義理發揮，只能以歷史視域為出發點。伽達默爾自己關於闡釋學應用的提出，也是以歷史視域為研究出發點。

事實上，人文科學實證研究的「度」，未必都需要 100%絕對重構歷史視域。不能絕對重構歷史，也不是否定人文科學研究客觀性原則的理由。在文學風格研究中，筆者關於文化審美期待的研究，不要求絕對還原當時的歷史視域，就可以達到從文化審美期待與文本審美理想同構闡釋作品風格開放性結構的

---

[32] （清）沈德潛，《古詩源·例言》，《古詩源》，北京：中華書局，1963 年。（清）沈德潛，《唐詩別裁集·凡例》，《唐詩別裁集》，上海：上海古籍出版社 1975 年影印乾隆二十八年教忠堂重訂本。

研究目的。這種情況，猶如社會科學的定量研究只需要相關回歸的趨勢把握，根本不需要數學絕對精確就可以解釋相關社會歷史現象。

1.2.2.B.　中國傳統樸學的嚴謹求實貴創態度

人文學術研究中重視收集第一手材料、客觀仔細觀察歸納第一手材料，強調結論從材料出等，不是西方文化的專利，不過，在中國文化話語中，這種現代科學客觀主義原則表述為樸學嚴謹態度。

中國傳統樸學的嚴謹態度，發端於《論語·為政》。《論語注疏》卷二〈為政〉曰：「子曰：多聞闕疑，慎言其餘，則寡尤。多見闕殆，慎行其餘，則寡悔。」[33]

臺灣學者王叔岷認為，人之言、行應虛心謹慎如此。治學之態度亦應如此。讎書須重方法，然方法雖明，而所持態度不塙，亦難免疏失。讎書態度，可用「謹嚴」二字括之，亦即虛心謹慎之意。[34]中國傳統校讎學源自於此，中國傳統樸學溯源亦出於此。

清代樸學 1644－1911，晚於西方培根近代科學方法，早於狄爾泰精神科學認識論。

「樸學」一詞，出自《漢書》。《漢書·儒林歐陽生傳》曰：「吾始以《尚書》為樸學，弗好，及聞寬說，可觀。」[35]明末清初著名學者顧炎武（1613－1682），開清代樸學之先河。

在《清代學術概論》中，梁啟超將顧炎武譽為從事於清學「黎明運動」的「第一人」。他說：「炎武所以能當一代開派宗師之名者何在？則在其能建設研究之方法而已。約舉有三，即貴創、博證、致用。」[36]

---

[33]　（清）阮元，《十三經注疏》下，中華書局，1980 年，第 2462 頁。
[34]　王叔岷，《校讎學·校讎學別錄》中華書局，2007 年，第 209 頁。
[35]　（漢）《漢書》卷八十四，中華書局，第 3603 頁。
[36]　梁啟超，《清代學術概論》，上海古籍出版社，1985 年，第 9-12 頁。在這部分所引用梁啟超說，均出自該書，恕不一一列舉。

貴創，《日知錄·自序》曰：「愚自少讀書，有所得輒記之，其有不合，時復改定，或古人先我而有者，則遂削之，積三十餘年，乃成一編。」[37]梁啟超稱：「故凡炎武所著書，可決其無一語蹈襲古人。」

博證：梁啟超引《四庫全書》《日知錄》提要「炎武學有本原，博贍而能貫通。每一事必詳其始末，參以證佐，而後筆之於書，故引據浩繁，而抵牾者少。」並評價到：「此語最能傳炎武治學法門。」

此外，注重第一手材料，也應該是顧炎武的重要貢獻。顧炎武曾把寫《日知錄》比作「採銅於山」。他說，「嘗謂今人纂輯之書，正如今人之鑄錢，古人採銅於山，今人則買舊錢名之曰廢銅以克鑄而已。所鑄之錢既已麤惡，而又將古人傳世之寶舂剉散不存於後，豈不兩失之乎？承問《日知錄》又成幾卷，蓋期之以廢銅。而某自別來一載，早夜誦讀，反覆尋究，僅得十餘條，然庶幾採山之銅也。」[38]

面對當下學風浮泛，在文學審美風格研究中，筆者非常注重培根的面對自然、從自然中採集材料的原則，以及顧炎武的「採銅於山」的原則。

比如，西方文學審美風格封閉模仿、自由模仿、封閉表現、自由表現四大類型，是筆者直接觀察歸納西方文學作品詩學文獻得出的結論；中國詩歌的「言志」基本特徵，以及中國言志詩的《詩經》雅麗《離騷》奇麗類型，以及比興－意境類型，是筆者直接觀察歸納中國古代詩歌文本詩學文獻得出的結論。文學審美風格諸結構層級、以及切分單位、結構元素、結構要素、縱聚合類型等，是筆者在中國言志詩系統和西方模仿文學系統互照互識基礎上體悟出的心得。

再如，關於符號－結構主義方法論，筆者不是從文學結構主義著手研究，而是從索緒爾、羅蘭·巴特、皮亞傑、貝塔蘭菲等非文學的符號學、結構主

37　（清）顧炎武，《日知錄集釋》，上海古籍出版社，2006 年，第 1 頁。
38　顧炎武，《與人書十》，《亭林文集》卷四，《四部叢刊》影印清康熙刊本。

義代表性文獻出發進行研究。關於現象學方法，筆者不是從文學現象學開始研究，而是從胡塞爾現象學認識論哲學出發進行研究。

1.2.3. 詩學模子雙線並進尋根探固方法

如前所述，中西文學比較是文學審美風格論的實證基礎。怎樣進行異質文明的中西文學比較呢？在 20 世紀初，在中西比較文學萌芽時期，吳宓就在學術論究中宣導「博採東西，並覽古今」，「觀其全，知其通，取其宜」。[39] 遺憾的是，種種原因，我們看不到吳宓的具體研究。美籍學者葉維廉關於中西兩個模子雙線並進尋根探固互照互識的方法，在中國比較文學「學統」意義上，筆者以為，可謂吳宓觀點的發展。

葉維廉關於中西兩個模子雙線並進尋根探固互照互識的方法，在方法論上，與上面所討論的歷史理性批判立場以及客觀嚴謹原則相通。但是，葉維廉跨越不同文化系統文學事實的比較視域，卻是傳統國別文學研究以及在國別文學實證研究基礎上的文藝學研究不具備的，而後者正是探尋超越具體文學系統的文學審美風格論理論研究所需要的雙線並進尋根探固的方法論。

1.2.3.A. 文化模子雙線並進尋根探固

華裔美籍學者葉維廉（1937— ），在美國愛荷華大學獲得美學碩士學位，在美國普林斯頓大學獲得比較文學博士學位。在西方文化語境下從事比較文學研究，使葉維廉思考東西跨文化比較文學研究中的困惑：中西比較文學研究，究竟如何尋求共同文學規律？我們能不能、或應不應該用甲文化批評的模子來評價乙文化的文學？用了以後有多少程度的歪曲？我們如何可以調整改正？[40] 葉維廉思考的結論，即他所提出的東西比較文學中兩個模子互照互識

---

39 吳宓，《文學與人生·道德重建之序言》，清華大學出版社，1993 年。參見蘇敏，〈層層改變遞嬗而為新——論吳宓的文化價值取向〉，《解析吳宓》，社會科學文獻出版社，2001 年。

40 葉維廉，《比較詩學·序》，《葉維廉文集》卷一，安徽教出版社，2002 年，第 24 頁。

方法。他認為，這種兩個模子互照互識的方法，是解決某些重大批評理論的
關鍵，可以提出限於單元文化裡不大易提出的問題。[41]

1.2.3.A.a. 葉維廉文化模子尋根法

借用語言學家沃夫的「文學模子」，1974 年，葉維廉第一次提出東西比較
文學中兩個模子互照互識比較方法。在闡述觀點以前，葉維廉講了關於魚和
青蛙的寓言：青蛙跳上岸看見了人，回來向一直在水中的魚講述了他的見聞，
在水中的魚以自己水中固有模子誤讀了岸上的人的形象。聯繫比較文學研究
中以西方文化模子誤讀非西方文學的現象，葉維廉呼籲：「我們必須放棄死守
一個『模子』的固執。我們必須要從兩個『模子』同時進行，而且，必須尋
根探固」，在互相尊重的態度下，對雙方本身形態作尋根瞭解，在明瞭差異性
基礎上，建立基本相似性，以探求超脫文化異質限制的「共相」，是葉維廉兩
個模子互照互識方法的基本原則。[42]

在 1984 年〈批評理論架構的再思〉中、在 1982 年《比較文學叢書·總序》、
《比較詩學·序》中，葉維廉一直從不同角度重申上述基本原則和方法。葉
維廉關於中西比較文學研究的一系列著述文章，都是這種兩種模子互照互識
方法的實踐。[43]

2000 年，曹順慶提出的中西文論的異質性[44]，以及在跨文明總體文學研究
中提出的「異質性對比以及互補研究」，可以說是大陸學者對葉維廉文化模子
雙線並進尋根方法的回應。[45]

---

[41] 葉維廉，〈批評理論架構的再思〉，《葉維廉文集》卷一，安徽教育出版社，2002 年，
第 56 頁。

[42] 葉維廉，〈東西比較文學中模子的應用〉，《葉維廉文集》卷一，安徽教育出版社，
2002 年，第 26-47 頁。

[43] 關於葉維廉兩個模子互照互識方法，參見本書 5.2.2.E.b.二。

[44] 曹順慶，〈為什麼要研究中國文論的異質性〉，《文學評論》2000 年第 6 期。

[45] 曹順慶主編，《比較文學教程》，高等教育出版社，2006 年，第 231 頁。

不得不指出的是，葉維廉的兩個模子互照互識方法，不僅打破了西方文化模子在中西比較文學研究中的壟斷地位，而且，在比較文學方法論上，與大多數中國學者所宣導的闡發法是一種研究路向根本不同的方法。

1.2.3.A.b. 關於闡發法的思考

在中西文學比較中，中國學者的單向闡發法，即以西方文化闡釋中國文學的方法，最早可以溯源到王國維 1904 年《紅樓夢評論》。[46]1976 年，古洪添、陳慧樺明確提出援用西方理論與方法用之於中國文學研究，是比較文學的中國學派。[47]2000 年陳惇、劉象愚提出西中互相闡發互相印證的雙向闡發法。[48]不得不指出的是，單向闡發法與雙向闡發法，都是葉維廉文化模子尋根法企圖打破的一種模子之「壟斷」，也是培根歸納法明確反對的「族類假像」。

1973 年，余國藩提出使用西方特有的批評觀念和類目，應用於中國傳統文學研究的方法，不比古典文學研究者使用現代研究技巧方法處理古代材料更欠妥當。[49]筆者以為，余國藩的這種看法忽略了文學觀念與研究方法之間的差別。

異質文化系統中的文學觀念、文學方法，存在各自文化系統文化精神賦予的異質性，而作為工具的研究方法並不具有這種具體文化系統精神文化烙印的異質性。在跨文化文學研究中，柏拉圖、康德從先驗概念出發的體系建構、培根的歸納法、索緒爾、羅蘭·巴特的符號－結構方法、狄爾泰的歷史理性批判方法、胡塞爾的現象學方法、以及定量分析方法，等等，可以為不同文化系統文學研究共同使用。然而，西方文學中的模仿觀念，中國詩歌中的

46　《海寧王靜安先生遺書》，商務印書館，1940 年刊行，上海古籍書店 1983 年影印本。
47　古洪添、陳慧樺，《比較文學的墾拓在臺灣·序》，《比較文學的墾拓在臺灣》，東大圖書股份有限公司，1976 年，第 1-2 頁。
48　陳惇、劉象愚主編，《比較文學概論》，北京師範大學出版社，2000 年，第 136 頁。
49　余國藩，〈中西文學關係的問題和前景〉，林必果等譯，載於《中外比較文學的里程碑》，李達三、羅鋼主編，人民文學出版社，1997 年，第 13-14 頁。

言志觀念，卻只能在各自文學系統中尋根探固之後，再互照互識。在不帶偏見的文學研究中，不能用西方的模仿觀念讀解中國古代戲曲小說，也不能用中國的言志觀念讀解西方的抒情詩。

筆者承認闡發法對於中國新文化運動發展的催生作用[50]。筆者直到今天仍然認為這種闡發法在異質文明交流初期通常是最基本的方法。要補充指出的是，這種闡發法在異質文化交流深入時期仍然也是促進文化對話、文化建設的有效方法之一。但是，不得不指出的是，闡發法要想在人類總體文學研究中實現「對等互動」「有效」原則[51]，從而探尋人類總體文學規律，就必須雙線並進尋根探固同異全識，而這樣的雙線並進尋根探固斷不屬於闡發法。正是鑑於闡發法與葉維廉的雙線並進尋根方法的這種差異，在文學審美風格中西文學互照互識比較研究中，筆者選擇了葉維廉的文化模子尋根法。

1.2.3.A.c. 關於雙線並進尋根探固方法的運用

在中西比較文學研究中，葉維廉強調放棄單一西方模子，不能用一種文化模子來覆蓋另一種文化模子，宣導從兩個異質文化各自的模子出發，「同異全識」，從而尋求超越文化異質、語言限制之「共相」。遵循這一原則，文學審美風格研究從西方文學系統和中國古代詩歌系統各自系統整體考察出發、平等對話互照互識，儘量擺脫西方文化模子的話語壟斷，同時，也不企圖用中國模子去闡發西方文學，從而探求超越具體歷史時空限制的文學審美風格之理論概括。

在西方文學系統考察基礎上，筆者在 20 世紀 90 年代提出作品主人公性格和情節佈局是文本純文學風格的要素。但是，西方浪漫主義文學中的零位性格、零位情節佈局作品類型的出現，提出了一個問題：在這類性格和情節均

---

[50]　蘇敏，〈跨文化文學審美風格比較方法〉，《文藝研究》，1997 年第 3 期。
[51]　曹順慶在跨文明闡發法研究的原則中提出對等互動原則以及有效性原則。曹順慶主編，《比較文學教程》第四章，高等教育出版社，2006 年。

屬於零位的文學作品中，文本純文學風格要素怎樣體現？連帶出現的問題
是，浪漫主義的強化情節強化性格、弱化情節弱化性格作品類型，與零位情
節零位性格的作品是否有關？在西方文學系統中，表現主觀的文學以及抒情
詩文體，其作品數量和理論總結都遠遠不及模仿文學以及史詩、戲劇、小說。
因此，筆者的研究限於荷馬、柏拉圖、亞里斯多德開啟的西方模仿文學系統
很難得出令人信服的結論。

　　在孔子、老子開啟的中國文化系統中，其文學模子與西方完全不同。在
中國古代文學中，中國古代言志詩恰巧不是邊緣而是中心，數量之豐富，成
就之輝煌，在世界文學平臺也罕見，恰巧彌補了西方文學之不足。中國古代
言志詩為解釋筆者所遇到的上述困惑提供了可以與西方文學平等對話互照互
識的充足材料。因此，在 21 世紀初，筆者開始中國古代詩歌研究，並在西方
模仿文學系統和中國古代言志詩系統互照互識基礎上，重新修訂關於文本純
文學風格要素的結論，解決了單一西方文化系統文學事實不能解決的問題。

　　在中國言志文學與西方模仿文學互照互識研究中，如果筆者用中國詩歌
的「言志」去闡發西方抒情詩，雖然可以為西方抒情詩讀解提供一個新的闡
釋角度，但是，那已經不是西方的抒情詩了，而是從中國詩學觀念出發對西
方抒情詩的誤讀。試想，在這種以中國模子過濾的「側顯」意義[52]基礎上，我
們何以獲得關於西方抒情詩尋根探固的認識，何以認識西方抒情詩與中國言
志詩的同與異？在此基礎上關於異質文明共同文學問題的討論怎麼可以具有
理論的普遍性？

1.2.3.B.　詩學模子雙線並進尋根

　　在葉維廉文化模子尋根法基礎上，在異質文化系統文學比較方法上，筆
者提出詩學模子尋根法，即把文學作品首先還原到其產生的詩學語境中，用

---

[52]　關於「側顯」意義，參見本書 4.4.1.。

各自文化具體歷史時空詩學語境闡釋各自文學作品，然後通過系統還原法把文本還原到各自文學歷史演進構成的文學系統整體中，確定文本在自己文學系統－詩學系統「互文性」中的相對潛在意義。[53]在此基礎上，才談得上不同視域文學風格的平等對話，才可以探討單一文化系統不可能解決的詩學難題。

詩學模子尋根法，是跨文化比較文學中避免單向闡發誤讀最基本、最簡單有效的途徑之一。筆者所提出的詩學模子尋根法，不否定葉維廉的文化模子尋根法，而是主張在詩學模子尋根前提下，再根據研究需要向文化領域拓展從事文化模子尋根研究。離開了異質文明各自文化具體歷史時空詩學語境這一基本前提，從文學風格研究看，全方位的文化模子尋根研究或者會離開文學本體泛化為文化研究，或者會感覺文化太泛不知如何下手把握文學作品。

比如，在中西文學比較中，首先，以亞里斯多德《詩學》中的「摹仿」闡釋古希臘的史詩、悲劇，用奧古斯丁的「寓言」闡釋但丁的《神曲》。同時，用劉勰《文心雕龍》中的「雅與奇」闡釋中國言志詩的《詩經》與《離騷》。然後，再將古希臘史詩、悲劇、義大利《神曲》與中國的《詩經》《離騷》互照互識探討西方文學的模仿，中國詩歌的言志[54]之間的差異，以及中西文學的共同點。

要指出的是，這種異質文化系統兩個文學作品還原到各自具體歷史時空詩學語境的歷史視域，既包括對歷史空間的規定，同時，還包括對歷史時間的規定。具體說，即在異質文明文學互照互識中，不僅不能用甲文化的詩學話語闡釋乙文化的文學作品，而且，不能用甲文化中 A 時代的話語闡釋 B 時代的作品。比如，不能用西方中世紀的「寓言」闡釋 20 世紀的象徵主義文學，

---

[53] 蘇敏，〈跨文化文學風格比較方法〉，《文藝研究》，1997 年第 3 期。

[54] 筆者認為，「言志」是中國古代詩學核心概念，與「模仿」是西方詩學核心概念相通。關於中國古代詩學核心概念「言志」，參見蘇敏，〈從中西文學視域論中國詩學體系的詮釋原則──「言志」〉，《東方叢刊》2009 年第 2 期。蘇敏，〈言志學芻議──從中西文學闡釋「言志」與「志」〉，《跨文明對話──視界融合與文化互動》，曹順慶、徐行言主編，成都：巴蜀書社，2008 年 12 月。蘇敏，〈論《離騷》的文學物象〉，《先秦兩漢文學論集》，章必功等主編，北京：學苑出版社，2004 年 7 月。

或者用西方文學中 20 世紀的「象徵」闡釋中世紀的文學作品。[55]與此同理，在中國詩歌研究中，不能用唐宋詩歌的「意象」、「意境」解釋先秦詩歌，不能用先秦詩歌的「賦比興」解釋唐音宋調言有盡而意無窮之興趣或者深遠平淡之理趣。

1.3. 符號－結構方法：文學審美風格命題邏輯推演的方法

　　文本文學審美風格研究，不是傳統風格理論那種沒有確定特定研究單位、研究對象的簡單因果關係分析，也不是黑格爾那種從絕對理念出發的邏輯推演以及企圖穿越人類歷史去尋找的統一性，而是風格命題與具體歷史時空中西文學活動中發生實際審美效應的文學作品整體風貌考察相結合的研究[56]。因此，在方法論上，需要一種客觀描述、宏觀駕馭這種存在於中西文學活動中的研究對象整體的方法。20 世紀中期歐洲結構主義符號學方法，正好提供了一種客觀駕馭中西文學作品風格整體的方法，所以，它是文學審美風格論研究邏輯構架的基本方法，貫穿本書的所有章節。為此，在展開文學審美風格理論之前，筆者簡單回顧符號學發展歷史和介紹與本研究有關的結構主義－符號學基本概念。

1.3.1. 符號學的歷史回顧

　　任何事物都不是無源之水，無本之木。20 世紀歐洲結構符號方法亦然。不過，在此的符號學 la semiologie 歷史回顧，主要是與本研究有關的結構符號方法溯源，不是客觀全面的符號學歷史描述。具體說，我們的符號學歷史回

---

[55]　本書 4.4.4.B.，從文學審美風格構成角度為詩學模子尋根法提供了學理依據。
[56]　關於本書研究方法原則，參見本書 1.2.1。

顧，不僅有筆者的側重點，而且，下限止於 20 世紀中期的結構主義符號學，不包括後結構主義符號學。

1.3.1.A. 古代關於符號的概念

符號概念在古希臘、中世紀時期就存在了。不過，在古代西方，還沒有自覺的符號學。

符號概念，出自希臘語 sé me îon，詞義與醫學有關。據說，古希臘人認為，各種病症，都是符號。醫生診病時，只要掌握了這些符號，就可以推斷出病因。

古希臘哲學家亞里斯多德、泛希臘時期斯多葛學派，把「符號」這個詞用於邏輯學中，指詞和事物之間的關係。

亞里斯多德（西元前 384－322 年）《解釋篇》的「象徵」，與「符號」相通，指聲音、心靈狀態、事物三者的關係：「由嗓子發出的聲音是心靈的象徵。同樣，寫出的文字，在所有的人那裡不會一樣，說出的話也不會一樣，儘管心靈狀態在所有的人那裡是一樣的，以這些心靈狀態為其意象的事物也是一樣的。」

斯多葛學派（西元前 300 年左右）提出的符號三部分，與符號學的能指、所指以及指代對象相通。斯多葛派認為，符號有發音的部分、被揭示的事物（它取決於人的思維）、被指示的外部對象，三者是聯繫在一起的。其中，聲音和對象，是有形的，而事物是無形的。

中世紀奧古斯丁關於「任何東西都是其他象徵的象徵」的斷言，可見當時已經意識到符號之間的說明作用，以及意指作用的相對性和可變性。[57]

---

[57] 筆者關於符號學的發展，主要採用了皮埃爾・吉羅、以及羅蘭・巴特關於符號學的研究成果，參見（法）皮埃爾・吉羅，《符號學概論》，懷宇譯，四川人民出版社，1988 年；（法）羅蘭・巴特，《符號學原理》，黃天源譯，廣西民族出版社，1964 年。

1.3.1.B. 符號學在近代的萌芽

近代符號學的萌芽，體現在近代出現了比較自覺的意指作用觀念，不過，符號學的概念也還沒有出現。近代符號學主要代表人物兩個：萊布尼茨和布林。

萊布尼茨（1646－1716）符號邏輯學，是近代符號學的開端。在《組合藝術》和《單子論》中，萊布尼茨發展斯多葛派思想，指出關於符號的科學，應該能夠排列符號，使其表達所思。符號科學的目標，是把人類理解力加以數學化。萊布尼茨已經模糊認識到語言本身的系統性問題，指出組合和微積分，可以成為意指範疇內的邏輯學，他指出：符號即意指單位。

價值觀念，也是萊布尼茨所提出的一個重要概念。萊布尼茨認為，符號在社會實踐的多層次、多功能的網路中，只有具備多義性，才有存在的價值。

每個詞，既按其在各個領域的使用習慣中的位置，又按其在由各個交叉領域形成的網路中的位置，而具有特徵意義。

布林（1815－1864）《邏輯的數學分析》以及公理學，在把數學方法引入邏輯學的同時，提出不借助哲學和心理學，就可以說明能指過程的一些數學程式。

1.3.1.C. 符號學在現代的誕生

皮爾斯和索緒爾，現代符號學的奠基人，他們幾乎同時提出了符號學概念，皮爾斯側重研究符號的邏輯結構，索緒爾側重研究符號的社會功能。現代符號學的誕生雖然為符號學作為一般方法論奠定了基礎，但還沒有成為一般方法論。

皮爾斯和索緒爾關於符號學的著述，在生前都沒有出版。皮爾斯的思想見於 20 世紀 30 年代出版的《查理斯・桑德斯・皮爾斯論文集》（八卷），1999年美國學者將皮爾斯符號學思想整理成冊單獨出版，即《皮爾斯論符號：皮爾斯符號學文集》。《普通語言學教程》（1916）是索緒爾的代表作，該書是其學生根據課堂筆記和其他材料整理出版。

1.3.1.C.a. 皮爾斯的邏輯符號學

美國實用主義哲學家、邏輯學家查理斯·桑德斯·皮爾斯（1839－1914），明確提出有必要建立一種新的科學－符號學（semiotic 法語 semiotique），並對符號學有明確的界定：論述意指作用，意指作用諸系統間的可轉換性以及它們在物質範疇內的關係。皮爾斯的符號學，包括邏輯學系統，也包括說話主體以及陳述方式，以及主體與被指代對象的各種關係。

皮爾斯的符號定義，受斯多葛派的影響。他認為：「一個符號，⋯⋯是這樣一種東西，它對於某個人來說，是以某種關係或某種能力存在的某種事物。它求助於某個人，也就是說，它在這個人的精神之中創造一種等值的符號，有時是創造一種更為發展的符號。⋯⋯符號在此是為某種東西即它的對象而存在⋯⋯」[58]

1.3.1.C.b. 索緒爾的語言符號學

瑞士語言學家費爾迪南·德·索緒爾（1857－1913）的符號學，與皮爾斯的邏輯－實證主義的公理學不同，他企圖建立不排除社會和心理意指作用的理論，他更側重研究和語言學相關的符號學：「我們可以設想有一門研究社會生活中符號生命的科學；它將構成社會心理學的一部分，因而也是普通心理學的一部分；我們管它叫符號學（sémiologie，來自希臘語 séméion『符號』）。它將告訴我們符號是由什麼構成的，受什麼規律支配。⋯⋯語言學只不過是這門一般科學的一部分⋯⋯確定符號學的恰當地位，這是心理學家的事，語言學家的任務是要確定究竟是什麼使得語言在全部符號事實中成為一個特殊的系統。⋯⋯語言比任何東西都更適宜於使人瞭解符號學的問題⋯⋯」[59]

---

[58] 關於皮爾斯符號學，參見（法）皮埃爾·吉羅，《符號學概論》，懷宇譯，四川人民出版社，1988 年；丁爾蘇，《語言的符號性》，外語教學與研究出版社，2000 年；翟麗霞，《當代符號學理論溯源》，《濟南大學學報》，2002 年第 4 期。

[59] （瑞士）費爾迪南·索緒爾，《普通語言學教程》，高名凱譯，商務印書館，1980 年，第 38-39 頁。不過，羅蘭·巴特觀點與索緒爾這種觀點相反。羅蘭·巴特認為符號

索緒爾符號學從語言學本身出發，以語言符號為例，說明符號概念：語言符號取決於能指和所指的結合，語言符號是任意的，如果說語言是詞語（符號）之間的遊戲，那麼，意指作用，便是語言體系與社會力量在最後時刻認定的專門規則所產生的「價值」。

丹麥語言學家葉爾姆斯列夫（1899－1965）是哥本哈根派代表。他繼承索緒爾語言符號學，提出把語言看作某一時期內一個獨立配套的自足體系，而不是語文事實的混合物。言語活動中，表達與內容，形式與實體，兩者之間既相互關聯又互為前提。一種意義，可以在每種語言中以不同的方式獲得形式，並有時是在不同的符號系統中獲得形式。意義，每次都是一種新形式的實體。

1.3.1.D. 符號學在 20 世紀中期的發展

20 世紀中期法國結構主義發展成為規模龐大的方法論體系，它也成為符號學研究的方法論，並使符號學成為一般方法論。趙毅衡稱 50－60 年代的符號學為結構主義的符號學。[60]

20 世紀中期結構主義符號學的代表人物有：

40 年代人類學家列維・斯特勞斯，研究人類社會的親戚關係以及印第安人的神話。

60 年代法國語言學家、符號學家、結構主義者羅蘭・巴特，繼承俄國形式主義、布拉格學派，側重研究索緒爾符號學，在社會範圍各個領域研究意指系統，或者表達系統的類型。1964 年，羅蘭・巴特發表的《符號學原理》，是結構主義符號學方法論的代表作。

學是語言學的部分，任何符號學系統都有言語行為介入。電影、廣告、照片，必須配合文字說明證實其含義。參見（法）羅蘭・巴特，《符號學原理》，黃天源譯，廣西民族出版社，1992 年。筆者從索緒爾的觀點。

[60] 參見趙毅衡，《符號學——文學論文集》，百花文藝出版社，2004 年，第 5 頁。

70 年代法國語言學家皮埃爾‧吉羅,《符號學概論》,體現了符號學在資訊時代的發展,該書將傳播學的成果引入符號學體系。

文學審美風格論研究所使用的基本方法,主要就是 20 世紀初期誕生的、20 世紀中期發展的結構主義－符號學所提供的整體研究方法。索緒爾的《普通語言學教程》、羅蘭‧巴特的《符號學原理》,是文學審美風格論所使用的結構主義符號學方法論的最基本理論資源。

1.3.2. 符號學的基本概念

從我們關於符號學歷史回顧可見,符號學是研究**意指作用**的科學。符號學研究內容,主要包括符號的特性、構成、結構系統等。在表面上仿佛是任意的或者說非系統的符號組合中確定結構系統的存在,是符號學的基本任務。

文學審美風格論研究的基本動機,就是在表面上仿佛是任意的、非系統的文學作品組合中探尋其結構系統的存在,從而總體駕馭異質文化的中西文學風格,以便對文學風格是否存在絕對價值尺度問題作出理論上的解釋。

在此關於符號學基本概念的介紹,猶如符號學歷史回顧,也不是符號學概念的客觀全面介紹,主要是為了方便文學審美風格研究而不得不介紹的最基本概念,比如,實體與形式以及物質、符號的能指與所指、符號的意義與價值、符號的言語與語言、符號的橫組合縱聚合,以及符號的分類等。理解這些概念,是掌握結構符號方法論最基本的知識準備,因而也是理解文學審美風格理論最基本的知識準備。

1.3.2.A. 實體與形式以及物質

符號學認為,符號是「形式」forme(也翻譯為「構成」),而不是「實體」substance,也不是物質載體。

「實體」substance 和「形式」forme,是符號學的最基本概念。許多符號學家都論述了兩者之間的區別。

1.3.2.A.a. 現代語言學的實體與形式

「實體」與「形式」的劃分，溯源於索緒爾。索緒爾明確指出，語言是形式，既不是實體，也不是抽象物。

索緒爾在《普通語言學教程》第二編第三章《同一性、現實性、價值》中斷言：「語言學是在這兩類要素（思想和聲音——筆者註）相結合的邊緣地區進行工作的；這種結合產生的是形式（forme），而不是實體（substance）。」[61]

在《普通語言學教程》中，索緒爾以快車和街道為正面例子，以衣服為反面例子，說明語言符號是 forme，既不是抽象事物，也不是純粹物質材料，而是既包含物質層面、又包含抽象層面某種條件（成分之間的某種關係）的一種特殊存在。[62]

作為與 forme 相對的 substance，高名凱譯為「實質」。筆者以為，與 forme 相對的 substance，譯為「實體」比較妥當，因為在這裡，「實體」，是相對於「形式」或者「構成」而言的符號學專門術語。

在《普通語言學教程》另一處，即第二編第二章《語言的具體實體》，高名凱譯文出現了「實體」話語，而且，關於「實體」的判斷——語言就是「具體實體」——與上面所說的語言不是實體觀點互相矛盾。從上下文語境看，索緒爾在這裡所使用的 entités concrétes，是相對於「抽象的事物」而言的「具體個體」，不是相對於形式、構成而言的「實體」。[63]

---

[61] 參見（瑞士）索緒爾，《普通語言學教程》，高名凱譯，商務印書館，1980 年，第 158 頁。與 forme 相對的 substance，皮埃爾·吉羅，《符號學概論》譯者翻譯為「實體」。

[62] 參見（瑞士）索緒爾，《普通語言學教程》，高名凱譯，商務印書館， 1980 年，第 153-154 頁。

[63] 與抽象事物相對的 entités concrètes，高名凱譯為「具體實體」。高名凱的譯文是：「構成語言的符號不是抽象的事物，而是現實的客體。語言學研究的正是這些現實的客體和它們的關係；我們可以管它們叫這門科學的具體實體（entités concrètes）。」「所以語言有一個奇怪而明顯的特徵：它的實體不是一下子就能看得出來，可是誰也無法懷疑它們是存在的，正是它們的作用構成了語言。」參見（瑞士）索緒爾，《普通語言學教程》，高名凱譯，商務印書館，1980 年，第 146 頁、第 151 頁。

其實，索緒爾在《普通語言學教程》第二編第二章、第三章的觀點本身並不是互相矛盾的，矛盾出現在翻譯中。難怪高名凱不把與 forme 相對的 substance 翻譯為「實體」而翻譯為「實質」。鑑於 forme 與 substance 是符號學中一對基本術語，有特定的界定，筆者以為，其實，更好的解決方法，似乎是把與 forme 相對的 substance，譯為「實體」，而把與抽象事物相對的 entités concrètes，譯為「具體個體」，這樣，既不會因為 substance 在這裡譯為「實質」而造成符號學的術語混亂，也不會出現高名凱譯文中那種關於語言究竟是否是實體的矛盾。

丹麥語言學家路易士‧葉爾姆斯列夫從常素與可變體角度闡釋索緒爾的斷言：顯現關係中（被顯現）的常素可以稱為形式（form）。顯現關係中（顯現）的可變體可以稱為實體（substance）。[64]

羅蘭‧巴特以語言能指為例具體闡釋索緒爾的斷言：能指的實體，或表達的實體，如語音學範疇語音的、有音節的，非功能性的實體。能指的形式，或表達的形式，它是由縱聚合規則和句法規則組成的。同一形式，可以有兩種不同實體：語音實體，書寫實體。[65]

皮埃爾‧吉羅關於傳統的實體－形式與現代語言學的實體－形式之間的辨析，也有助於理解「實體」與「形式」這一對概念之內涵。

皮埃爾‧吉羅通過一個例子說明實體－形式在傳統語言學和現代語言學之間的區別：傳統語言學所說的「實體」和「形式」的對立，即一種符號有一個實體和一個形式。如，公路上的交通燈，紅色表示禁止通行的信號，在實體上就是一種電選擇信號，而在形式上，則是一種紅色的圓盤。對同一個對象——公路交通燈，現代語言學的解釋則是：紅色圓盤，在信號本身確定了信

---

[64] （丹麥）路易士‧葉姆斯列夫，《葉姆斯列夫語符學文集》，程琪龍譯，長沙：湖南教育出版社，2006 年，第 221 頁。

[65] （法）羅蘭‧巴特，《符號學原理》，黃天源譯，廣西民族出版社，1964 年，第 29-31 頁。

號，紅色圓盤構成了實體；形式則是它與其系統的其他信號之間的關係，即存在把它與綠色、黃色信號對立起來。[66]

1.3.2.A.b. 物質（或可感載體）

那麼，上面皮埃爾・吉羅關於交通信號燈舉例中屬於傳統意義上的實體——電選擇信號，在現代符號學中既不是實體，又不是形式，那它是什麼呢？皮埃爾・吉羅把電選擇信號用另外的術語指代，這就是「物質」或「可感載體」。

上述實體、形式、以及物質（或可感載體）諸概念的辨析，就是為了理解索緒爾關於符號是 forme，既不是抽象事物，也不是純粹物質材料，而是既包含物質層面、又包含抽象層面某種條件（成分之間的某種關係）的一種特殊存在。

我們可以不具體糾纏符號學關於實體與物質（或可感載體）之間的細微區分，但是，我們必須明白：符號是 forme 這一判斷，意味著符號指一種關係，這種關係既不是抽象事物，也不是實體或者純粹物質材料，同時，這種關係是既包含物質層面、又包含抽象層面某種條件的一種特殊存在——整體中不同成分之間的一種關係。

從索緒爾關於符號是形式（forme）的觀點出發，我們斷言文學手法是文學符號－結構，意味著我們的研究對象既不是紙質文本實體或物質載體，也不是抽象概念，而是與文學手法有關的種種關係。比如，自然語言與不可再分文學想像具象之間的關係，最小手法與文本手法之間的關係、手法與風格之間的關係、風格個體與風格系統之間的關係等等。這些關係，屬於既包含物質層面，又包含抽象層面某種條件的特殊存在。

---

[66] （法）皮埃爾・吉羅，《符號學概論》，懷宇譯，四川人民出版社，1988 年，第 33 頁。在該部分關於皮埃爾・吉羅的引用均出在該書，恕不一一列舉。

1.3.2.B. 符號能指與所指及其性質

符號由能指和所指構成。能指（signifiant）和所指（signifié），也是符號學最基本的術語，而且，也是由語言符號學家索緒爾提出。

任何符號，按照索緒爾的觀點，都包括能指（音響形象）和所指（概念）。符號是能指和所指的結合。索緒爾說：「我們建議保留用符號這個詞表示整體，用所指和能指分別代替概念和音響形象。後兩個術語的好處是既能表明它們彼此間的對立，又能表明它們和它們所從屬的整體間的對立。」[67]

索緒爾關於符號由能指與所指構成的斷言，羅蘭‧巴特用符號意義系統模式表示為 ERC，其中，E 是表達平面，C 是內容平面，R 是 E 和 C 兩者的關係，即符號的意義。[68]

60 年代，能指和所指仍然是符號學討論中非常重要的概念，羅蘭‧巴特關於能指和所指有專門討論。不過，在 70 年代，能指和所指的概念似乎已成為一種學界共識。皮埃爾‧吉羅只是沿用能指、所指術語，但並沒有關於能指所指的專門章節討論。

皮爾斯關於符號三重性論，與索緒爾的能指－所指二重性論不同，在於他還強調符號的使用者。皮爾斯認為，構成有效符號的基本成分，除了代表項 representamen 和對象 abject 以外，還包括解釋項 seniosis。符號化過程 semiosis 的核心，只包括兩個方面：符號和符號所替代的物體，即代表項 representamen、對象 abject 兩者。但是，沒有符號的使用者，或者說解釋項 seniosis，不能完成符號化過程。[69]

---

[67] （瑞士）索緒爾，《普通語言學教程》，高名凱譯，商務印書館，1980 年，第 102 頁。
[68] （法）羅蘭‧巴特，《符號學原理》第二章、第四章，黃天源譯，廣西民族出版社，1964 年。
[69] 參見（法）皮埃爾‧吉羅，《符號學概論》，懷宇譯，四川人民出版社，1988 年；翟麗霞，《當代符號學理論溯源》，《濟南大學學報》，2002 年第 4 期；翟麗霞、劉文菊，《皮爾斯符號學理論思想的語言學闡釋》，《濟南大學學報》，2005 年第 6 期。

如果說文學作品不同層次的表達平面與內容層面對立統一的關係，是文學符號客體，那麼，符號使用者或者解釋項，則是文學符號化過程中的主體，即讀者。

1.3.2.B.a. 符號所指的心理性質

所指不是「一個事物」，而是這個「事物」的心理複現。索緒爾在把所指稱為概念時，明確指出所指的心理性質：「牛」這個詞的所指，不是動物牛，而是它的心理複現。

與索緒爾不同，羅蘭·巴特更強調所指是符號的兩個關係物之一，非仲介的關係物。羅蘭·巴特在斯多葛派關於符號三個部分的區分（參見本書1.3.1.A.）的基礎上，指出所指既不是意識行為層面的「心理複現」，也不是物質存在層面的「真實物」，而是「可言狀的」，是在獲得意義過程中使用某一符號的人所指的「某一事物」，它是符號的兩個關係物之一，它與能指的唯一不同點在於能指是仲介物。[70]

筆者以為，強調所指是兩個關係物之一，似乎沒有必要否定所指的心理性質。「可言狀的」的言語行為，和意識行為是不可以分離的。

1.3.2.B.b. 符號能指的仲介物性質

羅蘭·巴特指出：能指與所指唯一的區別，在於能指是個仲介物：它需要有物質為依託。能指的實體永遠是物質的，如聲音、實物、圖像等。

在符號學中，一方面，對於能指來說，僅僅是物質是不夠的；另方面，所指也可以被某個物質替換，這物質就是詞。

由此出發，最小文學手法，作為符號，它是自然語言與不可再分文學想像具象對立統一關係整體。其能指自然語言符號以物質實體為依託，比如，

---

[70]　（法）羅蘭·巴特，《符號學原理》，黃天源譯，廣西民族出版社，1964 年，第 34-36 頁。在該部分中，關於羅蘭·巴特的應用均出自該書，其他參見第 36-38 頁。

書寫符號或印刷符號之文字，其所指不可再分文學想像具像是其「心理複現」，即在文學想像活動中的不可再分文學具象的心理複現，在此意義上，最小文學手法具有物理－心理雙重性質。[71]

1.3.2.B.c. 符號能指的分類

羅蘭・巴特指出：能指的分類，是為系統建立嚴格意義的結構，是符號學中一個重要部分。能指分類，就是把「無限」資訊切分為最小的能指單位，並把這些單位按照縱聚合關係分類，最後，將連接這些單位的橫組合關係進行分類。[72]

在文學風格符號結構研究中，筆者把文學作品中的自然語言符號橫組合關係連續體首先切分為最小文學手法，並梳理出最小文學手法縱聚合類型[73]，然後，再將最小文學手法進行分類。

1.3.2.C. 符號的意義與價值

在符號學中，意義、價值等術語的含義比較糾纏。筆者在此主要參照索緒爾、羅蘭・巴特、皮埃爾・吉羅大多認同的相關闡述作一個方便法門的自我規定：從符號能指和所指「構成關係」確定符號的意義；從符號類型「相鄰關係」確定符號的價值。符號的價值與意義既互相對立，但又不可分割，只有在意義、價值雙重限定前提下才能確定符號的意指作用。

1.3.2.C.a. 符號的意義

關於符號「意義」的討論，開始於索緒爾《普通語言學教程》。[74]羅蘭・巴特《符號學原理》所說的「意義」，皮埃爾・吉羅《符號學概論》所說的

---

[71] 關於最小文學手法的能指與所指的詳細討論，參見本書 3.2.。
[72] 關於符號的縱聚合和橫組合，參見本章 1.3.2.E.。
[73] 關於最小文學手法的縱聚合類型，參見本書 3.4.。
[74] 參見本書 1.2.1.C.。

signification「意指作用」或「意指方式」，是對世紀初符號學的繼承，指符號能指和所指的整體性質或者功能。

　　在符號學中，符號的「意義」或「意指作用」，是與符號的「價值」相對而言的一個概念。

　　索緒爾第一個在意指作用中剝離出「意義」和「價值」這一對概念。他所說的「意義」，指語言符號中聽覺形象的對立面。[75]

　　羅蘭·巴特繼續討論符號「意義」和符號「價值」兩個概念之間的區別。不過，他所說的「意義」，已經不是與聽覺形象相對立的存在，而是聯結更加具有普遍意義的符號能指和所指的對立統一，是符號整體。他指出：符號的意義，可以設想為一個言語過程，是聯結能指和所指的行為，該行為的產物便是符號。[76]

　　60 年代羅蘭·巴特所說的「意義」，與 70 年代皮埃爾·吉羅所說的「意指作用」，話語不一樣，但是，都是指符號能指和所指之間的形成過程和這種關係的產物。「意指作用」，皮爾斯就提出了（詳見本章 1.3.1.C.a），它是符號學理論的基本概念。在皮埃爾·吉羅看來：任何符號，包括兩個術語：能指和所指，還要加上意指方式，即這兩者之間的關係方式。[77]

---

[75] 索緒爾，《普通語言學教程》，高名凱譯，商務印書館，1980 年，第 160 頁。

[76] 參見羅蘭·巴特，《符號學原理》，黃天源譯，廣西民族出版社，1964 年，第 39 頁、第 80 頁。

[77] 皮埃爾·吉羅還出：能指和所指之間的關係，任何時候，都是約定的，這種關係取決於使用者之間的一種協議、約定。使用者之間承認能指和所指之間的某種關係並在使用中遵守這種關係，這種使用者之間的協定或約定，即符號的編碼過程。編碼過程中的這種約定，是相對的、多樣化的。第一，這種約定可以是嚴格的，也可以不嚴格；可以是一致的，也可以是不一致的。比如，交通信號編碼，化學或數學標記，約定是客觀的、明確的、絕對的；宗教儀式、外交禮節，約定也是嚴格的、明顯的；而詩學編碼，卻是模糊的、多義的、直覺的、主觀的。第二，這種約定，可以是有動機的，或沒有動機的（任意性的），或者動機性較強的，動機性較弱的；結構性較強的，結構性較弱的。參見皮埃爾·吉羅，《符號學概論》，懷宇譯，四川人民出版社，1988 年，第 25-28 頁。

1.3.2.C.b. 符號的價值

索緒爾在《普通語言學教程》中強調了符號的「意義」和「價值」的不同。在該書第一編第三章索緒爾就涉及到這個問題。他說，語言學與經濟學相似，都面臨著價值的概念，都涉及到不同類事物間的等價系統，不過一種是勞動和工資，一種是所指和能指。[78]

在《普通語言學教程》第二編第四章索緒爾詳細討論了「價值」不等於「意義」的問題。他說，價值，從概念方面看，是意義的一個要素。意義既依存於價值，又跟它不同。這個問題很難弄清楚但必須弄清楚。意義，只是聽覺的對立面，一切都是在聽覺形象和概念之間、在詞的界限內發生的。問題的奇特在於，一方面，概念在符號內似乎是聽覺的對立面，另一方面，這符號本身，即它的兩個要素間的關係，又是語言的其它符號的對立面。語言是一個系統，它的各項要素都有連帶關係，其中每項要素的價值都只是因為有其他各項要素同時存在。這樣規定的價值，怎麼會跟意義，即聽覺形象的對立面發生混同呢？拿剪開的紙張相比，A、B、C、D 等塊間的關係怎麼會跟同一塊紙張的正面和反面的關係 A／A'，B／B'，C／C'，……沒有區別？

索緒爾斷言：支配任何價值的原則是：第一，一種能與價值有待確定的物交換的不同的物；第二，一些能與價值有待確定物相比的類似的物。要使一個價值存在，必須有這兩個因素。比如，要確定一枚 5 法郎硬幣的價值，第一，能交換一定數量的不同東西，如麵包；第二，能與同一幣制的類似價值相比，如一法郎硬幣，或另一幣制的貨幣（如美元）相比。同樣，一個詞可以跟某種不同的東西即觀念交換；也可以跟某種同性質的東西即另一個詞相比。因此，我們只看到詞能跟某個概念「交換」，即看到它具有某種意義，還不能確定它的價值；我們還必須把它跟類似的價值，跟其他可能與它相對立的詞比較。索緒爾強調必須借助於符號之外的東西，才能真正確定它的價值。

---

[78]　索緒爾，《普通語言學教程》，高名凱譯，商務印書館，1980 年，第 117-118 頁。

在索緒爾基礎上，羅蘭・巴特明確提出了與「構成成分」相對的「相鄰成分」概念。他說，討論符號，不應該從其「構成成分」入手，而應該從其「相鄰成分」入手，這就是符號的價值問題。在他看來，符號的價值，是結構主義語言學的核心問題。意義是內容的實體，價值是形式的內容。

羅蘭・巴特重申索緒爾的觀點並發揮其舉例：不管是經濟學還是語言學，這種等值都不是孤立的。因此，要得到符號的價值，就必須一方面各種不同事物（勞動和工資──能指和所指）之間可以交換，另方面，各種相同的事物可以比較。符號的意思只有在意義和價值這種雙重的限定之後，才能真正確定下來。

比如，5 法郎錢幣，換回麵包、肥皂或者電影票，同時，可以將它與 10、50 法郎錢幣進行比較。

一個詞，可以換回一個意思（即不同事物），也可以同別的詞（相同事物）進行比較。羊肉 Mutton 這個詞，只有從它與羊 sheep 這個詞的共存中才能取得價值。

羅蘭・巴特還補充說：符號的價值，是從潛在的縱聚合方面，聯想場方面考慮的。[79]

從文學符號─結構連續構造過程看，最小手法、文本手法統一體、文本純文學風格、文本文學審美風格、文學審美風格系統的能指與所指之間的構成關係是其意義，最小手法三大類型、文本手法五大類型、作品文學風格個體兩大基本類型、民族─文化風格兩大基本類型等，是其相鄰關係的價值。

1.3.2.D.　語言和言語

羅蘭・巴特指出：語言（langue）[80]和言語（parole），是索緒爾語言學理論的核心概念。在索緒爾以前，語言學關心的是通過語音演變、自發聯想和類

---

[79] 關於符號價值問題，參見羅蘭・巴特，《符號學原理》，黃天源譯，廣西民族出版社，1964 年，第 45-47 頁。

推作用研究歷史變化的原因，主要是一種個人行為的語言學。言語行為
langage，即人類按照一定規則發出一連串語音以產生有意義的話語。言語行為
同時具有物質的、精神的、心理的、個人的、社會的等因素，索緒爾從言語
行為特性研究出發，在混沌的言語行為中抽出純社會性的交際所需要的約定
俗成的系統——語言 langue，並在語言的參照下重新定義了言語 parole——個人
性的組合。[81]

1.3.2.D.a. 索緒爾談「語言」和「言語」

索緒爾認為，自然語言的「語言」是社會的、心理的，不依賴個人的語
言。而「言語」則是個體的、心理－物理的，言語活動的個人部分。他主張兩
門學科不能同時進行研究，兩條路不能同時走，必須分開走。

索緒爾說：「語言以許多儲存於每個人腦子裡的印跡的形式存在於集體
中，有點像把同樣的詞典分發給每個人使用。所以，語言是每個人都具有的
東西，同時對任何人又都是共同的，而且是在儲存人的意志之外的。」

言語「它是人們所說的話的總和，其中包括：(a)以說話人的意志為轉移
的個人的組合，(b)實現這些組合所必需的同樣是與意志有關的發音行為。所
以在言語中沒有任何東西是集體的；它的表現是個人的和暫時的。」

索緒爾在區別語言和言語的同時，承認兩者的聯繫：「這兩個對象是緊密
相聯而互為前提的：要言語為人所理解，並產生它的一切效果，必須有語言；
但是要使語言能夠建立，也必須有言語。從歷史上看，言語事實總是在前
的。……另一方面，我們總是聽見別人說話才學會自己的母語的；它要經過

---

[80] langue，趙毅衡認為，譯為「潛存語」更符合索緒爾的原意。索緒爾給 langue 的定
義是：「一個倉庫……一個文化系統，潛存在每個頭腦裡，或者，更確切地說，潛存於
一群人的頭腦裡。」我國當代語言學界譯為「語言」，容易與同樣譯為「語言」的 langage
混淆。而 Langage，指作為一個總體化存在的語言，比如法語、漢語等。langue，有人譯
為「語言系統」，而趙毅衡認為，這樣容易造成誤解，似乎 langage 不成系統。參見趙
毅衡，《符號學——文學論文集》，百花文藝出版社，2004 年，第 15 頁。

[81] 羅蘭・巴特，《符號學原理》第一章，黃天源譯，廣西民族出版社，1964 年，第 1-2 頁。

無數次的經驗，才能儲存於我們的腦子裡。最後，促使語言演變的是言語……語言既是言語的工具，又是言語的產物。但是這一切並不妨礙它們是兩種絕對不同的東西。」

索緒爾的結論是：「根據這一切理由，要用同一個觀點把語言和言語聯合起來，簡直是幻想。言語活動的整體是沒法認識的，因為它並不是同質的，……這就是我們在建立言語活動理論時遇到的第一條分岔路。兩條路不能同時走，我們必須有所選擇；它們應該分開走。」索緒爾強調，語言和言語，都可以保留語言學的名稱，但是，兩門學科不能混為一談，兩個領域的界限不能抹殺。[82]

1.3.2.D.b. 羅蘭・巴特談「語言」和「言語」

羅蘭・巴特從語言學發展角度肯定索緒爾的「語言」與「言語」之區別，並用「約束」闡釋索緒爾所說的「語言」之社會性，用「自由」闡釋索緒爾所說的「言語」之個體性。

語言，指不包括言語的言語行為。它是一種契約性的價值系統。作為社會契約、社會規約，語言是言語行為的社會性部分，它既不是一種行為，也不是任何個人可以創造或改變的，而是一種集體契約，人類交際必須遵守的規約。這種規約是自主的，只有通過學習才能掌握。作為價值系統，語言是由一定數量的成分組成，每個成分既是一個特定聲音的等價物，又是具有某種更大功能的詞項，而且，還不同程度具有其他相關價值。

相對於語言，言語基本上是個人進行選擇並加以實現的一種行為。言語，首先是，最重要的是「說話者利用語言代碼表達個人思想時所需要的各種組合」這種組合，是構成一個完整單位的語段，或者說是單個說話者傳遞資訊的連續話語，它是由個人選擇的。言語還具有「使說話者得以運用這些組合表示出來的心理－物理機制」。說話人聲音快慢、高低等，存在個人選擇。

[82] 索緒爾，《普通語言學教程》，高名凱譯，商務印書館，1980 年，第 41-42 頁。

就語言和言語的關係，羅蘭‧巴特引用了丹麥語言學家布隆達爾（1887
－1942）的話語：「語言是一種純粹抽象的實體，是一種超越個人的規範，是
言語通過變化萬端的方式而實現的基本類型的總和。」

　　羅蘭‧巴特指出：沒有言語，就沒有語言，也不存在語言之外的言語。
一方面，語言是「言語實踐儲存於同一集團的人們中的財富」。因為它是打上
個人印記的集體產物，所以，從每個孤立的人的層面上看，它只能是不完整
的，語言只是完美無缺地存在於「全體說話人」之中：只有從語言中提取言
語，才能運用言語。另方面，只有以言語為基礎，語言才能存在。

　　組合約束是由「語言」決定的，而「言語」則以多樣的形式來體現這些
約束。因此，橫組合單位間存在著某種結合的自由。……而建構音位縱聚合
關係的自由則是零，因為語言在這裡已經確立了規則……把句子組合起來的
自由最大，因為在句法方面沒有了約束（話語在思路上連貫性的限制也許存
在，但已不屬於語言學的範疇）。[83]

1.3.2.E.　橫組合和縱聚合

　　語言符號學的橫組合和縱聚合雙重觀點，首先也是索緒爾提出的，索緒
爾首先討論了兩者之間的不同特點。不過，索緒爾所使用的術語是「句段關
係」和「聯想關係」。[84]羅蘭‧巴特繼承索緒爾的基本觀點，但使用了更具有
普遍意義的「橫組合」和「縱聚合」術語，並指出橫組合關係主要研究切分，
縱聚合關係主要研究分類。[85]

---

[83]　關於語言和言語，參見羅蘭‧巴特，《符號學原理》，黃天源譯，廣西民族出版社，
　　　1992 年，第 2-4 頁、第 60 頁。
[84]　關於索緒爾論句段關係和聯想關係，參見索緒爾，《普通語言學教程》第二編第五
　　　章、第六章，高名凱譯，商務印書館，1980 年，第 170-185 頁。筆者在該處所關於
　　　索緒爾的引用均出自該書的第五章，恕不一一指出。
[85]　關於羅蘭‧巴特橫組合和縱聚合，參見羅蘭‧巴特，《符號學原理》，黃天源譯，
　　　廣西民族出版社，1992 年，第 49-71 頁。

1.3.2.E.a. 橫組合關係

一、索緒爾論句段關係

在話語中，詞以長度為支柱結合的、線條特徵為基礎的關係，索緒爾稱為「句段關係」。這種句段關係可以出現在最小單位音位，也可以出現在最大單位句子。例如法語 re-lire「再讀」；contre tous「反對一切人」；la vie humaine「人生」；Dieu est bon「上帝是仁慈的」等。

在索緒爾看來，句段關係，是由兩個或幾個連續的單位組成的關係。一個要素在句段中只是由於它跟前一個或後一個，或者前後兩個要素相對立才取得它的價值。

句法，詞的組合理論，可以歸入句段理論，因為這些組合至少要有兩個分佈在空間的單位。不是任何句段事實都可以歸入句法，但是任何句法事實都屬於句段。

句段關係不僅要考慮部分和部分的關係，而且，還要考慮整體和部分的關係，因為整體的價值決定於它的部分，部分的價值決定於它們在整體中的地位。較小單位組成的較大單位，兩種單位互相間都有一種連帶關係。

索緒爾認為，部分滿足某種條件的「話語」屬於句段關係。在話語中，具有集體習慣標誌、有相當數量的確定類型、有語言的具體記憶作為支柱的語言事實，屬於句段關係。一切按正規的形式構成的句段關係，屬於語言。

二、羅蘭・巴特論橫組合關係

羅蘭・巴特明確指出：橫組合關係與「言語」接近。[86]羅蘭・巴特這一斷言，當是對索緒爾關於一切按正規的形式構成的句段關係屬於語言的判斷的修正。筆者以為，文學事實支持羅蘭・巴特的觀點。

---

[86] 羅蘭・巴特指出：意串，即「語鏈」，是以（時空的）廣延為依託的符號組合。在分節的言語行為中，這種（時空的）廣延是線性的和不可以逆轉的，兩個音素不能

在索緒爾基礎上，羅蘭·巴特特別強調意串分析活動是切分。他說：意串是由一個進行切分的實體構成。在他看來，找出構成意串的表義單位，是橫組合研究的基本任務。

羅蘭·巴特指出：意串，表現為一種「鏈鎖」的形式（例如滔滔不絕的話語）。然而，意義只能產生於分節，也就是說產生於能指層和所指層之間的同步劃分：言語行為可以說是劃分事實的活動。……意串是連續的（即流動、鏈鎖式的），但它只有在「分節」的情況下才能傳遞意義。

在橫組合研究中，羅蘭·巴特特別關注怎樣切分意串的問題。他說：意串的切分雖然困難重重，但卻是一項基本工作，因為必須給出系統的選擇單位，總之，意串是由一個進行切分的實體構成，這就是它的定義。以言語的形式出現的意串表現為一個「無限語段」：那麼，如何從這無限語段中確定出表義單位，即構成語段的符號的界限呢？

在羅蘭·巴特看來，在語言學中，無限語段的切分，是借助轉換試驗法[87]進行的。轉換試驗可以使我們逐步找出構成意串的表義單位，從而為對這些表義單位按照縱聚合關係分類做好準備。

同時被發音，re-tire（提取），每一個詞在這裡都從在它之前或之後的詞的對立中獲得價值。同時，在語鏈中，詞號是聯繫在一起出現的。索緒爾語言學中的「言語」屬於橫組合性質，因為它除了發音的多樣化以外，還可以被界定為（反覆使用的）符號的（不同）組合。口語的句子是意串的典型。

[87] 轉換試驗，今天的名稱是 1936 年召開的第五次國際語音學大會上由葉爾姆斯列夫和尤德爾認可的。轉換試驗，是人為地改變表達層面（能指），並觀察這一改變是否會引起內容層面（所指）的相應變化。這種做法就是要在無限語段落的某個點上創造一種隨意的對等性，即雙重縱聚合關係，以便觀察兩種能指成分的互相轉換是否也引起兩個所指成分的相互轉換。如果兩個能指成分的轉換產生所指的轉換，就可以確信，在接受轉換的這片斷意串中，有一個橫組合單位，這樣，第一個符號就被切分了。試驗當然也可以反過來從能指方面進行。葉爾姆斯列夫將轉換 commutation 與替換 substitution 區別開來（《語言學論集》），轉換引起意義的改變 poison 毒藥／poisson 魚；替換改變的是表達方式，而不是內容，也不會反過來改變內容而不改變形式 bonjour 早安／bonchour「早安」的音變。轉換，通常首先運用於能指層面，因為要切分的是意串；用於所指的情況是有的，但那純粹是形式上的，所指並非根據「實體」，而是作為能指的單純的標記被引用的，它不過是把能指定位而已，換言之，在普通的轉換試驗中，我們運用的是所指的形式（其與別的所指

羅蘭・巴特關於橫組合切分的論述，是本書關於文學單位研究的符號學理論資源。（關於文學單位，詳見本章 1.4.2）

1.3.2.E.b. 縱聚合關係

一、索緒爾論聯想關係

在話語之外，各個有某種共同點的詞在人們的記憶裡聯合起來所構成的某種關係，索緒爾稱之為聯想關係。這種關係可以出現在符號的能指層次，也可以出現在符號的所指層次。例如法語 enseignement「教育」這個詞會使人在心裡不自覺湧現出許多別的詞，在聲音上（符號能指）可以聯想到 enseigner「教」、 renseigner「報導」、或者 armement「裝備」、chargement「變化」等；在意義上（符號所指）可以聯想到 éducation「教育」、apprentissage「見習」等。

在索緒爾看來，聯想關係與句段關係完全不同，它們不再是以長度為支柱，它們的所在地是在人們的腦子裡。它們是屬於每個人的語言內部寶藏的一部分。句段關係和聯想關係的不同，索緒爾認為可以從是否在現場角度判斷：句段關係是在現場的；聯想關係卻把不在現場的要素聯合成潛在的記憶系列。聯想關係，在空間上沒有確定的先後順序。

索緒爾指出：「認為說話者之所以選擇 marchons！（我們步行吧！）是因為它能表達他所要表達的觀念，是不夠的。實際上，觀念喚起的不是一個形式，而是整個潛在的系統，有了這個系統，人們才獲得構成符號所必需的對立。符號本身沒有固定的意義。假如有一天，同 marchons！相對的 marche！（你步行吧！）、marchez！（你們步行吧！）不再存在，那麼，某些對立就會

的對立價值），而不是它的實體：「意義本身即是無關緊要的，故我們利用的是意義之間的差別。」（貝列維茨，《機器語言和人類語言》，埃爾曼出版社，1956 年，第 91 頁）羅蘭・巴特，《符號學原理》，黃天源譯，廣西民族出版社，1992 年，第 55-57 頁。

消失，而 marchons！的價值也會因此而改變。」這一原則可以適用於最大單位句段或句子，亦可適用於最小單位音位。

二、羅蘭・巴特論縱聚合關係

羅蘭・巴特指出：索緒爾所說的「聯想」，即語言學中的「縱聚合」關係，或者「系統」，與「語言」聯繫密切。適用於聯想的分析活動，是分類。

在索緒爾基礎上，羅蘭・巴特強調縱聚合關係中的「對立」，並指出這種「對立」，包括一個共同成分和一個不同成分。他說：聯想場（或縱聚合關係）的詞項必須既相似，但又有不同點，應該包括一個共同成分和一個不同成分。在能指方面，教 enseigner 和武器 armement、的關係就是這樣；在所指方面，教 enseignement 和教育 éducation 的關係也是這樣。

……意義永遠取決於一事物和另一事物 aliud／aliud 的一種關係，因為這種關係只抓住兩種事物之間的差異。

聯想場或縱聚合關係中詞彙的內部排列通常被稱為對立。……

在與其內容層面的關係中，一個對立，不管它是何種形式的對立，總是表現為對應狀態，……從對立的一個詞到另一個詞的「跳躍」總是伴隨著從一個所指到另一所指的「跳躍」。為了尊重系統的差異性特徵，故不應把詞語中能指和所指的關係看作一些簡單的類同關係，而應看作至少有四個詞項的對應關係。事實上，處理對立只能是觀察可能存在於對立詞項之間的相似和差異關係，準確地說，就是將它們進行分類。

從文學符號－結構連續構造過程看，自然語言符號以不可再分文學想像具象切分、最小手法以文本藝術圖畫切分等，文學審美風格個體以文學史為單位切分等，均屬於符號橫組合構成關係研究；最小文學手法所指的三大類型、文本手法的五大類型等，文學審美風格個體兩大基本類型、文學審美風格系統兩大基本類型等，均屬於符號縱聚合相鄰關係研究。

1.3.2.E.c. 語言研究的**雙重觀點**

　　索緒爾在《普通語言學教程》第二編第六章、第七章從句段關係和聯想關係兩方面討論了語言的這種雙重觀點，強調句段關係、聯想關係，是研究語言事實的兩個自然的軸線。

　　索緒爾認為，語言各要素間的關係和差別，都是在兩個不同的範圍內展開的，每個範圍都會產生出一類價值。為了說明一個語言單位橫組合和縱聚合的雙重觀點，索緒爾有一個著名的舉例：一個語言單位可以比作一座希臘神廟的某一部分，例如一根柱子。柱子一方面跟它所支撐的軒檐有某種關係，這兩個同樣在空間出現的單位的排列會使人想起句段關係。另一方面，如果這柱子是多利亞式的，它就會引起人們在心中把它跟其他如伊奧尼亞式、科林斯式等相比，這些都不是在空間出現的要素：它們的關係就是聯想關係。

　　「事實上，空間上的配合可以幫助聯想的建立，而聯想配合又是分析句段各部分所必需的。」「任何構成語言狀態的要素應該都可以歸結為句段理論和聯想理論。「每一事實應該都可以這樣歸入它的句段方面或聯想方面，全部語法材料也應該安排在它的兩個自然的軸線上面。」

　　索緒爾強調：語法中任何一點都可以表明，從這雙重的觀點研究每個問題是很重要的。例如詞的概念就可以提出兩個不同的問題，那要看我們是從聯想方面還是從句段方面去加以考慮。法語 「大」grand 這個形容詞在句段裡有兩個形式：「大男孩」和「大孩子」，在聯想方面又有兩個形式：「陽性」和「陰性」。

　　筆者以為，符號學中所討論的意義與價值、橫組合與縱聚合、以及言語與語言三對概念，是索緒爾所說的這種語言研究雙重觀點的三個維度。三對概念之間的不同在於：符號的意義與價值，是從「形式」角度展開討論的一對概念，客觀描述了這種「形式」的構成成分與相鄰成分兩個維度之對立；而橫組合（句段關係）與縱聚合（聯想關係），則是從客體角度指出這兩種「形

式」的特點以及研究方法：現場線性特點與不在場聯想特點之對立以及切分研究方法與分類研究方法之對立；言語與語言則是從符號使用主體角度指出這兩種「形式」的特點：個人性與社會性之對立。

符號學這三對概念體現了符號的基本二元對立：個人性符號的橫組合切分能指與所指構成關係的「意義」，社會性符號的縱聚合類型相鄰關係的「價值」。符號這種基本二元對立是筆者關於最小手法、文本手法統一體、作品文學風格個體、文學風格系統橫組合切分，最小手法三大類型、文本手法統一體五大類型、作品文學風格個體兩大基本類型、文學風格系統兩大基本類型等縱聚合類型，以及在此基礎上關於文學性、文學風格探討整體邏輯框架在方法論方面的基本理論資源。

1.3.2.F.　符號的分類

關於符號的分類，在此主要介紹皮爾斯的三分法，和皮埃爾・吉羅關於詩學符號與非詩學符號的相關研究。

1.3.2.F.a.　皮爾斯的三分法

皮爾斯從三個方面對符號進行分類，其中，傳播最廣的是將符號分為圖像符號 icons、標誌符號 indexes、象徵符號 symbols 三類。[88]在這三類符號中，標誌符號和象徵符號，屬於意指性、規約性符號，比如，語言符號；烽火臺；

---

[88] 皮爾斯關於符號分類的文獻比較雜多，筆者所引用的關於皮爾斯造型性 icon 與規約性 index 符號的文獻是： A sign is either an icon, an index, or a symble. An icon is a sign which would possess the character which renders it significant, even though its object had no existence; such as a lead-pencil streak as representing a geometrcal line.An index is a sign which would, at once, lose the character which makes it a sign if its object were removed, but would not lose the character if there were no interpretant. Such, for instance, is a piece of mould with a bullet-hole in it as a sign of a shot; for without the shot there would have been no hole; but there is a hole there, whether anybody has the sense to attribute it to a shot or not. Peirce, Charles Sanders. "Logic as Semiotic: The Theory of Signs." Collected Papers of Charles Sanders Peirce. Ed. Charles Hartshorne and Paul Weiss. Cambridge: Harvard UP, 1931. 9-10.

信號燈等。而圖像符號則屬於造型性、圖像性符號，比如，照片、聖像、地圖等。

1.3.2.F.b. 皮埃爾‧吉羅的詩學編碼研究

皮埃爾‧吉羅從多角度研究了符號的分類，其中的詩學編碼，與皮爾斯的圖像性符號相通。皮埃爾‧吉羅的詩學編碼研究，主要從兩種角度的分類：動機強與動機弱、單義與多義。皮埃爾‧吉羅從這兩種角度，探討了詩學編碼與語言、科學、邏輯編碼之不同。

一、動機較強或較弱

皮埃爾‧吉羅所說的動機，是能指和所指之間的自然關係，是能指和所指關係中最本質的關係。動機越強，約定性越弱；動機越弱，約定性越強。

根據動機，皮埃爾‧吉羅將符號分為類比的 analogique 和同系的 homologique 兩種情況，或者叫做外在的 extrinséque 和內在的 intrinséque 兩種情況。

有動機的，動機性較強的，約定的強制性越小，能指與所指之間存在可以感受的關係越大。如地圖、路標、照片、詩學編碼等。根據能指和所指之間具有的可以使之相似的共同特徵而確定的關係，即類比性關係。皮埃爾‧吉羅的動機較強的符號，或者能指和所指的類比性關係，與皮爾斯的圖像性符號相通。

動機越弱，約定就越是強制性的，能指和所指之間不存在任何可以感受的關係，符號就是任意性的。如現代科學、語言、占卜、禮儀等。動機較弱或任意性符號，即同類關係。皮埃爾‧吉羅的動機性較弱的符號或能指和所指的同類關係，與皮爾斯的規約性符號相通。

關於「動機弱或者不存在」，皮埃爾‧吉羅的解釋是：任何類比關係，在把能指的特性移到所指上去的時候，都幾乎改變了意義。但是，通常符號原則上已經被賦予了動機，歷史的變化磨去了這些動機，這些動機就不再被感知，符號通常通過純粹的約定來發揮作用。

皮埃爾‧吉羅關於動機較強的符號（或者叫做類比性關係）與動機較弱的符號（或者叫做同類關係）之區分，雖然與皮爾斯關於圖像性符號與規約性符號之區分相通，但皮埃爾‧吉羅用傳播學的動機理論加以解釋卻是對皮爾斯的發展。[89]

二、單義或多義

根據能指和所指之間意義的單義 monosémie 或多義 polysémie，皮埃爾‧吉羅將符號分為可以邏輯編碼和詩學或語言編碼。

在皮埃爾‧吉羅看來，單義編碼，即邏輯編碼，指一個能指只能和一個所指對應，一個所指只能與一個能指對應，同時，要求每個所指只能由一個能指來表達。如化學、數學等。

多義編碼，皮埃爾‧吉羅認為可以有兩種情況：詩學編碼和語言編碼。

詩學編碼，指一個能指可以指向若干個所指，每個能指又可以由若干個所指來解釋。在這種編碼中，約定關係很弱，形象功能得到發展，符號是開放的。

語言編碼：語言雖然或許不存在多義性編碼，但是，卻存在若干種編碼系統的選擇，因而具有詩學編碼那種若干選擇性。

在語言中，很少和一種編碼打交道，更多是與迭合和交錯的編碼集合體打交道。發送者具有幾種不同編碼的表達系統，具有若干可能性來組合自己的訊息，這種選擇就成為是有意指作用的。結果是有一種可以生成風格的選擇可能性。如朗加奈斯、拉伯雷、司湯達。[90]

上述圖像性符號、詩學符號，是本書關於文學想像具象、文學虛構－造型性命題（詳見本書 3.2.2.，3.3.3.，3.3.4.，以及 3.5.2.）的符號學根據。

---

[89] （法）皮埃爾‧吉羅《符號學概論》，懷宇譯，四川人民出版社，1988 年，第 28-30 頁。

[90] （法）皮埃爾‧吉羅，《符號學概論》，懷宇譯，四川人民出版社，1988 年，第 31 頁。

1.4. 文學審美風格論研究的起點、單位

為了用符號－結構方法推演建構文學審美風格理論，我們首先必須討論文學審美風格研究的起點與單位。

1.4.1. 文學審美風格研究的起點

亞里斯多德指出：凡是證明的知識，以及全部科學都有開始之點。嚴格的科學，通常，都有一個研究的起點。[91]

猶如幾何研究起點是點，然後，到線、到面。我們把文學審美風格論視為科學客觀理論加以討論，就是把文學審美風格現象當作科學研究的對象考察，並企圖從中獲得一些規律性認識。因此，在展開討論文學審美風格問題以前，需要假設文學審美風格理論研究的起點。

由於筆者關於文學審美風格理論建構是以結構－符號方法為基本邏輯架構的方法，所以，我們的研究起點，首先涉及到皮亞傑關於結構研究的起點的觀點。

1.4.1.A. 皮亞傑談結構研究的起點

讓·皮亞傑在討論建立演繹性結構理論體系時，特別強調研究結構連續構造的起點，並指出：這種起點是相對簡單、穩定的結構。皮亞傑認為，這種起點未必是最原始的材料，也不具備以後結構構造過程中抽象出來的東西，但它是結構理論體系中無法再上溯分析的開端，是最初的結構因素相互同化作用的過程。[92]

---

[91] （古希臘）亞里斯多德，《尼各馬科倫理學》，苗力田譯，中國人民大學出版社，2003 年。

[92] （瑞士）讓·皮亞傑，《結構主義》，倪連生、王琳譯，商務印書館，1984 年，第 22-24、44 頁。

1.4.1.B. 文學審美風格研究的起點

根據皮亞傑關於結構研究起點的觀點，筆者在考慮建構文學審美風格演繹性結構理論體系之時，必須首先確定其結構連續構造的起點。

如果我們把文學審美風格整體看作一個具有連續構造過程的複雜結構，筆者以為，最小文學手法是這個連續構造過程中最初的結構因素相互同化作用的過程。雖然最小文學手法不是文學審美風格構成之最原始材料，也不具備以後結構構造過程中抽象出來的風格或者審美風格，但是，它卻是文學審美風格結構研究中無法再上溯分析的開端。

自然語言只是文學審美風格研究的原始材料，或者說是文學的物質載體，不是文學審美風格研究的起點。

1.4.1.C. 俄國詩學文獻關於文學手法的研究

在俄國詩學文獻中，文學手法，指對文學素材進行特別加工聯合成藝術整體的方法。[93]

文學手法，在 20 世紀初俄國詩學文獻中開始被重視，文學手法 Приём 伴隨著什克洛夫斯基的名字為人熟知。但是，文學手法研究並不始於俄國形式主義。在俄國詩學文獻中，19 世紀末、20 世紀初維謝洛夫斯基歷史詩學開文學手法具體研究之先河。

俄國形式主義文論第一次強調文學手法在文學本體中的重要地位。在俄國形式主義文論中，文學手法研究，首先意味著強調文學形式的獨立，以及感覺新的形式，同時，注重具體手法的實證研究。在 20 世紀初，許多俄國形式主義者都強調文學手法，並在詩歌語言或散文情節等方面有具體研究。

---

[93] （俄）托馬舍夫斯基，《文學理論》，（愛沙尼亞）札娜·明茨、伊·切爾諾夫編，《俄國形式主義文論選》，王薇生編譯，鄭州大學出版社，2004 年，第 373 頁。（俄）日爾蒙斯基，《詩學的任務》，（愛沙尼亞）札娜·明茨、伊·切爾諾夫編，《俄國形式主義文論選》，王薇生編譯，鄭州大學出版社，2004 年，第 75 頁

　　雅各森在 1921 年提出：「如果文學這個學科要成其為科學，它必須承認『手法』是自己唯一的『主角』（гроӣ）」。[94]五十年之後，在《詩學問題》後記中，他仍然堅持說：「文學性，換言之，言語到詩學作品的轉換以及實現這個轉換的系統手法，這就是語言學家在分析詩歌時要發揮的主題。」[95]

　　什克洛夫斯基、托馬舍夫斯基不僅明確將文學手法視為文學本體問題，而且，在詩歌語言和散文情節兩方面均有比較詳盡的實證研究。日爾蒙斯基將文學手法研究與風格研究聯繫起來，並明確提出建構包括文學手法、風格的理論詩學之設想。

1.4.1.C.a. 維謝洛夫斯基歷史詩學的相關研究

　　亞・尼・維謝洛夫斯基（1838－1906），俄國歷史比較文藝學的創始人。其《歷史詩學》（1870－1906）宣導在社會文化歷史背景制約下，以實證為基礎的研究文學過程的歷史比較方法，重事實，重歸納、注重各種事實系列的連續性與重複性之間的因果關係分析與類型學分析[96]。筆者以為，維謝洛夫斯基歷史詩學具體研究，一定程度與狄爾泰「歷史詩學」主張相近相通。只是維謝洛夫斯基的人類總體文學研究是以西方文化系統為實證基礎，而且，其邏輯推演方法不是嚴格意義上的系統重構，更多還是傳統因果關係分析。由於維謝洛夫斯基歷史詩學在俄國詩學發展中的重要影響，其優點與侷限，也是後來的俄國形式主義的優點與侷限。

94　（俄）雅各森，《現代俄羅斯詩歌》，原始提綱，布拉格，1921 年。轉引自（愛沙尼亞）札娜・明茨、伊・切爾諾夫編，《俄國形式主義文論選》，王薇生編譯，鄭州大學出版社，2004 年，第 372 頁。

95　（俄）雅各遜，《詩學問題・後記》，轉引自托多洛夫，《象徵理論》，王國卿譯，北京：商務印書館，2004 年，第 377 頁。

96　關於維謝洛夫斯基歷史詩學的特點，劉寧有詳細研究。參見劉寧，《歷史詩學・譯者前言》，（俄）亞・尼・維謝洛夫斯基，《歷史詩學》，劉寧譯，天津：百花文藝出版社，2003 年。

維謝洛夫斯基依據大量文學史料研究人類共同的「穩定的詩歌格式」：在文學體裁研究中，他提出了抒情詩、史詩、戲劇三大類型；在情節詩學研究中，他提出了情節－母題的區分；在詩歌語言研究中，他提出了詩歌修飾語、詩歌語言風格、詩歌心理對比法等。[97]

維謝洛夫斯基從大量文學史料出發的比較研究，確定了後來形式主義實證研究的基本方法；而他關於體裁、情節、以及詩歌語言等的「詩歌格式」研究，確定了俄國形式主義以及後來的結構主義詩學關於文學形式研究之基本範圍。後來的日爾蒙斯基提出建立包括材料、手法、風格的科學文藝學理論建構的設想，也受其影響。在歐美詩學文獻中，托多洛夫關於 1917 年以後形式主義研究的主要理論課題的概括，也沒有超出抒情詩的語言和敘事文學手法的範圍。[98]就是卡勒的《結構主義詩學》，仍然分為「抒情詩的詩學」和「小說的詩學」兩部分分別具體闡述。[99]

1.4.1.C.b. 什克洛夫斯基關於藝術即手法的斷言

В・Б・什克洛夫斯基（1893－1984），彼得堡詩歌語言學會創始人之一。在俄國形式主義詩學文獻中，他的重要貢獻主要是強調了文學手法在文學本體研究中的重要性。

1917 年，什克洛夫斯基提出了著名的藝術即手法 приём 的斷言，並在詩歌手法中強調形象與陌生化語言，在小說手法中注重研究情節與結構。什克洛夫斯基關於文學手法的研究，是對維謝洛夫斯基「詩歌格式」研究的繼承，只是什克洛夫斯基把文學手法提高到文學本體地位加以強調。

---

[97] （俄）亞・尼・維謝洛夫斯基，《歷史詩學》，劉寧譯，百花文藝出版社，2003 年。
[98] （法）托多洛夫，《俄蘇形式主義文論選・編選說明》，（法）茨維坦・托多洛夫編選，《俄蘇形式主義文論選》，蔡鴻賓譯，北京：中國社會科學出版社，1989 年，第 7 頁。
[99] （美）喬納森・卡勒，《結構主義詩學》，盛寧譯，中國社會科學出版社，1991 年。

在《作為手法的藝術》中，什克洛夫斯基提出詩歌不等於形象，詩歌是形象加陌生化手法。相對於散文普通、節約、容易的言語，詩歌是困難的、扭曲的言語。在《論散文理論》中，什克洛夫斯基還指出：「我們看到，凡在散文中通過『a』表明的，在藝術作品 искуство，則通過『ALA』來表明（例如同語反覆），或者是通過『AAL』來表明（例如心理對比法）。這是一切手法的靈魂。」在這裡，什克洛夫斯基所說的文學手法的靈魂，即語言的陌生化手法。[100]

在《短篇小說和長篇小說的結構》中，什克洛夫斯基關於情節文學之手法研究，主要涉及小說的情節結構。在《小說寫作的秘訣》中，什克洛夫斯基分析了非偵探小說單線情節結構的三種模式：時間順序、臨時換敘、插敘，以及偵探小說的平行線索模式。此外，他還具體研究了偵探小說的預告謎底之細節暗示、雷同手法、同音異義詞、化裝手法、以及揭謎底的推論等。在《短篇小說和長篇小說的結構》中，什克洛夫斯基指出小說是手法基礎上安排母題，以形成情節-主題，而不僅僅是簡單羅列形象、簡單描寫事件，並具體分析了小說的四種結構：第一，層次結構或圓形結構以及虛假結局、否定結局等；第二，平行結構以及人物對比、親屬關係等；第三，框架手法及其三種方式：阻止某行為發生、行文手法、為敘述而敘述的理由；第四，串聯手法的兩種情況：遊歷和附加性素材插入。[101]

1.4.1.C.c. 托馬舍夫斯基關於文學手法相關概念的界定

Б・В・托馬舍夫斯基（1890－1957），俄國形式主義代表人物之一。他的重要貢獻主要是對俄國形式主義詩學的一些基本概念的界定。

---

[100] （俄）什克洛夫斯基，《作為手法的藝術》《論散文理論》，（愛沙尼亞）札娜・明茨、伊・切爾諾夫編，《俄國形式主義文論選》，王薇生編譯，鄭州大學出版社，2004 年，第 211-228 頁、第 373 頁。

[101] （俄）什克洛夫斯基，《小說寫作的秘訣》，《短篇小說和長篇小說的結構》，（愛沙尼亞）札娜・明茨、伊・切爾諾夫編，《俄國形式主義文論選》，王薇生編譯，鄭州大學出版社，2004 年，第 231-254 頁。

托馬舍夫斯基明確界定了文學手法概念，並指出文學手法是詩學的直接研究對象。在《文學理論——詩學》中，他說：「每一部作品都有意識地分成它的組成部分，在作品結構中相同的結構手法，亦即把文學素材聯合成藝術整體的方法，一般都有區別。這些手法就是詩學的直接對象。」[102]

托馬舍夫斯基關於文學手法的具體研究，與什克洛夫斯基一樣，也沿著維謝洛夫斯基的研究路數主要研究小說的情節和詩歌的語言，其研究的獨特貢獻主要在相關概念的梳理。

在《情節的構成》中，托馬舍夫斯基提出了許多概念：主題與母題、本事和情節、母題分類、敘述者、敘述時間和地點、母題論證三種方式：結構母題論證、求實母題論證、藝術母題論證等。其中，求實母題論證，涉及到真實性問題，藝術母題論證，涉及到手法的陌生化問題。[103]托馬舍夫斯基所提出的這些概念，有的被後來的敘述學沿用。

在 1929 年發表的《論詩句》中，托馬舍夫斯基具體研究了詩歌的節奏、傳統節律規律、詩人或作品的節律衝動。[104]

1.4.1.C.d. 日爾蒙斯基關於文學手法－風格理論的設想

Ｂ・Ｍ・日爾蒙斯基（1891-1971），俄蘇著名語文學家。他的主要貢獻，是提出了關於文學手法－風格理論建構的設想。

日爾蒙斯基不僅非常重視文學手法之研究，而且有關於「理論詩學」建構的自覺意識。1921 年，日爾蒙斯基在《方法》（Начана）第一期發表文章〈詩學的任務〉。在該文中，他將文學手法的描述以及分類研究，視為研究者從偶

---

[102] （俄）托馬舍夫斯基，《文學理論》，（愛沙尼亞）札娜・明茨、伊・切爾諾夫編，《俄國形式主義文論選》，王薇生編譯，鄭州大學出版社，2004 年，第 373 頁。

[103] （俄）托馬舍夫斯基，《情節的構成》，（愛沙尼亞）札娜・明茨、伊・切爾諾夫編，《俄國形式主義文論選》，王薇生編譯，鄭州大學出版社，2004 年，第 149-175 頁。

[104] （俄）托馬舍夫斯基，《論詩句》，（愛沙尼亞）札娜・明茨、伊・切爾諾夫編，《俄國形式主義文論選》，王薇生編譯，鄭州大學出版社，2004 年，第 175-183 頁。

然研究走向理論詩學研究的路徑。他說：「作為系統研究詩歌的手法，手法的
比較描述和分類的『理論詩學』（Теорическая поэтика），使詩體研究者得以從
偶然探索的圈子裡步入自覺的、方法論上以科學結構為基礎的廣闊途徑。」[105]

　　日爾蒙斯基將「手法」與「材料」概念並提，並替代傳統的內容與形式
概念。他說：「與藝術中傳統的形式和內容的劃分相對照的，是材料 материал
和手法 приём 的劃分。」「材料」，指構成文學作品的「素材」。「手法」，指對
這些素材進行特別加工的方法。「由於加工的結果，本來的事實（素材）提升
為審美事實的優秀品質，便成為文藝作品。」

　　如果說關於文學手法的界定更多看到日爾蒙斯基與托馬舍夫斯基相通，
那麼，關於文學手法的分類研究則更多體現了日爾蒙斯基的獨特貢獻。

　　日爾蒙斯基從語言、題材、體裁三個方面對文學手法加以總結概括：
第一，詩歌語言的手法，包括語音的詩律、母音和輔音選擇、聲調高低之
旋律、語義、詞法、句法等。第二，詩歌題材的手法，即選題，又包括四
個方面：題材與母題（抒情詩）、題材分類（平行、對比、重複、比較等）；
敘事單位的母題和情節理論；特殊部分，即內部形象理論（大自然、環境、
人物描寫、描寫的基本特徵等）。第三，詩歌結構、架構手法，即體裁 жанр。
他認為，哀詩和頌詩、短篇小說和長篇小說、喜劇和悲劇等體裁，首先是特
殊結構的作用。[106]

　　日爾蒙斯基關於文學手法三大類型的研究雖然在存在進一步商榷的地
方，但是，他關於文學手法的分類研究探索以及理論詩學的自覺意識，顯然
在維謝洛夫斯基、以及什克洛夫斯基、托馬舍夫斯基的詩歌語言、散文情節
兩大路徑實證研究基礎上有所突破。

---

[105]　（俄）日爾蒙斯基，《詩學的任務》，（愛沙尼亞）札娜・明茨、伊・切爾諾夫編，《俄
　　　國形式主義文論選》，王薇生編譯，鄭州大學出版社，2004 年，第 75 頁。
[106]　（俄）日爾蒙斯基，《詩學的任務》，（愛沙尼亞）札娜・明茨、伊・切爾諾夫編，《俄
　　　國形式主義文論選》，王薇生編譯，鄭州大學出版社，2004 年，第 76-77 頁。

在強調對於各種「手法」研究的同時，日爾蒙斯基把文學手法研究與「風格」研究相聯繫，提出建立以素材、手法、風格等基本概念組成的文藝學科學。日爾蒙斯基把「手法」在作品中的統一視為「風格」，並明確指出：「惟有將『風格』概念引入詩學，這門科學（素材、手法、風格）的基本概念體系才可以被認為已經完成。藝術創作手法並非某種具有獨立意義和自身價值的、如同自然——歷史的事實——它乃是由其任務決定的藝術目的論的事實；在這種任務亦即文藝作品風格的統一方面，這一事實獲得其審美的證明。」[107]20 世紀 60－70 年代，蘇聯索科洛夫文藝學風格理論體系建構[108]，是對日爾蒙斯基這種包括素材、手法、風格的文藝學科學建構自覺意識的具體實踐。

1.4.1.D. 作為研究起點的最小文學手法

雖然我們同意俄國形式主義詩學的斷言，把對文學素材進行特別加工聯合成藝術整體的方法視為文學手法[109]，但是，俄國形式主義的文學手法並不是我們的研究起點。文學審美風格研究的起點，是最小文學手法——以不可再分文學想像具象為切分單位的文學表達方法。

1.4.1.D.a. 最小文學手法是風格研究的起點

俄國文論雖然高度重視從文學作品本身研究文學手法，還出現了相關概念界定、手法分類研究，以及建構從素材、手法到風格的理論詩學之自覺意識，但不得不指出的是，在俄國詩學文獻中，文學手法的討論，更多屬於對文學事實的經驗描述，其研究缺乏建構符號－結構演繹性理論體系必須完成的關於研究起點、切分單位等基本規定。

（俄）日爾蒙斯基，《詩學的任務》，（愛沙尼亞）札娜·明茨、伊·切爾諾夫編，《俄國形式主義文論選》，王薇生編譯，鄭州大學出版社，2004 年，第 77-78 頁。

[108] 詳見本書 2.3.1.C.b.。

[109] 參見本節 1.4.1.C.。

　　筆者以為，日爾蒙斯基所說的素材不是文學風格研究的起點。中國古代劉勰《文心雕龍》卷十〈物色〉篇就明確指出窮形盡相的形文之術，有「江山之助」。素材，作為題材的組成部分，雖然一定程度可以看做文學作品中的表達手法，但是，素材、題材在文學作品中的影響，不如造型藝術中那樣大，它不是文學作品風格研究的起點。關於這點不難理解，恕不贅言。

　　文學審美風格論研究的基本對象，不是文學作品物質實體，而是作為「形式」的符號－結構，是諸表達層面之間的關係。[110]由此出發，文學審美風格研究的起點，既不是自然語言本身，也不是素材本身，同時，也不是泛泛而論、籠而統之的文學手法或者所有的文學手法，而是文學審美風格諸結構層次連續構造中最初的、最簡單的符號－結構，筆者斷言，這就是最小文學手法。

　　具體說，作為文學風格研究起點的最小文學手法，是自然語言以不可再分文學想像具象為單位切分的橫組合片斷，是文學審美風格複雜結構構造過程中相對穩定、相對簡單的結構，是文學審美風格構造過程中最初的結構因素相互同化作用的過程和結果。自然語言是最小文學手法的能指，不可再分文學想像具像是最小文學手法的所指。敘述、描寫、抒情議論，是最小文學手法縱聚合關係三大類型。[111]

　　筆者所說的最小文學手法，一定程度與日爾蒙斯基手法分類中的題材手法研究相近，只是日爾蒙斯基的手法分類研究存在不同結構層級文學手法混雜的情況，而且，概念缺乏嚴格界定。

　　日爾蒙斯基關於題材手法中的特殊部分——內部形象理論，包括大自然、環境、人物描寫、描寫的基本特徵等，與筆者所說的「描寫」手法相近。在敘事手法中，不可再分文學想像具象切分的最小手法筆者用「母題」概括，就是沿用日爾蒙斯基題材手法中與「情節」相對的「母題」概念。[112]儘管筆者

---

[110] 參見本章 1.3.2.A.。
[111] 關於最小文學手法，詳見本書第三章。
[112] 關於日爾蒙斯基題材手法的特殊部分，詳見本章 1.4.1.C.d.。

關於文學手法研究存在與日爾蒙斯基的相近相通，然而，仔細比較日爾蒙斯基的文學手法三大類型與筆者關於最小手法三大類型、文本手法五大類型，日爾蒙斯基的手法分類研究既沒有嚴格的符號結構主義邏輯推演，又缺乏自身的內在邏輯。

1.4.1.D.b. 自然語言不是風格研究的起點

文學作品的媒材是自然語言，這個命題是學界共識。俄國形式主義把自然語言納入文學本體，並將其視為文學手法之重要部分，或者等同於文學手法：日爾蒙斯基將語言手法與題材手法、結構手法三者並舉共同視為處理素材的手法；[113]雅各森語言學詩學更提出詩學是語言學的組成部分。[114]俄國形式主義研究提出了一個問題，即為什麼斷言自然語言不是文學審美風格研究的起點？

筆者以為，自然語言、或者扭曲、變形、陌生化的語言手法，雖然被俄國文論引入詩學範疇，成為詩學手法的組成部分，但是，它不等於詩學手法本身，它不是文學審美風格研究的起點。因為詩歌節奏、節律規則、節律衝動，以及修辭手法等語言手法或者說詩功能，不是文學的專利。文學手法不限於語言手法。從文學審美風格連續構造過程看，嚴格說，自然語言只是最小文學手法的部分，即其能指-仲介物，不等於最小文學手法符號整體。此外，

---

[113] 參見本章 1.4.1.C.d.。

[114] 雅各森強調詩學中的語言學研究：「詩學研究語言結構的問題，正如對畫的分析要涉及畫的結構一樣。既然語言學是一門關於語言結構的普遍性的科學，詩學就應被視為語言學的不可分割的組成部分。」「總而言之，對韻文的分析完全屬於詩學的範圍之內，而後者則又是語言學的一部分——即專門研究詩的功能同語言的其他功能之間的關係的那一部分。」詩功能，相對於語言的指稱、交際、元語言、情緒、意動等功能而言，指向資訊本身和僅僅是為了獲得資訊的傾向。詩功能，是語言的主要和關鍵功能。詩的功能語言，是詩獨具的韻文，即以「相當」單位有規律的重複的手法，它給人「音樂時間」的感受。（俄）羅曼‧雅各森，《語言學與詩學》，滕守堯譯，趙毅衡，《符號學——文學論文集》，百花文藝出版社，2004 年，第 171-184 頁。

自然語言屬於邏輯結構－符號，而最小文學手法卻屬於詩學結構－符號，兩者在整體性質和功能均截然不同。

在理論上講，演繹性結構理論體系的起點，未必是連續性結構構造之最原始的材料。就文學與語言學所研究之對象看，雖然實體層面的物質載體似乎相同，都是自然語言，但是，產生「文學功能」的符號，與產生交際交流功能的符號，不在一個結構層級。

文學符號構造過程發生了兩次結構轉換：第一次，是自然語言符號聲音形象與觀念相互作用的結構轉換，這一次結構轉換，自然語言和詩學語言都是相同的。日爾蒙斯基所說的語言手法，屬於該結構轉換的產物。第二次，是以不可再分文學想像具象為單位的最小文學手法符號能指和所指相互作用的結構轉換，這次結構轉換，是詩學符號獨具的結構轉換，自然語言符號不存在這種結構轉換。日爾蒙斯基所說的題材手法、結構手法等均屬於該次結構轉換的產物。[115]

從文學符號兩次結構轉換角度看，作為物質載體的自然語言，可以說是文學作品構成的最原始材料，是文學作品的物質可感載體，但是，僅僅是自然語言，沒有自然語言與文學想像具象之相互作用，研究對象就還沒有進入文學領域。因此，自然語言的修飾性手法，未必一定屬於文學範疇。自然語言不是文學審美風格理論研究的起點。

文學審美風格理論研究中無法再上溯分析的開端，是最小文學手法。該斷言意味著：如果再上溯分析，進入最小文學手法之物質載體自然語言部分，我們的研究就將由文學領域進入自然語言領域，文學審美風格理論就成了語言風格理論。不過，該斷言並不否認文學手法包括自然語言的藝術表達手法，而只是強調語言手法是文學手法的命題不是無條件的。文學想像具象，是語言手法成為詩學手法的絕對必要條件。孤立的、離開文學想像具象的語言修

---

[115] 關於最小文學手法兩次結構轉換，詳見本書第三章最小文學手法。

飾手法，不管怎麼陌生化，不屬於文學。猶如當年亞里斯多德斷言，用韻律寫成的科學詩，不屬於「詩」。中國古代用駢文寫成的墓誌銘，也不屬於詩。儘管這些文字中可能存在韻律、節奏、節奏規律、詩人節律衝動以及比喻、象徵等手法。

文學藝術相對於非文學藝術話語行為的差異，主要不在於自然語言層面的詞語結構本身的陌生化，而在於自然語言以不可再分文學想像具象劃斷的語言片斷轉換生成的最小文學手法結構。其實，維謝洛夫斯基關於「詩歌的固定格式」研究並未排斥形象，什克洛夫斯基關於詩歌手法的論述雖然強調了陌生化手法，但也並未完全否定形象本身，他是形象與陌生化手法並提。[116]在語言和風格的關係問題上，筆者同意索科洛夫的觀點：文學不是語言學的分支，語言是風格載體之一。[117]

我們的文學審美風格研究，雖然得益於索緒爾語言符號學方法的啟發，並承認自然語言是文學符號的物質載體、語言手法是詩學手法的組成部分，但是，又是擺脫語言結構主義教條束縛而獨立面對文學事實之文學研究。

1.4.2. 文學審美風格的切分單位

在上一節關於文學審美風格研究起點的討論中，其實我們就已經涉及到文學審美風格研究單位問題。如前所述，文學風格的研究起點，不是泛泛而論的文學手法，也不是所有的文學手法，而是以最小文學單位切分的文學手法。研究文學審美風格橫組合連續構造過程，就必須以不同單位切分文學事實，這就必然涉及到切分單位的問題。

---

[116] 參見本章 1.4.1.C.b.。
[117] 參見本書第二章 2.3.1.C.b.。

1.4.2.A.　索緒爾論切分單位

　　關於符號的切分研究，可以溯源到索緒爾。索緒爾明確提出了語言研究的單位問題。不過，在橫組合關係研究中強調切分研究，最早是羅蘭・巴特。[118]後來的形式主義、結構主義文論雖然在實際文學形式－結構分析中經常涉及到單位問題，並出現了一些關於文學切分單位的實用主義簡單界定，但究竟應該怎樣界定文學切分單位的問題，卻並沒有在理論上加以討論。筆者認為，在理論上明確文學審美風格切分單位，是文學審美風格作為演繹性結構－符號理論研究對象的絕對前提之一。

　　在《普通語言學教程》中，索緒爾強調語言研究必須首先研究單位，因為語言的特徵就在於它是一種完全以具體單位的對立為基礎的系統，不研究具體單位，就不能有確定的研究對象，就不能展開研究。他說：「在大多數作為科學研究的對象的領域裡，單位問題甚至並沒有提出來，它們一開始就是給定了的。例如動物學的單位就是動物。天文學研究的也是在空間已經分開的單位，即天體。在化學裡，我們可以研究重鹽酸鉀的性質和組成，從不懷疑那是不是一個十分確定的對象。如果一門科學沒有我們能夠直接認識的具體單位，那是因為這些單位在這門科學裡並不必須。例如，在歷史學中，具體的單位是個人呢？時代呢？還是民族呢？不知道。但是那有什麼關係呢？不清楚照樣可以研究歷史。但是正如下棋的玩藝完全是在於棋子的組合一樣，語言的特徵就在於它是一種完全以具體單位的對立為基礎的系統。我們對於這些單位既不能不有所認識，而且，不求助於它們也將寸步難移……」[119]

---

[118] 參見本章 1.3.2.E.a.　二。

[119] （瑞士）費爾迪南・德・索緒爾《普通語言學教程》，高名凱譯，商務印書館，1980年，第 151 頁。

1.4.2.B. 形式主義、結構主義關於文學切分單位的相關研究

這裡關於形式主義、結構主義關於文學單位研究歷史回顧，不是形式主義、結構主義文論關於文學單位的全面介紹，而是關於形式主義、結構主義涉及到文學單位的、與文學風格關係較密切的有關研究的介紹。[120]

在俄國形式主義或者歐洲結構主義的文學研究中，自覺不自覺地涉及到文學切分單位問題。

1.4.2.B.a. 維謝洛夫斯基關於母題的研究

亞‧尼‧維謝洛夫斯基在《情節詩學》中首先提出了敘事單位「母題」，只是其敘事單位「母題」的界定不是很嚴格，而且，概念使用一定程度帶有主觀隨意性。

維謝洛夫斯基《情節詩學》指出：「（1）我把母題理解為最簡單的敘事單位，它形象地回答了原始思維或日常生活觀察所提出的各種不同問題。在人類發展的最初階段，在人們生活習俗的和心理的條件相似或相同的情況下，這些母題能夠自主地產生，並表現出相似的特點。可以舉出以下例證：1、所謂關於起源的傳說：把太陽想像為眼睛；太陽與月亮──為兄妹，夫妻；關於日出與日落，關於月亮上的斑影，月蝕等等的神話；2、生活習俗情境：搶走姑娘──妻子（民間婚禮的插曲），分手離別（在民間故事裡），等等。（2）我把情節理解為把各種不同的情境－母題編織起來的題材。例如：1、關於太陽的故事（以及它的母親的故事；希臘人和馬來人關於太陽－食人者的傳說）；2、關於搶婚的故事。……母題和情節都進入歷史的運轉：這是表現日益增長的理想內容的形式。在適應這一需要時，情節不斷變化：在情節中摻進某些母題，或者情節彼此組合在一起……這就決定了個體詩人對待傳統的類型化情

---

[120] 比如，俄國維諾格拉多夫所提出的「詞義單位」，筆者因為與本研究關係不大而不在這裡介紹。參見維諾格拉多夫，《論風格學的任務》，（法）托多羅夫編，《俄蘇形式主義文論選》，蔡鴻賓譯，中國社會科學出版社，1989年，第 92-93 頁。

節的態度：他的創作。……現代小說不是類型化的，重心不在故事情節，而在典型人物，但是具有驚險情節的小說（所謂冒險小說──原文為法文）則是運用繼承下來的模式寫成的。」維謝洛夫斯基關於「母題」мотив 和「情節」сюжет 的學說，將「情節」與「母題」視為傳統小說類型化中的對應形式加以區分，並明確提出「母題」是不可再分的、最簡單的敘事單位。[121]

　　維謝洛夫斯基關於母題是不可以進一步分解的、最簡單的敘事單位的觀點，引發了一系列批評，以及一系列關於神話、故事的最細小的、不可分解因素的研究。在維謝洛夫斯基之後，一方面，什克洛夫斯基的情節手法、日爾蒙斯基的手法分類等正面繼承維謝洛夫斯基情節－母題區分的思想，另一方面，托馬舍夫斯基、普洛普、梅列金斯基等則認為母題不是敘事不可再分解的單位。托馬舍夫斯基後來把母題與主題視為相互對應的概念，本事與情節視為相互對應的概念。此外，A・阿提奈的「類型」、K・列維 - 斯特勞斯的「神話素」、A・鄧迪斯的「母題素」、B・R・普洛普的「人物的功能」等，是維謝洛夫斯基「母題」所引發的關於神話與故事最小的、不可分解因素的研究。[122]

　　維謝洛夫斯基關於母題的界定並不是很嚴格。他在把「母題」界定為敘事單位的同時，母題與情境有時混同。此外，在討論抒情詩的形象時，維謝洛夫斯基也使用「母題」概念，而且，其「母題」概念有時又等於形象、主題、象徵、或藝術格式等。[123]

---

[121] （俄）亞・尼・維謝洛夫斯基，《歷史詩學》，劉寧譯，百花文藝出版社，2003 年，第 595-596 頁。

[122] 參見（俄）亞・尼・維謝洛夫斯基，《歷史詩學》，劉寧譯，百花文藝出版社，2003 年，第 602-609 頁。

[123] 在討論固定的形象和母題、情節之變化的時候，維謝洛夫斯基將形象和母題混同。他說：「當在詩歌中形成了這樣一些習慣於暗示象徵性內容的一定畫面，一定觀念的基本單位，形象系列和母題的時候，另一些形象和母題則由於適應了同樣一些引起聯想的要求而可能與舊的形象和母題一起找到自己的位置，並在詩歌語言中固定下來，或者在過渡性的趣味和風尚的影響之下風行一時。它們來自生活習俗和儀式傳統，來自民間的或經過藝術加工的外來詩歌，由於文學影響、新的文化潮流而風靡一時，這就同思想內容一起決定了它們的形象的特點。」比如，基督教的影響，鮮明的修飾語，被半明半暗的中間色調珍珠般的色彩所取代，但丁及其學派筆下美

1.4.2.B.b. 托馬舍夫斯基論主題和母題

在批評維謝洛夫斯基「母題」基礎上，托馬舍夫斯基提出敘述單位、題材單位「母題」。在托馬舍夫斯基看來，與「母題」對應的不是「情節」而是「主題」。在《主題的選擇》、《本事和情節》中，被托馬舍夫斯基稱之為「敘述單位」，「題材劃分單位」的，不僅有「母題」，而且，還包括「主題」。[124]

從《主題的選擇》、《本事和情節》上下文語境看，在托馬舍夫斯基那裡，「主題」和「母題」是一對存在於小說中的相對概念，「主題」指更大的單位，似乎是以完整的作品為單位而言，「母題」是最小單位，不可再分。[125]

1.4.2.B.c. 托多羅夫論命題和序列

托多羅夫敘事學也涉及到敘事單位問題。托多羅夫在討論敘述句法時，因為涉及到「長度有質的不同的、分立在敘事作品系列中的兩種段落」，他使

女的色調。參見亞·尼·維謝洛夫斯基，《歷史詩學》，劉寧譯，百花文藝出版社，2003 年，第 467-468 頁。在討論詩歌的語彙特點的時候，維謝洛夫斯基將主題、象徵、形象、詩歌格式等同：「主題、象徵和形象，以及它們之間的結合，這是詩歌語言所固有的，它們全部在音樂節奏的聯想基礎上形成或被掌握，並構成了詩歌語彙的特徵。……如果藝術家重新體驗詩歌形象，從自然界感受或憑藉想像力予以更新，那麼形象便可以復活；從回憶中溫故知新，或者從現成的形象生動的格式中予以推陳出新。……詩人從未見過沙漠，然而他可以通過兩三個詞彙把這一從未見過的景象的生動印象傳達給我們，而這些詞彙運用於事務性的、報告的話語中，可能我會無動於衷，可是卻引起了他的幻境。……在已經形成的語言形式之外，不可能表達思想，就像在詩歌修辭領域內稀有的創新只能在它的舊框架內形成一樣。詩歌格式——這是一些神經樞紐，一旦觸及它們，就會在我們身上喚醒一系列確定的形象，在一種情況下多些，在另一種情況下少些，這得按照我們的發展，經驗的積累以及善於擴展和聯結由形象所引起的各種聯想的能力大小而定。」（俄）亞·尼·維謝洛夫斯基，《歷史詩學》，劉寧譯，百花文藝出版社，2003 年，第 487-488 頁。

[124] мотив，王薇生譯為「母題」，蔡鴻賓譯為「動機」。筆者以為，譯為「母題」似乎更妥。參見（法）托多羅夫，《俄國形式主義文論選》，蔡鴻賓譯，中國社會科學出版社，1989 年。

[125]（俄）托馬舍夫斯基，《情節的構成·主題的選擇》，參見（愛沙尼亞）札娜·明茨、伊·切爾諾夫編，《俄國形式主義文論選》，王薇生編譯，鄭州大學出版社，2004 年，第 149-155 頁。

用了兩個概念作為他的研究單位：第一，「命題」，指文本分析的最小單位，指某一段情節。第二，「序列」，「它由幾個命題組成……它給讀者的印象是一種完成的整體，一則故事、一件逸事。」[126]

托多羅夫的「命題」，與維謝洛夫斯基以來的「母題」相通，都是指情節的最小段落，都是用於敘事作品整體研究時的最小單位。但是，在更大單位層面上，托多羅夫的「序列」，只是獨立的一段完成的整體、一則故事、一件逸事，在敘事作品段落意義上，他的「序列」又與俄國形式主義的「本事」或「情節」不同。

1.4.2.B.d. 英伽登論事態、事態群等

波蘭羅曼·英伽登文學現象學對文學作品研究中提出的「事態」、「事態群」等，也涉及到文學單位問題。

英伽登認為，作品被描繪的世界是一個由事物、人物、現象、事件的完整自足世界，它是意向事態的描繪功能體現的。在文學作品研究中，英加登提出了文學作品的若干層次：語音、語義、事態、事態群、客體呈現於作品的圖式化外觀。事態，指超出句子單位的一種新的陳述單位。事態由句子意義確定，組成事態的詞的材料和形式的功能確定該事態。在事態基礎上，英加登還提出了更大的單位：事態群和客觀情境。事態群，指在若干連續句子中，對一個事物的描述投射一個相應的事態群，所有這些事態都同時屬於一個並是同一個事物，並且根據作品描繪的世界中的事件而形成因果關係或互相跟隨。客觀情境，指在有些事態中，不是一個，而是若干事物參與其中，這個事態就構成一個完整的客觀情境。不過，為了使描繪世界獲得它的獨立性，讀者必須完成一種綜合的客觀化，把各個句子投射的各種細節聚集起來並結合成一個整體，即作品圖示化外觀。

---

[126] （法）托多羅夫，《詩學》，趙毅衡，《符號學——文學論文集》，百花文藝出版社，2004 年，第 223-224 頁。

英加登所說的「事態」、「事態群」等單位，從研究者界定看，似乎不限於敘事文學類型，是關於具有普世意義文學事實的單位。但是，從其對「事態群」的解釋——根據作品描繪的世界中的事件而形成因果關係或互相跟隨關係——判斷，似乎主要還是指以事件－情節為核心的對象，更多還是對敘事作品單位的概括，沒有擺脫亞里斯多德《詩學》西方文學視域。[127]

俄國詩學文獻的「母題」、托多羅夫的「命題」、英加登的「事態」，大多指不可再分的敘事單位；托馬舍夫斯基的「主題」、英加登的「作品圖式化外觀」，或者說作品「被描繪的世界」，大多是在獨立完整文本意義上的文學單位。英加登的「事態群」和「客觀情境」、托多洛夫的「序列」，均指界於文學最小單位和文本單位之間的文學單位。上述學者關於敘事單位的界定，大多是為了實際研究而對文學事實的經驗描述。

1.4.2.B.e. 凱塞爾論三大文體的外在結構

瑞士結構主義文藝學家沃爾夫岡‧凱塞爾在文學作品整體結構研究中也涉及到文學單位問題，並使用了一些術語指稱文學作品中的單位，但是，他並沒有自覺的文學單位觀念。

凱塞爾在《語言的藝術作品》中，分別就抒情詩、史詩、戲劇三大文體的單位進行了研究，這就是抒情詩的詩節、詩行等；史詩的歌、部、卷、章等；小說的章、節等；戲劇的幕、場等。由於研究角度不同，凱塞爾在討論上述問題的時候沒有使用三大文體的「單位」這樣的話語，而是冠以三大文體的「外在結構」。[128]

相對於俄國形式主義「母題」、歐洲結構主義的「序列」、文學現象學的「事態」等單位，凱塞爾不同文體的「外在結構」，可謂文學作品不同文體之外

[127] （波蘭）羅曼‧英加登，《對文學的藝術作品的認識》，陳燕谷等譯，北京：中國文聯出版公司，1988年，第40-47頁。
[128] 參見（瑞士）沃爾夫岡‧凱塞爾，《語言的藝術作品》第五章《結構》，陳銓譯，上海譯文出版社，1984年。

在單位。前者是在彷彿不存在的文學關係中去再次切分文學結構橫組合關係，而後者是作者在文本中標明的、讀者一眼就可以看出的文學作品劃分單位。

1.4.2.C. 文學是建立在具體單位對立為基礎的系統

我們討論文學審美風格切分單位問題，存在一個理論前提，即文學審美風格的特徵也在於「它是一種完全以具體單位的對立為基礎的系統」。可是，為什麼我們斷言文學審美風格的特徵也在於「它是一種完全以具體單位的對立為基礎的系統」？

從中西文學事實考察出發，我們發現，不論是最小文學手法，還是文本文學手法、或者文本純文學風格、文學審美風格個體，它們的特徵，都是以具體單位的能指與所指對立為基礎的整體性質與整體功能。文學風格結構理論就是建立在這些不同單位對立同一基礎上的體系。

由於文本文學審美風格文本個體的對立問題比較複雜，涉及到對整個文學審美風格理論體系的理解，在這裡不方便舉例，讀者可以在我們整個理論展開過程中體會[129]。在此筆者僅以最小文學手法[130]為例加以說明。

最小文學手法的相同與不同，我們怎麼才可以認識到呢？自然描寫、環境描寫、人物描寫之間的不同，或者人物描寫類型之間心理描寫、語言描寫、動作描寫之間的不同，或者描寫類型與敘述類型之間的不同，其實在道理上，與自然語言中不同聲音形象之差異，或者自然語言中不同詞的詞性差別是一樣的，都是以具體單位的對立為基礎的。如果我們沒有以不可再分文學想像具象為單位的切分，我們對一連串中國漢字，或者一連串英文字母、俄文字母等所組合的不同文學手法就不能分開，當然也談不上對這些不同文學手法特徵的進一步討論。在這個意義上，不瞭解其單位，就不能認識建立在以對立為基礎的最小文學手法的「形式」。

---

[129] 詳見本書第四章。

[130] 關於最小文學手法，參見本書第三章。

比如，契訶夫小說《胖子和瘦子》開篇的一個片段，要認識其中不同文學手法特徵，首先就必須以不可再分文學想像具象為單位切分文學作品中這一自然語言橫組合片段，只有在切分基礎上才能確定其中的最小文學手法的結構邊界，並在此前提下才可以認識不同最小手法之間的共同處與差異處，即探尋其縱聚合關係的類型。否則，我們對於文學手法特徵的認識也是寸步難行，對於建立在最小文學手法基礎上的整個文學審美風格連續構造過程的認識，當然更談不上。

> 尼古拉鐵路一個火車站上，有兩個朋友相遇：一個是胖子，一個是瘦子。／1 胖子剛在火車站吃過飯，嘴唇上粘著油而發光，就跟熟透的櫻桃一樣。他身上冒出白葡萄酒和香橙花的氣味。瘦子剛從火車上下來，拿著皮箱、包裹和硬紙盒。他冒出火腿和咖啡渣的氣味。他背後站著一個長下巴的瘦女人，是他的妻子。還有一個高身量的中學生，瞇細一隻眼睛，是他的兒子。／2
>
> 「波爾菲里！」胖子看見瘦子，叫起來。「真是你嗎？我的朋友！有多少個冬天，多少個夏天沒見面了！」
>
> 「哎呀！」瘦子驚奇地叫道。「米沙！小時候的朋友！你這是從哪裡來？」／3
>
> 兩個朋友互相擁抱，吻了三次，然後彼此打量著，眼睛裡含著淚水。／4 兩個人都感到愉快的驚訝。／5

以不可再分文學想像具象為單位切分，我們可以把上述自然語言片段分為五個最小文學手法：第一，敘述；第二，肖像描寫；第三，對話描寫；第四，動作描寫；第五，心理描寫。在這五個文學手法的對立中，我們可以看到動態敘述與靜態描寫不同，而在描寫中，我們又可以進一步看到人物的肖像描寫、對話描寫、動作描寫、心理描寫之間因為描寫對象本身不同所存在

的差異。試想，如果我們不是以不可再分文學想像具象為單位切分這段自然語言橫組合片段，我們怎麼可以討論文學作品中上述五種不同文學手法的特徵呢？

　　最小文學手法特徵建立在對立基礎上的這種情況，與自然語言特徵建立在對立基礎上的情況相似。以契訶夫小說《胖子和瘦子》這個片段第四個文學手法為例：

　　兩個／1 朋友／2 互相／3 擁抱／4，吻／5 了／6 三次／7，然後／8 彼此／9 打量／10 著／11，眼睛／12 裡／13 含／14 著 15／淚水／16。

　　在上面這段由 16 個詞組合的自然語言片段中，試想，如果我們不以自然語言的詞為單位切分，怎麼能夠認識實詞、虛詞的不同特徵，以及實詞中名詞、動詞、數量詞等相互之間的區別。

　　人們會說，從亞里斯多德《詩學》或者中國的《毛詩・大序》以來，人們都在討論文學現象問題，從來就沒有人在理論上提出過文學現象研究需要以具體單位作為研究前提，不是也在研究文學現象嗎？難道這一千多年以來的中西方文藝學都不是在研究文學現象嗎？

　　我們承認傳統文藝學關於文學現象的研究，我們也不否認傳統文藝學的研究成果，但是，我們不得不承認，在 20 世紀，隨著索緒爾語言符號學以及歐洲結構主義符號學整體性思維方式的出現，文藝學研究中出現了新的研究角度。伴隨著這種新的維度的出現，在文藝學研究中，關於文學研究的具體單位問題也在實際研究中出現了，只是沒有人在理論上明確提出文學研究單位問題本身。

　　準確說，不研究文學單位，文學研究寸步難行之斷言，是針對結構詩學而言的。維謝洛夫斯基的「母題」、托馬舍夫斯基的母題－主題等，托多洛夫的命題、序列等，英加登的詞語聲音、意義、事態、事態群、作品描繪的世界等，弗萊的原型等，都是研究文學現象時所使用的單位。儘管不同學者具體研究內容與宗旨不同，其切分單位的概括不同，但是，可以說，當我們研

究文學整體以及整體和部分之間的關係的時候，文學研究的單位問題，不管是自覺還是不自覺，都是邁不過去的問題，否則，文學符號的「形式」[131]研究沒有辦法進行。

1.4.2.D. 什麼是文學審美風格研究的單位

猶如文學審美風格研究的起點的提出得益於索緒爾，文學審美風格研究單位的觀念以及劃分文學審美風格研究單位的基本原則，也得益於索緒爾。

1.4.2.D.a. 索緒爾論劃分語言單位的原則

在劃分自然語言的具體單位時，索緒爾首先提出了劃分自然語言具體單位的兩個原則：

首先，語言實體只有把能指和所指聯結起來才能成立。如果只保持這些要素中的一個，這一實體將化為烏有。這時，擺在我們面前的就不再是具體的客體，而只是一種純粹的抽象物。第二，語言實體要劃定界限，把它同音鏈中圍繞著它的一切分開，才算是完全確定了的，在語言的結構中互相對立的，正是這些劃定了界限的實體或單位。

在此基礎上，索緒爾對自然語言單位的定義是：「在語鏈中排除前後要素，作為某一概念的能指的一段音響。」[132]

索緒爾在另一處的表述是：語言單位是語鏈中與某一概念相當的片段。

1.4.2.D.b. 文學審美風格切分單位的定義

如果把索緒爾關於自然語言具體單位的定義進一步抽象概括，可以說，符號研究的具體單位，是以一段獨立的所指劃斷的能指。羅蘭·巴特關於橫

---

[131] 關於「形式」，參見本章 1.3.2.A.a.。
[132] 參見索緒爾，《普通語言學教程》，高名凱譯，商務印書館，1980 年，第 42 頁、第 146-147 頁。

組合切分研究的論述[133]，是從符號橫組合角度對索緒爾的語言研究單位的補充。在索緒爾關於語言單位劃分原則啟發下，筆者嘗試著對文學審美風格切分單位作如下規定。

文學審美風格切分的單位，是文學審美風格事實中一段獨立的所指劃斷的能指。

1995 年，筆者在〈論文學單位〉一文中就曾經指出：「文學結構單位是以定形的心理具象在自然語言結合上再次劃分的文學片斷。它是以一種自然語言不具備的新單位劃分的，它是在自然語言符號與心理具象相互作用時才明確起來的特殊單位。」[134]

需要補充的是，筆者當年所說的「文學心理具象」，即牛津文學術語詞典所說的、與西方哲學、心理學相通的術語「表象」（imagery），指人們在以讀和聽的方式進行的語言接受活動中在人們頭腦中所表現的圖畫（pictures）。[135]在西方詩學文獻中，文學審美風格第一次提出的時候就意識到「詩的形象」。朗迦納斯在《論崇高》中就提出了「詩的形象」。[136]筆者現在所說的「文學想像具象」，企圖強調文學心理活動，其實就是文學想像活動。文學想像，可以概括康德以來浪漫主義詩學文獻關於文學想像研究的理論成果。

1.4.2.D.c. 文學審美風格研究的三種主要單位

由於文學審美風格研究對象的不同，其切分單位與自然語言研究的切分單位，或者敘事學、現象學文藝學研究的切分單位不同。那麼，我們所提出的文學審美風格切分的單位究竟是什麼？

猶如自然語言的研究單位不僅僅是詞，還有更大單位句子，敘事學研究的單位除了母題還有主題，除了命題還有序列，現象學文藝學的單位除了事

---

[133] 參見本書 1.3.2.E.a。
[134] 參見蘇敏，《論文學單位》，《西南民族學院學報》，1995 年第 4 期。
[135] 參見本書 2.1.1.D.。
[136] 參見本書 2.1.2.B.c。

態、事態群，還有作品圖示化外觀，在文學審美風格連續構造過程中，其切分單位也不限於一個層次。

在中西文學互照互識基礎上，筆者斷言，文學審美風格的切分單位，主要包括三個層面：

首先，文學審美風格切分的最小單位，不可再分的單位——不可再分文學想像具象。最小文學手法即以不可再分文學想像具象在自然語言橫組合中再次切分的能指與所指關係構成的整體。

其次，文學審美風格切分的獨立單位－文本藝術圖畫。在文學審美風格連續構造過程中，文本手法統一體、文本純文學風格、文本文學審美風格個體等，均是以文本藝術圖畫為再次切分單位的能指與所指關係構成的整體。

第三，文學審美風格切分的最大單位——文學史。在文學審美風格連續構造過程中，文學審美風格民族－文化系統即以文學史為切分單位的能指與所指橫組合關係構成的整體。

自然語言的單位詞或句子，作為最小文學手法的子結構的單位，屬於文學審美風格研究的准單位。

俄國形式主義、歐洲結構主義，以及現象學文藝學所涉及到的介於不可再分單位與文本獨立單位之間的單位，從文學審美風格連續構造過程看，其能指似乎沒有提供與「某一概念相當」的文學意義，或者說，其能指與所指整體沒有構成文學審美風格連續構造過程中文學表達層某一獨立結構層級，因此，不在文學審美風格研究的範圍。

1.4.2.D.d. 文學審美風格切分的最小單位

猶如自然語言符號最小單位不是音位，而是語素——可以體現意義的單位，在文學審美風格研究中，其切分單位不是體現日常交際交流功能的自然語言單位，而是可以體現文學性質、文學功能的單位。因此，文學審美風格研究的最小切分單位，不是自然語言的單位詞或者句子，而是不可再分的文學想像具象。

　　同樣物理存在的語言文字，在詩歌文本中，與在語言學教材中或者在百科全書中之不同，從切分單位角度看，根本原因是在詩歌文本中這些語言文字是以不可再分文學想像具象為單位再次切分的片斷。舉例說：

　　　　關關雎鳩，在河之洲。窈窕淑女，君子好逑。

　　在《詩經・周南・雎鳩》開頭的十六個漢字中，以詞為單位的「關關」或者以字為單位的「之」，雖然是我們分析該詩句的時候也使用的單位，但是，這些單位只是語言手法的單位。雖然語言手法也參與文學手法的構造，比如，象聲詞「關關」的雙聲疊韻音響效果，虛字「之」所傳達的委婉悠長意味，都是「關關雎鳩，在河之洲」詩學手法的組成部分，它們使景物描寫「關關雎鳩，在河之洲」的想像具象具有語言藝術特有的音響美效果。但是，如果沒有關於在河之洲的雎鳩之景物描寫所創造的文學想像具體形象，「關關」或者「之」就不一定能夠進入文學領域。「關關」或者「之」之所以能夠作為詩學手法的一部分，是因為它們是最小文學手法——景物描寫的能指。同樣物理存在的文字，假如它們是百科全書中關於雎鳩的介紹性文字，就不屬於文學範疇，即使「關關」同樣是用來說明雎鳩的和鳴聲，並同樣具有雙聲疊韻特徵。所以，我們在前面說，語言手法，屬於詩學手法，但是不等於詩學手法。自然語言單位，雖然也進入文學批評文學研究的視野，但是，它只是文學審美風格研究的准單位，不是文學審美風格研究的最小單位，文學審美風格的最小單位是不可再分的文學想像具象。

　　「關關雎鳩，在河之洲」是不可再分的關於景物描寫的文學想像具象劃斷的最小文學手法，「窈窕淑女，君子好逑」是不可再分的關於心理描寫文學想像具象劃斷的最小文學手法。如果將這些最小文學手法再細分不是不可以，不過，這樣的再細分就進入語言學範疇了。象聲詞「關關」雖然具有雙聲疊韻音響效果，虛字「之」雖然可以傳達了委婉悠長意味，但是，它們若離開了《周南・雎鳩》的語境，僅僅是這些以字或者詞為單位的文字，只能在語言學中作為虛字或者雙聲疊韻詞的例句講解了。

　　再以契訶夫小說《胖子和瘦子》開篇片段第四個文學手法為例，可以幫助我們理解文學審美風格切分的最小單位。

　　　　兩個朋友互相擁抱，吻了三次，然後彼此打量著，眼睛裡含著淚水。

　　這段由名詞、動詞、數量詞，以及虛詞等 16 個詞組合的自然語言符號之所以進入文學審美風格研究領域，也是因為它們以自然語言符號不具備的新單位重新切分，在文學想像空間產生了意義延展，產生了只有在文學想像活動中才能夠產生的虛構性心理具象——兩個朋友相見的三個動作：擁抱、吻、打量。語言學關於這十六個詞所組成的語段之詞法分析也好、句法分析也罷，日常談話的話語所敘述的兩個朋友相見的這同樣的三個動作也好，都不存在創造或者接受小說《胖子與瘦子》中的這種虛構的、文學想像活動中的心理具象。而契訶夫關於這三個動作的「動作描寫」手法，雖然從語言能指角度看它們沒有發生詩歌語言的變形、扭曲、陌生化，它們和日常話語語境自然語言符號的物理存在似乎完全相同，但是，由於其自然語言符號與作者-接收者文學想像具象相互作用時產生了文學活動中才存在的新單位與新意義，所以，它們進入了文學殿堂。

　　在〈論文學單位〉一文中，筆者曾經指出，從文學審美風格連續構造看，文學手法，是文學審美風格的最小單位。自然語言以文學手法為單位的結合，構成文學審美風格結構中的最小結構。換言之，文學手法是文學最基本的心理具象劃斷的、最小的、不可在文學意義上再分的自然語言片斷。自然語言以文學手法為單位的集合，使具有同樣物理形式的自然語言發生一種性質上的改變，即由意指性、規約性符號[137]轉換生成文學符號，具有造型性、圖像性特徵。[138]

---

[137] 意指性、規約性符號，比如，語言符號、烽火臺、信號燈之類符號。造型性、圖像性符號，比如，照片、聖像、地圖之類符號。參見本書 1.3.2.F.a.。

[138] 蘇敏，〈論文學單位〉，《西南民族學院學報》，1995 年第 4 期。

　　上述關於文學單位的界定，是筆者 20 世紀 90 年代的觀點，存在表述含混的地方。今天的表述更為明確：第一，文學審美風格研究的最小切分單位，不是文學手法，而是不可再分文學想像具象。第二，這種不可再分文學想像具象切分的自然語言橫組合片段整體，不是泛泛而論的文學手法，而是最小文學手法。

第二章

中西文藝學風格理論研究的歷史與現狀

第二章　中西文藝學風格理論研究的歷史與現狀

　　文學風格，從中國和西方有關文獻看，都是一個比較古老的命題。不過，在中國古代詩學文獻中，與近代學術術語「風格」相通的話語，主要是「體」。

　　中國的「體」，和西方的 style、стиль，在文學研究角度看，主要均指文學表達手法和文學類型，所涉及的問題大多包括文學作品客體的語言修辭表達方法、文學表達手法、文體體裁類型、作品－作家統一整體類型等。

　　相對而言，西方的風格理論出現較早，西元前二世紀古希臘的亞里斯多德就提出了「風格」概念，並研究了語言風格。而中國古代詩學文獻中的「體」論，則成熟較早。從中西詩學文獻看，如果把布封論風格視為西方風格理論成熟的話，中國古代「體」論可謂成就卓越。西元五世紀左右劉勰的《文心雕龍》系統地建構了包括「體制」、「體性」、「體勢」之「體」論。布封風格論既沒有劉勰「體」論豐富的文學作品作為實證基礎，也沒有劉勰「體」論精審的邏輯思辨。劉勰「體」論討論的很多問題，在西方詩學文獻中很多是20 世紀才提出的。20 世紀 70 年代蘇聯索卡洛夫明確區別了語言風格和文藝學風格，並考察作為審美範疇的文學風格的構成。不過，索卡洛夫雖然使用了結構的術語，卻沒有嚴格按照符號－結構方法邏輯一貫到底地探究其結構元素、結構層次、結構轉換規律等，可以說並沒邏輯一貫到底的風格理論重構，在理論建構方法上，與劉勰「體」論沒有差別。

2.1. 西方風格理論研究的歷史

　　「風格」，在西方古代文獻中是一個古老的話語。在西方古代修辭學、詩學文獻中，都使用「風格」話語。在西方古代文獻中，「風格」的內涵在不斷地豐富，到近代，文學風格主要指文學的表達方法與文學的類型。

2.1.1. 「風格」在英語中的詞源及含義

　　從有關西方文獻考察，「風格」，在詞源上出自希臘語或拉丁語。文學風格的含義，主要指文學表達的特殊方法和文學類型。

2.1.1.A. 美國韋氏國際詞典的解釋

　　「style」，根據美國韋氏國際詞典的解釋，該詞語的意義受希臘石柱的影響。出自拉丁語。其本義是指古代在蠟制寫字板上使用的刻字的書寫工具（instrument），一頭尖、一頭鈍而光滑。用口語或者書面語表達思想的方式或類型（mode of expressing thought in oral or written language），是它的第二種意義。

　　Mode 是多義詞，牛津雙解詞典有兩層含義：第一，做什麼事的特定方式；第二，什麼東西的特定類型（a particular way of doing sth.; a particular type of sth.）。這種 Mode 又包括三個層面的含義：第一，表達一個可識別組織的特徵（比如個人、階段、學校的特徵）；第二，文學作品中不同於內容和資訊方面的表達方式、類型和表達形式（the aspects of literary composition that are concerned with mode and from of expression as distinguished from content or message）；第三，演講的方式、語氣、態度。

　　顯然，美國韋氏國際詞典中的第二種含義，與文學風格有關。從第二種含義我們可以明確看到，文學作品中的風格，就是文學作品中的表達類型和表達形式（mode and from）。[1]

---

[1]　韋氏大字典的解釋是：an instrument used by the ancients in writing on waxed tablets and made with one of its ends sharp and the other blunt, smooth, and somewhat expanded for tue

2.1.1.B. 縮印本牛津英語詞典的解釋

關於「style」在詞源上的解釋，縮印本牛津英語詞典與韋氏詞典的觀點有些不同。縮印本牛津英語詞典明確指出，作為寫作、寫作方法包括說話的方式 manner of writing（hence also of speaking），現代詞語「style」源自古代的 stylus，指古代金屬或骨製的器具，用來在板上刻字的工具。縮印本牛津英語詞典認為，「style」是否出自拉丁語目前尚不能定論：作為英語和法語現代形式，「style」的拼寫來源於 stile 的無意義變形。其最早的形式究竟是拉丁語還是希臘語，或者拉丁語與希臘語是相似的，目前尚缺乏有力的根據。

關於與文學風格相關的「style」之含義，縮印本牛津英語詞典在文學表達方式和類型之外，還提出了文學手法（manner）。

在與文學風格相關的詞條中，縮印本牛津英語詞典強調的是作家構思中的特殊表達方式、手法（manner）或表達方式、類型（mode）：風格是特定作家或演說家、或文學團體或文學時代的特殊表達方式、手法（manner）；是作家表達其在構思中所追求簡潔、效力、美、以及模仿的逼真等的表達方式、表達類型（mode）。[2]

2.1.1.C. 約翰詞源詞典的解釋

約翰詞源詞典在風格的詞源考察上與韋氏詞典一致，認為「style」出自拉丁語，並明確指出：那種認為「style」詞源上出自希臘是一種誤會。同時，約翰詞源詞典明確指出，「style」，作為某種「寫出來的東西」或者「寫作的方法」，

---

purpose of making erasures by soothing the wax. (Websten's Third New International Dictionary, Springfield, Massachusetts, U.S.A.1961,G.L.C.Merriam, CO p.2271)

[2] 縮印本牛津英語詞典強調的是：The manner of expression characteristic of a particular writer (hence of an orator), or of a literary group or period ; a writer's mode of expression considered in regard to cleamcss, effectiveness, beauty, and the like. *The compact Edition of the Oxford English Dictionary,* Oxford university Press, 1971, p.3114.

（'something written'，'manner of writing'）是「書寫工具」（'writing instrument'）的隱喻。[3]

關於「style」的詞源，目前筆者只知道存在這種爭論。限於時間、學力和資料，筆者目前不能在爭論中做出自己的判斷，暫且存而不論。

2.1.1.D. 牛津文學術語詞典的解釋

關於「style」的解釋，專業性詞典牛津文學術語詞典與前面三種綜合性詞典的解釋相通，不過，在用詞上規定更嚴格，而且，就文學現象闡釋上更為詳盡。在牛津文學術語詞典中，「style」，主要是指文學作品中特定的語言表達方式（specific way）及其文學風格類型（Different categories of style）。

在牛津文學術語詞典中，關於「style」，其第一種解釋，即語言表達特定方法、方式（specific way），進一步明確了綜合性詞典中所說的「寫作方法」（manner of writing）、「表達形式」（from），就是文學語言表達特定方法、方式（specific way）；其第二種解釋，即風格的不同類型（Different categories of style），進一步明確了綜合性詞典中所說的「表達類型 mode」，在文學範疇中，就是文學風格的不同類型（Different categories of style）。單義詞「Category」，指人或事物的類別、種類（a group of people or things with particular features in common），比「mode」的含義更加明確，不像多義詞「mode」既指 a particular way of doing something.，又指 a particular type of something，可能導致關於「方法」（way）的誤讀。

---

3   *style* comes via Old French *stile* from Latin *stilus*, which denoted a pointed 'writing instrument.' It came to be used metaphorically for 'something written,' and hence for 'manner of writing,' The spelling with y instead of i arose from the misapprehension that the word was of Greek origin. It also invaded *stylus* [i8], which was acquired directly from Latin. (*Dictionary of Word Origins, John Ayto, First published 1990 by Bloomsbury Publishing limited, 2Soho Square,* London W1V5DE. P.508)

　　牛津文學術語詞典除了用詞上更加準確以外，還明確規定了作為語言表達特定方法、方式（specific way），和作為風格的不同類型（Different categories of style）的具體構成因素。

　　牛津文學術語詞典具體指出，作為使用語言的特定方法、方式（specific way），與作家、流派（school）、文體種類或體裁（genre）或者時期（period）特徵有關。它的含義，是根據其使用的措辭、句式、語言接受活動中的表象（imagery）[4]、節奏、和所描述的對象（use of figure）而加以解釋，或者是根據一些其它語言特徵而加以解釋。

　　牛津文學術語詞典還指出，作為風格的不同類型（Different categories of style），由特定的作家、時期（比如古羅馬奧古斯都時期）、職業和社會等級（比如新聞業）等確定的。不過，自從浪漫主義文學革命以後，這種由等級制度決定的風格觀念被另外一種風格觀念所替代。這種新的觀念認為，風格是一種獨特的個人魅力的表達方式（an expression of individual personality）。

　　牛津文學術語詞典以文藝復興時期的三種風格為例，具體闡釋了這種風格類型怎樣與作家、時代、職業和社會等級等因素相聯繫：在文藝復興時期使用的三大風格「層次」（principle）系統（scheme）中，上流社會（high）的「崇高宏偉」（grand）風格，是從中等階級（middle）的「平庸」（mean）風格和下層社會（low）的「粗俗」（base）風格中區別出來。這種上流社會的（decorum）[5]道德規範認為，某些題材（certain subjects）只能由某些特定社會等級的風格

---

[4]　imagery，牛津雙解詞典是：language that produces pictures in the minds of people reading or listening 即人們在以讀和聽的方式進行的語言接受活動中在人們頭腦中所表現的圖畫（pictures）。翻譯通常是「意象」（poetic imagery 詩的意象）、「隱喻或暗喻」。「意象」容易和中國古代詩歌的概念混淆。「隱喻或暗喻」的翻譯，容易使人誤讀為修辭技巧。其實，這裡涉及到的是作品藝術圖畫的問題。由於哲學和心理學上的表象，也是這個概念，筆者在這裡理解為表象。

[5]　Decorum, polite behavior that is appropriate in a social situation; polite, from a class of society that believes it is better than others.（牛津雙解）

使用，因此一部史詩應該以書面形式表現上流社會「崇高宏偉」（grand）風格，而諷刺作品卻只能有下層社會的「粗俗」（base）風格。[6]

2.1.2. 在西方文藝學中風格理論研究的歷史

牛津文學術語詞典關於風格的界定，是對西方文學風格理論的重要概括之一。要指出的是，在西方詩學文獻中，關於文學風格的所指，並不是從一開始就象上述詞典那樣明確提出風格是語言表達手段、文學表達手段以及文學類型，而且，也不是從一開始就意識到風格的特定表現方法和表現類型，與語言表達以外的作品題材、構思、作家個性、時代、流派等有關係。在西方詩學文獻中，文學風格的內涵存在一個認識逐漸明晰的過程；文學風格的外延存在從狹隘修辭學領域逐漸轉向詩學領域、藝術領域的過程。

西方風格論，從亞里斯多德以來，基本上在表達工具意義上、在作品語言表達層面上討論居多，這時的「風格」，主要是指與內容、資訊沒有多大關係的修辭技巧。在朗迦納斯、布封風格論以後，在西方風格論中，才更多關注語言修辭以外的題材、構思、情節、詩歌的形象等文學表達手段，以及作

---

[6]   *Oxford Concise Dictionary of Literary Terms*, Chris Balsick, Oxford New York OXFORD UNIVERSITY PRESS，上海外語教育出版社，2000 年，第 214-215 頁。「風格」（style），指一些使用語言的特定方法、方式（specific way）：Any specific way of using language, which is characteristic of an author, school, period, or genre. Particular styles may be defined by their linguistic feature. Different categories of style have been named after particular authors (e.g. Ciceronian), periods (e. g. Augustan), and professions (e. g. journalistic), while in the Renaissance a scheme of three stylistic 'levels' was adopted, distinguishing the high or 'grand' style from the middle or 'mean' style and the low or 'base' style. The principle of decorum held that certain subjects require particular levels of style, so that an epic should be written in the grand style whereas satire should be composed in the base style. Since the literary revolution of Romanticism, however, this hierarchy has been replaced by the notion of style as an expression of individual personality. 「風格的」（Stylistics），指近現代語言學的一個熱衷於文學風格詳盡分析的分支，這個分支字斟句酌地分析研究非文學文本。不屬於嚴格的文學風格研究範圍。Stylistics, a branch of modern linguistics devoted to the detailed analysis of literary style, or of the linguistic choices made by speakers and writers in non-literary contexts.

家靈魂、作家內心精神、作家人格、民族性格等文學主體問題。從歌德開始，才把文學風格看作作品成熟的標誌和作家追求的最高境界。在黑格爾那裡，才把文學類型納入風格範疇，把風格範疇納入文藝美學領域。里爾格的藝術風格研究，不僅提出了藝術意志概念，而且，開始在實證基礎上的研究風格學，即從藝術作品材料、技術手段、藝術意志等方面具體研究風格類型。

此外，對文學作品整體性的關注，開始於朗迦納斯風格論。不管是文學風格還是藝術風格，大都注重作品整體性。不過，藝術史整體性問題，是藝術風格學提出的。

2.1.2.A. 亞里斯多德的風格理論

古希臘的亞里斯多德（西元前 384－西元前 322）關於風格的討論主要限於與作品內容、資訊無關的語言修辭層面，風格的外延比較狹窄。亞里斯多德更多是在由書寫工具引申的書寫、口頭語言表達工具意義上使用「風格」話語。

不過，亞里斯多德在《詩學》中也討論了文學特有的表達方法（specific way）或手法（manner），以及文學類型（Different categories of style），只是他沒有把這些討論納入「風格」範疇。

2.1.2.A.a. 修辭學的「明晰」風格

在亞里斯多德的論述中，關於風格的理論，明確體現在他的修辭學中。「明晰」是亞里斯多德從語言表達手段上對「風格」的要求。亞里斯多德指出：「風格的美在於明晰而不流於平淡。最明晰的風格是由普通字造成的，但平淡無奇，克勒俄豐和斯忒涅羅斯的詩風即是如此。使用奇字，風格顯得高雅而不平凡；所謂奇字，指借用字、隱喻字、衍體字以及其他一切不普通的字。但是如果有人專門使用這種字，他寫出來的不是謎語，就是怪詩文；隱喻字造成謎語，借用字造成怪詩文。」可見，亞里斯多德不僅有明確的「風格」概念，並在語言表達方式上、在修辭手段意義上討論到了風格問題。[7]

---

[7]　（古希臘）亞里斯多德，《詩學》，羅念生譯，人民文學出版社，1962 年，第 77 頁。以下關於《詩學》的引用，均出自該版本，恕不一一注明出處。

　　除了《詩學》，亞里斯多德還在《修辭學》中談及類似的思想：「至於用語的優美，可以規定為明晰。」[8]古羅馬西塞羅所提出的「平凡簡潔」演說風格[9]，與亞里斯多德所宣導的這種「明晰」風格相通。

　　由於亞里斯多德只是在書寫、口頭語言表達工具意義上定義風格，因此，儘管從《詩學》看他關於文學特有的表達手段、類型有比較詳盡的研究，但是，他並沒有把這些文學表達手段和文學類型納入風格範疇，他的風格學僅僅限於文學媒介層面的修辭學。

　　拉曼・塞爾登編，《文學批評理論——從柏拉圖到現在》，把「風格」限於修辭學的文體風格理論，並從西塞羅論文〈演說家〉開始介紹西方風格理論。一方面，由此可見亞里斯多德修辭學風格論的影響，另一方面，亦可見編者對亞里斯多德的忽略。筆者以為，西方語言風格論的溯源，不應該從西塞羅開始。[10]

2.1.2.A.b. 文學類型

　　在《詩學》中，亞里斯多德論述了不同文學類型（Different categories of style），比如，抒情詩、戲劇、史詩等，以及文學特有的表達手段（specific way），比如，情節安排、佈局結構、性格刻畫等。雖然亞里斯多德沒有把這些文學表達手段、文學類型視為風格，但是，從今天學界關於風格的認識看，亞里斯多德的《詩學》孕育了西方文學審美風格研究。

---

[8]　（古希臘）亞里斯多德，《亞里斯多德全集》，苗力田主編，人民大學出版社，第 9 卷，1994 年，第 496 頁。

[9]　西塞羅在〈演說家〉中提出三種演說風格：誇張的、平凡簡潔的、中庸的。其中的「平凡簡潔的」風格，與亞里斯多德所說的「明晰」風格相通。轉引自（英）拉曼・塞爾登編，《文學批評理論——從柏拉圖到現在》，劉象愚等譯，北京大學出版社，1999 年，第 348-350 頁。

[10]　參見（英）拉曼・塞爾登編，《文學批評理論——從柏拉圖到現在》，劉象愚等譯，北京大學出版社，1999 年，第三編，《形式、體系與結構》之第五章〈修辭：風格與視點〉。

　　亞里斯多德關於文學不同類型（Different categories of style）的討論，主要是關於抒情詩、戲劇、史詩等體裁文體研究。亞里斯多德提出模仿藝術分類的三方面根據主要是：模仿所用的媒介、所取的對象、所採用的方式。

　　從媒介看，詩歌以語言媒介，不同於音樂（聲音媒介）、造型藝術（顏色和姿態媒介，以及與韻文相對的散文。

　　在詩歌中，亞里斯多德重點從作品客體角度討論了悲劇、喜劇，以及史詩各自不同的特點：悲劇模仿比一般人好的人，喜劇模仿比一般人壞的人。史詩主要用詩人口吻的敘述手法，戲劇則主要使模仿者用動作來模仿、對話體手法。在此基礎上，亞里斯多德比較詳盡地討論了悲劇、喜劇體裁的特點：悲劇主人公寫比一般人好的人，寧可更好不要更壞，悲劇主人公的身份應該是國王、王妃、王子、公主等，通過他們看事不明而由順境轉入逆境的不幸表現莊嚴肅穆悲劇精神，使人產生恐懼憐憫；喜劇主人公寫比一般人壞的人，他們的身份只能是平民，通過他們表現滑稽可笑喜劇效果。

　　此外，亞里斯多德還從作家性格或者個性角度，討論了詩的兩種分類：詩由於固有的性質不同而分為兩種：嚴肅的人摹仿高尚的人的行動，輕浮的人摹仿低劣的人的行動……[11]

　　牛津文學術語詞典關於文學類型的劃分，最早的詩學文獻，恐怕就是亞里斯多德的《詩學》。

　　從亞里斯多德關於悲劇、喜劇和史詩的討論可見，《詩學》第一次從作品客體與作家主體角度討論文學類型。文學體裁，或者說敘事文學的三大體裁，是西方詩學較早意識到的文學類型。[12]無獨有偶，中國劉勰「體」論，也是既

---

[11]　在此使用的是羅念生譯文。亞里斯多德、賀拉斯，《詩學·詩藝》，羅念生譯，人民文學出版社，1962 年。陳中梅譯為：詩的發展依作者性格不同形成兩大類。較穩重者摹仿高尚的行動，即好人的行動，而較淺俗者則摹仿低劣小人的行動，……（古希臘）亞里斯多德，《詩學》第四章，陳中梅譯，商務印書館，1999 年。

[12]　熱奈特，《廣義文本之導論》關於亞里斯多德關於文學體裁的問題有比較詳盡的討論。（法）熱拉爾·熱奈特，《熱奈特論文集》，史忠義譯，百花文藝出版社，2001 年。

討論了為文之術,還研究了「體制」(即體裁)類型,而且,也從作家主體與作品客體角度討論到文學類型。

2.1.2.A.c. 文學表達方式

在《詩學》的悲劇理論中,關於悲劇六大成分的論述,詳盡討論了悲劇特有的表達手法(specific way):性格、情節、結構等。亞里斯多德認為,整個悲劇藝術包含形象、性格、情節、言詞、歌曲與思想。其中,言詞和歌曲,是模仿的媒介,形象是模仿的方式,情節、性格、思想,是模仿的對象。

雖然《詩學》比較詳盡地討論了文學特有的表達手段方式(specific way):情節安排佈局結構、性格刻畫、以及虛構的必然性等,然而,由於亞里斯多德將「風格」限於修辭學範圍,他沒有把這些文學特有的表達手法納入風格範疇。因此,長期以來,西方風格學研究,仍然主要限於語言修辭範圍,文學特有表達手段在「風格學」之外。

符合生活必然性的情節與性格,是西方模仿文學最早認識到的文學特有表達手法。

一、情節佈局

在《詩學》中,亞里斯多德一方面把情節歸類到模仿的對象,但是,另一方面,他又把情節視為最重要的文學手法看待。亞里斯多德悲劇理論最重視的是情節佈局。

情節,亞里斯多德明確解釋為對事件的安排。他認為,悲劇藝術的目的在於組織情節(即佈局)。詩人是情節的創造者,不是韻律的創造者。

關於「結構完美的佈局」,亞里斯多德提出了一系列具體要求:情節的整一性、順境轉向逆境的結局、複雜情節等。

亞里斯多德認為,結構完美的佈局除了寫一個人物的一個事件以外,還必須注意自身的有機聯繫,不能隨便起訖,它的「頭」,必須自然引起它事的

發生，它的「尾」，指事之按照必然律或常規自然的上承某事者，但無他事繼其後；它的「身」，指事之承前啟後。他要求情節中的事件要有緊密的組織，任何部分都是整體中的有機部分，不得挪動或刪削。悲劇中這種對情節的規定，與他關於史詩的論述相通：史詩的情節也應象悲劇的情節那樣按照戲劇的原則安排，環繞著一個整一的行動，有頭、有身、有尾，這樣它才能像一個完整的活東西，給我們一種它特別能給的快感。

完美的佈局，還包括順境轉向逆境的單一的結局，而不是逆境轉向順境，或者是雙重的結局。

突轉、發現、和苦難，在亞里斯多德看來，是情節的三大組成成分。苦難是毀滅或痛苦的行動。突轉，是情節向相反方向發展。發現，指人物從不知到知的轉變，劇眾人發現對方與自己有親屬關係或仇敵關係。亞里斯多德把包含突轉和發現的情節，稱為複雜情節。亞里斯多德非常推崇複雜情節。他認為，恐懼和憐憫的效果，要依靠情節的安排來引起，顯出詩人的才能高明。詩人若借用「形象」（即前面所說的表演者）來產生這種效果，就顯出他比較缺少藝術手腕。

二、形象和性格

要指出的是，在古希臘，形象與性格的內涵，與今天的話語有所不同。在亞里斯多德《詩學》中，作為模仿方式所討論的形象，不是牛津文學術語詞典所說的 imagery[13]，而是特指敘述者或者戲劇表演者，而且，與詩歌的文學手法關係不大。[14] 不過，這畢竟是西方詩學文獻中較早出現的詩歌「形象」話語。

13　參見本書 2.1.1.D.。

14　亞里斯多德指出，作為模仿的方式，包括敘述者和作品中的行動者，換言之，在戲劇中是人物的動作，在史詩中是敘述者的敘述法。在亞里斯多德看來，形象最缺乏藝術性，跟詩的藝術關係最淺；因為悲劇藝術的效力即使不倚靠比賽或演員，也能產生；況且「形象」的裝扮多倚靠服裝的面具製造者的藝術，不大倚靠詩人的藝術。

亞里斯多德《詩學》在模仿的對象中所討論的「性格」，亞里斯多德解釋為顯示人物的抉擇的話，一段話如果一點不表示說話的人的去取，則其中沒有性格。

在亞里斯多德看來，在悲劇中，劇中人的性格不是最重要的。劇中人不是為了表現性格而行動，而是在行動的時候附帶表現性格。沒有行動不構成悲劇，沒有性格卻仍然不失為悲劇。如果有人把一些表現性格的話以及巧妙的言詞和思想連串起來，他的作品還不能產生悲劇效果。因此，性格刻畫，在悲劇中只能占第二位，在情節之後。

不過，性格畢竟還是在悲劇中位居第二位的因素，亞里斯多德還是給予比較充分的討論，他指出，悲劇性格，第一，必須善良；第二，性格必須適合人物的身份；第三，性格必須相似（與一般人性格相似或與傳說中的人物性格相似），第四，性格必須前後一致，即使詩人所模仿的人物性格不一致，也必須寓一致於不一致的性格中。

三、必然律以及虛構、創造性模仿

必然律，在亞里斯多德看來，是任何文學手法都必須遵循的基本原則。相對於中國的言志詩而言，必然律似乎可謂模仿文學的核心觀念。

亞里斯多德在《詩學》中強調，性格和情節一樣，必須符合必然律和可然律。亞里斯多德說，詩人的職責不在於描述已發生的事，而在於描述可能發生的事，即按照可然律或必然律可能發生的事。他通過詩與歷史的比較指出，詩人描寫的事件可以虛構，是「有普遍性的事」，即一個人按照必然律或可然律，會說的話，會行的事。詩人首先追求這目的，然後才給人物起名字。歷史則描述個別的人。不能反映事物的必然聯繫的情節，不被亞里斯多德肯定：諷刺劇寫真實的人，個別的人，不被亞里斯多德推崇。承接見不出可然的或必然的聯繫的情節，亞里斯多德稱為「穿插式」情節，他認為是最低劣的情節。

如果說關於情節佈局和人物性格方法的規定是《詩學》對文學具體表達手段的規定，那麼，這裡提出的情節和人物性格必須符合必然律和可然律的問題，則是文學表達手段必須遵循的基本原則，是西方模仿文學對文學虛構的基本要求。在討論必然性時，亞里斯多德多次使用了「虛構」、以及「把謊話說圓」等話語。[15]

2.1.2.B.　朗迦納斯的風格理論

古羅馬的朗迦納斯（西元 1 世紀？－3 世紀？）的《論崇高》，繼承古希臘悲劇精神和道德哲學，從作家和作品兩方面討論「風格」問題。

《論崇高》本是一篇修辭學論文，但是，它超越了修辭風格問題涉及到文學主體，強調作家靈魂，提出崇高是「靈魂偉大的反映」，[16]並明確將「崇高」引入「風格」範疇，使風格問題外延超出了單純的修辭學，而與所表達的「思想」本身有關了。

此外，朗迦納斯風格論還討論了詩的形象、作品的整體等問題，在客體層面上，也擴大了風格研究的範圍。

但是，由於朗迦納斯風格論在很長一段時間不被人重視，因此，《論崇高》並沒有改變西方風格研究限於語言修辭的基本局面。

---

[15] 有些悲劇卻只有一兩個是熟悉的人物，其餘都是虛構的；有些悲劇甚至沒有一個熟悉的人物，例如阿迦同的《安透斯》，其中的事件與人物都是虛構的，可是仍然使人喜愛。因此不必專採用那些作為悲劇題材的傳統故事。那樣作是可笑的。在關於史詩的論述中，亞里斯多德甚至還說，把謊話說得圓是荷馬教給其它詩人的，並在此基礎上提出了他關於創造性模仿最著名的論斷：一樁不可能發生而可能成為可信的事，比一樁可能發生而不可能成為可信的事更為可取。

[16] （古羅馬）朗迦納斯，《論崇高》，伍蠡甫、胡經之《西方文藝理論名著選編》上卷，北京大學出版社，1985 年，第 119 頁。以下關於《論崇高》的出處均出自該書，恕不一一列舉。

2.1.2.B.a. 「崇高」風格與「偉大心靈」

《論崇高》，從文學類型研究看，在亞里斯多德「體裁」三大類型基礎上，提出一種嶄新文學類型，即作品語言與作家靈魂統一的「風格」。朗迦納斯關於「平凡」和「崇高」兩類「風格」的劃分的依據，是看作者的心靈是否偉大。

在《論崇高》中，朗迦納斯提出兩種風格類型：第一，「卑微」、「冷淡」的「平凡」風格；第二，「莊嚴」、「激情」的「崇高」風格。他說，「用語言表達的思想和表達思想的語言總是密切相聯的」。「美妙的措辭就是思想的光輝」。「崇高」，在於偉大題材與偉大心靈結合：一種恰到好處的真情流露通過「雅致的瘋狂」和神聖的靈感而湧出，聽來猶如神的聲音的風格。「一個瑣屑的問題用富麗堂皇的言語打扮起來，會產生把一個悲劇英雄的巨大面具戴在小孩頭上那樣的效果。」

《論崇高》這種靈魂的「雅致的瘋狂」和神聖的靈感，與柏拉圖的迷狂說純潔持久的快樂相通，但也與古希臘文化精神孕育的古希臘散文、史詩、悲劇等在精神上相通，它是對柏拉圖靈魂迷狂說與亞里斯多德莊嚴肅穆悲劇精神的綜合和發展，是對高超莊嚴的荷馬史詩、柏拉圖、希羅多德等散文、埃斯庫羅斯、索福克勒斯等悲劇等在理論上的總結。

柏拉圖的《理想國》，推崇智慧和善良的純潔持久快樂，將終日游宴作樂的生活鄙視為吃飼料、長肥肉、繁殖下代、互相殘殺的「豬欄哲學」。莊嚴肅穆希臘史詩、悲劇對主人公在道德方面的要求非常嚴格。亞里斯多德《詩學》強調，悲劇主人公比一般人好，寧可更好，不要更壞。《論崇高》經常舉荷馬、以及荷馬的模仿者柏拉圖、希羅多德等為例說明崇高。雖然朗迦納斯的崇高風格自覺接受荷馬史詩、柏拉圖迷狂說等影響，但是，其崇高風格人格精神的源頭，從詩學文獻看，筆者以為，恐怕還是不應該忽略亞里斯多德所提出的莊嚴肅穆悲劇精神。

讓‧貝西埃關於朗迦納斯崇高風格類型是不同於雅典簡潔風格的另外一種類型之斷言，[17]筆者以為，把文學審美風格與修辭風格混為一談，而且，割斷了崇高風格與古希臘文學在作家人格精神層面之聯繫，忽略了崇高風格與古希臘莊嚴高超的散文、史詩、悲劇等之間的內在相通，沒有看到柏拉圖迷狂說與亞里斯多德悲劇精神在作家靈魂層面所存在的相通。在《論崇高》後來的接受中，雖然古典主義更偏重普遍人性、浪漫主義更高揚天才、激情、想像，但是，兩種文學思潮在作家「偉大心靈」層面上卻都統一於古希臘羅馬崇高人格精神。

2.1.2.B.b. 風格與文學主體

在作家靈魂、感情問題上，朗迦納斯風格論融合了柏拉圖迷狂說、天才觀與亞里斯多德悲劇精神、悲劇效果等，在西方風格論中開拓了一個嶄新的領域——文學主體。

《論崇高》明確提出了崇高風格的兩個重要標準：作者天生的靈魂的崇高與措辭高妙的修辭技巧。在措辭高妙的修辭技巧角度看，《論崇高》是對亞里斯多德風格論的繼承；就作家靈魂高尚角度看，朗迦納斯風格論揭示了語言崇高的內在秘密在於作家靈魂的崇高、思想的莊嚴，明確提出了文學主體精神慷慨高尚問題，是對亞里斯多德修辭風格論的突破。

朗迦納斯提出的關於「崇高」的五個條件，[18]涉及到作家靈魂、文學的表達技巧、語言的表達技巧、以及作品整體諸問題。其中前兩個條件，是關於

---

[17] （法）讓‧貝西埃等主編，《詩學史‧上》，史忠義譯，天津：百花文藝出版社，2002年，第46頁。

[18] 朗迦納斯關於「崇高」的條件具體是：第一而且是最重要的是莊嚴偉大的思想；第二，強烈而激動的感情；第三，運用藻飾的技術（包括思想的藻飾和語言的藻飾）；第四，高雅的措辭；第五，包括全部上述的四個，就是整個結構的堂皇卓越。（古羅馬）朗迦納斯，《論崇高》，《西方文藝理論名著教程‧上》伍蠡甫、胡經之主編，北京大學出版社，1986年，第97-98頁。

作家靈魂的崇高、強烈而激動的感情問題，討論的均是文學主體之一——作家——先天和後天條件的問題。

朗迦納斯認為，作家的靈魂和感情，主要依靠天賦，是天生而非學來的能力，沒有一種技術可以傳授崇高，天才是唯一的教師。

朗迦納斯崇高風格特別注重作家天賦的內在靈魂和感情的自然流露。朗迦納斯正面指出：真正的才思只有精神慷慨高尚的人才有。因為把整個生活浪費在瑣屑的、狹隘的思想和習慣中的人是決不能產生什麼值得人類永遠尊敬的作品。思想充滿莊嚴的人，言語就會充滿崇高。朗迦納斯從反面論證：利欲，加上享樂的貪求，一最能使人卑鄙，一使人無恥。兩者都是人內心的禍亂，使人喪失對榮譽的關心，使人靈魂中的一切偉大東西逐漸褪色。

除了主體天賦以外，關於靈魂的崇高，朗迦納斯提出了主體後天學習的問題：第一、模仿希臘古典作品並與之競爭：「對於那些想向古人學習的人來說，從古人偉大的氣質中，就有一種涓涓細流，好像從神聖的岩洞裡流出，灌注到他們的心苗中去，因此連那些看來不容易著迷的人也受到了啟示，在古人偉大的魅力下，不覺五體投地了。」柏拉圖找到詩主題和形式統一在於他與荷馬的模仿和競爭。第二，體驗大自然：「當我們觀察整個生命的領域，而見到它處處富於精妙、堂皇、美麗的事物時，我們立即知道人生的真正目標究竟是什麼了」。

從希臘史詩、悲劇所體現的悲劇精神中，我們可以感受到朗迦納斯所說的「崇高」風格以及「偉大心靈」，相對於西塞羅所說的「誇張」風格[19]而言，朗迦納斯的《論崇高》似乎更接近古希臘文學作品中特有的人格精神。

19　西塞羅的「誇張」風格，是他所提出的三大演說風格之一，指擁有充實的思想、高貴的措辭，具有最大的說服力。誇張的演說家，如果沒有其它特質的話，是正常人眼中的瘋子和酒鬼。參見西塞羅《演說家》，（英）拉曼‧塞爾登編，劉象愚等譯《文學批評理論——從柏拉圖到現在》，北京大學出版社，1999年，第348-350頁。

2.1.2.B.c. 表達技術

關於崇高的另外的條件，朗迦納斯認為可以得到技術的幫助，具體包括：思想的藻飾技巧、語言的藻飾技巧、以及駕馭文本結構整體的技巧等。

一、思想的藻飾技巧：詩的形象

在思想的藻飾技巧方面，朗迦納斯提出了「詩的形象」問題：「風格的莊嚴，恢弘和遒勁大多依靠恰當地運用形象」。朗迦納斯將詩的形象問題引入風格理論，從客體角度擴大了亞里斯多德修辭學風格論外延。形象，在朗迦納斯看來，是關於崇高風格的第三重要問題，僅次於天賦的心靈偉大和效仿古代天才。不過，運用形象，與言語的修飾一樣，屬於可以傳授的技術。

關於「詩的形象」，朗迦納斯認為產生於傳播者和接受者的幻覺和激情中，詩歌的藝術形象與演說家使用的形象不同。這是西方風格理論第一次關於作品藝術形象的論述：「說話人由於其感情的專注和亢奮而似乎見到他所談起的事物並且使讀者產生類似的幻覺。……詩的形象以使人驚心動魄為目的，演說的形象卻是為了意思的明晰。但兩者都有影響人們情感的企圖。」

朗迦納斯「詩的形象」，與牛津文學術語詞典關於文學風格在特定方法、方式（specific way）意義上所說的語言接受活動中的表象（imagery）、作品所描述的對象（use of figure）相通。

伍蠡甫、胡經之認為，在朗迦納斯上述論述中主要討論想像力的問題。[20] 筆者認為，朗迦納斯這裡雖然涉及藝術想像的問題，這就是他所說的幻覺和激情，但在這段文字中還提出了藝術形象問題。後來布封論概念與形象、圖畫統一之高超而壯麗「筆調」[21]、歌德論「形象」、[22]康德論想像力「表象」[23]、

---

[20] 伍蠡甫、胡經之《西方文藝理論名著教程・上》北京大學出版社，1986 年，第 101-102 頁。

[21] 參見本章 2.1.2.C.b.三布封論「絢麗的色彩」。

[22] 參見本章 2.1.2.D.歌德論「風格」與「形象」。

「史達爾夫人「論形象思維的作品」之話語[24]，以及後來別林斯基關於「形象思維」之闡釋[25]，其濫觴似乎當在朗迦納斯「詩的形象」。而且，關於「詩的形象」之討論，在西方詩學文獻開始的時候，似乎與「風格」討論聯繫緊密。

二、語言的藻飾技巧

在語言的藻飾技巧方面，朗迦納斯雖然繼承亞里斯多德傳統，從語言修辭角度展開討論，但是，他卻在亞里斯多德「明晰」基礎上提出了「崇高」的語言問題。

朗迦納斯主要討論了與崇高風格有關的連接詞、整堆的比喻、誇張等技巧方法，以及它們在文本中的衝勁、氣勢、說服力和美。朗迦納斯關於崇高風格的語言要求，從崇高風格角度，豐富了亞里斯多德修辭學風格論。

三、結構整體

朗迦納斯第一次從風格理論角度提出了結構整體的問題，突破了亞里斯多德關於悲劇、史詩等具體「體裁」關於情節整一性規定。

朗迦納斯明確指出，「崇高的原因之一是選擇所寫事物的特點和把它們聯合成一個有生命的整體的能力。讀者是既為特點的選擇所吸引又為聯合它們的技能所吸引的。……這些作家中，每一個都嚴格拒絕對於主題並不必要的東西，內在聯合最生動的特徵時都謹防著一切不謹嚴、不合式、或令人厭倦的思想。」「這大廈是應當有一個堅實而一致的結構的。」「有創見、善於安排和整理事實，不是在一兩段文章裡所能覺察出來，而是要在作品的總體裡

---

[23] 康德，《判斷力批判》，宗白華譯，商務印書館，1964 年，第 70 頁、第 160 頁，第 161 頁。

[24] 史達爾夫人，《論文學》，徐繼曾譯，第二編第五章《論形象思維作品》，人民文學出版社，1986 年，第 284-302 頁。

[25] 別林斯基，《藝術思想》、《一八四七年俄國文學一瞥》，參見別列金娜選輯，《別林斯基論文學》，梁真譯，文藝出版社，1958 年，第 7 頁、第 20 頁。

才顯示得出。」在這裡，朗迦納斯所說的「一個有生命的整體」、「一個堅實而一致的結構」、「作品的總體」，都旨在強調「崇高風格」不是屬於作品部分，而屬於作品整體。

不管是否自覺，朗迦納斯關於崇高風格整體駕馭技巧的討論，指出了文學風格的整體問題，對文學風格理論有重要貢獻。韋氏詞典、牛津文學術語詞典在「風格」詞條中關於文學表達手段、文學類型的界定，忽略了朗迦納斯關於風格整體問題的論述，是一個遺憾。

雖然朗迦納斯在《論崇高》中明確提出了崇高風格，並涉及到風格理論的主體、還擴大了客體的討論範圍，對西方風格理論研究有重大突破，然而遺憾的是，朗迦納斯《論崇高》在風格論發展中的這種獨特貢獻卻並沒有被學界重視。《論崇高》在學界的傳播，主要還是從審美範疇、觀眾效果以及想像力等角度接受的。伍蠡甫、胡經之在論述朗迦納斯文藝思想的時候所給的評價是：「首次從審美範疇提出了崇高的概念」。[26]法國學者達維德・方丹《詩學》也只是從讀者觀眾效果、讀者想像力角度談及《論崇高》。[27]英國學者拉曼・塞爾登也只是從天才和感情兩個角度討論朗迦納斯。[28]

2.1.2.C. 布封的風格理論

法國啟蒙主義自然科學家、思想家、文學家布封（1707－788）《論風格》提出「風格卻就是本人」，該命題體現了一種新的風格觀念，即風格是個人獨特魅力的表達方式（an expression of individual personality），布封風格論有效改變了亞里斯多德以來僅限於修辭學的狹隘風格論格局。

26　《西方文藝理論名著教程・上》伍蠡甫、胡經之主編，北京大學出版社，1986 年，
　　第 95 頁。

27　（法）達維德・方丹，《詩學——文學形式通論》，陳靜譯，天津人民出版社，2003
　　年，第 14 頁。

28　（英）拉曼・塞爾登編，《文學批評理論——從柏拉圖到現在》，劉象愚等譯，北京
　　大學出版社，1999 年，第二編第二章、第三章。

在西方詩學中，布封風格論的獨特貢獻：第一，注重構思，並強調作家構思中的冥想靜觀自然的生命體驗，在朗迦納斯的天才和學習古典基礎上有所突破；第二，在朗迦納斯崇高風格是言辭和靈魂統一基礎上，布封進一步指出言辭和靈魂兩者之間的輕重關係——言辭只是風格的附件，有效地調整了古典風格論中言辭與思想的關係，開啟西方主體與客體相結合的近代風格論源頭，奠定了西方近代風格論基礎。

布封壯麗風格所強調的作家「精神美」，與朗迦納斯崇高風格所強調的「靈魂偉大」一脈相承；布封壯麗風格所強調的「筆調」與朗迦納斯的「詩的形象」相通。

2.1.2.C.a. 「風格」與「構思之苦」

布封與朗迦納斯風格論，都跳出亞里斯多德的修辭學桎梏，認為風格是作家思想的表達，強調作家內在精神。不過，布封更強調構思。

布封認為風格主要就是處理構思問題：「文章風格，它僅僅是作者放在他的思想裡的層次和調度。」[29]在布封看來，構思，是冥想靜觀自然追求真理與一氣呵成「整體」兩者統一的產物。布封關於構思的討論，主要集中在兩個問題：第一，對真理的追求；第二，一氣呵成的結構整體。前者，更多體現了布封的獨特體驗，發展了朗迦納斯主體風格論；後者則更多體現了布封對朗迦納斯關於風格是作品整體之思想的繼承。

一、冥想靜觀自然之「熱力」等

十八世紀啟蒙運動個人獨立自由精神的廣泛傳播，布封數十年對大自然的觀察、研究，以及博物學專著《自然史》的寫作，使布封對大自然有一種獨特的體驗。在討論題材處理、構思之苦、「才思運行」以及結構整體統一性

---

[29] 本文所引用《論風格》均出自范希衡譯，《論風格》，《譯文》，1957 年 9 月號。《西方文藝理論名著選編·上》，伍蠡甫、胡經之主編，北京大學出版社，1986 年。

時，布封第一次在西方詩學中提出冥想和靜觀的方法：「藉冥想之力賦予思想以實質和力量」、「靜觀的方法」在大自然中「達到最高真理」，從而使文章充滿內在精神的「熱力」、「生氣」、「光明」、「筋骨」。在布封看來，這種文章中充滿的「熱力」、「生氣」、「光明」等，不是外在於作家的客觀真理，而是融入作家生命體驗的內在精神。這種主體內在精神形成的自然而流暢風格，不是警句、學識可以替代的。[30]布封這種冥想與靜觀獲得真理的方法，似乎與中國古代老子、莊子道法自然的虛靜坐忘與天地萬物同一的思想相通。

　　布封風格論對最高真理、作家內在精神之「熱力」，與朗迦納斯關於作家靈魂崇高，在超越形而下物質世界意義上相通，不過，布封關於作家借助冥想與靜觀獲得內在精神的方法，提出了與朗迦納斯出自天賦的崇高完全不同的路徑，是對西方主體風格論的重要補充。

二、冥想靜觀之一氣呵成結構

　　在強調構思中的靜觀冥想之後，布封強調了作品一氣呵成之「結構」。他說：「這種草案還不能算是風格，但它卻是風格的基礎；它支持風格，導引風

30　布封說：「在尋找表達思想的那個層次之前，還需要先擬訂另一個較概括而又較固定的層次，在這個層次裡只應該包含基本見解和主要概念：把這些基本見解和主要概念安排到這個初步草案上來，題材的界限才能明確，題材的幅度也才能認清……就是在經過許多思索之後，能掌握題材的全部關係也還是很少有的。因此，揣摩題目，應該不厭其煩；這是使作者充實，擴張並提高他思想的唯一的方法：愈能借暝想之力賦予思想以實質和力量，則用文詞來表現思想也就愈為容易。」「只要他能先定好一個計畫，然後把題材所有主要的意思都集中起來，分別從先後排列，他就很容易看出何時應該動筆，他就能感覺到他的腹稿的成熟，急於要使它像小雞一樣破殼而出，他動起筆來只有感到愉快：意思很容易地互相承續著，風格一定是既自然而又流暢；熱力就從這種愉快裡產生，到處傳播，給每一個辭語灌注生氣；一切都愈來愈活潑；筆調提高了，所寫的事物也就有了色彩；感情結合著光明，便更增加這光明，使它愈照愈遠，由已寫的照耀到未寫的，於是風格就能引人入勝而且顯得明朗。」這種「熱力」、「光明」，與文章的「筋骨」是並存的，淺薄浮華的才調愈多，文章「就愈少筋骨，愈少光明，愈少熱力，也愈沒有風格」；想在文章裡放置警句的意圖，也「完全和文章的熱力背道而馳的」，而且，這種「熱力」、「光明」，在「富於學識修養然而精神貧瘠的人」那裡是沒有的。

格,調整風格的層次而使之合乎規律;不如此,則最好的作家也會迷失路途,他的筆就會像無韁之馬任意馳騁,東劃一些不規則的線條,西塗一些不調和的形象。不管他用的色彩是多麼鮮明,不管他在細節裡散播些什麼美妙的詞句,由於全文不協調,或者沒有足夠的感動力,這種作品可以說是絲毫沒有結構;……總之,唯其如此,所以七拼八湊的作品才這樣多,一氣呵成的作品才這樣少。」

　　布封把作品結構的一氣呵成,也看做是冥想、靜觀的結果。他說:「為什麼大自然的作品是這樣地完善呢?那是因為每一個作品都是一個整體,因為大自然造物都依據一個永恆的計畫,從來不離開一步;……人類精神絕不能憑空創造什麼;它只能在從經驗和冥想那裡受了精之後才能有所孕育。它的知識就是他的產品的萌芽;但是,如果它能到大自然的遠行中、工作中去摹仿大自然,如果它能以靜觀方法達到最高真理,如果它能把這些最高真理集合起來,聯貫起來,用思維方法把它們造成一個整體、一個體系,那麼,它就可以在堅固不拔的基礎上建立起不朽的紀念碑了。」布封關於作品一氣呵成結構整體的強調,與朗迦納斯關於作品結構整體之重視相通,但是,具體路徑不同。

　　此外,布封關於一氣呵成之結構整體的論述,除了構思的統一之外,還包括作品主題的統一:「任何主題都有其統一性;不管主題是多麼廣闊,都可以用一篇文章包括淨盡。間斷、停息、割裂,似乎應該只在處理不同的主題的時候,或者在要寫的事物太廣泛、太棘手、太龐雜,才思底運行被重重障礙所間斷、被環境的需要所限制的時候,才用得著。……」

2.1.2.C.b. 壯麗的風格

　　布封的壯麗風格,主要包括內容和筆調兩方面:內容上指素描之剛健,即作家的內在精神美;筆調上指包括題材和精神美統一、概念與活潑明確形象、和諧生動圖畫統一的「絢麗的色彩」。

一、素描之剛健：精神美

布封壯麗風格所包括的素描之剛健，與他所提出的「風格卻就是本人」的命題相通。在此，布封強調風格是作家的內在精神和作品情節的統一，是「既不能脫離作品，又不能轉借，也不能變換」的作家「本人」所呈現的「全部精神美」。在布封看來，在這裡的這個「本人」，不是指人的自然天性，而是指人的內在精神，而且，這種內在精神，有特殊規定：第一，這種內在精神，是作家在大自然中冥想靜觀自然獲得之最高真理，其中，融入了作家個人的生命體驗；第二，這種內在精神，不是作品題材所包含的真理，也不是外在於作品情節的思想，而是在作品情節中自然流露的全部精神美。

布封說：「只有寫的好的作品才是能夠傳世的：作品裡面所包含的知識之多，事實之奇，乃至發現之新穎，都不能成為不朽的確實保證；如果包含這些知識，事實與發現的作品只談論些瑣屑對象，如果他們寫得無風致、無天才、毫不高雅，那麼，它們就會淹沒無聞的，因為，知識、事實與發現都很容易脫離作品而轉入別人手裡，它們經更巧妙的手筆一寫，甚至於會比原作還要出色些哩。這些東西都是身外物，風格卻就是本人。因此，風格既不能脫離作品，又不能轉借，也不能變換……一個優美的風格之所以優美，完全由於它所呈現出來的那些無量數的真理。它所包含的全部精神美，它所賴以組成的全部情節，都是真理，對於人類智慧來說，這些真理比起那些可以構成題材內容的真理，是同樣有用，而且也許是更為寶貴。」

關於布封「風格卻就是本人」的命題的意義，學界更多看到的是提出了個人魅力問題，其實，布封該命題的意義不止於這一點。布封強調內在精神的生命體驗和內在精神與情節的統一，前者是布封的獨特貢獻，使西方風格論轉向個人獨特魅力；後者是對朗迦納斯風格論所提出的言辭、題材與靈魂的統一、以及「詩的形象」等觀點的發展。從西方詩學文獻看，布封關於風格、內在精神美體現在全部情節的觀點，似乎將亞里斯多德在《詩學》中所

討論的「情節」納入「風格」範疇，是對朗迦納斯「詩的形象」的補充。在西方模仿文學中，形象或者說文學作品藝術圖畫，核心是情節。

二、「言辭」是風格的「附件」

布封關於作家的精神美的看法，是一個長期在大自然中生活、觀察、思考的自然科學家的獨特體驗。這種獨特的體驗，使布封以獨特的眼光調整了亞里斯多德以來風格論中言辭與思想的關係。布封把作用於官能感覺之「言辭的和諧」僅僅看作風格的「附件」，他推崇的「壯麗」風格首先是「心靈」的高超，「素描的剛健」：「所謂寫得好，就是同時又想得好，又感覺得好，又表達得好；同時又有機智，又有心靈，又有審美力。風格必須有全部智力機能的配合與活動；只有意思能構成風格的內容，至於辭語的和諧，它只是風格的附件，它只依賴著官能的感覺……然而，模仿從來也不能創造出什麼；所以這種字句的和諧不能構成風格的內容，也不能構成風格的筆調，有些言之無物的作品，字句倒往往是鏗鏘動聽的哩。」

布封把言辭的和諧作為風格的附件，既排除在風格的內容之外，又排斥在風格的筆調之外，是對朗迦納斯「語言的藻飾技巧」的否定。那麼，布封所說的「筆調」是指的什麼呢？

三、「絢麗的色彩」

布封風格論雖然調整了傳統風格論中言辭與思想的關係，但是，他也肯定包括題材、形象給予作品的「色彩的絢麗」。布封宣導的壯麗風格，是作家精神美與作品「絢麗的色彩」的統一。

作品「絢麗的色彩」，在布封看來，包括作品暢達筆調和高超壯麗筆調。暢達筆調，指題材與作家精神美兩者「切合」；高超、壯麗「筆調」，指概念與活潑明確形象、和諧生動圖畫統一。

　　關於「筆調」的「暢達」，《風格論》指出，「壯麗之美只有在偉大的題材裡才能有。」同時，布封在《寫作藝術》中也指出：「隨著不同的對象，寫法就應該大不相同」，「真正的筆調只有題目本身才能提供出來」，如果作品的筆調不是從題目（事物的內在與外在特徵）裡抽繹出來，就會妨礙題旨的暢達，這就好比「在不合適的地方種花，就等於栽荊棘」。[31]

　　如果說布封所說的「暢達」「筆調」在強調作品題材與作家內在精神的統一方面與朗迦納斯的崇高風格還存在相通，那麼，概念與形象、圖畫統一的「高超」、「壯麗」、「筆調」，則是布封風格論的獨創。

　　《風格論》指出，「筆調不過是風格對題材性質的切合，一點勉強不得；它是由內容的本質裡自然而然地產生出來的，要看作者能否使他的思想達到一般性的程度來決定。如果作者能上升到最一般的概念，而對象本身又是偉大的，則筆調也就仿佛提到了同樣的高度；並且，如果天才能一面把筆調維持在這高度上，一面又有足夠的力量給予每一對象以強烈的光彩，如果作者能在素描的剛健上再加上色彩的絢麗，總之，如果作者能把每一概念都用活潑而又十分明確的形象表現出來，把每一概念都構成一幅和諧而生動的圖畫，則筆調不僅是高超的，甚且是壯麗的。」

　　布封的高超壯麗「筆調」，在朗迦納斯「詩的形象」基礎上，補充指出這種「詩的形象」是概念與形象－圖畫的統一，不是單純的形象－圖畫。在 1879 年發表的《判斷力批判》中，康德所提出的想像力「表象」、「表象個體」、「客觀現實性的外觀」，似乎在文藝學中應該溯源到布封所提出的這種「概念」所表現的活潑明確形象、和諧生動圖畫所形成之高超、壯麗之「筆調」。[32]

---

[31]　（法）布封，《布封文鈔》，任典譯，人民文學出版社，1958 年，第 14 頁。

[32]　審美觀念，康德解釋為「人們能夠稱呼想像力的這一類表象做觀念；這一部分應為它們對於某些超越於經驗界限之上的東西至少嚮往著，並且這樣企圖接近到理性諸概念（即智的諸觀念）的表述，這會給予這些觀念一客觀現實性的外觀。」康德認為，審美理想，「意味著一個符合觀念的個體的表象。」這審美觀念之「想像力（作為生產的認識機能）是強有力地從真的自然所提供給它的素材裡創造一個象似另一自然來。」「在一個表象裡的思想（這本是屬於一個對象的概念裡的），大大地多於

王之望把布封看作主觀論的代表[33]，把威克納格看作兼顧作家主觀和作品內容意圖統一的代表[34]。筆者以為，布封雖然沒有強調作品客體的言辭，但是，並沒有因此否定作品客體本身，只是關於作品客體他所強調的方面不同而已，他的風格論研究，並非僅僅限於主觀方面。布封所討論的作品「構思」、他所說的「筆調」，涉及到作品主題和結構的統一，作品的題材、形象－圖畫等諸多方面。雖然主觀論者喜歡在布封風格論中尋找藉口，但是，第一個兼顧主體和客體的風格論，不是威克納格。在西方詩學中，筆者以為，兼顧主體和客體的風格論，萌芽於朗迦納斯，成熟於布封。

俄國別林斯基強調藝術作品是思想和形式的統一，[35]其實，並沒有超出布封風格論的範圍。

2.1.2.D. 歌德的風格理論

關於風格，德國古典作家歌德（1749－1832）的獨特貢獻，主要是強調了風格的重要性──風格是藝術的「最高境界」、以及藝術形象創造。

在這表象裡所能把握和明白理解的。」（德）康德，《判斷力批判》，宗白華譯，商務印書館，1964 年，第 70、160-161 頁。

[33] 王之望斷言「布封根據風格的內在因素提出問題，抓住了風格的主導特質，但卻在一定程度上忽視了主觀個性對客觀對象的依賴關係。」王之望引用威克納格批評布封「風格的主觀方面」並加以發揮：一切主觀論的風格論愛從這裡尋找某種藉口。王之望，《文學風格論》，學海出版社，2004 年，第 20 頁。

[34] 王之望還認為威克納格《詩學・修辭學・風格論》一文認為風格是兼顧作家主觀和作品內容意圖的統一：風格一部分被表現者的心理特徵所決定，一部分被表現的內容和意圖所決定。王之望，《文學風格論》，學海出版社，2004 年，第 20 頁。

[35] 別林斯基在《智慧的痛苦》中指出：「任何藝術作品都是從一個概括的思想滋生的，它從這個思想獲得自己在形式方面的藝術性以及內在和外在的統一，由於這種統一而成為一個獨特的、自成一體的世界。」在《愛德華・古貝爾的詩》中，別林斯基說：「構成一切藝術的作品的主要條件之一，是思想和形式、形式和思想的和諧的配合，以及作品的有機的完整。」（俄）別林斯基，《別林斯基論文學》，梁真譯，文藝出版社，1958 年，第 206 頁、第 11 頁。

　　歌德關於「風格」的論述，強調作品藝術形象、作家「人格」、「民族性格」等問題。在「風格」闡述基礎上，歌德還區別了「風格」和「作風」。其中，作品藝術形象、作家人格等，是對朗迦納斯、布封風格理論的繼承發展。

2.1.2.D.a. 風格是藝術的「最高境界」

　　歌德在西方風格理論上的貢獻，首先應該是他對風格的高度重視。在西方詩學史上，歌德第一次把風格視為藝術的「最高境界」。在 1789 年 2 月發表於《德意志信使》雜誌的文章《自然的單純模仿・作風・風格》指出：「照我看來，唯一重要的是給予風格這個詞以最高地位，以便有一個用語可以隨手用來表明藝術已經達到和能夠達到的最高境界。」[36]

　　在「風格」討論中，歌德所說的「形象」，在朗迦納斯的「詩的形象」、布封的概念和形象、圖畫統一之「高超筆調」基礎上，強調對生活形象觀察和作家融會貫通的創造；歌德所說的作家「人格」，是對朗迦納斯的「偉大心靈」、布封的「精神美」的繼承。在形象與精神美兩者關係上，相對說，歌德更強調藝術形象，把藝術形象創造視為風格的核心概念，體現了西方風格論中文學本體論意識增強。

　　一、「風格」與「形象」

　　在歌德看來，「風格」這種藝術的最高境界，就是用語言把作家觀察到的形象，通過自己創造的形象模仿出來。其中，深入研究、精細觀察形象，和創造融會貫通形象，是最重要的兩點。在《自然的單純模仿・作風・風格》

---

[36]　（德）歌德，《自然的單純模仿・作風・風格》，《文學風格論》，王元化譯，上海譯文出版社，1982 年。本文後面關於該文的引用，均出自該書，恕不一一注明。關於該文，范大燦翻譯為《對自然的簡單模仿・虛擬・獨特風格》，（德）歌德，《歌德文集》，范大燦譯，卷十，人民文學出版社，1999 年。羅悌倫翻譯為《對自然的簡單模仿・表現手法・獨特風格》，（德）歌德，《歌德文集》，羅悌倫譯，卷十二，河北教育出版社，1999 年。

中，歌德說：「通過最自然的模仿，通過竭力賦予它以共同語言，通過對於對象的正確而深入的研究，藝術終於達到了一個目的地，在這裡，它以一種與日俱增的精密性領會了事物的性質及其存在方式；最後，它以對於依次呈現的形象的一覽無遺的觀察，就能夠把各種具有不同特點的形體結合起來加以融會貫通的模仿。於是，這樣一來，就產生了風格，這是藝術所能企及的最高境界，藝術可以向人類最崇高的努力相抗衡的境界。」

王元化的譯文更強調藝術形象，范大燦的譯文則偏重於形式。在這裡，王元化翻譯的「形象」和「具有不同特點的形體」，范大燦翻譯為「形態」和「具有典型意義的形式」[37]。聯繫下文歌德對玫瑰、蘋果等花卉、水果的具體闡述，筆者以為，王元化的翻譯似乎更符合文本語境。

歌德關於風格包含對事物的認識和形象的表達，與朗迦納斯的「詩的形象」還有所不同，相對說，更接近布封關於高超壯麗「筆調」是「概念」與「形象」、「圖畫」之統一的思想。不過，歌德關於「概念」的話語是對事物性質和方式的領會觀察，歌德關於「形象」、「圖畫」的話語，是作家對生活中的形象融會貫通的模仿。

藝術形象，在歌德看來，似乎包含敘事文學的情節，也包含非敘事文學的非情節。作為《浮士德》《少年維特的煩惱》和《五月之歌》作者，歌德風格論關於藝術形象的強調，相對於布封的情節而言，似乎應該概括不同種類西方傳統的敘事文學和後來躋身於文學正統的抒情詩。

二、「人格」和民族性格

歌德風格論談及民族性格、作家個性。其中，作家人格，指作家內心生活，是對朗迦納斯、布封主體風格論的繼承；而民族性格，則是具有「世界文學」視域的歌德對西方傳統風格論的重要補充。

---

[37] 歌德，《對自然的簡單模仿·虛擬·獨特風格》，《歌德文集》，范大燦譯，卷十，人民文學出版社，1999 年，第 9 頁。

在《歌德談話錄》中，歌德提出了民族性格和作家人格：「法國人在風格上顯出法國人的一般性格。……總的來說，一個作家的風格是他的內心生活的準確標誌。所以一個人如果想寫出明白的風格，他首先就要心裡明白；如果想寫出雄偉的風格，他也首先就要有雄偉的人格。」[38]在這裡，作家「雄偉的人格」，與朗迦納斯的「偉大心靈」、布封的「壯麗風格」之「內在精神」一脈相承。法國人的一般性格，體現了歌德的民族風格意識。

2.1.2.D.b.「作風」與「風格」

如前所述，歌德把風格視為藝術的「最高境界」，一方面，它是作家「人格」的體現；另一方面，風格產生於作家對事物的認識、對形象的觀察及其形象的表達。在此基礎上，歌德區別了「風格」與「作風」兩個術語。

「作風」，在歌德看來，指作家個人的天然氣質。在《自然的單純模仿·作風·風格》中，歌德指出，「**單純的模仿**以寧靜的存在和物我交融作為基礎；**作風**是用靈巧而精力充沛的氣質去攫取現象；**風格**則是奠基於最深刻的知識原則上面，奠基在事物的本性上面，而這種事物的本性應該是我們可以在看的見觸的到的形體中認識到的。」「風格」所涉及的是「人格」，而「作風」所涉及的是「氣質」。而且，「作風」缺乏藝術最高境界的那種對形象的深入研究認識以及形象表達。

Manier，是歌德提出的一個獨特概念，王元化翻譯為「作風」，范大燦翻譯為「虛擬」，羅悌倫翻譯為「表現手法」。[39]鑑於該術語有歌德的獨特界定，有黑格爾等德國人的約定俗成的理解，似乎不宜翻譯為「虛擬」、「表現手法」等文藝學的一般概念，筆者以為，還是王元化的翻譯比較妥當。

---

[38]　（德）歌德，《歌德談話錄》，朱光潛譯，中國社會科學出版社，1978 年，第 39 頁。

[39]　（歌德，《對自然的簡單模仿·虛擬·獨特風格》，《歌德文集》，范大燦譯，卷十，人民文學出版社，1999 年；歌德，《對自然的簡單模仿·表現手法·獨特風格》，《歌德文集》，羅悌倫譯，第十二卷，河北教育出版社，1999 年。

2.1.2.E. 黑格爾的風格理論

德國古典哲學的集大成者黑格爾（1770－1831）所說的「風格」，與從朗迦納斯到歌德以來的「風格」有所不同，它不包括文學主體，僅限於文學客體的表達方式和類型。

在西方詩學上，黑格爾風格論的貢獻，主要在於他使風格論有了自己的學科定位，使風格論成為文藝美學的組成部分，並明確把藝術種類納入風格論的範疇。

其實，黑格爾關於藝術作品、作家獨創性是作家內在與作品外在統一的看法，與朗迦納斯、布封、歌德等兼顧主、客觀的風格論相通，只是黑格爾並沒有把這些問題放在風格範疇討論。其中，將情節與性格放到特定環境中、作品與精神文化的聯繫、文學與時代、民族的關係等問題，體現了十九世紀西方詩學對傳統詩學的發展。

在西方詩學文獻中，在風格論範疇以外討論文學現象比較普遍，不限於亞里斯多德、黑格爾。限於篇幅，筆者在此不涉及黑格爾詩學問題，只簡單回顧黑格爾風格論的基本觀點。

2.1.2.E.a. 風格的學科定位

歌德雖然高度肯定了文學風格問題，可是，作為作家的他卻並沒有在文藝學理論中給風格一個相應的地位。黑格爾創建了一個罕見的龐大而精緻的哲學體系，並將風格問題放進了這個龐大而精緻的體系中，使風格論有了自己的學科定位。

德國古典美學奠基者、西方近代哲學革命的代表康德（1724－1804）的《判斷力批判》，完成了獨立的藝術哲學──美學的基本理論建構，奠定了感性與理性統一的研究道路，確定了文藝美學獨特的研究領域──認識和意志之間的獨立的情感領域，並提出了藝術美問題。儘管從亞里斯多德就談到美，鮑姆

嘉通開始了美學，但是，在康德那裡，文藝美學才成為一個有體系的、獨立的學科。不過，在《判斷力批判》中，康德只討論了藝術分類問題，並沒有討論風格問題。

黑格爾《美學》繼承康德美學體系，並在《美學》第一卷「藝術美的理念或理想」中的第三章「藝術美，或理想」的第三節「藝術家」的第三個問題「作風、風格和獨創性」中討論「作風」和「風格」。從此，風格成為文藝美學的組成部分之一，文學審美風格論這個在修辭學中誕生並逐漸長大的異類，在文藝美學中有了自己的學科定位。

黑格爾哲學體系總的分三大部分，第一，精神現象學，整個體系的導言部分；第二，邏輯學，整個體系的核心部分；第三，應用邏輯學，包括自然哲學和精神哲學兩種實在的科學。

在黑格爾精神哲學中，又分為主觀精神、客觀精神、絕對精神三部分。其中的絕對精神部分，是精神哲學的最高階段，體現了精神從自在到自為的發展。在絕對精神部分，又分為美學或藝術哲學、宗教、哲學三個部分。其中，哲學是絕對精神發展的最高峰，是絕對精神的全部目的的實現。而美學或藝術哲學，則是絕對精神的最低階段。

在黑格爾美學或藝術哲學中，又分為自然美和藝術美。藝術美再分為三個部分：第一，理想，即自然與作家心靈關係，討論作家靈魂與生活的關係；第二，理想的定性，即題材、場所情景情節性格，外在自然，討論作品以及作品與外在自然的關係；第三，藝術家，主要討論作家的獨創性問題，是作家靈魂和作品的統一。「風格」與「作風」，是黑格爾討論作家獨創性時涉及到的問題。[40]

「風格」雖然被黑格爾納入了藝術美學中，但是，風格問題並不是黑格爾美學所討論的重點，而且，黑格爾對「風格」的評價，遠不如歌德那樣高。

---

[40] 在該節關於黑格爾風格論的引文，均出自黑格爾《美學》卷一，朱光潛譯，商務印書館，1979年。

在黑格爾看來,「藝術獨特性」類似歌德藝術的「最高境界」,而「風格」是「藝術獨特性」之外的東西。(詳見圖 2-1)

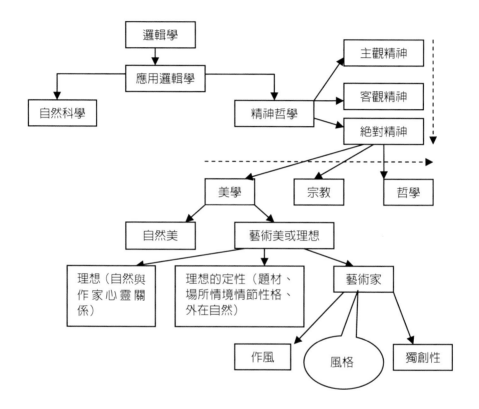

圖 2-1　風格論在文藝美學中的定位

2.1.2.E.b.「藝術家」以及「作風」與「風格」

黑格爾主要從三個層次談論了藝術家問題:第一,想像、天才和靈感;第二,藝術表現的客觀性;第三,作風、風格和獨創性。前面兩個層次,是討論風格、作風、獨創性的前提。

第一個層次,「想像、天才、靈感」,是作品尚未出世,還停留在創造主體裡的問題。在黑格爾看來,正是「想像、天才、靈感」才使作品顯得有那

靈魂和實體灌注在裡面。該層次照應藝術美中的第一個問題「理想」中的「作家靈魂」部分，不過，更側重主體中的藝術天賦。

黑格爾論「想像、天才、靈感」，是對朗迦納斯的偉大靈魂、布封的精神美、康德的審美判斷力、歌德的人格的繼承，從其對天賦的強調看，更大程度與朗迦納斯的崇高風格相通。

第二個層次，「藝術表現真正的客觀性」，黑格爾認為這是使藝術家得到靈感的那種真正的內容（意蘊）不能有絲毫部分仍保留在主體的內心裡，而是要完全揭示出來；而揭示的方式又要是這樣的：所選內容（意蘊）的普遍的靈魂和實體既很明確，它的個別形象本身也很圓滿，而整個表現出來的作品顯得有那靈魂和實體灌注在裡面。該層次照應藝術美中第二個問題「理想美」，即作品論。

黑格爾藝術表現真正客觀性所強調的所選內容（意蘊）的普遍的靈魂和實體既很明確，它的個別形象本身也很圓滿，與布封的高超壯麗「筆調」、歌德的「形象」相通，與康德的「想像力的表象」一脈相承。

雖然黑格爾上述兩個層次所涉及的問題，在西方傳統風格論中都有所涉及，但是，黑格爾並沒有把這些問題放在「風格」範疇討論，因為他的「風格」有不同於朗迦納斯以來「風格」的特殊規定。

在第三個層次中，黑格爾指出，真正的獨創性，是前面的藝術家的主體性（想像、天才、靈感）和表現的真正客觀性的統一。黑格爾的「獨創性」，繼承康德的感性和理性統一的研究路徑，所以，雖然與布封關於作家內在精神美與情節的統一、概念與形象－圖畫統一，以及歌德的風格中所說的「形象」接近，但黑格爾不僅沒有用「風格」概括這種主體與客體的統一，他反而認為只有消除了「作風」和「風格」兩個項目之後，才能到達真正的「獨創性」。在黑格爾那裡，「作風」與「風格」，都是在作品客體意義而言，「作風」主要指作家個性與手法的統一；「風格」主要指作品媒介與類型的統一。

　　黑格爾的「作風」，範圍很狹窄，僅限於作家個性與手法方面，不包括作家的靈魂與作品之間的統一。在這個意義上，黑格爾的「作風」，一定程度上與歌德的「作風」接近。黑格爾和歌德一樣，對「作風」評價不高。在黑格爾看來，應該將「作風」與「獨創性」分開：獨創性不只是聽命於個人的特殊的作風。作風是藝術家個別的、因而也是偶然的特點，其走到極端，容易僵化成為呆板的習慣，應該和獨創性分開。[41]。

　　關於「風格」，黑格爾的解釋與歌德不同。黑格爾的風格，指藝術媒介、藝術種類要求以及作品主題諸因素決定的藝術種類。

　　黑格爾的「風格」概念受義大利呂莫爾的影響。黑格爾肯定呂莫爾從以藝術家使用的「感性材料」即「媒介」解釋風格，並認為可以把它推廣，用它來指藝術表現的一些定性和規律，即對象藉以表象的那門藝術特性所產生的定性和規律。根據這個意義，人們在音樂中區分教堂音樂風格和歌劇音樂風格，在繪畫中區分歷史畫風格和風俗畫風格。[42]在此基礎上，黑格爾提出他的風格的界定：風格就是服從所用材料的各種條件的一種表現方式，而且，它還要適應一定藝術種類的要求和從主題概念生出的規律。不能把某一門藝術的風格規律應用到另一門藝術上去。黑格爾的風格構成，包括藝術手法、類型，以及主題等。

　　《美學》第二卷對象徵型、古典型、浪漫型三種藝術類型的討論，以及在第三卷關於建築、雕刻、繪畫、音樂和詩等各種藝術類型的特徵概括以及歷史的考察，是黑格爾「風格」的具體研究。

---

[41]　不過，在黑格爾看來，作風不是和真正的藝術表現直接相對立，它只是在外在方面起作用。作風可以朝兩個方向發展：第一，掌握題材；第二藝術實踐，比如，畫筆的運用，塗色，配色技巧等。這種掌握題材、表現題材的特殊方式反覆沿襲，成為藝術家的第二種天性，就容易退化為一種沒有靈魂的矯揉造作，再見不到藝術家的心情和靈感了。

[42]　呂莫爾的《義大利研究》在風格理解中強調題材因素：「一種逐漸形成習慣的對於題材的內在要求的適應，用這種適應，雕刻家雕成他的雕刻形象，畫家畫成他的繪畫。」黑格爾所說的教堂音樂和歌劇音樂風格、歷史畫和風俗畫之區別，也是在題材意義上而言的。

黑格爾的「風格」，與牛津文學術語詞典所說的 Different categories of style 相通。其實，康德就開始了對建築、雕刻、繪畫、音樂和詩等不同藝術種類的分類研究。康德、黑格爾的藝術種類，與亞里斯多德的文學體裁、文類一定程度相通，都涉及作品客體類型。不過，相對於而言，康德、黑格爾的藝術種類屬於更大範疇的藝術門類。黑格爾的特殊貢獻，是將康德藝術分類和呂莫爾「風格」結合起來，把藝術類型研究納入風格範疇，並強調媒介、以及題材對藝術類型的影響，從表達類型角度擴大了風格論研究的範圍。

2.1.2.F.　里格爾的藝術風格研究

奧地利阿洛瓦・里格爾（1858－1905）《風格問題》（1893），與前面所提及的修辭學風格、文學審美風格、美學風格都不同，它從造型藝術角度研究風格問題，涉及到以往風格論沒有意識到的問題。相對於呂莫爾、黑格爾以來注重媒介、題材、手法、類型的客體研究，里格爾在藝術風格構成中提出了「藝術意志」概念、在藝術史研究中提出了「藝術歷史連續性」觀點，並將風格類型研究建立在扎實的藝術演進實證研究基礎上。

2.1.2.F.a.　藝術歷史連續性

從裝飾藝術演化歷史中幾種基本花紋反覆出現的事實出發，里格爾提出藝術歷史連續性觀點。如果說從朗迦納斯開始，西方風格理論意識到作品整體問題，那麼，從里格爾開始，西方風格論意識到藝術史整體問題。

2.1.2.F.b.　「藝術意志」

針對當時 G・森柏的追隨者的材料主義藝術理論把裝飾藝術的風格或形式簡單歸於原材料和技術的觀點，《風格問題》提出了「藝術意志」的概念，並從藝術意志、技術與原材料三者出發考察裝飾藝術風格。

在對藝術形式的歷史連續性和不斷創新過程的敏銳觀察基礎上，里格爾提出藝術是一種創造性心智成果，是獨立於外界條件和其他人類活動的，其間，存在體現人類審美欲求的自主和自由的「藝術意志」。裝飾藝術雖然存在與技術手段和自然原型的聯繫，但是，卻並不是對技術手段的被動反應或者對自然原型簡單模仿。里格爾在裝飾風格研究中提出的「藝術意志」，指推動和形成某個時期或某個民族藝術的、無處不在的精神或衝力，它即是意念，也是傳統，它與文化精神聯繫緊密。

相對於黑格爾的外在於風格的「獨創性」以及「風格」，里格爾以「藝術意志」為核心概念、兼顧材料、手法的風格理論，在西方詩學文獻中，是朗迦納斯以來的主客觀統一風格理論的回歸。

里格爾的「藝術意志」雖然是從裝飾藝術實證角度提出的概念，但它與康德思辨體系中所提出的「審美觀念」、「審美理想」[43]，在支配藝術作品整體的精神或衝力意義上存在相近相通之處，不過各自的側重點不同而已。相對而言，里格爾的「藝術意志」更強調藝術傳統，康德的審美觀念更強調人類普遍精神。

2.1.2.F.c. 藝術風格類型研究

在《風格問題》中，里格爾還對風格化的裝飾進化過程進行定位和分類研究，提出幾何風格、紋章風格、裝飾性捲鬚、阿拉伯裝飾等四種類型，並提出：文化的、創造的力量可以促使人們借用和保留已有的藝術概念和形式，亦可以導致藝術發展的裂變。[44]里格爾的藝術風格類型研究，相對於黑格爾的藝術類型研究，有更堅實的實證研究基礎。

---

[43] 參見康德，《判斷力批判》，宗白華譯，商務印書館，1964 年，第 160、70 頁。

[44] （奧地利）阿洛瓦·里格爾，《風格問題》，劉景聯等譯，湖南科學技術出版社，2000 年。

西方 20 世紀以前風格論小結

西方傳統文藝學關於風格的相關論述給我們留下的思考是：

首先，風格究竟應該怎樣理解？亞里斯多德的修辭學「風格」，或者是朗迦納斯、布封、歌德、里格爾等兼顧主體和客體的「風格」，還是黑格爾限於藝術門類的「風格」，或者里格爾的藝術意志、技術手段、自然原材料三者構成的整體「風格」，這些學者的見解究竟那種相對說更能夠反映文學事實、風格事實的大致情況？

其次，風格在文藝美學中的位置究竟在哪裡？僅僅是在客體中，或者僅僅是在主體中，還是既包括主體又包括客體？風格是藝術獨特性之外的存在，還是藝術最高境界的體現？

此外，詩學和風格學，都研究文學表達手段、文學類型，研究對象有時存在交叉，它們之間的關係是什麼？

2.2. 中國「體」論研究的歷史

關於中國文學風格理論研究歷史的這個命題，其中的「風格」話語，主要是在近代學術術語意義上使用的。從相關文獻考察，「風格」，主要是西方詩學中使用比較頻繁的一個術語。在中國古代文獻中，文學風格研究所使用的話語主要是「體」，「風格」話語使用很少。所以，中國古代文學風格理論研究的歷史，可以說，也就是中國「體」論研究的歷史。鑑於西方文論在當下的學術前沿地位，為了跨文化交流之便利，筆者有時也將中國古代「體」論，叫做中國古代風格論。

在中國古代文論中，關於「體」論研究的集大成者，是《文心雕龍》。幾乎可以用「空前絕後」形容《文心雕龍》在中國古代風格論中的特殊地位。

因此，關於中國古代「體」論之歷史回顧，筆者分為兩大部分：第一，「風格」
在古代中國的相關話語梳理；第二，《文心雕龍》的「體」論。

2.2.1. 中國古代的相關話語

　　風格，在中國古代相關文獻中，是一個古老的話題。中國古代風格思想
的萌芽，是曹丕（187－226）《典論・論文》。不過，曹丕所使用的話語不是「風
格」，而是「體氣」。

　　王之望斷言，《典論・論文》首倡「體氣」，把作家的個性同作品的風格
面貌聯繫起來看問題，在風格學上是一大突破。筆者以為，王之望誇大了《典
論・論文》「體氣」說在中國古代文學風格論中的地位和作用。在《典論・論
文》以前，文學風格論幾乎不存在，「一大突破」不成立。[45]曹丕的體氣說，
是中國古代文學風格論的萌芽，這樣的定位似乎更為妥當。

　　從中國古代相關文獻考察，文學風格研究，通常使用的術語主要有三個：
「體」、「氣」、「風格」。其中，「體」，當是一個更為常見的概念。從曹丕的「文
氣」、「文體」概念，到劉勰的「體」論，一脈相承，形成中國古代風格論的
基本發展路徑，也體現了中國古代風格論的基本成就。「氣」，在中國古代文
論中通常更多與主體風格論相關，而「風格」話語在古代風格論中使用不多。
如果擺脫西方文論話語權對中國詩學文獻單向闡發的歐洲中心主義，中國古
代文學風格論，當叫做「體」論。[46]

---

[45]　王之望把《尚書・堯典》「直而溫，寬而栗，剛而無虐，簡而無傲」看作中國古代
　　　風格的開端。筆者以為，《尚書》的文字，與文學風格的關係不大，不足以作為中
　　　國文學風格學的源頭。參見王之望，《文學風格論》學海出版社，2004 年，第 2-3
　　　頁。本書後面所涉及的王之望關於《典論・論文》、《文心雕龍》等評價也出於此，
　　　之後恕不一一指出。
[46]　詹瑛、曹順慶等人開始把中國「體」視為風格，參見本章 2.3.2.。

2.2.1.A.　「氣」

　　「氣」，在中國文化中，是一個使用頻率很高的話語，但是，也是一個很難理解的哲學術語。限於學力，筆者自以為還沒有駕馭這個話語的能力，不過，因為這個問題是中國古代風格論邁不過去的問題，因此，筆者在此僅就這個問題談談個人目前不成熟的體悟。

　　「體」，首先，指宇宙本原。在古代中國人看來，萬物皆由「氣」產生，萬物皆有「氣」。其次，指人的生理、心理活動，這種人的生理、心理活動，既由宇宙之「氣」決定，同時，本身也是「氣」。

　　在中國古代文論中，「氣」更多與主體論有關。中國古代文論中出現的「文氣」或「養氣」之「氣」，多指由宇宙本原之「氣」決定的、人的心性之「氣」或才性之「氣」等。理解宇宙本原之「氣」與人體之「氣」的基本含義以及兩者的關係，是理解文學風格論中「氣」的基本前提。為此，筆者將以比較詳細的篇幅探討「氣」在非詩學文獻中的含義，然後，再討論文學風格論中的「氣」。

2.2.1.A.a.　非詩學文獻中的「氣」之含義

　　在中國古代非詩學文獻中，「氣」作為一個哲學概念，主要指關於宇宙本原與個體人的生命物質存在和運動形式兩種含義。這兩種含義，筆者以為，是中國古代「養氣」說和「文氣」說的根源。

一、「氣」的本義

　　「氣」的本義，恐是與「天」有關之「雲氣」，後引申為抽象概念。

　　「氣」，是「气」的假借字。甲骨文前七・三六・二、以及粹五二四的「气」字均為三橫，猶今日之「三」字。《說文解字》篇一・上《气部》：「气，雲气也。象形。」段玉裁注：「本雲气，引申為凡气之稱。象雲起之貌。」段玉裁認為，「氣」，本義恐饋客之芻米，後假借為雲氣。《說文解字》篇七《米部》：

「饋客之芻米也。從米气聲。段注引《聘禮》:「殺曰饔,生曰餼。餼有牛羊豕黍粱稻稷。今字假气為雲气字。而饔餼乃無作气者。」《春秋左傳》桓公十年:「冬。齊衛鄭來戰於郎。我有辭也。初。北戎病齊。諸侯救之。鄭公子忽有功焉。齊人餼諸侯。」

日本學者前川捷三關於甲骨文、金文中所見的「气」的相關研究,與筆者的斷言一致。[47]

二、哲學術語「氣」的三種含義概說

在《詩》、《書》、《易》、《禮》、《春秋》、《論語》、《老子》,以及《黃帝內經》等相關文獻中,「氣」是中國古代一個哲學概念,其基本含義主要有三:

首先,與「天」有關之「氣」,它與宇宙的原始始基相通,它決定物質世界的「五味」、「五色」、「五聲」,以及人的「六疾」、「六志」等,與「體」相對立。比如「六氣」、「陰陽之氣」、以及後來的「精氣」等。

其次,從「六氣」引申出的、由「六氣」決定的、與人的自然生命和精神狀態相關的特殊存在,比如「血氣」、「勇氣」,以及後來的陰陽之氣、五臟之氣等。

第三,物質世界其它具體存在之氣,比如,地氣、食氣、鑄金之煙氣等。

從先秦相關文獻看,「氣」,是一個比較古老的命題,外延很寬,幾乎囊括了天地萬物,大的如天之「六氣」、「地氣」等,小的如鑄金之煙氣、弓角之末和煦之氣等;抽象的如與天道相通的「陰陽之氣」、創造萬物之「精氣」,人生命個體「專氣致柔」之氣,具體的如人的「血氣」、「勇氣」等。

似乎萬物均由「氣」創造,是從《左傳》以來就存在的一種看法。萬物皆有「氣」的看法,似乎在戰國以後比較普遍。從先秦有關文獻考察,《詩經》、《尚書》沒有使用「氣」這一話語。《左傳》似乎當是保存話語「氣」比較古

---

47 前川捷三,《甲骨文、金文中所見的气》,(日本)小野澤精一、福永光司、山井湧編,《氣的思想》第一編第一章,李慶譯,上海人民出版社,1990年。

老的文獻[48]，它所使用的「氣」，大致包括後來使用頻率較高的「氣」之兩種最基本含義：天之「六氣」等宇宙本原之存在；個人自然生命中精神和生理層面「氣」之存在。

在《左傳》之後，有的文獻所使用的「氣」，注重其更為抽象的意義，並在「六氣」基礎上提出了「陰陽之氣」、「精氣」等；有的文獻所使用之「氣」，注重其更為具體的意義，在個人自然生命之「氣」基礎上擴大了其外延。前者，比如，《道德經》、《周易》，後者如《周禮》、《儀禮》、《論語》等。在《黃帝內經》中，「氣」的概念成為一個較成體系的哲學範疇。

筆者在此僅從「氣」的基本含義角度討論問題，日本學者關於中國古代「氣」的研究比較詳盡，其結論與筆者的斷言基本一致。[49]

三、《左傳》關於「氣」的含義

考察《左傳》，使用「氣」的文獻計五篇、十九次。從「氣」的諸種語義看，主要涉及兩個方面：天與人。與「天」有關的「六氣」；與人的生理或心理有關的「血氣」、「勇氣」等。

與「天」有關的「六氣」，指陰、陽、風、雨、晦、明。[50]該「六氣」與本體論哲學中的萬物之始基相通，它決定物質世界的「五行」、「五味」、「五色」、「五聲」等，並影響人的「六疾」、「六志」、「性」等。[51]

---

[48]　《國語》有關於「天地之氣」的記載。是否《左傳》是關於「氣」的最早文獻，還待進一步研究。《國語・周語》幽王二年（－781 年）曰：「夫天地之氣，不失其序；若過其序，民亂之也。陽伏而不能出，陰迫而不能烝，於是有地震。」《國語》卷一《周語・上》，上海古籍出版社，1978 年，第 26 頁。

[49]　（日）小野澤精一、福永光司、山井湧編，《氣的思想》第一編之第二章、第三章，第二編之第一章。李慶譯，上海人民出版社，1990 年。

[50]　昭西元年（－541 年）：「天有六氣，降生五味，發為五色，征為五聲，淫生六疾。六氣曰陰、陽、風、雨、晦、明也。分為四時，序為五節，過則為菑：陰淫寒疾，陽淫熱疾，風淫末疾，雨淫腹疾，晦淫惑疾，明淫心疾。女陽物而晦時，淫則生內熱惑蠱之疾。今君不節、不時，能無及此乎？」楊伯峻《春秋左傳注》（修訂版），中華書局，1990 年，以下引用皆出自該書，恕不一一列出。

與人相關的「氣」又分為兩類：一是與人的自然生命有關的「血氣」等。[52]這種自然生命的「血氣」，影響人的心志。[53]二是與人的精神狀態有關的「勇氣」、「聲氣」、「客氣」等。[54]

四、《周易》及《道德經》關於「氣」的含義

在《周易》中，討論「氣」的文獻計四篇、六次。相對於《左傳》而言，《周易》中的「氣」更抽象化、系統化、精緻化。

---

[51] 昭公二十年：「先王之濟五味，和五聲也，以平其心，成其政也。聲亦如味，一氣、二體、三類、四物、五聲、六律、七音、八風、九歌，以相成也；清濁、大小、長短、疾徐、哀樂、剛柔、遲速、高下，出入、周疏，以相濟也。君子聽之，以平其心，心平德和。」昭公二十五年：「夫禮，天之經也，地之義也，民之行也。天地之經，而民實則之。則天之明，因地之性，生其六氣，用其五行，氣為五味，發為五色，章為五聲，淫則昏亂。民失其性。是故為禮以奉之：為六畜、五牲、三犧，以奉五味；為九文、六采、五章，以奉五色；為九歌、八風、七音、六律，以奉五聲。為君臣上下，以則地義；為夫婦外內，以經二物；為父子、兄弟、姑姊、甥舅、昏媾、姻亞，以象天明，為政事、庸力、行務，以從四時；為刑罰威獄，使民畏忌，以類其震曜殺戮；為溫慈惠和，以效天之生殖長育。民有好惡、喜怒、哀樂，生於六氣。是故審則宜類，以制六志。哀有哭泣，樂有歌舞，喜有施捨，怒有戰鬥；喜生於好，怒生於惡，是故審行信令，禍福賞罰，以制死生。生，好物也；死，惡物也。好物，樂也；惡物，哀也。哀樂不失，乃能協於天地之性，是以長久。」

[52] 僖公十五年：「亂氣狡憤，陰血周作，張脈僨興。外強中乾。」《禮記·樂記》鄭玄注引作「血氣狡憤」。僖公二十二年：「金鼓以聲氣也。利而用之。阻隘可也聲盛致志。鼓儳可也。」注曰：「金鼓以聲為用而制其氣，故曰聲氣。」襄公二十一年「楚子使醫視之。復曰：瘠則甚矣。而血氣未動。」昭西元年：「君子有四時：朝以聽政，晝以訪問，夕以修令，夜以安身。於是乎節宣其氣，勿使有所壅閉湫底，以露其體，茲心不爽，而昏亂百度。今無乃壹之，則生疾矣。」昭公十一年：「視不登帶言不過步。貌不道容。而言不昭矣。不道不共。不昭不從。無守氣矣。」

[53] 昭公九年：「味以行氣，氣以實志，志以定言，言以令出。」楊伯峻曰：「口味以使血氣流通。」杜注曰：「氣和則志充。」昭公十年：「凡有血氣。皆有爭心。故利不可強，思義為愈。」

[54] 莊公十年：「夫戰。勇氣也。一鼓作氣。再而衰。三而竭。」莊公十四年：「人之所忌，其氣焰以取之。妖由人興也。人無釁焉，妖不自作。人棄常，則妖興，故有妖。」楊伯峻校勘曰：「焰」作「炎」。《風俗通·過譽篇》：「人之所忌，炎自取之。」楊伯峻曰：「妖怪為人所畏忌，由於其氣焰不能勝而謂有妖。」襄公三十一年：「故君子在位可畏。施捨可愛。進退可度。周旋可則。容止可觀。作事可法。德行可象。聲氣可樂。動作有文。言語有章。以臨其下。謂之有威儀也。定公八年：「盡客氣也。」杜注：「言皆客氣，非勇。」楊伯峻曰：「客氣者言非出於衷心。」

　　在《周易》中，「氣」的含義，首先，指與「道」相通的本體存在，如陰陽「二氣」，「精氣為物」之「精氣」，以及「山澤通氣」之陰陽之氣等。相對於《左傳》的「陰陽風雨晦明」之「六氣」，《周易》的「陰陽」二氣，更強調抽象之「陰陽」屬性，擺脫天體「風雨晦明」之具體形態。在《周易》中，陰陽二氣、精氣不僅是宇宙本原，而且，上升到抽象的「道」的高度。

　　此外，《周易》還提出了剛柔二氣。剛柔二氣，在《周易》看來，屬於「地之道」，與陰陽二氣相通。[55]《周易》的剛柔二氣，相對於《左傳》的「血氣」、「勇氣」，亦更加抽象、而且範圍更寬泛，並與宇宙本原之陰陽二氣相對而言。[56]

---

[55]　《周易集解纂疏》卷十《說卦》：「昔者聖人之作易也。將以順性命之理。是以立天之道。曰陰與陽。立地之道。曰柔與剛。立人之道。曰仁與義。兼三才而兩之。故易六畫而成卦。分陰分陽。迭用柔剛。故易六位而成章。」李道平疏：「此明一卦立為六爻，六爻兼有三才，三才各有二體，爻立即道立矣。天道，陰陽也。地道，剛柔也。人道，仁義也。二體雖有專屬，一理自為貫通。分言之，陰陽以象言，剛柔以形言。統言之，則天陽而地陰，天剛而地柔。地之剛柔，原於天之陰陽。故在天雖剛，也有柔德。在地雖柔，也有剛德。『沈潛剛克，高明柔克』，《書·洪范》文。孔傳『沈潛謂地。雖柔亦有剛，能出金石。高明謂天。言天為剛德，亦有柔克，不幹四時。』引之以明天亦稱剛柔也。人稟天地陰陽剛柔之德，故有仁義。蓋天地人各有乾坤，易則合是六者，兼而有之，故能立三才之道矣。」《周易集解纂疏》（清）李道平撰，潘雨廷點校，中華書局，1994年，第691-692頁。

[56]　《上經·乾》：九五曰：「飛龍在天，利見大人」，何謂也？子曰：「同聲相應，同氣相求。」虞翻曰：「謂艮兌。『山澤通氣』，故『相求也』。」崔憬曰：「方諸與月同有陰氣，相感則水生；陽燧與日同有陽氣，相感則火生也。」李道平疏：「虞注：艮為山，兌為澤。『山澤通氣』，故『同氣相求』。謂艮納丙，兌納丁，丙丁相得而合火，故『相求』也。」《周易集解纂疏》卷一，第51頁。「潛龍勿用。陽氣潛藏。」何妥曰：「此第三章，以天道明之。當十一月，陽氣雖動，猶在地中，故曰『潛龍』也。」李道平疏：「此章以天道明爻辭也。一陽初息，為震體『復』。初陽貞子，十一月之卦也。震，動也，『雷在地中，復』，故云『陽氣雖動，猶在地中』。震為龍而潛於地下，故曰『潛藏』。」《周易集解纂疏》卷一，第57頁。《下經·咸·象》：「咸，感也。柔上而剛下，二氣感應以相與。」《周易集解纂疏纂疏》卷五，第314頁。《繫辭上》：「精氣為物，遊魂為變，是故知鬼神之情狀與天地相似，故不違。」虞翻曰：「魂，陽物，為乾神也。變謂坤鬼。乾純粹精，故主為物，乾流坤體，變成萬物，故『遊魂為變』也。」李道平疏：「昭七年《左傳》：『人生始化為魄。既生魄，陽曰魂。』《說文》：『魂，陽氣也。』故云『魂，陽物。』《淮南子·說山訓》：『魄問於魂』注云：『魂，人陽神』，故云『謂乾神也』。坤無魂，坤魂亦乾也。『變謂坤鬼』者，鬼亦神為之，故言『神無方』，不言鬼也。」〈乾文言〉曰：「純粹精也。」萬物資始乾元，故『主為物』。〈夏小正〉曰：『魂者動

在強調「道」與「氣」方面，《周易》與《道德經》相通，但也有所不同。在《周易》中，「氣」等於創造萬物之「道」，更接近《左傳》「六氣」生萬物的思想。《周易》之陰陽之氣，不是先於天地而生，而是體現在「天」之「天道」，與剛柔之氣以及「地之道」相對而言。而在《道德經》中，「氣」本身不等於「道」，「氣」是「道」的派生物，「道」生陰陽二氣。此外，在《周易》中，「氣」的外延更大。

《道德經》討論「氣」的地方計三處，含義主要有二：一是與人打坐時的特殊精神狀態有關之「氣」， 如「專氣」、「心氣」；[57]二是與宇宙本原有關之「氣」，如「負陰抱陽」之「沖氣」等。

《老子道德經》第四十二章曰：「道生一，一生二，二生三，三生萬物。萬物負陰而抱陽，沖氣以為和。」河上公注曰：「道始所生者『一也』。一生陰與陽也。陰陽生和、清、濁三氣，分為天地人也。天地『人』共生萬物也。天施地化，人長養之。萬物無不負陰而向陽，迴心而就日。萬物中皆有元氣，得以和柔，若胷中有藏，骨中有髓，草木中有空虛與氣通，故得久生也。」[58]在這裡，萬物之元氣「一」是道所生，而不等於道。正是這種萬物中的元氣，才「負陰抱陽」「沖氣以為和」，這「負陰抱陽」之「沖氣」，與《周易》中的陰陽之氣相通，也已經從「六氣」中剝離出來，並開始明確與「道」的概念

也」，乾之精氣，流於坤體，變成萬物，故『遊魂為變』。《越紐錄》曰： 『神主生氣之精，魂主死氣之舍』，故精氣則物成其形，魂遊則物變其故也。」《周易集解纂疏》卷八，第 555 頁。《說卦》：「天地定位。山澤通氣。雷風相薄。水火不相射。八卦相錯。數往者順。知來者逆。是故易逆數也。」《周易集解纂疏》卷十，第 692 頁。《說卦》： 「神也者。妙萬物而為言者也。動萬物者。莫疾乎雷。撓萬物者。莫疾乎風。燥萬物者。莫熯乎火。說萬物者。莫說乎澤。潤萬物者。莫潤乎水。終萬物。始萬物者。莫盛乎艮。故水火相逮。雷風不相悖。山澤通氣。然後能變化。既成萬物也。」《周易集解纂疏》卷十，第 700 頁。

[57] 《諸子集成》卷三《老子注·道德經·上》第十章：「專氣致柔，能嬰兒乎？」王弼注：「專，任也。致，極也。言任自然之氣，致至柔之和，能若嬰兒之無所欲乎？」《諸子集成》卷三《老子注》，王弼注，中華書局，1954 年，第 5 頁。以下關於《道德經》的引用均出自該書，恕不一一列舉。《老子道德經》第五十五章：「知和曰常，知常曰明，益生曰祥，心使氣曰強。」

[58] 《老子道德經河上公章句》，王卡點校，中華書局， 1993 年 8 月，第 168-169 頁。

相聯繫，但是，在這裡的上下文語境也明白規定，這種陰陽之氣是「道」的產物。

五、《周禮》、《儀禮》、《論語》關於「氣」的含義

相對於《左傳》而言，在《周禮》、《儀禮》、《論語》中，「氣」的外延更寬泛，內涵更明確，而且，多與形而下之「器」有關：「地氣」、「五氣」、「發氣」、鑄金之煙氣、弓角之末和煦之氣、五穀之氣等。

在《周禮》中，涉及「氣」的文獻計有四篇、十八處。雖然《周禮》也談及自然現象中與天地相關的「陰陽之氣」，但是，僅《周禮・春官宗伯》一處[59]，《周禮》更多談及的是形而下經驗世界具體存在之「氣」。

《周禮》所使用之「氣」，其含義主要指：第一，人自然生命意義上的「氣」、「五氣」、「血氣」等（《周禮・天官塚宰》，計五處；《周禮・秋官司寇》、《周禮・冬官考工記》，各一處）[60]。其中，「五氣」是一個與「五臟」相聯繫之的概念，相對於《左傳》之「勇氣」、「血氣」等更為抽象、更為細緻；第二，「地氣」（《周禮・冬官考工記》，計四處）[61]；第三，

---

[59]　《春官宗伯》：「占夢掌其歲時。觀天地之會。辨陰陽之氣。」《周禮注疏》卷二十五，第 807 頁。以下關於《周禮》的引用皆出自該書，恕不一一列舉。

[60]　《天官塚宰・下》：「疾醫掌養萬民之疾病，四時皆有癘疾。春時有痟首疾，夏時有癢疥疾，秋時有瘧寒疾，冬時有漱上氣疾。以五味、五穀、五藥、養其病。以五氣、五聲、五色，視其死生……凡療瘍，以五毒攻之、以五氣養之（鄭注：五氣當為五穀字之誤）、以五藥療之、以五味節之。凡藥，以酸養骨、以辛養筋、以咸養脈、以苦養氣、以甘養肉、以滑養竅。……凡療獸病，灌而行之，以節之，以動其氣，觀其所發而養之。」《周禮注疏》卷一，第 667-668 頁。《秋官司寇》：「凡王之同族有罪。不即市。以五聲聽獄訟。求民情。一曰。辭聽。二曰。色聽。三曰。氣聽。四曰。耳聽。五曰。目聽。」鄭注：「觀其氣息不直則喘。」賈公彥疏：「釋曰：虛本心知，氣從內發。理既不直，吐氣則喘。」《周禮注疏》卷三十五，第 873 頁。《冬官考工記》：「凡為弓，各因其君之躬志慮血氣。」注曰：「又隨人之情性。」疏曰：「志慮據在心，血氣據言與舉動也。」《周禮注疏》卷四十二，第 936 頁。

[61]　《冬官考工記》：「天有時、地有氣、材有美、工有巧，合此四者，然後可以為良。材美工巧，然而不良，則不時，不得地氣也。橘踰淮而北為枳，鸜鵒不踰濟，貉踰汶則死，此地氣然也。鄭之刀、宋之斤、魯之削、吳奧之劍，遷乎其地而弗能為良，地氣然也。……」《周禮注疏》卷三十九，第 906 頁。

與器物相關之「氣」，如鑄金之煙氣、弓角之末和煦之氣等。（《周禮・冬官考工記》，計六處）等[62]。

在《儀禮》中，提及「氣」的文獻計兩篇（《儀禮・聘禮》、《儀禮・既夕禮》）、三處，均為與人的自然生命有關之「氣」。比如，「發氣」、「絕氣」等。[63]

在《論語》中，談及「氣」的文獻計三篇、六處，含義多指與人自然生命有關之「氣」，比如，辭氣、屏氣、血氣等，[64]此外，還指五穀精氣之「食氣」。[65]

六、《黃帝內經》關於「氣」的思想

《漢書・藝文志》記載的醫經七家中第一家，即《黃帝內經》八十卷[66]。學界認為，《黃帝內經》成書於西元前一世紀西漢中後期，是中國古代醫學理論

---

[62] 《冬官考工記》：「凡鑄金之狀，金與錫。黑濁之氣竭、黃白次之；黃白之氣竭，青白次之；青白之氣竭，青氣次之，然後可鑄也。」賈公彥疏：「鑄冶所候，煙氣以知生熟之節。」《周禮注疏》卷四十，第 917 頁。《冬官考工記》：「夫角之末，瘛於腦而休於氣，是故柔。柔故欲其摯也，白也者，摯之徵也。……夫角之末，遠於腦而不休於氣，是故脆，脆故欲其柔也，豐末也者，柔之征也。」注曰：「休，音煦。」疏曰：「釋曰：此說角之摯也。言角之本近於腦，得和煦之氣於腦，是故柔。柔故欲其形之自曲，反是為摯也。」《周禮注疏》卷四十二，第 935 頁。

[63] 〈聘禮〉：「……君還而後退。下階。發氣怡焉。再三舉足又趨。及門正焉。執圭。入門。鞠躬焉。如恐失之。及享。發氣焉盈容。……」注曰：「發氣，舍息也。……屏氣似不息者。」《儀禮注疏》卷二十四，阮元《十三經注疏》上，北京：中華書局 1980 年影印世界書局本，第 1073 頁。以下關於《儀禮》的引用皆出自該書，恕不一一列舉。〈既夕禮〉「屬纊以俟絕氣。」注曰：「纊，新絮。」《儀禮注疏》卷四十，阮元《十三經注疏》上，第 1158 頁。

[64] 〈泰伯〉：「君子所貴乎道者三：動容貌，斯遠暴慢矣；正顏色，斯近信矣；出辭氣，斯遠鄙倍矣。」《諸子集成》卷一，《論語正義》卷九，中華書局，1954 年，第 157 頁。《論語》以下引用均出自該書，恕不一一列舉。〈鄉黨〉：「攝齊升堂，鞠躬如也，屏氣似不息者。」《論語正義》卷十一，第 203 頁。〈季氏〉：「君子有三戒：少之時，血氣未定，戒之在色；及其壯也，血氣方剛，戒之在鬥；及其老也，血氣既衰，戒之在得。」《論語正義》卷十九，第 359 頁。

[65] 〈鄉黨〉：「肉雖多，不使勝食氣。惟酒無量，不及亂。」《正義》曰：「氣猶性也。」《周官・瘍傷》以五氣養之。五氣，即五穀之氣。《論語正義》卷十三，第 222 頁。

總集。[67]日本學者迦納喜光曾從中國傳統醫學中的疾病觀角度討論過「氣」[68]。馮友蘭的《中國哲學史》把《黃帝內經》放到漢代陰陽家與科學一節中，僅用一句話說明當時的醫學、算學都受到陰陽家思想的影響。[69]

筆者以為，學界對《黃帝內經》在中國哲學史上的重要地位估計不足。在《黃帝內經》中，「氣」不僅是一個醫學術語，而且，也是一個生命哲學術語，體現了陰陽五行宇宙觀支配下的中國文化精神對人的個體生命現象的理解。

在《黃帝內經》中，氣既指宇宙本原存在，也指人的生命存在物質形式和運動形式，從人的個體生命存在角度體現了漢代以來陰陽五行天人合一思想。此外，作為人體之「氣」，《黃帝內經》獨特貢獻還在於提出了個體生命的個人氣質、個性。在此意義上，《黃帝內經》的「氣」，作為漢代生命哲學核心概念，與董仲舒《春秋繁露》陰陽五行宇宙觀以及哲學體系、與漢代的讖緯象數思想相近相通，共同構成中國文化獨特的宇宙本體論及其哲學系統。因此，要理解漢代以後的文學思想，不得不理解《黃帝內經》中的「氣」的思想。

「氣」，在《黃帝內經》中計 2952 處，有關「氣」的詞 996 條。關於「氣」的哲學內涵，國內中醫學界的看法大同小異。[70]從文學角度看，「氣」指萬物

66　《漢書》卷三十《藝文志》第十，（漢）班固撰、（唐）顏師古注，中華書局。
67　王洪圖主編，《內經講義》，人民衛生出版社，2002 年，第 1-5 頁。
68　迦納喜光，《醫書中所見的氣論》，（日本）小野澤精一、福永光司、山井湧編，《氣的思想》，李慶譯，上海人民出版社，1990 年，第 273 頁。
69　馮友蘭，《中國哲學史》下卷，華東師範大學出版社，2000 年根據 1944 年商務印書館增訂版校勘，第 56 頁。
70　張其成認為，「氣」原指氣體存在物。作為哲學概念，有三層含義：第一，天地萬物之本原；第二，無形的客觀存在；第三，天地萬物感應之仲介。作為哲學範疇，並被中醫廣泛運用時，「氣」已經從雲、風、霧等有形可感的實物轉變為無形的抽象概念。有形的「氣」，習慣上稱為「形」，無形之「氣」，習慣上稱為「氣」。氣具有超形態性，氣非形卻是形之本。氣具有普遍性，無處不在，無時不有。至大而無外，至小而內。同時，氣有吸收其它事物的成分而組成各種各樣的氣，陽氣、陰氣、地氣、天氣、雲氣等。王洪圖主編，《內經講義》下編第一章第二節：氣-陰陽-五行

中包含的特殊存在，既包括宇宙本原，又包括人的生命以及物質存在。「氣」
具有無形的特徵，更多屬於功能之氣。古希臘以來的西方宇宙觀物質與非物
質（理念）二元對立，或者精神（形式）一神論共相說普遍存在於特殊之中，
與古代中國宇宙觀「氣」的思想相近相通。

　　《黃帝內經》關於陰陽五行之「氣」的宇宙觀、生命觀，與老子《道德
經》不盡相同，而與《易傳》、《管子》更多相近相通。

　　春秋時期，似乎開始出現與《周易》乾卦有關的爻辭記載。《左傳・莊公
二十二年》《史記・田完世家・正義》引杜注「此《周易・觀卦》六四爻辭」
下有「也」，「也」下更有「四為諸侯，變而之乾，有國朝王之象。」[71]

　　最早將「陰陽」之氣視為天地恆常不變之「天時」以解釋宇宙現象，馮
友蘭認為，在春秋時期。[72]《國語・幽王三年》伯陽父曰：「夫天地之氣，不
失其序。若過其序，民亂之也。陽伏而不能出，陰迫而不能烝，於是有地震。……
陽失而在陰，川源必塞。」[73]《國語・越王勾踐三年》范蠡曰：「天道盈而不
溢，盛而不驕，勞而不矜其功。夫聖人隨時以行，是謂守時。天時不作，弗
為人客。人事不起，弗為之始。……時不至，不可強生。事不究，不可強成。……
必有以知天地之恆制，乃可以有天地之成利。……因陰陽之恆，順天地之常。
柔而不屈，強而不剛。」[74]

論，人民衛生出版社，2002 年，第 287-292 頁。以下引用均出自該書，恕不一一列
舉。項祺認為，「氣」是構成人體和維持人體生命的基本物質，並分為營氣、衛氣、
宗氣、真氣、臟腑之氣、經絡之氣等。王洪圖主編，《內經》第一編第二章第一
節，《內經》精氣神理論的發展。第 80-84 頁。黃自元認為，《黃帝內經》「氣」
的基本含義包括三個層面：物質之氣、功能之氣，病症之氣。而物質之氣具有「無
形」的特點。王洪圖主編，《內經》第三編第三章第一節，《內經》哲學的基本內容，
第 250-255 頁。

[71] 王叔岷，《左傳考校》，北京：中華書局，2007 年，第 23 頁。

[72] 馮友蘭，《中國哲學史》上卷，華東師範大學出版社，2000 年根據 1944 年商務印書
館增訂版校勘，第 35-36 頁、第 281 頁。

[73] 《周語・上》，《國語》卷一，第 11 頁。

[74] 《越語・下》，《國語》卷二十一，第 1-3 頁。

　　老子《道德經》明確從「道」出發闡釋陰陽以及宇宙本原：「道生一，一生二，二生三，三生萬物。萬物負陰而抱陽，沖氣以為和。」要指出的是，老子並不是經常用陰陽討論宇宙本原問題，而且，這裡的「負陰抱陽」，似乎與「有無」相通，是「一」的派生物，與《易傳》、《管子》陰陽二元論宇宙觀中的陰陽不同。在老子的宇宙觀中更強調「一」：「昔之得一者，天得一以清，地得一以寧，神得一以靈，穀得一以盈，萬物得一以生，侯王得一以為天下貞。」[75]在此意義上，亞里斯多德的共相說，似乎更接近老子之道。

　　在「道」與「氣」方面，《易傳》《管子》主張的陰陽二元對立宇宙觀，與老子的宇宙觀存在明顯差異，更多接近柏拉圖的流變世界與理念世界的二元對立。老子提出「道」先天地而生，天地是「道」的派生物。「道」生「陰陽之氣」，意味著「道」不等於「陰陽之氣」。馮友蘭認為：「《易傳》採《老》學道之觀念，又採陰陽之說，以之配乾坤。使之為道或太極所生之二宇宙的原理。」[76]《周易・乾象》曰：「大哉乾元，萬物資始，乃統天。」《周易・坤象》曰：「至哉坤元，萬物資生，乃順承天。」《周易・繫辭・下》曰：「乾，陽物也；坤，陰物也；陰陽合德，而剛柔有體，以體天地之撰。」[77]《淮南鴻烈・俶真訓》的宇宙觀與《周易・繫辭》相通：「天氣始下，地氣始上，陰陽錯合，相與游競暢於宇宙之間，被德含和，繽紛蘢蓯，欲與物接……」《管子》也將「氣」等同於「道」，將「氣」直接看作是宇宙本原，提出「凡物之精」氣，「化則為生」。[78]「道在天地之間」。[79]

---

[75]　老子，《道德經》下篇第 42、39 章，（魏）王弼，《王弼集校釋》上冊，樓宇烈校釋，北京：中華書局，1980 年，第 117 頁，第 105-106 頁。

[76]　馮友蘭，《中國哲學史》上卷，華東師範大學出版社，2000 年根據 1944 年商務印書館增訂版校勘，第 35-36 頁、第 283 頁。

[77]　《周易》卷一、卷八，（魏）王弼，（晉）韓康伯注，（唐）孔穎達疏，《周易正義》，（清）阮元，《十三經注疏》，中華書局影印世界書局，第 14、18、89 頁。

[78]　〈內業〉：「精也者，氣之精也。」「凡物之精，此則為生。下生五穀，上為列星，流行於天地之間，謂之鬼神，藏於胸中，謂之聖人。」此，丁云：化之誤也。《管子校釋》卷十六，顏昌嶢校釋，嶽麓書社，1996 年，第 396 頁、第 400 頁。以下《管子》引用均出自該書，恕不一一列舉。

　　《黃帝內經》這種陰陽五行宇宙觀、生命觀，更多是對《易傳》、《管子》的繼承[80]，與董仲舒《春秋繁露》陰陽五行思想相通。[81]《春秋繁露・五行相生》曰：「天地之氣，合而為一；分為陰陽；判為四始；列為五行。」[82]

宇宙本原之陰陽二「氣」

　　《靈樞集注》卷二《經水》曰：「天至高，不可度，地至廣，不可量⋯⋯六合之內，此天之高地之廣也，非人力之所能度量而至也。」《素問集注》卷八上《五運行大論》曰：「地為人之下，太虛之中者也。⋯⋯大氣舉之也。」[83]在《黃帝內經》看來，「氣」，是存在於天地之間的普遍存在。

　　「氣」分為「陰陽」二氣，它們不僅創造天地，而且，還是萬物的本原。就是「血氣之男女」，也是這「萬物之能始」、「萬物之父母」，「天地合氣」的產物。

　　關於陰陽創造天地《素問集注》卷二上《陰陽應象大論》曰：「陰陽者，天地之道也。萬物之綱紀，變化之父母，生殺之本始，神明之府也。⋯⋯故積陽為天，積陰為地。陰靜陽燥，陽生陰長，陽殺陰藏。陽化氣，陰成形。寒極生熱，熱極生寒。寒氣生濁，熱氣生陰。⋯⋯故清陽為天，濁陰為第。地氣上為雲，天氣下為雨。雨出地氣，雲出天氣。」[84]

　　關於陰陽創造萬物以及人類，《素問集注》卷二上《陰陽應象大論》曰：「天地者，萬物之上下也；陰陽者，血氣之男女也；⋯⋯陰陽者，萬物之能

79　〈心術上〉：「道在天地之間也，其大無外，其小無內⋯⋯」《管子校釋》卷十三，顏昌嶢校釋，第 327 頁。

80　王洪圖對《黃帝內經》與黃老之學的繼承關係有專門的討論，參見王洪圖主編，《內經》第三章《黃帝內經》的哲學思想，人民衛生出版社，2000 年。

81　關於董仲舒的天人合一思想，馮友蘭有詳細討論，參見馮友蘭《中國哲學史》下卷第二章，華東師範大學出版社，2000 年根據 1944 年商務印書館增訂版校勘。

82　（漢）董仲舒，《春秋繁露》卷十三〈五行相生〉，《北京圖書館古籍珍本叢刊》第二冊，北京：書目文獻出版社，1988 年，第 580 頁。

83　《黃帝內經集注》，（清）張志聰集注，浙江古籍出版社，2002 年，第 123、466 頁。

84　《黃帝內經集注》，（清）張志聰集注，第 34-35 頁。

始也。」「故天有精，地有形，天有八紀，地有五里，故能為萬物之父母。」
《素問集注》卷四〈寶命全形論〉曰：「天覆地載，萬物悉備，莫貴於人，人
以天地之氣生，四時之法成。」「夫人生於地，懸命於天，天地合氣，命之曰
人。」[85]

此外，天地萬物之變化，也是這種「氣」的運動造成的。不僅上面《素
問・陰陽應象大論》明確指出：「陰陽者，天地之道也。萬物之綱紀，變化之
父母，生殺之本始，神明之府也……陰靜陽燥，陽生陰長，陽殺陰藏。陽化
氣，陰成形。」《素問集注》卷八〈六微旨大論〉還指出：「天樞之上，天氣
主之；天樞之下，地氣主之；氣交之分，人氣從之，萬物由之。……氣之升
降，天地之更用也……天氣下降，氣流於地，地氣上升，氣騰於天，故高下
相召，升降相因，而變作矣。……氣有勝復，勝復之作，有德有化，有用有
變……」《素問集注》卷二上〈六節藏象論〉曰：「氣合而有形」。張志聰注曰：
「此復言地氣與天氣相合，而後化生萬物之有形也。」《素問集注》卷八〈五
常政大論〉也說：「氣始而生化，氣散而有形，氣布而蕃育，氣終而象變，其
致一也。」張志聰注曰：「氣，謂五運之化氣。氣始而生化者，得生氣也。氣
散而有形者，得長氣也。氣布而蕃育者，得化氣也。氣終而象變者，感收藏
之氣物極而變成也。此五運之氣主生長化收藏，自始至終，其致一也。」[86]

漢代以後的中國人關於宇宙萬物、個體生命的這種觀念，是讀解中國古
代詩學文獻時關於「文氣」、「養氣」話語時不可忽略的歷史文化語境。

人體之「氣」及其分類

關於人體之「氣」，在《黃帝內經》看來，它既構成人的生命之基本存在，
也是人的生命的基本運動形式。而且，它具有無形的特徵。此外，「氣」不同，
人的個性不同。

---

[85]　《黃帝內經集注》，（清）張志聰集注，第 45、48、193、194 頁。
[86]　《黃帝內經集注》，（清）張志聰集注，第 486-487、75、 532 頁。

人，既是「天地合氣」的產物，同時，「氣」又是構成人的生命之基本存在。《黃帝內經》明確指出：人受「氣」於穀物，人體通過五臟六腑接受五穀之精氣，並分化為營氣與衛氣[87]、宗氣等[88]。因此，人的血液、津液、皮膚、肉體以及呼吸，均與「氣」的存在、運動有關。

人的新陳代謝得以維持，人體內「氣」的運動、人的器官中「氣」的運動，被《黃帝內經》稱為「生化」[89]、氣的「升降出入」[90]。凡人都有這種「氣」的運動，只有不生不死的「真人」才不具有這種「氣」的運動。

「氣合」才「有形」。「氣」雖然在個體生命中如此重要，但是，它卻「視之不見，聽而不聞」具有無形之特徵，是相對於有形物質的一種特殊存在。[91]

---

[87] 《靈樞集注》卷二〈營衛生會〉曰：「人受氣於穀，穀入於胃，以傳於肺，五藏六府，皆以受氣。其清者為營，濁者為衛，營在脈中，衛在脈外，營周不休，五十而復大會。……營衛者，精氣也；血者，神氣也。故血之與氣，異名同類焉。」張志聰注曰：「此承上文而言營衛生於水穀之精，皆由氣之宣發。營衛者，水穀之精氣也。血者，中焦之精汁，奉心神而化赤，神氣之所化也。血與營衛皆生於精，故異名而同類焉。」《黃帝內經集注》，（清）張志聰集注，第149、155頁。《靈樞集注》卷八〈邪客〉曰：「營氣者，泌其津液，注之於脈，化以為血，以營四末，內注藏六府，以應刻數焉。衛氣者，出其悍氣之慓疾，而先行於四末分肉皮膚之間而不休者也。晝日行於陽，夜行於陰，常從足少陰之分，間行於五臟六腑。」《黃帝內經集注》，（清）張志聰集注，第400頁。

[88] 《靈樞集注》卷八〈邪客〉曰：「宗氣積於胸中，出於喉嚨，以貫心脈而行呼吸焉。」《黃帝內經集注》，（清）張志聰集注，第400頁。

[89] 《素問集注》卷二上《素問‧陰陽應象大論》：「人有五臟化五氣，以生喜怒悲憂恐。」《黃帝內經集注》，（清）張志聰集注，第39頁。《靈樞集注》卷六〈本藏〉：「五藏者，所以藏精神血氣魂魄者也。六腑者，所以化水穀而行津液者也。……五藏者，所以參天地，副陰陽，而連四時，化五節者也。」《黃帝內經集注》，（清）張志聰集注，第285頁。

[90] 《素問集注》卷八上〈六微旨大論〉：「歧伯曰：出入廢則神機化滅，升降息則氣立孤危。故非出入則無以生長壯老已，非升降則無以生長化收藏。是以升降出入，無器不有。故器者，生化之宇。器散則分之，生化息矣。帝曰：善。有不生化乎？歧伯曰：悉乎哉問也！與道合同，惟真人也。」《黃帝內經集注》，（清）張志聰集注，第488-489頁

[91] 《靈樞集注》卷七〈賊風〉曰：「今夫子所言者，皆病人所自知也，其勿所遇邪氣，又勿怵惕之所志，猝然而病者，其故何也？惟有因鬼神之事手？歧伯曰：此亦有故邪，留而未發也，因而志有所惡，及有所慕，血氣內亂，兩氣相搏。其所從來者微，視之不見，聽而不聞，故似鬼神。」《黃帝內經集注》，（清）張志聰集注，第332頁。

　　特別要指出的是，《黃帝內經》還討論了人的氣質問題。現代心理學的氣質，即人的思維、認識、情感等方面的心理特徵，人的高級神經活動類型在人的行為和活動中的表現。羅馬的蓋倫提出人的四種氣質。《黃帝內經》則從天之常數、人之常數，從陰陽之「氣」以及五行出發，多角度討論了人的氣質。王慶其認為：堅持形神合一，即外部形體與內臟結構、心理特徵與生理特徵統一的觀點，是《內經》藏象學[92]分類的特點之一。由於人是「合氣」之產物，因此，個體生命的「生理特徵」，總的說，即「氣」的特徵。

　　《黃帝內經》是世界最早對人的體質類型進行觀察總結的文獻。在《黃帝內經》看來，人的高級神經活動類型，與「氣」有關：「人之生也，有剛有柔，有弱有強，有短有長，有陰有陽。」張志聰引玉師曰：「強弱短長，即如四時有寒暑，晝夜有長短。蓋人與萬物皆稟此天地陰陽之形氣，與時相應，故各有剛柔長短之不同。」[93]

　　《靈樞集注》卷八〈陰陽二十五人〉、《靈樞集注》卷九〈通天〉，根據「天地之間，六合之內，不離於五，人亦應之」，將人進行分類。前者將人的膚色、體形、稟性、態度以及對自然界的適應能力分為金木水火土等五類，並每一類再推演五類，一共二十五種。後者則以陰陽將人的生理特徵、心理特徵分為太陰、少陰、太陽、少陽、陰陽平和等五類，並指出「凡五人，其態不同，其筋骨氣血各不等」。[94]這裡的陰陽或五行，都是說的「氣」。

　　此外，《靈樞集注》卷六〈論勇〉從人的性格特徵和內在臟腑血氣關係描述「勇」和「怯」兩種性格特徵：勇者，「怒則氣盛」；怯者，「雖方大怒，氣不能滿其胸，肝肺雖舉，氣衰復下，故不能久怒。」張志聰引倪沖之注曰：「勇怯者，氣之強弱也。」[95]《素問集注》卷四〈血氣形志〉根據陰陽氣血「人之

---

[92] 中醫的「藏象」，指形體和功能的綜合體，因此，其體質指人的形體結構及生理功能的特性。王慶其，《〈內經〉的體質醫學思想》，王洪圖主編，《內經》，第 337 頁。

[93] 《靈樞集注》卷一〈天壽剛柔〉，《黃帝內經集注》，（清）張志聰集注，第 44 頁。

[94] 《靈樞集注》卷八〈陰陽二十五人〉，《黃帝內經集注》，（清）張志聰集注，第 358 頁。《靈樞集注》卷九〈通天〉，《黃帝內經集注》，（清）張志聰集注，第 409 頁。

[95] 《靈樞集注》卷六〈論勇〉，《黃帝內經集注》，（清）張志聰集注，第 310-311 頁。

常數」、「天之常數」，從人的形體和心志之「苦」和「樂」將人分為形樂志苦、形樂志樂、形苦志樂、形苦志苦，形數驚恐等「五形志」。[96]

《黃帝內經》這種生命觀念，也是讀解曹丕「文氣」說、劉勰「體性」論時不可忽略的文化歷史語境。

2.2.1.A.b. 文論中「氣」之濫觴

「氣」既是中國文化的獨特概念，也是中國文論、中國古代風格論的一個獨特概念。正是因為「氣」是人的個體生命之基本存在以及基本運動形式，它因人而異，同時，它與宇宙本原「氣」相通，因此，在中國文論中才提出「養氣」可以與宇宙本原相通，而且，「氣」不同，作家個性不同。西方風格論討論作家的後天學習、大自然冥想等問題，但是，均不涉及中國詩論中這種與「氣」有關的「養氣」、「文氣」等獨特內涵。

在中國古代文論中，第一次提出「養氣」說的，是孟子。第一次提出「文氣」說的，是曹丕。「養氣」說，涉及到風格論中作家主體精神修養問題；「文氣」說，涉及到風格論中作家個性以及主體與客體聯繫等問題，均屬於風格論中的主體論部分。劉勰《文心雕龍》風格論關於主體論部分，是對孟子、曹丕養氣、文氣思想的繼承發展。

一、孟子的「養氣」說

「養氣」說，始於孟子。在討論「不動心」的時候，孟子談他的浩然之氣與告子「忘我」之不同。孟子曰：「敢問夫子惡乎長？曰：我知言；我善養吾浩然之氣。敢問何為浩然之氣？曰：難言也。其為氣也，至大至剛，以直養而無害，則塞於天地之間。其為氣也，配義與道，無是，餒也；是集義所生者，非義襲而取之也。行有不慊於心，則餒也。」[97]

---

[96] 《素問集注》卷四〈血氣形志〉，《黃帝內經集注》，（清）張志聰集注，第 190-192 頁。
[97] 《公孫丑章句‧上》，《孟子正義》卷三，中華書局，1954 年，第 117-119 頁。

　　馮友蘭指出：「此所謂義，大概包括吾人性中所有善『端』。是在內本有的，故曰：『告子未嘗知義，以其外之也』。此諸善『端』皆傾向於取消人我界限。即將此逐漸推廣，亦勿急躁求速，亦勿停止不前，『集義』既久，則行無『不慊於心』，而『塞乎天地之間』之精神狀態，可得到矣。至此境界，則『居天下之廣居，立天下之正位，行天下之大道。得志與民由之，不得志獨行其道。富貴不能淫，貧賤不能移，威武不能屈。此之謂大丈夫。』（〈滕文公〉下，《孟子》卷六頁三）。」[98]

　　筆者以為，孟子養氣說這種儒家修養最高境界，人性中的善端，當源自《論語・陽貨》「性相近也，習相遠也。」之「性」。[99]

　　馮友蘭認為，儒家在孔子時就注重心性、心理，不重功利和效用。[100]聯繫《孟子・盡心》，馮友蘭從「天」、「性」兩方面討論孟子「浩然之氣」的這種精神境界的形上學根據。馮友蘭指出：孟子因人皆有仁、義、禮、智之四端而言性善。人之所以有這四端，性之所以善，正因性乃「天之所與我者」，人之所得於天者。此性善說之形上學的根據也。孟子云：「盡其心，知其性也。知其性則知天矣。存其心，養其性，所以事天也。夭壽不二，修身以俟之，所以立命也。」（〈盡心〉上，《孟子》卷十三頁一）心為人之「大體」；故「盡其心者」「知其性」。此乃「天之所與我者」；故「盡其心」「知其性」，亦「知天」矣。馮友蘭引〈盡心〉描述這種境界：孟子又云：「夫君子所過者化，所存者神，上下與天地同流，豈曰小補之哉？」（〈盡心〉上，《孟子》卷十三頁二）又云：「萬物皆備於我矣。反身而誠，樂莫大焉。強恕而行，求仁莫近焉。」（〈盡心〉上，《孟子》卷十三頁二。）」

　　馮友蘭還辨析了儒家這種境界與道家之不同。他說，在此境界中，個人與「全」（宇宙之全）合而為一，所謂人我內外之分，俱已不存。中國哲學中，

---

[98]　馮友蘭，《中國哲學史》上冊，蔡仲德校勘，華東師範大學出版社，2000 年重印商務印書館 1944 年增訂版，第 101-103 頁。

[99]　《論語》卷十七《陽貨》，阮元，《十三經注疏》，中華書局，第 2524 頁。

[100]　馮友蘭，《中國哲學史》上冊，蔡仲德校勘，第 63-64 頁。

儒家、道家皆以這種神秘境界為個人修養之最高成就。但兩家所用以達此最高境界的方法不同。道家所用的方法，乃以純粹經驗忘我；儒家所用方法，乃以「愛之事業」去私。無我無私，而個人乃與宇宙合一。馮友蘭對儒家這種境界的分析是：我與萬物本為一體，而乃以有隔閡之故，我與萬物似乎分離，此即不「誠」。「若反身而誠」，回復與萬物為一體之境界，則「樂莫大焉」如欲回復與萬物為一體之境界，則用「愛之事業」之方法，所謂「強恕而行，求仁莫近焉」。以恕求仁，以仁求誠。蓋恕與仁皆注重在取消人我之界限；人我之界限消，則我與萬物為一體矣。[101]

郭紹虞從另一角度辨析了孟子養氣境界與莊子境界之不同：孟子這「養氣」說，本於他的「知言」觀念[102]。孔子所謂「有德者必有言」，也即此意；不過，孟子始拈出一個「氣」字耳。莊子之所謂「神」，是道家的修養之最後境界；孟子之所謂「氣」，是儒家的修養之最後境界。所以論「神」必得內志不分，外欲盡蠲；論「氣」必得配義與道。[103]

儒家和道家之「養氣」、均追求天人合一：天地萬物與我為一，萬物接備於我，這是中國文化中形而上追求的獨特形式，不過儒家的宇宙本體是《易傳》《春秋繁露》《黃帝內經》那種陰陽五行二元對立，道家宇宙本原是《道德經》那種沒有分化的「道」或者「無」或者「氣」。儘管儒道之間手段上存在區別，目的上卻均是超越形而下物質世界的束縛，消除宇宙本原與個體生命我之間的界限。《文心雕龍》「神思」、「養氣」雖然直接繼承老子虛靜說，但是，追本溯源，還與孟子這種「養氣」說相通。《文心雕龍》卷一「原道」、「徵聖」、「宗經」思想，和卷六的「神思」虛靜、卷九的「養氣」思想，之所以能夠邏輯自圓，筆者以為原因在於儒道「養氣」說所存在的這種相通；魏晉儒玄雙修之風的原因也在於此。也在此意義上，中國古代言志詩能夠超

---

101 馮友蘭，《中國哲學史》上冊，蔡仲德校勘，第 101 頁。
102 「知言」，指「詖辭知其所蔽；淫辭知其所陷；邪辭知其所離；遁辭知其所窮。」
103 郭紹虞，《中國文學批評史·上》，天津：百花文藝出版社，1999 年（商務印書館 1934 年重印），第 25-26 頁。

越個人情感情慾具有形而上的追求不限於道家人格，還包括儒家胸懷。從《詩
經》傷世憂時的胸襟懷抱，到屈原騷怨、到陶淵明平淡、到杜甫沉鬱，其溫
厚真淳的詩心與儒家養氣說密切相關。[104]

二、曹丕的「文氣」說

如果說孟子論「養氣」側重於作家修養的共同問題，而曹丕論「文氣」
則側重於揭示作家才性的差別。

曹丕（187－226）《典論・論文》第一次提出了文「氣」概念，涉及到作
家風格類型問題。《典論・論文》明確指出：「文以氣為主，氣之清濁有體，
不可強力而致。譬諸音樂，曲度雖均，節奏同檢，至於引氣不齊，巧拙有
素，雖在父母，不能以移子弟。」「徐幹時有齊氣」。「孔融體氣高妙，有過人
者……」[105]郭紹虞認為：「論文言氣，實始於此。」[106]

郭紹虞指出：這裡所說的「氣」，「兼有兩種意義。所謂『氣之清濁有體
不可強力而致』者，是指才氣而言；曰『齊氣』曰『逸氣』雲者，又兼指語
氣而言。蓄於內者為才性，宣諸文者為語勢，蓋本是一件事的兩方面，故亦
不妨混而言之。」[107]曹丕所謂「氣之之清濁有體」，或者說郭紹虞所說的作家
才氣、才性，與作家先天心性、個性相通，是從主體「才」的角度談論「氣」；
「齊氣」、「逸氣」等，兼指語氣，則指作家才氣與作品客體相聯繫之整體。
曹丕文氣說既萌芽了主體風格思想，同時，也孕育了主客體統一之思想。可
以說中國古代文學風格思想萌芽於曹丕。

---

[104] 筆者曾撰文提出重新評價儒家傳統詩教對中國古代詩歌的正面積極影響。蘇敏，《言
志學芻議──從中西文學闡釋「言志」與「志」》，曹順慶、徐行言主編，《跨文明對
話──視界融合與文化互動》，巴蜀書社出版，2008 年 12 月。蘇敏，〈從中西文學
視域論中國詩學體系的詮釋原則──「言志」〉，《東方叢刊》，2009 年第 2 期。
[105] 曹丕，《典論・論文》。此外，曹丕，《與吳質書》曰：「公幹有逸氣，但未遒耳。」
郭紹虞主編，《中國歷代文論選》卷一，上海古籍出版社，2001 年，第 158 頁、第
165 頁。
[106] 郭紹虞，《中國文學批評史》上冊，天津：百花文藝出版社，第 74 頁。
[107] 郭紹虞，《中國文學批評史》上冊，天津：百花文藝出版社，第 74-75 頁。

劉勰包括「成心」和「體」之「面」之「體性」，既是對魏晉南北朝所流行的以「體」的話語指稱作家作品類型的風氣之理論概括，同時，也是對曹丕「文氣說」的發展。

北齊顏之推的「體裁」概念，指文辭與文氣統一之整體，更多與曹丕以來的文氣說相通，與劉勰的「體性」相近，而與今日文藝學所說的與「文體」相通之「體裁」不同。[108]

2.2.1.B. 「體」

在形體、形質意義上，「體」進入中國古代風格論。在中國古代風格論中，相對而言，「體」的使用頻率最高。從曹丕的「體氣」到劉勰的「體」論，體現了中國古代文學風格論的基本發展過程以及基本成就。

2.2.1.B.a. 「體」的含義

「體」，是一個古老的話語，其本義為人的軀體、肢體等，引申為形體、形質等系著於器物之具體存在。

《說文解字》篇四下〈骨部〉：體，總十二屬也。從骨豊聲。段注：「十二屬許未詳言。今以人體及許書竅之。首之屬有三：曰頂、曰面、曰頤。身之屬三：曰肩、曰脊、曰尻。手之屬三：曰厷、曰臂、曰手。足之屬三：曰股、曰脛、曰足。」此外，《說文解字》篇八上〈身部〉用「體」訓「軀」：「軀，體也。段注：體者，十二屬之總名也。可區而別之，故曰軀。」《玉篇》卷七〈骨部〉：「體，形體也。」

《詩經》卷三〈相鼠〉：「相鼠有體。」鄭箋曰：「體，支體也。」[109]《儀禮注疏》卷三十〈喪服〉傳：「昆弟四體也。」疏：四體謂二手二足在身之旁。[110]

《周易正義》卷七〈繫辭上〉曰：「神無方而易無體。」傳曰：「體者，皆繫於形體者也，神則陰陽不測。《易》則唯變所適不可以一方一體明。」疏曰：「方，是處所之名；體，是形質之稱。凡處所形質非是虛無，皆繫著於器物。」[111]

2.2.1.B.b. 文論中「體」的濫觴

在風格論中，「體」，是一個比較古老而且比較常用的話語，主要涉及到文本客體中的體裁－文體、主體才氣與文本客體異「面」統一的整體，以及兩者統一之動態整體等問題。

「體」，第一次指稱風格或者文體，是曹丕的《典論‧論文》。劉勰「體」論，溯源當為《典論‧論文》的「文體」說。

一、曹丕的「文體」說

曹丕《典論‧論文》中，「體」大概有三個意義：第一，體裁，指文「末異」之「文非一體」；第二，作家個性，即文「氣之清濁有體」；第三，文體、體裁之差異和作家個性、文氣之差異統一的「體」，或者說，客體和主體統一之「體」，與劉勰「體」論相通。[112]

關於文體、體裁之「體」，《典論‧論文》曰：「文非一體」、「夫文本同而末異。蓋奏議宜雅，書論宜理，銘誄尚實，詩賦欲麗。」[113]郭紹虞評價到：「至是始為文體之區分。」在郭紹虞看來，這裡的「體」，當指文體、體裁。他說：從這裡可以「看出文的本同而末異，看出各種體裁均有其特殊的作用與風格，更看出詩歌之欲麗，以見純文學自不可廢去修辭的技巧。」劉勰《文心雕龍》

---

[109] 《毛詩正義》卷一，阮元，《十三經注疏》上，北京：中華書局影印世界書局本，1980 年，第 319 頁。

[110] 《毛詩正義》卷一，阮元，《十三經注疏》上，中華書局，第 1105 頁。

[111] 《毛詩正義》卷一，阮元，《十三經注疏》上，中華書局，第 78 頁。

[112] 筆者這裡所提出的關於「體」的三種含義，主要根據郭紹虞關於《典論‧論文》「氣」的具體闡釋。郭紹虞雖然從三個方面闡釋了這裡的「氣」，但遺憾的是，他並未明確提出「體」有三種含義。

[113] 郭紹虞主編，《中國歷代文論選‧一》，上海古籍出版社，2001 年，第 158 頁。

中「體制」、「文體」等，追本溯源，當是對曹丕這裡「文非一體」之「體」的繼承發展。

關於文氣之「體」，《典論·論文》曰：「文以氣為主，氣之清濁有體，不可力強而致。」這裡的「體」，即文氣之「體」。[114]劉勰《文心雕龍》體性說，是對曹丕這種「文以氣為主，氣之清濁有體」的發展。其中，曹丕這裡的「氣」，劉勰具體為「心性」、「成心」，曹丕這裡的「氣之清濁有體」，劉勰具體為「體」之「面」之「八體」，或「六體」。

關於主體與客體統一之「體」，《典論·論文》曰：「此四科不同，故能之者偏也。惟通才備其體。」郭紹虞認為，這裡的「體」，是從文體、文氣兩方面而言的。

郭紹虞認為，曹丕論文體、文氣二者，亦即相如賦跡、賦心之說。[115]「跡」的方面，體異而風格以異；「心」的方面，人異而才性亦異。所以，曹丕對於文體上的四科總結為：「此四科不同，故能之者偏也。惟通才備其體。」「能之者偏」，「惟通才備其體」，這二者是他從文體、文氣兩方面體會有得的結論。[116]

在這裡，「體」的後面兩種含義，與「氣」的兩種含義相通。不過，「體」更側重於作品客體，而「氣」則更側重於作家主體。可見，在《典論·論文》中，已經從主體和客體兩個角度意識到文藝學之風格問題。

二、曹丕「文體」說之影響

劉勰文體論，雖然是對曹丕文體說的發展，但是，在曹丕和劉勰之間，不是空白。在曹丕影響下，有桓範《世要論》中〈序作〉、〈贊象〉、〈銘誄〉等篇說明文體之旨。[117]

---

[114] 參見本書 2.2.1.A.b.二。
[115] 《西京雜記》載司馬相如答盛覽問賦：「合纂組以成文，列錦繡而為質，一經一緯，一宮一商，此賦之跡也。賦家之心，包括宇宙，總覽人物；斯乃得之於內，不可得而傳。」（晉）葛洪，《西京雜記》卷2，載古小說叢刊：無名氏撰、程毅中點校《燕丹子》、（晉）葛洪撰《西京雜記》，中華書局，1985年，第12頁。
[116] 郭紹虞，《中國文學批評史》上冊，天津：百花文藝出版社，第74-75頁。
[117] 郭紹虞，《中國文學批評史·上》，天津：百花文藝出版社，第81-82頁。

陸機詩、賦等「體」之分類，亦繼承曹丕《典論・論文》。陸機〈文賦〉曰：「體有萬殊，物無一量，紛紜揮霍，形難為狀。……詩緣情而綺靡。賦體物而瀏亮。碑披文以相質。誄纏綿而悽愴。銘博約而溫潤。箴頓挫而清壯。頌優遊以彬蔚。論精微而朗暢。奏平徹以閑雅。說煒曄而譎誑。」[118]

摯虞〈文章流別論〉、李充〈翰林論〉，又是對陸機「文體」說之繼承。[119]

李士彪考察魏晉南北朝文體觀念演進時提出，〈後漢書〉卷八四〈班昭傳〉：「所著賦、頌、銘、誄、問、注、哀辭、書、論、上疏、遺令、凡十六篇。」第一次體現出文體觀念。晉宋時期，體裁分類逐漸完備，對各體裁特性的辨析逐漸深入。三國時期的曹丕《典論・論文》的四科八體、西晉陸機的《文賦》的十種體裁、摯虞〈文章流別論〉、李充〈翰林論〉對各種題材特徵的辨析，標誌著對體裁研究的深入。[120]

劉勰「體」論是對曹丕以來文氣說、文體說在理論上之集大成。在《文心雕龍》中，「體性」指與作家才氣相通的文學類型之變「體」，繼承曹丕的文氣說；「體制」指文體文類之「常體」，更多繼承曹丕的文體說。

2.2.1.C. 「風格」

「風格」，在魏晉時期用於品評人物精神、才性。也在那個時期，「風格」話語進入中國古代文論。

在中國古代風格論中，「風格」不是一個使用頻率比較高的話語，似乎主要存在於《文心雕龍》中，主要用於品評作家才性與作品。

---

[118] 郭紹虞，《中國文學批評史・上》，天津：百花文藝出版社，第 171 頁。
[119] 郭紹虞，《中國文學批評史・上》，天津：百花文藝出版社，第 86-91 頁。
[120] 李士彪，《體裁觀念之演進》，《魏晉南北朝文體學》，上海古籍出版社，2004 年，第 14-18 頁。

2.2.1.C.a. 「風格」的含義

　　風，指風采、風度，是比較後來的意義。《世說新語》中卷〈賞譽〉曰：「戎子萬子，有大成之風，苗而不秀。」「舒風概簡正，允作雅人。」[121]

　　格，《爾雅注疏》卷三〈釋言〉曰：「格，來也。」《說文解字》篇六〈木部〉：格，木長貌，從木各聲。段注：「木長貌者，格之本義。引申之長必有所至。」

　　《尚書‧堯典》曰：「光被四表，格於上下。」「孔傳曰：「格，至也。」[122]卷六《尚書‧盤庚》曰：「王若曰格汝眾，予告汝訓。」[123]《尚書‧高宗肜日》曰：「惟先格王，正厥事」。《正義》注：「格，調至也。」[124]《大學》曰：「致知在格物。物格而後知至。」鄭注：「格，來也。」[125]

　　複合詞「風格」話語的出現，與魏晉時期關於名士的讚賞延譽、品評審視之風氣有關。魏晉讚賞延譽、品評審視人物之風，源於漢末清議，即鄉黨品評人物的德才察舉孝廉，以供朝廷選官。魏晉士人品評人物更注重人物的精神、才性。魏晉時期，開始出現用「風」的各種複合詞品評人物，比如「風格」、「風骨」、「風韻」、「風流」、「風概」、「風神」等。其中，「風格」是使用頻率比較高的一個話語：

　　《世說新語》上卷〈德性〉曰：「李元禮風格秀整」。中卷〈方正〉注引《魏氏春秋》：「風格高朗，弘辯博暢。」中卷〈賞譽〉注引《文士傳》：「機清厲有風格，為鄉黨所憚。」中卷〈品藻〉注引《續晉陽秋》：「坦之雅貴有識量，風格峻整」。

　　除了《世說新語》以外，《晉書》、《抱樸子》在品評人物時也有「風格」話語的記載。

---

[121]　《賞譽》，《世說新語》中卷，中華書局，1999 年。
[122]　《堯典》，《尚書正義》卷二，阮元《十三經注疏‧上》第 119 頁。
[123]　《盤庚上》，《尚書正義》卷九，阮元《十三經注疏‧上》第 169 頁。
[124]　《高宗肜日》，《尚書正義》卷十，阮元《十三經注疏‧上》第 176 頁。
[125]　《大學》，《禮記正義》卷六十，阮元《十三經注疏》下卷，中華書局，第 1673 頁。

　　《晉書・和嶠傳》曰：「嶠少有風格」；[126]〈傅玄傳〉曰「咸字長虞，剛簡有大節。風格峻整，識性明悟，疾惡如仇，推顯樂善……」[127]「長虞風格凝峻，弗墜家聲」。[128]〈庾亮傳〉曰：「亮美姿容，善談論，性好老莊，風格峻整，動由禮節……」[129]〈王湛傳〉曰：「坦之有風格，尤非時俗放蕩，……」[130]

　　《抱樸子・內篇・遐覽》曰：「其體望高亮，風格方整，授見之者皆肅然。」[131]《抱樸子・外篇》卷二十五〈疾謬〉曰：「以風格端嚴者為田舍樸騃」。[132]

2.2.1.C.b. 《文心雕龍》的「風格」

　　在中國古代風格論中，「風格」並不是一個常用的術語。「風格」話語用於中國古代文論，與魏晉時期品評人物之風氣有關，主要見於魏晉南北朝時期《文心雕龍》等。在《文心雕龍》以後，「風格」話語很少見到。北齊《顏氏家訓・文章》使用「風格」話語。[133]明清文論中，「風格」話語更少見。[134]

　　在《文心雕龍》中，「風格」使用頻率不高，而且，似乎不是一個有比較固定詞義的術語，它還有相應的同義詞。

　　關於《文心雕龍》「風格」一詞的所指，學界有不同的看法。筆者認為，劉勰的「風格」含義有二：首先，指作家主體才氣與文本客體統一之整體。

126　〈和嶠傳〉，《晉書》卷四十五《列傳》十五，中華書局，第 1283 頁。

127　〈傅玄傳〉，《晉書》卷四十七《列傳》十七，中華書局，1323 頁。

128　〈傅玄傳〉，《晉書》卷四十七《列傳》十七，中華書局，1333 頁。

129　〈庾亮傳〉，《晉書》卷七十二《列傳》四十三，中華書局，1915 頁。

130　〈王湛傳〉，《晉書》卷七十二《列傳》四十五，中華書局，1965 頁。

131　〈遐覽〉，《抱樸子・內篇》卷十九，《諸子集成》卷八，中華書局，第 95 頁。

132　〈疾謬〉，《抱樸子・外篇》卷二十五《諸子集成》卷八，中華書局，第 150 頁。

133　《顏氏家訓・文章》曰：「古人之文，宏才逸氣，體度風格，去今實遠。但輯綴疏樸，未為密緻爾。今世音律諧靡，章句偶對，諱避精詳，賢於往昔多矣。宜以古之制裁為本，今之辭調為末，並須兩存，不可偏廢也。」《文章》，《顏氏家訓》第九，《諸子集成》卷八，中華書局，第 111 頁。

134　比如，葉燮《原詩》：「唐宋以來，諸評詩者，或概論風氣，或指論一人，一篇一語，單辭複句，不可殫數。」《原詩・外篇・上》，《原詩、一瓢詩話、說詩晬語》，人民文學出版社，1979 年，第 54 頁。「風氣」，與「風格」相近。

當時的「風味」，是其同義詞。此外，「風格」還指「辭采的法規」，「風矩」、
「風軌」是其同義詞。

一、「辭采的法規」

在「辭采的法規」意義上，《文心雕龍》中的「風格」，出自《文心雕龍・
誇飾》中。此外，〈章表〉、〈奏啟〉中的「風矩」、「風軌」，與〈誇飾〉中的
「風格」相近。

> 〈誇飾〉曰：「故自天地以降，豫入聲貌，文辭所被，誇飾恆存。雖《詩》
> 《書》雅言，風格訓世，事必宜廣，文亦過焉。是以言峻則嵩高極天，
> 論狹則河不容舠，說多則子孫千憶，稱少則民靡孑遺；襄陵舉滔天之
> 目，倒戈立漂杵之論，辭雖已甚，其義無害也。且夫鴞音之醜，豈有
> 泮林而變好？茶味之苦，寧以周原而成飴？並意深褒贊，故意成矯飾。
> 大聖所錄，以垂憲章。孟軻所云：說《詩》者不以文害辭，不以辭害
> 意也。」[135]

從上下文看，在《誇飾》中，「風格訓世」之後，劉勰所討論的問題是作
為修辭方法之一的誇飾之「言」、「論」、「說」「稱」以及「辭」與「義」的問
題，並引用孟子「說《詩》者不以文害辭，不以辭害意也」為結束。

在這裡，「風格訓世」之「風格」，學界主要有四種讀解。「風」，有兩種
解釋：第一，教化；第二，語言辭采。「格」，也有兩種解釋，第一，俗；第
二，舊的規範。考察《文心雕龍》中〈誇飾〉，以及〈章表〉、〈奏啟〉等篇，
筆者認為，〈誇飾〉中的「風格」所指，似乎訓為「辭采的法規」比較妥當。

---

[135] 《文心雕龍注》，范文瀾注，北京：人民文學出版社，1958 年，第 608 頁。

　　范文瀾引《詩經》為根據，認為「風格」在這裡似乎應該是指風化教育的舊法。《詩·大序》：「風，教也。」〈緇衣〉「言有物而行有格。」注曰：「格，舊法也。」[136]

　　楊明照認為，「格」作「俗」。「風」讀作「諷」。「風格訓世」，即《詩·大序》：「風，風也，教也，風以動之，教以化之」之意。[137]

　　詹瑛認為，《文心雕龍》在〈議對〉、〈誇飾〉兩處使用「風格」，其所指均是風範格局。這種「風格」與《顏氏家訓·文章》「古人之文，宏才逸氣，體度風格，去今實遠……」之「風格」相同。而杜甫〈蘇端薛復筵簡薛華醉歌〉中「坐中薛華善醉歌，歌辭自作風格老。」之「風格」，詹瑛認為則是指作品的風度和氣派了。[138]

　　吳林伯在《文心雕龍義疏》中提出風格訓為「辭采的法規」。吳林伯的文獻根據除了《文心雕龍》中的〈誇飾〉中的「風格」以外，還參照了〈章表〉中的「風矩」、〈奏啟〉中「風軌」。此外，吳說是結合上下文語境考察得出的結論。吳林伯指出，劉勰從〈宗經〉出發，指出經典中的《詩》、《書》都是雅正的語言，它以辭采的法規訓示世間作者，而《誇飾》即是其中之一。因此下文在論述《詩》的誇飾以後，接言這些誇飾的詩篇是「大聖所錄」、「以垂憲章」，與上文「風格訓世」一貫。[139]

　　吳林伯「辭采的法規」說，比較符合劉勰的文本思想。《文心雕龍》的「辭采的法規」，主要是從言與義角度或者從文體角度對言辭的規範要求。

<hr>

[136] 《文心雕龍注》，范文瀾注，北京：人民文學出版社，1958年，第610頁。
[137] 《文心雕龍校注拾遺補正》，楊明照拾遺補正，南京：江蘇古籍出版社，2001年，第338頁。
[138] 詹瑛，《文心雕龍的風格學》，北京：人民文學出版社，1982年，第2頁。《文心雕龍義注》，詹瑛義注，上海：上海古籍出版社，1989年，第897頁。筆者以為，在《文心雕龍》中，〈議對〉與〈誇飾〉的「風格」所指不同。參見筆者在此關於《議對》「風格」的考察。
[139] 《文心雕龍義疏》，吳林伯義疏，武漢大學出版社，2002年。

在「辭采的法規」意義上，劉勰的風格論，與西方風格論中風格是關於語言表達的方法，與修辭有關等觀點相通。可見，語言特殊的表達手段，是中西風格論中都很重視的問題。

〈章表〉、〈奏啟〉中關於「風矩」、「風軌」的所指，文本上下文語境均是從文體特點出發對其語言提出規範。「矩」、「軌」，在舊的規範意義上，與「格」相通。[140]

在「辭采的法規」意義上，「風格」與西方討論 style 時所涉及的 specific way 相通。

二、「亦各有美，風格存焉」

在〈議對〉中，劉勰所說的「風格」，似乎不限於語言問題，而是指稱作家各自有自己的「美」，有自己獨特的整體的體度風範，風度氣派，其中既有其優點，也有其缺點。因此，〈議對〉中的「風格」，與劉勰在〈體性〉中所說的「體」之「面」之「體」相通，與西方布封等人的風格相通。

> 〈議對〉曰：「漢世善駁，則應劭為首；晉代能議，則傅咸為宗。然仲瑗博古，而銓貫有敘；長虞識治，而屬辭枝繁；及陸機斷議，亦有鋒穎，而諛辭弗剪，頗累文骨：亦各有美，風格存焉。」[141]

---

140 〈章表〉曰：「章者，明也。……表也，標也。……章以造闕，風矩應明；表以致禁，骨采宜耀。循名課實，以章為本者也。是以章式炳賁，志在典謨；使要而非略，明而不淺。表體多包，情偽屢遷，必雅義以扇其風，清文以馳其麗。」〈奏啟〉曰：「是以立範運衡，宜明體要；必使理有典刑，辭有風軌，總法家之式，秉儒家之文，不畏彊禦，氣流墨中，無縱詭隨，聲動簡外，乃稱絕席之雄，直萬方之舉耳。」《文心雕龍注》，范文瀾注，北京：人民文學出版社，1958 年，第 406-408 頁、第 423 頁。

141 《文心雕龍注》，范文瀾注，北京：人民文學出版社，1958 年，第 438 頁。

　　詹瑛把《文心雕龍・議對》中的「風格」和《顏氏家訓・文章》中的「風格」，與杜甫詩中所說的「風格」加以區別，[142]但是，筆者確實看不出劉勰、顏之推的「風格」，與杜甫「風格」之間存在根本不同。《文心雕龍・議對》中的「風格」，與《顏氏家訓・文章》、以及杜甫〈蘇端薛復筵簡薛華醉歌〉中「坐中薛華善醉歌，歌辭自作風格老。」之「風格」，所指均為同一對象，都是指不限於語言的、作品整體的風度氣派與風範格局。

　　此外，楊明照認為《文心雕龍・議對》中的「風格」，也應該是「風俗」的說法，在上下文語境看似乎是說不通的。

　　梁蕭子顯，《南齊書・文學傳論》：「江左風味，盛道家之言，郭璞舉其靈變，許詢極其名理，仲文玄氣，猶不盡除，謝混情新，得名未盛」[143]這裡的「江左風味」，當指當時的玄言詩風，與《文心雕龍》的「風格」相通。

　　蕭子顯的「風味」、劉勰、顏之推的「風格」，與《文心雕龍》的「體」之「面」之「體」相近；與西方詩學討論 style 時所涉及的 mode 或 Different categories of style 相通。

2.2.2. 《文心雕龍》的「體」論

　　在中國古代文論中，關於文學風格的系統研究，劉勰「體」論既是唯一的，也是空前絕後的。在《文心雕龍》以前，《典論・論文》只是初步提出了「文體」、「文氣」概念，不但存在語焉未詳的地方，而且，並沒有全面系統的闡述。在《文心雕龍》以後，在中國古代風格論中，居然再也沒有第二人可以與劉勰相提並論。

---

[142] 詹瑛，《文心雕龍的風格學》，北京：人民文學出版社，1982 年，第 2 頁。
[143] 《南齊書》卷五十二《列傳》第三十三。

2.2.2.A. 《文心雕龍》「體」論概說

2.2.2.A.a. 《文心雕龍》「體」論即風格論

《文心雕龍》「體」論第一次從文學活動諸多方面，細緻地描述了文學風格現象，比如，文學類型和表達手法，作家修養和才氣差異，作家類型與作品類型、時代與作品類型等，只是劉勰沒有像筆者這樣以明確的結構整體方法、自覺的審美意識研究文學風格現象，探索其結構元素結構層次等，並在風格諸結構元素研究基礎上討論結構轉換規律等。

劉勰「體」論的基本觀點與布封、歌德等人關於風格的基本觀點相通，均指以文本為單位的作家與作品統一整體。由於劉勰比布封、歌德等人要早得多，所以，從中西風格論角度說，關於文學風格是主體和客體統一、風格研究包括文學手法與文學類型等觀點，最早應該是中國人提出的。

劉勰在三種意義上使用「體」。其中，「體制」之「體」，討論文類體裁問題；「體性」之「體」，討論作品個性與作家才氣統一的整體即文學風格類型問題。而第三個術語「體勢」，筆者以為則是指在文學審美創造活動中的動態的風格，包括「體制」之「體」，和「體性」之「體」。如果說「體制」和「體性」，在某種程度上還可以看到曹丕以來關於文學風格認識對劉勰的影響，而「體勢」則是劉勰風格論的獨特貢獻。關於在文學活動中的文學風格問題，即使在西方傳統風格論中亦很少涉及。

《文心雕龍》「體」論所探討的主要問題是文學的兩種類型——「體制」之「體」和「體性」之「體」——以及這兩種類型在文學創造活動中的整體——「體勢」。此外，劉勰還系統討論了創造之「體」的為文之「術」，具體包括「情文」、「形文」、「聲文」等。《文心雕龍》所討論的這些問題涉及到文學風格的很多方面，不僅包括西方從亞里斯多德到布封、黑格爾風格論的主要內容，而且，還超出了西方傳統風格論範圍。

　　劉勰使用「風格」、「風規」、「風矩」等話語，主要指「辭采的法規」，屬於《文心雕龍》為文之術的「聲文」。有時，劉勰也用「風格」話語指作品與作家的統一體，這時，「風格」與「體」是同義詞。[144]「氣」的概念，劉勰放到作家心性層面討論，屬於「體性」之「體」的部分，或者說屬於作家主體風格論部分。

　　劉勰「體」論即風格論，它的核心是主客體統一之風格類型，同時，它既包括文體類型，也包括文學手法。筆者關於劉勰「體」論上述斷言之理論根據，是筆者所提出的文學審美風格論。在文學審美風格研究中，筆者發現，文學風格與文學手法、文學體裁是不同概念，但是，文學風格包括文學手法與文學體裁、或者說，文學風格大於文學手法和文體。準確說，文學手法、文學體裁，是文學風格的較低結構層級及其結構因素。[145]

2.2.2.A.b. 《文心雕龍》相關研究

　　80 年代中期以前的《文心雕龍》風格研究，大多沒有在《文心雕龍》文獻考察基礎上提出「體」論即中國古代的風格論，而是沿用西方詩學話語「風格」闡釋《文心雕龍》的風格，而且，其風格論研究主要集中在〈體性〉、〈定勢〉等文章[146]，似乎風格問題只是《文心雕龍》幾篇文章所涉及的問題。80 年代中期，這種狀況逐漸有所改變。

　　1982 年，在臺灣與大陸均發表了關於《文心雕龍》風格問題研究的專論，可見《文心雕龍》風格論當是學界共識。

　　1982 年，詹瑛《文心雕龍風格學》超越了〈體性〉、〈定勢〉等篇目，以更加開闊的視野討論了劉勰的風格學的問題。詹瑛詳細考察《文心雕龍》文獻本身，在《文心雕龍》各篇中收集劉勰關於風格的論述，並加以綜合，明

---

[144] 參見本書 2.2.1.C.b.。
[145] 參見本書第三章、第四章。
[146] 比如郭紹虞《中國文學批評史》上冊。

確指出劉勰的「體」，就是風格，並具體討論了風格與個性的關係、〈定勢〉論、才思與風格的關係，以及時代風格、文體風格等問題。[147]

不過，即使從詹瑛的研究看，風格問題仍然被研究者視為《文心雕龍》所討論的問題之一，而不是《文心雕龍》五十篇圍繞的基本問題。而且，詹瑛的研究缺乏關於劉勰風格理論的整體性思考。比如，風格與個性、才思與個性之間是什麼關係，劉勰談論這些問題是企圖說明什麼問題？時代、文體等與風格有關，但是，究竟它們之間又存在什麼樣的關係？劉勰既從個性、才思討論風格，又從時代、文體討論風格，既從文體討論「體勢」之本采，又從「體性」之「面」討論「因情立體，即體成勢」之自然之勢，是否存在統領以上諸方面的核心？如果存在，那又是什麼呢？此外，詹瑛的研究提出了一些在理論上尚需進一步討論的問題，比如，文體風格概念，是否意味著文體就是風格？文體和風格，是一回事嗎？

同年，臺灣學者**徐復觀**《文心雕龍的文體論》提出〈體性〉是《文心雕龍》的核心，並指出劉勰的「文體」論即「風格」論，並將體裁、體貌、體要三者並提。[148]不過，筆者以為，〈體性〉是《文心雕龍》下篇的核心不是《文心雕龍》整篇的核心，〈定勢〉才是《文心雕龍》的核心。[149]此外，徐復觀所使用的話語「文體」，以及「體裁」、「體貌」、「體要」等概念界定不嚴格，容易造成概念混淆。而徐復觀關於「文體」即「風格」的判斷，與詹瑛研究出現的問題一致，也就是說，文體與風格的界定，以及它們之間的關係，是《文心雕龍》風格論研究的困惑。

1985 年，詹瑛開始用更加獨立眼光考察中國文獻中的術語 「體」，理論上也更加深入，他把原來含混的術語「文體風格」分開，指出「體」既指「文

---

[147] 詹瑛，《文心雕龍的風格學》，人民文學出版社，1982 年。

[148] 徐復觀，〈文心雕龍的文體論〉，《中國文學論集》，臺灣學生書局，1982 年，第 1-83 頁。

[149] 詳見本書 2.2.2.A.a.。

體」，也指「風格」。[150]不過，「文體」與「風格」之間的關係問題，並沒有解決。

1988 年曹順慶的〈風格與「體」〉明確提出《文心雕龍》的「體」論，即中國古代風格論的問題，並與西方文論中的「風格」進行平行比較。[151]

90 年代，李伯超提出中國古代風格學不存在體系，並把《文心雕龍》排斥在風格理論之外。[152]

筆者斷言，劉勰「體」論是中國古代文學風格理論。在《文心雕龍》中，「體」是一個有嚴密邏輯關係的理論體系的核心概念，它支撐了《文心雕龍》五十篇基本理論框架。劉勰「體」論，既包括文體體裁類型，又包括風格類型，兩者統一於動態的「體勢」。此外，劉勰「體」論還包容傳統中國詩論中的「物」、「言」、「情」的關係[153]。物、言、情，是從《毛詩・大序》開始到魏晉南北朝的中國古代詩論中最基本的三個問題。《文心雕龍》討論了物、言、情三者的關係，但是，不止於物、言、親三者關係討論。劉勰的獨特貢獻，是在曹丕基礎上建構「體」論，將傳統的物、言、情討論納入了風格論體系。

文學風格理論是否具有自己的體系，未必與文學是否具有獨立的科學地位存在必然聯繫。中國傳統詩學不具有獨立的科學地位，否定不了《文心雕龍》風格論的存在。我們說《文心雕龍》具有自己的理論體系，問題關鍵主要有兩點：第一，《文心雕龍》自身是否可以提供充分的文獻根據。第二，《文

---

[150] 詹瑛，《文體與風格》，《河北大學學報》，1985 年第 3 期。

[151] 曹順慶，〈風格與「體」〉，《文藝理論研究》1988 年第 1 期。

[152] 李伯超指出，中國古代風格研究，始終沒有取得獨立的科學地位，因而難以形成自身的科學體系；而且，中國古代風格研究從未產生過專門的風格學論著，其研究成果如零珠碎玉般散落在各種典籍中，難以形成統一的科學體系。李伯超，《中國風格學源流》，嶽麓書社，1998 年，第 274 頁。

[153] 郭晉稀認為，《文心雕龍》理論體系是剖情析采論，參見《文心雕龍注譯十八篇・前言》，甘肅人民出版社，1963 年。牟世金認為，《文心雕龍》的理論體系主幹，是「銜華佩實」，在物、言、情三大關係中，情與言的關係是《文心雕龍》理論體系的主幹。參見牟世金，《文心雕龍譯注・引論》，齊魯書社，1981 年；牟世金，《雕龍集・文心雕龍理論體系初探》，中國社會科學出版社，1983 年。

心雕龍》以「體」為核心概念的各個部分之間是否存在內在邏輯關係。其中，第二個問題更重要，第二個問題解決了，第一個問題基本上也就不成問題了。為此，我們要進一步討論的問題是，《文心雕龍》體制、體性、以及體勢的界定以及這三大部分，在《文心雕龍》中究竟是怎樣的關係？「體性」之「體」與「體制」之「體」有什麼不同？「體勢」怎樣綜合「體制」與「體性」，以及《文心雕龍》下篇為文之「術」與「體」的關係是什麼？

　　下面，筆者嘗試從《文心雕龍》的篇章結構內在邏輯、以及「體性」、「體勢」等三個方面，討論《文心雕龍》以「體」為核心的理論系統。

2.2.2.B. 《文心雕龍》篇章結構的內在邏輯

2.2.2.B.a. 《文心雕龍》篇章結構研究述評

　　在《文心雕龍》上篇研究中，卷二至卷五主要討論二十種文體幾乎是學界共識，分歧主要是用什麼樣的話語概括這二十篇。「體制」、「文體」、以及「體裁」，等，眾說紛紜。

　　筆者以為，魏晉南北朝時期的「體裁」與今日文藝學「體裁」內涵相差較大，更多與今日文藝學的「風格」話語內涵比較接近，不宜用來概括《文心雕龍》上篇二十篇。[154]雖然「文體」既有《文心雕龍》文獻根據，又與現代文藝學的術語相通，但是，在《文心雕龍》「體制」－「體性」－「體勢」互文性語境中，「體制」似乎更能體現《文心雕龍》「體」論內在邏輯關係，因此，筆者用「體制」概括《文心雕龍》上篇二十篇內容。關於劉勰「體制」論的具體討論，筆者從郭紹虞，在此恕不贅言。[155]

---

[154] 北齊顏之推《顏氏家訓》明確提出「體裁」概念，不過，他的「體裁」概念，指文辭與文氣統一之整體：「但使不失體裁，辭意可觀，便稱才士。」「改革體裁者，實吾所希。古人之文，宏才逸氣，體度風格，去今實遠。但輯綴疏樸，未為密緻爾。今世音律諧靡，章句偶對謼避精詳，賢於往昔多矣。宜以古之制裁為本，今之辭調為末，並須兩存，不可偏廢也。」《顏氏家訓》第九〈文章〉，《諸子集成》卷八，中華書局，第 110-111 頁。

[155] 參見郭紹虞，《中國文學批評史・上》，百花文藝出版社，1999 年。

　　關於《文心雕龍》下篇毛目之作，學界分歧較大，主要有 30 年代以來的兩種觀點：第一，「文術」說，以范文瀾為代表。[156]後來王運熙的看法基本沿范文瀾說。第二，「文之形式」說，其中包括風格論，以郭紹虞為代表。後來詹瑛的看法，基本承郭紹虞說。除了「文術」說和「文之形式」說，後來還出現兩種意見：第一，言、意、物三者之關係說，以 60 年代郭晉稀[157]為代表，80 年代牟世金[158]的看法與郭晉稀基本一致；第二，篇體說，以 21 世紀李士彪為代表。

一、「文術」說

　　范文瀾認為，《文心雕龍》上二十五篇剖析文體，〈原道〉、〈徵聖〉、〈宗經〉，以及〈正緯〉為總說，然後，〈辨騷〉和後面的二十篇一起共二十一篇，為具體的文筆類型研究，即文類、文筆雜、筆類三種。《文心雕龍》下篇商榷文術。下篇二十組織嚴密。[159]

　　在王運熙看來，《文心雕龍》是一部文學理論批評著作，其寫作宗旨是寫作指導書。《文心雕龍》的結構安排體現了這種「為文之用心」的寫作宗旨。除〈序志〉外，王運熙將《文心雕龍》四十九篇共分為四個部分：第一，〈原道〉以下五篇，指導寫作的總原則；第二，〈明詩〉以下二十篇，分論各體文章性質、源流、寫作規格；第三，〈神思〉以下十九篇，泛論寫作方法；第四，

---

[156] 范文瀾，《文心雕龍注》，人民文學出版社，2000 年，第 3-5 頁、第 495 頁。

[157] 郭晉稀，《文心雕龍注譯十八篇・前言》，甘肅人民出版社，1963 年。

[158] 牟世金，《文心雕龍譯注・引論》，齊魯書社，1981 年，牟世金《雕龍集・文心雕龍理論體系初探》，中國社會科學出版社，1983 年。

[159] 《文心雕龍注》，范文瀾注，北京：人民文學出版社，2000 年，第 3-5 頁、第 495 頁。筆者以為，卷一的五篇當為一個整體為宜，而且，卷一的五篇，不僅是關於二十篇體制論的總說，也是整個《文心雕龍》的總說，它與後面的「體性」論的二十四篇也存在內在邏輯關係。關於卷一五篇是總論，參見王運熙、顧易生《中國文學批評通史》卷二，上海古籍出版社，1996 年，第 330-339 頁。

〈時序〉以下五篇，雜論與寫作有關的問題。王運熙認為，風格，是通論寫作方法十九篇中〈體性〉、〈風骨〉、〈通變〉、〈定勢〉四篇所涉及的問題。[160]

《文心雕龍》主觀思想確實是指導寫作的經驗總結。不過，由於《文心雕龍》已從文學經驗事實中抽象概括出關於文學風格理論，並以自己的概念邏輯加以表述，因此，它超越一般寫作指導書而成為文學風格理論研究專著。亞里斯多德《詩學》、朗迦納斯、布封的風格論，哪個的寫作動機不是為了指導寫作呢？科學建構風格論的意識，就是在西方詩學中，也是十九世紀後期 20 世紀初期才開始出現的事情。范文瀾、王運熙關於《文心雕龍》「文術說」的闡釋雖然尊重文本，但是，卻似乎拘泥於文本字面意義，沒有進一步看到自然語言符號所指下面深層的概念邏輯表述。

二、「形式」說或者「風格」說

郭紹虞認為《文心雕龍》是為文學批評的批評，傾向於歸納和推理的批評，相對於當時「會己則嗟歎，異我則沮喪」之主觀，或者「未能振葉以尋根，觀瀾而索源」之微觀，是條理綿密的偉著。在討論「時人對文學之認識」時，郭紹虞提出了（一）形文與聲文、（二）情文、（三）風格、（四）體制、（五）文筆等問題。郭紹虞所說的上述五個方面，其實也是對《文心雕龍》基本內容的概括，或者說是從所處時代考察《文心雕龍》的為文之「術」和「風格」、「體制」等。[161]

筆者以為，上述五個方面，確實是《文心雕龍》所討論的基本內容。不過，上述五個方面似乎不是同質等價的。其中，郭紹虞所說的「風格」和「體制」，是最基本的兩大問題，形文與聲文情文均屬於「風格」範疇的具體問題、文筆則屬於「體制」範疇的具體問題，不宜與「風格」、「體制」相提並論。

---

[160] 王運熙、顧易生，《中國文學批評通史》卷二，上海古籍出版社，1996 年，第 330-339 頁。筆者以為，王運熙將卷九的第五篇〈時序〉與卷十的前四篇劃分為一個整體，理由不充足。

[161] 郭紹虞，《中國文學批評史》上冊，百花文藝出版社，1999 年，第 103-126 頁。

郭紹虞關於「風格」、「體制」等概念的界定比較粗淺。在郭紹虞看來，由文之形式言，語其廣義而說得抽象一些便是「風格」。郭紹虞關於「風格」的具體分析，主要是討論「體性」分類。郭紹虞提出《文心雕龍》卷六「體性」分類的三種情況：（一）「情文」或者說才性；（二）「形文聲文」（〈麗辭〉講形文，〈聲律〉講聲文──筆者注）或者說「體勢」；（三）「神」或者「氣」以及「風骨」。郭紹虞認為，由文之形式言，語其狹義而說得具體一些，便是「體制」。郭紹虞關於「體制」的具體分析則是文體分類，大致包括〈辯騷〉以下上篇。在筆者看來，劉勰的「體」，是一個「屬」範疇的概念，「體制」和「體性」，是其「種」範疇概念。「體」既包括「體性」，又包括「體制」。郭紹虞的研究混淆了屬種概念。

筆者關於《文心雕龍》「體制」與「體性」兩大部分之斷言，其實與郭紹虞關於「風格」與「體制」是「文之形式」更重要的兩個方面的判斷相近。不過，筆者斷言《文心雕龍》不是一部文學批評專著，而是風格論專著。郭紹虞關於《文心雕龍》是批評偉著的誤斷，在於他沒有看到《文心雕龍》圍繞「體」概念的內在邏輯聯繫。

在《文心雕龍》研究中，詹瑛的風格意識相對說更加突出，而且，關於風格研究更加深入和寬泛。詹瑛明確指出，風格學是劉勰文學理論中的精華。詹瑛關於《文心雕龍》風格學的全盤思路是：劉勰風格學包括個性和共性兩個部分，其中，〈體性〉以及〈風骨〉、〈定勢〉、〈隱秀〉等其他諸篇主要討論風格個性；《文心雕龍》的時代風格、文體風格，則討論風格的共性。[162]

詹瑛的《文心雕龍》風格學研究，在郭紹虞基礎上進一步討論了體性、風骨、定勢之間的關係，把它們都歸為「個性」，並擴大了風格研究的範圍，

---

[162] 參見詹瑛，《文心雕龍風格學·後記》，人民文學出版社，1982 年。筆者以為，儘管詹瑛《文心雕龍》風格學考察實際上提出了「體」就是風格，並在具體考察中基本上涉及到的就是〈體性〉和文體理論兩大部分，遺憾的是，由於詹瑛囿於風格的個性和共性之觀念，因而未能像筆者這樣看到《文心雕龍》四十九篇體論中體性和體制兩大結構。

提出了時代風格、文體風格問題。而且，相對於郭紹虞的文學形式觀點，詹瑛的風格界定更加清晰，他明確提出「體」就是「風格」，並在具體考察中涉及到「體性」和「體制」兩大部分。遺憾的是，由於詹瑛囿於風格的個性和共性之主觀假設，因而未能象筆者這樣梳理清楚「體論」中「體性」與「體制」，以及「體性」與「文術」等之間的邏輯關係。再加上詹瑛關於作家個性風格、時代風格、文體風格等概念缺乏理論根據，所以，其研究存在人為肢解《文心雕龍》「體」論內在邏輯之弊。

三、「篇體」說

李士彪將魏晉南北朝文體學規定為包括體裁[163]、篇體[164]、風格[165]三者的統一體。李士彪將《文心雕龍》基本排斥在魏晉南北朝時期風格學之外。關於《文心雕龍》上篇李士彪基本承襲舊說——「體裁」學，下篇則用「篇體」學替代傳統創作論或者風格論。《文心雕龍》上篇研究文章體裁規範；下篇研究與文本相關的問題，關於這點，筆者與李文的判斷基本一致。不過，筆者以為，李士彪關於文體學的理論建構缺乏學理根據，其「篇體」學是用《文心

---

[163] 李士彪所說的「體裁」，指一篇文章的類別。魏晉南北朝體裁觀念由漢代模糊寬泛發展到具體精細。劉勰《文心雕龍》二十篇討論體裁的文章涉及體裁一百二十多種。劉勰用「體」指體裁規範。《定勢》將體裁之本采與六種風格配合，發展了曹丕、陸機體裁風格論。參見李士彪，《魏晉南北朝文體學》，上海古籍出版社，2004年，第8-63頁。

[164] 李士彪所說的「篇體」，指一篇文章的文本，它決定文章的價值。李士彪認為，魏晉南北朝的篇體要素，從先秦的兩分法發展到四分法，即由質與文、情與辭、意與言的兩分法，發展到包括情志、對偶、隸事、聲律等四分法。《文心雕龍》創作論從〈神思〉到〈物色〉，都是討論篇體。李文這種包括「情志」的「篇體」概念，更接近西方詩學的文本概念，不是劉勰〈風骨〉「篇體光華，析辭必精」之概念。參見李士彪，《魏晉南北朝文體學》，上海古籍出版社，2004年，186-196頁。

[165] 李士彪所說的「風格」，指一篇文章的整體風貌、審美特徵。以綺麗為風格理想、以意象品評風格流派，以「體」命名風格流派，是魏晉南北朝風格學的特徵。關於魏晉南北朝時期風格學討論，李士彪除了在復古之窘境中談及鍾嶸和劉勰的折中以外，幾乎沒有提及《文心雕龍》。李士彪，《魏晉南北朝文體學》，上海古籍出版社，2004年，271頁。

雕龍》下篇附會 20 世紀西方文學本體論詩學話語，而關於《文心雕龍》風格問題的判斷混淆了具體審美價值尺度與風格理論兩個不同範疇問題。

　　李士彪的研究，建立在比較豐富文獻基礎上，提出了很多在理論上值得深入討論的問題。比如，為什麼說《文心雕龍》下篇所討論的問題，不是風格問題？如果《文心雕龍》下篇討論的問題不屬於風格問題，那麼，〈體性〉篇所討論的「體」之「面」以及八體、〈定勢〉中所說的六體，應該怎樣解釋？如果八體、六體是風格分類或者說體性分類，那麼，劉勰的體性分類與當時以「麗」為核心的風尚之間又是什麼關係？

　　再如，李文用「篇體」取代傳統的「文術」說或者「風格」說，其立論之根據是什麼？為什麼說「篇體」指文本，可以概括情志、對偶、隸事、聲律四者？這四者與郭紹虞所說的情文、聲文、形文三者之間是什麼關係？情文、聲文、形文，或者情志、對偶、隸事、聲律，它們與風格之間存在關係嗎？如果不存在關係，根據是什麼？存在關係，具體又指什麼關係？

　　此外，「體」，包括體裁和風格，在《文心雕龍》中確有文獻根據。但是，「篇體」指文本，如果作為中國古代詩論中一個獨立術語提出，似乎與文獻不符。《文心雕龍·風骨》曰：「風清骨峻，篇體光華」。《文心雕龍·時序》曰：「於是正始餘風，篇體輕澹」。張立齋注曰：「魏王芳改元正始，時何晏、王弼輩，尚老莊，即〈明詩〉篇所謂『率多淺浮』，『詩雜仙心』。下開兩晉清談之風，故此雲『篇體輕澹』，蓋概括言之耳。」[166]這裡的「篇體」，似乎與「風格」或者「體性」相通。[167]而李文的「篇體」界定似乎與《文心雕龍》中所使用的「篇體」話語內涵不完全一致。退一步說，如果「篇體」不能作為獨立概念，那麼，李文所說的「篇體」所涉及的四要素，究竟應該怎樣進行理論概括？

---

[166] 張立齋，《文心雕龍注訂》，臺灣，1967 年。轉引自詹瑛，《文心雕龍義證·下》，上海古籍出版社，1989 年，第 1699 頁。

[167] 王運熙指出，《文心雕龍》中的「篇體」、「篇制」等指風格。《中國文學批評通史·魏晉南北朝》，上海古籍出版社，1996 年，第 335 頁。

　　郭紹虞、詹瑛等人關於《文心雕龍》風格、個性風格、時代風格、文體風格等概念缺乏學理根據，李士彪對《文心雕龍》下篇的誤讀，原因之一均在於文藝學風格理論研究本身不成熟。下面，筆者根據文學審美風格論破譯《文心雕龍》五十篇之間的內在邏輯關係。

2.2.2.B.b. 《文心雕龍》卷一：「體」論的基本原則

　　《文心雕龍》卷一五篇是「體」論總論。從作者的主觀思想看，提出為文之用心的基本原則，同時，從文本內在邏輯看，也提出了「體」論的基本原則，是其他四十四篇之「樞紐」。《文心雕龍・序志》云：文心之作，本乎道、師乎聖、體乎經、酌乎緯、變乎騷。

　　〈原道〉之「道」，黃侃認為指自然之道[168]，而詹瑛認為是儒家和道家之「道」的融合[169]。筆者同意詹瑛之說。不過，不必像詹瑛那樣把儒家之「道」看做狹義之道，把道家之「道」看作廣義之「道」。「道沿聖以垂文，聖因文而明道」，關於「道」、「聖」、「經」三者的這種關係，詹瑛的概括也很精當，〈徵聖〉側重在人，〈宗經〉側重在書，都是「道」之體現。從〈徵聖〉、〈宗經〉，以及關於作家成心、學、習，作品「情文」等論述看，《文心雕龍》尊儒家之道「正心」；從作家神思、養氣、定勢等論述看，《文心雕龍》宣導道家「道法自然」之道。[170]

　　〈辨騷〉誠如黃侃所指出的，欲以尊屈子，使《離騷》上繼《詩經》，非為騷賦有二。[171]筆者以為，從《文心雕龍》文無常勢思想看，《辯騷》之尊屈，不僅在理論上使《離騷》上繼《詩經》，而且，肯定了《離騷》與《詩經》「雅麗」截然不同的「奇麗」風格類型，是對中國言志詩「奇麗」類型的總結，揭示了中國言志詩「雅麗」、「奇麗」兩大類型並存的基本路徑。在「酌奇而

<hr />

[168] 黃侃，《文心雕龍札記》，中華書局，2006 年，第 5 頁。
[169] 詹瑛，《文心雕龍義證・上》，上海古籍出版社，1989 年，第 1-2 頁；第 95 頁。
[170] 關於《文心雕龍》之「道」，在此不展開，筆者將另文專論。
[171] 黃侃，《文心雕龍札記》，中華書局，2006 年，第 28 頁。

不失其真，玩華而不墜其實」前提下，〈辯騷〉總結了《離騷》「奇文」之「麗雅」之基本特徵：「雖取熔經意，亦自鑄偉辭」，「氣往轢古，辭來切今，驚采絕豔，難與並能」。而「衣被詞人，非一代也」，則是對中國言志詩《詩經》「雅正」之外另一傳統──「奇麗」之肯定。從《文心雕龍》內在邏輯推論看，「雅正」與「奇麗」相互對立相互統一兩大「體性」類型構成中國言志詩基本傳統，猶如孫子兵法講兵家「形」之「奇正」，詩人在「雅正」與「奇麗」這樣的「奇正」傳統語境中因性練才、趨時乘機，自己選擇適合自己天生「才氣」後天「學習」以及「時運」變化之「體性」類型任自然之勢。在此意義上，《文心雕龍》卷六〈體性〉四組八對類型之第一組「雅與奇」之「奇」，是對卷一〈辨騷〉「奇文」「麗雅」之照應。

從劉勰將〈辯騷〉放在卷一，肯定「自鑄偉辭」之《離騷》仍然是「取熔經意」。聯繫卷六〈體性〉「童子雕琢，必先制雅」、「摹體以定習，因性以練才」、「體式雅鄭，鮮有反其習」，《風骨》「孚甲新意，雕畫奇辭」的第一條件是「熔鑄經典之範」，可見劉勰不僅繼承漢代以來傳統將「騷」提升到與「詩」並舉的經典的位置，把詩騷視為詩人因性以練才「奇正」不同之基本路徑，同時，把與「天地之心」相通之儒家「雅正」學統作為中國言志詩「詩」與「騷」不同「變體」不同路徑共同的精神文化資源。

在此意義上，《文心雕龍》之「雅正」，更多與「鄭」相對而言。除了〈體性〉上面所舉書證外，《樂府》亦明確把雅與鄭相對並舉：「好樂無荒，《晉風》所以稱遠；伊其相謔，鄭國所以云亡。」「若夫豔歌婉變，怨志訣絕，淫辭在曲，正響焉生？然俗聽飛馳，職競新異。雅詠溫恭，必欠伸魚睨；奇辭切至，則拊髀雀躍：詩聲俱鄭，自此階矣。」

從為文之用心角度考察，〈原道〉「乾坤兩位，獨制文言，言之文也，天地之心哉」強調文心出自天地之心，與神理通，為後面的「神思」、「體性」、「成心」、「才氣學習」、「定勢」，以及「程器」等埋下伏筆。而〈徵聖〉、〈宗經〉，則借聖人和經典，說明劉勰關於言與意的基本觀點與道相通：根據聖人

神理秀氣，或根據稟經以制式，「文心雕龍」之「文」應該「銜華佩實」、「事信體約」等。劉勰關於為文之用心的經驗總結，提出了「體論」的基本主張：文學作品是作家心靈之體現，與形而上之道相通，為文之術的總體要求，情理應與天道相通，聲文當銜華佩實、事信體約。劉勰這種從宇宙本體出發討論為文之「術」的邏輯，與亞里斯多德的《詩學》相通。

劉勰「體論」「銜華佩實」這種折衷的主張，與魏晉南北朝時期所流行的以「麗」為中心的審美價值判斷確實不同。李士彪文看到劉勰、鍾嶸在審美價值尺度上與當時流行時尚之差別無可非議，但是，李文將具體歷史時空的審美價值判斷等同於風格學，把劉勰、鍾嶸排斥在魏晉南北朝風格學之外卻未必妥當。具體歷史時空審美價值判斷屬於文學風格研究的對象，但是，它不等於文學風格研究。劉勰的折衷論以及體性論，當是魏晉南北朝風格學研究之重點，當是魏晉南北朝時期風格學成熟之標誌。劉勰在先秦以來大量文學事實基礎上，擺脫自己所屬時代審美時尚桎梏，在作品「體」之「面」層面上，對為文之術提出「銜華佩實」的總體要求，相對於存在於魏晉南北朝具體歷史時空的關於為文之術之具體審美價值判斷，更具有理論概括之客觀性、普遍性。在文學研究中，具體歷史時空審美價值判斷和作品文學手法的總體要求，是兩個不同的概念，不宜混淆。具體歷史時空以「麗」為核心之審美價值判斷，屬於實際存在之「多」，而作為「為文之用心」之理論，卻是從不同時代「為文之用心」中觀察並抽象概括的、實際上未必存在於具體歷史時空的「一」。

此外，質與文，是中國古代詩論言、情、物研究中關於「言」的研究。關於「聲文」之「術」的研究，只是中國古代詩論話題之一，不是唯一。李士彪僅從「聲文」之術角度判斷是否是風格學，也是不妥當的。

從為文之用心看，〈正緯〉之「豐偉膏腴」，無益經典有助文章，是劉勰折衷論與魏晉南北朝以「麗」為核心的時尚相通之處。〈辨騷〉之「自鑄偉辭」，「酌奇而不失其真，玩華而不墜其實」，與劉勰〈通變〉、〈時序〉、以及〈定

勢〉等思想相通。劉勰將正統視為異類之緯書的豐偉膏腴、或者變騷的奇麗，都納入與原道、徵聖、宗經並提的「為文之樞紐」，一方面，體現了劉勰「體」論的折衷、包容、開放的心態、客觀公允治學原則，另方面，更體現了劉勰風格論的核心觀點——文無常勢。

從《文心雕龍》卷一〈原道〉等五篇的內在邏輯關係看，這為文之「樞紐」，更多與《文心雕龍》下篇相聯繫。范文瀾將卷一之五篇限於上篇，缺乏對卷一之五篇以及《文心雕龍》整體內在邏輯之把握。[172]

2.2.2.B.c. 《文心雕龍》兩大基本部分：「體制」與「體性」

《文心雕龍》「體」論主要由兩大基本方面組成：

第一，體制，與今日文藝學之「體裁」、「文類」概念相通，指各類作品客體體裁類型。「體制」話語，出自〈定勢〉「箴銘碑誄，則體制於弘深。」劉勰有時也用「文體」話語指「體制」。劉勰的「體制」、「文體」，是對曹丕「文體說」的繼承。劉勰「體制」之「體」，主要包括《文心雕龍》卷二至卷五的二十篇「綱領」之作，指章表奏議、賦頌歌詩等研究。在劉勰看來，「體制」屬於「雜體」、「常體」，主要討論各種文體「敷理以舉統」之「統」。在具體寫作過程中，劉勰強調每種文體「敷理以舉統」之「本采」。《文心雕龍·序志》云：論文敘筆，囿別區分，原始以表末，釋名以章意，選文以定篇，敷理以舉統。

第二，體性，與今日文藝學之「風格」概念相通，指作家主體才氣與作品客體個性相統一之整體類型，包括文學手法等。「體性」話語，出自《文心雕龍》卷六〈體性〉篇之篇名。劉勰「體性」之「體」，主要包括《文心雕龍》卷六至卷十的二十四篇「毛目」之作。從劉勰關於為文之用心角度看的「毛目之作」，從《文心雕龍》文本以「體」為核心概念的內在邏輯看，卻是「體」

---

[172] 參見范文瀾《文心雕龍注》，人民文學出版社，1958 年，第 4-5 頁。

論中與「體制」同樣重要的另一部分「體性」。其中，卷六是「體性」論的核心，〈體性〉篇又是核心之核心。

「體性」之「性」，指作家「心性」、「成心」，由作家才、氣、學、習構成，其中的「才」、「氣」，是對曹丕「文氣」說的繼承，而「學」、「習」等則是對曹丕「文氣」說的發展。「體性」之「體」，指與作家「心性」、「成心」相通、「因內而符外」之作品「體」之「異面」，有四對八「體」，即雅與奇、奧與顯、繁與約、壯與輕。「體性」，是對這種作家心性與作品體面相互作用之整體類型的概括。郭紹虞認為，《文心雕龍・體性》中所指出的「八體」，「是區分風格之始，為後世司空圖所宗。」[173]

「體性」四對八體之類型，即今日文藝學所說的文學風格類型。在劉勰看來，「體性」類型，與「體制」類型不同。「體制」是不變之「常體」，而「體性」卻是變通之「變體」，是「情致異區，文變殊術，色糅而犬馬殊形，情交而雅俗異勢」之變體。作家心性、情變、時運等，是影響這種變「體」之因素。

《文心雕龍・序志》云：剖情析采，籠圈條貫，摛神性，圖風勢，苞會同，閱聲字，崇替於時序，褒貶於才略，怊悵於知音，耿介於程器，長懷序志，以馭群篇……。

在《文心雕龍》中，這種「體性」，亦即「情文」。在劉勰看來，這種「情文」，與「形文」與「聲文」，均屬為文之道理。[174]《文心雕龍・情采》曰：「立文之道其理有三：一曰形文，五色是也；二曰聲文，五音是也；三曰情文，五性是也。」從今日文藝學角度看，似乎「體性」所討論的是文學風格類型問題，而「情文」「形文」、「聲文」則是創造「體性」之文學手法。在這個意義上，筆者以為，關於《文心雕龍》下篇所討論的問題，似乎既是文學手法，又是文學風格。

關於《文心雕龍》五十篇的這種基本結構，詳見圖 2-2。

---

[173] 郭紹虞，《中國文學批評史》上冊，天津：百花文藝出版社，1999 年，第 112-113 頁。
[174] 關於情文、形文、聲文問題，筆者將在本書 2.2.2.C.具體討論。

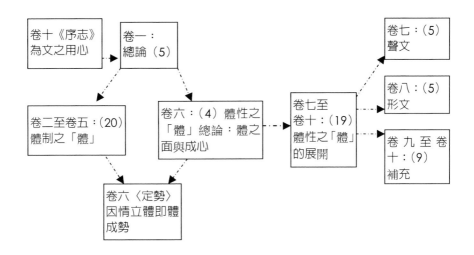

圖 2-2　《文心雕龍》五十篇之基本結構

2.2.2.C. 「體性」論的內在邏輯

　　關於《文心雕龍》下篇毛目之作所討論的問題是什麼，學界分歧較大，可以說是讀解《文心雕龍》的難點，因此，在此專門討論「體性」論。

　　關於《文心雕龍》下篇所討論的問題究竟是什麼，筆者以為，似乎以綜合學界 30 年代的兩種看法為宜。如果我們放棄非此即彼的思維方式，不把「體性」與「文術」看作絕對對立的東西，而是把它們看作互相包容的、一個問題的兩個方面，可以說《文心雕龍》下篇既討論「文術」，又討論「體性」。不過，從理論上看，「體性」包括「文術」，[175]「文術」只是創造「體性」之手段，所以，《文心雕龍》下篇筆者仍概括為「體性」論。

　　筆者所說的「體性」論，與郭紹虞以來所說的「風格」論基本相通。筆者之所以使用「體性」話語，一是「體性」有《文心雕龍》文獻根據，更重

---

[175] 從風格不同結構層次看，文學手法是較低文學結構，風格是較高文學結構。較低文學結構保持自己的結構邊界參與更高結構層級的構造作用。參見蘇敏，〈文學審美風格論〉，《比較文學與世界文學第一輯》，商務印書館，2004 年。

要的方面是，劉勰的「體性」話語，本身是一個界定非常明確的概念，使用「體性」可以避免屬種概念混亂。「體性」，劉勰嚴格限定為變「體」，是一個相對於「常體」的概念。在劉勰看來，變體之「體性」和常體之「體制」共同構成「體」。嚴格說，劉勰的「體」，才與當代文藝學「風格」相通。

2.2.2.C.a. 《文心雕龍》卷六的内在邏輯

如前所述，《文心雕龍》「體」論四十九篇包括總論五篇，體制論二十篇，體性論二十四篇。《文心雕龍‧卷六》是劉勰「體性」論的核心，其五篇文章，從不同側面討論了「體性」的基本問題。誠然，劉勰的「體性」論不限於《文心雕龍‧卷六》，我們不可以把劉勰「體性」論簡單等於《文心雕龍‧卷六》的五篇文章。但如果我們缺乏卷六是「體性」論核心這樣一個整體觀點，就會像詹瑛的研究那樣，把劉勰風格論割裂為散見在《文心雕龍》各篇中的幾個孤立的問題，看不到《文心雕龍》風格論所存在的總體邏輯思路，只見樹木不見森林。

試問，為什麼劉勰把〈神思〉、〈體性〉、〈風骨〉、〈通變〉、〈定勢〉這五篇放在一起作為一個獨立的單元呢？在這五篇之前討論「體制」，在這五篇之後，從「聲文」、「形文」兩個方面展開討論創造「體性」之手段，以及補充這五篇提出但未能展開討論的問題。此外，卷六這五篇文章之間又存在什麼樣的邏輯關係呢？為什麼劉勰首先要談論《神思》呢？為什麼劉勰談完了〈神思〉要談〈體性〉呢？〈風骨〉為什麼又要放在〈體性〉之後呢？

在《文心雕龍‧卷六》中，劉勰以「體性」為中心，先從主體作家內在「秉心養術」（〈神思〉）談起，再從作家類型談到作品類型：「因內而符外」之作家「心性」四種以及作品「八體」（〈體性〉）。在劉勰所提出的四對「八體」中，第一對「雅」與「奇」，包括「文辭根葉」，正如〈風骨〉所列舉的潘勗之「骨髓峻也」、司馬相如之「風力遒也」，是中國古代言志詩之傳統，與詩人之「習染」承傳有關，屬於「摹體以定習」的問題，「童子雕琢，必先

制雅」，然後才「因性以練才」。聯繫劉勰把〈變騷〉放到卷一，可見他在「雅」與「奇」兩「體」之間，並不存在褒貶。而後面三對六「體」，更多屬於「辭」的問題，更多體現了作家心性與言辭的多樣化，與後天學習傳統關係不是很大。劉勰「八體」分類關於中國古代傳統雅奇並舉，以及語言風格三對六體並提，與其〈通變〉中「通變則久」、〈定勢〉中之文無常勢思想一致，與中國傳統文化「和而不同」思想一致。

　　在作家主體「成心」和作品客體「體」之「異面」統一之類型研究基礎上，劉勰再轉向作品客體研究，提出有風有骨、剛健輝光的要求。其中的「剛健」，指氣足情足，述情必顯，是對〈神思〉之虛靜養氣的照應；「輝光」，指篇體光華，析辭必精，是對卷一〈正緯〉、〈辨騷〉以及卷七、卷八等「聲文」、「形文」的照應。筆者以為，有風有骨，是「體性」之總體要求、「情文」的基本要求（〈風骨〉），是無論什麼時世、無論何種氣質的作家在寫作的時候都必須做到的，是作家不可以選擇只能遵從的為文之道理、不變之恆術，而雅正奇麗等八體則不同，是可以根據作家個人氣質、時世變化、文體種類加以選擇的。「情文」〈風骨〉之「風」與「骨」關係討論，猶如「聲文」〈情采〉之「情」與「采」關係討論，「形文」〈物色〉之「物」、「情」、「采」關係討論，是劉勰「體性」論中關於中國古代詩論傳統命題言、情、物三者關係的具體研討。

　　在劉勰看來，〈風骨〉所宣導的述情必顯，析辭必精，是先秦以來大量文學事實基礎上提出的、符合天地之道、通神理之立文之道理。〈風骨〉的述情必顯，析辭必精，照應卷一〈徵聖〉銜華佩實、〈宗經〉事信體約。亞里斯多德的詩學、黑格爾的美學，均是其形而上學體系之部分。劉勰關於「體性」的基本要求，不僅超越了時尚的審美趣味，而且，在理論上也與其形而上哲學相聯繫，在中國古代詩論中具有罕見的思辨品格。

　　黃叔琳指出：「氣是風骨之本」。郭紹虞繼承黃說，將「風骨」看做風格。郭紹虞風格分類之一從「神」與「氣」角度概括風格，從〈神思〉、〈養氣〉

開始，談到〈體性〉，最後談到〈風骨〉。[176]60 年代開始，劉禹昌、劉大傑等
人開始把〈風骨〉看作理想風格。筆者以為，從《文心雕龍》文本出發，一
個在理論上提出「體性」、「體勢」論[177]，強調作家才氣決定作品「異面」、「時」
影響文辭力氣，通變則久、文無常勢的學者，不可能將某一種具體的風格作
為理想的風格。因為把某一種風格視為理想風格加以宣導，與「體性」、「體
勢」理論根本相違背。

　　自〈風骨〉後，劉勰指出，這種由作家構思、心性，以及作品風與骨構
成的剛健輝光之「體性」或「情文」的總體要求，沒有固定的模式。因為文
辭力氣，通變則久。由此，劉勰再轉向談論「時」對這種「體性」之影響
（〈通變〉）。

　　在〈通變〉中，劉勰指出，設文之體有常，變文之數無方。詩賦書記，
有常之體；文辭氣力，無方之數。雅俗質文等「體性」八「體」，與「體制」
之「體」不同，不存在永恆不變之常「體」，只有通變則久。劉勰因此總結到：
是以規略文統，宜宏大體，先博覽以精閱，總綱紀而攝契，然後拓衢路，置
關鍵，憑情以會通，負氣以適變。從〈時序〉看，這種「情」是因時世而變
化的，從〈體性〉看，這種「氣」是作家先天不可改變的。

　　在《文心雕龍》整體邏輯上，〈通變〉「趨時」「乘機」「憑情以會通，負
氣以適變」是對〈體性〉四對八體類型之多樣性和〈通變〉、〈時序〉之「質
文代變」兩方面的總結，在卷六的邏輯關係上具有承上啟下作用。這裡的「情」
因「時」「機」變化而變化，扣〈通變〉〈時序〉；這裡「氣」因作家先天才氣
後天學習而不同，扣〈神思〉、〈養氣〉、〈體性〉、〈才略〉，就這樣劉勰把風格
「變體」因素概括為作家情、氣和時運機會，並把今天文藝學所說的作家風
格與時代風格納入包括文術、文體類型、文本類型的「體」論的理論框架，
邏輯自圓地解決了就是 20 世紀西方風格論也沒有解決的理論困惑。在一千多

---

[176] 參見郭紹虞，《中國文學批評史・上》，第 113-115 頁。
[177] 參見本書 2.2.2.A.b.、2.2.2.B.b.。

年以後，從文學風格結構看，筆者把劉勰所說的包括風格變化因素的整體稱之為文學風格的開放結構。

　　緊扣〈通變〉這「憑情以會通，負氣以適變」，劉勰在〈定勢〉中就主體作家具體寫作時怎樣把對於卷二至卷五之「常體」和卷六前四篇「體性」相互作用之變「體」的認識用於指導寫作實踐談「即體成勢」，即在文學創作活動中討論前面二十種「體制」之「體」和卷六主客體統一的「異面」之「體」的運用（〈定勢〉）。[178]《文心雕龍》卷六之五篇文章所涉及的五個方面，全面系統地討論了劉勰「體論」最核心的問題。

　　《文心雕龍》卷六之後的各卷，對卷六關於「體性」提出而未能展開的基本問題進行補充討論，[179]從而使《文心雕龍》整個四十九篇既總體邏輯前後相貫，各個部分又詳略得當，其內在邏輯思辯之精審，可以和黑格爾《美學》媲美。區別只是在黑格爾體系不是文學風格體系，而劉勰的體系則是以體性為核心建構的「體論」邏輯整體。

　　由此可見，《文心雕龍》的「體性」，指作家心性類型與作品外在體面類型統一的動態整體，有風有骨，是對其「異面」的基本要求。其動態主要受作家「氣」與外在「時」的影響。劉勰的「體」，指「體性」之八變體，與「體制」二十常體相互作用形成的動態整體。此外，這種常體與變體所構成的複雜整體中，還包括形文、聲文等為文之「恆術」。

　　梁蕭子顯《南齊書》卷五二〈文學傳論〉用「三體」，指齊梁時期流行的三種不同文章風格：「今之文章，作者雖眾，總而為論，略有三體。一則啟心閑繹，託辭華曠，雖存巧綺，終致迂迴。……次則輯事比類，非對不發，博物可嘉，職成拘制。或全借古語，用申今情，崎嶇牽引，直為偶說。……次則發唱驚挺，操調險急，雕藻淫豔，傾炫心魂。……」[180]

---

[178] 參見本書 2.2.2.A.b。
[179] 參見本書 2.2.2.B.b。
[180] 《南齊書》卷五十二《列傳》第三十三。

李士彪關於魏晉南北朝風格的考察結論是：魏晉南北朝重視對作家作品綜合審美特徵的體認。他們稱風格為「體」。其中，尤以對作家風格的體認最多。南北朝人稱作家風格為某某體，風氣始於鮑照。江淹〈雜體詩〉則是其作家風格觀念的典型體現之一。[181]

2.2.2.C.b. 《文心雕龍》下篇的內在邏輯

在《文心雕龍》下篇研究中，學界的分歧不僅體現在下篇所討論的問題是什麼，而且，還體現在各個篇章之間的先後順序的問題，很多學者的讀解都打亂了《文心雕龍》下篇文本自身的先後順序。

比如，關於劉勰的「情文」，郭紹虞主要讀解為「情性」，並引〈體性〉、〈附會〉、〈情采〉、〈定勢〉、〈章句〉、〈物色〉等篇劉勰論情性的話語為證。郭紹虞認為，「情文」與風格中的作者才性有關，是風格分類的三大依據之一。[182]筆者以為，郭紹虞從文質角度理解「情文」雖然有其道理，但是，劉勰在《文心雕龍》中所討論的「情文」，不是單純討論文章之「質」，而是從文章「質」的角度討論「文術」問題，是怎樣氣足而情足之「文術」問題。因此，「情文」似乎主要限於卷六之五篇。郭紹虞的讀解打亂了《文心雕龍》卷六的內在邏輯。

筆者以為，如果我們理解了「體性」的內涵，《文心雕龍》下篇邏輯很清楚，卷六從作者主觀思想看討論「情文」，從對文學事實的客觀分析看討論「體性」。在劉勰看來，卷六「情文」、卷七、卷八的「聲文」、「形文」，均是創造「體性」之手段。不過，卷六比較特殊，其「情文」之文術討論，涉及到劉勰關於「變體」的「體性」的認識，不再屬於比較單純的「文術」。而卷九、卷十是對前面三卷的補充。不需要打亂《文心雕龍》下篇五卷二十五篇之間的順序。

---

[181] 李士彪，《魏晉南北朝文體學》，上海古籍出版社，2004 年，第 297-298 頁。

[182] 郭紹虞，《中國文學批評史》上冊，天津：百花文藝出版社，1999 年，第 110-113 頁。

在「體性」論中，《文心雕龍》卷六是核心。整個卷六集中討論有關「體性」之界定、類型、總體要求、謀略諸重要問題。不過，從「文術」角度看，可以說卷六討論的是「氣足」才「情足」所涉及的「情文」之「術」。

《文心雕龍》卷六是劉勰「體性」論或者說「情文」之核心，其內在邏輯是：卷六開篇《神思》主要討論為文之「總術」中的「首術」：神思、虛靜與積學，氣足然後情足。氣足、情足，才可以體現在作品之體面，創造體現作家內在「成心」「才氣學習」之「體」之「異面」（〈體性〉）。作品體面之四對八體，無論是雅或奇還是繁與約，無論是先天剛柔還是後天學習練才，總體上都必須做到述情必顯，析辭必精，有風有骨（〈風骨〉）。然而，由於「文辭氣力，通變則久」（〈通變〉），所以，真正寫作時在整體謀略上要善於根據「情」與「時」之變化，根據作家自己的心性剛柔，任自然之勢，處理好「體制」、「體性」關係而出奇制勝。（〈定勢〉）。從〈神思〉開始，到〈定勢〉，邏輯嚴密精審。

《文心雕龍》卷八〈比興〉、〈誇飾〉、〈事類〉、〈練字〉、〈隱秀〉[183]等五篇，以及卷十之〈物色〉，主要討論為文之術中的「形文」之術。在「形文」之「術」中，〈物色〉很特殊，它即與「神思」相關，與「情文」相關，「神與物遊」，而且，又與外在事物有關，與「江山之助」有關，與「文術」以外的東西有關。所以，劉勰沒有把它放在卷八「形文」五篇一起，而是放在卷十單獨討論，既是對卷八「形文」的補充，也是對卷六〈神思〉之補充。[184]

關於「形文」，郭紹虞認為，《文心雕龍‧情采》「五色是也」的界定是廣義的理解，而狹義的理解則是辭藻修飾問題，屬於「文」而不屬於「質」，並

---

[183] 關於〈隱秀〉與〈風骨〉的問題，筆者另文專論。

[184] 關於〈物色〉在《文心雕龍》中的位置之考證，學界意見不一致。范文瀾認為，〈物色〉當在〈附會〉以下〈總術〉之上。是〈聲律〉篇以下諸篇之總名。劉永濟認為《物色》當在〈練字〉之後，皆論修辭之事也。關於〈物色〉篇學界的爭論，參見詹瑛《文心雕龍義證》下冊，第 1726-1728 頁。關於〈物色〉與《文心雕龍》其他諸篇的關係，筆者將在後面一個問題詳加討論。

認為《文心雕龍・麗辭》專講「形文」。[185]筆者以為，郭紹虞將劉勰的「形文」、「聲文」等放在文與質的傳統中理解也沒錯，但是，他關於「形文」的「狹義」讀解是對《文心雕龍》文本「廣義」界定的誤讀。《文心雕龍》卷八之五篇，以及〈物色〉，是研討怎樣創造「五色」之「形」的「文術」問題，是中國古代言志詩文學想像的重要藝術手段問題，不是單純的辭藻修飾問題。

雖然卷六「體性」概念以及類型劃分等與西方文論中的「風格」在某種程度相通，但是，卷六、卷八所討論的「情文」、「形文」問題，是古代中國言志詩特別注重的為文之「術」，體現了以言志詩為主要成就之中國古代詩論的特點，是中國古代風格論對世界文論的特殊貢獻。在這個意義上，范文瀾將《文心雕龍》卷七、卷八一直到〈總術〉以前諸篇、以及〈物色〉籠統概括為「文術」，將〈情采〉、〈熔裁〉、〈附會〉三篇與〈物色〉並提，人為打亂了《文心雕龍》「文術」之內在邏輯。[186]

《文心雕龍》卷七〈情采〉、〈熔裁〉、〈聲律〉、〈章句〉、〈麗辭〉等五篇，主要討論「聲文」之術，也就是 20 世紀西方形式主義文論所強調的語言的藝術手法。其中，〈情采〉是總述，從總體上討論「情文」與「聲文」之關係。采，即「聲文」，「五音是也」，具體指熔裁、聲律、章句、麗辭等。郭紹虞關於「聲文」是音律協調的狹義理解，[187]亦與《文心雕龍》文本不符。

《文心雕龍》卷九、卷十則是對前面三卷所涉及到的問題沒有能夠展開或者不便展開部分的具體展開，是對卷六到卷八所討論的三大「文術」的補充。

卷九的《指瑕》從反面討論為文之「術」，指出「六瑕」。〈養氣〉是對卷六〈神思〉的補充。〈附會〉是對卷七〈熔裁〉之補充。〈總術〉和〈時序〉，從恆與變的角度概括總結從卷六開始的整個為文之「術」。學界通常看到〈總

---

[185] 郭紹虞，《中國文學批評史》上冊，天津：百花文藝出版社，1999 年，第 107-109 頁。
[186] 《文心雕龍注》，范文瀾注，北京：人民文學出版社，1958 年，第 496 頁。
[187] 郭紹虞認為，《聲律》講「聲文」。郭紹虞，《中國文學批評史》上冊，天津：百花文藝出版社，第 108-109 頁。

術〉是對文術的總結，而忽略了〈時序〉，大多把〈時序〉放在雜論中，是對
劉勰「體論」整體內在邏輯缺乏理解而導致的誤讀。如果說〈總術〉討論的
是為文之恆「術」，〈時序〉則強調「質文沿時」，討論時運、時世、世情等對
為文之「術」的影響，照應卷六〈通變〉「通變則久」、〈定勢〉文無常勢等思
想，內在邏輯何等之精審！

　　卷十的〈物色〉，如前所述，是對卷八〈形文〉的補充。〈才略〉是對卷
六〈體性〉「因性以練才」、「自然之恆資，才氣之大略」，〈風骨〉「文術多門，
各適所好，明者弗授，學者弗師」的補充。〈知音〉「六觀」，誠如郭紹虞所說，
是作為條理綿密的文學批評之偉著為批評而批評提出的方法。[188]〈程器〉在「情
文」、「形文」、「聲文」充分討論之後，強調君子藏器之「德」，既與《文心雕
龍・序志》「文心之作，本乎道、師乎聖、體乎經」相照應，又與卷一〈原道〉
相照應，體現了中國詩論的詩教傳統。[189]

　　聯繫劉勰主觀思想來說，《文心雕龍》下篇，誠如范文瀾所說，是討論的
「文術」問題。然而，就這些問題都是中國古代言志詩文本中所體現出來的
文學事實而言，這部分又誠如李士彪所說，是討論的文本問題。我們要追問
的是，文術與文本問題之間是否存在聯繫呢？

　　筆者以為，《文心雕龍》下篇所討論的「文術」問題，是范文瀾與李士彪
看法的綜合，是文本中的「文術」，也就是文本中的文學手法問題。因此，關
於《文心雕龍》下篇所討論的問題，如果使用劉勰所說的「文術」話語（〈風
骨〉「文術多門，各適所好，明者弗授，學者弗師」），相對說，似乎比用「篇
體」話語[190]概括《文心雕龍》情文、形文、聲文三大部分更為妥當。

　　文本中的為文之「術」，僅僅作為表達手法的時候，就是單純的「術」，
而涉及到氣足情足、作家和作品內外相符的類型的時候，就不是單純的為文

---

[188] 郭紹虞，《中國文學批評史》上冊，天津：百花文藝出版社，第 103-107 頁。
[189] 關於這個問題，學界幾乎沒有異議，參見詹瑛，《文心雕龍義證・下》，第
1865-1866 頁。
[190] 參見本書 2.2.2.B.a.。

之「術」的問題，而涉及到「體性」類型問題。就這樣，劉勰「體性」論，既包括為「文術」，又包括「體性」。

牛津文學詞典文學風格包括文學表達手法和文學類型，在與西方文學風格概念以及傳統風格論[191]的互照互識中可見，劉勰這種包括「體性」以及為文之「術」之整體研究，當屬於文學風格研究。區別只是西方風格論沒有劉勰「體論」體系精當嚴密。

2.2.2.D. 「體勢」論的內在邏輯

《文心雕龍》卷六之第五〈定勢〉所提出的「體勢」，是劉勰「體制」論與「體性」論之匯合點。如果說〈體性〉是劉勰「體性」論的核心，那麼，〈定勢〉則是劉勰「體論」之核心。劉勰的「體勢」話語，出自《文心雕龍》卷六《定勢》的「文章體勢，如是而已」。

關於〈定勢〉的理解，眾說紛紜，莫衷一是，缺乏令人信服的闡釋。由於《定勢》篇對理解「體制」和「體性」均有重要作用，對理解《文心雕龍》整體篇章結構非常重要，因此，在此筆者談談對〈定勢〉的理解。

2.2.2.D.a. 《定勢》的相關研究

在《文心雕龍札記》中，黃侃把〈定勢〉中的「勢」讀解為兼「文氣」和「法度」兩種意義。在〈定勢〉中，黃侃更多看到的是文勢無定、不可執一，強調文勢隨體變遷。同時，他又把「勢」訓為法度。[192]

黃侃看到了〈定勢〉所討論的問題主要是文勢之變與不變，關於這點，後來的學者也大多沒有異議。問題的難點在於，這文勢中變與不變究竟是怎樣統一的？劉勰論述時的邏輯關係是怎樣的？對此黃侃缺乏令人信服的闡釋，學界至今沒有令人信服的論述。

---

[191] 參見本書 2.1.。
[192] 黃侃，《文心雕龍札記》，中華書局，2006 年，第 133 頁。

　　關於〈定勢〉中的「勢」，范文瀾繼承「法度」說，但更多把「勢」理解為「體制」之勢。范文瀾認為，「勢者，標準也，審查題旨，知當用何種體制做標準。」〈定勢〉中「循體成勢」，即上篇列舉文章多體，而每體必敷理以舉統，即論每體應取之勢。[193]范文瀾雖然具體提出了文勢中不變因素──體制──的文獻根據，但是，卻似乎又忽略了「體性」之變體。

　　郭紹虞、周振甫、王元化、王金陵、寇效信、涂光社、王運熙、詹瑛等則把「勢」與風格聯繫起來思考。但「勢」怎樣與風格相聯繫，諸說大多存在不周全之處，唯詹瑛把《文心雕龍》之「勢」與《孫子兵法》之「勢」聯繫起來思考，筆者以為比較接近《文心雕龍》文本語境。[194]

　　郭紹虞把〈定勢〉放在「風格」問題中討論，與筆者的判斷一致。但是，郭紹虞關於「定勢」是作品語勢的讀解，與筆者不同。在郭紹虞看來，「體勢」不是關於「體制」和「體性」之綜合，而是關於「形文」與「聲文」的關係，不是關於「體」之整體概括，而只是「體性」類型之一。郭紹虞把「體勢」看作「形文」和「聲文」的關係，是對黃侃關於「文氣」觀點的繼承。此外，郭紹虞把「情文」等同於「才性」；而「神」「氣」則概括為「混合作者才性和文章體勢而未易分別指出者」。這樣，他把「情文」、「定勢」，以及「神」「氣」並列為「體性」三種類型。他說，「蓋由人言則是氣質的問題，由文言則是氣勢的問題。」[195]筆者以為，郭紹虞雖然看到了「體性」存在人的氣質與文的氣勢或者說主體和客體兩個方面，但是，他把體勢闡釋為語勢，是把包括主體客體統一整體的體勢，縮小為與主體對立的作品客體的語勢，混淆了《文心雕龍》體性、神氣、體勢以及情文、形文、聲文之間的邏輯關係。郭紹虞關於〈定勢〉的研究，提出了一個問題：體勢，究竟是語勢，還是文體體裁？

---

[193] 《文心雕龍注》，范文瀾注，北京：人民文學出版社，2000 年，第 534-535 頁。
[194] 參見詹瑛，《文心雕龍義證》中冊，上海古籍出版社，1989 年，第 1111-1112 頁。
[195] 郭紹虞，《中國文學批評史》上冊，天津：百花文藝出版社，1999 年，第 112-115 頁。

　　王運熙雖然把體勢之「勢」讀解為作品的風格風貌,但是,王運熙關於〈定勢〉的讀解,比較接近范文瀾的觀點,比較注重文體體裁。王運熙與范文瀾之間的不同在於,王運熙把體裁與風格聯繫起來討論。王運熙認為,《定勢》討論文章體裁樣式與風格的關係。勢,指作品風格或風貌。〈體性〉研討的是風格形成的主觀因素,〈定勢〉則是風格的客觀因素。在王運熙看來,似乎側重於主觀的風格稱為「體」,而側重於文體客體之風格則稱為「勢」。王運熙的闡釋仍然不能解釋《文心雕龍》內在邏輯關係。王運熙自己也承認,他的讀解在文本中存在矛盾之處。[196]

　　周振甫認為,文章風格是由文章體裁決定的,這就是「勢」。定勢就是文章要寫得體裁和風格相適應,順著某種體裁所需要的某種風格來寫。要定勢,就要懂得不同體裁有不同寫法,而且,寫法有變化。在周振甫看來,根據思想感情來選擇體裁(因情立體),再根據體裁來決定寫法。[197]

　　雖然周振甫在定勢中提出了「體制」和「體性」問題,並討論了兩者之間存在的關係,但是,其體裁決定風格的說法,既在《文心雕龍》中缺乏文獻根據,同時,也在文藝學理論上站不住腳,缺乏文學事實根據。

　　1982 年,詹瑛指出「勢」和「體」聯繫起來,指的是作品的風格傾向,這種傾向本來是變化無定的。[198]1989 年,詹瑛進一步指出,「勢」和「體」聯繫起來,涉及到文章的風格。「勢」,出自《孫子兵法》,屬於〈通變〉中所說的「文辭氣力」之類的趨勢,是順乎自然變化又有一定規律,雖無定而有定故曰定勢。定勢是用文變之術,但勢本身不是術。[199]

　　詹瑛雖然在黃侃語焉未詳之「文氣」基礎上明確指出「勢」屬於「文辭氣力」之變化,在郭紹虞「體勢」僅僅限於「形文」和「聲文」基礎上擴大

---

[196] 王運熙,《中國文學批評通史》卷二,上海古籍出版社,1996 年,第 464-468 頁。
[197] 周振甫,《文心雕龍今譯》,中華書局,1986 年,第 275-276 頁。
[198] 參見詹瑛,《《文心雕龍》的「定勢」論〉、〈《文心雕龍》的文體風格論〉,詹瑛《文心雕龍的風格學》,人民文學出版社,1982 年。
[199] 筆者以為,「勢」也是「術」。關於這個問題筆者隨即在後面將有闡述。

了「勢」的外延指出「勢」和「體」聯繫起來，指的是作品的風格傾向，但是，在其無定而有定之討論時仍然缺乏具體深入分析。此外，詹瑛的「體勢」研究，或者說變體研究，不包括「體制」之「常體」。另，詹瑛關於「風格」、「文體風格」等術語缺乏嚴格界定。[200]

2.2.2.D.b. 文無常勢之基本謀略思想

筆者以為，在《文心雕龍》中的「勢」，誠如詹瑛所說，出自《孫子·勢篇》。《孫子兵法》對形、勢的分析，是《文心雕龍·定勢》篇的主要思想來源。[201]要指出的是，《孫子》對劉勰「定勢」思想之影響，並不僅僅限於孫子《勢篇》一篇，而是《孫子》整體謀略權變思想，包括《孫子》卷一到卷六諸篇兵家謀略總論中「兵無常勢」之基本觀點。鑑於《定勢》學界尚無定論，對「勢」的理解又是理解〈定勢〉的關鍵，《孫子》謀略權變思想似乎對劉勰「體勢」影響較大，因此，筆者在此稍微用一些篇幅討論《孫子》「勢」之謀略權變思想。[202]

一、孫子的「兵無常勢」思想

在《孫子》中，「勢」，強調用兵根據時機的變化而變化出奇制勝。它貫穿於《孫子》十三篇中，而且，是篇一至篇六謀略思想總論的基本組成之一。

《孫子》卷一〈計篇〉在提出「道」、「天」、「地」、「將」、「法」等兵家「五事」之後提出「勢」：「勢者，因利而制權也。」曹操注：「制由權也。權因事制也。」李筌注：「謀因事勢。」張預注：「所謂勢者，須因事之利，制為權謀以勝敵耳。故不能先言也。自此而後，略言權變。」在權變討論之後，

---

[200] 詹瑛，《文心雕龍義證》中冊，上海：上海古籍出版社，1989 年，第 1113 頁。
[201] 詹瑛，《文心雕龍義證》中冊，上海：上海古籍出版社，1989 年，第 1113 頁。
[202] 《孫子十家注》，《諸子集成·六》，北京：中華書局。以下所舉《孫子》均出自該書，恕不一一指明出處。

〈計篇〉總結道:「攻其無備,出其不意。此兵家之勝,不可先傳也。」曹操注:「兵無常勢,水無常形。臨敵變化,不可先傳。故曰:料敵在心,察機在目。」

《孫子》卷六〈虛實篇〉曰:「兵無常勢,水無常形。故五行無常勝,四時無常位,日有短長,月有死生。」曹操注:「兵無常勢,盈縮隨敵。」

在《孫子》中,卷六「兵無常勢」照應卷一所提出的「勢者,因利而制權也。」曹操注點明《孫子》謀略思想總論中的這首尾照應關係。

《孫子》卷四〈形篇〉和卷五〈勢篇〉,又互相照應具體討論「勢」的問題。其中,卷五〈勢篇〉是討論「勢」思想的專論。

《孫子》卷五篇名曹操注:「用兵任勢也。」王晳注:「勢者,積勢之變也。善戰者能任勢以取勝不勞力也。」張預注:「兵勢以成,然後任勢以取勝,故次形。」

〈勢篇〉所言「任勢」,就是面對「奇正」組成的「戰勢」之變,任自然之勢而「善出奇兵」。〈勢篇〉云:五聲之變,不可勝聽也;五色之變,不可勝觀也;五味之變,不可勝嘗也。戰勢不過奇正,奇正之變,不可勝窮也。〈勢篇〉又云:激水之疾,至於漂石者,勢也。鷙鳥之疾,至於毀折者,節也。是故善戰者其勢險,其節短,勢如彍弩,節如發機。〈勢篇〉結尾總結道:「故善戰者求之於勢而不責於人。故能擇人而任勢。任勢者,其戰人也如轉木石。木石之性安則靜,危則動,方則止,圓則行。」曹操注:「任自然勢也。」

由此可見,《孫子》任自然之勢而「善出奇兵」的謀略,就是基於「兵無常勢」的基本認識而提出的權變思想,是建立在中國農業文明「五行無常勝,四時無常位,日有短長,月有死生」,「水無常形」等對自然觀察基礎上的整體謀略權變之術。

二、劉勰的文無常勢思想

猶如巴爾扎克將達爾文生物學運用於文學創作而創造了《人間喜劇》，劉勰將《孫子》權變思想運用於「文心雕龍」研究中，創建了以〈定勢〉為核心的「體論」。

《孫子・計篇》曰：「勢者，因利而制權也」，《文心雕龍・定勢》曰：「勢者，乘利而為制也。」「形生勢成，始末相承。」「因利騁節，情采自凝」。在《文心雕龍》中，「體制」論之「舉統」、「本采」等，「體性」論之「術有恆數」「設文之體有常」等，與《孫子》兵家之「形」相通；《文心雕龍》在討論具體寫作時「以待情會，因時順機」，「摹體以定習，因性以練才」，「洞曉情變，曲昭文體，然後能孚甲新意，雕畫奇辭」之「通變之術」，與《孫子》兵家「戰勢」之「擇人而任勢」「任自然勢」而「出奇制勝」相通。

兵無常勢，文亦無常勢。這種文無常勢的思想，是《文心雕龍》「體」論最基本思想，它不僅僅限於〈定勢〉篇，它貫穿於《文心雕龍》為文之「術」總體謀略思想中，「勢」本身也是「術」。同時，在《文心雕龍》中，文無常勢也是〈體性〉、〈神思〉、〈風骨〉、〈總術〉、〈通變〉諸篇反覆強調的基本觀點。[203]

---

[203] 〈體性〉關於「人之稟才，遲速異分，文之制體，大小殊功」，從作家和作品兩個層面談及「通變無方」。〈神思〉關於「才有庸俊，氣有剛柔，學有深淺，習有雅鄭」，「各師成心，其異如面」，亦從作家和作品兩個方面談及「成心」之差異以及「體性」之差異，並因此提出作家應該根據自己的個性「摹體以定習，因性以練才」。這「摹體以定習，因性以練才」，就是《孫子・勢篇》「擇人而任勢」在文學謀略方面的發揮，是〈定勢〉所說的「圓者規體，其勢也自轉；方者矩形，其勢也自安」之「文章體勢」。〈風骨〉「洞曉情變，曲昭文體，然後能孚甲新意，雕畫奇辭」提出文學「出奇制勝」之「孚甲新意，雕畫奇辭」，以「洞曉情變，曲昭文體」為前提。其實，這個前提，也是〈定勢〉之前提。「定勢」就是處理「情變」之無方之術與「文體」之不變之常的問題，其「曲昭文體」與〈總術〉「術有恆數」相通，「洞曉情變」與〈總術〉「以待情會，因時順機」相通，這也就是《文心雕龍》研究中學界說了而沒有說清楚的「定勢」之有定而無定之問題。〈通變〉曰：「文辭氣力，通變則久，此無方之術也。」「通變無方，數必酌於新聲，故能騁無窮之路，飲不竭之源。」「變則其久，通則不乏。〈通變〉的這些論述，就是以「兵無常勢」之觀點討論文無常勢。〈總術〉曰：「若夫善弈之文，則術有恆數，按部整伍，以待情會，因時順機，動不失正。數逢其極，機入其巧，則義味騰躍而生，辭氣叢雜而至。」〈總術〉中的「恆數」，即「文體」之「常體」、「文術」之「恆數」；「情」和「時」則是為文之術中「情變」之「無方之術」，任勢則「數逢其極，機入其巧」。〈總術〉

在以上關於《孫子》謀略思想和《文心雕龍》整體謀略之術考察基礎上，筆者提出，在〈定勢〉中，「體勢」之「體」，包括「體性」之變「體」和「體制」之「常體」，「定勢」是劉勰為文之術中整體謀略權變之術。

〈定勢〉首先討論作為變體之「體性」及其自然之勢，照應〈神思〉中「秉心養術，無務苦慮，含章司契，不必勞情」。關於「體性」之「自然之勢」，劉勰提出了兩種情況：

第一，「摹體以定習」（〈體性〉）：「模經為式者，自入典雅之懿；效騷命篇者，必歸豔逸之華；綜意淺切者，類乏醞籍；斷辭辯約者，率乖繁縟：譬激水不漪，槁木無陰，自然之勢也。」這裡的典雅、豔逸、淺切、辯約等四種類型，與〈體性〉提出的四對八體類型，或〈才略〉提出的三對六種類型（雅與奇、奧與顯、繁與約）相近相通，屬於「體性」或者說成心與異面相互作用之變體，文辭氣力之「情變」的類型，「熔範所擬，各有司匠」。所以劉勰又曰：「是以繪事圖色，文辭盡情，色糅而犬馬殊形，情交而雅俗異勢，熔範所擬，各有司匠，雖無嚴郭，難得逾越。」

第二，「因性以練才」（〈體性〉）：「文之任勢，勢有剛柔，不必壯言慷慨，乃稱勢也。」〈定勢〉的「稱勢」照應了〈體性〉中「自然之恆資，才氣之大略」。〈風骨〉「文術多門，各適所好，明者弗授，學者弗師。」其「各適所好」與「稱勢」之不必壯言慷慨、「體性」所說的「自然之恆資，才氣之大略」互相照應。《文心雕龍》卷十〈才略〉九代之文所列舉的九十八家，是對這種「因性以練才」的具體論證。可見，劉勰關於心性、成心之變化因素的研究，更看重個人「自然之恆資，才氣之大略」這種先天之「氣」之剛柔，這是任勢中最重要的，不可強力而致，「明者弗授，學者弗師」。正是這種作家「自然之恆資，才氣之大略」之差異，明者弗授，學者弗師，必然導致「體性」之術無方並順應推論文無常勢。相對說，「摹體以定習」之後天「學」「習」等，

中的「恆數」與「情」、「時」，照應〈風骨〉中的「洞曉情變，曲昭文體」。正因為文無常勢，所以，〈風骨〉曰：「文術多門，各適所好，明者弗授，學者弗師。」

可以通過人為後天努力加以改變,而「因性以練才」之「稱勢」只有順勢不可改變。劉勰「因性以練才」,氣有剛柔之「稱勢」,是對曹丕「文氣」說之精緻化。

在揭示「體性」自然之勢以及任勢之術無方的同時,〈定勢〉又提出了為文之術中「常體」之「本采」之勢,這就是范文瀾關於「循體成勢」的闡釋。要指出的是,「敷理以舉統」之「本采」,既不是「勢」本身,也不是「定勢」之全部,而只是「任勢」中的部分內容,指「任勢」中應該處理無定中之「術有恆數」問題。

在〈體勢〉篇之前的〈通變〉,以及相關的〈時序〉篇中,劉勰提出「體性」類型變化中「情」變與「時」的關係問題。因此,〈體勢〉中之「稱勢」,包括處理「常體」之「本采」和變體之「氣」、「情」與「時」的問題,強調任「自然之勢」而「出奇制勝」,所以,「體勢」既不等於「體」也不等於「勢」,而是因「時」制宜、因「氣」制宜,以風骨為目標靈活處理以文本為單位的「體制」與「體性」相互作用的動態整體。筆者以為,這就是劉勰文無常勢謀略之術的基本內容。從文學風格理論角度看,這種文本動態整體,與筆者所說的文學審美風格相通。關於「任勢」處理「體制」這種「常體」的情況,用劉勰的話說即:「循體成勢,隨變而立功,各以本采為地」。關於「任勢」處理「體性」這種變「體」的情況,用劉勰的話說即:「因情立體、即體成勢」。

劉勰關於「體制」乃「常體」之斷言,「體性」乃「時運」和「成心」「情變」影響下之變體之斷言,以及「體勢」乃靈活處理「體制」之「常」和「體性」之「變」,任自然之勢出奇制勝的觀點,是建立在中國古代《詩經》以來大量文學現象實證基礎上的理論概括,是中國古代文論對人類文學風格論的獨特貢獻。

理解了〈定勢〉,《文心雕龍》「體」論的內在邏輯聯繫就容易理解了。

2.2.2.D.c. 「體」論的內在邏輯關係

雖然《文心雕龍》和中外傳統詩學著述寫作的動機相似，主要是總結寫作經驗，但是，由於劉勰「體」論對大量文學事實之精細觀察、以及內在邏輯一貫到底，因而它超越一般經驗現象描述而具有中國古代文論罕見的理論品格。劉勰關於「體制」乃常體、「體性」乃「才氣」、「時運」和「情變」影響下之變體、「體」乃「體制」和「體性」構成的整體，以及為文之「術」與「體性」的關係之揭示，其力透紙背之精當，在中西傳統風格論中都是罕見的。

從《文心雕龍》整體考察，從〈體性〉的「心性」、「成心」四種以及「才氣學習」（特別是剛柔之氣和學習之鄭雅）出發，而有〈神思〉的「積學」和「虛靜」問題、以及〈養氣〉等作家主體修養問題，並照應卷一的〈原道〉、〈徵聖〉、〈宗經〉等「正心」問題。從〈體性〉之「異面」出發，而有雅正、繁約等八體，其中，「雅正」照應卷一的道、聖、經和騷的問題，繁約照應〈宗經〉的「事信體約」與〈風骨〉。而成心和異面相互作用的整體「體性」，就是這樣一個包括作家主體和作品客體的複雜現象，再加上與「體制」的相互作用，「任自然之勢」，就是筆者所說的在文學審美活動中存在的文學審美風格。

劉勰「體」論的內在邏輯關係，詳見圖 2-3。

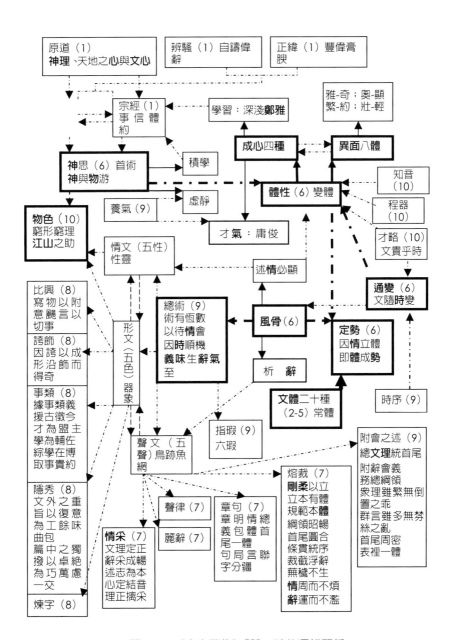

圖 2-3　《文心雕龍》「體」論的邏輯關係

中國 20 世紀以前風格論小結

在中國古代文論中，文學風格，是作家主體「文氣」、「心性」與作品客體「體」之「面」的統一，它包括文體－體裁，文學手法等。中國古代風格論這種主客體統一的觀點，與西方詩學中朗迦納斯、布封、歌德、里格爾等兼顧主體和客體的「風格」相通。在中國古代風格論與西方傳統風格論的互照互識中，筆者認為，是否可以把文學風格概念的基本內涵確定為既包括作家主體，又包括作品客體的特殊存在。

正是因為文學風格的研究對象是既包括主體又包括客體的有機整體，既不等於孤立的作品，又不等於孤立的作家主體，因此，文學風格學與詩學的研究對象雖然存在交叉現象，但是，畢竟研究角度不同，當屬於文藝美學中的不同學科。文學風格學，不是關於藝術美學所有問題分門別類的描述，而是從作品可以感知整體性質與功能出發，從主體與客體關係出發對文學作品整體進行研究。文學風格學不等於詩學，或者屬於詩學的一個特殊部分。

2.3. 20 世紀中西風格理論研究

2.3.1. 20 世紀西方風格理論研究

在 20 世紀西方，「風格」成為文學本體論範疇的概念之一展開更加深入、廣泛、細緻的研究，出現了文學風格理論的自覺建構，提出了文學風格研究中許多重要問題，體現了當代文學風格理論學術前沿的思考。同時，藝術風格學也出現了。

20 世紀西方文藝風格理論研究主要有：瑞士沃爾夫林藝術風格學、凱塞爾文學風格論；俄蘇歷史詩學論風格、蘇聯文藝學風格理論、美國新批評論風格、法國語言風格研究、熱奈特論風格等。雖然在強調風格是文本可以感知的整體意義上，俄蘇風格學、美國新批評與法國風格學是大體一致的，但

是，瑞士、法國文學風格學所堅持的語言風格維度，與 70 年代蘇聯索卡洛夫的風格理論、以及美國蘭色姆、休姆關於風格的論述不盡相同。

70 年代，風格研究開始在比較文學領域引起重視。從國際的角度，跨越語言和國家界限的語言和風格平行研究，以建立全球文學學術，是韋勒克關於平行研究所提出的任務之一。[204]

2.3.1.A. 瑞士關於文藝風格之研究

20 世紀瑞士風格論，主要體現在世紀初沃爾夫林關於藝術風格研究和 20 世紀中期凱塞爾關於文學風格研究。詳盡的形式研究，是瑞士文藝風格論的共同特徵。

沃爾夫林藝術風格研究是對里格爾藝術風格研究的發展，其獨特貢獻主要是提出時代風格問題，以及不同藝術風格之間不存在價值判斷問題。

凱塞爾文學風格的獨特貢獻主要是三大文體特徵研究。凱塞爾主要從「態度」出發研究文學作品整體統一性，其中涉及到風格問題。凱塞爾從文藝學和文學史研究角度高度評價風格，是對歌德從創作角度高度評價風格的補充。凱塞爾從文學作品的素材、動機、本事；語言的發音、修辭、句法；文本的結構、形式；綜合的內容、節奏、風格，以及文體，逐一討論作品整體統一性，把文學風格放到作品整體統一體中研究。強調風格是作品整體意義

---

[204] [美]韋勒克，《比較文學的名稱與性質》(1970)，載甘永昌、廖鴻鈞、倪瑞琴選編《比較文學研究譯文集》，上海譯文出版社，1985 年，第 136-158 頁。樂黛雲將韋勒克的觀點概括為：第一，比較文學是一種沒有語言、倫理和政治界限的文學研究；第二，對於比較文學來說，比較歷史上毫無聯繫的語言和風格方面的平行現象，同研究從閱讀中可能發現的相互影響的現象一樣很有價值；第三，比較文學不能只用來研究文學史的淵源和影響，而且也要用來研究評論和當代文學。因為文學史、文學理論和批評本來就是相互聯繫的；第四，比較文學是從國際的角度來研究一切文學，它認為一切文學創作和經驗都有統一的一面，因而存在著從國際的角度來展望建立全球文學史和文學學術這一理想；第五，比較文學的性質與對象決定了它的研究方法不限於單純的比較方法，還包括描繪、特性刻化、闡釋、敘述、解說、評價等方法。轉引自樂黛雲，《比較文學原理》，湖南文藝出版社，1988 年，第 15 頁。

上，凱塞爾風格論與朗迦納斯以來的傳統風格論相通，而詳盡的文學形式研究提供了傳統風格論沒有的實證研究。

2.3.1.A.a. 沃爾夫林藝術風格學

20 世紀初期，瑞士海因裡希‧沃爾夫林（1864—1945）《藝術風格學》（1915年）繼承里格爾的「藝術意志」和藝術形態相結合的研究方法，以及風格類型實證研究方向，在文藝復興和巴羅克藝術作品實證考察基礎上，從時代精神與造型藝術形態角度探討了藝術風格問題，並從五組對立的範疇考察不同風格類型的特點，提出不同風格類型不存在價值高低差別問題。

在考察義大利文藝復興藝術的完滿比例、整體和諧，與日爾曼巴羅克藝術的激情騷動和運動變化基礎上，沃爾夫林指出：「從文藝復興到巴羅克的轉變是一種新的時代精神如何要求一種新的形式的典型範例。」在這種認識前提下，沃爾夫林從時代精神、民族性情、個人氣質角度界定風格：「……這種美術史主要把風格設想為一種表現，是一個時代和一個民族的性情的表現，而且也是個人氣質的表現。」[205]

沃爾夫林關於民族風格、作家個性的觀點，與歌德的風格論相通，但是，時代風格的提出卻是沃爾夫林的獨特貢獻。而關於時代風格的問題，劉勰「體」論早已討論過了。

關於藝術形式，沃爾夫林提出五組對立的概念[206]，並從這五組對立的概念出發具體討論文藝復興和巴羅克藝術的風格類型特徵，試圖排除傳統美術史

---

[205] （瑞士）H‧沃爾夫林，《藝術風格學》，潘耀昌譯，遼寧人民出版社，1987 年，第8-9 頁。

[206] 五組對立的概念具體是：第一，線描和圖繪方法：平面和縱深，即空間特點問題：平面形體和縱深空間；第二，封閉與開放，即構圖的總體特徵問題：封閉構圖和鬆弛形式；第三，多樣性和統一性，即構圖中整體與局部接合方式問題：各部分多樣性和諧與其他部分從屬於占絕對優勢的統一；第四，主題的絕對清晰和相對清晰，第五，所表達資訊的單一或多樣的問題：主題的明確性和構圖、光、色彩本身也和主題一樣有自己的生命。（瑞士）H‧沃爾夫林，《藝術風格學》，潘耀昌譯，遼寧人民出版社，1987 年。

對藝術作品整體價值判斷，不再爭論不同藝術類型價值優劣，而把各自不同的價值理解為不同時代民族性情對不同藝術表達方式的選擇。

沃爾夫林關於考察作品風格的五組對立範疇，豐富、發展了里格爾的藝術形態研究。而沃爾夫林關於藝術作品類型不存在價值高低問題的觀點，與劉勰的「體性」四對八體不存在價值判斷、文無常勢，任自然之勢的觀點相通。

2.3.1.A.b. 凱塞爾論文學風格

沃爾弗岡・凱塞爾，《語言的藝術作品》（1948 年）體現了歐洲形式主義作品整體統一性研究之成就。其中，抒情詩、史詩、戲劇三大文體[207]特徵研究，是其獨特貢獻。

在凱塞爾關於語言的藝術作品整體統一性研究中，核心概念是「態度」。雖然凱塞爾的文學作品整體研究涉及到「風格」，但是，「風格」只是凱塞爾作品整體統一性研究中的一個中間環節，而且，關於風格的具體研究是與散文和詩歌兩大文體特徵研究混雜在一起的。

一、「風格」

沃爾夫岡・凱塞爾，《語言的藝術作品》從文學作品的語言、結構出發，討論文學作品整體「風格」以及「文體」。雖然凱塞爾《語言的藝術作品》高度重視風格，把「風格」稱作「文藝學的一個中心局面」、「最內在的圈子」，[208]但是，在凱塞爾關於語言藝術作品整體統一性研究中，最後的「統一性」是「態度」而不是「風格」。

---

[207] 陳銓翻譯為「作品種類」，筆者以為，凱塞爾在「種類」部分所討論的問題主要是抒情詩、史詩、戲劇三大現象，似乎翻譯為「文類」或者「體裁」更加妥當。（瑞士）沃爾夫岡・凱塞爾，《語言的藝術作品——文藝學引論》，陳銓譯，上海：上海譯文出版社，1984 年。

[208] 在《語言的藝術作品》中，在討論「語言的形式」、抒情詩、戲劇、史詩的三大文體的「結構」和「形式」以及作為綜合的基本概念之「內容」、「節奏」之後，凱塞爾說：「我們現在進入一個問題圈子的範圍，各條道路很久以來就通向這個圈子了。

　　凱塞爾關於「風格」與「態度」的定義是：「……每個文學作品表現一個統一形成的藝術世界。理解一個作品的風格因此就是理解這個世界的形成力量和它的統一的個別的結構。我們因此也可以說：一個作品的風格是統一的認識，一個藝術世界就在它的下邊存在；各種形式的力量是認識的各種範疇和形式。」「風格從外面看來是形態的統一性和個性，從內部看來是認識的統一性和個性，那就是一個特定的態度。」「風格研究所理解和探求出來的事情就是語言手段作為一種態度的表現和功用。」顯然，凱塞爾的「態度」更側重作家的內在認識與個性，而「風格」更側重作品形式的統一性與個性。劉勰的「體性」似乎與凱塞爾的「態度」與「風格」的統一體相近，都是指以文本為單位的主客體統一之整體。

　　《語言的藝術作品》第九章專門討論風格問題。在第九章中，除了討論「風格」的概念以外，凱塞爾以散文風格和詩歌風格為單位，從語言的詞、句子結構具體分析了散文風格和詩歌風格。在散文風格中主要討論了敘述者、敘述態度、事件等，在詩歌風格中主要討論了形象。凱塞爾總結到：「風格研究要認識語言能夠達到的成就和它怎樣達到它的成就。」[209]

　　從凱塞爾的風格研究看，很大程度存在風格與文體糾纏的問題。散文與詩歌在敘述與形象方面的對立，似乎是兩大基本文體的對立，而不是風格的對立。他把敘述和形象，看做語言手段，這手段表現「態度」，並體現了語言的成就。由於凱塞爾注重特定的個性標誌，使其語言手段研究不完全等於文體研究。顯然，凱塞爾這裡所說的「語言手段」，應該是文學手法，不是單純的語言手段。凱塞爾在這裡混淆了語言手段，與以語言為媒介的文學手法。

假如我們願意相信新的意見，那麼我們不僅踏入文藝學的一個中心局面同時也踏入最內在的圈子的本身，而且這個圈子不僅是普通文藝學，同時也是整個文學史的圈子。」（瑞士）沃爾夫岡·凱塞爾，《語言的藝術作品——文藝學引論》，陳銓譯，上海：上海譯文出版社，1984 年，第 357 頁。

[209] （瑞士）沃爾夫岡·凱塞爾，《語言的藝術作品——文藝學引論》，陳銓譯，上海：上海譯文出版社，1984 年，第 380、383 頁、121、435 頁。

　　凱塞爾風格研究還提出的問題是：風格與作品的外在形式之間究竟是什麼關係？外在形式究竟指什麼？

　　二、「態度」

　　用「態度」指「風格統一性之外的形式的統一性」，恐出自於維爾納‧耶格爾《柏黛亞》。[210]

　　凱塞爾認為，「態度」是對風格研究必不可少的概念。在《語言的藝術作品》第九章他的界定是：「態度的概念是指在內容方面在最廣泛的意義之下心理上的見解，從這種見解表現出語言；態度的概念是指在形式方面這種見解的統一性，同時它在功能方面指那種特性，假如我們不怕使用這個名詞的話，是指包含在見解中的『人工性』。一切的分析因此都是在探求一種態度。它可能是一個藝術的人格的態度，它可能是一個種族、一個年齡階段，一個時代等等的態度。但是態度也是在一個數學論證，一篇報紙文章，一篇學校作文分析中最後聽得的結論。至於說話人真實的『心理』問題和關於這種心理和依靠風格研究探求出來的態度之間的各種問題以後才能提出。」[211]

　　凱塞爾的基本概念「態度」的內涵有含混之處。[212]似乎大致可以說，凱塞爾的「態度」是與風格外在形式相對的，作家主體的個性，與布封、歌德的個人氣質、以及時代精神、民族精神等相通，與劉勰的作家內在心性相近。

　　凱塞爾把「態度」作為「風格」之後的統一性的觀點，說明 20 世紀西方詩學研究中關於風格存在的種種困混：作品外在形式、風格，與作家內在氣

---

[210] （瑞士）沃爾夫岡‧凱塞爾，《語言的藝術作品——文藝學引論》，陳銓譯，上海：上海譯文出版社，1984 年，第 450 頁。

[211] （瑞士）沃爾夫岡‧凱塞爾，《語言的藝術作品——文藝學引論》，陳銓譯，上海：上海譯文出版社，1984 年，第 382 頁。

[212] 凱塞爾在此處的「態度」包括形態和內容兩方面，但是，在第十章「態度」又與「形式」並列，成為與「形式」相對的概念。而凱塞爾在《語言的藝術作品》所引用的耶格爾的「態度」，又是從形式角度界定。

質或精神等之間的關係究竟是怎樣的？作家主體精神，應該怎樣概括？風格的內涵與外延究竟是什麼？

三、「文體」

在《語言的藝術作品》第五章、第六章，凱塞爾以抒情詩、戲劇、史詩三大文體為單位分別討論語言藝術作品的「結構」、「形式」問題。在第六章之後，插入了三章關於「綜合的基本概念」：內容、節奏、風格的討論。全書的最後一章「文體的組織」，也是以抒情詩、史詩、戲劇三大文體為單位討論問題。在凱塞爾看來，文體組織，是作品動機顯露出的一種特殊品質，是作品一種內在的、統一的、構成的規律來規定的創作標誌。他說：「假如有人對我敘述某件事情，它就屬於史詩，假如有人化裝在一個演出場所表演某件事情，它就屬於戲劇，假如有人感覺一種情況並由一個『自我』表現出來，它就屬於抒情詩。」[213]

從三大文體出發，凱塞爾討論了「抒情作品的態度與形式」、「史詩作品的態度和形式」，以及「戲劇作品的種類」，指出抒情詩的本質是客觀事物內在化的情調的激動，而史詩、戲劇的構成元素則是事件、人物、空間，從而完成了他關於語言的藝術作品整體統一性研究。

雖然凱塞爾高度評價風格，但是，從《語言的藝術作品》全書邏輯結構考察，文體是他研究的基本對象。從凱塞爾的「文體」與「風格」研究可見，怎樣闡釋包括語言、結構、文體到風格的文學作品整體，在 20 世紀中期歐洲詩學中仍然存在困惑。

---

[213] （瑞士）沃爾夫岡・凱塞爾，《語言的藝術作品——文藝學引論》，陳銓譯，上海：上海譯文出版社，1984 年，第 437、440 頁。

2.3.1.B. 狄爾泰論文藝風格

狄爾泰（1833－1911）雖然在精神科學方法研究中非常重視文藝風格，不過遺憾的是，其風格論述主要是後人根據狄爾泰手稿整理，我們只能從後人手稿整理看到狄爾泰論風格的大致方向。

在狄爾泰看來，風格似乎既是作品內容又是作品內在形式的結構關聯，既是作品客體與主體交叉點，又是審美判斷與歷史判斷的交叉點。[214]

2.3.1.B.a. 風格是作品的內在形式，是內容與形式的結構關聯

在狄爾泰看來，風格把整個作品統一起來，並滲透到其各個部分的整體。例如，風格滲透到繪畫的每一個線條中。風格，內在形式，在狄爾泰似乎是同義詞，都是指作品技術成分構成的想像的統一。關於作品的內在形式，狄爾泰說：「一部戲劇的結構在於素材、詩意情緒、主題、情節和表現手法之間的獨特關係。其中的每一要素都在作品結構中履行一種功能，而且，所有這些功能都因詩的一種內在規律而彼此結合在一起。因此，詩學或文學史所首先處理的對象完全不同於詩人及其讀者的心理過程。」

由此可見，狄爾泰就作品內在形式而言的風格，與黑格爾的獨創性、沃爾夫林風格的形式特徵相近相通。並在此意義上，俄國歷史詩學、形式主義對文學手法、文學性的研究，以及從素材－手法－風格建構科學詩學理論設想，也與狄爾泰風格是作品的內在形式觀點相近相通。

要指出的是，狄爾泰的風格不僅僅是形式，也不僅僅是週期性再現。而是一種個體性的東西，既關涉內容又關涉形式的結構關聯。狄爾泰的學生諾爾提出：風格是典型生命態度的表達。狄爾泰贊同其尋求一部作品內部形式中的世界觀，但重申只有詩可以對世界觀的形成有所貢獻。因此，狄爾泰似

---

[214] 筆者在此關於狄爾泰論文藝風格的介紹，主要根據魯道夫・馬克瑞爾《狄爾泰傳》第二手資料歸納。

乎又批評沃爾夫林風格從時代精神抽離出來，只是作品內在形式。[215]關於詩、文學風格是精神生命體驗表達與內在形式統一，西方風格論似乎沒有成功的論述。劉勰，《文心雕龍‧風骨》所提出的有風有骨、剛健輝光[216]，在一定程度上，與狄爾泰的風格是內容與形式的結構關聯相近。

2.3.1.B.b. 風格是審美印象點與作者體驗表達的統一

馬克瑞爾指出：狄爾泰藝術風格統一性主要體現在兩個角度：第一，觀眾而言，審美印象點、第二，作者而言，體驗的表達。[217]

就觀眾而言，風格是審美印象點。想像的三大變形律（排除律、強化律，增補律）與這種審美印象點相關。[218]狄爾泰的想像三大變形律，與華茲華斯關於詩的想像力對意象變形的處理相近[219]，不過，華茲華斯論詩的想像力主要是詩人寫作的經驗總結，而狄爾泰的想像力的變形，是就接受者而言。

就作者而言，風格是作者的體驗表達。語言表達、目的表達、體驗表達是狄爾泰提出的三種表達。其中，藝術屬於體驗表達。在體驗表達中揭示人類生命體驗。在藝術作品體驗表達中，不存在對與錯，只是存在理解的表裡一致與否。[220]狄爾泰的體驗表達，與劉勰《文心雕龍》才氣學習構成的「成心」相近，不過角度不同。

---

215 （美）魯道夫‧馬克瑞爾，《狄爾泰傳》，李超傑譯，北京：商務印書館，2003 年，第 24、98、303、372、382 頁。筆者在此關於狄爾泰論風格的引用，均出自該書，恕不一一列出，只列出該書頁碼。

216 參見本章 2.2.2.C.。

217 （美）魯道夫‧馬克瑞爾，《狄爾泰傳》，李超傑譯，北京：商務印書館，2003 年，第 362 頁。

218 （美）魯道夫‧馬克瑞爾，《狄爾泰傳》，李超傑譯，北京：商務印書館，2003 年，第 103、85-100 頁。

219 （英）華茲華斯，《抒情歌謠集．一八一五年序言》，曹葆華譯，《西方文藝理論名著選編》中卷，伍蠡甫、胡經之主編，北京大學出版社，1986 年，第 61-62 頁。

220 （美）魯道夫‧馬克瑞爾，《狄爾泰傳》，李超傑譯，北京：商務印書館，2003 年，第 298 頁。

2.3.1.B.c. 風格與時代精神相關，風格屬於既確定又不確定的概念

狄爾泰認為，在談論一種藝術作品風格的時候，審美判斷與歷史判斷才會交叉。

狄爾泰提出，歷史理解的完成是以心理生命的知識為先決條件的。被包含在所參加的文化系統或共同體之中的讀者不是完整的人，而是他的某些過程。個體在一定意義上可以超越並俯視所有這些系統或共同體。

理解，始終以個別的東西為其對象。在理解中，個人的領域包括他和他的作品便展開了。理解對於精神科學的最獨特的成就即在於此。客觀精神和個人力量共同決定了精神世界。歷史建立在對此二者的理解之上。

根據時代精神的不確定性，狄爾泰推論：當一個時期風格－形式的確定意義依然植根於時代精神的不確定意義中時，風格成為既確定又不確定的概念。一個不確定的意義始終要求重新解釋。作為既確定又不確定的風格，體現了自己脆弱的完滿性，因而需要反覆解釋與有限再創造。[221]狄爾泰關於審美判斷與歷史判斷的交叉，或者時代精神的不確定性，與劉勰《文心雕龍》中的時運變化觀點相近相通。[222]

2.3.1.C. 俄蘇關於風格理論之研究

20 世紀俄蘇風格理論之研究，主要體現在世紀初的歷史詩學，和中期的文藝學風格理論。俄國歷史詩學，繼承德國狄爾泰的歷史詩學。

歷史詩學話語，狄爾泰就提出了，狄爾泰還把赫爾德爾視為德國歷史詩學的開始。不過，狄爾泰並沒有非常強調歷史詩學話語，而且，關於風格的論述不成熟。在世紀初的俄國歷史詩學中，建構以風格為核心的客觀詩學主張比較清晰地萌芽，60－70 年代的蘇聯文藝學風格學，實踐了世紀初俄國歷史詩學的理論假設，不僅界定了文藝學風格概念，在理論上區別了文藝學風

---

[221] （美）魯道夫・馬克瑞爾，《狄爾泰傳》，第 22、305、371 頁。
[222] 參見本章 2.2.2.C.b.。

格和語言學風格，而且，還出現了風格理論建構。自覺的文藝學風格理論建構，是俄蘇風格理論的特點。

俄蘇文藝學風格學，強調風格是作品整體，是對西方朗迦納斯、布封、里格爾以來風格論的繼承；強調風格理論建構在比較文學實證研究基礎上，是對傳統風格論的突破。俄蘇文藝學風格學強調從語言、手法出發研究風格，基本上屬於客體風格論，與黑格爾、沃爾夫林風格論接近，與朗迦納斯、布封主客體統一的風格論不同。

2.3.1.C.a. 世紀初風格學的萌芽

20 世紀 20 年代，風格，是俄蘇理論界的熱門話題之一。俄蘇世紀初的文學風格論研究，萌芽於維謝洛夫斯基、日爾蒙斯基的歷史詩學。此外，俄國風格學的源頭，還可以上溯到別林斯基關於文學整體性思想。

除了文學風格研究以外，金茲堡的《風格與時代》，是當時建築風格研究的代表。

一、別林斯基論文學整體性

維薩里昂‧別林斯基（1811－1948）多次強調藝術作品是一個有機整體，只是他沒有把這種整體思想與「風格」概念相聯繫。

1839 年，別林斯基在談論《智慧的痛苦》的時候說，「任何藝術作品都是從一個概括的思想滋生的，它從這個思想獲得自己在形式方面的藝術性已經內在和外在的統一，由於這種統一而成為一個獨特的、自成一體的世界。」「一切藝術作品的本質在於它的由存在底可能性變為存在底現實性這一有機的過程。思想象一顆看不見的種子那樣，落在藝術家的心靈上，於是從這一豐饒的土壤裡，在一定的形式內，在充滿美和生命的形象中，滋生、發展、終至出現了一個完全特殊的、整個的、自成一體的世界，其中一切部分都適合整體，而每個獨立自在的部分一方面是自成一體的形象，一方面還為了整體、

當作整體的必要部分而存在，助成了整體的印象。」在這個整體中，別林斯基認為，沒有任何不完整的、不足的或多餘的東西。「落入到藝術家心靈的創作思想，組成一個充分、完整、徹底、獨特而自成一體的藝術作品。」別林斯基強調請注意「組成」這個字，只有有機的東西才能從本身發展起來，只有從本身發展起來的東西才是有機組成。[223]

別林斯基這種內在和外在統一的思想，猶如他對風格的高度肯定一樣，與歌德的思想是一致的。同時，與黑格爾《美學》關於理想的定性的分析所體現的作品內在與外在統一的思想是一致的。

這種藝術作品是一個有機整體的思想，是別林斯基一貫的思想。在 1845年，他在《愛德華・古貝爾的詩》中再次談到藝術作品的內在與外在的統一：「構成一切藝術的作品的主要條件之一，是思想和形式、形式和思想的和諧的配合，以及作品的有機的完整。因此，任何藝術的作品，首先應該具備作為其基礎的思想或情感底嚴格的統一。」[224]

二、維謝洛夫斯基的歷史詩學

亞歷山大・維謝洛夫斯基（1838 — 1906）所提出的《歷史詩學》（1870 — 1906），從風格學角度看，是俄蘇風格論的萌芽。

維謝洛夫斯基也強調文學作品的整體，不過，相對於別林斯基，維謝洛夫斯基歷史詩學更側重從形式角度強調文學作品這個整體，與狄爾泰的內在形式-風格相近相通。維謝洛夫斯基宣導在各個民族自古至今的文學現象和過程基礎上，揭示人類文學藝術形式發展的共同規律的歷史的、歸納的詩學。維謝洛夫斯基這種從不同文學史歸納建構的歷史詩學，相對說，有更加扎實的實證基礎，有自覺的比較文學意識，有建構客觀詩學的自覺意識。

---

[223] （俄）別林斯基，《別林斯基論文學》，別列金娜選集，梁真譯，上海：新文藝出版社，1958 年，第 206-208 頁。

[224] （俄）別林斯基，《別林斯基論文學》，別列金娜選集，梁真譯，上海：新文藝出版社，1958 年，第 11 頁。

維謝洛夫斯基關於穩定的詩歌形式研究，與現代風格研究相通，但是，維謝洛夫斯基自覺使用「風格」話語的研究，只是詩歌語言風格，也就是說，維謝洛夫斯基的「風格」，更多與亞里斯多德的語言修辭風格相近。

維謝洛夫斯基所注重的詩歌形式研究主要集中在三個方面：第一，體裁（原始藝術與文學體裁演變）；第二，情節（情節詩學的母題和情節）；第三，詩歌語言風格（修飾語和詞語形象），涉及到文學類型（體裁）、文學表達手法（情節）以及語言風格。[225]

三、日爾蒙斯基關於詩學的任務

在維謝洛夫斯基歷史詩學基礎上，維克多‧日爾蒙斯基（1891－1971）在討論詩學的任務的時候，明確提出了從素材－手法－風格建構科學的詩學體系的主張。

在《詩學的任務》（1921）中，日爾蒙斯基指出，在藝術作品活生生的統一中，一切文學手法[226]相互作用從屬於共同的藝術任務。我們把詩歌作品手法的這種統一叫做風格。在研究藝術作品的風格時，它那活的、具體的統一被我們溶解在詩歌手法的封閉系統中。在藝術作品中，我們看到的不是許多獨立的、具有自我價值的手法的簡單共存，而是一種手法要求與另一種與之相應的手法。所有的手法都制約於作品藝術任務的統一性，並在這個任務中取得自己的地位和根據。對風格的這種理解，不僅意味著各種手法在時間或空

---

[225] 參見維謝洛夫斯基，《歷史詩學》，劉寧譯，天津：百花文藝出版社，2003 年，第 42 頁、第 585 頁。

[226] 俄文 приём，方珊翻譯為「程式」。筆者認為王薇生翻譯為「手法」更為妥當。方珊的譯文，參見方珊等譯《俄國形式主義文論選》，三聯書店，第 225-226 頁。王薇生的譯文：「惟有將『風格』概念引入詩學，這門科學（素材、手法、風格）的基本概念體系才可以被認為已經完成。藝術創作手法並非某種具有獨立意義和自身價值的、如同自然－歷史的事實──它乃是由其任務決定的藝術目的論的事實；在這種任務亦即文藝作品風格的統一方面，這一事實獲得其審美的證明。」（愛沙尼亞）札娜‧明茨、伊‧切爾諾夫編、王薇生編譯，《俄國形式主義文論選》，鄭州大學出版社，2004 年，第 77-78 頁。

間的實際共存，而且意味著它們之間的內在相互制約性和有機的聯繫。只有當詩學引進了風格的概念時，這門科學的基本概念系統（素材[227]、手法、風格）才算完整。詩歌手法不像自然歷史的事實，它不是某種獨立自在的、富於自我價值的東西。所謂自在的手法——為了手法的手法——不是藝術的手法，而是魔術。手法是為著藝術的目的，並從屬於自己的任務的事實，在這個任務裡，也就是在藝術作品的風格統一中，手法獲得了自己的審美根據。用形式觀點看，同樣一種手法常獲得不同的藝術含義，這依賴於它的功能，即依賴於整個藝術作品的統一，依賴於所有其餘手法的共同傾向性[228]

　　日爾蒙斯基的「風格」，強調文學特有的表達手法、強調作品的整體性，與傳統的風格學相通。但是，相對於傳統風格論，他的特點在於他是從 20 世紀形式、結構整體角度分析素材、手法與風格的關係，提出了傳統風格論從未提出的問題：風格這個概念可以概括作品的素材和表達手法，在邏輯上把傳統詩學討論的語言和手法問題都納入到風格論。日爾蒙斯基關於素材－手法－風格的主張，與狄爾泰關於風格是作品的內在形式，是作品技術成分構成的想像的統一、是素材、詩意情緒、主題、情節和表現手法之間的獨特關係等論述[229]，大致相近相通。

　　如果說歌德論風格強調了風格在文學中的地位，黑格爾論風格把風格概念引入到文藝美學中，那麼，日爾蒙斯基論風格則強調了風格在詩學中的核心地位，並明確提出建構一門從素材到手法到風格的完整的基本概念系統的科學的問題。如果說劉勰風格論以中國人特有的整體思維方式經驗描述了文學風格整體的體裁、表達方式、類型以及作家才氣學習心性等方面，那麼，日爾蒙斯基論風格則用 20 世紀整體思維方式具體提出了建構一門以風格為核心的科學客觀的詩學體系的假設。遺憾的是，日爾蒙斯基雖然提出了建構科

---

[227] 俄文 материал，方珊翻譯為「材料」，王薇生翻譯為「素材」。筆者從王薇生，指素材。
[228] （俄）В‧М‧日爾蒙斯基，《詩學的任務》，《俄國形式主義文論選》，（愛沙尼亞）札娜‧明茨、伊‧切爾諾夫編，第 76-77 頁。
[229] 參見本節 2.3.1.B.a.。

學風格論的明確主張，但是，並沒有成功建構這種風格理論。而日爾蒙斯基關於具體風格研究，主要仍然是語言風格研究[230]。1922 年維·弗·維諾格拉多夫《論風格學的任務》中所說的「風格」，也主要是作家的語言學風格。[231]

四、金茲堡的建築風格研究

金茲堡的《風格與時代》（1924）在建築風格的演進研究中，不僅提出了建築風格是創造與思考交融，建築風格的要素是空間感、力學構形手段等，並提出了時代風格中的風格延續性和獨立性規律。[232]金茲堡所提出的空間感與力學手段等，涉及到建築藝術的表達手段問題。其風格的延續性涉及到風格的傳統問題；風格的獨立性涉及到風格的時代性、創新性問題。其中，風格的傳統問題，與劉勰「體性」中的後天學、習相近，時代風格與創新性問題，與劉勰的文無常勢、任自然之勢相近。金茲堡可謂俄蘇藝術風格論的里格爾、沃爾夫林。

2.3.1.C.b. 70 年代索科洛夫風格理論

20 世紀 60－70 年代，風格問題在蘇聯文藝學得到比較充分的討論。蘇聯文藝學風格研究在 20 世紀風格研究中的獨特貢獻，首先，在理論上基本澄清文藝學風格與語言學風格之間的界線；其次，明確界定文藝學風格是對作品整體藝術原則的概括。此外，提出了關於風格研究中許多重要問題。相對於傳統風格論和瑞士、德國風格論，俄蘇風格研究最具特點的成就，是出現了文藝學風格理論專著。

---

[230] （俄）日爾蒙斯基，《抒情詩的結構》、《詩的旋律構造》等。方珊等譯《俄國形式主義文論選》，三聯書店，1989 年。

[231] （俄蘇）維諾格拉多夫，《論風格學的任務》，托多洛夫編，《俄蘇形式主義文論選》，蔡鴻生譯，中國社會科學出版社，1989 年，第 90-94 頁。

[232] （蘇聯）金茲堡，《風格與時代》，陳志華譯，陝西師範大學出版社，2004 年。

亞歷山大・索科洛夫（1895－1970）《風格理論》（1968）是 20 世紀中後期蘇聯文藝學風格理論建構的重要代表之一，是日爾蒙斯基關於建構以風格為核心的客觀詩學假設的嘗試之一。在他討論的文學風格、風格載體等問題上，涉及到蘇聯文藝學風格研究以及歐洲風格理論研究中出現的重要分歧，比如，風格與形象是什麼關係？風格是形式的整體（凱塞爾、索卡洛夫），還是內容與形式的整體（奇切林、科瓦廖夫）？風格與文體之間的關係是怎樣的，文體是從屬於風格的現象（索卡洛夫），還是在風格之外的現象（凱塞爾）？風格僅限於是流派思潮（索卡洛夫）、還是包括個性（從布封到凱塞爾等）。

一、文學風格

在《風格理論》第二章〈作為藝術規律的風格〉中，索科洛夫明確指出：文學風格與語言風格，是兩個截然不同，並非一類的範疇，這裡「風格」一詞是作為同音異義詞使用的。作為審美範疇之文學風格，是一個統一體，是選擇和組合風格元素時所體現出來的藝術法則。在一部完成的作品中，風格可以看作各種元素處於統一之中的體系。[233]

索科洛夫關於文學風格的界定，基本上是蘇聯文藝學界的基本共識，只不過索卡洛夫為代表的學者繼承日爾蒙斯基以來的觀點，更強調風格是作品藝術形式的整體，[234]而另一些學者則主張風格是內容和形式的統一。[235]風格，

---

[233] А.Н.Соколов,《Теория стиля》, Ивдателъство,《Искуство Москва 》, 1968г.стр.24, 34, 27. А・Н・索科洛夫,《風格理論》,莫斯科,文學藝術出版社,1968 年,第 24、34、27 頁。

[234] 埃爾斯別爾格認為,風格是「具有內容的形式的整體性」（埃爾斯別爾格,《作家的創作個性和文學發展》,《文學理論》,莫斯科,科學出版社,1965 年,第 35 頁）。波斯佩洛夫認為,風格是「獨特的藝術形象形式的多側面整體性」（波斯佩洛夫,《文學風格問題》,莫斯科大學出版社,1970 年,第 33 頁）。鮑列夫認為,風格是作品宏觀和微觀世界的整體性,是藝術體系在「分子」、「細胞」和整個有機體諸層次上的統一。（鮑列夫,《藝術風格,方法和流派》《文學風格理論》,莫斯科,科學出版社,1982 年,第 77-78 頁。）В・古謝夫認為,風格是「具有內容的形式的整體性。」（《主人公與風格》,莫斯科,文學藝術出版社,1983 年,第 33 頁。）

究竟是形式的統一體還是包括作品內容與形式的統一體，是蘇聯文藝學風格研究所提出的重要問題之一。在這裡還涉及到的問題是：什麼是文學作品的內容？

二、「風格載體」

雖然索科洛夫側重從形式角度界定風格，但是，他明確指出風格不等於形式，而是形式整體關係。他說：風格「不是藝術形式的某一種成分，而是諸成分之間的關係。」風格是「各種成分處於統一之中的體系。」[236]

由於風格不等於形式，風格是一個功能概念，索科洛夫在風格研究中提出了「風格載體」（носители стиля）術語。他認為，如果風格是風格載體所負載的對象，那麼，體現風格特性的形式成分，是風格的載體。風格載體具體是：作品的語言、結構、文學的種類或體裁、創作方法中的描繪和表現原則。這些載體所負載的、合乎一定藝術規律的風格特性構成作品風格體系。[237]

維謝洛夫斯基以來的語言風格研究，在索科洛夫看來，屬於作品的形式之一，也是風格的載體之一。就這樣，索科洛夫既區別了語言風格和文學風格，同時，又把從亞里斯多德到維謝洛夫斯基以來的語言風格，納入到文學風格理論框架中。索科洛夫關於文學風格包括語言風格的觀點，與劉勰「體」論包括「聲文」之術、「形文」之術的看法相近。

在文學作品整體研究中，凱塞爾沒有明確指出「文體」與「風格」的關係，兩者的分析有時是混淆在一起的。索科洛夫把「文體」作為形式之一，即風格載體之一，屬於風格體系的部分。索科洛夫把凱塞爾困惑的「文體」

[235] 比如，奇切林、科瓦廖夫等。參見石南征，《當代蘇聯文學理論中的風格研究》》，《俄羅斯文藝》，1987 年第 3 期。

[236] А.Н.Соколов,《Теория стиля》, Ивдателъство,《Искуство Москва 》, 1968г.стр.40、27. А・Н・索科洛夫，《風格理論》，莫斯科，文學藝術出版社，1968 年，第 40、27 頁。

[237] А.Н.Соколов,《Теория стиля》, Ивдателъство,《Искуство Москва 》, 1968г.стр.40. А・Н・索科洛夫，《風格理論》，莫斯科，文學藝術出版社，1968 年，第 40 頁。

也納入到「風格」理論框架中。索科洛夫把「文體」納入「風格」的觀點，
與劉勰「體勢」包括「體制」與「體性」的看法相近。

不過，波斯佩洛夫不同意把文體看作形式。他認為，體裁屬於「共同的
歷史地重複的內容方面。」[238] 因此，他的敘事作品的風格體系由具體細節體
系、結構體系、語言體系三部分組成，不包括文體體裁。文體、體裁，究竟
是否屬於文學作品的形式，也是蘇聯文藝學風格論所提出的重要問題。

索科洛夫關於「風格載體」的範圍，還包括創作方法中的描繪和表現原
則。這與俄國形式主義熱衷的文學手法有關。也就是說，索科洛夫把文學手
法也納入到風格理論框架中。正是文學手法、原則等，文學作品的各種成分
才能具體、外在地聯結成為一個有機整體，獲得審美特點，這種觀點為蘇聯
學界比較普遍認同。[239]但赫拉普欽科認為，造型藝術中，風格與方法幾乎融為
一體，但是，在文學作品中，方法有自己的獨立地位，不從屬於風格，不是
風格的組成部分。[240]文學手法是否因為自身的獨立性就不應該納入風格範疇，
也是蘇聯文藝學風格論所提出的重要問題之一。

索科洛夫的「風格載體」研究，一定程度解決了40年代凱塞爾關於風格
是作品形式的斷言中所沒有說清楚的問題：作品外在形式與風格之間的關係。

[238] 波斯佩洛夫，《文學風格問題》，莫斯科大學出版社，1970年，第45-46頁。
[239] 赫拉普欽科：風格是「形象地把握生活的表現方式，說服和吸引讀者的方式。」（《作家的創作個性和文學發展》，莫斯科，文學藝術出版社，1977年，第116頁。）波斯佩洛夫：風格是「組織藝術形式的一定的普遍原則。」（《方法論和詩學問題》，莫斯科大學出版社，1983年，第201頁。）R·埃爾斯別爾格：風格是「藝術形式的聯結和組織方式。」（《文學術語詞典》，莫斯科，教育出版社，1974年，第374頁。）R·埃爾斯別爾格：「方法和風格如同內容和形式一樣融合在複雜的統一中。」（《風格研究中的有爭議問題》，《文學問題》，1966年第2期。）蘇聯《簡明文學百科全書》風格是：「塑造形象的方法。」是「物化的創作方法」。（第7卷，第189頁。）蓋伊：「方法在一定的風格表現中得以現實地存在和客觀地固定」，風格是方法的「現實載體」。（《關於方法和風格的相互關係的研究》，《藝術方法與作家的創作個性》，莫斯科，科學出版社，1964年，第68-69頁。）鮑列夫：「當風格作為藝術本體論範疇時，它是實現了的方法。」（《藝術風格，方法和流派》，《文學風格理論》，莫斯科，科學出版社，1982年，第86頁。）
[240] 參見石南徵，《當代蘇聯文學理論中的風格研究》，《俄羅斯文藝》，1987年第3期。

三、「風格」導源於共性

索科洛夫認為,「風格這一概念,要麼理解為由促使風格形成的客觀因素體系所決定的藝術規律,要麼理解為藝術家的個性表現。」在這種非此即彼的選擇中,他認為風格不存在個性。風格,是作品與作品、作家與作家、時代與時代之間重複出現的共同規律。流派風格、共同風格,是風格的最基本形式。個人風格,只是「共同風格的個人變體」。「風格最基本內涵體現在群體的共同風格中。」

索科洛夫指出:「承認風格是個人現象,很容易導致否定其社會本性……風格與藝術的其它重要範疇具有同樣的命運,而這些範疇不可能是個人的、喪失共同基礎的……」「風格統一性的基本形式是作為藝術過程基本範疇的藝術流派,流派的風格就是那種把該流派藝術家們聯結起來的風格特徵的共性……脫離共性,脫離流派風格,個人風格就不可能存在。風格總是導源於共性。」[241]

索科洛夫關於風格導源於共性的觀點,也是蘇聯文藝學風格研究爭論的話題之一。其中,共性指什麼——藝術流派的特點?意識形態?時代?民族?在蘇聯文藝學風格研究中也是眾說紛紜:波斯佩洛夫也認為風格不是個人現象,個性消融在共性中。不過,這種共性,他認為導源於意識形態觀點特徵。他把作家的才能、經歷、心理等他稱為「筆法」(манера)[242],他認為有「筆法」的作家未必有「風格」。(《文學風格問題》第111頁。)而埃爾斯別爾格、赫拉普欽科,以及季莫菲耶夫等人則強調個人風格。[243]其中,個性、時代、流派、民族風格等,均是以前風格論涉及到的問題,只是意識形態,是蘇聯學界提出的新概念。

---

[241] А.Н.Соколов,《Теория стиля》,Ивдателъство,《Искуство Москва 》,1968г.стр.152-209.
[242] 波斯佩洛夫的「筆法」,似乎與德國人所說的「作風」相通。
[243] 參見石南徵,《當代蘇聯文學理論中的風格研究》,《俄羅斯文藝》,1987 年第 3 期。

　　蘇聯學界對風格「共性」的爭論，可見 20 世紀風格主體論研究中存在的困惑：主客體統一之風格類型，其中的主體因素究竟是什麼？法國布封以來的個性、歌德的民族風格、沃爾夫林的時代風格、索科洛夫的文學流派、波斯佩洛夫的意識形態，等等，與劉勰的作家心性、才氣、後天學、習，情變、時機等相近相通，都涉及到風格中的主體因素、社會因素，它們與風格類型之間究竟存在什麼關係？筆者文學審美風格論研究的重要內容之一，就是在中西文學互照互識基礎上，使用符號結構方法，闡釋上述文學現象之間的邏輯關係。

四、索科洛夫風格研究存在的問題

　　在《風格理論》中，索科洛夫雖然使用了結構、構成元素、要素等話語具體討論了藝術作品的結構（структура художественного произведения）、風格的載體（носители стиля）、風格的構成元素（элементы стиля）、風格的種類（стилевые категории）、風格的要素（факторы стиля）等。[244]但是，全書並沒有嚴格用結構系統觀點邏輯一貫到底地建構風格理論。比如，風格問題討論的起點、切分單位是什麼？在形式或者風格載體中，語言、結構、體裁、創作方法等之間的關係，從符號結構角度看應該怎樣梳理？形式與風格之間，從符號結構看，存在結構層級的差異嗎？風格的共性僅僅等於流派風格嗎？風格的構成元素、結構要素，與風格共性之間的邏輯聯繫是什麼？個人風格、時代風格、文學流派、民族風格與形式－風格整體之間關係又是什麼？

2.3.1.D.英美新批評關於風格之論述

　　風格，不是英美新批評關注的重點。但是，新批評的有機論涉及到作品整體思想，與風格有關。此外，蘭色姆、休姆等人提及「風格」話語。

---

[244] 參見 А.Н.Соколов,《Теория стиля》, Ивдателъство,《Искуство Москва 》, 1968г.стр.40、27.索科洛夫《風格理論》第三章到第六章，莫斯科，文學藝術出版社，1968 年。

其中，蘭色姆主要涉及文學風格與技巧素材之細節，休姆主要涉及文學風格與形象。

2.3.1.D.a. 有機論的整體觀

關於新批評的「有機論」（organicism），趙毅衡的看法是：西方文論中的舊命題，也是新批評派主流人物的理論核心之一。這個概念比較模糊，大致上是把文學作品比作一個有機體，它是整體的，不可分割的，獨立存在的，有自己的生命等等。各種有機論者強調之處很不一樣。[245]

布魯克斯和沃倫指出：詩的各種成分不是像磚砌牆一樣堆起來的，各種成分之間的關係不是機械的，而是整體性的。布魯克斯認為，可以把詩比做一個有統一性的構造物或一幢建築，各部分的重荷互相對抗，內部的應力互相平衡。因此，必須強調「詩作為一個整體的觀念，各種因素在這整體中起作用。」「一首詩應當被視作各種關係組成的有機系統，詩的品質決不在於某一可單獨取出的成分之中。」

布魯克斯和沃倫的有機論整體觀雖然沒有提及文學手法與風格，但其整體觀與日爾蒙斯基的素材－手法－風格理論設想的整體觀是一致的。

2.3.1.D.b. 蘭色姆論風格之技巧

美國新批評代表之一約翰·克婁·蘭色姆（1888－1974）將有機論的整體觀與「風格」概念相聯繫，並在「風格」中強調技巧和素材的細節，他用「風格」概括「詩歌肌體組織」的總和特徵，以及作品一切技巧與所有素材的細節。

蘭色姆在《純屬思考推理的文學批評》（1941）以他的話語表達了有機論觀點：「詩的總價值，比它各部的價值大，這就是批評家所要面對的問題。」[246]

---

[245] 趙毅衡，《新批評》，中國社會科學出版社，1986年，第229頁。
[246] 蘭色姆，《純屬思考推理的文學批評》，趙毅衡《「新批評」文集》，中國社會科學出版社，1988年，第105頁。

　　蘭色姆在其文學本體論批評中提出「作品的肌體組織」保證詩歌的本質和完整。他說：詩歌的對象，詩歌試圖表達的那種散文無法表達的東西，是詩歌中的一般概念和詩歌肌體組織這兩部分的總和。詩歌中的一般概念，是可以通過散文表述的事物，它可能是一個故事，一個人物，一件東西，一種景色，或是一條道德原則。防止一般概念從詩歌中脫離出去的肌體組織，則是與這種可以辯認的、有邏輯的事物毫不相干的東西，但它可以使這一般要領不致真正裸露，它保證了詩歌的本質與完整。

　　在討論「詩歌的肌體組織」時，蘭色姆使用了「風格」概念。他說：風格這個詞含義頗多，它或許可以指詩人寫出的那些毫不相干的東西或稱作肌體組織的東西的總和特徵。此外，詩歌的風格包括技巧與所有素材的細節。詩人的一切技巧都為風格的形成做出了貢獻。它們使詩歌中的一般事物變得豐富和有個性；另外，詩人選擇的所有素材的細節也具有同樣的作用。[247]

　　蘭色姆與日爾蒙斯基、索卡洛夫論風格的共同點，都強調作品藝術形式方面的整體性，並指出風格與文學手法之間的關係等，相對於布魯克斯和沃倫的「有機論」對風格的認識更為深入一些，在傳統風格學中，他們的觀點，與黑格爾的風格定義、里格爾、沃爾夫林、金茲堡等藝術風格理論比較接近。但是，蘭色姆沒有特別重視「風格」概念，更沒有像日爾蒙斯基那樣明確提出建構以「風格」為核心的科學詩學的假設，或者像索卡洛夫那樣建構文藝學風格理論。[248]

　　在西方詩學文獻中，無論是建立體系的風格理論，還是關於風格問題的觀點看法，無論是文藝學風格論，還是藝術學風格論，無論是傳統風格論文獻，還是 20 世紀文獻，從不同角度、不同層面都提出了文學作品中的手法是

---

[247] 參見蘭色姆，《批評公司》，史亮，《新批評》，成都文藝出版社，1989 年，第 1-23 頁。

[248] 蘭色姆在《純屬思考推理的文學批評》中用房子的比喻，說明詩歌分析的方法。他說：「一首詩有一個邏輯構架（Structure），有它各部的肌質（Texture）。」他又說：「在一首詩裡，局部的肌質並不輝煌，但卻把全部結構掩蓋了。」這裡所體現的思想與《批評公司》裡所說的「風格「是一致的，但是，蘭色姆卻並沒有再次使用「風格」話語。趙毅衡編選，《「新批評」文集》，中國社會科學出版社，1988 年，第 97、105 頁。

一個整體，這個整體與作家主體與作品客體相關，在此意義上，西方風格論與劉勰包括「體制」、「體性」「體勢」的「體」論相通。筆者使用嚴格的符號結構方法建構的文學審美風格論體系，與西方風格論以及劉勰「體」論上述基本判斷是一致的。

2.3.1.D.c. 休姆論風格之形象

在《語言及風格筆記》中，身兼英國意象派詩人、新批評家雙重身份的休姆（1883－1917）明確指出：「如果一個作品的風格完美（即形式堅實，讀起來耐人尋味），它的每個句子應當是一團土坯、一塊黏土、一個人們能看見的視象；更確切地說，是用柔軟的手指觸摸到一堵牆。在一個具體感覺和另一個具體感覺之間，絕不能讓人感到是輕飄飄的蒸氣匯成的橋。這裡沒有氣體組成的橋——一切都是堅實的固體；那麼任何時候也不會被激怒。一個人在寫作時，倘若眼前不同時呈現出帶有某種意義的形象，便會感到無從下筆。正是先有這種形象，然後才有作品；也正是這種形象使作品經得起推敲。莫里斯的作品可以作為始終充實的詩歌的範例。我們看到的是形象而不是詞彙。」[249]作為詩人的休姆在討論風格時對形象的強調，與作為作家之歌德論風格相通，與朗迦納斯以來的詩的形象斷言相通，是西方風格論中彌足珍貴的文獻。同時，它們與劉勰關於「形文」之術的觀點相通，是筆者關於文學風格切分單位是文學想像具象、作品藝術圖畫等斷言的重要依據。

2.3.1.E. 法國關於風格之研究

20 世紀中後期，法國的風格研究，主要成就體現為語言學風格學。就是熱奈特關於文學批評範疇的「風格」研究，仍然側重於語言層面，與維謝洛夫斯基的詩歌語言風格研究是一致的。

---

[249] 休姆，《語言及風格筆記》，趙毅衡編選，《「新批評」文集》，中國社會科學出版社，1988 年，第 272 頁。

2.3.1.E.a. 語言學風格學派

20 世紀 60－70 年代，在蘇聯文學風格學出現的幾乎同時，法國出現了語言風格學學派，它主要是對文學作品進行文本語言學、闡釋語言學、語用學等分析。[250]該學派是亞里斯多德修辭學風格論的發展。Dennis，Freeborn 的《風格：文本分析和語言學批評》（ *Style, Text analysis and linguistic criticism* ）[251]之類的研究，屬於語言風格學的分析。筆者以為，語言風格，更多屬於語言學範疇，因此，在此僅僅介紹熱奈特關於風格的看法。

2.3.1.E.b. 熱奈特論語言風格

熱拉爾・熱奈特在《風格與意義》中，針對格雷瑪斯和庫爾泰斯關於很難賦予文學批評範疇的「風格」一種符號學的定義的觀點，嘗試提出「風格」的符號學定義。不過，他的文學範疇之「風格」，其實，還是沒有超出語言學風格。

熱奈特在批評以往種種「風格」定義基礎上，不贊同風格理論本身的研究，注重語言風格事實細節研究。他明確提出「風格確實就在細節之中，然而存在於所有細節以及它們的所有關係之中。『風格事實』就是言語本身。」他宣導象普魯斯特分析福樓拜小說風格的方式，即通過時態、代詞、副詞、介詞或連詞等的獨特使用所表達出來的「改變原文本的綜合」，這種綜合與構成文本之存在的語言網路密不可分。[252]顯然，熱奈特關於風格的研究，與索科洛夫關於文藝學風格的研究，不屬於一個範疇。

---

[250] 夏爾・巴伊，《法國風格學論》是其開端，他提出風格學的任務是「揭示風格的萌芽，說明支撐風格運轉的支柱潛藏在語言最平庸的形式中。」參見法國讓・貝希爾等《詩學史・下》，史忠義譯，百花文藝出版社，2002 年，第 722-730 頁。

[251] *Style, Text analysis and linguistic criticism* Dennis Freeborn 1996; Macmillan Studles in English Language.

[252] （法）熱奈特，《風格與意義》，范忠義譯，《熱奈特論文集》，百花文藝出版社，2001 年，第 199 頁。

　　熱奈特在《廣義文本之導論》中討論了史詩、戲劇、抒情詩三大體裁類型，但是，他並沒有明確討論這種體裁類型，與語言風格類型的關係。

西方 20 世紀風格理論小結

　　20 世紀西方藝術風格、文學風格理論直接繼承里格爾的風格論思想，其討論涉及到文學作品的很多方面：既涉及到作品的素材、語言、又涉及到作品的藝術手段、外在形式，還涉及到作品的觀念等等。作為文學風格，所涉及的方面包括語言、文學手法、文體、形式與內容、作家個性與群體共性、文學流派、時代、民族、意識形態，等等。

　　20 世紀西方有關文獻給我們留下的問題是：怎樣在理論上解釋「風格」這個複雜的文學整體現象？它究竟由哪些因素構成，互相之間的關係怎樣？作為一個整體它究竟是怎樣構成的？這個類型統一體又怎樣與它之外的存在發生聯繫？

2.3.2. 20 世紀中國風格理論研究

　　20 世紀中國風格理論研究，主要指 30 年代與 80 年代以後的中國風格理論研究。20 世紀中國風格理論研究的獨特貢獻，主要是整理中國傳統風格理論資源，以及開起了中西風格論比較新方向。不過，究竟怎樣跨文化風格比較，還沒有出現比較成熟的研究。

2.3.2.A. 世紀初的風格研究

　　20 世紀初期，西方「風格」概念引入中國，與中國傳統「風格」概念相混合[253]。

---

[253] 林紓編寫的《英華大字典》中關於「風格」的詞條，基本上是中國古代風格與西方風格的混合。其中，與文學風格有關的大致有：第一，是寫字與蠟版上的文具。第

　　30 年代，在西方風格論影響下，劉麟生在《中國文學概論》中專章討論
「作風底概觀」。在「泛論作風」中，他提出作風（即風格，筆者按）是修辭
方面的印象，中國傳統的文氣與此相近。在界定風格的概念之後，他還具體
討論了時代與作風，文體與作風，作者與作風三個方面。[254]

　　同時，30 年代接受西方語言修辭風格影響，中國出現新的風格研究角度，
即從現代語言學、修辭學角度研究風格的語言學風格理論。[255]從此，關於風格
研究在中國出現了語言學風格理論和傳統風格理論並存格局。

2.3.2.B. 中國文學風格研究之復興

　　文化大革命時期，「風格」的話語仍然存在，但是，已經不存在學術研
究。[256]在 80 年代以前，風格理論研究沒有什麼成果。風格理論研究在中國之
復興，當是 80 年代以後的事。王元化在 80 年代說，「在許多方面我們不得不
十分遺憾地承認，今天我們的風格理論竟然落在前人之後」。

　　王元化根據《文心雕龍‧定勢》、《典論‧論文》、《文賦》等中國古代有
關文獻，和德國威克納格、庫柏的有關文獻，提出風格客觀因素的三個方面：
第一，空間上，民族、國家、方言或流派的、家族的風格；第二，時間上，

二，外科用針。第三，花柱、花芯。第四，文風、文辭、文理、書法、文體、語言
態度、語法、會話之體格、音樂之格式、文格、古文、時文、佳文、佳構、六書、
草書、楷書等。第五，儀表、態度、體格、形式、風、體、風采、模樣、舉止之法
等。第六，時儀、時式、時風、時樣、時髦等。參見林紓《英華大字典》，商務印
書館，1921 年。

254 劉麟生，《中國文學概論》，劉麟生主編，《中國文學八論》，北京市中國書店，1985
年根據 1936 年世界書局版影印。

255 出現了王易的《修辭學通詮》、陳望道《修辭學發凡》、宮廷璋《修辭學舉例‧風格
篇》等研究著述，黎運漢把這個時期稱為語言風格理論研究的新時期。參見黎運漢，
〈建國以來漢語風格理論研究綜述〉，《雲夢學刊》，1996 年第 1 期。

256 羅香的文章提倡無產階級風格、民族風格，指出：「風格自然形成論」也可能是一
個什麼學術問題，不過，在談學術問題之前，有一點值得辯明：不要以藝術風格的
多樣化為藉口，而其實是主張所謂藝術創作自由，拒絕革命政治對他們的藝術的干
預和要求，和拒絕思想改造。參見羅香，〈風格的形成〉，學術期刊網。

各個歷史階段形成的風格；第三，文體特點和性質規定的特定風格特色，即我國古代文論的文體特點。作家個人風格，是剝去所有不屬於他本人的東西之後所獲得的剩餘和內核。此外，在歌德論風格基礎上，他還區別了作風和風格。[257]

80 年代初期，在百廢待興的中國，王元化的上述認識讓人耳目一新，可以說是當代中國風格學重新復興的標誌。可是，當我們在大致梳理西方和中國風格研究歷史之後，不得不指出王元化關於風格的認識又是非常不夠的。威克納格、庫柏的見解，都沒有超出布封、歌德以來的風格論和牛津文學術語詞典的範圍。而劉勰《文心雕龍》對風格理論的貢獻，也不僅限於文體特徵。

2.3.2.C. 20 世紀末中國文藝學風格理論研究

80 年代以來，中國關於風格理論的著述文章在學術期刊網上大概有 200 篇左右，涉及不僅是文藝學風格，還有語言學風格理論，以及書法、繪畫、表演、電影等很多方面，但是，文藝學風格研究和語言學風格研究仍然是風格研究的主要內容。

2.3.2.C.a. 語言學風格研究

語言學風格理論研究，60 年代有高名凱〈語言風格學的內容和任務〉[258]，80 年代有張德明〈風格學的基本原理〉[259]等論文，程祥徽《語言風格初探》[260]、黎運漢《漢語風格探索》[261]等專著。中國修辭學學會副會長、暨南大學文學院

---

[257] 王元化，《〈文學風格論·跋〉》，上海譯文出版社，1982 年，第 80 頁。

[258] 高名凱，〈語言風格學的內容和任務〉，北京大學中文系語言學論叢編輯部《語言學論叢》（四），上海教育出版社，1960 年。

[259] 張德明，〈風格學的基本原理〉，程祥徽、黎運漢《語言風格論集》，南京大學出版社，1994 年。

[260] 程祥徽，《語言風格初探》，三聯書店香港分店，1985 年。

[261] 黎運漢，《漢語風格探索》，商務印書館，1990 年。

教授黎運漢認為，現代漢語風格學已經基本建立了完整的理論體系，包括風格的定義、成因、分類、以及風格學的對象、範圍、任務和性質、地位等。[262]

2.3.2.C.b. 文藝學風格研究

文藝學風格研究主要集中在風格理論研究、中國古代風格理論資料研究、具體文學作品風格研究[263]等三個方面。在此主要介紹前兩個方面的情況。

一、文學風格理論研究

在風格理論本身討論上，出現了兩類研究文章，以及以「三王」為代表的三部專著[264]。

從有關研究文章看，第一類是借用西方結構整體術語考察風格的結構構成[265]，第二類是借用中國古代風格理論資源討論風格特點或者討論中國風格論的特點[266]。此外，還有一些文章提出文學風格研究中的問題。90 年代，吳承學〈論中國古典的文學風格品級說〉[267]，提出了不同風格是否存在審美價值高低問題。蘇敏《跨文化文學風格比較方法》提出對不同文化各自文學風格系統整體把握，是異質文化之間文學風格比較的基本前提，是擺脫用甲方話語

---

[262] 黎遠漢，〈建國以來漢語風格理論研究綜述〉，《雲夢學刊》，1996 年第 1 期。

[263] 從具體文學作品風格研究的文章看，「風格」在當代文學批評中是一個使用範圍較廣、使用頻率較高的術語。關於作家作品風格研究的，有外國作家作品以及中國現當代作家作品風格研究，但是，以中國古代詩歌風格研究數量居多。其中，有代表性的比如，1991 年王運熙的〈杜甫論歷代文學和文學風格〉（《許昌師專學報》，1991 年第 1 期）、1995 年王運熙等人的〈漢樂府風格論〉（《楚雄師專學報》，1995 年第 4 期）等論文。

[264] 王之望，《文學風格論》，學海出版社，2004 年；王明居，《文學風格論》，花城出版社，1990 年；王志強，《風格美學》，青島海洋大學出版社，1992 年。

[265] 比如，王佑江，〈文學風格的內部結構與外部考察〉（《文學評論》學術期刊網）、王志強，〈文學風格的多層次結構〉（《江漢論壇》1986 年第 4 期）等考察文學風格的結構構成。

[266] 比如，胡家祥指出風格四大特點：整體性、外觀性、獨特性、氣象性等。（胡家祥，〈文學風格三題〉，《江漢論壇》，1998 年第 7 期）

[267] 吳承學，〈論中國古典的文學風格品級說〉，《廣東社會科學》，1990 年第 1 期

闡釋乙方風格，或者用乙方話語闡釋甲方風格帶來的誤讀的基本方法。[268]2003年張小芳提出跨文化風格形態研究之難題。[269]

從有關研究專著看，王之望是一個從事風格理論研究達 20 餘年的學者，從 1982 年他發表的文章到 2004 年他發表的專著，可見文學風格構造是他一直關注的問題。不過，相對於凱塞爾關於文學作品統一性研究、索科洛夫文學風格研究，王之望的研究顯得缺乏自己內在邏輯一致性。[270]

二、古代文學風格資料研究

關於中國古代文學風格資料發掘和整理，主要集中在關於《文心雕龍》等古代有關文獻的研究方面。在方法論上，中國古代風格整理研究大致經歷了用西方風格論闡釋中國古代文獻，到提出中國「體」論，開始西方風格論與中國體論互照互識比較研究。

80 年代初，開始了關於《文心雕龍》的整理研究。1981 年汪正章的論文〈風格論──古典文藝理論札記之一〉[271]，恐是改革開放之後最早的關於古代風格文獻整理研究。

1982 年，就中國古代文學風格整理研究而言，是一個重要的年頭。在這一年，除了王元化關於中西文學風格研究之外[272]，還有於可訓的論文〈簡論中國古典風格論的起源〉[273]、王凱符的論文〈古代文論中的風格論〉[274]、詹瑛的

---

[268] 蘇敏，〈跨文化文學風格比較方法〉，《文藝研究》，1997 年第 3 期。

[269] 張小芳，《跨文化的風格形態論之反思》，《廣西社會科學》，2003 年第 12 期

[270] 1982 年王之望文章〈論風格的表現〉就提出風格體現了「怎麼寫」，並提出風格是從作品的主題、題材、人物、事件、語言、韻律、結構、情節安排的諸要素總和的集中體現。（《天津師範學院學報》，1982 年第 4 期）可是，這個作品諸要素的總和究竟是怎樣構成的，文章沒有系統而有說服力的闡述。王之望 1984 年文章〈論風格的構成〉，提出風格是多層次、多側面的內部結構，有五要素：情趣、識度、格調（規定性因素）、氣勢、色澤（從屬性因素）。（《天津社會科學》，1984 年第 2 期。）為什麼風格構成這五種要素，理論根據不足，文章缺乏嚴密的邏輯陳述，顯得七拼八湊。王之望 2004 年出版的《文學風格論》仍然沒有解決上述問題。

[271] 王元化，《〈文學風格論·跋〉》，上海譯文出版社，1982 年。

[272] 汪正章，〈風格論──古典文藝理論札記之一〉，《河北師範大學學報》，1981 年第 2 期。

[273] 於可訓，〈簡論中國古典風格論的起源〉，《河北大學學報》，1982 年第 4 期。

專著《文心雕龍的風格學》。此外，臺灣學者**徐復觀**在〈文心雕龍的文體論〉
提出〈體性〉是《文心雕龍》的核心，並指出劉勰的「文體」即「風格」。[275]

　　80 年代詹瑛關於《文心雕龍》的研究，體現了《文心雕龍》風格理論整
理研究發展兩個階段。1982 年出版的詹瑛的《文心雕龍的風格學》是一部罕
見的研究劉勰風格學的專著，不過，該書主要是用中國古代詩學資料附會黑格
爾關於「風格」的兩種定義。[276]。1985 年詹瑛文章〈文體與風格〉，開始擺脫對
西方文論的比附，獨立審視、梳理「體」的概念，指出中國文論中的「體」，既
指「風格」，又指「文體」，並就「文體」問題對徐復觀的文章進行了批評。[277]

　　1986 年劉玉鱗〈論風格〉，從中西古典文論比較和現代語言學風格理論兩
個方面討論風格問題。其中關於中西古典文論的比較，雖然繼承王元化中西
風格論比較的研究方向，但是從文獻收集到整理，都顯得不夠深入，而且，
仍然更多是對西方文論的比附。[278]

　　1988 年曹順慶〈風格與「體」〉明確提出《文心雕龍》的「體」論，即中
國古代風格論，並將中國古代「體」論與西方「風格」論進行比較，開始從
中西詩學平等對話角度闡釋中國古代風格理論資源。[279]

中國 20 世紀風格理論研究小結

　　80 年代以來中國文藝學風格理論研究，相對於王元化宣導風格研究的時
候，數量上比較可觀。其中，中國古代風格理論整理明確提出了中國古代「體」
論，開起了跨文化文學風格理論互照互識平等對話新方向。

---

[274] 王凱符，《古代文論中的風格論》，《武漢大學學報》，1982 年第 2 期。

[275] 徐復觀，〈文心雕龍的文體論〉《中國文學論集》，臺灣學生書局，1982 年，第 1-83 頁。

[276] 詹瑛指出，《文心雕龍》雖然沒有使用「風格」一詞，但是，涉及到黑格爾關於個
別作家特有的「作風」（Manier）與某一藝術所特有的表現方式「風格」（Style）的
論述。參見詹瑛《文心雕龍的風格學》，人民文學出版社，1982 年，第 1 頁。

[277] 詹瑛，〈文體與風格〉，《河北大學學報》，1985 年第 3 期。

[278] 劉玉鱗，〈論風格〉，《外國語》，1986 年第 5 期。

[279] 曹順慶，〈風格與「體」〉，《文藝理論研究》1988 年第 1 期。

　　中國古代風格理論資源整理研究的深入，給文藝學風格理論建構提出了嚴峻的挑戰：中國傳統風格理論資源怎樣整合於現代文學風格理論？中西風格論互照互識下風格究竟應該怎樣界定？它是怎樣構成的？為什麼是這樣構成的？怎樣進行跨文化風格研究？文體是否等於風格？文體與風格之間，究竟存在什麼樣的關係？

　　80 年代以來中國語言學風格理論研究也給文藝學風格論提出了嚴峻挑戰：風格理論，究竟是語言學的分支（語用學），還是文藝學的組成部分？作為文藝學的風格論，它的內在構成是什麼？它與語言學風格論的不同是什麼？聯繫是什麼？在那些地方交叉？

　　雖然中國 20 世紀風格論所提出的問題，有些西方風格論已經解決了，但是，畢竟中國學界並沒有解決。正是在這個意義上，王元化關於中國風格研究的斷言仍然有效。中國的風格論確實還落後於前人。

　　筆者關於文學審美風格論之研究，嘗試將中國古代風格論理論資源整合於當代文學風格論，在中西文學作品和中西風格論理論資源互照互識基礎上，用結構主義──符號學方法，邏輯一貫到底地考察文學風格這個複雜整體之構成，說明文學手法（包括文體）與風格之間的關係，文學與文化之間的關係。

第三章

最小文學手法

第三章　最小文學手法

　　皮亞傑在闡述方法論結構主義的時候強調，整體性結構主義只限於把可以觀察到的聯繫或互相作用的體系，看做是自身滿足的；而方法論結構主義的本質，乃是要到一個深層結構裡去找出對這個經驗型體系的解釋，它不屬於觀察得到的事實範圍，而「應該用推演的方式重建。」[1]

　　科學研究，提出問題，僅僅是開始，還必須對研究對象進行描述和解釋。從該章開始，筆者嘗試用符號－結構推演方式建構文學審美風格理論，即邏輯一貫到底地使用符號－結構方法對文學審美風格不同層次依次進行描述和闡釋。最小文學手法，是文學審美風格構成的第一個結構層次，也是本書描述、闡釋的第一個研究對象。

　　在該章，主要討論的問題有四：第一，什麼是最小文學手法？第二，最小文學手法的構成；第三，最小文學手法的結構特徵；第四，最小文學手法的意義。

3.1.　文學作品中的最小文學手法

　　在這裡我們主要討論最小文學手法的定義、研究最小文學手法的雙重單位、以及具體考察文學作品中的最小文學手法。

---

[1]　[瑞士]讓·皮亞傑，《結構主義》，倪連生、王琳譯，商務印書館，1984 年，第 68-69 頁。

3.1.1. 最小文學手法的定義

什麼是文學作品中的最小文學手法？我們在第一章有初步討論。[2]如果我們把文學審美風格整體看作一個具有連續構造過程的複雜結構，最小文學手法，就是這個結構研究中無法再上溯分析的開端。誠然，自然語言是文學作品的媒材或者說最原始材料，但從符號－結構看，自然語言只是文學手法的作為仲介物的能指或者「實體」。

從中西文學互照互識看，作為「形式」的文學手法，有三種不同的仲介物－實體：

首先，聲音媒介口耳相傳的話語，早期文學作品大多是這樣的仲介物－實體。比如，荷馬史詩或者《詩經》等。傳世的口頭文學大多經過文人整理，因此，雖然在傳世的實體意義上它們屬於紙質媒介，但特殊的文學手法大多還是保留下來，比如，荷馬史詩中的漫長象喻，《詩經》中的重章迭句，反覆詠唱等。

其次，紙質媒介的語言符號，中西文學作品進入文人創作階段，通常的仲介物－實體均是紙質媒介的語言符號。

第三，電影、電視劇的鏡頭，這是大眾傳播時代文學作品特有的仲介物－實體。比如，電影《鐵達尼號》、電視劇《紅樓夢》等。

從文學符號的仲介物－實體看，電影、電視劇的鏡頭確實取代了口頭、書面語言符號的最小文學手法，但是，從電影、電視劇鏡頭的橫組合構成關係與縱聚合類型看，與語言符號的最小文學手法相近相通，在此意義上，似乎可以把電影、電視劇鏡頭為仲介物－實體的作品稱之為電子文學作品。換言之，理解了自然語言作為仲介物－實體的最小文學手法，電影、電視劇中的鏡頭就不難理解，因此，本文主要討論以自然語言符號作為仲介物－實體的傳統文學作品。

2　參見本書第一章 1.3.1.C.b.文學審美風格研究的起點。

自然語言單位——比如詞、句子等——雖然也進入文學研究視野，但是，自然語言及其單位，只是最小文學手法的組成部分，準確說，只是最小文學手法的能指及其單位，所以，自然語言的單位只是文學研究的準單位，不是文學研究的最小單位。由此出發，我們關於最小文學手法構成關係以及「意義」的定義如下：最小文學手法是自然語言符號以不可再分文學想像具象再次切分的橫組合片斷，自然語言是其能指，不可再分文學想像具像是其所指。最小文學手法，是若干自然語言符號與不可再分文學想像具象相互作用的文學符號－結構整體，是二者相互作用轉換生成的第三者，它不是自然語言符號與文學想像具象二者累加之和。其間，既不存在文學想像具象的物質化，也不存在自然語言的圖像化。最小文學手法這種橫組合構成關係，屬於自然語言的「言語」，無論中國文學還是西方文學，文學作品的語言文字組合均是個人性的、自由的。

筆者所說的這種最小文學手法，與俄國詩學文獻所說的「母題」、法國托多羅夫所說的「命題」、波蘭英伽登所說的「事態」相通，但研究角度不同，而且，實證基礎也不同。

從中西文學作品看，最小文學手法縱聚合相鄰關係的「價值」，主要包括三大類型相互對立關係：第一，敘事母題，主要包括敘事時間與敘事者；第二，描寫母題，主要包括人物描寫和環境描寫；第三，抒情議論母題，主要包括直抒胸臆和造型議論。最小文學手法三大類型相互對立潛在「互文性」規定，即最小文學手法的「價值」。

下面，我們就具體討論最小文學手法橫組合構成關係的「意義」，與縱聚合相鄰關係的「價值」。

3.1.2. 研究最小文學手法的雙重單位

雖然從俄國形式主義以來，文學手法被提上文藝學本體論範疇加以討論，而且，其討論大多使用符號結構的整體觀，但是，似乎沒有人討論過文

學手法的雙重單位。在上一節，筆者斷言最小文學手法是自然語言以不可再分文學想像具象切分的橫組合片段，最小文學手法有三大類型。為了理解最小文學手法這種既是自然語言再次切分的集合，又具有三大類型，有必要先瞭解羅蘭‧巴特提出的能指的「表義單位」和「區別性單位」兩個概念。

3.1.2.A. 羅蘭‧巴特論能指的表義單位與區別性單位

在《符號學原理》中，羅蘭‧巴特在討論系統的單位時提出了一對概念：能指的表義單位和區別性單位。他說：「轉換試驗，原則上（只能是原則上，因為第二分節的區別性單位必須排除，見本段下文，原注）提供了表義單位，也就是說，具有必不可少的意義的意串的片段。這些表義單位目前還屬橫組合單位，因為我們還沒有對它們進行分類。但是，可以肯定，它們也已經是系統的單位了，因為每一個單位都是潛在的縱聚合關係的一部分。 由於人類言語行為的雙重分節現象，故對符素的第二次轉換試驗便產生了第二種類型單位：區別性單位（音位）。這種單位自身並無意義，但它們可以促進意義的產生，因為轉換它們中的任何一個都會組成區別性單位的符素出現意義的改變（清輔音 s 換成濁輔音 s，會使魚 poisson 變為毒藥 poison）。」[3]

在這裡，作為系統單位的雙重分節，由兩個方面決定的：第一，表義單位，橫組合切分的詞素；第二，區別性單位，縱聚合分類的音位（音素）。羅蘭‧巴特關於系統單位的雙重分節，與索緒爾、羅蘭‧巴特提出的語言或者符號研究的雙重觀點相通，只是角度不同。[4]

3.1.2.B. 最小文學手法「表義單位」的兩種身份

在中學語文課本中，作為表達方式介紹了記敘、描寫、抒情、說明、議論等，記敘按照順序可以分為順敘、倒敘、插敘等，描寫可以分為心理描寫、

---

[3] （法）羅蘭‧巴特，《符號學原理》，黃天源譯，廣西民族出版社，第 57-58 頁。
[4] 參見本書第一章引言 1.2.2.E.c.。

肖像描寫、景物描寫等。但是，為什麼把它們叫做表達方式呢？中學教師振振有辭地講，學生專心聽，並成為習以為常的概念，沒有人質疑過。

在沒有問題的時候，質疑這些習以為常的概念人們會覺得你是否有病，但是，就是這些人們習以為常的概念，當你真的質疑它時，才發現其中的荒謬——原來它根本就沒有嚴格的定義。不過，從科學研究的角度說，質疑者也就發現了一個「新大陸」。下面，筆者嘗試使用符號結構方法對這些習以為常的語文表達方式進行描述闡釋。從嚴格的符號－結構方法來看，上述這些中學語文課本中所說的「表達方式」，大多屬於最小文學手法——自然語言以不可再分文學想像具象再次切分的橫組合關係片段。

由於最小文學手法這種結構不是一般意義的結構整體，而是符號－結構，具有符號的表達功能。因此，就是在表義單位意義上，最小文學手法具有兩種身份：第一，最小文學符號；第二，最小文學結構。

在最小文學結構意義上，最小文學手法強調構成最小文學手法的所有因素是一個結構整體。然而，不是所有的結構都有表達功能，都可以進行符號學分析。比如，磚，在通常情況下有長方形、正方形的等，但是，它本身並不注重表達什麼，只有實用功能——用來砌牆。而最小文學手法，無論是一段景物描寫還是一段情節敘述，它不但有能指的聲音、修辭等，而且，它本身還表達一種文學特殊的意義，讓人感覺到一個進入文學特有想像空間並「內視」到一種具體形象、具體圖畫，研究者可以在這一段文字中分析最小文學手法能指和最小文學手法所指。在此意義上，我們說最小文學手法不是一般的結構，它同時兼具最小文學符號的身份。

本章關於最小文學手法（以及後面更高結構層級的文學現象）的基本描述和闡釋，就是從符號和結構兩個角度出發，既討論符號能指和所指，又討論整體構造。正是在此意義上，我們的研究選擇索緒爾、羅蘭·巴特符號結構方法作為最基本的研究方法。[5]

---

[5]　參見本書 1.3 符號－結構方法：文學審美風格命題邏輯推演的方法。

3.1.2.C. 最小文學手法的「區別性單位」

　　猶如自然語言的音位，在「區別性單位」意義上，在符號的縱聚合聯想關係上，最小文學手法能指本身並不表達意義，或者說，暫時不考慮最小文學手法橫組合構成關係的「意義」，不考慮最小文學手法構成中能指與所指的對立，這時我們討論的是不同最小文學手法自身差異而形成的縱聚合類型相互對立關係的「價值」，這時，最小文學手法本身不表達意義卻促使意義產生。

　　比如，一段景物描寫與一段情節敘述，在互相參照下，我們可以判斷前者是靜態描寫，後者是動態敘述。再如，一段景物描寫與一段心理描寫，在互相對立中我們也可以看出兩者之間的描寫對象之不同。最小文學手法所指在聯想意義上的不可再分文學想像具象之間的差異，就是最小文學手法的縱聚合類型之「價值」，也就是在「區別性單位」意義上的最小文學手法研究。

　　關於文學審美風格諸結構層次的符號結構描述、闡釋，我們都是遵從這樣的雙重觀點、雙重分節，由此構成本書關於文學審美風格體系建構符號－結構方法邏輯一貫到底的基本構架。在此理解了研究最小文學手法的雙重觀點、雙重分節之後，文學審美風格更高結構層級的有關研究恕不贅言。

3.1.3. 文學作品中的最小文學手法考察

　　從中西文學作品看，任何作品都可以切分為若干最小文學手法。最小文學手法，是文學最小結構、最小符號。再往下分，就是以自然語言符號單位詞或者句子切分的人類交際交流符號了。

　　由於敘事作品和抒情作品文體特徵不同，為了比較客觀全面考察文學作品中的最小文學手法，在此，我們既考察敘事作品中的最小文學手法，也考察抒情作品中的最小文學手法。

3.1.3.A. 小說中的最小文學手法

相對於中國文學而言，敘事作品在西方文學中更為成熟和豐富，可以說是西方文學的特產。在西方敘事作品中，以契訶夫的小說篇幅最小，最方便舉例，因此，在這裡我們以契訶夫的短篇小說為研究對象考察敘事文學作品中的最小文學手法。

任何一部小說，都可以切分為若干最小文學手法。契訶夫小說《胖子和瘦子》開篇的一個片段，就是自然語言以五種最小文學手法為單位的組合：

> 尼古拉鐵路一個火車站上，有兩個朋友相遇：一個是胖子，一個是瘦子。／1 胖子剛在火車站吃過飯，嘴唇上粘著油而發光，就跟熟透的櫻桃一樣。他身上冒出白葡萄酒和香橙花的氣味。瘦子剛從火車上下來，拿著皮箱、包裹和硬紙盒。他冒出火腿和咖啡渣的氣味。他背後站著一個長下巴的瘦女人，是他的妻子。還有一個高身量的中學生，眯細一隻眼睛，是他的兒子。／2
>
> 「波爾菲里！」胖子看見瘦子，叫起來。「真是你嗎？我的朋友！有多少個冬天，多少個夏天沒見面了！」
>
> 「哎呀！」瘦子驚奇地叫道。「米沙！小時候的朋友！你這是從哪裡來？」／3
>
> 兩個朋友互相擁抱，吻了三次，然後彼此打量著，眼睛裡喊著淚水。／4 兩個人都感到愉快的驚訝。／5

在這一自然語言組合片段中，自然語言的意指性、規約性符號以五種最小文學手法為單位組合，轉換生成五個文學性符號：第一，敘述；第二，肖像描寫；第三，對話描寫；第四，動作描寫；第五，心理描寫。

在第二個最小文學手法符號中，肖像描寫又可以再分解為四個人物肖像描寫，其中，胖子、瘦子的肖像描寫比較細緻，兒子的肖像描寫比較簡略，妻子的肖像描寫最簡略。

猶如繪畫中有面、有線、有點，有完整與不完整。在第三個文學手法符號中，其能指有 60 個中文字元，比較多；第五個文學手法符號能指的中文字元比較少，只有 11 個，但是，從其所指看，它們各自都只表達了一個不可以再分的心理具象：前者描寫了兩個兒時朋友相遇時的對話；後者描寫了兩個兒時朋友相遇時的心理活動，因而各自都概括為一個獨立的最小文學手法符號。

3.1.3.B. 言志詩中的最小文學手法

相對於西方文學而言，中國古代言志詩更為成熟和豐富，可以說言志詩是中國文學的特產。因此，在考察抒情作品中的最小文學手法的時候，我們以中國的言志詩為研究對象。

雖然抒情詩外部結構有韻律、有詩節、詩行等，但是，也可以切分為若干最小文學手法。最小文學手法，是超越不同文體、不同文化的普遍文學現象。由於王維詩歌最具有中國言志詩意境特點，因此，在此我們考察王維的〈輞川閒居贈裴秀才迪〉：

寒山轉蒼翠，秋水日潺湲。／1
倚杖柴門前，臨風聽暮蟬。／2
渡頭餘落日，墟里上孤煙。／3
復值接輿醉，狂歌五柳前。／4

這是一首中國古代五言律詩，從外在結構看，可以分為四聯。在這裡，外在結構的四聯，剛好也是四個最小文學手法。其中，第一、第三個最小文

學手法的「意義」，都是景物描寫；第二、第四個最小文學手法的「意義」，都是人物描寫。

猶如西方抒情詩有歌德的〈五月之歌〉，[6]在中國言志詩中，也有外在結構與內在結構不一致的現象，但是，就是在這些詩歌中，仍然可以切分為若干最小文學手法。如《詩經・周南・芣苢》：

采采芣苢，薄言采之。采采芣苢，薄言有之。

采采芣苢，薄言掇之。采采芣苢，薄言捋之。

采采芣苢，薄言袺之。采采芣苢，薄言襭之。

在這裡，外在結構是三聯四言詩，可是，由於《詩經》結構佈局上重章迭句，反覆詠唱的特點，因此，從內在結構看，只有一種最小文學手法，即場面描寫，關於採摘芣苢的勞動場面的描寫。

3.2. 最小文學手法的構成

在該節主要討論最小文學手法橫組合關係的構成因素——最小文學手法的能指、所指[7]。

最小文學手法是不可再分的文學想像具象劃斷的自然語言符號橫組合片斷。從符號構成看，自然語言符號橫組合片段是最小文學手法的能指，不可再分的文學想像具像是最小文學手法的所指。

6　凱塞爾以歌德〈五月之歌〉為例，說明抒情詩外在結構和內在結構的不一致。參見凱塞爾，《語言的藝術作品》，上海譯文出版社，1984 年，第 216 頁。

7　關於符號的能指和所指的概念，參見本書第一章引言 1.3.2.B.符號能指與所指及其性質。

3.2.1. 最小文學手法的能指：自然語言橫組合片段

在風格載體討論中，索科洛夫首先討論的是語言。可是，語言怎樣成為「風格載體」的呢？語言與風格之間究竟存在什麼聯繫呢？筆者關於自然語言符號是最小文學文學手法的能指，揭示了自然語言符號與文學審美風格的部分與整體的關係，因為最小文學手法是文學審美風格的最小結構、最小符號。也就是說，自然語言符號，作為文學審美風格的最小結構－最小符號之能指，而成為文學審美風格有機整體的一部分。

作為最小文學手法能指的自然語言符號本身，既是文學審美風格的部分，也可以視為最小文學手法的子結構，它保持自己的結構邊界、結構構造規律參與最小文學手法的構造活動而成為最小文學手法的有機組成部分。[8]

作為最小文學手法能指的自然語言符號，關於它的考察主要包括兩個方面：第一，自然語言符號結構的構成：音響形象和意義的統一體；第二，自然語言符號結構的單位：詞和句子。

3.2.1.A. 自然語言的構成

自然語言的構成，即索緒爾所說的音響形象與意義統一的符號。[9]

熱奈特有一個很有意思的故事，可以幫助瞭解索緒爾的這個斷言。這個故事發生在二戰時期：兩個不懂英文的德國間諜，空投在英國。饑渴難耐，經過反覆練習「請來兩杯馬丁尼酒」這句話之後，進了一家酒吧。一個德國間諜上前點酒。不幸的是，酒吧侍者問道：「Dry？」（英語即「乾紅嗎」？）另一個德國間諜以為是問他「多少」時的「三」，因此機械地回答：「Nein，zwei！」（不，兩個！）

---

[8] 關於結構部分與整體的關係，參見本章 3.3.。
[9] （瑞士）費爾迪南・德・索緒爾，《普通語言學教程》第二章第二節，高名凱譯，北京：商務印書館，第 36 頁。

熱奈特指出：「語音[drai]既非德語單詞，也非英語單詞：當它表示「三」時便是德語詞，表示「幹」時便是英語詞。」這個故事說明「（大體上）相同組合的聲音在一種語言中可能是一個詞，而在另一語言中則是另一個詞，一個詞（及其語言屬性）不是僅由它的形式組成的，而是由它作為『完整符號』的功能構成的，即由其形式與意義的聯繫所構成。」[10]

3.2.1.B.　自然語言的單位

在自然語言組合中，如果從小於最小文學手法單位角度考察，這時的單位是詞和句子。比如，我們在 3.1.3.A.中所討論過的契訶夫短篇小說《胖子和瘦子》中的兩個最小文學手法為例，前一個最小文學手法內部自然語言以詞為單位組合；後一個最小文學手法內部自然語言以句子為單位組合。

- 兩個人都感到愉快的驚訝。
- 尼古拉鐵路一個火車站上，有兩個朋友相遇：一個是胖子，一個是瘦子。

要指出的是，在以自然語言單位切分的符號橫組合片段中，無論是以詞為單位，還是以句子為單位，其傳播的資訊都是人類交際交流的資訊。在這裡，小說中的符號，與日常交際交流活動中所使用的符號，是不存在差別的。日常聊天中，我們也可能有這樣的資訊傳播：「兩個人都感到愉快的驚訝。」

3.2.2.　最小文學手法的所指：不可再分文學想像具象

最小文學手法的所指是什麼呢？以不可再分文學想像具象為單位再次切分的自然語言橫組合片段，它所表達的資訊是什麼呢？

---

[10]　（法）熱拉爾・熱奈特，《熱乃特論文集》，史忠義譯，天津：百花文藝出版社，2001年，第 171 頁。自然語言音響形象與意義之間的關係，葉姆斯列夫有不同語系語言研究的豐富材料。參見（丹麥）路易士・葉姆斯列夫，《葉姆斯列夫語符學文集》第一部分語言導論。

3.2.2.A. 什麼是最小文學手法的所指

自然語言符號與不可再分文學想像具象相互作用構成的最小文學手法整體，它具有文學符號的「意義」。在此意義上，在最小文學手法中，以詞或句子為單位的自然語言作為一個文學符號有機組成部分——能指——所傳遞的資訊，已經不是作為日常交際交流載體的自然語言符號所傳播的資訊，而是不可再分的文學想像具象 Image。根據符號學的觀點，這時最小文學手法所指不是自然語言物質載體本身，而是它們以不可再分文學想像具象為單位再次切分後自然語言交際交流資訊的心理複現。這種情況，猶如語言符號學中索緒爾所說的詞「牛」的所指，不是「牛」的物質載體本身，而是其心理複現。[11]

還是以上面契訶夫小說的例子來說。「兩個朋友都感到愉快的驚訝」。日常聊天中可能也說這樣的話。但是，當這樣的自然語言符號橫組合片段在契訶夫小說中以「心理描寫」文學想像具象切分時，這時作者讀者文學想像活動中就會出現關於「兩個朋友都感到愉快的驚訝」的創造性想像活動或者再造性想像活動的「內視」畫面。關於這點，是理解最小文學手法構成時的難點，我們在下面的研究中還要詳細加以討論。

3.2.2.B. Image 在西方詩學文獻中的溯源

作為最小文學手法所指之 Image，[12]與前人有關研究所說的圖像、形象、感官印象、表象等概念相通。

亞里斯多德在《詩學》中就提出了模仿文學的「圖像」:「人對於模仿的作品總是感到快感，經驗證明了這樣一點:事物本身看上去儘管引起痛感，但惟妙惟肖的圖像看上去卻能引起我們的快感。……我們看見那些圖像所以

---

[11] 參見本書第一章 1.3.2.B.a.符號能指與所指及其性質。

[12] Image，《牛津英語大詞典》的解釋是:Partly from old & mod.French imager ,partly from the none. Imagine, picture (to oneself).該詞出自於古法語名詞 imager，指關於某幅圖畫的想像。在漢語中，「形象」、「表象」等，在英語中是一個詞，即 Image。參見本書 1.4.2.D.b. 文學審美風格切分單位的定義。

感到快感，就因為我們一面在看，一面在求知，斷定每一事物是某一事物……」[13]朗迦納斯把「詩的形象」作為風格範疇中思想的藻飾技巧問題加以討論，認為風格的莊嚴，大多依靠恰當地運用形象，這種形象是說話人在感情專注亢奮中似乎見到的，並讓讀者產生類似幻覺形象[14]。

　　後來的研究者分別從不同角度討論到文藝作品中的形象問題，所使用的術語或者是「感官印象」、「表象」，或者是「形象」，比如華茲華斯在《抒情歌謠集・一八一五年序》就提出了想像力與幻想感受、觀察、描繪、聯想等創造「感官印象」的能力，[15]柯勒律治在《文學生涯》中也提出藝術家運用想像力神奇力量從自己靈魂內心創造形象，通過形象、象徵模仿生命「自我暴露的片刻」。後來還有康德論審美判斷之想像力的表象、黑格爾絕對精神的感性顯現、以及史達爾夫人「論形象思維的作品」[16]、別林斯基論形象思維，以及 20 世紀維謝洛夫斯基論語言的形象、休姆論「形象化的詩歌」、凱塞爾論語言手段等。[17]其中，傳統風格論所討論的形象，更多與作品中的思想、觀念、精神、內容相聯繫，而當代有關研究中更多與語言載體、語言功能相聯繫。這種既與自然語言有關，又與觀念有關的形象，就是筆者所說的文學想像具象。只不過，最小文學手法的所指，不是泛泛而論的「形象」，而是以「不可再分」為前提的形象。

---

[13] （古希臘）亞斯多德，《詩學》，羅念生譯，（古希臘）亞里斯多德、（古羅馬）賀拉斯，《詩學・詩藝》，北京：人民文學出版社，1962 年，第 11 頁。以後出自《詩學・詩藝》的引文只標頁碼。

[14] （古羅馬）朗迦納斯，《論崇高》，錢學熙譯，《西方文藝理論名著選編》上卷，伍蠡甫、胡經之主編，第 123 頁。

[15] （英）華茲華斯，《抒情歌謠集・一八一五年序》，伍蠡甫、胡經之主編，《西方文藝理論名著選編》中卷，北京大學出版社，1986 年，第 56-66 頁。

[16] （法）史達爾夫人，《從社會制度與文學的關係論文學》第五章《論形象思維作品》，徐繼增譯，伍蠡甫、胡經之主編，《西方文藝理論名著選編》中卷，北京大學出版社，1986 年，第 20-37 頁。

[17] 除了史達爾夫人論形象思維的觀點以外，其它均參見本書第二章 2.1.和 2.3.。

任何成功文學作品中的 Image，都屬於作用於接受者的心理表象。在這裡筆者既沒有使用心理學、哲學的通常術語「表象」，也沒有使用當下文藝學泛泛而論的話語「形象」或者形式主義詩學的「視覺形象」，而是用「具象」，並用「文學想像」作為修飾語加以限定，企圖強調最小文學手法所指在文學活動中作用於接受者想像活動時「視覺感官」在幻覺中產生的具體圖形的造型性。這種造型並不**直接**作用於接受者視覺器官，而是建立在文字喚起接受者相關記憶基礎上的、接受者再造想像「內視」活動中仿佛「看到」的具體圖像造型。文學想像具象，在此上意義上既與自然物象或繪畫雕塑等藝術形象給接受者的視覺刺激不同，與音樂藝術形象給接收者的聽覺刺激也不同。

3.2.2.C. 「文學想像」在西方詩學文獻中溯源

狄爾泰認為，想像力最開始出現在文藝復興時期的歐洲，是生命本體、人的精神特質、人的理性、人的智力、人的詩性突破宗教侷限而得到充分發展的氛圍，對人生、對自然界事物一種精神感受，對超自然力量的幻覺般意識、這個時代的浪漫特性通過對自然與迷信的融合、神力啟示表現人的內在活力與創造力[18]。

在西方詩學文獻中，「想像」「想像力」話語隨著德國耶拿派史雷格爾談論想像[19]、英國湖畔派華茲華斯[20]、柯勒律治[21]談論想像大量湧入西方詩學話語中，成為浪漫主義詩學文獻的核心概念之一。浪漫主義詩學是自由主義的詩學，因此，關於自由想像談論很多，也很雜亂，康德的想像力的表象、想像力的知性精神等，是浪漫主義詩學關於想像力問題最具理論思辨的表述。康

18　（德）狄爾泰，《詩的偉大想像》，伍蠡甫、胡經之主編，《西方文藝理論名著選編》下卷，北京大學出版社，1987 年，第 551-558 頁。

19　（德）施勒格爾，《雅典娜神殿斷片集》，李伯傑譯，三聯書店，1996 年。

20　（英）華茲華斯，《抒情歌謠集‧一八一五年序》，伍蠡甫、胡經之主編，《西方文藝理論名著選編》中卷，北京大學出版社，1986 年，第 56-66 頁。

21　（英）柯勒律治，《文學生涯》，章安祺，《西方文藝理論史精讀文獻》，中國人民大學出版社，2003 年，第 375、380-381 頁。

德把人審美判斷力與目的論判斷力都視為一種人的先天判斷力，與這種先天判斷力相對的，是經驗判斷，即人在感覺世界、經驗世界、現象界的判斷。

可見人的想像力，是人的精神世界不同於物理世界的重要指標。想像活動，是人的內在生命活力的一部分，是創造文學作品的神奇力量，是西方從浪漫主義到現代生命哲學對人的精神生活研究中的共識。

3.2.2.D. 「文學想像」對「具象」的限定

文學想像對「具象」的限定，主要體現在兩個方面：第一，揭示了文學活動中想像的特點；第二，賦予文學具象不同於經驗世界感性形象。

英伽登在《文學作品》中指出：文學作品是一種「想像的客體」。既不屬於物理存在的物體，也不屬於有心理活動的人的個體，換言之，它不屬於實體。它既是作者主觀經驗的產物，同時，它能夠喚起讀者主觀經驗想像。[22]

筆者所說的文學想像具象的限定語「文學想像」，就是強調在文學活動中的 Image，是人所特有的想像力神奇力量用自然語言創造並享受的「表達世界」，它是作者生命本體巔峰體驗的表達，它可供受眾生命本體再次生命體驗，在此意義上，它是作者、受眾生命體驗通過文學想像活動相互作用整體，它為人的精神活動創造獨特的審美客體、獨特的幻想空間，是人類文學審美活動的對象化。

想像活動以自然語言創造的 Image 為中心，文學活動以此不同於哲學反思關於宇宙起點與終點的想像投射，也不同於歷史研究關於填補歷史記錄中的間隙的想像。

要指出的是，文學藝術符號雖然在媒介物質載體層面似乎與自然語言符號相似，但是，由於想像力的神奇作用，自然語言組合中創造出不可再

---

[22] （波蘭）英伽登，《文學作品》，伍蠡甫、胡經之主編，《西方文藝理論名著選編》下卷，北京大學出版社，1986 年，第 544 頁。

分文學想像具象，這種不可再分文學想像具象，與經驗世界感性形象性質完全不同。

不可再分文學想像具象在文學活動中的出現，從自然語言角度說，符號的性質與功能發生了第二次轉換，它是與自然語言符號截然不同的嶄新符號。

在最小文學手法中，以詞或句子為單位的自然語言物理存在，作為**文學符號**整體所傳遞的資訊，已經不再是作為交際交流載體之自然語言符號所傳播的資訊，而是自然語言符號的潛在功能所傳遞的資訊——不可再分文學想像具象。自然語言以不可再分文學想像具象為單位的集合，使具有同樣物理形式的自然語言發生一種性質上的改變，即由意指性、規約性符號在想像力的作用下轉換生成造型性、圖像性符號。

就文學與語言學研究對象看，兩者實體層面物質載體相同，都是自然語言，但是，產生「文學性」的符號，與產生交際交流功能的符號，不在一個結構層級。自然語言與最小文學手法，不僅符號切分單位不同，而且，其能指、所指，以及符號的「意義」、「價值」也不同。自然語言的切分單位是詞和句子，其能指是自然語言的聲音，所指是具體交際交流資訊，其符號的意義是自然語言聲音與概念相互作用構成的關係，其符號的價值是詞法句法等類型構成的對立關係。最小文學手法的切分單位是不可再分文學想像具象，其能指是自然語言符號橫組合以文學單位再次切分之片段，其所指是不可再分文學想像具象，其符號意義是自然語言與不可再分文學想像具象相互作用構成的關係，其符號的價值是最小手法三大類型之間構成的對立關係。

筆者關於最小文學手法的所指，是不可再分的文學想像具象的斷言，或許與日爾蒙斯基所說的題材手法中的特殊部分相近。日爾蒙斯基所說的題材手法中的特殊部分，他又叫做形象理論。這個形象，或許就是筆者所說的文學想像心理具象，只是筆者嚴格指出了這個形象的切分單位、以及這個形象在文學符號結構整體中的位置與關係。

3.2.2.E.　關於「不可再分文學想像具象」的文學作品考察

為了理解最小文學手法這種結構轉換，我們首先需要瞭解在文學作品中不可再分文學想像具象對自然語言的再次切分，以及最小文學手法第二次結構轉換中產生的新的所指。在中西文學作品中，隨處可見不可再分文學想像具象對自然語言的這種再次切分，以及最小文學手法第二次結構轉換中產生的新的所指。

比如，雪萊的小詩〈歌〉的前兩個詩行：

A widow bied sat mourning for her love
　　Upon a wintry bough;

在這裡，十二個英文單詞，以詞為單位所轉遞的交際交流資訊，用漢語表達是二十二個漢字所傳遞的資訊：

一隻失去伴侶的鳥在冬天的枯枝上為她的愛人哀悼。

當以最小文學手法為單位考察的時候，這十二個英文單詞相互作用轉換生成一個最小文學手法，其所指是一個不可以再分的文學想像具象：關於鳥的「景物描寫」圖畫，根據這樣的文學想像圖畫，我們說這是一個景物描寫。在這裡，英語的十二個單詞和漢語的二十二個漢字，詞彙的聲音、意義、修辭、句子的語法不同，即作為第一次結構轉換中交際交流符號的能指不同，但是，作為第一次結構轉換的自然語符號系統的所指關於一隻鳥哀悼她的愛人的資訊卻相同，而且，第二次結構轉換中文學符號的所指關於鳥的「景物描寫」圖畫也相同。不過，這幅存在於人的文學想像活動中的具體圖畫，是不可以再往下細分的。而第一次結構轉換中的符號所指，還可以再繼續往下切分。

如果從語法角度看，這十二個英語單詞或者二十二個漢字還可以往下細分為三個部分：第一，主語「A widow bied」，「一隻失去伴侶的鳥」；第二，動詞謂語「sat mourning」「坐著哀悼」；第三，狀語「for her love」和「Upon a wintry bough」「為了她的愛人」和「在一冬天的樹枝上」。這時的分析單位，是自然語言的片語。在這個時候，被分開的三個部分，作為第一性系統符號的所指還是存在，但是，作為最小文學手法「景物描寫」的所指──關於鳥的「景物描寫」圖畫卻不存在了。在小於最小文學手法單位的分析中，我們進入了語言學的領域。

關關雎鳩，在河之洲。窈窕淑女，君子好逑。

在《詩經・周南・雎鳩》開頭的這十六個漢字中，以詞為單位的「關關」或者以字為單位的「之」，雖然是我們分析該詩句時也使用的單位，但是，這些單位只是作為最小文學手法內部的單位進入我們的研究視野，「關關」也好，「之」也罷，只是我們關於該段十六個漢字文學手法研究之部分而不是其全部。在這裡，象聲詞「關關」的雙聲疊韻音響效果，虛字「之」所傳達的委婉悠長意味，是「關關雎鳩，在河之洲」自然語言聲音韻律形成的獨特表達方法，屬於詩學手法的組成部分，它們使「關關雎鳩，在河之洲」的想像具象具有語言藝術特有的音響美效果，這種音響美效果與音樂作品《梁祝》、《命運》那種旋律、節奏構成的音響美效果不同。

我們假設，如果沒有關於在河之洲的雎鳩之景物描寫所創造的文學想像具體形象，象聲詞「關關」雖然仍然具有雙聲疊韻音響效果，虛字「之」雖然仍然可以傳達委婉悠長意味，但是，僅僅以字或者詞為單位研究這些文字，它們只能在古代漢語中作為虛字或者雙聲疊韻詞的例證來講解。一旦象聲詞「關關」、虛字「之」的分析與《周南・雎鳩》語境以及所提供的文學想像圖畫結合起來分析，古代漢語課就成為文學課或者具有文學課的因素。

同樣物理存在的文字，假如「關關」是生物學專著中關於鳥類動物雎鳩的說明性文字，而不是《詩經・周南・雎鳩》中規定的自然語言橫組合片段之部分，也不屬於文學範疇，即使「關關」同樣是用來說明雎鳩的和鳴聲，並同樣具有雙聲疊韻特徵。

再以契訶夫小說《胖子和瘦子》開篇片段第四個最小文學手法為例，幫助我們理解最小文學手法對自然語言的這種再次切分。

兩個｜朋友｜互相｜擁抱，吻｜了｜三次，然後｜彼此｜打量｜著，眼睛｜裡｜含｜著｜淚水。

這段由名詞、動詞、數量詞，以及虛詞等 16 個片語合的自然語言符號橫組合片段之所以進入文學研究領域，也是因為它們以自然語言符號不具備的新單位重新切分，在文學想像空間產生意義延展，產生了只有在文學想像活動中才能夠創造的虛構性想像連續圖畫：兩個朋友相見時先後三個動作：擁抱、吻、打量。

同樣的這十六個自然語言符號橫組合，我們假設在日常交際交流語境中，不管是語言學關於這十六個詞所組成的語段之語法分析也好，還是日常談話敘述兩個朋友相見的三個動作也好，都不存在創造或者接受小說《胖子與瘦子》中的這種虛構的、文學想像活動中的心理具象。而契訶夫關於這三個動作的「動作描寫」手法，雖然從語言能指角度看它們沒有發生詩歌語言的變形、扭曲、陌生化，它們和日常話語語境自然語言符號的物理存在似乎完全相同，但是，由於其自然語言符號與作者或接收者文學想像具象相互作用時產生了文學活動中才存在的新單位與新意義，所以，它們進入了文學殿堂。

從英加登所說的詩歌作品那種朦朧的、雙線條的、隱喻方式的「真實」內容，[23]到 A・J・格雷馬斯關於詩歌單位以及詩歌的兩種模式雙重功能等研究[24]，

[23] 英加登指出：詩歌作品的「真實」內容，是通過隱喻方式曲折確定的，是朦朧的、雙線條的，而科學則是直接的，單線條的。（波蘭）羅曼・英加登，《對文學的藝術作品的認識》第一章第十三節，第 64-71 頁。

可見西方學者自覺不自覺都意識到文學符號對自然語言再次切分這種文學現象，只是他們的研究角度不同、表述話語不同。

3.3. 最小文學手法的兩次結構轉換

在上面的討論中，我們已經初步感受到同樣物理形式的自然語言物質載體，作為交際交流的自然語言符號僅僅以詞和句子為單位發生一次結構轉換；而作為文學藝術符號的最小文學手法卻發生了兩次結構轉換。在此我們專門討論最小文學手法的這兩次結構轉換。這是最小文學手法研究中最激動人心的發現——文學符號構成的秘密。

筆者在文學審美風格研究中所說的最小文學手法的兩次結構轉換，借用羅蘭·巴特在符號第二性系統研究中所提出的模式表示為：（ERC）RC'。其中，（ERC）是第一次結構轉換，（ERC）RC'則是第二次結構轉換。E，是第一次結構轉換的能指，（ERC）是第二次結構轉換的能指。C，是第一次結構轉換的所指。C'，是第二次結構轉換的所指。R，表示能指與所指之間的關係。

下面，我們具體討論什麼是最小文學手法的這種複雜、隱秘的兩次結構轉換。

---

[24] 在詩歌單位基礎上，格雷馬斯從語言、表達、內容三個方面考察，提出兩種語言模式：第一，片語（詩歌模具），第二，陳述（體裁模型），並認為：兩個圖式在同一時刻承擔雙重功用：在句子範圍內的普通交流和更大的話語單位內的功用。詩歌圖式列表一旦完成，就無法回避其意義問題：語法和音位圖式成為詩歌的模具，敘述和韻律圖式則成為體裁的模型。格雷馬斯借用勒文觀點提出詩歌單位疊加在語言單位上，特徵是：第一，通過組合軸或聚合軸羨餘現象，我們可以識辨它們；第二，它們溢出句子的框架，構成更大的話語意義段；第三，這是一些結構性單位，是一種關係的存在，該關係至少是兩個詞語的關係。（法）A·J·格雷馬斯，《論意義》上，吳泓緲、馮學俊譯，天津：百花文藝出版社，2005 年，第 285-296 頁。

3.3.1. 什麼是最小文學手法的兩次結構轉換

筆者所說的文學藝術符號的兩次結構轉換，借用羅蘭・巴特符號學所提出的符號的第二性系統理論資源。羅蘭・巴特的符號第二性系統理論，揭示了複合符號系統結構構成的複雜情況。雅各森語言學詩學的失敗，原因之一，其實就是因為雅各森語言學詩學沒有認識到符號複合系統中這種第二性系統的複雜情況。

3.3.1.A. 羅蘭・巴特論符號的第二性系統

在《符號學原理》中羅蘭・巴特說得很明白：符號的第一性系統（ERC）成了第二性系統的表達層面或能指，也可以表達為：（ERC）RC'。葉爾姆斯列夫把這種情況稱為附加意義符號學。這樣，第一性系統就是實指層面，第二性系統（可延伸到第一性系統）是附加意義層面。所以，我們可以說，附加意義系統就是一個其表達層面本身由一個意義系統構成的系統；而附加意義本身通常情況顯然是由複合系統構成的，正是這個複合系統的分節語言構成了第一性系統（比如文學作品的情況就是這樣）。

附加意義的能指——我們稱之為附加意義載體是由實指意義系統的符號（能指和所指的結合）構成的。當然，好幾個實指意義符號可以結合起來組成一個單一的附加意義載體，只要這個載體有一個單一的附加意義所指，換句話說，附加意義系統的語言單位不一定具有跟實指意義系統同樣的能力，實指意義話語的大段話，可以是附加意義系統的一個語言單位（例如，一篇作品的筆調，就是這種情況，作品是由各種詞語構成的，但它仍然屬於一個單一的所指）。

附加意義的所指，它同時具有一般性的、總結性的和分散的特點：如果願意，我們可以說這就是意識的片斷，例如，法語的全部資訊可以歸結為一個所指——「法語」；一部作品可以歸結為「文學」這個所指。這些所指與文

化、知識、歷史緊密相通。可以說，正是通過文化、知識、歷史，世界才有了系統。簡言之，意識是附加意義所指的形式簡單化（從葉爾姆斯列夫語言學理論的意義上說），而修辭學則是附加意義載體的形式。[25]

3.3.1.B. 文學作品中的最小文學手法的兩次結構轉換

在文學審美風格研究中，最小文學手法，是一個典型的符號第二性系統，是一個其表達層面本身由一個意義系統構成的複合系統。最小文學手法兩次結構轉換可以用模式表示為：（ERC）RC′。

當我們沿用羅蘭・巴特的模式，把 R 看作符號能指與所指的關係，自然語言的能指 E（音響形象）與其所指 C（觀念）構成的符號第一性系統表述為 ERC，那麼，當 ERC 作為更高結構層級符號最小文學手法的能指時則表示為（ERC），它與其所指「不可再分文學想像具象」C′相互作用構成的符號第二性系統即（ERC）RC′。其中，在第二次結構轉換過程中所產生的單義所指 C′，由於文學想像具象之造型性，使自然語言第二次結構轉換過程和被構造物獲得先前不具備的造型性特徵與功能。

還是以雪萊〈鳥〉的前兩個詩行為例，那十二個英語單詞或者二十二個漢字以片語為單位所組成的系統，就是符號第一性系統 ERC。其中，十二個英語單詞或者二十二個漢字的聲音形象，是其能指 E，而關於一隻鳥哀悼她愛人的資訊，是其所指 C，它們之間的關係構成符號第一性系統的「意義」ERC。同時，這十二個英語單詞或者二十二個漢字作為「意義」整體成為符號第二性系統景物描寫的能指（ERC），它們有一個單義的附加意義所指 C′——關於一隻鳥的景物描寫圖畫。這時其切分單位不再是英語或漢字的字、詞或片語，而是符號第二性系統切分單位不可再分文學想像具象。所以，同樣十二個英語單詞或者二十二個漢字，以不可再分文學想像具象再次切分的橫組合片

---

[25] （法）羅蘭・巴特《符號學原理》，第 80-82 頁。

段，是一個其表達層面本身由一個意義系統 ERC 構成的複合系統（ERC）RC′，
具有造型性特點與功能。

　　皮爾斯、皮埃爾・吉羅的符號分類研究雖然都意識到規約性符號與造型
性（或者類比性關係符號）之間的差異，但是，他們並未揭示造型性符號形
象功能不同之原因。羅蘭・巴特符號學雖然用符號的第二性系統解釋文學作
品，但是，並未用符號的兩次結構轉換解釋第一性系統規約性符號與第二性
系統造型性符號之間的這種差別。皮埃爾・吉羅雖然用多義編碼解釋詩學編
碼，但沒有用文學符號第二次結構轉換以及文學符號的第二個所指解釋文學
作品中的自然語言符號的這種造型性。

　　筆者借用皮亞傑關於不同層級結構轉換理論[26]把最小文學手法符號第二
性系統、符號的造型性多義性等現象闡釋為結構的第二次轉換。筆者以為，
從最小文學手法看，自然語言規約性符號與文學造型性符號之間的差別，根
本原因在於兩種符號結構轉換具體情況不同：規約性符號只存在一次結構轉
換，而造型性符號卻存在兩次結構轉換。也就是說，同樣的物理存在，作為
文學符號時自然語言具有兩個所指：第一個所指是與自然語言音響形象相對
應的觀念；第二個所指是與自然語言音響形象與觀念統一體相對應的不可再
分文學想像具象。

　　在文學作品中的自然語言這種第二次結構轉換以及第二個所指，是最小
文學手法構成之秘密，是文學符號區別於自然語言交際交流符號之關鍵。生
物學、語言學中的「關關」，不存在《詩經・關雎》開頭十六個漢字中的「關
關」所包含的那種第二次結構轉換以及第二個所指。

　　其實，造型藝術的線條、色彩之所以成為藝術手段而不同於普通的線條、
色彩，音樂藝術的旋律、節奏之所以不同於非音樂藝術的自然聲響，也在於
第二性系統的這種第二次結構轉換以及第二個所指。符號第二性系統的第二

---

[26]　（瑞士）讓・皮亞傑，《結構主義》，倪連生、王琳譯，北京：商務印書館，1987 年，
　　第 1-11 頁。參見本書 3.5.2。

次結構轉換及第二個所指，為亞里斯多德以情節為中心的模仿文學之「圖像」、華茲華斯抒情詩的「感官印象」、康德的「想像力的表象」、乃至陸機「期窮形而盡相」之「相」[27]、皎然「但見情性，不睹文字」「虛實難明」之「境象」[28]等文學想像具象相關論述提供了一種理論上的闡釋。

3.3.1.C. 卡勒對雅各森語言學詩學之批評

卡勒在《結構主義詩學》中指出：「⋯⋯正因為詩必須作為詩來讀，因此，詩包括除語法結構之外的其他結構，它們之間的相互作用可能為語法結構帶來語法學家完全不曾料想的功能。只有從一首詩的具體效果出發，考察語法結構如何有助於解釋這些效果，我們才能避免把語法分析作為闡釋方法而造成的錯誤。⋯⋯雅各森提請人們注意各式各樣的語法成分及其潛在功能，這對文學研究是一個重要貢獻，但是，由於他相信語言學為詩學格局的發現提供了一種自動程式，由於他未能認識到語言學的中心任務是解釋詩學結構如何產生於多種多樣的語言潛在結構，他的分析實踐是失敗的。」[29]

當我們把文學作品當做文學作品來閱讀接受的時候，自然語言符號之間的相互作用帶來的語法學家完全不曾預料的功能，就是自然語言符號作為整體與不可再分文學想像具象相互作用這第二次結構轉換。雅各森語言學詩學失誤之一，就是沒有看到**文學單位**對自然語言的再次切分以及文學符號第二次結構轉換，把自然語言第一次結構轉換的規則主觀移植到第二次結構轉換活動中。

---

[27] （西晉）陸機，《文賦》，《文賦集釋》，張少康集釋，北京：人民文學出版社，2002年，第 99 頁。

[28] （唐）皎然，《詩式》《詩議》，《中國歷代文論選》卷二，郭紹虞主編，上海：上海古籍出版社，2010 年，第 77、88 頁。

[29] （美）喬納森・卡勒，《結構主義詩學》，盛寧譯，北京：中國社會科學出版社，1991年，第 120 頁。

3.3.2. 最小文學手法第一次結構轉換的三種意義

如前所述，在文學作品中，最小文學手法的第一次結構轉換，即羅蘭‧巴特符號學所說的第一性系統（ERC）的結構轉換，指由音響形象和意義構成的自然語言以詞和句子為單位向規約性符號轉化構造作用。在此我們繼續討論最小文學手法第一次結構轉換過程與轉換結果的「意義」。

在文學作品中，在最小文學手法第一次結構轉換過程中，自然語言作為規約性符號的「意義」，主要有三種：第一，不可再分文學想像具象、第二，文化代碼、第三，自然語言的藝術性。

3.3.2.A. 不可再分文學想像具象

在文學作品中，自然語言符號的表義性，首先是不可再分文學想像具象。通常，絕對多數文學作品都具有這樣的表義性。最小文學手法第一次結構轉換中自然語言符號的這種意義 C，將作為文學符號最小文學手法的能指（ERC）繼續參與其結構構造，並傳播第二個所指 C'，從而成為第二性系統最小文學手法（ERC）RC'的組成部分。

一部文學作品，大多數的自然語言符號，都屬於這種情況，它們構成以文本為單位的作品藝術圖畫的基本部分。關於這個問題我們在本章下面一個問題「最小文學手法第二次結構轉換的意義」中還要繼續討論。

3.3.2.B. 文化代碼

但是，在文學作品中，不同程度還存在另外一種情況，即自然語言符號的能指所表達的資訊與文學想像圖畫無關，自然語言符號的功能只是傳遞一般交際交流資訊，即自然語言能指音響形象只有一個單一所指。這種情況屬於皮爾斯符號分類中的規約性符號或者皮埃爾‧吉羅符號學分類中的邏輯編碼。[30]

---

[30]　參見本書 1.2.2.F.。

比如，契訶夫《一個文官之死》關於「突然間」的議論、屠格涅夫小說關於俄羅斯命運的政論、雨果《巴黎聖母院》關於「印刷消滅煉金術」的議論、拜倫《唐璜》上下古今無所不談的插話等……。米克‧巴爾把敘事作品中的這種現象，概括為「非敘述的評論」。[31] 趙毅衡把這種敘述者對敘述的議論，稱為「干預」，並分為「指點干預」（對敘述形式的干預）和「評論干預」（對敘述內容的干預）。[32]

在文學作品中，上述自然語言符號不具有第二次結構轉換的可能性，無論人類想像力怎樣發揮也不可能在這樣的單義編碼中創造文學想像具象，它們僅僅以第一次結構轉換構成第一性系統 ERC 直接進入文學作品。這類自然語言符號的所指並不參與不可再分文學想像具象的構造，是外在於不可再分的文學想像具象的另類。這就是我們所說的自然語言的文化代碼意義，即文學作品中議論性文字的所指。

猶如不存在純而又純的氧氣，純粹的氧氣只是理論意義上的存在。實際存在於文學作品的仲介物－實體的自然語言，不是由純而又純的文學手法構成的，其間，或多或少夾雜著自然語言的文化代碼。

我們指出了文學作品中的自然語言符號中的文化代碼，並不是說所有文學作品都具有這種自然語言符號的文化代碼，但是，很多文學作品或多或少都存在。它們雖然參與以文本為單位的作品藝術圖畫構造，只是由於它們的數量通常只是少數，並不能改變作品藝術圖畫的基本造型性特徵，因而它們的存在否定不了最小文學手法第二次結構轉換。它們的存在只是說明，作品藝術圖畫不是 100% 由最小文學手法構成。

如果因為文學作品中的自然語言－文化代碼的存在而否定最小文學手法第二次結構轉換的存在，是以偏概全。這種情況，猶如中國畫中的題字、印

---

[31] （荷蘭）米克‧巴爾，《敘述學——敘事學理論導論》，譚君強譯，北京：中國社科出版社，1995 年。

[32] 參見趙毅衡，《當說者被說的時候——比較敘述學導論》第二章，北京：中國人民大學出版社，1998 年。

章。我們不能因為中國畫中有少量的題字或者印章，而否定中國畫的繪畫基本性質。

3.3.2.C. 自然語言的藝術性

在文學作品最小文學手法第一次結構轉換中所產生的意義，還有一種很特殊的情況，這種情況在前面所討論的兩種情況中都存在，這就是自然語言表達本身的藝術性，筆者將它概括為自然語言的裝飾性與反常化。日爾蒙斯基所說的語言手法[33]，前面談及的《詩經·關雎》中雙生疊韻詞「關關」、虛字「之」的獨特表達韻味，大多屬於這種情況。亞里斯多德的修辭學、[34]劉勰的「聲文」之術、「形文」之術、[35]大多與此相關。俄國 20 世紀初維謝洛夫斯基、日爾蒙斯基、維諾格拉多夫等人的語言風格研究的位置，應該在這裡。[36]雅各森語言學詩學的根據，也應該在這裡。

在討論詩歌語言陌生化手法時，什克洛夫斯基強調「藝術的目的是使人對事物的感受如同你所見到的視覺形象一樣，而不是如同你認知的一樣，藝術的手法是事物的陌生化手法，是複雜化形式的手法，增加感受的難度與感受時間的長度」。[37]

筆者以為，什克洛夫斯基關於陌生化手法的斷言可以概括為語言的裝飾性與反常化。語言的裝飾性，即什克洛夫斯基所說的詩歌語言的扭曲變形，

---

[33] （俄）В·М·日爾蒙斯基，《詩學的任務》，《俄國形式主義文論選》，（愛沙尼亞）札娜·明茨、伊·切爾諾夫編，第 76-77 頁。

[34] （古希臘）亞里斯多德，《詩學》，（古希臘）亞里斯多德、（古羅馬）賀拉斯，《詩學·詩藝》，第 77 頁。（古希臘）亞里斯多德，《修辭學》，《亞里斯多德全集》第 9 卷，苗力田主編，北京：中國人民大學出版社，1994 年，第 496 頁。

[35] （梁）劉勰，《文心雕龍》，《增訂文心雕龍校注》上，黃叔琳注、李詳補注，楊明照校注拾遺，北京：中華書局，2000 年。筆者以為，《文心雕龍》卷七《情采》等五篇、卷八《比興》等五篇，即劉勰所說的「聲文」之術、「形文」之術。

[36] 參見本書第二章 2.3.1.C.a.。

[37] （俄）В·Б·什克洛夫斯基，《作為手法的藝術》，《俄國形式主義文論選》，（愛沙尼亞）札娜·明茨、伊·切爾諾夫編，第 211-228 頁。

包括俄國形式主義詩學所討論的聲音層面的韻律、節奏、節律規律以及詩人的節律衝動等，修辭層面的比喻、象徵、誇張等。而什克洛夫斯基所討論的托爾斯泰語言的陌生化、民間故事關於性器官的陌生化，普希金平庸語言（相對於傑爾查文高雅風格）、或者俄羅斯詩歌中對方言的偏愛等，則可以概括為反常化。

馬致遠〈秋思〉中的「枯藤老樹昏鴉，小橋流水人家」，在聲音方面存在押韻的修飾性，在修辭方面存在對偶的修飾性，在詞語組合時存在名詞連用意象疊加的反常性……這些不同角度的表現手段，即自然語言的藝術性。

雅各松在討論傳統時說：「……革新唯有以過去的傳統為背景才會被人們承認。形式主義者的著作充分說明，保存傳統和拒絕傳統形式，構成了每種新藝術作品的本質。」[38]語言手法的反常化，通常是相對於詩歌語言傳統裝飾性而言的。語言手法的裝飾性傳統一旦形成，非裝飾性的陌生化處理也就會產生，兩者都體現了語言手法的藝術性。嚴格的亞歷山大詩體、十四行詩體、斯賓塞詩體、義大利八行詩體、中國古體詩、近體格律詩等，這些不同文體－體制關於語言韻律、節奏的相關規定，體現了文學語言手法的裝飾性模式。中國古代言志詩的用事用典，是效仿傳統之獨特修辭手法。近現代的無韻詩、自由詩、以及最近網路上討論的口水詩[39]，從語言手法看，體現了對傳統裝飾性的陌生化處理。

自然語言第三種意義的特殊性在於，自然語言音響形象或者觀念的物理屬性要參與其意義構成。比如，斯賓塞九行詩體與義大利八行詩體之間的不同，律詩五言與七言之間的不同，詩歌押韻、平仄等手法以自然語言音響形

---

[38]　（俄）Р・О・雅各松，《主要成分》，《俄國形式主義文論選》，（愛沙尼亞）札娜・明茨、伊・切爾諾夫編，第305-310頁。

[39]　趙麗華口水詩〈想著我的愛人〉：我在路上走著／想著我的愛人／我坐下來吃飯／想著我的愛人／我睡覺／想著我的愛人／我想我的愛人是世界上最好的愛人／他肯定是最好的愛人／一來他本身就是最好的／二來他對我是最好的／我這麼想著想著／就睡著了。

象規律為前提才存在。此外，從馬致遠〈秋思〉中的對偶、名詞連用意象疊加看，其中還有自然語言所指的詞性因素參與。正是這些作為文學作品物質載體本身的因素參與語言手法的裝飾性-反常化，文學作品才具有文學作品媒材賦予的特殊屬性。

要指出的是，自然語言的這種裝飾性-反常化，既屬於語言藝術手法，也屬於文學手法，身兼雙重身份。或者說，自然語言的這種裝飾性-反常化，是最小文學手法構成關係意義之一。在此意義上，俄國形式主義以及雅各森語言學詩學在文學本體意義上對語言手法的強調是合理的。不過，這種語言手法的藝術性在文學手法意義整體中的比例有限，斷不能將它們等同於文學手法意義的全部。雅各森語言學詩學就是前車之鑑。

雅各森把系統範圍的隱喻和意串範圍的換喻之間的對立，運用到非語言學的言語行為，提出隱喻型和換喻型話語，羅蘭·巴特評價為：「使語言學開始向符號學過渡」。[40]在此，筆者不敢苟同羅蘭·巴特的評價。筆者以為，應該運用結構──符號一般方法論面對文學現象獨立思考，而不是恪守語言符號學的具體規則不得越雷池一步。具體說，不應該把語言學的修辭手法對立主觀隨意擴大到非語言學領域或文學領域。

雅各森強調從語言學角度研究詩學，並因此用語言學「隱喻」和「轉喻」兩大修辭手法比附語言學中的順序性與毗連性關係（即橫組合構成關係與縱

---

[40] 雅各森認為，屬於隱喻類型（替換聯想占主導地位）的有：俄國抒情詩、浪漫主義、象徵主義作品，超現實主義繪畫、卓別林的電影（其重疊的漸隱現象屬於真正的電影隱喻）、佛洛德發現的夢的符號，等。羅蘭補充：專業報告、主題式的文學批評、格言式的話語屬於換喻類型（橫組合占主導地位）的有：英雄史詩、現實主義流派的故事、格里菲斯的電影（蒙太奇、特寫、鏡頭角度的變化）、通過移動和聚光而產生的蒙朧的畫面。羅蘭補充：通俗小說、報刊發表的敘事等。（見巴特〈符號的想像〉，《批評文集》，伊瑟出版社，1964 年）羅蘭·巴特評價到：確實有很多關於隱喻的文學作品，而幾乎沒有關於換喻的文學作品。參見羅蘭·巴特，《符號學原理》，廣西民族出版社，1992 年，第 51-52 頁。

聚合聯想關係——筆者按），再用文學思潮兩大類型浪漫主義和現實主義，以及文學體裁兩大類型詩歌和散文比附這兩種修辭手法。[41]

羅蘭・巴特曾經明確指出：符號橫組合關係與縱聚合關係，是考察符號意指作用時的兩種角度，前者主要討論符號切分，後者主要研究符號類型。[42]而隱喻和換喻，是修辭學中的兩種類型，當屬於符號縱聚合相鄰關係範疇討論的問題。雅各森關於隱喻和換喻的文學研究，不僅不遵守符號結構方法論的基本規定把語言符號學研究兩種維度橫組合與縱聚合關係簡單比附修辭手法的兩種類型，而且，不顧文學事實將兩種修辭手法生硬套在兩組文學類型的對立上，這種簡單化的生硬比附，不僅對文學現象解釋不周全，而且，在理論上也將兩種符號類型與兩種符號研究維度混為一談。

從文藝學角度看，俄國形式主義的功績在於揭示了自然語言作為文學載體的特殊藝術性，但是，雅各森語言學詩學由此而把文學看做語言學的分支，不僅誇大了語言學在文學中的地位，而且，在文藝學理論上混淆了屬於文學手法第一性系統的修辭類型和屬於文學手法第二性系統的文學類型之間的界限。

在此，我們具體討論了最小文學手法第一次結構轉換 ERC 中 C 的三種意義，下面，我們將繼續討論最小文學手法第二次結構轉換（ERC）RC'中 C'的兩種意義。

3.3.3. 最小文學手法第二次結構轉換的意義之一：造型性

在第二次結構轉換中，最小文學手法的兩種「意義」分別是最小文學手法的造型性和虛構性。這種造型性與虛構性，是最小文學手法整體（ERC）RC'中（ERC）的所指 C'，與自然語言符號整體作為符號能指（ERC）相互作

---

[41] （美）羅曼・雅各遜，《隱喻和換喻的兩極》，張祖建譯，《西方文藝理論名著選編》下卷，伍蠡甫、胡經之主編，北京：北京大學出版社，1987 年，第 430-436 頁。

[42] 參見本書 1.3.2.E.。

用所產生的符號的附加意義，第二性系統的意義。由於這部分涉及內容比較多，所以，我們分為兩節來討論。首先，我們討論最小文學手法的造型性。

3.3.3.A. 皮埃爾‧吉羅論符號的類比性關係

類比性關係，是皮埃爾‧吉羅在符號學分類時提出的一個概念。皮埃爾‧吉羅說：符號的類比性 analogique 關係，即根據能指和所指之間具有的可以使之相似的共同特徵而確定的關係，根據它們在時間或空間裡的鄰接情況，可以分為隱喻和換喻。形象 icône 即 image 或象徵 symbole，皮埃爾‧吉羅根據拉朗德的傳統解釋定義為：根據一種類比的相應性來表現一事物。根據形象或象徵的程度，皮埃爾‧吉羅將類比性關係再分為兩種情況：

簡單形式或抽象形式的類比性：一項設計、一張地圖，或一公路標誌牌。

形象形式的類比性：皮埃爾‧吉羅認為，這種類比性最完整的形式下是一種表現，照片、肖像、戲劇表演等都屬於這種情況。

在此基礎上，皮埃爾‧吉羅指出：純粹表現性符號，可以在任何事先約定以外發揮作用。這就是詩學的情況。詩學是開放系統，是新的意指作用的創造者。不過，這些新的意指作用很快被系統加以編碼和吸收。

筆者以為，皮埃爾‧吉羅的類比性關係既然與皮爾斯的造型性符號相通，而皮爾斯造型性符號提出更早，表達更加明晰，並具有較大影響，因此，我們使用皮爾斯的「造型性」話語概括最小文學手法的附加意義。不過，皮埃爾‧吉羅的類比性關係，進一步闡釋了造型性符號的特徵，並聯繫詩學編碼加以深入討論，也有助於我們對最小文學手法的附加意義不可再分文學想像具象的認識。[43]

---

[43]　參見本書 1.3.2.F.。

3.3.3.B. 中西詩學文獻論文學想像具象

中西詩學文獻豐富的關於文學想像具象的相關論述，為最小文學手法造型性提供了詩學文獻根據。

從西方詩學文獻看，從亞里斯多德《詩學》一直到敘事學關於情節、性格、對話體、第三人稱敘述等研究，都是圍繞創造性模仿藝術圖像的文學手法研究。在此意義上，華茲華斯「感官印象」、柯勒律治的「形象」「象徵」，不過是從抒情詩角度對西方詩學文獻的補充，康德「想像力的表象」不過是對亞里斯多德《詩學》、華茲華斯詩歌的「感官印象」、柯勒律治「形象」「象徵」等具體研究的理論概括。

什克洛夫斯基詩歌語言陌生化手法雖然否定「形象思維」但並不否定可感知的詩歌形象本身。除了他關於藝術目的是使人對事物的感覺如同所見的視覺形象那樣而不是認知那樣以外，他還說：「幾乎有形象的地方就有陌生化的描述。」什克洛夫斯基對詩歌形象的不重視，原因在於西方抒情詩找不到形象創新路徑，他說：「詩歌派別的全部工作在於，積累和闡明語言材料，包括與其說是形象創造、不如說是形象的配置、加工的新手法。形象是現成的，而在詩歌中，對形象的回憶遠勝於用形象來思維。」[44]

相對於中國而言，在西方詩學文獻中，因為西方文學作品中抒情詩數量本身的不足導致研究不足，作為詩人的華茲華斯對「感官印象」的論述、柯勒律治對「形象」「象徵」的論述，休姆對「形象」的強調，這類文獻彌足珍貴。不過，由於中國古代言志詩數量眾多、成就巨大，有關言志詩的論述，相對比較豐富具體，彌補了西方詩學文獻在抒情詩研究方面的不足。

---

[44] （俄）В‧Б‧什克洛夫斯基，《作為手法的藝術》，《俄國形式主義文論選》，（愛沙尼亞）札娜‧明茨、伊‧切爾諾夫編，第 211-228 頁。

在中國古代詩學文獻中，《毛詩‧大序》的比興之說，[45]提出了與西方抒情詩截然不同的抒情詩文學想像具象。而陸機「期窮形而盡相」之形象[46]、劉勰的「情文」之術、「形文」之術[47]，到殷璠的「興象」、皎然「但見情性，不睹文字」之「境象」、司空圖的「韻外之致」、「味外之旨」、「思與境偕」、[48]嚴羽的「入神」「妙悟」之詩歌「本色」，「羚羊掛角，無跡可求」之詩歌「興趣」，[49]一直到許印芳「淡語亦濃」、「樸語亦華」之「淘洗熔煉」功夫[50]，更是以中國文化特有的文學想像具象豐富了人類文學想像具象的相關研究。

3.3.3.C.韋勒克對文學意象的批評以及文學想像具象的類型

在符號學領域，文學藝術的圖像性、造型性特徵，幾乎是共識。[51]但是，在文藝學中，關於文學造型性特徵，卻存在不同看法。

韋勒克在討論文學作品虛構世界時指出，文學史上存在著毫無意象的好詩，甚至還有直陳詩，而且，許多偉大作家描繪虛構人物，或者完全不涉及視覺形象，如陀斯妥耶夫斯基或亨利‧詹姆斯筆下的人物沒有外形，只有心理狀態，鑑賞趣味、生活態度等；或者只勾勒人物草圖或特徵，如托爾斯泰、

---

[45]　（漢）毛亨傳、鄭元箋、（唐）孔穎達疏，《毛詩正義》卷一，（清）阮元《十三經注疏》上，北京：中華書局影印世界書局本，1980 年，第 271 頁。

[46]　（西晉）陸機，《文賦》，《文賦集釋》，張少康集釋，北京：人民文學出版社，2002年，第 99 頁。

[47]　（梁）劉勰，《文心雕龍》，《增訂文心雕龍校注》上，黃叔琳注、李詳補注，楊明照校注拾遺，北京：中華書局，2000 年。筆者以為，《文心雕龍》卷七《情采》等五篇、卷八《比興》等五篇，即劉勰所說的「聲文」之術、「形文」之術。關於《文心雕龍》聲文、形文之術，學界有不同看法，參見本書 2.2.2C.b.。

[48]　（唐）殷璠，《河嶽英靈集‧序》、（唐）皎然，《詩式》《詩議》、（唐）司空圖，《與李生論詩書》、《與王駕評詩書》，郭紹虞主編，《中國歷代文論選》卷二，第 67、77、88、196、197、217 頁。

[49]　（宋）嚴羽，《滄浪詩話》，郭紹虞校釋，北京：人民文學出版社，1961 年，第26 頁。

[50]　（清）許印芳，《與李生論詩書‧跋》，《中國歷代文論選》卷二，郭紹虞主編，第202 頁。

[51]　參見本書 1.3.2.F.。

湯瑪斯曼的小說。[52]在這裡,韋勒克所說的「意象」,與「形象」、「外形」等相通,而且,主要指人物外在造型。

韋勒克的上述觀點,確實可以找到一些文學作品作為根據。不過,要證明文學形象存在的文學事實,可能數量更多。上面我們關於中西詩學文獻的考察,以及本書在最小文學手法的所指部分關於文學想像具象的考察,[53]為最小文學手法的造型性提供了充分的論證。韋勒克對文學形象的否定,難以成立。但是,他的否定卻提出了一個重要的問題:文學想像具象等於文學想像活動中的視覺形象?還是大於文學想像活動中的視覺形象?

在韋勒克的啟發下,筆者提出文學想像具象的類型對立關係,換言之,文學造型性,包含視覺形象與非視覺形象。文學造型性的常態,是文學想像活動中的完整「視覺形象」,但是,文學造型性的形態是複雜的,還包括不完整的視覺形象,或者沒有人物外形的,人物內在自然的形象。其中,不完整的視覺形象,除了韋勒克所說的草圖勾勒,還包括韋勒克沒有涉及到的細節描寫,比如狄更斯小說中的人物。關於人物內在自然的形象,除了韋勒克所說的小說之外,在抒情言志詩歌中更普遍,那就是直抒胸臆的詩歌。

關於文學具象的各種類型,詳見圖3-1。

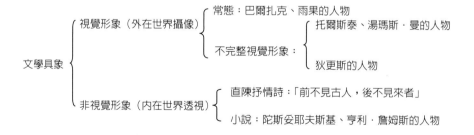

圖3-1　文學具象的範圍

---

[52]　韋勒克、沃倫,《文學理論》,三聯書店,1984 年,第 15 頁。
[53]　參見本章 3.2.2.。

3.3.3.D. 不可再分文學想像具象的文化含義

不可再分文學想像具象的文化含義，是最小文學手法作為造型性符號所具有的特殊表意性。[54]從最小文學手法角度說，有的文學造型性符號具有文化含義，但並不是所有的文學造型性符號都有文化含義。

還是以王維的〈輞川閒居贈裴秀才迪〉為例。該詩的第一、三聯是關於山、水、農舍的自然景物描寫，可以說基本上沒有文化含義。而第二、四聯「倚杖柴門前，臨風聽暮蟬」「復值接輿醉，狂歌五柳前」的場面描寫則有比較明顯的文化含義。特別是第四聯，樂府句式化用，口語，白描手法，禪宗頓悟性空，「眼界今無染，心空安可適」之「適意」潛於筆底，神韻全出，確定了該詩的空寧基調，使整個詩歌文本暈染上中國文化孕育的中國詩歌獨特的虛靜空寧。

華茲華斯的詩〈我們七個〉「我們有七個姐妹兄弟」的語言描寫，通過一個小女孩不知道生死界限，不知道已經死去的兄弟姐妹已經不在人世，和在世的兄弟姐妹之間的區別，執拗地說「我們有七個兄弟姐妹」的語言描寫，表達了法國大革命之後英國湖畔派詩人獨特的對自然人性的嚮往。

這種具有文化含義的造型性符號，在文學作品中是比較常見的。除了上面所討論的與文本藝術圖畫成為有機整體的場面描寫、語言描寫之外，有的造型性符號的文化含義可能只限於孤立的形象，它在特定文化系統中，通過習慣性外延和聯想而賦予獨特的文化含義。

如中國的鴛鴦、西方的玫瑰象徵愛情。還有的則可能是一段情節母題，如哈姆雷特與雷歐提斯爭著跳入安葬死者的墓穴，兩人由此而導致決鬥，釀成悲劇結局。這段情節母題放到文化歷史背景看，是原始殉葬文化的殘留，即殉葬者是死者生前最親近的人。後來，取消該制度，由最親近者在下棺前去墓穴裡站一站，作為殉葬的儀式性表達。[55]

---

[54] 這裡所說的造型性符號的文化含義，不是文學作品中文化代碼的意義，讀者切不可混淆。參見本章 3.3.2.B.。

[55] 朱立元，《當代西方文藝理論》，華東師範大學出版社，2005 年，第 233 頁。

文學造型性符號是否具有文化含義，或許不是新命題。筆者只是把該問題納入到最小文學手法造型性問題中加以討論而已。要指出的是，最小文學手法的文化含義，是從文學的最小細胞開始解剖其中的文化含義，它是以文本為單位的作品藝術圖畫具有文化精神的起點。理解了最小文學手法造型性的文化含義，可以幫助理解作品藝術圖畫的文化精神問題。[56]

3.3.3.E. 不可再分文學想像具象的多義性

皮埃爾・吉羅從符號外延和內涵，討論文學符號的多義性[57]。他說：選擇的多義編碼，涉及到外延 connotation 和內涵 dénotation 的區分。外延和內涵，構成意指作用兩個基本對立的方式。科學屬於外延方式，藝術屬於內涵方式。外延，由客觀構想的所指構成。內涵，表示與符號的形式和功能有關的主觀價值。科學編碼基本上是單義的，它排除了內涵變化的可能性，語言風格變化的可能性。在一化學方程式中，或一代數方程式中，風格距離是沒有的，或者在任何情況下都是有限的。在詩學編碼中，內涵變化、風格變化很多。一位畫家，可以在現實主義的編碼中處理一幅肖像，也可以在印象主義或立體主義編碼中處理一幅肖像。[58]

最小文學手法造型的多義性，更多涉及主體闡釋問題。通常，最小文學手法總是存在於文學作品中，不存在孤立的最小文學手法。不過，在文學作品傳播活動中，確實存在接受者之關注某一具體文學手法的現象。由於造型性本身具有的不確定性，和受者的接受期待兩者的因素，確實存在最小文學手法的多義現象。

文學想像具象的多義性，主要體現在其造型的包容性、開放性給主體帶來的想像空間自由。陶淵明〈飲酒〉：

56　參見本書第三章有關作品藝術圖畫部分。
57　參見本書 1.3.2.F.b.。
58　皮埃爾・吉羅，《符號學概論》，四川人民出版社，1988 年，第 31 頁。

> 結廬在人境，而無車馬喧。
> 問君何能爾？心遠地自偏。
> 採菊東籬下，悠然見南山。
> 山氣日夕佳，飛鳥相與還。
> 此中有真意，欲辨已忘言。

《文選》及《藝文類聚》六五引此詩，「見」並作「望」。蘇軾著名的斷言是：「因採菊而見山，境與意會，此句最有妙處。近歲俗本皆作『望南山』，則此一篇神氣都索然矣。」[59]此外，北宋沈約在《續夢溪筆談》中認為，作「望」字與上下句意全不相屬。近人王國維則把「見」南山作為「以物觀物」的「無我之境」。今人王叔岷從莊子出發認為「望」字「執著」，而「見」南山當是「有我之境」，比「望」南山更空靈。[60]這裡對「望」與「見」的文字玩味中，更多屬於對文學虛構想像具象的開放性體悟，屬於文學想像圖畫形象功能發揮，約定關係減弱出現的多義性。不著一字盡得風流之唐詩，為這種文學想像具象造型開放性帶來的多義性提供了豐富案例。

要指出的是，〈飲酒〉接收過程中「見」與「望」之不同讀解，看上去似乎是關於詩歌文本中所使用的文字的爭論，為什麼我們不把它理解為自然語言的多義性呢？因為〈飲酒〉的這種多義性，與文學作品中自然語言的多義性不同。

漢鼓吹鐃曲第十八〈石留曲〉：

> 石留涼陽涼，／石水流為沙。／錫以微，／河（案：宜為「何」）為香向？／始穌（筆者案：宜為「蘇」）冷，／將風陽。／北逝肯無？／敢畟於楊？／／心邪懷蘭，／志金安薄！／北方開留離蘭！[61]

---

[59] （宋）蘇軾，〈東坡題淵明「飲酒詩」後〉，《蘇軾文集》下，顧之川點校，嶽麓書社，2000 年，第 796 頁。

[60] 關於「悠然見（望）南山」的不同體悟，王叔岷有比較詳盡的考察。參見王叔岷，《陶淵明詩箋證稿》，北京：中華書局，2007 年，第 291-292 頁。

[61] 關於《石留曲》的斷句、注解等，參見蘇敏，〈「石留曲」校讎注疏及其他〉，周延良主編，《中國古典文獻學叢刊》卷七，中國古文獻出版社，2009 年，第 187 頁。

在這裡，「將風陽」中後兩個字使用了雙關手法，使詩歌語言具有不確定性，含蓄性，更加耐人尋味。風，一語雙關，既可訓為風，又可訓為放。陽，亦一語雙關，可作兩解：第一，溫暖。第二，春夏。[62]「將風陽」在這裡既可以理解為將要吹春夏之風，又可以理解為將要放出溫暖之氣，既可以理解為將要吹起溫暖之風，也可以理解為將要放出春夏之氣，幾種情況似乎都可以，哪種更好呢？對這種雙關語義的咀嚼，就是文學作品中的語言藝術性[63]玩味之一。

相對於「將風陽」的多義性，顯然，〈飲酒〉多義性的內涵豐富得多。

在文學作品人物、事件等被描繪的對象中，英加登把「再現客體沒有被文本特別確定的方面或成份叫做「不定點。」[64]馬致遠的「枯藤老樹昏鴉，小橋流水人家。古道西風瘦馬，斷腸人在天涯」，或者斯泰因的「玫瑰的玫瑰的玫瑰」，讓人在接受過程中玩味其意象自由疊加之趣，這種文學手法多義性與歧義性，相對於〈飲酒〉的多義性而言，更多是文學想像具象造型本身留下的「不定點」所致。《哈姆雷特》劇本中關於哈姆雷特的母親是否事先與克勞迪斯有姦情之爭議，也是劇本本身留下的不定點所致。

---

[62] 風，一語雙關，既可訓為風，又可訓為吹。風，八風也。《說文》卷十三〈風部〉曰：「風，八風也。……從蟲凡聲。風動蟲生，故蟲八日而化。從蟲凡聲。」風，吹也。《廣雅》卷五上〈釋言〉：「風，吹也。」陽，亦一語雙關，可作兩解：第一，溫暖；第二，春夏。陽，溫暖也。《詩經》卷八〈豳風・七月〉：「春日載陽」鄭箋：「陽，溫也」。《文選》卷三〈東京賦〉：「春日載陽」薛注：「陽，暖也。」陽祀，春夏也。陽，亦代指春夏。《周禮》卷十三〈牧人〉曰：「凡陽祀用騂牲毛之」。鄭司農注：「陽祀，春夏也。」《黃帝內經》卷二《素問・陰陽離合論》曰：「故生因春，長因夏，收因秋，藏因冬。失常，則天地四塞。」注曰：「春夏為陽故生長也，秋冬為陰故收藏也。若失其常道則春不生夏不長秋不收冬不藏。」「春日載陽」鄭箋：「陽，溫也」。《文選》卷三〈東京賦〉：「春日載陽」薛注：「陽，暖也。」陽祀，春夏也。《周禮》卷十三〈牧人〉曰：「凡陽祀用騂牲毛之」。鄭司農注：「陽祀，春夏也。」陽，引申為春夏。《素問・陰陽離合論》「故生因春長因夏」注。

[63] 關於語言的藝術性，參見本章 3.3.2.C.。

[64] （波蘭）羅曼・英加登，《對文學的藝術作品的認識》，陳燕穀等譯，北京：中國文聯出版公司，1988 年，第 49-51 頁。

關於最小文學手法造型性的多義性，與以文本為單位的作品藝術圖畫的多義性相通。

3.3.4. 最小文學手法第二次結構轉換的意義之二：虛構性

還是從 3.3.3.C.韋勒克否定文學意象的論述說起。韋勒克關於文學意象的否定還給人的啟發，是他所提出的「虛構世界」。如果說造型性是最小文學手法結構轉換中的第二個所指、附加意義的所指，那麼，「虛構」是對這種造型性的基本限定，或者說是其絕對前提。不是所有的造型性、圖像性文字都屬於文學範疇。

3.3.4.A. 中西詩學文獻談虛構－神思

文學虛構不是韋勒克的發明。在西方詩學文獻中，虛構是一個古老的命題。從亞里斯多德的《詩學》開始，西方文藝學對這個問題就有了非常精闢的分析。而中國詩論中劉勰的「神思」「養氣」，與西方文學中的虛構，在一定層面相近。

亞里斯多德就非常強調虛構，不過，這種虛構必須遵循必然律。他說，「把謊話說得圓主要是荷馬交給其他詩人的，那就是利用似是而非的推斷。……一樁不可能發生而可能成為可信的事，比一樁可能發生而不可能成為可信的事更為可取。」[65]

在亞里斯多德看來，模仿藝術的虛構的藝術手腕，第一是事件安排，第二是性格刻畫。其中，特別是情節安排最重要，為此，他具體討論了整一性情節、複雜情節、情節順境到逆境或逆境到順境的佈局等等。[66]

---

[65]　（古希臘）亞里斯多德，《詩學》，亞里斯多德、賀拉斯，《詩學‧詩藝》，第 89-90 頁。參見本書 2.1.2.A.c.。

[66]　參見本書 2.1.2.A.。

在中國言志詩中,「馭文之首術,謀篇之大端」,與西方詩學文獻中強調的重點不同。中國言志詩注重的是「課虛無以責有,叩寂寞而求音」之「虛靜」,以及在虛靜前提下「罄澄心以凝思」之「神思」等。

陸機〈文賦〉曰:「其始也,皆收視反聽,耽思傍訊,精騖八極,心游萬仞。其致也,情瞳矓而彌鮮,物昭晰而互進……觀古今於須臾,撫四海於一瞬。」「罄澄心以凝思,眇眾慮而為言。籠天地於形內,挫萬物於筆端。」「伊茲事之可樂,固聖賢之所欽。課虛無以責有,叩寂寞而求音。函綿邈於尺素,吐滂沛乎寸心。」「若夫感應之會,通塞之紀,來不可遏,去不可止。」[67]

劉勰將陸機的「罄澄心以凝思」概括為「神思」。《文心雕龍‧神思》曰:「文之思也,其神遠矣。故寂然凝慮,思接千載;悄然動容,視通萬里。……故思理為妙,神與物遊。神居胸臆,而志氣統其關鍵。……樞機方通,則物無隱貌;關鍵將塞,則神有遯心。是以陶鈞文思,貴在虛靜。疏瀹五臟,澡雪精神。」有了這種虛靜神思,才可能有「定墨」「運斤」的「玄解之宰」、「獨照之匠」。[68]

在中西詩學文獻互照互識中可見,中國言志詩所追求的虛靜神思,與西方浪漫主義追求的想像力相通,只是中國詩歌的想像力有明顯的中國虛靜思想的影響。因此,亞里斯多德的虛構,其實與浪漫主義的想像力相通,只是由於文體、體裁的不同,或者審美價值尺度不同,側重點不同。

3.3.4.B. 不可再分文學想像具象虛構性在文學作品中的考察

在中西詩學文獻有關虛構－神思論述語境下,我們可以更好地理解韋勒克所強調的,抒情詩、史詩、戲劇處理的都是一個虛構的世界,想像的世界。[69]不過,

---

[67] (晉)陸機,《文賦集釋》,張少康集釋,人民文學出版社,2002年,第36、61、89、241頁。

[68] (梁)劉勰,《文心雕龍》卷六〈神思〉,《增訂文心雕龍校注》上,黃叔琳注、李詳補注,楊明照校注拾遺,北京:中華書局,2000年。參見本書第二章2.2.C.。

[69] (美)雷‧韋勒克、奧‧沃倫,《文學理論》,劉象愚等譯,北京:三聯書店,1984年,第13頁。

筆者所討論的不可再分文學想像具象之虛構-神思，釐定了具體單位，僅僅是作品虛構－神思世界的片斷。

在文學作品中，一段關於人物心理描寫的自然語言符號，它之所以成為文學手法，在於它是自然語言符號與文學想像具象虛構世界相互同化作用產生的第三者。而一段心理學研究中關於心理活動記錄的自然語言符號，雖然載體的物理形式似乎相同，都是音義結合的交際交流符號，符號所指也似乎相同，都是人類心理活動，兩者的區別在哪裡？只是出於心理學研究動機的符號所指是心理學研究者所選定的人類心理活動現象的如實記錄，而作為文學符號的心理描寫，卻是文學編碼創造性想像活動所產生的心理活動的「心電圖」，它或許是真實存在的，或許是人為編造的，其間一定融入作者、讀者虛構－想像活動。

莎士比亞的戲劇獨白、拉辛、司湯達的人物心理活動展示，屠格涅夫細膩抒情的心理描寫、托爾斯泰的心靈辯證法、托斯妥耶夫斯基筆下意識、無意識、潛意識混雜的心理世界，[70]以及喬伊絲的意識流，其內在自然的藝術圖畫既有佛洛德心理記錄所沒有的文學藝術虛構想像活動，又有佛洛德心理記錄所沒有的文學語言的韻律、節奏、修辭，以及修飾性、多義性、反常性等。

售房廣告中的住所描寫與巴爾扎克筆下伏蓋公寓描寫的區別，旅遊指南中關於山川地理介紹的文學，與屠格涅夫筆下俄羅斯大草原、夏多布里昂筆下北美洲莽原描寫、華茲華斯筆下的自然，陶淵明筆下的田園、王維筆下的山水，或者雨果筆下巴黎聖母院、巴爾扎克筆下巴黎城區、曹雪芹筆下的大觀園描寫之不同，都與此同理。

要指出的是，由於不可再分文學想像具象包孕的文化含義，不同文明的文學虛構帶有不同文化精神烙印。比如，王維筆下的山水田園，帶有華茲華斯筆下的山水田園所沒有的「虛靜」「神思」。

70　關於西方文學作品中心理描寫，參見重慶師範學院（現重慶師範大學）2001 屆本科生許波畢業論文〈歐洲文學心理描寫發展初探〉。

威廉·華茲華斯（William Wordsworth）〈丁登寺旁〉（*Lines Composed a Few Miles above Tintern Abbey*）以描寫、歌頌自然而抒發詩人對大自然的熱愛著名，下面茲摘錄第一段：

Five years have passed; five summers, with the length

Of five long winters! and again I hear

These waters, rolling from their mountain-springs

With a soft inland murmur. ——Once again

Do I behold these steep and lofty cliffs,

That on a wild secluded scene impress

Thoughts of more deep seclusion; and connect

The landscape with the quiet of the sky.

The day is come when I again repose

Here, under this dark sycamore, and view

These plots of cottage-ground, these orchard-tufts,

Which at this season, with their unripe fruits,

Are clad in one green hue, and lose themselves

'Mid groves and copses. Once again I see

These hedgerows, hardly hedgerows, little lines

Of sportive wood run wild; these pastoral farms,

Green to the very door; and wreaths of smoke

Sent up, in silence, from among the trees!

With some uncertain notice, as might seem

Of vagrant dwellers in the houseless woods,

Or of some Hermit's cave, where by his fire

The Hermit sits alone. [71]

---

[71] 王佐良等主編，《英國文學名篇選注》，商務印書館，2003 年，第 652 頁。

汪劍釗譯文如下：

> 五年過去了，五個夏天，還有
> 五個漫長的冬天！並且我重又聽見
> 這些水聲，從山泉中滾流出來，
> 在內陸的溪流中柔聲低語。——
> 看到這些峻峭巍峨的山崖，
> 這一幕荒野的風景深深地留給
> 思想一個幽僻的印象：山水呀，
> 聯結著天空的那一片寧靜。
> 這一天到來，我重又在此休憩
> 在無花果樹的濃蔭之下．遠眺
> 村舍密佈的田野，簇生的果樹園，
> 在這一個時令，果子呀尚未成熟，
> 披著一身蔥綠，將自己掩沒
> 在灌木叢和喬木林中。我又一次
> 看到樹篙，或許那並非樹籬，而是一行行
> 頑皮的樹精在野跑：這些田園風光，
> 一直綠到家門；嬝繞的炊煙
> 靜靜地升起在樹林頂端！
> 它飄忽不定，仿佛是一些
> 漂泊者在無家的林中走動，
> 或許是有高人逸士的洞穴，孤獨地
> 坐在火焰旁。

〈丁登寺旁〉寫詩人五年以後重遊故地的情感。〈丁登寺旁〉表現「內在自然」的基本藝術手段，是敘述五年後的一天，作為抒情主人公的詩人回到丁登寺的敘述，關於溪水流淌的山水、村舍密佈的田野，簇生的果樹園，將

自己掩沒的灌木叢和喬木林，嫋繞的炊煙靜靜地升起在樹林頂端的田園風光，以及詩人關於山水的內心印象、關於飄忽不定的炊煙樹林的想像圖畫的描寫。敘述母題中，時間、地點、人物、事件等，敘事的幾大基本要素交代非常清楚。描寫母題中，視覺、聽覺，動態、靜態，描寫非常具體，整個片段仿佛是攝像機對抒情主人公回到丁登寺這一事件，以及丁登寺自然風景和詩人熱愛自然的心境之錄像。

儘管〈丁登寺旁〉在描寫自然界的景色時非常生動，一草一木仿佛都有靈性，而且，整個峭壁、河谷、天、水、樹木、炊煙所形成的畫面非常寧靜，但是，王維清空閒遠山水詩所呈現寧靜畫面卻迥然相異。

王維〈輞川閒居贈裴秀才迪〉雖然展現的也是寧靜的山水田園風景，而且，似乎也有時間、地點、人物，但是，整個作品藝術圖畫是中國畫式散點透視佈局，以詩人「課虛無以責有，叩寂寞而求音」之「虛靜」禪心出發展開「罄澄心以凝思」之「神思」，諸多意象組合在「神思」的時空：蒼翠之山、秋日之水、渡頭落日、墟里孤煙，以及倚杖柴門前、臨風聽暮蟬、接輿醉、狂歌五柳前等，其間沒有〈丁登寺〉那種油畫式聚焦透視的景物攝像，沒有明確的抒情主人公形象及其直抒胸臆的話語，沒有抒情主人公到山水田園中的明確事件、時間、地點交代。而秋日黃昏也只是渲染氣氛、托物言志的手段，與華茲華斯詩歌五年前的時間交代完全不同。

「復值接輿醉，狂歌五柳前」，接輿，出自《論語・微子》的春秋時期楚狂人，卻和魏晉南北朝時期陶淵明的「墟里」、「五柳」並存於一個畫面。在此，詩人「寂然凝慮，思接千載；悄然動容，視通萬里」的「文之思也，其神遠矣」，根本就不在意詩歌意象是否符合客觀存在的時間空間，正可謂「觀古今於須臾，撫四海於一瞬」。中國詩歌獨特的用事用典手法，把詩人「神與物遊」的「玄解之宰」、「獨照之匠」，通過接輿之狂放，陶淵明不為五斗米折腰之傲骨「函綿邈於尺素，吐滂沛乎寸心」。顯然，王維詩歌中的人物描寫與華茲華斯〈丁登寺旁〉中的在林中走動的漂泊者、坐在火焰旁的高人逸士的描寫文化精神不同。

　　同樣熱愛自然、心情恬淡的詩人，同樣風光寧靜的山水田園畫面，王維詩歌有中國式的「虛靜」「神思」之「象外之象，景外之景」，體現了中國詩人空甯心境「透徹之悟」，因而呈現出「言有盡而意無窮」之「別裁」、「別趣」。嚴羽曰：「盛唐諸人惟在興趣，羚羊掛角，無跡可求。故其妙處透徹玲瓏，不可湊泊，如空中之音，相中之色，水中之月，鏡中之象，言有盡而意無窮。」[72]

　　最小文學手法兩次結構轉換，見圖 3-2。

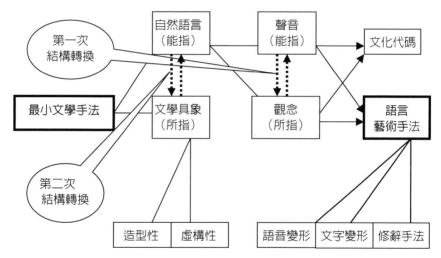

圖 3-2　最小文學手法兩次結構轉換

3.4　最小文學手法的縱聚合類型

　　索緒爾指出：「事實上，空間上的配合可以幫助聯想的建立，而聯想配合又是分析句段各部分所必需的。」「任何構成語言狀態的要素應該都可以歸結

---

[72] （宋）嚴羽，《滄浪詩話校釋》，郭紹虞校釋，北京：人民文學出版社，1961 年，第26 頁。

為句段理論和聯想理論。「每一事實應該都可以這樣歸入它的句段方面或聯想方面，全部語法材料也應該安排在它的兩個自然的軸線上面。」法語 「大」grand 這個形容詞在句段裡有兩個形式：「大男孩」和「大孩子」，在聯想方面又有兩個形式：「陽性」和「陰性」。羅蘭・巴特的縱聚合關係即索緒爾的聯想關係，在索緒爾基礎上羅蘭・巴特強調縱聚合關係主要研究分類，即找出類型之間的共同點與差異。[73]

在自然語言橫組合構成關係上，我們主要討論了不可再分文學想像具象切分轉換生成最小文學手法的構成，在這一節我們將主要討論縱聚合相鄰關係最小文的三大類型。

3.4.1. 最小文學手法的縱聚合三大類型

從中西文學作品看，最小文學手法縱聚合相鄰關係的類型主要有三種：第一，敘事母題，主要包括順序、倒敘，和插敘；第二，描寫母題，主要包括人物描寫和環境描寫；第三，抒情議論母題，主要包括直抒胸臆和造型議論。其中，每一種最小文學手法類型，可以繼續再細分自己所屬的子類型。

在這裡，我們用詩學話語「母題」，取代一般話語「片段」。 當年維謝洛夫斯基的「母題」主要是針對「情節」而言的最小敘事單位，托馬舍夫斯基的「母題」針對「主題」而言的最小題材單位。維謝洛夫斯基的「母題」概念內涵與外延有時不一致，他在界定「母題」時明確指出是不可再分的敘事單位，但是，在實際使用中又包括抒情詩的形象等。在此我們基本上是在維謝洛夫斯基的比較含混但也比較寬泛意義上使用「母題」概念[74]。我們所說的「母題」不限於敘事文學的情節敘述片段，也包括靜態描寫片段、以及抒情、議論片段。不過，我們在維謝洛夫斯基基礎上對「母題」有更為明確的界定，即文學作品中自然語言以不可再分文學想像具象切分的片段。

---

[73] 參見本書 1.3.2.E.c.。
[74] 參見本書 1.4.2.B.a.。

　　我們在這裡所說的敘事母題、描寫母題、抒情議論母題，都是最小文學手法。其更大單位既不是「情節」，也不是「主題」，而是文本文學手法。我們關於最小文學手法的更大單位是文本文學手法的判斷，絲毫不否認最小文學手法中可能存在情節的因素、主題的因素，但是，最小文學手法並不直接傳播關於情節或者主題的資訊，中間還存在一個非常重要的結構層級——文本文學手法。這個中間的結構層級，是研究主題、情節等不可忽略的，只是維謝洛夫斯基、托馬舍夫斯基當時還沒有認識到。揭示文本文學手法在作品整體中的存在[75]，是我們的最小文學手法、文本文學手法、文學作品風格研究與俄國詩學關於母題、主題或情節研究之間的不同。

　　關於最小文學手法縱聚合類型，詳見圖 3-3。

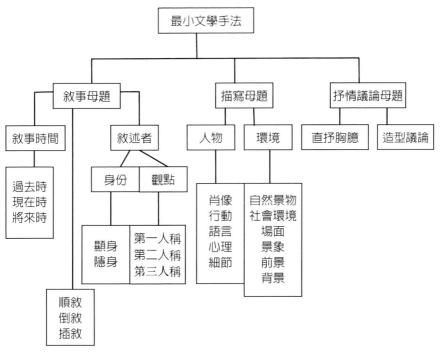

圖 3-3　最小文學手法縱聚合類型

---

[75]　參見本書 4.2.1.C.a. 文本文學手法。

　　我們從敘述時間與敘事者角度概括敘事母題，主要借用了米克‧巴爾，《敘事學》[76]、凱塞爾，《語言的藝術作品》[77]，以及趙毅衡，《敘事學》課堂筆記。米克‧巴爾從敘述學的角度討論了敘述與描寫[78]。由於西方詩學對模仿文學研究比較成熟，關於敘事母題，我們還指出了它的內在構成：敘述時間、敘事者。

　　《詩經‧關雎》「窈窕淑女，君子好逑」、陳子昂「前不見古人，後不見來者，念天地之悠悠，獨愴然而涕下！」或者華茲華斯沉醉於大自然的靈魂表白、拜倫詩歌天馬行空之直抒胸臆，中西文學中這類心境直接表白，顯然，與契訶夫小說中的心理描寫手法存在差異，於是我們用「直抒胸臆」概括。其中，《離騷》關於九死不悔心志之騷怨、彭斯關於紅玫瑰與愛情的詠歎，《詩經‧碩鼠》關於不勞而獲之諷刺，拜倫關於專制者的揶揄，體現了直抒胸臆中的兩種更小類型：詠歎與諷刺。

　　黃庭堅〈和答錢穆父詠猩猩毛筆〉：

　　　　愛酒醉魂在，能言機事疏。
　　　　平生幾兩屐？身後五車書。
　　　　物色看王會，勤勞在石渠。
　　　　拔毛能濟世，端為謝楊朱。

　　方回評曰：「此詩所以妙者，『平生』、『身後』、『幾兩屐』、『五車書』，自是四個出處[79]，於猩猩毛筆何干涉？乃善能融化幹排至此。末句用『拔毛』事，

---

[76]　（荷蘭）米克‧巴爾，《敘述學──敘事學理論導論》，譚君強譯，北京：中國社科出版社，1995 年。

[77]　（瑞士）沃爾夫岡‧凱塞爾，《語言的藝術作品──文藝學引論》，陳銓譯，上海：上海譯文出版社，1984 年。

[78]　（荷蘭）米克‧巴爾，《敘述學──敘事學理論導論》，譚君強譯，北京：中國社科出版社，1995 年，第 150-154 頁。

[79]　該詩四個用事的出處即：第一，《論語‧憲問》：「久要不忘平生之言。」第二，《世說新語‧雅量》：阮遙集（孚）歎曰：「未知一生當著幾量屐？」第三，《世說新語‧

後之學詩者，不知此機訣不能入三昧也。」紀昀就該詩用事評曰：「點化甚妙，筆有化工。」「可以增人智慧。」馮班雖然把江西詩派稱為「真文章一大厄」，但指出了「用事」在詩歌托物言志方面的功能：「古人用事，意在詞中，即詩人比興之變也。」[80]

黃庭堅詠物詩中四處用事所構成的作品藝術圖畫，在文學造型符號所指上，與中西山水田園詩之自然景色不同，它是在「點化」中國古代「人文景觀」意義上創造的特殊藝術圖畫。它既是在文本藝術圖畫托物言「意」層面之繼承，亦是詩歌比興之變，既豐富了中國古代詩歌托物言志之手段，又豐富了人類文學想像具象種類。顯然，宋詩中的這種議論性文字，與契訶夫、屠格涅夫、雨果、拜倫小說中的作為文化代碼的議論性文字不能等同，因此筆者用「造型議論」手法概括。

3.4.2. 最小文學手法縱聚合三大類型在文學作品中的考察

凱塞爾指出：詩歌的語言手段是形象，散文則是敘述者、敘事態度、事件。[81]從中西文學作品看，凱塞爾的判斷值得商榷。

從中西文學作品看，通常，三大最小文學手法類型不是平均分配在不同文體、體裁中的，某些文體、體裁可能比較側重使用某些最小文學手法類型。史詩、小說可能更多選擇敘事母題，戲劇更多選擇對話描寫母題，而抒情詩則可能更多選擇描寫母題、抒情議論母題。比如，荷馬史詩《伊利亞特》、《奧德賽》更多選擇敘事母題，希臘悲劇《俄狄浦斯王》大多由對話描寫構成，而抒情詩，不論是西方的抒情詩，還是中國的言志詩，更多選擇場面描寫、

任誕》：張季鷹（翰）曰：「使我有身後名，不如即時一杯酒。」第四，《莊子‧天下》：「惠施多方，其書五車。」

[80]　（元）方回選評《瀛奎律髓匯評》中卷，李慶甲集評校點，上海：上海古籍出版社，2005 年，第 1164-1165 頁。

[81]　參見本書 2.3.1.A.b.。

語言描寫、行動描寫等描寫母題，以及直抒胸臆的感歎，很少有敘事母題。在抒情詩中，事件通常是在以描寫母題為主的畫面中淡淡地存在。

西方愛情詩的絕唱羅伯特・彭斯（Robert Burns）的〈一朵紅紅的玫瑰〉（*A Red, Red Rose*），主要是選擇了描寫母題——人物語言描寫。

O my Luve's like a red, red rose

That's newly sprung in June;

O my Luve's like the melodie

That's sweetly play'd in tune.

As fair art thou, my bonnie lass,

So deep in luve am I:

And I will luve thee still, my dear,

Till a' the seas gang dry:

Till a' the seas gang dry, my dear,

And the rocks melt wi' the sun:

I will luve thee still, my dear,

While the sands o' life shall run.

And fare thee well, my only Luve

And fare thee well, a while!

And I will come again, my Luve,

Tho' it were ten thousand mile. [82]

---

[82]　王佐良等主編，《英國文學名篇選注》，商務印書館，2003 年，第 625 頁。

陳才宇譯文：

哦，我的愛人像一朵紅紅的玫瑰，
　　剛剛在六月天開放；
哦，我的愛人像一支悅耳的歌，
　　伴著優美的曲調彈唱！

我的好姑娘，因為你長得美，
我深深地將你愛慕；
親愛的，我將永遠愛你，
　　直到所有的海水乾涸。

親愛的，直到所有的海水乾涸，
　　直到石被太陽融化；
親愛的，我將永遠愛你，
　　只要我尚留生命的光華。

再見吧，我唯一的愛人，
　　讓我們暫時分離，
我會回來的，我的愛人，
哪怕相隔千里萬里！[83]

　　中國愛情詩的絕唱《詩經》卷一〈周南‧關雎〉主要選擇的也是描寫母題——自然景物描寫、人物心理描寫。

---

[83]　陳才宇，《詩苑小憩——英國卷》，世界圖書出版公司，1995 年，第 93 頁。

> 關關雎鳩，在河之洲，窈窕淑女，君子好求。
>
> 參差荇菜，左右流之。窈窕淑女，寤寐求之。
> 求之不得，寤寐思服。優哉遊哉，輾轉反側。
>
> 參差荇菜，左右采之。窈窕淑女，琴瑟友之。
> 參差荇菜，左右芼之。窈窕淑女，鐘鼓樂之。[84]

不是說抒情詩中不存在事件，〈一朵紅紅的玫瑰〉中的事件是抒情主人公要出遠門與心上人分手。〈關雎〉中的事件是「君子」愛上了「窈窕淑女」。但是，在抒情詩中，事件是淡淡地在詩歌描寫母題中若隱若現。如果抒情詩中事件敘述比較明顯，通常，人們會把這些詩歌稱之為敘事詩。在此意義上，我們可以更好地理解凱塞爾關於史詩、戲劇、抒情詩三大文體特徵的概括：敘述事件（第三人稱——筆者按）、表演事件（對話體——筆者按）、自我表現情感。[85]

最小文學手法三大類型在不同的文體、體裁中均存在，或者說，不同文體、體裁中都可能既有敘事母題，又有描寫母題，又有抒情議論母題。敘事文學作品中不都是敘事母題，抒情詩中不是就不存在敘事母題。拜倫的《唐璜》、屠格涅夫的《貴族之家》等小說就較多存在抒情議論母題，而杜甫的愛情詩《月夜》中也有敘事母題。

> 今夜鄜州月，閨中只獨看。
> 遙憐小兒女，未解憶長安。
> 香霧雲鬟濕，清輝玉臂寒。
> 何時倚虛幌，雙照淚痕乾。

---

[84] （漢）毛亨傳、鄭元箋，（唐）孔穎達疏，《毛詩正義》卷一，《十三經注疏》，北京：中華書局 1980 年影印世界書局阮元校刻本，上冊，第 273-274 頁。

[85] 參見本書 2.3.1.A.b。

詩歌的第一聯就是第一人稱、現在時敘事母題，點明了事件、地點、人物、事件等基本敘事因素。只是〈月夜〉整個詩歌文本仍然是以描寫母題為主：心理描寫、肖像描寫。

從中西文學作品看，似乎作為文學手法的敘事、描寫、抒情議論，都是以片段存在，通常不存在一個文本整篇都是敘事、或者描寫、或者抒情的情況。或許可以說，通常不存在以文本為單位的敘事、描寫、抒情議論。在此意義上，中學教材流行的敘事、描寫、抒情議論的說法需要使用話語「母題」加以限定才妥。

3.4.3. 最小文學手法的縱聚合類型的「價值」

羅蘭・巴特把符號縱聚合相鄰關係的「價值」視為結構主義語言學的核心問題。

怎樣確定一個符號的「價值」呢？索緒爾認為，我們看到一個詞的意義還不能確定它的價值，還必須把它與類似的另一個詞比較，才能確定它的價值。索緒爾提出支配價值的兩大原則：第一，一種能與價值有待確定的物交換的不同的物；第二，一些能與價值有待確定物相比的類似的物。要使一個價值存在，必須有這兩個因素。比如，要確定一枚 5 法郎硬幣的價值，第一，能交換一定數量的不同東西，如麵包；第二，能與同一幣制的類似價值相比，如一法郎硬幣，或另一幣制的貨幣（如美元）相比。同樣，一個詞可以跟某種不同的東西即觀念交換；也可以跟某種同性質的東西即另一個詞相比。因此，我們只看到詞能跟某個概念「交換」，即看到它具有某種意義，還不能確定它的價值；我們還必須把它跟類似的價值，跟其他可能與它相對立的詞比較。索緒爾強調必須借助於符號之外的東西，才能真正確定它的價值。[86]

---

[86]　參見本書 1.3.2.C.b.。

　　從最小文學手法看，其「價值」即敘事母題、描寫母題、抒情議論母題三大類型之間的對立關係對最小文學手法意指作用的潛在規定。換言之，在文學作品中，最小文學手法的敘事母題，在與非敘事母題的潛在比較中確定其價值，最小文學手法的描寫母題，在與非描寫母題的潛在比較中確定其價值，最小文學手法的抒情議論母題，在與非抒情議論母題的潛在比較中確定其價值。

　　比如，在〈月夜〉詩歌文本中，最小文學手法敘事母題的價值，是在與描寫母題、抒情議論母題的潛在比較中才確定的。在詩歌第一聯的敘事母題中，能指與不可再分文學想像具象相互關係確定了其顯在的「意義」──敘事母題，而詩歌文本中根本不存在的抒情議論手法，以及詩歌文本後面出現描寫母題，它們潛在的規定〈月夜〉詩歌文本第一聯敘事母題的「價值」：它們的相類似之處──不可再分文學想像具象切分的自然語言片段；它們之間的差別──抒情議論屬於自我內在的直接表達，描寫母題屬於對客體的靜態的模仿，敘事母題則是對客體的動態模仿，而且，還有敘事基本要素規定、有敘事的時間、敘述者等規定。

　　就這樣，一種最小文學手法意指作用的考察，除了它自身能指、所指構成關係角度的絕對「意義」、顯在「意義」之外，還要考察與它類似的其他類型賦予該最小文學手法的相對「價值」、潛在「價值」，只有從這兩個維度出發，最小文學手法符號－結構研究才算完整。

　　從中西文學看，最小文學手法三大類型的這種相對「價值」，是潛在於人類集體無意識的記憶中的，用索緒爾的話說，是存在於人們大腦的聯想活動中的。

　　索緒爾在辨析聯想關係與句段關係之不同時說，它們不再是以長度為支柱，它們的所在地是在人們的腦子裡。它們是屬於每個人的語言內部寶藏的一部分。句段關係和聯想關係的不同，索緒爾認為可以從是否在現場角度判

斷：句段關係是在現場的；聯想關係卻把不在現場的要素聯合成潛在的記憶系列。聯想關係，在空間上沒有確定的先後順序。[87]

最小文學手法縱聚合三大類型的相對價值，是人類文化積澱的產物，為人類社會成員普遍承認和遵守，因此筆者不同意艾柯關於審美文本符號是「符號學飛地」的判斷。[88]無論中外，無論古今，文學史上留存的大量文學作品中都出現過敘事手法、描寫手法、以及抒情言志手法等不同文學手法類型。這種文學手法系統隨著人類語言文學藝術的發展而不斷發展、豐富。

要指出的是，雖然最小文學手法潛在相對價值存在於人類集體無意識，但並不意味著所有文學符號－結構的潛在相對價值都是存在於人類文化積澱的。後面我們將討論的文學風格的潛在相對價值，就不是存在於人類共同的集體無意識中，而存在於不同文化、文明的集體無意識中。[89]

3.4.4. 最小文學手法橫組合的自由與縱聚合的不自由

羅蘭・巴特指出：「組合約束是由「語言」決定的，而「言語」則以多樣的形式來體現這些約束。因此，橫組合單位間存在著某種結合的自由。……而建構音位縱聚合關係的自由則是零，因為語言在這裡已經確立了規則……把句子組合起來的自由最大，因為在句法方面沒有了約束（話語在思路上連貫性的限制也許存在，但已不屬於語言學的範疇）。[90]」

語言，是心理層面的、社會共用的規則；言語，是心理－物理的，個人的自由組合。兩門學科，兩個領域，雖然緊密聯繫，但不容混淆。這是索緒

---

[87] 參見本書 1.3.2.B.。

[88] （義大利）艾柯，《符號學理論》，中國人民大學出版社，1990 年，第 311 頁。本文將從文學作品審美風格最小單位、最低結構層次開始，逐一討論文本文學審美風格的結構過程。關於艾柯審美文本符號學問題，我們將另文專論。

[89] 參見本書第四章。

[90] （法）羅蘭・巴特《符號學原理》，廣西民族出版社，1992 年，第 60 頁。

爾在傳統語言學基礎上的創建。符號的橫組合和縱聚合關係，與言語－語言之間的關係相對應。[91]

　　從最小文學手法看，一部作品的文學創作，一個作家的創作，或者一個時期、一個文學社團或者一個文學流派思潮的創作，甚至一種文化-文明的文學創作，在最小文學手法橫組合構成關係上，似乎可以說大多是對不同最小文學手法的自由選擇、組合。要指出的是，作家詩人的個體氣質、時代、文學社團影響、文化－文明影響等等，可能使主體在最小文學手法創造時對不同最小文學手法選擇有所側重，但是，在任何作家詩人關於最小文學手法的自由選擇又是有限的，它必須遵循最小文學手法縱聚合系統的規定，必須是在敘事母題、描寫母題、抒情議論母題之間的選擇。無論是彭斯的愛情詩還是杜甫的愛情詩，無論是華茲華斯描寫自然的詩歌，還是王維描寫自然的詩歌，無論是荷馬的史詩、巴爾扎克、雨果的小說，還是曹雪芹的《紅樓夢》、吳承恩的《西遊記》，在最小文學手法角度看，詩人作家大都是在敘事母題、描寫母題、抒情議論母題類型中的選擇。

3.5. 最小文學手法的結構特徵

　　索緒爾強調作為符號的語言對音響形象與觀念這兩者的作用，強調作為符號的語言是兩者相互作用轉換生成的第三者，是一個新的整體。語言符號學這種整體性，皮亞傑在《結構主義》中明確作為結構的特徵之一提出。除了整體性之外，皮亞傑還提出了結構的其它兩個重要特徵：轉換性和自我調節性。皮亞傑在考察數學、物理學、心理學、語言學結構，以及社會結構基

---

[91]　參見本書 1.3.2.D.。

礎上，提出作為方法論結構主義之結構的三大特徵：整體性、轉換性、自身
調節性。[92]

　　筆者所討論的最小文學手法，作為文學風格連續結構過程中最小的結
構，不是整體性結構主義的「結構」，而是完全具備皮亞傑提出的結構三大特
徵的方法論結構。

3.5.1. 最小文學手法的整體性

　　猶如自然語言符號是其能指與所指以新的單位結合的整體，最小文學手
法是自然語言橫組合片段與文學想像具象相互同化作用構成的整體，從結構
整體性的角度看，在此要強調的是：最小文學手法是二者相互作用轉換生成
的第三者，它不是自然語言與心理具象累加之和。其間，既不存在文學想像
具象的物質化，也不存在自然語言的圖像化。

　　最小文學手法橫組合構成關係的「意義」、縱聚合相鄰關係的「價值」，
從結構整體性角度看，即最小文學手法的整體結構特徵。從文藝學的角度說，
最小文學手法的這種包括「意義」與「價值」的意指作用，或者說整體結構
特徵，就是文學之為文學的文學性之一。[93]換言之，文學性，從最小文學手法
角度看，是最小文學手法的構成關係與相鄰關係所體現的性質與功能。

3.5.2. 最小文學手法的轉換性

　　在結構研究中，皮亞傑特別強調一般形式與結構的區別。他說，一堆石
子也有一個形式，但只有考慮到這堆石子整個潛在運動體系，這堆石子才成
為一個結構。結構，是比一般形式更有確定意義、更有限制性的存在，這就
是它必須服從於結構標準，即要組成作為體系而具有自己規律的整體，而且，

---

[92]　（瑞士）讓・皮亞傑，《結構主義》，倪連生、王琳譯，北京：商務印書館，1987 年，
　　第 1-11 頁。

[93]　關於最小文學手法的文學性，參見本書 3.6.。

這些規律要建立在轉換作用之上，尤其是要保證這個結構有自主的自身調整性。皮亞傑強調，整體性結構主義的整體概念是「湧現出來的」，整體是從各種組成成分的匯合中產生出來的。而方法論結構主義則尋求並發現又轉換性質的相互作用，「從湧現過度到組成規律」。[94]

　　本章在 3.3 所討論的最小文學手法的兩次結構轉換過程，就是最小文學手法的結構轉換規律。在結構的轉換性意義上，我們說，最小文學手法是具有轉換性質的相互作用的轉換體系，是具有能動作用的轉換中樞，是自主、自足、自律之文學結構存在。最小文學手法既是自然語言與文學想像具象相互同化轉換作用的結果，同時，又是其轉換作用本身，具有自己的要素同化作用規律；換言之，它同時被構成又起構造作用。

3.5.2.A. 關於結構要素的相關研究

3.5.2.A.a. 貝塔蘭菲關於系統的「主導部分」的研究

　　在生物學結構研究中，貝塔蘭菲在討論系統的集中化原理時提出了「主導部分」概念。他說，可以把元素 Ps 叫做主導部分，或者說系統以 Ps 為中心。如果一些或一切方程的 Ps 的係數都較大而 Ps 本身在方程中的係數都較小，則 Ps 的小變化即可導致整個系統的相當大的變化，於是 Ps 可以稱作觸發器。Ps 的小變動會在整個系統中「放大」。在生物逐漸個體化、集中化過程研究中，貝塔蘭菲反對較老的遺傳學那種把遺傳物質看成確定各個特徵或器官的微粒單位的總和的傾向，強調高分子的總和不能產生生物的有組織的整體，強調一方面整個染色體組產生整個生物，另一方面，某些基因主要確定某些性質的發展方向，即作為「主導部分」起作用。在神經系統功能的選擇中，貝塔

94　（瑞士）讓・皮亞傑，《結構主義》，倪連生、王琳譯，北京：商務印書館，1987 年，第 24-25、68-69 頁。

蘭菲同樣強調儘管任何功能最終都是來自所有部分的相互作用，但中樞神經系統的某些部分對它有決定性的影響，可以叫做功能的「中心」。

貝塔蘭菲系統論就這樣反對整體研究中只承認獨立的、累加的元素之和，只承認等價元素的相互作用，把結構整體等同於部分之和的機械論主張，而強調「主導部分」、「中心」在結構整體構成中所起的確定某些性質發展方向的重要作用。[95]從最小文學手法看，最小文學手法的整體結構構成中，似乎確實存在貝塔蘭菲有機論所說的「個體化」與「集中化」過程及其「主導部分」或「中心」。

筆者以為，貝塔蘭菲在這裡所說的系統的「主導部分」、「中心」，與皮亞傑所說的「深層結構」相通。但是，筆者更傾向於使用貝塔蘭菲的界定，因為貝塔蘭菲的「主導部分」「中心」概念，建立在現代生物學的實證基礎上，而不是純粹邏輯推演或者直覺。不過鑑於「結構要素」在實際使用中的廣泛性，筆者關於最小文學手法或者文學風格的「主導部分」研究，使用「結構要素」話語。

3.5.2.A.b. 俄國形式主義的「主要成分」

俄國形式主義詩學所說的「主要成分」，與貝塔蘭菲的「主導部分」「中心」相通，是詩學文獻中比較早出現的文學結構要素研究。

俄國形式主義大多認同文學的「主要成分」。 Б·М·艾興包姆說，這種或那種成分，在處於其他成分之上並支配它們時……而具有形成主要成分的意義。穆卡爾若夫斯基指出：凡作品中使所有其他成分發生作用，並決定它們關係的一種成分，就是主要成分。雅各松曾經把俄國形式主義研究分為三個階段：第一，分析作品的語音，第二，分析作品的意義；第三，將語音與意義統一為一個整體。在第三個階段，他提出了「主要成分」概念，指出「主

---

[95] （奧地利）路德維希·貝塔蘭菲，《一般系統論》，秋同、袁嘉新譯，北京：社會科學文獻出版社，1987 年，第 59-61 頁。

要成分」是文學作品的核心部分，它們支配、規定其他成分，並使之產生變化。主要成分保證結構的整體化。

不過，究竟什麼是文學作品中的「主要部分」，俄國形式主義存在較大分歧：艾興包姆認為敘事中的「本事」是其主要成分；穆卡爾若夫斯基認為詩歌的「主要成分」是「素材」、以及「風格」；在雅各松看來，主要成分似乎是藝術價值系統。[96]

筆者以為，文學作品不同結構層級有不同結構層級的結構要素。籠而統之的談論詩歌或者文學的結構要素，猶如盲人摸象，這恐是俄國形式主義關於文學結構要素研究產生分歧的原因之一。

3.5.2.B. 什麼是最小文學手法的結構要素

結構要素，是相對於結構元素而言的概念。承認結構要素的觀念，意味著承認結構整體中的結構因素不是同質等價的，其中，存在不同結構因素相互作用的「中心」，它在結構整體中決定該結構整體基本性質、基本發展方向。在最小文學手法結構層面，究竟什麼是其結構要素呢？

從中西文學看，在最小文學手法構成中，儘管自然語言的聲音、意義，與不可再分文學想像具象都是其結構元素，都共同參與文學手法構造過程中的相互同化作用，但它們並非都是同質等價的。其中，不可再分文學想像具像是最小文學手法同化作用的結構要素，換言之，最小文學手法是以不可再分文學想像具象為主導部分、以自然語言聲音、意義等為基本結構元素相互協調作用的產物。不可再分文學想像具象，確定最小文學手法基本性質的發展方向，並放大影響其結構整體「意義」、「價值」的基本性質與功能。

---

[96] （俄）Б・М・艾興包姆，《俄羅斯的旋律》《列斯科夫和近代散文》、（俄）穆卡爾若夫斯基，《文學語言和詩的語言》、（俄）O・P・雅各松，《主要成分》，《俄國形式主義文論選》，（愛沙尼亞）札娜・明茨、伊・切爾諾夫編，第 368-369、305-310 頁。

3.5.2.C. 文學作品中的最小文學手法結構要素考察

雪萊〈歌〉前兩個詩行的景物描寫手法，可以用英語十二個單詞表達，也可以用筆者的散文譯文二十二個漢字表達，也可以用李正栓詩歌譯文的十個漢字表達：

A widow bied sat mourning for her love
　　　Upon a wintry bough;

筆者散文譯文：

　　一隻失去伴侶的鳥在冬天的枯枝上為她的愛人哀悼。

李正栓詩歌譯文：

　　孤鳥棲枯枝，
　　失伴多淒苦。[97]

在這裡，為什麼上面三段自然語言符號組合，我們說它們都是關於一隻鳥在哀悼其伴侶的景物描寫？我們判斷的依據是什麼？同樣的景物描寫手法，為什麼可以用不同的聲音-意義符號作為載體？三個不同的自然語言載體為什麼可以表達同一個最小文學手法？其中不變的共同因素是什麼？顯然，是不可再分的關於孤鳥在枯枝上哀悼伴侶的文學想像具象。正是這個不可再分的文學想像具象，決定了自然語言的組合原則，自然語言的聲音-意義以不可再分文學想像具象為中心參與最小文學手法結構構成，它可以是英語符號

---

[97]　李正栓、吳曉梅編著，《英美詩歌教程》，清華大學出版社，2004 年，第 127 頁。

系統，也可以是漢語符號系統，它可以是詩歌組合形式，也可以是散文組合形式。關於一隻鳥在哀悼其伴侶的不可再分的文學想像具象的景物描寫特徵，在這裡放大影響語言文字的組合。無論是那一種語言文字的組合，都帶上了這種不可再分的關於孤鳥在枯枝上哀悼的文學想像具象的虛構造型特徵而成為同一個景物描寫符號的組成部分。

再如，契訶夫小說《胖子和瘦子》開頭一段文字之所以切分為五個最小文學手法——敘述母題、肖像描寫母題、對話描寫母題、動作描寫母題、心理描寫母題，這五個最小文學手法還可以分為兩個類型——敘述母題和描寫母題。我們以上切分的依據是什麼？還是這五個最小文學手法的所指——不可再分文學想像具象。[98] 無論是動態客體的敘述母題，還是靜態客體的描寫母題，都是自然語言以不可再分文學想像具象切分的片段。

3.5.3. 最小文學手法的自我調整性

最小文學手法的自我調節作用主要體現在以下三個方面：

3.5.3. A. 保持自己的內部諸結構元素之間的平衡

最小文學手法保持自己的結構內部平衡，指最小文學手法以不可再分文學想像具象為中心自我調節保持自己結構內部諸結構元素的平衡，保持自己的結構守恆性與封閉性，即保持自己的結構邊界，自己的結構意義以及自己的要素同化規律。

在雪萊〈歌〉關於一隻鳥哀悼其伴侶的景物描寫手法中，其中十二個英語單詞的聲音、意義，以及不可再分的關於孤鳥在枯枝上哀悼伴侶的文學想像具象相互作用保持自己內部平衡；李全栓的詩歌譯文十個漢字與不可再分文學想像具象相互作用保持自己的內部平衡，無論是英語詩歌的最小文學手

---

[98] 參見本章 3.1.3.A.。

法，或者漢譯詩歌的最小文學手法，均可成為一個完整的文學符號。但是，如果人為打亂英文詩歌文本或者漢譯詩歌文本各自的結構邊界，把「A widow bied」與「孤鳥」分別在雪萊英語詩歌和李正栓漢語翻譯中互換位置，雖然在自然語言所指層面上是不存在問題的，但是，兩個最小文學手法都失去了自己內部平衡。

3.5.3. B. 參與新的最小文學手法構造

最小文學手法個體保持自我內部平衡的守恆性與封閉性，不否定新的最小文學手法個體的不斷構造。

從中西文學看，新的最小文學手法，總是從舊的最小文學手法演變過來的。舊的最小文學手法總會由開始的簡單逐漸走向複雜、豐富。比如，從歐裡庇得斯、盧梭、司湯達、屠格涅夫、托爾斯泰、陀思安耶夫斯基、沃爾夫、喬伊絲等作品的心理描寫中，我們可以看到心理描寫文學手法自身從簡單到逐漸複雜、豐富的發展變化。

3.5.3. C. 參與更高結構層級的結構構造

最小文學手法保持自我平衡的守恆性與封閉性，也不否定最小文學手法在保持自己的結構邊界、自己的結構轉換規律前提下，參與文學作品更高結構層級的結構構造。

在文學風格連續構成過程中，最小文學手法是文學風格結構等級序列中最簡單、最穩定的結構，是自然語言與文學想像具象相互同化作用轉換構成的最小文學結構。作為文學風格的最小細胞，在它沒有參與更大單位結構構造時，不具備更大結構的結構特徵。比如，孤立的最小文學手法，不具備以文本為單位的作品題材、主題、主人公形象、情節佈局、語體風格、文體特徵、作家個性、文學體裁種類，以及作品風格等意義。它只是文學審美風格研究的起點，它本身談不上風格問題。

一旦最小文學手法參與更大單位、更高結構層級的結構構造，成為其中的部分時，它以子結構形式參與文學審美風格連續構造運動，成為更大結構單位、更高結構層級結構的組成部分，並獲得其整體特徵，

比如，契訶夫小說《胖子和瘦子》中開頭的段落五個最小文學手法，它們作為孤立的最小文學手法，談不上風格問題。但是，一旦它們成為《胖子和瘦子》的組成部分，就具有了契訶夫小說言短意長的個體風格特徵，也具有了現實主義文學類型的特徵，甚至也具有了西方模仿文學類型的特徵。

3.6.最小文學手法的文學性

文學性，是 20 世紀詩學的一個常見術語。在這裡，筆者關於文學性的研究，不是關於文學性的經驗描述或者泛泛而論，而是借助符號－結構方法，從最小文學手法整體性質與功能的角度，談談對文學性的看法。

3.6.1. 關於文學性、文學手法相關研究

文學性、文學手法，是俄國詩學首先提出的命題，是文學本體論研究中的重要問題，也是非常複雜的難題。

3.6.1.A. 俄國形式主義詩學論「文學性－文學手法」

在《現代俄羅斯詩歌》中，Ｐ・Ｏ・雅各松首先提出著名斷言：「文學性是文學的科學對象，亦即使該作品成其為文學作品的那種內涵。」[99]

Литературность「文學性」雖然為當下學界熟知，但「文學性」命題不是無源之水無本之木，它萌芽於 В・Б・什克洛夫斯基的「文學手法」概念。在

---

[99] （俄）Ｏ・Ｐ・雅各松，《現代俄羅斯詩歌》，（愛沙尼亞）札娜・明茨、伊・切爾諾夫編，《俄國形式主義文論選》，王薇生編譯，鄭州大學出版社，2004 年，第 321 頁。

俄國形式主義詩學文獻中，什克洛夫斯基的文學手法與雅各松的文學性，都強調研究文學之所以成為文學的特性：在討論文學手法時，什克洛夫斯基強調文學手法是產生藝術性的一切方面；在提出文學性時，雅各松強調文學手法是詩學的唯一的主角。

什克洛夫斯基把文學手法提高到文學本體地位加以強調：文學手法是指使作品產生藝術性的一切藝術安排和構成方式，這包括對語音、形象、情感、思想等等材料的選擇和組合、用詞手法、敘述技巧、結構配置和佈局方式等等，總之一句話：凡是使材料變形為藝術作品的一切方面。由此，藝術發展史不再是作家創作個性、文學流派變更、形象變化歷史，而是藝術手法不斷變更的生態系統。他說：「我們將特殊手法創作的作品，稱之為狹義的文藝作品，這些手法的目的，在於使這些作品盡可能確實作為文藝作品而為人們所接受。」[100]

雅各松不僅在 20 年代提出「如果文學這個學科要成其為科學，它必須承認『手法』是自己唯一的『主角』（rpoй）。[101]而且，五十年之後，在《詩學問題》後記中，他仍然堅持說：「文學性，換言之，言語到詩學作品的轉換以及實現這個轉換的系統手法，這就是語言學家在分析詩歌時要發揮的主題。」[102]

文學手法是文學本體研究的基本對象，是俄國形式主義者的共識。托馬舍夫斯基也明確指出文學手法是詩學的直接研究對象：「每一部作品都有意識地分成它的組成部分，在作品結構中相同的結構手法，亦即把文學素材聯合成藝術整體的方法，一般都有區別。這些手法就是詩學的直接對象。」[103]

---

[100]　（俄）В・Б・什克洛夫斯基，《論散文理論》，（愛沙尼亞）札娜.明茨、伊·切爾諾夫編，《俄國形式主義文論選》，第 349 頁。

[101]　（俄）О・Р・雅各松，《現代俄羅斯詩歌》，（愛沙尼亞）札娜.明茨、伊·切爾諾夫編，《俄國形式主義文論選》，第 372 頁。

[102]　（俄）雅各遜，《詩學問題·後記》，轉引自托多洛夫，《象徵理論》，王國卿譯，北京：商務印書館，2004 年，第 377 頁。

[103]　（俄）Б・В・托馬舍夫斯基，《文學理論》，《俄國形式主義文論選》，（愛沙尼亞）札娜.明茨、伊·切爾諾夫編，第 373 頁。

3.6.1.B. 卡勒關於「文學性」的批評以及探索

在《結構主義詩學》中，喬納森·卡勒充分肯定雅各森的「文學性」命題，但明確指出雅各森用語言手法取代詩學手法的做法是一個失敗。卡勒說：雅各森提請人們注意各式各樣的語法成分及其潛在功能，這對文學研究是一個重要貢獻，但是，由於他相信語言學為詩學格局的發現提供了一種自動程式，由於他未能認識到語言學的中心任務是解釋詩學結構如何產生於多種多樣的語言潛在結構，他的分析實踐是失敗的。[104]

在〈文學性〉中，卡勒雖然肯定文學性是文學研究的核心問題，但他說：應當承認，關於文學性，我們尚未得到令人滿意的定義。諾斯羅普·弗萊在他的系統性論著《批評解剖學》一書中申明：「我們尚無真正的標準，把文學語言結構與非文學語言結構區分開來」，他的話不無道理。[105]

另方面，卡勒自己也曾經就文學性或者文學本質問題提出自己的看法，比如，在〈文學性〉中，卡勒將西方詩學關於文學性討論最富成果的標準概括為虛構性和文學語言結構兩個方面，並圍繞這兩個方面提出文學性的三個方面： 1，語言本身的突現方法；2，文本對習俗的依賴以及與文學傳統的其它文本的聯繫；3，文本所用材料在完整結構中的前景。在文章結尾卡勒說，我們並沒有解決文學性問題，沒有找到能夠確定文學性的鑑定標準。[106]在《文學理論》中，卡勒從五個方面概括文學本質，與其〈文學性〉的觀點基本一致。卡勒概括的五個方面具體是：第一，文學是語言的「突出」，二，文學是語言的「綜合」（雅各森：主題與語法關係，對整體效果的貢獻），三，文學

---

[104] （美）喬納森·卡勒，《結構主義詩學》，盛寧譯，北京：中國社會科學出版社，1991年，第 120 頁。

[105] （美）喬納森·卡勒，〈文學性〉，《問題與觀點——20 世紀文學理論綜論》，（加拿大）馬克·昂熱諾等編，史忠義等譯，天津：百花文藝出版社，2000 年，第 27 頁。

[106] （美）喬納森·卡勒，〈文學性〉，《問題與觀點——20 世紀文學理論綜論》，第31-44 頁。

是虛構；第四，文學是美學對象；第五，文學是文本交織的或者叫自我折射的建構。[107]

　　但是，後來卡勒放棄了文學本質探討轉而研究文學能力。[108]

3.6.2. 從最小文學手法看文學性

　　筆者以為，從結構符號看，文學性與文學手法相通，只是文學性是文學手法結構整體的性質與功能，文學手法是文學「形式」結構整體之構造活動與結果。從最小文學手法看，文學性指最小文學手法賦予文學作品的結構特性，或者說是包括最小文學手法的「意義」與「價值」的符號「意指作用」。[109]

3.6.2.A. 最小文學手法的「意指作用」

　　最小文學手法的「意指作用」，包括自然語言以最小文學手法為單位的橫組合之「意義」，和最小文學手法縱聚合之「價值」。[110]僅僅考察自然語言符號橫組合構成的最小文學手法第二性系統複合結構的意義，對於理解最小文學手法的文學性是不夠的。只有在考慮最小文學手法橫組合複合系統意義的同時，還考慮到最小文學手法縱聚合系統的價值，最小文學手法的「意指作用」才算完整。筆者以為，最小文學手法這種「意指作用」，就是最小文學手法結構性質，就是最小文學手法的「文學性」。

　　我們雖然沿用雅各森的術語「文學性」，但是，卻從最小文學手法的「意指作用」出發闡釋最小文學手法的「文學性」。我們所說的這種文學性不限於雅各森語言學角度的「文學性」，而是指自然語言符號與不可再分文學想像具

---

[107] （美）喬納森‧卡勒，《文學理論》，李平譯，瀋陽：遼寧教育出版社，1998 年，第28-38 頁。

[108] 參見（美）喬納森‧卡勒，《結構主義詩學》盛寧譯，北京：中國社會科學出版社，1991 年，第二、三部分。

[109] 關於符號「意指作用」，參見本書 1.3.。

[110] 參見本書第一章 1.3.2.C.。

象相互作用的第二性系統複合結構的整體性質和最小文學手法縱聚合系統整體性質。其中，除了自然語言的藝術性以外，還存在不可再分文學想像具象的虛構性、造型性，以及最小文學手法縱聚合關係三大類型潛在的相對性規定等。

3.6.2.B. 最小文學手法文學性的三個層次

從最小文學手法結構要素看，最小文學手法諸結構元素不是同質等價的，其中，不可再分文學想像具像是其結構要素，自然語言是其結構元素。由此出發，上述最小文學手法的「意義」、「價值」等也不是同質等價的。其中，最小文學手法結構要素的性質，即最小文學手法最基本的文學性，我們稱之為最小文學手法的基本意義。相應地，最小文學手法結構元素的性質，我們稱之為最小文學手法的具體意義。而最小文學手法縱聚合類型相互對立關係的潛在「價值」，我們稱之為最小文學手法的潛在「價值」。基本意義、具體意義，以及潛在價值，即最小文學手法文學性的三大層次。

在本章 3.5.2.B.筆者指出，不可再分文學想像具像是最小文學手法的結構要素，它的性質不限於自身，要放大影響其結構整體的基本性質，確定最小文學手法基本性質的發展方向，並規定最小文學手法基本類型。在本章 3.3.3.、3.3.4.我們曾經討論了不可再分文學想像具象的造型性、虛構性。在這裡我們斷言，最小文學手法第二次結構轉換產生的不可再分文學想像具象的造型性、虛構性，就是最小文學手法最基本的文學性，或者說是最小文學手法結構符號整體的基本意義。

由於最小文學手法能指——自然語言保持自己的結構邊界、自己的結構轉換規律參與最小文學手法橫組合構造，因此，自然語言一方面帶上最小文學手法結構要素賦予的基本意義，另一方面，自然語言保持自己封閉性結構的意義。由此出發，自然語言保持自己結構邊界、結構轉換規律前提下的語言藝術性，或者說自然語言的裝飾性與反常化[111]，就是最小文學手法的具體意義。

---

[111] 參見本章 3.3.2.C.。

　　最小文學手法縱聚合相鄰關係角度不同最小文學手法類型之間對立關係的「價值」，是最小文學手法縱聚合關係角度文學性的體現。敘事母題、描寫母題、抒情議論母題三大類型之間對立關係的相對規定，是潛在於人類關於最小文學手法的集體無意識中的。相對而言，最小文學手法的「意義」是顯在的、絕對的，而最小文學手法的「價值」是潛在的、相對的。[112]

3.6.3. 最小文學手法基本意義

　　在梳理最小文學手法不同層面文學性之間的關係，確定了最小文學手法之為最小文學手法的最基本的意義之後，可以幫助我們更好辨析文學符號與其他符號之間的差異。

3.6.3.A. 文學與非文學藝術符號類型之不同

　　在本章 3.3.1.B.筆者曾指出：造型藝術的線條、色彩，之所以成為藝術手段而不同於普通的線條、色彩，音樂藝術的音響之所以不同於非音樂藝術的音響，也在於第二性系統複合符號的第二次結構轉換。從最小文學手法基本意義角度說，不同最小藝術符號類型之不同，在於最小手法這種虛構造型的能指不同、能指切分單位不同、能指空間不同。

　　關於不同藝術類型之間的差別，從萊辛的《拉奧孔》開始，就成為藝術理論關注的問題之一。萊辛在討論拉奧孔為什麼在雕刻裡不哀號，而在史詩裡卻哀號時揭示了兩種藝術的特徵：造型藝術是空間藝術，文學藝術是時間藝術。[113]

　　不同藝術類型的媒材不同，或者說藝術符號的能指仲介物−實體不同，已成為公理，恕不贅言。筆者在這裡要指出的是，從最小文學手法角度考察，不同藝術類型還存在能指切分單位和能指空間的不同。詳見表 3-1。

---

[112] 參見本章 3.4.3.。

[113] （德）萊辛《拉奧孔》，朱光潛譯，人民文學出版社，1979 年。

表 3-1　不同最小藝術符號類型比較

藝術類型	文學	音樂	繪畫	影視
能指實體	自然語言	節奏旋律	線條色彩	靜態畫面
能指單位	最小文學手法	最小虛構造型局部	最小虛構造型局部	鏡頭
能指空間	心理想像空間	可聞性空間	可視性二維靜態空間	可視性三維動態空間

　　從上表可見，不同藝術類型符號能指切分單位不同。在此我們以繪畫為例加以說明。可視性二維靜態繪畫，普通的線條以及圖形，與藝術符號的差別，就在於是否存在某種虛構造型。出於虛構造型的藝術意志，我們可以把普通的直線、曲線、圓點、圓形組合為一張笑臉。圖 3-4 左邊的笑臉，與右邊的若干線條圖形的區別，就在於「笑臉」符號存在虛構造型，創造者與受者承認那就是人的微笑。在「笑臉」符號中的、不可再分的虛構造型圖形眼睛、嘴和臉龐，是繪畫藝術的研究的起點，是最小繪畫手法的能指。繪畫藝術中這種最小虛構造型，由於能指仲介物－實體不同，與契訶夫《胖子和瘦子》中的敘述母題、描寫母題的不可再分文學想像具像是不同的。

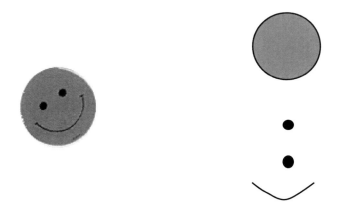

圖 3-4　普通線條與繪畫的差別

　　萊辛所說的空間，是傳統意義的純粹感知的物質空間。而筆者在此所說的「空間」，涉及到兩種空間概念。第一，指藝術想像活動的空間，它不是傳統意義的「第一空間」（純粹感知的物質空間），而是主體和客體、觀念和物質彙集的「第三空間」。[114]任何藝術符號，在虛構造型時，其藝術想像空間，都是「第三空間」，都存在媒材物質載體的物理性和虛構造型的精神性。

　　不過，由於文學藝術的物質載體是自然語言符號，其想像空間中物質載體第一空間本身並不直接表現具體形體物象，因此，萊辛斷言文學是時間的藝術。顯然，這裡就涉及到藝術符號能指空間。從最小文學手法能指空間看，文學藝術符號在物質載體層面本身存在想像活動的心理特點。這也是筆者將最小文學手法的所指概括為不可再分「文學想像」具象的理由。

　　在其他藝術符號創造或者接受的想像空間中，物質載體本身，或者說能指空間本身，均不存在文學符號這種特殊的「文學想像」活動。比如，在音樂作品的聆聽中，音樂的節奏、旋律，物質載體或者說能指空間具有其訴諸聽覺的造型性；在繪畫作品的觀看中，繪畫的線條、色彩，物質載體或者說能指空間具有其訴諸視覺的造型性。

　　關於文學符號在物質載體層面的想像活動，是文學想像空間研究中的重要問題，我們在後面的研究中還將繼續討論。

---

[114] 美國後現代地理學家愛德懷‧索亞「空間三部曲」之一：1996 年《第三空間》（《第三空間：去往洛杉磯和其它真實和想像地方的旅程》）提出了「第三空間」概念。第三空間，是相對於第一空間（感知的物質空間）、第二空間（意識形態的精神空間）而言的，它既是對第一、第二空間的解構，又是對第一空間、第二空間的重構，它既包括物質空間又包括精神空間，一切都在第三空間彙集：主體-客體，抽象-具象，真實-想像，可知-不可知，重複-差異、精神-肉體等，第三空間是開放空間。索亞還具體分析的阿根廷博爾赫斯短篇小說《阿萊夫》中關於阿萊夫的地域描寫。（美）索傑，《第三空間：去往洛杉磯和其他真實和想像地方的旅程》，陸揚等譯，上海教育出版社，2005 年。

3.6.3.B. 文學語言與非文學語言文字之不同

亞里斯多德早就說過：把謊話說圓是荷馬的本事。詩人是情節的創造者，不是韻律的創造者。[115]伽達默爾後來說：現在不再說，詩人說謊話，而是說，詩人根本就無須說真理，因為他們只是想施以審美的影響，只是想通過他們的想像創造喚醒聽眾或讀者的想像力和生命感情。[116]

在本章 3.2.2.、3.3.，筆者曾指出：最小文學手法所指，最小文學手法第二次結構轉換，是作為文學符號的最小文學手法構成的秘密，是文學符號區別於自然語言交際交流符號的的關鍵。在此要補充的是，不可再分文學想像具象的虛構造型，它作為判斷文學與非文學語言文字的重要依據，體現了最小文學手法最基本的文學性。

從最小文學手法基本意義看，在雪萊〈歌〉前兩個詩行那十二個英語單詞的第二次結構轉換創造了一隻鳥哀悼其伴侶的虛構造型，該詩的散文翻譯和詩歌翻譯雖然物質載體系統不同，但由於譯文也在第二次結構轉換中創造了一隻鳥哀悼其伴侶的虛構造型，所以，它們均屬於同一類型、同一虛構造型的文學符號。由此可見，無論是押韻的詩行，還是無韻的散文，無論是英語字母還是漢語方塊字，文學語言之為文學語言，就在於它具有以不可再分文學想像具象切單位切分所產生的附加意義，這也是文學之為文學的特性。

契訶夫《一個文官之死》中關於「突然間」的議論，哪怕它存在於文學文本中，由於自然語言橫組合關係中不存在第二次結構轉換，它不具有虛構－造型的性質與功能，不屬於文學符號。荷馬史詩、薩福抒情詩的詩不同於古希臘的科學詩，庾信的〈哀江南〉不同於一般墓誌銘，根本原因也在此。

---

[115] 參見本書 2.1.2.A.c.。
[116] （德）漢斯—格奧爾格·伽達默爾，《真理與方法》卷一，洪漢鼎譯，商務印書館，2007 年，第 376 頁。

3.6.4. 最小文學手法的基本意義與具體意義、潛在意義

最小文學手法的整體意義是不可再分文學想像具象與自然語言聲音、意義的修飾性-反常化等相互同化作用呈現的綜合性特徵。最小文學手法基本意義，不否定最小文學手法具體意義。最小文學手法具體意義豐富、補充最小文學手法基本意義。最小文學手法具體意義以語言藝術性的多樣性、最小文學手法潛在價值以類型的多樣性，賦予最小文學手法基本意義具體個體存在方式之豐富性。

哈姆雷特關於「生存還是毀滅」的內心獨白，其文學想像具象決定這一段自然語言符號集合屬於心理描寫，而素體詩韻律高低跌宕，詞彙華麗豐富等體現了莎士比亞這一段心理描寫的具體意義。別裡科夫「千萬別鬧出什麼亂子」的口頭禪，雖然最小文學手法心理具象決定這一段自然語言集合也屬於語言－心理描寫類型，然而其語言的非韻律形式，語言的簡煉、樸實等體現了契訶夫這一段心理描寫的具體文學意義。由於最小文學手法具體意義不同，同樣的描寫手法，不同作家可以有不同的個性表現形式。

王維「寒山轉蒼翠，秋水日潺湲」，杜甫「愁眼看霜露，寒城菊自花」，都是詩歌虛構想像活動創造的秋天景色圖畫，而「蒼翠」體現了王維妙悟詩歌話語之特色，「愁眼」體現了杜甫沉鬱詩歌話語之基調，與此同理。

雪萊〈歌〉的英語文本、漢語散文翻譯、漢語詩歌翻譯，三個文本之差異，如果用我們的術語解釋，也是最小文學手法具體意義不同，不過，這裡的不同是自然語言媒介的語系不同或者組合形式不同。

此外，陶淵明田園詩、王維山水詩、華茲華斯描寫自然的詩，其描寫對象更多選擇接近自然的物象，李白、柯勒律治詩歌描寫對象則更多選擇超自然的物象。最小文學手法縱聚合關係類型的自由選擇，也豐富了最小文學手法的基本意義。

第四章

文學審美風格個體

第四章　文學審美風格個體

　　文學審美風格個體，是最小文學手法以更大單位——文本藝術圖畫切分構成的更高結構層級的文學結構，是關於以文本為單位的文學現象考察，包括三大結構層級：文本手法統一體、文本純文學風格、文本文學審美風格。

　　文本手法統一體，屬於最小文學手法的較高結構層級，同時，屬於文本純文學風格的較低結構層級。文本純文學風格，是理論假設空間存在的文本文學審美風格。文本文學審美風格，是進入文學審美活動中的文本純文學風格，是文本純文學風格與文學主體相互作用的整體，同時，與其「環境」與「遺傳」因素有關。

　　在本書 1.1.3.B，筆者曾經指出，作為開放結構的文本文學審美風格，是文本文學審美風格個體與文學審美風格系統（「遺傳」），與相應特定文化審美期待（「環境」）三者相互作用的複合體。不過，在本書中，我們暫時只討論文學活動中的文本文學審美風格個體，關於文本文學審美風格個體與文學審美風格系統、以及文化審美期待之間的關係，筆者將在下一部書中專門討論。

4.1. 文學審美風格研究的相關概念

　　由於文學審美風格個體，是最小文學手法的更高結構等級，而且，屬於文學審美風格的「言語」，因此，在討論文學審美風格個體之前，我們簡單介紹一下文學審美風格結構等級序列，以及文學「言語」與「語言」的二元對立。

4.1.1. 文學審美風格結構等級序列

日爾蒙斯基提出建立「素材－手法－風格」系統的設想[1]，其間，素材、手法、風格之間的關係究竟是怎樣的呢？符號－結構主義關於複雜結構之間結構等級序列觀點為我們認識不同等級序列文學現象提供了一種方法論工具。

符號學、結構主義理論，均討論過多層級複雜結構之間較低結構層級和較高結構層級之間的關係問題，只是各自的表述話語不同。

4.1.1.A. 結構等級序列的相關研究

在本書的第三章第三節我們曾經介紹過羅蘭・巴特提出的符號第一性系統、第二性系統的理論，並借用羅蘭・巴特關於符號的第一性系統和第二性系統，以及葉爾姆斯列夫附加意義符號學的理論資源，我們在討論最小文學手法的兩次結構轉換的時候曾提出最小文學手法兩次結構轉換的模式：（ERC）RC。[2]

符號的這種不同表達層級，皮亞傑在結構研究中有類似的表述，他說：「不存在只有形式自身的形式，也不存在只有內容自身的內容，每個（從感知－運動性動作運算，或從運算到理論等等的）成分都同時起到對於被它所統屬的內容而言是形式，而對於比它高一級的形式而言又是內容的作用。」[3]皮亞傑形式與內容之間的這種關係，與羅蘭・巴特的符號第二性系統理論相近相通，都解釋了符號－結構的構成因素在不同結構層級的功能不同。

要指出的是，最小文學手法內部的這種不同結構層級的轉換，其實，在文學符號－結構連續構造活動中不限於最小文學手法。文學審美風格，無論

---

[1] 參見本書 2.3.1.C.a.三。
[2] 參見（法）羅蘭・巴特，《符號學原理》，廣西民族出版社，1992 年，第 80-82 頁。
   參見本書 3.3.1.A.。
[3] （瑞士）皮亞傑，《結構主義》，商務印書館，1987 年，第 24 頁。

以怎樣的單位切分，在文學符號－結構連續體構造過程中的關係，都屬於符號的第二性系統，其構成模式都是（ERC）RC'，只是每一結構層級不同，所指 C'的具體內容不同。而且，同一文學現象，在較低結構層級中的符號－結構整體，在較高結構層級中均屬於符號－結構能指。

4.1.1.B. 文學審美風格的結構等級序列

從文學審美風格整體看，自然語言符號是文學符號的最低層次，嚴格說，只是准文學結構。在文學審美風格結構連續體構造中，自然語言的語音、語義、修辭以及多義性與歧義性等，都只屬於自然語言符號系統意義，是文學審美風格符號更大單位更高等級層次——最小文學手法——的結構元素之一。而最小文學手法符號整體以及語義系統，諸如虛構造型基本意義，自然語言藝術具體意義等，在以文本為單位的更大文學符號中，在更高等級序列文學結構中，作為較低等級序列的結構層次，成為更高結構層級符號－結構的能指以及特徵。從文學審美風格看，相對於最小文學手法而言，較大單位、較高等級序列的文學符號結構，我們依次分別概括為：文本手法統一體、文本純文學風格、文本文學審美風格個體。

在文學審美風格符號連續體構造過程中，最小文學手法、文本手法統一體、文本純文學風格、文本文學審美風格，這四個結構層級之間的關係，都是第一性系統和第二性系統之間的關係，其模式都可以表示為（ERC）RC'，只是每一結構層級不同，（ERC）和 C'的具體內容不同。

在本書 3.3.1.B 我們曾經指出，最小文學手法兩次結構構造轉換作用的第二性系統構成模式是：（ERC）RC'，其中，（ERC）指自然語言；C'指不可再分文學想像具象。在此要繼續討論的是，當最小文學手法（ERC）RC'本身以文本為單位切分時，最小文學手法（ERC）RC'可以與文本文學手法 C"交換，這時，它們之間的相互關係構成更大單位、更高結構層級符號－結構，其符號－結構模式為（（ERC）RC'）RC"。筆者把以文本為單位的最小文學手法整

體（（ERC）RC'）與文本手法 C"相互同化作用產生的第三者（（ERC）RC'）RC"稱之為文本手法統一體。

還是以文本為單位，文本手法統一體（（ERC）RC'）RC"本身還可以與文本藝術圖畫 C'"交換構成更高層級的符號－結構，其符號－結構模式為（（（ERC）RC'）RC"）RC'"。筆者把（（（ERC）RC'）RC"）RC'"稱之為文本純文學風格。在更高結構層級中，文本純文學風格（（（ERC）RC'）RC"）RC'"本身再作為能指，與文本審美理想 C""發生關係轉換構成新的第三者，這個新的第三者即文學審美風格（（（（ERC）RC'）RC"）RC'"）RC""。

文學符號－結構四個結構層級的結構構成如下：

最小文學手法：（自然語言）R 不可再分文學想像具象；

文本手法統一體：（最小文學手法）R 文本文學手法；

文本純文學風格：（文本手法統一體）R 文本藝術圖畫；

文本文學審美風格：（文本純文學風格）R 文本審美理想

關於文學審美風格四大結構層級符號表達之間的關係，詳見圖 4-1。

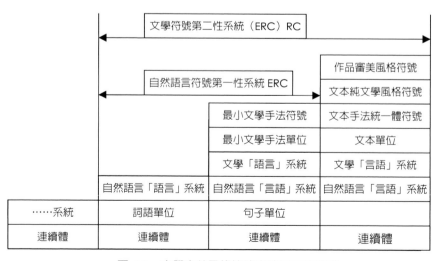

圖 4-1　文學審美風格符號表達平面連續體

如圖 4-1 所示，在文學作品審美風格表達平面層次中，自然語言系統是最低層次，以自然語言系統的詞為單位的自然語言符號連續體進一步分割，不屬於語言藝術符號所討論的範圍──屬於語言學範圍。

其中，文本文學審美風格，是以文本為切分單位的文學風格結構遞階秩序中最高等級序列的結構，其結構構造過程較為複雜，它是包容最小文學手法、文本文學手法、文本純文學風格三個結構層級的複合系統，而最小文學手法是文學風格結構連續構造過程中最低等序列的結構，其結構構造過程最簡單，是只有一個結構層級的複合系統。

4.1.2. 文學風格的「言語」

在符號學中，「語言」與「言語」的相對意義，除了是個人性與社會性之外，相對說，「語言」通常是以詞為單位，屬於非完整的語段，而「言語」通常是以句子為單位的，構成完整單位的語段。[4] 在此意義上，符號學的「語言」與「言語」的二元對立，有自己的特殊內涵規定。

以自然語言為仲介物－實體的文學手法以及文學作品風格，在其連續體表達平面中，自然語言除了聲音與意義以詞為單位的「語言」系統以外，還存在以句子為單位的自然語言「言語」系統。由此類推，自然語言的「言語」系統，同時就是以不可再分文學想像具象為單位切分的文學符號的「語言」系統。

從文學風格看，在具有獨立交際交流功能意義上，文學的「言語」系統，筆者以為，是最小文學手法以文本為單位切分的橫組合關係構成系統，即包括文本手法統一體、文本純文學風格、文本文學審美風格三個結構層次的複合系統。

4　關於「語言」和「言語」，參見本書 1.3.2.D.。

4.1.2.A. 文學風格「言語」的單位

M・M・巴赫金認為，表述的文本，作為文學想像活動中話語的文本，具有完成性、封閉性等特點。就文本的完成性、封閉性，巴赫金舉例說：繪畫中（包括肖像畫）完成了的或「封閉的」人臉。這些面孔畫出了一個完全的人，這人整個地就在眼前，不可能再成為他人。這些面孔已經說明了一切，它們已經死去或仿佛已經死去。藝術家把注意力集中在那些完成性的、決定性的、封閉性的特徵上。……此人不能再重生、更新、變形——這是他的完成階段（最後的和終結的階段）。[5]由此可見，文本、文本藝術圖畫，用巴赫金的話語來說，是文學的完成性、封閉性單位，用筆者的話語來說，是文學的獨立單位。

從文學「言語」系統橫組合句段關係考察，最小文學手法以文本藝術圖畫為單位切分橫組合關係構成的獨立符號－結構整體，不等於以文本藝術圖畫為單位的最小文學手法累加之和，它又形成了一個相互作用轉換體系，構成了一個更大單位、更高與更複雜等級序列的文學符號結構，筆者以為，這種更加複雜的結構序列，就是從文學審美風格角度所說的文學的「言語」，即以文本為單位的文學手法統一體、以及文本純文學風格，文本文學審美風格三個結構層級的複雜結構。

在最小文學手法以更大單位切分的橫組合關係中，存在不同層次的單位，比如，凱塞爾所說的詩的詩節詩行、小說的章節等，或者英伽登所說的事態群、托多羅夫所說的序列等等[6]。這些文學單位對於文學現象的認識都有各自的研究價值。不過，從是否具有獨立交際交流功能看，它們都不屬於文學「言語」單位。

---

[5]　（俄）M・M・巴赫金，《文本問題》，（俄）M・M・巴赫金，《文本，對話和人文》，白春仁等譯，石家莊：河北教育出版社，1998 年，第 319 頁。

[6]　參見本書 1.4.2.B.。

猶如自然語言中的詞，中間還存在以片語為切分單位的橫組合構成關係，但是，自然語言通常卻總是以句子為單位組合為「言語」。從文學審美風格角度看，作品中實際存在的最小文學手法，總是以文本為單位組合成為獨立的文學符號－結構。不僅不存在孤立的最小文學手法（或者說，孤立的最小文學手法只是存在於文學「字典」中），而且，也不存在孤立的「詩節」「詩行」，或者孤立的「事態群」、孤立的「序列」。

相對而言，不可再分文學想像具象，是文學「語言」研究單位，同時，是文學風格研究的最小單位；文本藝術圖畫，是文學「言語」研究的單位，是文學風格研究的獨立單位，基本單位。[7]托馬舍夫斯基的「主題」、英加登的「作品圖式化外觀」，或者說作品「被描繪的世界」，[8]在以文本為切分單位意義上，與筆者所說的文本文本手法統一體、文本純文學風格、文本文學審美風格相近，都屬於文學「言語」，不過，研究角度不同。

4.1.2.B.　文學風格「言語」的定義

文學的「言語」，是最小文學手法以文本藝術圖畫為切分單位的集合，相對於最小文學手法，屬於更高結構層級的文學現象。筆者在 20 世紀 90 年代曾撰文指出，當若干（最小）文學手法以文本為單位集合時，即以獨立完整的作品藝術圖畫劃斷自然語言而形成新的獨立片斷時，這時的文學符號就由文學的「語言」結構轉換構成文學的「言語」結構。[9]

在文學「言語」橫組合關係中，以文本為單位的文學符號－結構不僅更複雜，而且，更加不穩定，具有開放性、運動性。文學「言語」不僅包括文本手法統一體、文本純文學風格、文本文學審美風格三個結構層次，而且，

---

[7]　參見本書 1.4.2.。
[8]　參見本書 1.4.2.B.。
[9]　蘇敏，《論文學單位》，《西南民族學院學報》，1995 年第 4 期。

還保持自己的結構邊界、自己的結構轉換規律進入文學審美活動中，參與民族風格構造、參與文化精神系統構造，構成文學審美風格開放結構。

4.1.2.C. 文學風格「言語」的仲介物－實體

文學「言語」的切分單位，是文本藝術圖畫。文學作品的文本，從文學審美風格研究角度看，是對文學作品物質載體自然語言的第二次切分，是以完整作品藝術圖畫劃斷的諸最小文學手法之集合。

正是由於文本這種空間上擴大了的物質實體，方才使諸最小文學手法獲得了它們未結合以前不曾具有的獨立文學意義，使最小文學手法整合為更大單位、更高結構層級的獨立符號－結構整體。在這種整合中，文本自然語言的物理存在，是作品文學風格個體賴以存在的仲介物－實體。在此意義上，文學審美風格的「言語」不是純粹的心理活動，它同時具有心理－物理性質。

4.1.2.D. 文學風格「言語」的特點

本書在第三章曾經說過，自然語言以不可再分文學想像具象切分橫組合構成關係最小文學手法具有心理－物理性質。在心理－物理性質上，作為文學「語言」的最小文學手法，與文學「言語」一致。作家創作時的文學虛構想像活動以及審美理想，在這種獨立的「言語」組合中凝固為一種以自然語言為仲介物－實體的物理存在。在此要討論的是，相對於文學「語言」而言，文學「言語」具有兩大特點：

第一，最小文學手法以文本為單位的這種橫組合關係，構成一個關於獨立完整藝術圖畫的語段。這種獨立完整的作品藝術圖畫，是「言語」的重要特點。最小文學手法的不可再分文學想像具象只是這種獨立完整作品藝術圖畫的部分。詩歌的詩節詩行、事態群等，雖然在物理形式上看，它們與最小文學手法不同，似乎是更大的單位，佔有更大的空間，但是，就性質上說，它們仍然是某種文學想像具象片斷，符號所指與最小文學手法不存在根本差

別。只有當最小文學手法以文本藝術圖畫為單位切分時，符號所指才發生性質上的改變，即由文學想像具象片段改變為獨立完整藝術圖畫。

　　其次，最小文學手法以文本為單位的橫組合集合，是單個作者傳播資訊的連續話語，是作家的個人自由選擇，帶有作家個性特點。這種文學主體個人「成心」特點，包括個人生理-心理上先天「氣」之不同，以及後天「學」與「習」導致的人格、審美理想審美趣味不同。[10]這種作家主體的「成心」，是文學審美風格「言語」獨具的特點。最小文學手法的虛構造型中或許或多或少存在作家「成心」的因素，但是，通常，只有在文學「言語」層面，作家主體的「成心」才讓人可以完整感受到。因此，通常，只有在文學「言語」層面，才討論作品可以感知的整體特徵，以及作家主體個性。

4.1.3. 自然語言與文學的「言語－語言」辨析

　　自然語言符號，文學審美風格符號，雖然兩者都存在「語言」與「言語」，但是，卻存在相當大的差異。這種差異之討論，對符號學理論本身有價值。

4.1.3.A. 自然語言的「言語－語言」

　　索緒爾認為，自然語言符號中，以詞為單位的「語言」屬於社會性的，存在縱聚合關係，而以句子為單位的「言語」屬於個人的，不存在縱聚合關係，只研究橫組合關係。所以，在他的研究中，自然語言符號僅僅出現一種橫組合關係，一種縱聚合關係，而且，橫組合關係與縱聚合關係不是在同一個單位出現的。在較大單位中，符號橫組合關係與符號「言語」重合；在較小單位中，符號的縱聚合關係與符號「語言」重合。

　　羅蘭・巴特在《符號學原理》中指出，索緒爾語言學中的「言語」屬於橫組合性質，索緒爾所說的「聯想」，即語言學中的「縱聚合」關係，或者「系統」，與「語言」聯繫密切。[11]

10　參見本書 2.2.2.C.。

11　參見本書第一章 1.3.2.D；1.3.2.E.。

4.1.3.B. 文學風格「言語－語言」的兩種含義

誠如索緒爾語言符號學所概括的，在自然語言符號中，一種橫組合關係與獨立單位的「言語」相對應，一種縱聚合關係與較小單位的「語言」相對應。要指出的是，在文學審美風格符號中，似乎不存在自然語言符號這種一一對應的情況。在文學審美風格符號中，最小單位或者說「語言」，獨立單位或者說「言語」，兩種單位均出現了橫組合關係和縱聚合關係以及個人性與社會性的二元對立，即兩種單位與兩個維度並非一一對應。

具體說，文學審美風格「語言」中，自然語言符號以最小文學手法為單位橫組合構成中，除了最小文學手法縱聚合類型或者說社會性因素，還存在主體的個人性因素，即作家的自由選擇，這種選擇包括自然語言藝術性的選擇，不可再分文學想像具象造型性的選擇，以及不可再分文學想像具象文化含義、不確定點等的選擇。同時，文學審美風格「言語」中，以文本藝術圖畫為切分單位的文學手法統一體、文本純文學風格、文本文學審美風格，三個結構層級都出現了縱聚合關係的類型或者說社會性因素，作家主體在創造文學手法統一體、文本純文學風格、文本文學審美風格的時候，都既是自由的個人創造，同時，又是對某種縱聚合關係類型的選擇。

怎樣解釋文學風格符號「言語－語言」二元對立提出的這個問題？怎樣看待索緒爾、羅蘭‧巴特的斷言？

在重新思考索緒爾關於句段關係與聯想關係，以及言語和語言的界定之後，我們以為，是否可以這樣理解符號學的「言語」與「語言」：符號學的「言語」與「語言」二元對立概念，其實存在兩種含義：

第一種含義，作為與符號「橫組合－縱聚合」關係，符號的「意義-價值」相對應的一對概念，「言語－語言」二元對立揭示了符號研究的兩種維度，即主體個別性與社會性的二元對立。[12]關於「言語－語言」的這種含義，即索緒爾、羅蘭‧巴特所討論的「言語－語言」的二元對立。

---

[12]　參見本書 1.3.2.E.c.。

　　第二種含義，「言語－語言」二元對立的獨特含義，主要是指符號以獨立單位切分的橫組合構成關係與符號以最小單位切分的橫組合構成關係的二元對立。「言語－語言」二元對立這種獨特含義，雖然是從符號學兩種研究維度出發研究文學現象才發現的，但是，卻與符號研究兩種維度基本無關，因而通常也被符號學研究所忽略。

　　文學審美風格符號結構研究，為符號學的「言語－語言」二元對立增加了一種新的含義。筆者在該節關於文學審美風格的「言語－語言」的討論，就是在「言語－語言」第二種二元對立含義上展開的。

　　在文學風格符號結構研究突破語言符號學關於「言語」不存在縱聚合關係、「語言」不存在橫組合關係的束縛以後，認識「言語－語言」二元對立的第二種含義，不僅可以避免概念混亂，而且，有利於我們對自然語言符號與文學風格符號的深入研究。

4.1.3.C. 文學風格「語言」的特點

　　在語言符號學中，「語言」的特點是相對於「言語」特點而言的，「語言」的特點又是與「縱聚合」的特點相通的，「言語」的特點又是與「橫組合」的特點相通的。在辨析自然語言和文學審美風格「言語－語言」之間兩種含義的纏繞之後，我們可以更進一步認識文學風格的「語言」特點。

　　首先，關於自然語言「言語」先於「語言」產生的特點，現在就不成立了。我們不能說，以文本為單位的文學審美風格先於最小文學手法。文學風格整體，其中包括最小文學手法，應該是同時產生的。這個問題我們將在後面的討論中進一步明確。

　　其次，關於自然語言「言語」組合的個人選擇存在某種結合的自由，「語言」則更多是社會的、心理的，不依賴個人的現象的特點，也不成立了。作為「語言」的最小文學手法，和作為「言語」的文學審美風格，兩種不同單位的現象，都既有橫組合構成關係的自由選擇，又有縱聚合類型系統的不自由約束。

此外，關於自然語言「言語」是心理－物理的現象，而「語言」卻是純粹心理的現象的特點，也不能解釋文學符號。作為「語言」的最小文學手法、作為「言語」的文學審美風格，其橫組合構成關係都既是心理的，同時，也是物理的，有自己的仲介物，只是在縱聚合類型系統存在純粹心理的現象。

文學風格角度看，文學「語言」，一言以弊之曰：以文學最小單位切分的文學符號－結構。與之相對應的文學「言語」，則是以文學獨立單位切分的文學符號－結構。

4.1.3.D. 文學審美風格個體

文學審美風格，是對作品體現的整體風貌的描述，包括文學手法與文學類型，是文學主體與客體統一的整體，基本上是中西文藝學的共識。[13]不過，中西文藝學風格研究均沒有對這個作品體現的整體風貌進行邏輯一貫到底的深入研究，因而，作品體現出的整體風貌究竟是什麼，只有模糊的印象。具體說，文學手法、文學類型、文學主體、文學客體各自的內涵究竟是什麼，沒有嚴格的定義，而且，文學手法與文學類型之間的關係、文學主體與作品客體之間的關係，以及作品可以感知整體部分與整體之間的關係等，也沒有認真梳理。在此，筆者使用符號－結構方法，嘗試把這個大家都有感知的、經常使用的，但又沒有界定清楚的作品整體風貌具體切分為一個包含四個結構層級——最小文學手法、文本手法統一體、文本純文學風格、文本文學審美風格——的複雜結構。其中，後面三個結構層級，屬於文學「言語」，是以文本藝術圖畫為單位切分的作品整體風貌的內在結構，而第一個結構層級最小文學手法，屬於文學「語言」，是文學「言語」的較低結構層級，是構成作品整體風貌的細胞。

如果我們暫時不考慮文學手法結構層級的話，那麼，文學作品整體風貌，或者說文學風格，由文學「言語」三大結構層級構成。其中，文本手法統一

---

[13] 參見本書第二章。

體與文本純文學風格兩個結構層次，構成以文本為單位的第二性系統複合結構。文本手法統一體是其第一性系統，文本純文學風格是其第二性系統。文本純文學風格第二性系統複合系統模式為：文本手法統一體 R 作品藝術圖畫。

　　文本純文學風格第二性複合系統，是文學手法與文學類型構成的整體。筆者這一斷言，從符號－結構角度具體闡釋了傳統風格論關於文學手法與文學類型之間的關係。劉勰《文心雕龍》所提出的包括「體制」與「體性」以及「情文」、「形文」「聲文」三大文術之「體」[14]，牛津文學術語詞典所提出的包括語言表達特定方法、方式（specific way）和作為風格的不同類型（Different categories of style）style，[15]索科洛夫關於風格載體的觀點，[16]不同角度不同程度與筆者所說的文本純文學風格第二性複合系統相近相通，只是筆者嚴格遵循符號－結構方法論將這些文學現象切分為不同結構層級構成的整體。

　　如果說文本純文學風格的性質與功能通常潛在於文學作品客體中，那麼，文本文學審美風格的性質和功能則通常潛在於文學傳播活動中，文學傳播活動是啟動文學審美風格潛在性質和功能的絕對必要條件。作品體現的整體風貌之所以能夠被受眾感知，在於作者以某種方式創造該作品，受眾以某種方式關照該作品。因此，作為更高結構層級的文本文學審美風格，是存在於文學審美活動中的作品可以感知的整體風貌，是主體與客體統一的整體。

　　文本文學審美風格，是文學主體與客體統一整體。筆者這一斷言，從符號－結構角度闡釋了傳統風格論關於文學主客體之間的關係。狄爾泰關於風格是審美印象點與作者體驗的統一觀點[17]、索科洛夫關於群體共同風格的觀點[18]，以及劉勰體性、體勢論[19]，不同角度不同程度與筆者所說的文本文學審美風格相近相通，只是筆者從符號－結構角度邏輯自圓地解釋了這些文學現象。

---

[14]　參見本書 2.2.2.B.。
[15]　參見本書 2.1.1.D.。
[16]　參見本書 2.3.1.C.b.。
[17]　參見本書 2.3.1.B.。
[18]　參見本書 2.3.1.C.b.。
[19]　參見本書 2.2.2.C.、2.2.2.D.。

　　下面，我們具體展開討論文學「言語」三大結構層級。首先，我們討論最小文學手法怎麼構成作品可以感知的整體風貌？這個問題涉及到文本手法統一體。

4.2. 文本手法統一體

　　文本手法統一體，是文學「言語」的第一個結構層級[20]，同時，是最小文學手法的更高結構層級，是文學手法的獨立生命個體。文本手法統一體具有最小文學手法不具有的新的結構因素——文本手法，以及新的結構性質和功能——文本藝術圖畫的虛構造型性。

4.2.1. 文本手法統一體概說

　　文本手法統一體，從其物質載體角度看，是以文本藝術圖畫為單位切分的最小文學手法橫組合整體。任何一部文學作品，不論是契柯夫的短篇小說、巴爾扎克的《人間喜劇》，或者荷馬的史詩，莎士比亞的戲劇，莫里哀喜劇，或者四言詩《周南・關雎》、五言律詩王維〈輞川閒居贈裴秀才迪〉、七言古詩李白〈蜀道難〉、七言律詩杜甫〈秋興八首〉，仔細拆解分析，大多是林林總總、各種各類以自然語言為物質依託的最小文學手法組合。[21]

4.2.1.A. 文本手法統一體界定

　　文本手法統一體，是文學審美風格連續構造過程中以文本為單位的第一個結構層次，是對作品文學手法整體的概括，是最小文學手法和文本文學手

---

[20]　關於文學「言語」，參見本書 4.1.2.B.。

[21]　要注意的是，文本藝術圖畫，是一個複雜的文學現象，它既是文學手法統一體的切分單位，文學審美風格的切分單位，同時，又是文本純文學風格的所指，文學手法統一體的基本功能。參見本章 4.3.。

法相互同化作用的第三者，最小文學手法是其能指，文本文學手法是其所指。文本手法統一體，是最小文學手法和文本文學手法相互作用轉換生成的構造過程和被構造物。筆者把以文本為單位的最小手法集合與文本手法相互作用的第三者，或者說以文本為單位的第一次文學結構轉換過程和轉換結果，稱之為文本手法統一體。

最小文學手法以文本為切分單位的集合與文本文學手法，是考察文本手法統一體時不可忽略的兩個方面，猶如一張紙的正面與反面，既相互獨立，又不可分開。

最小文學手法和文本文學手法相互作用轉換生成新的結構存在時所獲得的整體結構特徵，我們稱之為文本手法統一體的整體性質。

4.2.1.B.　文本手法統一體的能指

在第三章我們曾經指出，最小文學手法是一個包含兩個結構層級的複合系統。在此要繼續討論的是，根據結構等級序列的觀點，最小文學手法，作為最小文學符號、或者說，作為文學風格結構最低結構層次，相對於更大單位、更高結構層級符號－結構而言，可以視為符號第一性系統（ERC）。因此，當最小文學手法以文本藝術圖畫為單位切分時，它成為以文本藝術圖畫為切分單位的更大單位、更高結構層級文學符號－結構的能指。在這個意義上說，文本手法統一體，相對於最小文學手法而言，也屬於第二性系統複合結構，也就是說，它的能指——最小文學手法本身是一個符號系統，因此，其模式可以表達為（最小文學手法）RC'。

在本書第三章 3.5.3.C 筆者曾指出，最小文學手法保持自己的結構邊界、結構轉換規律等，參與更大單位、更高結構層級的文學構造。在此要進一步指出的是，最小文學手法，作為文本手法統一體中具有物質依託的仲介物－實體因素的能指，參與文本手法統一體的結構構造，使文本手法統一體具有物理－心理性質。

4.2.1.C. 文本手法統一體的所指

在此我們要繼續討論的問題是，在文本手法統一體模式中，（最小文學手法）RC 中的「C'」是什麼呢？筆者以為，那就是文本文學手法。

4.2.1.C.a. 文本文學手法

從中西文學看，同一個最小文學手法，當其從橫組合關係參與建構更大單位結構並以文本藝術圖畫切分時，若干最小手法互相作用構成一個新的整體。該整體不等於若干最小手法之和，它可以與性質功能不同的文本文學手法「交換」，也就是說，它的功能產生一個新的所指——文本手法。在此意義上，文本文學手法，是以文本藝術圖畫為切分單位的最小文學手法橫組合集合之所指。

還是以契訶夫《胖子和瘦子》開篇的那個由五個最小文學手法構成的片段為例。

我們在討論最小文學手法第二次結構轉換時指出，同樣的自然語言，契訶夫小說中的自然語言與日常語言的不同在於這些話語在小說文本中發生了第二次結構轉換，獲得了最小文學手法的虛構－造型性，五個最小文學手法類型賦予自然語言敘述、描寫，以及簡煉、樸實、非韻律形式語言特性等。[22]

現在要繼續討論的是，就是這些從《胖子和瘦子》文本中摘錄出來最小文學手法片段，如果把它們放回到《胖子和瘦子》文本中，每個最小文學手法在保持自己的結構性質、結構轉換規律的同時，會獲得一種文本表達層面的新的所指，比如，城市小市民灰色生活題材、短篇小說體裁、以一當十的情節安排與結構佈局、誇張的主人公性格塑造、簡潔的語言風格等。

上述題材、體裁－體制[23]、結構佈局，形象塑造，以及作家語言風格等，都只能在文本意義上才存在，或者說，只有在作品整體意義上才存在。如果

---

[22] 參見本書 3.1.3.A.。

[23] 「體制」，是用劉勰「體」論關於中國文體研究使用的概念。參見本書 2.2.2.B.c.。

沒有以文本為單位的結構轉換，諸最小文學手法（其實還包括諸其他小於文本單位的文學手法），只能處於孤立分散狀態，不可能獲得文本意義上才存在的新的文學性質與功能。在此意義上，我們把這些在文本意義上存在的題材、體裁－體制、結構佈局、形象塑造、語言風格等稱之為文本文學手法。

波斯佩洛夫敘事作品的風格體系由具體細節體系、結構體系、語言體系三部分組成，不包括文體體裁。他認為，文體體裁屬於「共同的歷史地重複的內容方面。」不屬於形式。[24] 從符號結構橫組合構造看，文體體裁，是以文本藝術圖畫為切分單位的文學現象，不管是否存在歷史重複，都屬於文本手法。文學現象是否存在共同歷史重複的問題，屬於符號結構的縱聚合問題，通常，不應該妨礙其橫組合關係考察。其中的道理，猶如不能因為最小文學手法存在縱聚合三大類型，而否定最小文學手法橫組合切分。

根據符號學關於所指性質的規定，這裡的題材、體裁－體制、結構佈局、形象塑造、語體風格，如果說是最小文學手法以文本藝術圖畫為切分單位橫組合結構轉換整體性質與功能的體現，必須存在一個前提，即題材、體裁－體制、結構佈局、形象塑造、語體風格等是以文本為單位的文學現象的心理複現，不是文學現象本身。[25]在此意義上，文本文學手法具有符號所指的心理性質。

4.2.1.C.b. 相關實證基礎

我們上述關於文本文學手法邏輯推演的結論，有中西詩學文獻作為實證根據。

亞里斯多德論史詩、悲劇、喜劇、抒情詩等題材、體裁特點、論史詩、悲劇的情節佈局、人物性格等表達手法，可以說是西方詩學第一次關於文本文學手法的研究。[26]俄國形式主義則第一次在本體論意義上研究詩歌形象、小

---

[24] 波斯佩洛夫，《文學風格問題》，莫斯科大學出版社，1970 年，第 45-46 頁。參見本書 2.3.1.C.b.。

[25] 參見本書 1.3.2.B.a.。

[26] 參見本書 2.1.2.A.c.。

說的情節結構等。[27]20 世紀敘事學則是西方詩學對亞里斯多德以來的模仿文學獨特表達手法的系統梳理。

《毛詩大序》「六義」所提出的「賦比興」，第一次在中國古代詩論中涉及到中國言志詩的基本表達手法。[28]曹丕《典論・論文》「文體」說，「文氣」說[29]，第一次談及文體－體制，以及作家個性與語言風格。劉勰《文心雕龍》卷三至卷五關於二十種「體制」的考察，卷六、卷七、卷八關於「情文」、「聲文」、「形文」三大文術的討論，是中國古代詩論關於文學手法的第一次系統論述。[30]

從中西詩學文獻看，存在大量關於文本文學手法的論述，只是中西傳統詩學文獻關於文學手法的討論通常沒有釐定文學手法單位，大多是根據經驗觀察泛泛而論。限於篇幅，在此恕不展開討論。

4.2.1.D. 文本手法統一體的整體性

從符號構成關係看，以文本藝術圖畫為切分單位的最小手法集合，與文本手法之間構成的能指與所指關係，即以文本為單位的新的文學手法整體之「意義」。從文學符號連續構造過程看，文本手法與以文本為單位的最小手法集合之間的相互同化作用，是文學符號以文本為單位的第一次結構轉換過程和轉換結果。[31]

最小手法保持自己的結構邊界、結構轉換規律、結構性質在以文本為單位的更大結構中作為附加意義載體，與非仲介性的另一關係物——文本手法相互作用構成更高層級的結構。最小手法，作為最低結構層次，是更高結構層級文本手法的能指，諸最小手法一旦以文本藝術圖畫為單位在一個新的空間

27　參見本書 1.4.1.C.。
28　（漢）毛亨傳、鄭元箋、（唐）孔穎達疏，《毛詩正義》卷一，（清）阮元《十三經注疏》上，北京：中華書局影印世界書局本，1980 年，第 271 頁。
29　參見本書 2.2.1.A.B.。
30　參見本書 2.2.2.C.。
31　參見本章 4.2.1.A.。

組合成一個整體，這個整體就不再是若干最小手法累加之和，它要和文本手法交換；文本手法一旦以文本藝術圖畫為單位構成，它也不是空穴來風的孤立存在，它要與最小手法集合相互作用，最小手法集合與文本手法以文本藝術圖畫為單位相互作用轉換生成的嶄新第三者──文本手法統一體就這樣成為具有相互同化作用的新的轉換體系，新的能動作用的轉換中樞，具有新的性質與功能。最小手法集合與文本手法，猶如一張紙的兩面，共同構成文本手法統一體，其間不存在最小手法的文本化，或者文本手法具體化。

文本手法統一體整體構成，詳見圖 4-2：

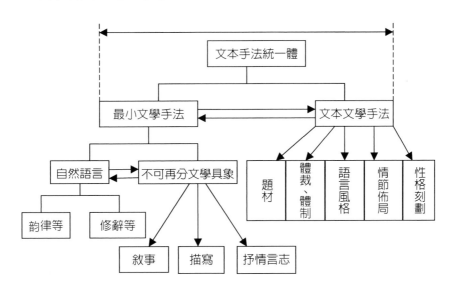

圖 4-2　文本手法統一體模式

4.2.2. 文本手法的文學性

關於文本手法的文學性，即文本手法的意指作用，我們主要討論文本手法縱聚合系統，以及文本手法結構要素問題，前者幫助我們理解文本手法的具體意義，後者幫助我們理解文本手法的基本意義。[32]

---

[32] 關於文學手法的具體意義與基本意義，參見本書 3.6 最小文學手法的基本意義與具體意義。

4.2.2.A. 文本手法的縱聚合類型

　　猶如最小文學手法縱聚合相鄰關係呈現三大類型，文本手法縱聚合相鄰關係也呈現出自己的五大類型。

4.2.2.A.a. 文本文學手法縱聚合五大類型

　　從中西文學作品看，文本手法在縱聚合相鄰關係維度主要有五種類型：題材、文體－體制、語體風格，以及結構佈局、形象塑造。其中，每一種類型還可以再細分為若干類型。比如，從題材看，可以有愛情－戰爭題材之對立，當下－歷史－幻想題材之對立等；從文體－體制看，有小說─戲劇─抒情詩之對立等；從語言風格看，有質－文、雅－俗之對立[33]、剛-柔、繁-約之對立[34]等；從結構佈局與形象塑造看，有必然性－主觀性之對立[35]、「雅麗」—「奇麗」之對立[36]、「賦比興」[37]—「境象」[38]之對立等。

---

[33] 關於質－文、雅－俗之對立，出自劉勰「斟酌乎質文之間，而櫽括乎雅俗之際」。（梁）劉勰，〈通變〉，《增訂文心雕龍校注》上冊卷六，黃叔琳注、李詳補注，楊明照校注拾遺。

[34] 關於剛－柔、繁－約之對立，出自劉勰「風趣剛柔，寧或改其氣」、「繁與約燊」。（梁）劉勰，〈體性〉，《增訂文心雕龍校注》上冊卷六，黃叔琳注、李詳補注，楊明照校注拾遺，第 379-380 頁。

[35] 關於必然性與主觀性情節結構、性格刻畫的對立，筆者在 90 年代有論文詳細研究，參見蘇敏，〈從歐洲文學談文學風格結構〉，《西南民族學院學報》，1994 年第 2 期

[36] 關於「奇麗」－「雅麗」之對立，出自劉勰「雅與奇反」。（梁）劉勰，〈通變〉，《增訂文心雕龍校注》上冊卷六，黃叔琳注、李詳補注，楊明照校注拾遺。關於中國言志詩的「詩」—「騷」的雅麗—奇麗對立，筆者在 90 年代有論文就已經提出。參見蘇敏，〈跨文化文學審美風格比較方法〉，《文藝研究》，1997 年第 3 期。

[37] 「賦比興」類型，出自《毛詩大序》六義說。參見（漢）毛亨傳、鄭元箋、（唐）孔穎達疏，《毛詩正義》卷一，（清）阮元《十三經注疏》上，北京：中華書局影印世界書局本，1980 年，第 271 頁。

[38] 「境象」類型，出自皎然「境象」說。參見（唐）殷璠《河嶽英靈集‧序》「興象」、皎然《詩式》〈詩議〉「但見情性，不睹文字」「虛實難明」之「境象」，司空圖〈與李生論詩書〉〈與王駕評詩書〉「韻外之致」、「味外之旨」、「思與境偕」之「韻味」等。《中國歷代文論選》卷二，郭紹虞主編，第 67、77、88、196、197、217 頁。此外，參見嚴羽的「入神」「妙悟」之詩歌「本色」，「羚羊掛角，無跡可求」之詩歌「興趣」。（宋）嚴羽，《滄浪詩話》，郭紹虞校釋，北京：人民文學出版社，1961 年，

　　從中西詩學文獻互照互識看，西方詩學文獻中的「文體」、「體裁」，與中國古代詩學文獻中的「體」[39]、「體制」[40]相通，為了匯通中西詩學文獻，所以，在文本文學手法類型研究中，我們把西方的「文體」與中國的「體制」兩種概念並舉。

　　這裡所說的結構佈局、形象塑造，筆者在 90 年代曾概括為「情節結構」與「主人公性格塑造」。[41]90 年代的概括，實證基礎僅僅限於西方文學。由於筆者目前的實證基礎擴大到中國古代言志詩，而中國言志詩中情節佈局與性格刻畫大多不象西方模仿文學那樣突出，所以，在此改用外延更為寬泛的表述──結構佈局與形象塑造，這樣既可概括西方文學，也可概括中國言志詩。

　　筆者所說的文體－體制，與日爾蒙斯基所說的結構手法相通，而日爾蒙斯基題材手法中與母題相對的情節手法，與筆者所說的結構佈局手法相通。[42]

　　在討論文本手法時，有西方學者提出了文本修辭手法。米‧森格利‧馬斯扎克在《作為結構和建構的文本》中依次討論了詞法、句法修辭格、語義

第 26 頁。許印芳「淡語亦濃」、「朴語亦華」之「淘洗熔煉」功夫。（清）許印芳，《與李生論詩書‧跋》，《中國歷代文論選》卷二，郭紹虞主編，第 202 頁。關於中國言志詩的「境象」，筆者在 21 世紀初曾經概括為「意境」。參見蘇敏，〈從中西文學視域論中國詩學體系的詮釋原則──「言志」〉，《東方叢刊》2009 年第 2 期。蘇敏，〈言志學芻議──從中西文學闡釋「言志」與「志」〉，《跨文明對話──視界融合與文化互動》，曹順慶、徐行言主編，成都：巴蜀書社，2008 年 12 月。但是，陳伯海、蔣倫哲主編，《中國詩學史‧隋唐五代卷》提出唐代「境象」說並梳理其源流。鑒於「境象」話語有唐代詩學文獻根據，因此，現在筆者更改為「境象」說。詳見陳伯海、蔣倫哲主編、倪進、趙立新、羅立剛、李承輝著，《中國詩學史‧隋唐五代卷》，鷺江出版社，2002 年。

[39] 「體」出自曹丕，《典論論文》「……能之者偏也，唯通才能備其體。」（魏）魏文帝，《典論論文》，《文選》卷五二，（梁）蕭統編，（唐）李善注，北京：中華書局1977 年影印胡克家重刻本，第 720 頁。參見本書 2.2.1.B.b。

[40] 「體制」，出自劉勰，《文心雕龍》：「箴銘碑誄，則體制於弘深。」（梁）劉勰，〈定勢〉，《增訂文心雕龍校注》上冊卷六，黃叔琳注、李詳補注，楊明照校注拾遺，第407 頁。參見本書 2.2.2.B.c。

[41] 參見蘇敏：《從歐洲文學談文學風格結構》，《西南民族學院學報》，1994 年第 2 期。

[42] （俄）Ｂ‧Ｍ‧日爾蒙斯基，《詩學的任務》，《俄國形式主義文論選》，（愛沙尼亞）札娜‧明茨、伊‧切爾諾夫編，第 76-77 頁。

修辭格、時空對應、視點—情境（敘述者與被敘述者）、情節（故事與人物）等；阿·基比迪·瓦爾加在《修辭學與文本的生產》中涉及到了體裁，都是作為文本修辭問題加以討論。[43]

在中西文學史上，很少出現以文本為單位的修辭手法，或者說，修辭手法一旦擴展到以文本為單位，就已經與文本結構佈局手法相關，或者說進入到文學領域與文本文學手法有關，而不再屬於語言學領域的語言修辭手法。

在中國言志詩中，比喻修辭手法擴展成為整個文本手法時，出現了言志詩獨特的結構佈局手法──興。〈桃夭〉中的比喻在西方抒情詩中可以看到，〈關雎〉中的興則是西方抒情詩中幾乎不存在的。

《神曲》中狼、豹、虎的象徵寓言，與但丁神遊三界見到上帝的寓言象徵或者但丁、貝爾德、維其略的象徵寓言，兩種手法之間存在差異：前者屬於修辭手法，後者屬於形象塑造結構佈局手法。莎士比亞《馬克白》中也有關於三個女巫的象徵修辭手法，但莎士比亞悲劇卻幾乎不存在佈局結構形象塑造上的寓言或者象徵。在語言象徵修辭手法上，《神曲》與《馬克白》相近相通；在文本文學手法上，《神曲》主觀表現的寓言象徵結構佈局與《馬克白》必然性情節與必然性性格性格刻畫的結構佈局截然不同。

雅各森以來語言學詩學出現偏頗的原因之一，在於他們沒有認識到語言修辭手法與文本文學手法分別屬於文學準結構與文學獨立結構兩個不同結構層級，準確說，他們主觀隨意打破兩個不同結構層級的結構界限，將文學表達兩個結構層級的文學現象互相混淆。

文本手法縱聚合關係五大類型詳見圖 4-3：

---

43 米·森格利·馬斯繫克，《作為結構和建構的文本》、阿·基比迪·瓦爾加，《修辭學與文本的生產》，《問題與觀點──20 世紀文學理論綜論》，（加拿大）馬克·昂熱諾等編，史忠義等譯，天津：百花文藝出版社，2000 年。

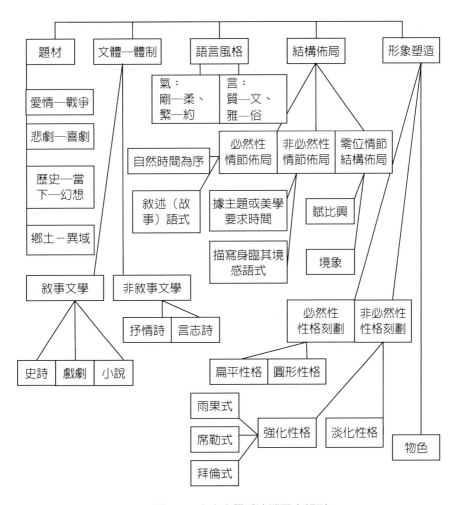

圖 4-3　文本文學手法縱聚合類型

4.2.2.A.b. 最小文學手法與文本文學手法辨析

　　最小文學手法保持自己結構邊界、結構轉換規律參與文本手法構造，因此，最小文學手法三大類型與文本文學手法五大類型各自存在各自結構邊界、結構轉換規律，兩者不可混同。不過，最小文學手法與文本文學手法之間還是存在相通處以及互相聯繫。

一、最小手法與文本手法之間的相通處

從中西文學看，文本手法五大類型與最小手法三大類型，均屬於儲存在人類文學集體記憶中的文學符號－結構，不同民族－文化之間的文學創作、文學翻譯，雖然自然語言符號層面的音響形象－觀念對應關係不同，但是，最小手法三大類型、文本手法五大類型的規定性，通常是作者、譯者必須遵守的遊戲規則。

比如，史詩、小說通常是第三人稱敘述手法，戲劇通常是對話體敘述手法。敘事是情節佈局事件安排，抒情是內心情感傾吐。比興是托物言志，境像是情景交融。阿喀琉斯憤怒之類情節敘述無論怎樣翻譯，必須翻譯為若干事件安排，不能翻譯為憤怒的情感抒發。「關關雎鳩，在河之洲。窈窕淑女，君子好逑」中以比興為基本手法的言志詩，不能翻譯為君子看見窈窕淑女的事件安排，或者把「窈窕淑女，君子好逑」之內心鋪寫融入「關關雎鳩，在河之洲」之景物描寫中。荷馬史詩押韻分行的詩歌，羅念生翻譯為散文體，要說明翻譯者的改動。丘爾契將古希臘悲劇改寫成故事，要說明是改寫。其他東方國家詩歌文本中出現的比興之所以是比興，在於遵循了比興的基本規定。

文本手法五大類型與最小手法三大類型之間，除了上述相通處之外，還存在互相聯繫。比如，文本手法中的題材，與作家在最小文學手法自由選擇中的偏愛有關。陶淵明的田園詩、王維的山水詩，以及華茲華斯的描寫自然的詩，詩歌的題材，與作者關於最小文學手法自然描寫母題有關。彭斯的〈一朵紅紅的玫瑰〉、喬伊絲的小說以及張愛玲的小說，從最小文學手法看大多選擇愛情心理描寫母題，從文本文學手法看則是愛情題材。

要強調的是，雖然最小手法與文本手法存在相同之處以及互相聯繫的地方，但是，在文學研究中，不僅不能隨意打破各自結構規定性以避免人為混亂，而且，認識各自不同結構規定，有助於在具體研究中擺脫研究複雜文學現象時的困惑與混亂。

二、中西文學作品中最小手法與文本手法辨析

在雨果與巴爾扎克小說中，作者所偏愛的一些文學手法相近：兩個作家刻畫性格都喜歡用誇張手法突出人物的某種基本性格，外部環境描寫都精細入微、人物細節描寫都詳盡具體，語言都比較鋪陳誇張等。

為什麼兩個作家又分別屬於不同的文學思潮，究竟哪些地方相同？哪些地方不同？筆者以為，辨析兩個作家作品中文學手法內在兩個層次，可以幫助我們認識這兩個作家之間的差別。

比如，《巴黎聖母院》與《高老頭》的文學手法究竟在哪些方面相同，哪些方面不同？如果我們有文學手法兩個結構層次的觀念，我們可以比較容易地分辨兩個作家文學性差異：兩個作家在最小文學手法層面上相同比較多，在文本文學手法層面上差異比較大。

兩個作家在最小文學手法層面的相同：第一，用誇張手法突出人物的某種基本性格的行動描寫；第二，外部環境描寫都精細入微；第三，人物細節描寫都詳盡具體，這些都是文本中可以剝離出來具體分析的非文本文學手法。

雖然在非文本文學手法層面兩部作品相同處比較多，然而，在文本文學手法方面，兩部作品卻幾乎沒有相同處：在《巴黎聖母院》中，文本文學手法體現在中世紀巴黎生活題材、歷史小說體裁，從觀念出發誇張放大的主人公塑造方法，充滿離奇、巧合的情節，主觀性的結構佈局，充滿充沛情感、雄辯政論的文體風格等；《高老頭》的文本文學手法則表現十九世紀法國經濟生活題材、寫實小說體裁，從反映法國社會風俗史、探索人類社會規律出發誇張放大的偏執性格，典型環境典型性格，「人物再現法」和宏大《人間喜劇》構思，人物個性化的語言等。

顯然，正是由於以文本文學手法這種空間上擴大了的物質實體整體，方才使雨果或者巴爾扎克小說中誇張的性格、細緻鋪陳的環境描寫、細節描寫等獲得一種整體的、嶄新的文學意義，使雨果成為法國浪漫主義的代表，巴爾扎克與司湯達共同開啟了後來的現實主義文學思潮。

　　王維、李白、杜甫，三個詩人三種風格類型，李白遊仙詩的「奇麗」與杜甫的「雅麗」之間的差別，由於題材原因比較容易理解，而王維與杜甫詩歌大多都取材現實生活，兩者之間在藝術上究竟怎樣不同，讀者接受時有感受，但是這感受又是模模糊糊的，說不清楚。借助文學手法結構層級理論，我們看到兩個詩人「奇」與「雅」之差別，更多體現在結構佈局與形象塑造方面。比如，我們選擇同樣文體－體制、同樣題材的詩歌，排除了題材、文體－體制的因素，可以看到兩個詩人在文本上的差異，主要體現為結構佈局與形象塑造想像空間不同。

　　王維〈輞川閒居贈裴秀才迪〉：

　　　寒山轉蒼翠，秋水日潺湲。
　　　倚杖柴門前，臨風聽暮蟬。
　　　渡頭餘落日，墟里上孤煙。
　　　復值接輿醉，狂歌五柳前。

　　杜甫〈遣懷〉：

　　　愁眼看霜露，寒城菊自花。
　　　天風隨斷柳，客淚墮清茄。
　　　水靜樓陰直，山昏塞日斜。
　　　夜來歸鳥盡，啼殺後棲鴉。

　　〈輞川閒居贈裴秀才迪〉與〈遣懷〉，都屬於秋日黃昏題材的五律詩，最小手法都只是景物描寫與人物描寫，兩個詩歌文本在結構佈局、形象塑造上最主要的差異是，〈輞川閒居贈裴秀才迪〉境像是禪趣與山水人物虛實相生；〈遣懷〉境像是實情實景互相交融。

　　王維詩歌寒山轉蒼翠，秋水日潺緩的平遠畫面、動態中捕捉色與光的變化，遠景中景近景不同視角變化凸顯詩歌的構圖層次，寫出秋色黃昏山水田園錯落有致的立體空間，詩人獨特空寂體悟創造的這些景色，與野老聽蟬、接與醉歌人物並置，使文本超越畫面物理時空而虛實相生，透出詩人超脫形而下桎梏的禪心別趣。

　　杜甫詩歌以詩人目力所及的自然空間順序，以卜居無地的愁眼看淒涼邊塞的寒城、霜露、自開自放的冷漠菊花、天風隨斷柳、客淚墮清笳的景色傷懷。再加上水靜山昏的樓陰直、塞日斜，以及夜來歸鳥盡，啼殺後棲鴉，隨眼望去「天地間」的壯闊、蕭瑟、陰鬱，渲染出憂國憂時飄零旅途的孤客內心深處愁緒愁懷之深沉蒼涼。

　　由此出發，我們說王維山水詩與李白遊仙詩同屬「奇麗」類型在於作品想像空間都屬於擺脫物理世界桎梏的內心世界，只是擺脫物理世界的方式不同；而杜甫詩歌想像空間更多是關於塵世間儒家士大夫情感胸懷抒寫，所以屬於「雅麗」類型囿於自然物理時空的文學想像空間。

4.2.2.B.　文本手法的結構要素

　　黑格爾主要根據造型藝術現象，強調媒介、題材在藝術類型中的重要性。[44]然而，在詩學文獻中，中西文學都更強調文體－體制。或許，這是不同門類藝術的差異。因為筆者沒有這方面的研究，關於這個問題暫時存而不論。就文本文學手法而言，從中西文學互照互識看，在文本手法五大類型中，「文體－體制」是其結構要素，它的性質與功能不限於自身，要放大影響文本手法整體，也就是說，它的性質與功能要規定、支配題材、結構佈局、形象塑造、語言風格等其他四種文本手法。[45]

---

[44]　參見本書 2.1.2.E.。
[45]　關於結構要素的界定，參見本書 3.5.2.B.。

4.2.2.B.a. 中西詩學文獻互照互識

從中西詩學文獻互照互識看，文本手法五種類型不是同質等價的，文體－體制在中西詩學文獻中都非常受重視，當是文本文學手法的結構要素。托馬舍夫斯基關於文學的主要成分是「體裁」，在文本文學手法結構層級而言是成立的。[46]

根據郭紹虞的觀點，在中國古代詩學文獻中，漢代就出現了「文」與「學」、「詩」與「賦」之分別[47]。

從曹丕《典論論文》之奏議、書論、銘誄、詩賦四科四「體」，[48]到劉勰的《文心雕龍》上篇〈明詩〉、〈樂府〉、〈詮賦〉等二十篇「體制」專論，[49]可見關於文體－體制研究在魏晉南北朝時期就相當充分。

在西方詩學文獻中，從亞里斯多德《詩學》開始就有關於史詩、悲劇、喜劇以及抒情詩等不同文體的具體研究。其中，特別是悲劇、史詩的文體特徵研究非常充分。[50]後來，在西方詩學文獻中，還有菲爾丁的散文體的滑稽comic 史詩[51]、以及狄德羅的「嚴肅喜劇」[52]等新文體研究。

在 20 世紀文學本體研究中，俄國詩學文獻從維謝洛夫斯基開始重視文體 жанр 研究。[53]日爾蒙斯基的結構手法研究，與維謝洛夫斯基的文體研究相通。[54]美

---

[46] （俄）Б・В・托馬舍夫斯基，《文學理論》，《俄國形式主義文論選》，（愛沙尼亞）札娜・明茨、伊・切爾諾夫編，第 368 頁。

[47] 郭紹虞，《中國文學批評史》上冊第三篇第一章，天津：百花文藝出版社，1999 年重印，北京：商務印書館 1934 年，第 40-47 頁。

[48] （魏）魏文帝，《典論論文》，《文選》卷五二，（梁）蕭統編，（唐）李善注，第 720 頁。

[49] （梁）劉勰，《文心雕龍》，《增訂文心雕龍校注》上，黃叔琳注、李詳補注，楊明照校注拾遺，北京：中華書局，2000 年。

[50] （古希臘）亞里斯多德，《詩學》，（古希臘）亞里斯多德、（古羅馬）賀拉斯，《詩學・詩藝》北京：人民文學出版社，1962 年。

[51] （英）菲爾丁，《約瑟夫·安德魯斯》序言，楊周翰譯，《西方文論選》上卷，伍蠡甫主編，上海：上海譯文出版社，1979 年，第 506 頁。

[52] （法）狄德羅，《論戲劇藝術》，陸達成、徐繼曾譯，同上，第 347-351 頁。

[53] （俄）亞・尼・維謝洛夫斯基著，歷史詩學》，劉寧譯，天津：百花文藝出版社，2003 年。

國新批評韋勒克、沃倫《文學理論》在文學內部研究中用一個專門章節討論文體和文體學，並在文學類型討論中也經常涉及到文體－體制問題。[55]

　　在中西詩學文獻考察基礎上，筆者以為，在文本文學手法縱聚合類型系統中，文體－體制是其同化作用的「中心」，換言之，文本文學手法縱聚合類型系統是以文體－體制為結構要素，以其他文本手法為基本結構元素相互協調作用的產物。文體－體制確定文學作品中諸文本手法基本性質的發展方向，並放大影響文本手法整體的基本性質、基本類型。

4.2.2.B.b. 中西文學作品實證

　　古希臘悲劇和喜劇文體－體制的規定不同，確定了其結構佈局、性格刻畫，以及語言風格的不同；戲劇與史詩、小說的文體－體制不同規定，確定了其結構佈局、敘述者人稱等不同。在中國言志詩中，古詩和近代詩體的文體－體制差別，確定了詩歌或比興或境象的基本格局差異。

　　荷馬的《伊利亞特》、巴爾扎克的《人間喜劇》，與《一個文官之死》在文學手法的不同，首先是短篇小說與史詩、長篇小說在文體－體制規定上的不同[56]。由於詩歌文本篇幅比較短小，在此我們以中國言志詩為例加以說明。

　　王維〈輞川閒居贈裴秀才迪〉文本手法賦予作品的性質，總的說，是圍繞五言律詩五言四聯的字數、詩行、押韻、平仄、對仗等文體－體制規定性[57]體現的。

　　　首聯：寒山轉蒼翠，秋水日潺湲。an

　　　頷聯：倚杖柴門前，臨風聽暮蟬。an

54　（俄）Ｂ・Ｍ・日爾蒙斯基，《詩學的任務》，《俄國形式主義文論選》，（愛沙尼亞）札娜・明茨、伊・切爾諾夫編，第76-77頁。

55　（美）雷・韋勒克、奧・沃倫，《文學理論》第十四章、第十七章，劉象愚等譯，北京：三聯書店，1984年。

56　關於小說的分析，參見本書 4.2.3.D.。

57　關於五律的文體—體制規定，參見王力，《漢語詩律學》，上海：上海教育出版社，1952年；王力，《詩詞格律》，北京：中華書局，2000年。

頸聯：渡頭餘落日，墟里上孤煙。an
尾聯：復值接輿醉，狂歌五柳前。an

　　從最小文學手法看，在自然語言聲音層面，該詩遵守五言律詩規定，四聯押平聲韻。同時，平仄是平起式，而且，使用了雙聲疊韻。在自然語言修辭層面，頸聯對仗工整，地理名詞「渡頭」「墟里」、自然景色名詞「落日」「孤煙」對仗，方位字「餘」「上」對仗，（餘下，上）。此外，色彩字「蒼翠」的使用，渲染出王維山水田園詩特有的空明境界。

　　從文本手法看，先山后水的開頭，以水動寫山色的空寂冷淡情調，單純色彩圖畫中顯出氣韻生動。首聯，遠景，構圖疏放線條，清淡水墨，世外鳥瞰觀照律動的大自然。頷聯、頸聯，中景，展現一幅詩人視野中的野老村墟晚歸圖。尾聯，近景，展現了一幅詩人心境中的接輿醉歌圖，以小襯大，虛實結合。整個文本展示的平遠景色，移步換形呈現動態層次，由遠而近，層次分明，靈動生趣，中國繪畫散點透視構圖的結構佈局，使詩中有畫，畫中有詩。

　　形象塑造上，清新明麗、簡練自然的語言，白描手法，單純色彩，明淨構圖，心性、空寂之境融為一體。場面描寫中注重用事用典處理細節是最基本的文本手法：陶淵明詩歌「曖曖遠人樹，依依墟里煙」意象、王維〈渭川田家〉「斜光照墟落，窮巷牛羊歸。野老念牧童，倚仗候荊扉」意象、〈使至塞上〉「大漠孤煙直，長河落日圓」意象化用，展現潺緩秋水、蒼翠寒山的寧靜遠景，渡頭、墟裡之落日孤煙靜謐中景，野老聽蟬和接輿醉歌的近景。尾聯〈偶然作〉陶淵明「酣歌歸五柳」意象的化用，與突破自然邏輯時空界限的楚國狂人「接輿」並用，更為自由表達詩人「適意」心性，並為接受者留下不確定點，既可以讀解為比喻裴迪，又可以讀解為詩人超越時空的禪意表達。

　　這些在五言律詩基本規定下對詩歌音律美的體悟、對山水畫式的縱深構圖的欣賞，對用事用典多義性的琢磨，對詩歌語言洗練天成的咀嚼等，就是〈輞川閒居贈裴秀才迪〉文本手法在詩歌文本中的功能。在此意義上可以說，

如果要認識《詩經》、《離騷》或者〈蜀道難〉與〈輞川閒居贈裴秀才迪〉文本文學手法的差異，首先需要認識五言律詩與四言古詩，長短句賦體，或者歌行體古詩等文體－體制差異。

在文體－體制規定中，媒材物質屬性是重要的構成因素。口耳相傳的荷馬史詩或者《詩三百》中的「風」，相對於後來的文人創作有自己的獨特手法。資訊時代電影故事片、電視連續劇相對於紙質媒材的文學作品，也有自己的獨特手法。即使在文人創作中，不同文體－體制也有不同的手法。不管是荷馬史詩豐富的插筆或者《詩經・風》中的重章疊句，還是電影的三 D 手法，不管是五言律詩還是歌行體，十四行詩還是八行詩，不管是短篇小說還是長篇小說，仲介物——實體不同特點相當程度影響文體－體制的規定性。

4.2.2.B.c. 文體－體制的兩大類型

從維謝洛夫斯基《歷史詩學》到卡勒《結構主義詩學》，敘事文學和抒情詩是西方詩學提出的最基本兩大文類。中國先秦到唐宋的詩歌，以及元明清的小說戲曲，為西方 20 世紀詩學關於兩大基本文類劃分提供了異質文化的實證基礎。在中西文學互照互識基礎上，筆者把文體－體制類型再細分為寫人記事和言志抒情兩大基本類型。由於文體－體制是文本手法的結構要素，因此，文體－體制這兩大基本類型賦予文本的特性，是文本手法賦予作品的最基本的性質與功能。

在這裡，鑑於中國古代言志詩的驚人數量與巨大成就，因此，筆者把中國古代言志詩作為抒情詩文體－體制研究的主要對象，並在西方「抒情詩」基礎上加上「言志」作為限定，將抒情與言志並舉以匯通中西方非敘事文體－體制。

從中西文學看，異質文化文學共用一個以「敘事」與「抒情－言志」為基本文體－體制類型的文本手法縱聚合系統。其中，西方抒情詩與中國言志詩相通，西方《高老頭》、《巴黎聖母院》與中國《紅樓夢》、《西遊記》在長篇小說意義上也相通。文體－體制兩大基本類型，是人類文學共用的集體無意識。

要指出的是，異質文明文學在文體－體制類型選擇上還是存在自由選擇的空間，即不同文明的文學在文體－體制兩大基本類型選擇上側重點不同——西方傳統文學更側重選擇寫人記事類型，中國古代文學更側重於言志抒情類型。

在西方文學發展史上，史詩、戲劇、小說等文體大多數時候是西方文學的正宗。在寫人記事基本文體－體制類型規定下，西方文學在文本手法上創造了情節佈局與人物刻畫兩種基本模式：必然性情節佈局與性格刻畫；主觀性情節佈局與性格刻畫。在必然性情節與性格刻畫中可再分為兩類：或喜或悲單一性情節佈局性格刻畫與悲喜混雜情節佈局性格刻畫；在主觀性情節與性格刻畫中又再分為三類：強化情節佈局性格刻畫、淡化情節佈局性格刻畫、零位情節佈局性格刻畫。[58]雖然在古希臘西方文學中就出現了著名的薩福抒情詩，文藝復興時期也出現了西方近代抒情詩，但是，在 18 世紀末 19 世紀三十年代左右的浪漫主義時期，抒情詩才一度成為西方文學的正宗。

在中國古代文學中，詩歌不僅在先秦到唐宋時期是中國文學的正宗，就是在元明清出現了戲曲小說之後，在文人觀念上，詩歌仍是中國文學的正宗。在言志抒情基本文體－體制規定下，中國古代言志詩在謀篇佈局時空創造出《詩經》雅麗－《離騷》奇麗兩種基本模式，其中，在《離騷》奇麗類型中還可以分為李白詩類型與王維詩類型；在形象塑造上創造出比興-境象兩種基本類型，其中，在境象中還可以分為唐音宋調兩種類型。[59]雖然在西漢時期中國文學就出現了著名的司馬遷史傳文學，但中國的戲曲、小說成熟相對比較晚、地位不高。

關於文本手法縱聚合系統兩大基本類型，參見圖 4-4。

---

[58] 關於西方文學的考察，參見蘇敏，〈從歐洲文學談文學風格結構〉，《西南民族學院學報》，1994 年第 2 期。

[59] 筆者認為，「言志」是中國古代詩學核心概念，與「模仿」是西方詩學核心概念相通。關於中國古代言志詩，參見蘇敏，〈從中西文學視域論中國詩學體系的詮釋原則——「言志」〉，《東方叢刊》2009 年第 2 期。蘇敏，〈言志芻議——從中西文學闡釋「言志」與「志」〉，《跨文明對話——視界融合與文化互動》，曹順慶、徐行言主編，成都：巴蜀書社，2008 年 12 月。蘇敏，〈《論離騷》的文學物象〉，《先秦兩漢文學論集》，章必功等主編，北京：學苑出版社，2004 年 7 月。

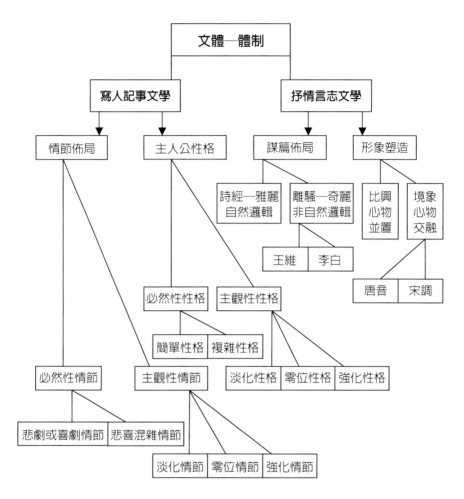

圖 4-4　文本文學手法縱聚合類型

4.2.3. 文本手法統一體的文學性

　　猶如最小文學手法的文學性是最小文學手法的整體性質與功能，文本手法統一體的文學性，也是文本手法統一體的整體性質與功能。文本手法統一體及文學性，是文學風格結構連續構造過程中第二次結構轉換的整體結構及特徵，它是對以文本為單位的文學手法藝術性的整體概括。它包容諸文學手法各自的文學性，但是不等於諸文學手法文學性累加之和。

4.2.3.A. 文本手法統一體文學性不等於文本手法文學性

在 4.2.1.A，4.2.1.D 我們指出，文本手法統一體是最小文學手法和文本文學手法相互作用轉換生成的構造過程和被構造物。最小手法集合與文本手法以文本藝術圖畫為切分單位相互作用轉換生成的嶄新第三者——文本手法統一體是具有相互同化作用的新的轉換體系，新的能動作用的轉換中樞，具有新的性質與功能——文本手法統一體整體性質，這也就是文本手法統一體體現的文學性。

在此要指出的是，作為文本手法統一體的這種整體結構特徵的文學性，包含我們在 4.2.2 所討論的文本手法的文學性，但是，不等於文本手法的文學性。文本文學性，是文本手法五種類型賦予文本的屬性，是文本手法統一體所指的性質與功能，或者說，文本手法統一體部分的屬性與功能。現在我們要繼續討論的問題是：作為文本手法統一體整體性質的文學性究竟是什麼？

4.2.3.B. 文本手法統一體結構要素

從中西文學看，文本手法統一體具有創造文本藝術圖畫的功能。在文本文學手法統一體構成中，儘管最小文學手法和文本文學手法都是其結構元素，都共同參與文本手法統一體構造過程相互同化作用，但它們並非都是同質等價的。其中，作為切分單位的文本藝術圖畫，是文本手法統一體的結構要素，是文本手法統一體同化作用的「中心」，換言之，文學手法統一體是以文本藝術圖畫作為相互同化作用的「主導部分」、以諸最小文學手法、文本手法為結構元素相互協調作用的產物。文本藝術圖畫，作為文本手法統一體的結構要素，其虛構－造型性要放大影響一切文本手法，成為文本手法之所以成為文學手法的最基本規定性：只有具有創造文本藝術圖畫功能的文本表達手法，才可能成為文本手法統一體的構成元素。在此意義上，我們斷言：作為切分單位的文本藝術圖畫的虛構－造型性，是文本手法統一體最

基本的文學性，創造虛構的文本藝術圖畫，是文本手法統一體最基本的文學功能。

　　新聞報導、心理學病例、歷史著述等，仔細想來它們其實也存在文本表達手法，為什麼它們不屬於文學？從文本手法看，是因為它們的表達手法統一體不具備創造虛構的文本藝術圖畫的性質與功能。狄福的《魯濱遜漂流記》不同於報紙的特寫，狄更斯的《雙城記》不同於米勒的《法國大革命》，陀思妥耶夫斯基的《罪與罰》不同於犯罪心理學，羅貫中的《三國演義》不同於陳壽的《三國志》，魯迅日記中回故鄉的文字記載不同於小說《故鄉》，從文本手法看，在於文本文學手法以創造作品藝術圖畫為結構要素建構自己的整體。

　　「本事也可能是作者不曾虛構的真實的事件，情節卻全然是一種藝術結構。」[60]托馬舍夫斯基所說的「情節」、「藝術結構」不同於作為「本事」的「事件」之處，筆者以為在於情節結構具有創造虛構的文本藝術圖畫的性質與功能。

　　在中國古代歷史文獻中，項羽本紀等是否屬於史傳文學的爭論，從文學手法看，在於《史記》表達手法某種程度具有虛構－造型性而不同於單純的歷史記載。

　　資訊時代的電影故事片、電視連續劇雖然與紀錄片、專題片有相同的媒材、相同的表達手法，但電影故事片、電視連續劇所有表達手法都圍繞創造虛構藝術圖畫構成表達手法統一體，這既是它們與紀錄片、專題片的根本差異，也是它們進入文學殿堂的基本前提。正是在此意義上，資訊時代的電影、電視雖然可以相當程度取代傳統紙質媒介文學客體並分流傳統文學受眾，但文學的虛構想像活動及其遊戲規卻不會被取代。也在此意義上，大可不必因為年輕人看電影電視不看小說而斷言文學危機。在文學審美活動中，電子媒介一方面分流了文學受眾，另方面豐富了文學審美活動方式。

60　（俄）Б・В・托馬舍夫斯基，〈情節的構成〉，《俄國形式主義文論選》，（愛沙尼亞）札娜・明茨、伊・切爾諾夫編，第156頁。

4.2.3.C. 文本手法統一體的基本意義與具體意義

文本手法統一體的基本意義雖然規定文本手法最基本性質、最基本功能，但是，同時它包容其所屬結構元素各自的結構性質、結構轉換規律，筆者把文本手法統一體其他結構元素結構性質、結構轉換規律賦予文本的特性，稱之為文本手法統一體的具體意義。

文本手法統一體的具體意義，即文本手法縱聚合相鄰關係五大類型賦予文本的意義，以及最小文學手法意義與價值構成的文學性。具體說，就是文本手法以寫人記事與抒情—言志「文體－體制」二元對立為結構要素的題材、語體風格、結構佈局、形象塑造等構成的整體賦予文本的屬性，以及最小文學手法敘事母題、描寫母題、抒情－議論母題三大類型賦予文本的文學性、自然語言藝術性等。最小文學手法不可再分文學想像具象虛構－造型性，在以文本為單位的文本手法統一體中即文本藝術圖畫的虛構－造型性。

在文本手法統一體的文學性中，具體意義不僅體現了文本手法統一體的基本意義，而且，豐富了文本手法統一體的基本意義，具體說，寫人記事-抒情言志兩大基本類型之對立及其文本手法五大類型之對立，以及它們包含的最小文學手法三大類型之對立，體現並豐富了文本藝術圖畫的虛構－造型性。

從文本手法統一體看，《俄狄浦斯王》表達手法圍繞俄狄浦斯王殺父娶母的藝術圖像相互作用形成的整體，首先包括寫人記事體裁基本類型對必然性事件與必然性性格的規定、悲劇體裁對古希臘傳說中幾大家族題材的規定性、對「無辜英雄」身份、品格的規定，對順境轉逆境的佈局、整一性情節、複雜情節的規定，以及與嚴肅題材、無辜英雄、順境轉逆境的佈局等相一致的索福克勒斯語言風格等。[61]

---

[61] 關於悲劇情節的必然性、嚴肅題材、無辜英雄、順境轉逆境佈局、情節整一、複雜情節等，亞里斯多德有詳盡討論。參見亞里斯多德《詩學》，羅念生譯，（古希臘）亞里斯多德、（古羅馬）賀拉斯，《詩學·詩藝》，北京：人民文學出版社，1962年。

　　此外，《俄狄浦斯王》表達手法圍繞俄狄浦斯王殺父娶母藝術圖像相互作用形成整體還包括整個文本的全部最小文學手法各自類型規定性以及語言裝飾性-反常性等。比如，悲劇退場長老們的和唱歌在敘述的時候使用了對比的修辭手法將俄狄浦斯過去的光榮與現在的災難進行對比強化現在的不幸，同時，使用比喻的手法把俄狄浦斯殺父聚母自我懲罰的結局比喻為「可怕的災難的波浪」避開直接言說俄狄浦斯的不幸，在此基礎上，使用假設句式「當我們等著瞧那最末的日子的時候」抒發俄狄浦斯故事引發的人生感歎：命運支配下的凡人幸福是無常的。

　　　　忒拜本邦的居民啊，請看，這就是俄狄浦斯，他道破了那著名的謎語，成為最偉大的人；那一位公民不曾帶著羨慕的眼光注視他的好運？他現在卻落到可怕的災難的波浪當中！
　　　　因此，當我們等著瞧那最末的日子的時候，不要說一個凡人是幸福的，在他還沒有跨過生命的界限，還沒有得到痛苦的解脫之前。

　　在接受俄狄浦斯殺父聚母故事中感受體會這些不同結構層級不同結構類型文學手法賦予文本的種種屬性，就是體悟玩味古希臘悲劇《俄狄浦斯王》的文學性。

　　要指出的是，文本手法統一體兩個結構層級文學手法賦予文本的特性，是一個整體，我們在符號結構研究中把這個模糊的整體對象分解為不同結構層級、結構因素等，是為了便於認識這個模糊複雜的文學現象，不過，在實際作家創作、或者作品接受活動中，不存在這種不同單位、不同結構層級的切分，它仍然是一個模糊的整體。作家讀者不過是在文學活動中自覺不自覺地「循體成勢」、「因情立體、即體成勢」[62]地創造或者接受文本藝術圖畫。

---

[62]　參見本書 2.2.2.D.b.二。

4.2.3.D. 關於文學手法與文學性思考的結論

4.2.3.D.a. 從文學手法看文學性

從文學手法兩大結構層級構成關係與相鄰關係考察可見，傳統詩學文獻沒有考慮切分單位以及結構層級前提下關於文學形象、表象的經驗觀察，與筆者使用符號結構分層研究方法關於虛構－造型性結論相近相通。虛構－造型，是文學手法從細胞到獨立生命個體最基本的屬性。筆者從文學手法兩大結構層級出發對文學性的闡釋，不過是借助符號結構方法這個顯微鏡，放大文學手法的起點、單位、兩大結構層級加以考察而已。

文學手法兩大結構層級賦予文本的屬性，除了虛構－造型性，還包括語言的裝飾性－反常性、敘事母題、描寫母題、抒情議論母題賦予文本的性質與功能，以寫人記事與抒情言志為核心的文體－體制、題材、語言風格、結構佈局、形象塑造等手法整體賦予文本的性質與功能。

筆者的上述結論，與英加登在討論文學與科學之不同時所提及的「擬判斷」、「再現客體的描述功能」、「圖示化外觀」等相通。[63]

4.2.3.D.b. 《一個文官之死》文學手法－文學性分析

在此，我們試以契訶夫短篇小說《一個文官之死》為例，從文學手法兩個結構層級出發，具體討論文學作品的文學性。[64]

《一個文官之死》寫了一個下等文官打一個噴嚏在將軍身上因為害怕得罪將軍而被嚇死的故事。接受者在接受這個虛構的、內視的想像圖畫中感受到模仿的真實，以及人生的感悟，就是在體會小說文學之為文學的「文學性」。不過，在此我們主要從表達手法層面討論小說的文學性。

---

[63] （波蘭）羅曼・英加登，《對文學的藝術作品的認識》第三章第一節。

[64] 關於言志詩文學性分析，參見 4.2.2.B.b.對〈輞川閒居贈裴秀才迪〉的分析；關於戲劇作品文學性分析，參見本書 4.2.3.C.對《俄狄浦斯王》的分析。

從文學表達手法層面說，《一個文官之死》最基本的文學之為文學的地方，是該文本藝術圖畫寫人記事文體類型以及短篇小說體裁的藝術規定。文本所有其它文學手法都圍繞著短篇小說寫人記事的基本規定，圍繞著下等文官被嚇死的故事構成一個表達手法的整體。要指出的是，在這裡，接受者文學修養程度，與體悟文學性的程度，成正比。

比如，短篇小說，在一個從未讀過短篇小說的接受者那裡，他將獲得關於短篇小說的第一印象；在一個有文學基本常識的接受者那裡，會喚起他關於小說與非小說文體的潛在記憶，會喚起他關於短篇小說與中篇小說、長篇小說的潛在回憶；在一個有外國文學知識結構的接受者那裡，還會喚起他關於莫泊桑小說、歐·亨利小說的潛在回憶；在一個有中國古代小說知識結構的接受者那裡，還會喚起他關於《聊齋志異》的潛在回憶……在這些眾多的潛在回憶中，接受者以自己的期待視野給予短篇小說體裁以相對的、潛在的認定。接受者預存立場關於文學知識結構越寬泛，關於短篇小說的接受、體悟就越豐富。

在該文本的接受過程中，凡是具有縱聚合類型的文學手法類型，都存在接受者期待視野的這種潛在的、相對的意義補充。這是《一個文官之死》文學手法縱聚合類型文學之為文學的體現。限於篇幅，後面的類似情況，就不一一具體闡述。

《一個文官之死》的文學手法統一體之具體意義，包括兩個層次：第一，最小文學手法的文學性；第二，文本手法的文學性。

以不可再分文學想像具象切分，《一個文官之死》由六種、十三個最小文學手法構成。此外，夾雜文化代碼。

小說開始，敘述者以第三人稱交代了時間、地點、人物、事件。緊接著是關於「忽然間」的議論。之後，是主人公打噴嚏的細節描寫。再之後，是關於打噴嚏的議論。議論之後，是打噴嚏後主人公四下察看的細節描寫，以及他認出文職將軍的敘述。在主人公認出文職將軍以後，戲院裡，主要是主

人公心理描寫、主人公與將軍對話描寫的交替。在家裡,是主人公與妻子的對話描寫。第二天,將軍接待室,主要是場面描寫,主人公與將軍對話描寫,主人公心理描寫。第三天,簡潔敘述以後,主人公與將軍對話描寫,最後,以敘述交代結局,結束小說。

《一個文官之死》十五個不可再分文學想像具象或者片段分別是:兩次議論、四次敘述、兩次細節描寫、一次場面描寫、四次對話描寫、兩次心理描寫等,它們可以概括為三類:議論(文化代碼)、敘述、描寫。其中,議論,是最小文學手法的另類,屬於文化代碼[65],因此,不屬於最小文學手法類型。描寫可以再細分為:細節描寫、對話描寫、場面描寫、心理描寫等四類。敘述、描寫兩類最小文學手法構成《一個文官之死》文本手法統一體的能指。體悟這兩類十三個最小文學手法賦予文本的屬性,以及自然語言的藝術性,就是從最小文學手法出發體悟《一個文官之死》文學之為文學的東西。

這十三個最小文學手法及兩種類型,體現了《一個文官之死》最小文學手法的文學性。索福克勒斯悲劇帶有希臘的莊嚴肅穆,莎士比亞戲劇更充滿情節的生動性與複雜性,拜倫詩歌更充滿一瀉千里的激情,巴爾扎克、雨果小說氣勢更宏大,但丁、歌德作品更多哲理寓言,托爾斯泰、托斯妥耶夫斯基小說更多俄羅斯東正教激情,喬伊絲小說更多意識流動,艾略特作品更多象徵意象,但是,其文本編碼也是這樣以最小文學手法為基本元素,夾雜文化代碼的整體。

《一個文官之死》上述兩類十三個最小文學手法,以文本藝術圖畫為切分單位橫組合時,出現了五種文本文學手法,即題材、文體－體制、語言風格、情節佈局、性格刻畫等,這是上述十五個最小文學手法在孤立、靜止狀態下不存在的文學現象,它們既是十三個最小文學手法相互作用的過程,也是其相互作用的結果。它們雖然僅僅在文本意義上才存在,十三個最小文學

---

[65] 參見本書 3.3.2.B.。

手法孤立分散時都不存在這種文本手法，但是，當以文本藝術圖畫切分時，十三個最小文學手法都是體現這五種文本手法的細胞。

《一個文官之死》五種文本文學手法具體是：城市灰色生活題材、短篇小說文體－體制、開門見山的筆法、以一當十的情節、性格化動作、凝練的佈局、簡潔的語體風格等等。在文本整體意義上體悟這些文本手法的文學性，就是從文本手法出發體悟《一個文官之死》文學之為文學的東西。

關於契訶夫短篇小說的藝術特點，學界通常是在文本文學手法意義上討論的。在文本文學手法意義上，契訶夫語言藝術特點，既區別於長篇作家比如司湯達，又不同於其他短篇作家比如莫泊桑。而《一個文官之死》不同於其它契訶夫短篇小說的個性，則是《一個文官之死》的最小文學手法文學性體現的。就這樣，借助於文學手法-文學性理論，我們既可以體悟《一個文官之死》之所以成為文學作品的文學性，又可以體悟這一部具體作品的文學性。

《一個文官之死》篇幅短小，便於在這裡分析。巴爾扎克的《人間喜劇》，逐層分解下來，還是一部一部的小說。任何一部小說，從文學手法角度，都可以從最小文學手法、文本文學手法兩個層級去把握它的「文學性」。在此意義上，僅僅從情節去把握一部作品的文學性，可能會忽略文本中其他非情節的文學手法。比如，《一個文官之死》中的描寫母題。僅僅從語言層面去把握一部作品的文學性，即使是對詩歌作品，是挂一漏萬的。王維〈輞川閒居贈裴秀才迪〉的文學性，首先是感受秋天黃昏時分山水田園中野老聽蟬接與醉歌圖畫以及禪趣，並從五律詩歌文體體制出發，體悟最小文學手法、文本文學手法賦予文本的屬性。詩人清新明麗、簡練自然的語言特色，只是〈輞川閒居贈裴秀才迪〉文學性中的組成部分。

4.3. 文本純文學風格

　　文本純文學風格，是文學「言語」第二個結構層級[66]，是文本手法統一體的更高結構層級，是理論假設空間存在的作品文學風格。文本純文學風格具有文本手法統一體不具有的新的結構性質和功能－作品風格。

4.3.1. 文本純文學風格概說

　　從文學審美風格結構等級序列看，文本純文學風格，是文本手法統一體的更高結構等級序列。在此我們繼續討論文本手法統一體與文本純文學風格之間的關係。

4.3.1.A. 相關研究

　　關於文學手法與文學風格的關係，在西方詩學文獻中，無論是建立體系的風格理論，還是關於風格問題的觀點看法，無論是文藝學風格論，還是藝術學風格論，無論是傳統詩學文獻，還是 20 世紀詩學文獻，大多從不同角度、不同程度認為文學手法是一個整體，這個文學手法整體與文學風格相關。相對說，20 世紀詩學文獻更重視文學手法、文學形式研究。比如，日爾蒙斯基、索卡洛夫，以及蘭色姆等論風格，都強調作品藝術形式方面的整體性，並指出風格與文學手法之間的關係等。他們的觀點，與黑格爾的風格定義、里格爾、沃爾夫林、金茲堡等藝術風格研究比較接近。在此意義上，西方風格論的主要觀點，與中國傳統詩學文獻中劉勰包括為文之術的「體」論，大體相近相通。[67]不過，文學手法與文學風格之間的關係究竟具體是怎樣的，學界並沒有共識。

---

[66] 文學「言語」的第一個結構層級，參見本書 4.1.2.B.以及 4.2.1.A.。
[67] 詳見本書第二章。

　　關於文學手法與文學風格之間的關係，日爾蒙斯基在 20 世紀 20 年代第一次明確提出，他說：在藝術作品活生生的統一中，一切文學手法相互作用從屬於共同的藝術任務。我們把詩歌作品手法的這種統一叫做風格。在研究藝術作品的風格時，它那活的、具體的統一被我們溶解在詩歌手法的封閉系統中。在藝術作品中，我們看到的不是許多獨立的、具有自我價值的手法的簡單共存，而是一種手法要求與另一種與之相應的手法。所有的手法都制約於作品藝術任務的統一性，並在這個任務中取得自己的地位和根據。對風格的這種理解，不僅意味著各種手法在時間或空間的實際共存，而且意味著它們之間的內在相互制約性和有機的聯繫。只有當詩學引進了風格的概念時，這門科學的基本概念系統（素材、手法、風格）才算完整。[68]

　　20 世紀中後期，蘇聯學界關於文學手法與文學風格之間是否存在日爾蒙斯基所說的這種關係，出現了爭論。索科洛夫「風格理論」與日爾蒙斯基的「素材－手法－風格」的理論設想相近相通。不過，索科洛夫把日爾蒙斯基的「文學手法」置換成了「形式」。而赫拉普欽科提出文學手法有自己的獨立地位，不從屬於風格，不是風格的組成部分。[69]

　　20 世紀中後期蘇聯學界關於文學手法與文學風格關係的分歧，使得今天的風格研究不得不回答一個問題：文學手法是否因為自身的獨立性不應該納入風格範疇？把文學手法納入文學風格理論，學理根據是什麼？文學手法究竟怎樣象日爾蒙斯基所說的那樣與文學風格融為一體，風格怎樣成為文學手法或者文學形式的功能？下面，我們首先討論什麼是文本純文學風格，然後，使用符號－結構邏輯推演與中西文學互照互識相結合的方法，討論文本純文學風格內在構成。我們關於文本純文學風格的構成考察，其實，就是從符號結構角度對文學手法與文學風格之間關係的闡釋。

---

[68]　（俄）B・M・日爾蒙斯基，〈詩學的任務〉，《俄國形式主義文論選》，（愛沙尼亞）札娜・明茨、伊・切爾諾夫編，第 76-77 頁。參見本書 2.3.1.C.a.。

[69]　參見本書 2.3.1.C.b.。

4.3.1.B. 文本純文學風格的構成

由於作品文學風格結構構造過程本身比較複雜，因此，在文本純文學風格研究中，我們暫時不考慮作品風格在文學審美活動中的情況（關於文學審美活動中的風格，我們在下一節討論），把作品風格假設地懸置於封閉靜止空間，著重討論以文本為單位的、物態化作品風格結構內部諸結構元素、結構轉換規律、結構整體意義等。這種被懸置於封閉靜止空間存在的作品整體風貌，即筆者所說的文本純文學風格。

我們這裡所說的文本純文學風格之限定語「純」，借用胡塞爾的概念「純事物」。胡塞爾所說的「純事物」，是相對於意向客體而言的一個術語，指不包含主體評價、價值判斷的客體。[70]由此出發，筆者所說的純文學風格，指不包含主體評價、價值判斷的作品文學風格。

從文學審美風格等級序列看，文本純文學風格，是文學審美風格連續構造過程中以文本為單位的第二個結構層次，是對孤立靜止狀態文學作品整體風貌的概括。具體說，它是文本手法統一體與文本藝術圖畫相互同化作用的第三者，文本手法統一體是其能指，文本藝術圖畫是其所指。文本手法統一體與文本藝術圖畫，是考察文本純文學風格時不可忽略的兩個方面，猶如一張紙的正面與反面，既相互獨立，又不可分開。文本純文學風格，既不等於文本手法統一體，也不等於文本藝術圖畫，也不是兩者累計相加之和。純文學風格構造過程，既不存在文本手法統一體的圖像化、造型化，也不存在文本藝術圖畫的形式化，技巧化。

文本手法統一體與文本藝術圖畫相互同化作用轉換生成新的結構存在時所獲得的整體結構特徵，我們稱之為文本純文學風格意義，即傳統風格論所說作品整體風貌特徵，也是俄蘇學者所說的文學作品中各種手法相互作用整體或者形式整體的功能。

---

[70] 參見本書 4.4.1.A.。

4.3.1.C. 文本純文學風格在文學審美風格連續構造過程中的位置

　　關於文本純文學風格在文本文學審美風格結構連續構造過程中的位置，以及文本手法統一體、作品藝術圖畫、文本純文學風格之間的關係，借助文本文學審美風格結構連續構造過程圖，可以一目了然。詳見圖 4-5。

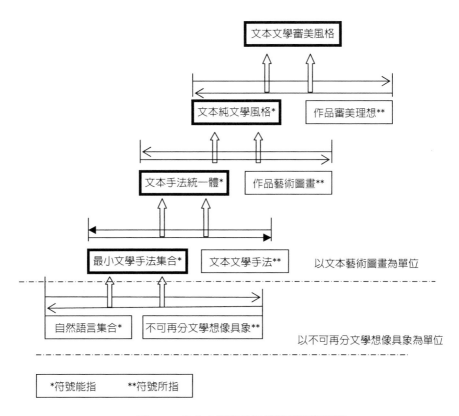

圖 4-5　文本文學審美風格連續構造過程

4.3.1.D. 文學手法與文學風格之間的關係

　　如上圖所示，在文本純文學風格構造過程中，既有文本手法統一體及其子結構最小文學手法參與，同時，還有文本藝術圖畫參與。文本手法統一體，

使諸孤立分散最小文學手法和文本文學手法相互同化作用轉換生以文本為單位的文學表達手法整體；文本純文學風格，使文本手法統一體與文本藝術圖畫相互同化作用轉換生成以文本為單位的文學作品整體風貌。在此意義上，文本，既是最小文學手法集合-文本文學手法隱含的新單位，也是文本手法統一體──文本藝術圖畫隱含的新單位。文本純文學風格，是文本手法統一體與作品藝術圖畫相互同化作用的構造過程與被構造物。

文本手法統一體與文本純文學風格，雖然切分單位相同，但是，它們分別屬於文學風格連續構造過程中不同等級序列的結構層次，是兩次不同性質的結構轉換體系。如果說文本手法統一體是在文學表達手法意義上將最小單位、獨立單位的手法整合成為一個複合系統，那麼，文本純文學風格則是在文本單位意義上將文學手法和文學圖畫整合為一個複合系統，前者體現不同單位文學手法的整合，後者體現了文學手法與文本藝術圖畫的整合，並出現了文本手法統一體所不具有的新的整體性質與功能，那就是風格。

相對說，文學手法統一體是較低結構層級，根據符號結構理論，它成為符號整體更高結構層級的能指。文本手法統一體本身雖然是包含兩個結構層級的複雜符號，但是，在文本純文學風格結構層級中，它只是其能指。文本純文學風格，是更高遞階秩序的結構存在，它包含文學手法統一體，不止於文學手法統一體。文本純文學風格模式為：（文學手法統一體）R 作品藝術圖畫。

劉勰《文心雕龍》「體」論包括三大文術。[71]劍橋文學術語詞典把 specific way 放在 style 中[72]。日爾蒙斯基把風格定義為文學作品中文學手法的功能，文學手法藝術任務的統一性。索科洛夫指出風格「不是藝術形式的某一種成分，而是諸成分之間的關係。」風格是「各種成分處於統一之中的體系。」不過，「文

---

[71] 參見本書 2.2.2.B.a.。
[72] 參見本書 2.1.1.D.。

學手法」或者「形式」究竟怎樣構成統一的風格體系，日爾蒙斯基[73]、索科洛夫[74]均語焉不詳。如果我們嚴格遵循符號結構方法論，在文本純文學風格內在構成研究基礎上考察文學手法與文學風格之間的關係，這種關係其實是可以明晰描述的，這就是：文學風格是文學手法的更高結構層級，它包含較低結構層級的文學手法，但不等於文學手法。文學手法保持自己的結構邊界、結構轉換規律等，作為文學風格的能指參與更高結構層級文學風格建構。就這樣，文學手法與文學風格之間的糾纏我們可以得到如下符號結構角度的破譯：文學手法既是獨立的，它的功能又構成文學風格。文學風格既包含文學手法，同時，又包容文學手法各自的結構邊界、結構轉換規律。

雖然我們從文學風格連續構造角度，為傳統風格理論將文學手法納入文學風格提供了學理根據。但是，文學手法究竟怎樣作為文學風格能指參與文學風格建構呢？為此，我們進入文本純文學風格構成的具體研究。

4.3.2. 文本純文學風格的所指

在文本純文學風格構成中，作為能指的文本手法統一體我們在前面一節已經有過討論，因此，作為文本純文學風格所指的文本藝術圖畫，成為文本純文學風格構成研究的重點。

4.3.2.A. 文本藝術圖畫的三重身份

在本書 1.1.3.A.c.，以及 4.3.1.B.，筆者曾經指出，在文學符號－結構連續構造過程中，在以文本藝術圖畫切分時，文本手法統一體本身還可以與性質功能不同的文本藝術圖畫交換，即文本藝術圖畫成為其所指。文本手法統一體

---

[73] 參見本書 2.3.1.C.a.三。

[74] А.Н.Соколов，《Теория стиля》，Ивдателъство，《Искуство Москва 》，1968г.стр.40、27.А・Н・索科洛夫，《風格理論》，莫斯科，文學藝術出版社，1968 年，第 40、27 頁。參見本書 2.3.1.C.b.。

和作品藝術圖畫以文本為單位相互作用轉換生成的新的結構整體，筆者稱之為文本純文學風格。文本藝術圖畫，是文本純文學風格的所指。

在本章 4.1.2.A.，我們曾經說過，文本藝術圖畫是文學「言語」的切分單位。

在本章 4.2.3.B.，我們曾經說過，文本藝術圖畫是文本手法統一體的結構要素，它的虛構－造型性質，規定文本手法統一體的最基本性質與功能。

本書在以上三處，從不同角度、不同層面，都涉及到文本藝術圖畫。由此可見，在文學現象中，文本藝術圖畫具有三重身份：第一，文本純文學風格的所指；第二，文學「言語」的切分單位；第三，文本手法統一體的結構要素。文本藝術圖畫是文學手法、文學風格研究中的核心命題之一，同時，也是文學研究的難點之一。文本藝術圖畫與文學的諸多方面都發生關係：從文學「言語」第一個結構層級看，文本藝術圖畫作為文本手法統一體的結構要素，屬於文學手法範疇；從文學「言語」第二個結構層級看，文本藝術圖畫作為文本純文學風格的所指，屬於文學風格的結構構成元素；文本藝術圖畫作為文學「言語」切分單位，是跨越文學手法、文學風格兩個結構層級的特殊文學現象，或者說屬於「雙棲」兩個結構層級的文學現象。

筆者在 4.3.1.A.提及的學界關於文學手法與文學風格關係的分歧，其實關鍵也在對文本藝術圖畫的理解。由此出發，筆者把「文本藝術圖畫」也看做文學風格理論的「關鍵字」之一。因此，在日爾蒙斯基關於「素材－手法－風格」詩學理論體系建構設想基礎上，筆者不僅把文學風格研究的起點用「文學手法」替換「素材」，而且，補充「文本藝術圖畫」概念，因此，筆者的文學審美風格理論模式可以概括為「文學手法－文本藝術圖畫－文學風格」。

下面，筆者嘗試通過文本藝術圖畫進一步梳理文學手法與文學風格之間的糾纏。筆者以為，要說清楚文學手法、文學風格之間的複雜關係，必須認識文學「言語」的第二次結構轉換。

4.3.2.B. 文學「言語」的第二次結構轉換

在文學「言語」符號－結構中，如果我們把文本手法統一體看做文學「言語」的起點，看做文學「言語」的第一性系統（ERC），文本藝術圖畫則是第二性系統的單義所指 C'，文本純文學風格的模式是：（文本手法統一體）R 文本藝術圖畫。其中，文本手法統一體與文本藝術圖畫的互相同化作用，就是文學「言語」的第二次結構轉換。

我們在本章 4.2.3 指出，只有具有創造文本藝術圖畫功能的文本手法，才屬於文本文學手法。在此我們指出，虛構－造型文本藝術圖畫，是文學「言語」第二次結構轉換單義所指 C'。傳統風格研究中所說的作品體現的整體風貌，其外在整體風貌特徵，首先體現在這種虛構－造型文本藝術圖畫。沒有這種虛構造型文本藝術圖畫，就談不上風格。

猶如文學「語言」最小文學手法的第二次結構轉換揭示了自然語言規約性符號向造型性符號轉換的秘密[75]，在此，文學「言語」的第二次結構轉換，揭示了文學手法向文學風格轉換的秘密，揭示了文學手法融於文學風格的秘密，為文本純文學風格將文本手法統一體納入自己結構體系提供了學理依據：文本藝術圖畫作為具有獨立交際交流功能的文學想像具象，屬於文學「言語」第二次結構轉換所傳播的資訊，它與文本手法統一體在文學「言語」第二次結構轉換過程中互相作用轉換生成文本純文學風格。

4.3.2.C. 文本藝術圖畫的相對確定性

4.3.2.C.a. 不可再分文學想像具象與文本藝術圖畫辨析

在本書 3.3.3.、3.3.4.我們討論了不可再分文學想像具象的虛構－造型性，這裡所說的文本藝術圖畫的虛構－造型性，作為文本手法統一體的所指，在

---

[75] 參見本書 3.3.。

邏輯推演看，與不可再分文學想像具象的虛構－造型性相通。要指出的是，由於切分單位不同，文本藝術圖畫的虛構造型，相對於不可再分文學想像具象而言，給受者文學想像空間提供的文學內視圖畫具有不同的特點，即獨立文本賦予文學想像具象的相對確定性、不可重塑性。

不可再分文學想像具象與文本藝術圖畫之間存在的這種區別，或者說，文本藝術圖畫虛構－造型的這種相對確定性，猶如分散的積木塊，與用積木塊搭成的房子或者輪船之間的差異。分散的積木塊，其虛構－造型性本身是不確定的，必須根據用這些積木塊搭成的房子或者輪船的整體關係確定。換言之，在沒有搭成房子或者輪船整體時，這些分散的積木塊具有可塑性。不過，一旦這些分散的積木塊搭成了房子或者輪船，一旦這些分散的積木塊進入房子或者輪船等相對確定的獨立完整符號－結構建構中，其性質和功能就不能再隨意改變，一塊紅色的圓形的積木塊是房子的窗戶就不能再是輪船的輪胎，這就是我們所說的文本藝術圖畫虛構－造型的相對確定性，不可重塑性。

4.3.2.C.b. 中西文學實證

英伽登所說的「時間透視」揭示了敘事文學與抒情文學文本藝術圖畫的差別，即敘事文學中，時間透視主要體現為事件時間連續；抒情詩則體現了心理時間連續。[76]筆者以為，英伽登的時間透視，從文學風格角度看，似乎應該在文本藝術圖畫中出現。在此，我們借用英伽登的「時間透視」概念，考察中西文學作品中文本藝術圖畫虛構－造型性的相對確定性。

從中西文學看，文本藝術圖畫以不同文體－體制的時間透視，展現了具有虛構－造型特性的獨立完整文本藝術圖畫。

荷馬史詩中古希臘特洛亞戰場上阿喀琉斯憤怒的事件安排、莎士比亞悲劇中丹麥王子哈姆雷特為父復仇的情節、雨果小說中法國巴黎十五世紀愛斯

---

[76] 參見英加登，《對文學的藝術作品的認識》，中國文聯出版公司，1988年，第110頁。

美哈爾達的愛情悲劇、柯勒律治敘事詩赤道、太平洋海面老水手種種奇遇……
其中有的本事以歷史事件為素材，有的情節純屬作者主觀想像，文本藝術圖
畫都通過事件的時間連續，創造了一幅幅虛構－造型的文學想像圖畫。其文
本藝術圖畫的不可重塑性，相對確定性，比如說，阿喀琉斯憤而退出戰場、
憤而重上戰場的事件安排順序不可改變；哈姆雷特、愛斯梅哈爾達故事中由
順境向逆境的不幸結局，也不可改變為由逆境向順境的圓滿結局；老水手經
歷種種奇遇中關於赤道、太平洋的景物描寫先後順序不可前後更換，等等。

　　狄爾泰指出：最美的抒情詩和民謠經常只是表現具體場面中的感覺，這
種感覺在一種和諧的擴張中傳播開並消失在對意義的知覺中。[77]抒情詩通常不
存在獨立完整的故事，但是，仍然存在相對確定的獨立完整文本藝術圖畫。
由於抒情詩在中國更加豐富，我們以中國言志詩為例。

　　《詩經・周南・關雎》中，「關關雎鳩，在河之洲」「窈窕淑女，君子好
逑」、「參差荇菜，左右流之」、「求之不得，寤寐思服」、「參差荇菜，左右采之」
「窈窕淑女，琴瑟友之」，詩歌文本中三個比興組成的段落雖然存在時間跳
躍，但是，整個作品通過抒情主人公心理時間仍然成為一幅獨立完整的關於
男子愛慕異性之情的文本藝術圖畫。三個比興之間的先後順序在〈關雎〉文
本中仍然不可以隨意改變。

　　景物描寫母題，在言志詩中，不一定都具有比興的性質與功能。王維〈輞
川閒居贈裴秀才迪〉詩歌文本中景物描寫就不具有〈關雎〉的比興，反過來
說，〈關雎〉的景物描寫也不具有王維〈輞川閒居贈裴秀才迪〉中的意境。這
種相對確定、獨立完整虛構造型圖畫以及規定性，是自然語言以不可再分文
學想像具象為切分單位橫組合時看不到的，是自然語言以文本為單位橫組合
構成文本手法統一體之後才出現的新的文學功能。

---

[77]　（德）狄爾泰，《哲學與詩人的人生觀》，魯苓譯，伍蠡甫、胡經之主編，《西方文
　　藝理論名著選編》，北京大學出版社，1987年，第567頁。

上述這種虛構造型文本圖畫，在文本手法統一體結構層級中，是最小文學手法橫組合集合的切分單位，是文學表達手段敘事或者描繪功能的體現；在文本純文學風格結構層級中，是文本手法統一體的所指，是文本純文學風格在構造過程中獲得的新的結構整體性質與功能。文本藝術圖畫與文本文學手法，雖然都屬於文學「言語」，都既與風格有關又與文本手法統一體有關，但是，相對說，文本藝術圖畫屬於文學風格，文本文學手法，屬於創造文本藝術圖畫的方式，它們分別屬於性質不同的兩個結構層級。換言之，風格，不等於手法，風格更多與相對確定的、獨立完整的文學想像具象整體特徵發生關聯。

4.3.2.D. 對英伽登「事態」－「圖示化外觀」的反思

英加登認為，被描繪的世界是一個由事物、人物、現象、事件的完整自足世界，它是意向事態的描繪功能體現的。

事態，是英加登在語音、語義基礎上提出的文學作品的更大單位。在英加登文學作品層次劃分中，共有四個層次：語音、語義、事態與意向性關聯物投射的客體、客體呈現於作品的圖式化外觀。

事態群，是超出句子單位的一種新的陳述單位。事態由句子意義確定，組成事態的詞的材料和形式的功能確定該事態。

指在若干連續句子中，對一個事物的描述投射一個相應的事態群，所有這些事態都同時屬於一個並是同一個事物，並且根據作品描繪的世界中的事件而形成因果關係或互相跟隨。客觀情境，指在有些事態中，不是一個，而是若干事物參與其中，這個事態就構成一個完整的客觀情境。

在英加登看來，完整自足的被描繪世界，就是這樣由事態、事態群或客觀情境構成的整體客體並在作品中呈現為圖式化外觀。不過，為了使描繪世界獲得它的獨立性，讀者必須完成一種綜合的客觀化，把各個句子投射的各種細節聚集起來並結合成一個整體。英加登指出：「這種綜合的客觀化並非把

一個一個的事實加起來，而是使它們成為一體。通過事實與細節的交織，我們把握住一個一體化的事態或對象的形象。」「只有當讀者在閱讀過程中能夠從按部就班地理解句子上升到總體理解時，才能達到對被描繪世界的客觀化和正確理解。」[78]

　　我們所說的不可再分文學想像具象、文本藝術圖畫，分別與英加登所說的事態、作品被描繪世界整體客體圖式化外觀在一定程度相近。英伽登所說的事態群、客觀情境，屬於介於事態與作品圖示化外觀之間的中間單位，我們沒有討論。

　　由於研究角度與動機不同，我們對文學作品中的諸現象的關係闡釋不同。從符號－結構邏輯推演看，文本藝術圖畫是文本手法統一體虛構－造型功能的體現、是文本手法統一體在文本純文學風格中的所指。不可再分文學想像具象，是最小文學手法虛構造型功能的體現，是自然語言在最小文學手法中的所指。也就是說，文學作品中的自然語言，不存在與不可再分文學想像具象的直接聯繫，其中，還存在文學之為文學的重要角色——最小文學手法。不可再分文學想像具象，是最小文學手法第二次結構轉換產生的新的性質與功能。同理，文本藝術手法統一體與文本藝術圖畫之間，也存在第二次結構轉換，文本藝術圖畫是文學「言語」第二次結構轉換產生的新的性質與功能。揭示最小文學手法在自然語言與文學符號之間的聯繫，以及風格在文本手法統一體與文本藝術圖畫之間的聯繫，是筆者不可再分文學想像具象-文本藝術圖畫，與英伽登事態－作品圖示化外觀之間的不同。此外，英伽登關於「事態」－「圖示化外觀」的看法，似乎忽略了文本手法統一體在不可再分文學想像具象與文本藝術圖畫之間的作用。

---

[78] 英加登，《對文學的藝術作品的認識》，中國文聯出版公司，1988 年，第 40-47 頁。參見本書 1.4.2.B.d.。

4.3.3. 文本純文學風格橫組合構成意義

　　文本純文學風格的構成意義，或者說文學「言語」第二次結構轉換的意義，就是文本純文學風格能指與所指內在關聯方式規定的文本藝術圖畫的相對確定性[79]。

4.3.3.A. 文本純文學風格的能指

　　文本手法統一體，作為文本純文學風格的能指，不是文學審美風格研究的起點，它還可以繼續細分為文本文學手法、最小文學手法等。由於最小文學手法具有物理－心理性質，根據符號——結構邏輯推演，文本手法統一體也具有物理－心理性質，在此意義上，文本手法統一體為文本藝術圖畫提供了仲介物－實體，使文本純文學風格成為具有物理－心理性質的符號－結構整體。

　　從文本手法統一體連續構造過程看，文本手法統一體之所以具有創造文本藝術圖畫的功能，是因為它的子結構最小文學手法是具有兩次結構轉換的符號第二性系統，最小文學手法的能指自然語言不僅具有自然語言交際交流功能，而且，具有創造不可再分文學想像具象的潛在功能。要指出的是，當這種自然語言集合——不可再分文學想像具象構成的最小文學手法以文本為切分單位構成一個更大整體時，它不僅具有傳播文本手法的潛在功能，而且，它還有文學「言語」第二次結構轉換中創造文本藝術圖畫的潛在功能。在文本純文學風格能指內在結構層級考察基礎上，我們說，文本藝術圖畫不僅是文本手法統一體的所指，同時，是最小文學手法以文本為單位集合的潛在功能體現。當然，最小文學手法以文本為單位集合的潛在功能體現，不是不可再分文學想像具象的累加之和。

---

[79] 關於文本藝術圖畫的確定性，詳見 4.3.3.C.。

4.3.3.B.　關於文本純文學風格能指與所指內在關聯的分歧

從符號－結構角度看，符號能指與所指之間存在內在關聯，是不爭的公理。但是，關於作品藝術價值是否具有客觀性的問題，學界沒有統一的看法。英加登和艾柯的觀點互相對立。

雖然英加登提出了著名的「不定點」觀點，強調文學作品「具體化」的多樣性[80]，但是，英加登肯定文學作品可以忠實重構，作品潛在特徵，藝術價值與審美對象之間存在的基本關係可以確定藝術有效性和價值。[81]

艾柯卻絕對強調文學作品的多樣性複雜性，他認為文學作品記號系統意指方式帶有明顯的任意性和變動性，艾柯斷言為文學作品記號系統建立任何編碼規則均無重要意義，文學作品記號系統的意指方式難以成為符號學的真正對象。[82]

筆者不同意艾柯的觀點。艾柯關於作品表達面與內容面的關係不明確或者簡直無法建立，人類文學作品記號系統整體編碼方式本身不明確、文學作品記號系統的意指方式難以成為符號學的真正對象等斷言，把文學現象排除在符號研究對象之外，既簡單武斷，又缺乏文學實證基礎。

在中西文學互照互識基礎上，我們不僅建立了從最小文學手法到文本手法統一體，到文本純文學風格的文學符號結構編碼系統。而且，我們要強調的是，這種文學符號結構體系建構，與文學多樣性之間，不是絕對對立的，兩者之間不存在非此即彼的關係。在不可再分文學想像具象討論時，我們曾經具體討論了最小文學手法的多義性[83]。在此我們還要指出，不可再分文學想

---

[80]　關於「不定點」，參見英加登，《對文學的藝術作品的認識》，中國文聯出版公司，1988 年，第 47-48 頁。關於「具體化」，參見該書第 52 頁。

[81]　參見英加登，《對文學的藝術作品的認識》，第五章，中國文聯出版公司，1988 年。

[82]　參見艾柯，《符號學理論》，中國人民大學出版社，1990 年，第 3 章第 7 節。關於該問題，參見本文關於文學手法系統部分的相關論述。

[83]　參見本書 3.3.3.E.。

像具象的多義性，在文本藝術圖畫層面仍然存在。承認文學作品的「不定點」、多義性，沒有必要否定、也否定不了文學作品中存在的「確定點」。

為什麼說文學作品的不定點、多義性否定不了文學作品中的確定點？除了上述理由之外，下面，我們從符號－結構邏輯推演角度進一步加以證實。

4.3.3.C. 從文本純文學風格構成看文本藝術圖畫的「確定點」

文本藝術圖畫的「確定性」，是筆者在英伽登「不定點」啟發下提出的一個相對概念。我們的討論，以承認英伽登所說的具體化的多樣性為前提。[84]在此，我們嘗試從從文本純文學風格橫組合構成關係邏輯推演角度加以討論。

4.3.3.C.a. 文本純文學風格橫組合構成邏輯推演

從文本純文學風格構成看，呈現在文本藝術圖畫中的相對確定性，是文本藝術圖畫相對於不可再分文學想像具象的特點。[85]在此我們要繼續討論的是，文本藝術圖畫的這種相對確定性，是文本純文學風格能指與所指橫組合構成關係邏輯推演對文本藝術圖畫的規定，在此意義上，文本藝術圖畫的確定性，不僅是相對於不可再分文學想像具象的特點，而且，屬於文本純文學風格橫組合構成關係整體意義之一。

在純文學風格符號中，能指文本手法統一體與其所指文本藝術圖畫，在關聯方式上存在一定程度的客觀性、確定性。這種內在關聯方式，承認文本手法統一體為其所傳遞的資訊——文本藝術圖畫——提供了相對確定、客觀的基礎。具體說，也就是包括最小文學手法三大類型、文本手法五大類型的文學手法整體為文本藝術圖畫提供相對確定、客觀的基礎。這種相對確定、客觀的基礎，接受者不可以隨意改變，是接受文學作品活動的遊戲規則。英加

---

[84] 關於英伽登的不定點，以及具體化等，參見本書 4.3.3.B.。
[85] 參見本書 4.3.2.C.。

登所說的複合事態所構成的圖式化勾勒的虛構時空，是讀者自由想像不可以改變的，與筆者的看法相通。

4.3.3.C.b. 中西文學實證

在《一個文官之死》中，文本手法統一體規定這篇小說文本藝術圖畫的題材、文體－體制、人物塑造、情節佈局、語體風格以及十三個最小文學手法[86]，很難想像在文本手法統一體上述規定基礎上的這些文學手法——文學性不限定讀者接受《一個文官之死》文本藝術圖畫時再造想像的基本空間：關於一個俄國小官員因打噴嚏在某將軍身上而被嚇死的故事。讀者無論怎樣發揮個人自由想像，也不能把「打噴嚏」的細節變形扭曲為「咳嗽」，把「將軍客廳」主觀發揮為「伏蓋公寓」，把小官員向將軍的道歉的事件自由替換成阿喀琉斯與阿伽門農內訌時的拔劍事件……此外，也不可以把短篇小說文體主觀隨意想像成為十四行詩體裁，不可以把俄國城市下層灰色生活自由替換為華茲華斯《我們七個》那種英國農村生活……在《一個文官之死》的接受過程中，十三個最小文學手法不可再分文學想像具象基本類型、文本手法五大類型以及文本藝術圖畫的基本規定，是接受者自由想像不可以改變的「確定點」。

再如，莎士比亞、莫里哀、巴爾扎克、果戈里作品中的吝嗇鬼故事，與《儒林外史》中嚴監生的故事，五個吝嗇鬼的故事，不管讀者怎樣自由想像，不能互相替代，不能把夏洛克的故事在審美具體化中隨意改變為嚴監生的故事。

不僅是文學史上不同作者相類似文本藝術圖畫接受者在文學活動中不可以互相隨意替代，就是同一個詩人相類似的詩歌文本，接受者也不可以隨意替代。比如，我們不能把王維五言律詩〈輞川閒居贈裴秀才迪〉「寒山轉蒼翠，

---

[86]　參見本書 4.2.3.D.b.。

秋水日潺緩。倚杖柴門前，臨風聽暮蟬」與其五言古詩〈渭川田家〉「斜光照墟落，窮巷牛羊歸。野老念牧童，倚仗候荊扉」的文本藝術圖畫隨意替代。[87]

4.3.3.C.c. 文本想像空間的「確定點」

在中西文學互照互識基礎上，我們斷言，文本手法統一體為文本藝術圖畫提供相對確定、客觀的確定點，接受者不可以自由改變。傳統文學經驗「一千個讀者有一千個哈姆雷特」，不是絕對無條件的。文本手法統一體為文本藝術圖畫規定的「確定點」不可以自由想像。

要進一步指出的是，從中西文學互照互識看，文本純文學風格整體意義所規定的文本藝術圖畫相對確定性，不僅體現在關於文本手法統一體意義的規定，而且，體現在關於文本藝術圖畫基本藝術想像空間性質與功能的基本規定，這些基本規定允許接受者一定程度自由置換文本審美理想[88]或者補充文本藝術圖畫的不定點，但是，這些規定不允許接受者無條件地在文本想像空間將文本藝術圖畫扭曲變形。

一千個讀者雖然有一千種闡釋自由，但這個自由不是一千個讀者有重新虛構一千個哈姆雷特故事的自由，這個自由不是對《哈姆雷特》資訊編碼本身——最小文學手法、文本手法統一體、文本藝術圖畫確定點——再編碼自由，不是對《哈姆雷特》文本藝術想像空間本身的再編碼自由，而是一千個讀者在《哈姆雷特》文本藝術圖畫相對確定的文本想像空間內再編碼自由。讀者觀眾不能不顧文本純文學風格對文本想像空間的規定性而主觀隨意地釋碼、解碼。如果沒有這樣的基本約定，就不是一千個讀者一千個哈姆雷特的問題，而是一千個讀者一千個莎士比亞，或者說，不存在文學接受，只有不斷的文學編碼。如果某人對文本純文學風格編碼本身進行再編碼，對文本藝術圖畫－文本想像空間本身基本規定重新自由闡釋，這人就不是讀者而是作

---

[87] 關於王維〈輞川閒居贈裴秀才迪〉參見本章 4.2.2.B.b.。
[88] 參見本書 4.4.4.C.b.。

者。詩人王維想重新闡釋五言古詩〈渭川田家〉關於「野老念牧童，依仗候荊扉」的意象為「倚杖柴門前，臨風聽暮蟬」，就重新寫一首五律〈輞川閑居贈裴秀才迪〉。

　　艾柯看到了文學閱讀中的多樣化，忽略了文學接受活動中這種絕對必要條件，把文學釋碼、解碼中的有條件的自由絕對化、擴大化。文學是自由的遊戲，但是，文學有文學的遊戲規則。遵守這些文學活動的基本規則，也屬於文學之為文學的文學性研究問題。

4.3.3.D.　文本想像空間

　　在上面的討論中，我們涉及到了文本想像空間的問題。什麼是文本想像空間？美國後現代地理學家愛德華・索亞提出的「第三空間」概念為我們提供了理論資源。

4.3.3.D.a.　索亞的「第三空間」

　　1996 年，愛德華・索亞提出了「第三空間」概念。索亞的第三空間概念，是相對於傳統「第一空間」和「第二空間」概念而言的，是從整體角度對傳統空間概念之綜合。

　　索亞的「第三空間」理論，受法國哲學家亨利・列裴伏爾《空間的生產》（1974 年）所提出的三種空間的影響。關於三種空間，列裴伏爾明確指出：「第一，物理的——自然，宇宙；第二，精神的，包括邏輯抽象和形式抽象；第三，社會的。換言之，我們關心的是邏輯－認識論的空間，社會實踐的空間，感覺現象所佔有的空間，包括想像的產物，如規劃與設計、象徵、烏托邦等。」[89]

　　索亞在闡釋列裴伏爾的三種空間概念時提出了他的第三空間理論。

---

[89]　參見朱立元，《當代西方文藝理論》§19.2，華東師範大學出版社，2005 年，第 489-492 頁。

　　傳統的「第一空間」，其認識對象主要是感知的、物質的空間，可以採用觀察、測量、試驗等經驗手段直接把握，側重於空間的客觀性和物質性。傳統的「第二空間」，主要是概念化的空間、構想的空間，是精神對抗物質，主體對抗客體，是科學家、規劃家、城市學家、以及藝術家、各種專家政要在第一空間基礎上產生的構想空間，包括一切書寫和言說的空間。藝術家和詩人的創造性想像，在此可謂如魚得水。

　　第三空間，是居住者和使用者的空間，用索亞的話說，「它源於對第一空間／第二空間二元論的肯定性解構和啟發性重構，是我所說的他者化──第三化的又一個例子。」[90]索亞強調第三空間的開放姿態，強調在第三空間裡一切都彙聚在一起：主體性的與客體性的、抽象與具象的、真實與想像、可知與不可知、重複與差異、精神與肉體、意識與無意識、學科與跨學科⋯⋯

　　索亞具體分析了魔幻現實主義小說《阿萊夫》關於「阿萊夫」的空間。[91]

　　1998 年英國麥克·克朗《文化地理學》中以「文學景觀」為題專章討論文學空間的含義，在文學作品的地域空間研究中考察性別地理政治學，比如文學文本中的家園空間、城市空間等。[92]

　　地理學家關於文學作品中的第三空間研究，主要是關於文學作品中的地域描寫的研究。筆者認為，第三空間理論對於文學本體研究的重要意義，絕不僅僅限於文學作品關於地域描寫的重新闡釋，更為重要的是揭示了文本想像空間的性質──主體與客體、精神與實體、抽象與具象、真實與虛構、確定點與不定點⋯⋯

---

[90] 轉引自朱立元，《當代西方文藝理論》§19.3，華東師範大學出版社，2005 年，第494 頁。

[91] 參見朱立元，《當代西方文藝理論》§19.3，華東師範大學出版社，2005 年，第 489-494頁。陸揚，《空間理論和文學空間》，《外國文學研究》，2004 年第 4 期；陸揚，《析索亞「第三空間」理論》，《天津社會科學》，2005 年第 2 期。（美）索傑，《第三空間──去往洛杉磯和其他真實和想像地方的旅程》，陸揚譯，上海教育出版社，2005 年。

[92] 參見朱立元，《當代西方文藝理論》§7.2.，華東師範大學出版社，2005 年，第 136 頁。

英加登在文學作品第四個結構層次中所討論的虛構的圖式化外觀的方位性空間，屬於第三空間。[93]

4.3.3.D.b. 文本文學想像空間－風格

索亞把詩人、藝術家的創造性想像歸類為第二空間，我們把文學作品想像空間-風格視為第三空間。我們的基本理由是：雖然我們暫時把文學活動中的風格問題懸置，但是，當我們考察的文學作品不是放在書架上的文本，而是文學活動中的文本時，文學作品文本想像空間，是開放的空間，是精神與物質的空間，它不僅僅是傳播者的空間，而是傳播者與接受者共同的空間，是社會實踐的空間，是可知與不可知的空間，是重複與差異的空間。[94]

此外，即使是從文本純文學風格看，作品文學想像空間，也屬於跨越物質與精神的第三空間。從文本純文學風格構成看，文本手法統一體與文本藝術圖畫相互作用轉換構成的這個第三者，是一個典型的物質與精神的、物理與心理活動的、抽象與具象、真實與虛構、確定點與不定點並存的第三空間。

我們在本書 3.2.2.就曾經指出，最小文學手法符號所指，是物理－心理的，其不可再分文學想像具象，是存在於文學想像空間的，不是物質經驗世界的視覺形象。要指出的是，這種具有物理－心理性質最小文學手法，當以文本為切分單位橫組合時，文本手法統一體－文本藝術圖畫－文本想像空間相互作用構成的第三空間性質就凸顯出來。它的物質性，指它的仲介物－實體的物理存在－自然語言符號，它的精神性或者非物理性，就是它的文學手法不同層級之間的關係以及文本藝術圖畫所凝固的文學想像活動，其間，包括精神與實體、抽象與具象、真實與虛構、確定點與不定點，等等。不管是作者創造性想像活動還是受者再造性想像活動，它的不可主觀隨意變更的確定

---

[93]　參見朱立元，《當代西方文藝理論》§19.4，華東師範大學出版社，2005 年，第498-502 頁。

[94]　參見本章下一節 4.4.。

點，是文本手法統一體與文本藝術圖畫關係對文本想像空間的規定，它的「不定點」，是文本手法統一體－文本藝術圖畫對文本想像空間基本性質、基本類型規定所包容的自由聯想空間。在此意義上，文本純文學風格，這個在傳統風格理論中所說的作品可以感知的整體，說到底，為文學活動提供了一個具有特定文學藝術規定性與包容性的第三空間。

伽達默爾說：「藝術的神奇和奧妙之處正在於：這種特定的要求對於我們的情緒來說不是一付枷鎖，而是正確地為我們認識能力的活動開啟了自由的活動空間。」[95]筆者以為，伽達默爾所說的那種能為讀者觀眾打開自由活動空間的文學之神奇與奧妙之處，似乎就是文本純文學風格。而被文本純文學風格打開的那個文學自由活動空間，從文學風格結構看，即具有第三空間性質的、文本手法統一體與文本藝術圖畫相互作用的整體規定的文本想像空間。體悟文學之為文學的東西，從文學風格角度看，似乎首先是認識到這種文本想像空間的存在，認識到文本想像空間－文本手法統一體－文本藝術圖畫是三位一體的整體。

4.3.4. 文本純文學風格縱聚合類型

在本書第一章第三節符號結構方法中我們就提出，僅僅從符號結構的橫組合構成關係考察，是不完整的。[96]文本純文學風格的意指作用，還包括其縱聚合相鄰關係類型以及價值。

如果上面關於文本純文學風格研究為我們揭示了文學作品整體可以感知的風貌的基本構成，認識到作為客體的文學風格，其實是一個文本手法統一體與文本藝術圖畫相互作用規定的、包容自由想像不定點的文本想像空間，在下面我們將具體認識這些作品文學風格－文本想像空間的類型。

---

[95] （德）漢斯-格奧爾格・伽達默爾，《真理與方法》，北京：商務印書館，2007 年，第 77 頁。
[96] 參見本書 1.3.2.E.c.。

4.3.4.A. 文本純文學風格縱聚合類型

從中西文學看，關於作品文學風格－文本想像空間的不同類型，與最小文學手法、文本文學手法的縱聚合類型情況都不同，它基本上不存在於人類關於文學的集體記憶，而是分別存在於不同文化-文明有關文化積澱中。在文本純文學風格－文本想像空間縱聚合關係類型中，基本上看不到不同文化-文明共同的集體無意識。作為異質文化-文明系統的中國言志詩與西方文學，文本純文學風格－文本文學想像空間類型不同。

4.3.4.A.a. 西方文學兩類四種風格類型

在西方文學中，文本純文學風格縱聚合相鄰關係類型，主要有兩類四種。具體說，模仿與表現兩大類型是西方文學風格最基本的二元對立，其中，模仿類型又分為兩種：自由模仿與不自由模仿；表現類型又分為兩種：具象表現與非具象表現。

模仿，是對古希臘模仿文學、以及文藝復興時期文學、19 世紀中後期現實主義文學類型的概括。「模仿」，出自古希臘詩學話語。亞里斯多德《詩學》[97]是模仿說的理論集大成。

在模仿類型中，再分為自由模仿與不自由模仿。古希臘的史詩、文藝復興時期文學、19 世紀中後期現實主義文學，屬於自由模仿。古希臘雅典時期的悲劇、喜劇，17 世紀法國古典主義悲劇、喜劇，屬於不自由模仿。

表現，是對西方文學中非模仿文學類型的概括，主要包括中世紀文學與18 世紀末 19 世紀初浪漫主義文學、20 世紀現代主義文學。在《論素樸的詩與感傷的詩》中，在討論詩歌發展兩種方向或者詩歌天才表現兩種方式、兩種能力時，席勒提出「模仿自然」與「表現理想」二元對立。席勒把古代的詩稱之為「素樸的詩」、模仿自然的詩，其特點概括為依賴自然外在幫助的詩。

---

[97]　（古希臘）亞里斯多德，《詩學》，羅念生譯，（古希臘）亞里斯多德、（古羅馬）賀拉斯，《詩學・詩藝》，北京：人民文學出版社，1962 年。

同時，席勒把文明的詩稱之為「感傷的詩」，表現理想的詩，其特點概括為依靠詩人內在力量滋養自己與淨化自己的詩。素樸的詩，遵循單純的自然和感情，模仿人與自然和諧統一的自然，給人寧靜的感覺；感傷的詩，在人與自然分裂時，詩人通過自己的內心，追尋人與自然和諧，因而詩人要把自己身受的感覺與表象統一、或者說有限境界的現實與無限境界的觀念統一，給人充滿衝動、緊張的和諧。[98]席勒關於西方模仿文學與表現文學的概括，雖然存在未必周到的地方，但揭示了西方文學中模仿自然與表現內心兩種基本類型的二元對立。

在表現類型中，再分為具象表現與非具象表現。中世紀寓言文學、18 世紀末 19 世紀初的浪漫主義文學，屬於具象表現；20 世紀現代主義文學屬於非具象表現。[99]關於西方文學四種類型，參見圖 4-6。

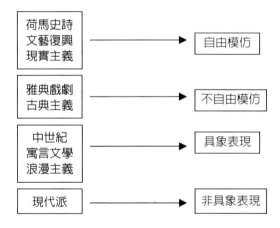

圖 4-6　西方文學四種文本純文學風格類型

98　（德）席勒，《論素樸的詩與感傷的詩》，曹葆華譯，《古典文藝理論譯叢》1961 年第 2 期，人民文學出版社版。載《西方文藝理論名著選編》上卷，伍蠡甫、胡經之主編，北京大學出版社，1985 年，第 470-478 頁。參見《論素樸詩與感傷詩》，繆靈珠譯，《繆靈珠美學譯文集》第二卷，北京：中國人民大學出版社，1987 年。
99　參見蘇敏，《從歐洲文學談文學審美風格結構》，《西南民族學院學報》，1994 年，第 2 期。

　　在西方文學中，模仿文學類型基本特徵，是在經驗世界必然性規定下自然時空的文本想像空間類型；表現文學類型基本特徵，是超越經驗世界必然性與自然時空邏輯規定的文本想像空間。模仿與表現兩大基本類型以及各自內部的二元對立對文本想像空間的規定，是西方文學風格類型的顯在規定性。西方文學兩類四種文學風格類型互相之間的潛在的、相對的規定性，在西方文學集體記憶中構成其「價值」。

　　在西方文學兩類四種風格類型研究基礎上，筆者以為，把西方文學風格概括為現實主義與浪漫主義兩種風格類型不妥。現實主義與浪漫主義，是西方文學兩種具體歷史時空出現的文學思潮以及文學類型，概括不了模仿與表現兩種文學風格類型。一種風格類型，可能與一種文學思潮風格類型或者一個時代的文學風格類型相重疊，但是，一個文化或者文明的風格類型，大於其所屬的文學思潮風格類型或者時代風格類型。

4.3.4.A.b. 中國言志詩的兩類四種風格類型

　　在中國言志詩中，文本純文學風格縱聚合相鄰關係類型主要也有兩類四種，但是，與西方文學風格類型不同。

　　中國言志詩風格類型二元對立，主要由兩類風格二元對立體現的。具體說，首先，是《詩經》雅麗與《離騷》奇麗兩大風格類型二元對立；其次，是先秦詩歌的比興與唐宋詩歌境象兩大風格類型二元對立。

　　在中國言志詩中，雅麗與奇麗風格的二元對立，與西方文學中的模仿與表現二元對立關係相近。雅麗，指不語怪力亂神規定下的文本想像空間；奇麗，指充滿詭異之辭，譎怪之談的文本想像空間。「雅麗」與「奇麗」二元對立，《文心雕龍》的〈辯騷〉、〈體性〉等篇有基本概括，前者以《詩經》為代表，後者以《離騷》為代表。[100]

---

[100] 參見本書 2.2.2.B.b.。（梁）劉勰，《文心雕龍》，《增訂文心雕龍校注》黃叔琳注、李詳補注，楊明照校注拾遺，北京：中華書局，2000 年。

　　從雅麗與奇麗兩種風格類型的文本想像空間看，前者更多屬於囿於自然時空邏輯的文本想像空間，後者更多屬於超越自然時空邏輯的文本想像空間。在此意義上，筆者斷言中國言志詩雅麗與奇麗風格類型二元對立，與西方文學模仿與表現風格類型二元對立相近。不過，由於中國言志詩首先注重的是「言志」，詩歌的基本對象是人的內在心志情感，而西方文學核心概念是「模仿」，注重人的行動－事件，所以，中國言志詩以人的情感心志為基本對象的雅麗與奇麗二元對立，與西方以客觀世界為基本對象的模仿與表現二元對立不盡相同。[101]在此意義上，筆者以為，西學東漸以來用西方的現實主義與浪漫主義闡釋中國言志詩中詩與騷類型差異，只看到中西兩種風格類型二元對立的相近之處，忽略了中西兩種風格類型二元對立之間存在的根本差異。

　　在中國言志詩中，比興與意境二元對立，是西方文學中完全不存在的風格類型，是從心物關係角度對文本想像空間的規定：比興類型，注重托物言志，屬於心與物並置的文本想像空間；意境類型，注重情景交融，屬於心與物融為一體的文本想像空間。[102]「比興」，出自《毛詩大序》孔穎達疏曰：「風雅頌者，詩篇之異體；賦比興者，詩文之異辭耳，……賦比興是詩之所用，風雅頌是詩之成形」[103]，賦比興，注重「附托外物」之比興與直接鋪陳之「賦」之結合。「境象」，萌芽於殷璠的「興象」，出自於皎然「但見情性，不睹文字」之「境象」。後來的司空圖「韻外之致」、「味外之旨」、「思與境偕」、[104]嚴羽「入

---

[101] 關於中西文學言志與模仿的差異，參見蘇敏，〈從中西文學視域論中國詩學體系的詮釋原則──「言志」〉，《東方叢刊》2009 年第 2 期。蘇敏，〈言志學芻議──從中西文學闡釋「言志」與「志」〉，《跨文明對話──視界融合與文化互動》，曹順慶、徐行言主編，成都：巴蜀書社，2008 年 12 月。

[102] 筆者關於先秦詩歌風格類型與唐宋詩歌風格類型二元對立，原來概括為「物象」與「意象」，鑒於詩學文獻中「物象」話語缺乏明確的文獻根據，故現在改為「比興」與「意境」。參見蘇敏，〈從文學物象看《離騷》對《詩經》的發展〉，《先秦兩漢文學論集》，章必功等主編，北京：學苑出版社，2004 年 7 月。

[103] （漢）毛亨傳、鄭元箋、（唐）孔穎達疏，《毛詩正義》卷一，（清）阮元《十三經注疏》上，北京：中華書局影印世界書局本，1980 年，第 271 頁。

[104] （唐）殷璠，《河嶽英靈集・序》、（唐）皎然，《詩式》《詩議》、（唐）司空圖，〈與李生論詩書〉、〈與王駕評詩書〉，《中國歷代文論選》卷二，郭紹虞主編，2001 年，第 67、77、88、196、197、217 頁。

神」「妙悟」之詩歌「本色」,「羚羊掛角,無跡可求」之詩歌「興趣」,[105]一直到許印芳「淡語亦濃」、「樸語亦華」之「淘洗熔煉」功夫,都與皎然的「境象」相通。[106]

西方模仿文學與中國言志詩各自兩類四種風格類型二元對立對文本文學想像空間的顯性規定,以及各自潛在的、相對的規定性,存在於各自的集體無意識中,並構成其「價值」,形成各自的文學審美理想傳統。[107]

與西方文學風格類型兩類四種不同,在中國言志詩的兩類四種二元對立中,雅麗與奇麗二元對立,比興與境象二元對立,有互相交叉重疊的地方。比如,《詩經》屬於雅麗風格類型,《離騷》屬於奇麗風格類型,同時《詩經》、《離騷》共同屬於比興風格類型。

4.3.4.A.c. 異質文明文學想像空間類型的基本二元對立

在中西文學文本純文學風格互照互識中我們發現,儘管中西文學想像空間二元對立具體路徑不同,但是,自然時空邏輯,似乎是研究中西文學風格－文本想像空間類型共同的維度,或者說,藝術圖畫中自然邏輯時空限制與否,似乎是異質文明－文化文學想像空間的基本二元對立。抽取出中西文學風格類型具體內容——西方的模仿－表現,中國的雅麗－奇麗,可見其最基本的二元對立,就在於文本藝術圖畫是否遵循自然時空邏輯對文學想像空間的限制。

此外,中國言志詩心物並置之比興與心物交融之境象二元對立,是中國古代言志詩對人類文學提供的獨特文本想像空間二元對立。

劉麟生根據劉勰《文心雕龍》「質文代變」觀點,從質與文二元對立考察中國古代詩歌的作風(即風格——筆者按),提出周秦詩歌作風樸茂、漢代則

---

[105] (宋)嚴羽,《滄浪詩話》,郭紹虞校釋,北京:人民文學出版社,1961年,第26頁。
[106] (清)許印芳,〈與李生論詩書·跋〉,《中國歷代文論選》卷二,郭紹虞主編,上海古籍出版社,2001年,第202頁
[107] 關於中西文學風格的價值,參見本書1.2.2.C.b.,3.4.3.,4.4.3.B.。

典重、六朝豔麗……不過，關於唐代作風，劉麟生認為是多方面的，難以概括。宋代作風劉麟生概括為散文化……[108]筆者以為，六朝以前的詩歌，單純的質文二元對立確實比較明顯，但是，後來的詩歌，文與質的情況比較複雜，確實很難概括了。再從西方文學看，單純的文與質二元對立不是很明顯，因此，筆者以為，質文二元對立，作為文本手法的二元對立似乎可以成立，但是，卻似乎不屬於中國言志詩風格最基本類型。

在文學接受活動中，進入中西文學作品獨特的文本想像空間，創造或者體悟這些中西文學風格－文本想像空間類型各自的特點，從文學風格角度看，是文學之為文學的文學性。

4.3.4.B. 文本純文學風格類型的結構要素

傳統風格論通常從作家個性、時代、流派，甚至意識形態等角度討論文學風格的共性類型[109]。筆者在此根據符號－結構邏輯推演從文學風格結構要素出發，討論不同文本純文學風格－文本想像空間類型。

4.3.4.B.a. 文本純文學風格類型的結構要素

從中西文學互照互識看，在構成文本純文學風格－文本想像空間整體的相互同化作用中，文本純文學風格諸結構元素並非同質等價，其中，作為文本手法的結構佈局與形象塑造，是文本純文學風格類型的結構要素，作品結構佈局與形象塑造關係放大影響文本純文學風格－文本想像空間基本性質的發展方向，並規定文本純文學風格基本類型、基本特徵。

筆者曾經在 20 世紀 90 年代提出：「主人公塑造與情節佈局，是同質等價的文學風格要素。它們相互同化作用，不僅規定雙方的共同性質，而且還放

---

108 劉麟生，《中國文學概論・作風底概觀》，劉麟生，《中國文學八論》，北京市中國書店，1985 年，42-45 頁。
109 參見本書第二章。

大影響文學風格結構的能指與所指的結構性質，並在這種同化作用中，影響文學手法統一體與作品藝術圖畫關係構成的整體轉換生成的文學風格的文學價值。」

在考察西方文學整體基礎上，我們發現，一種文本純文學風格的形成，一種文本純文學風格類型區別於另一種類型，其風格結構基本特徵是由主人公性格刻畫與情節佈局關係決定的。

在西方文學中，四種文本純文學風格類型，是由作品四種主人公性格刻畫與情節佈局關係規定的。換言之，作品主人公塑造與情節佈局同時發生變化，總要導致文本純文學風格基本性質發生變化。[110]

在此要補充的是，中國言志詩的情況與西方文學一致，不管是心物並置的比興，還是心物交融的意境，不管是經驗世界的雅麗，還是超驗世界的奇麗，文本手法結構佈局與形象塑造是同質等價的，它們的相互作用放大影響整個文本純文學風格－文本文學想像空間的基本性質、基本類型。

4.3.4.B.b. 中西文學實證

在 20 世紀 90 年代，筆者考察了西方文學風格類型的構成[111]，因此，在此，我們主要討論中國言志詩四種兩類風格類型的結構要素。

《詩經》經驗世界的文本藝術圖畫中，不可能出現超驗世界的結構佈局，或者超驗世界的形象塑造。就是詩三百中最具神話色彩的《詩經・大雅・生民》，雖然其中有「履帝武敏歆」之類細節描寫母題與神話有關，或者說與周人原始神話思維有關，但是，詩歌文本結構佈局與形象塑造手法，以及文本藝術圖畫－文本想像空間基本還是遵循自然時空邏輯規定的，與充滿詭異之辭，譎怪之談的《離騷》升天、叩帝閽、求女等文學想像空間截然不同。

---

[110] 參見蘇敏，《從歐洲文學談文學審美風格結構》，《西南民族學院學報》，1994 年，第 2 期。

[111] 同上。

　　《詩經・周南・關雎》賦比興是其基本結構佈局的手法：「關關雎鳩，在
河之洲，窈窕淑女，君子好逑。」借助於在河之洲的雎鳩物象起「興」，直接
鋪寫「窈窕淑女，君子好逑」之情。整個詩歌文本的結構佈局與形象塑造，
屬於《毛詩大序》孔穎達疏所說的直接鋪陳之「賦」與「附托外物」的「比
興」結合，[112] 心與物並置。

　　杜甫〈月夜〉：

> 今夜鄜州月，閨中只獨看。
>
> 遙憐小兒女。未解憶長安。
>
> 香霧雲鬟濕。清輝玉臂寒。
>
> 何時倚虛幌。雙照淚痕乾。

　　雖然唐詩的境象源自《詩經》的比興，但是，同樣關於愛情題材的詩歌，
杜甫〈月夜〉完全擺脫《詩經》賦比興痕跡，詩歌文本以詩人極目所見之月
色、閨中只獨看、雲鬟濕、玉臂寒、淚痕乾等意象組合成為一個表達情感的
整體，抒寫相思之悲苦。怎樣的悲苦，沒有一個字明白說出，卻又在月色、
閨中只獨看、雲鬟濕、玉臂寒、淚痕乾等意象組合整體境象中，「但見情性，
不睹文字」，其「思與境偕」之「韻外之致」、「味外之旨」，體現了唐詩境象
獨特的凝練蘊藉與「羚羊掛角，無跡可求」之「興趣」。

　　西方抒情詩成為文學的正宗，大大晚於中國，其數量和類型也明顯少於
中國。而且，西方抒情詩由於產生在敘事文學是文學正宗的文學整體系統中，
受西方文學模仿正統的影響，其抒情詩通常呈淡化情節佈局，淡化主人公性

---

112 孔穎達疏云：「鄭以賦之言鋪也，鋪陳善惡，則詩文直陳其事，不譬喻者，皆賦辭
　　也。鄭司農云：『比者，比方於物。諸言如者，皆比辭也。』司農又云：『興者，托
　　事於物則興者起也。取譬引類，起發己心，詩文諸舉草木鳥獸以見意者，皆興辭
　　也。』……比之與興，雖同是附托外物，比顯而興隱。」（漢）毛亨傳、鄭元箋、（唐）
　　孔穎達疏，《毛詩正義》卷一，（清）阮元《十三經注疏》上，北京：中華書局影印
　　世界書局本，1980 年，第 271 頁。

格刻畫模式，依稀可見文本藝術圖畫圍繞情節事件展開。在西方傳統文學中，零位情節佈局，零位主人公性格刻畫的作品，只是表現文學類型之一，而且，數量有限。[113]即使是 20 世紀意象派詩歌，也很難擺脫西方傳統文學的影響。

〈關雎〉、〈月夜〉，都看不到完整的事件敘述、看不到人物性格刻畫，仿佛事件和性格都是零位。中國言志詩豐富而成熟的這種零位情節佈局，零位元主人公性格刻畫的文本藝術圖畫，在世界文學平臺上提供了西方抒情詩不能提供的文學現象。[114]

由於中國言志詩大多是零位情節佈局、零位主人公性格刻畫，因此，筆者在此把文本純文學風格類型的結構要素由 20 世紀 90 年代的「情節佈局、主人公性格刻畫」更改為「結構佈局、形象塑造」，以概括數量眾多、成就輝煌的中國言志詩的文本藝術圖畫。

4.3.4.B.c. 相關研究

我們關於文本純文學風格結構要素的發現，與周玨良先生在一九六二年考察《馬克白》悲劇效果時所使用的方法，與周先慎先生九十年代分析、鑑賞中國古典小說時的方法，不謀而合。區別只是周老先生們是從如何整體把握一部具體作品審美效果、審美特徵出發，提出從作品情節佈局與人物性格刻劃著手；我們是就如何在理論上把握作品風格整體出發，提出文學風格結構要素。

周玨良先生從作品佈局與人物刻畫著手把握作品整體審美特徵的個人經驗，與周先慎先生分析、鑑賞中國古典小說的個人經驗驚人地相似。

---

[113] 參見蘇敏，〈從歐洲文學談文學審美風格結構〉，《西南民族學院學報》，1994 年，第 2 期。蘇敏，〈言志學芻議〉，《中西文論與文化》，2008 年，第 2 期。

[114] 參見蘇敏〈「言志學」芻議──從中西文學闡釋「言志」與「志」〉，曹順慶、徐行言主編，《跨文明對話──視界融合與文化互動》，巴蜀書社，2008 年；蘇敏〈從中西文學視域論中國詩學體系的詮釋原則──「言志」〉，《東方叢刊》2009 年第 2 期。

周玨良先生在談《馬克白》作品的悲劇效果時說，「造成這種效果，首先是由於全劇的佈局和人物刻畫，而作品的其他構成因素如文字的運用，意象的創造，表現的方式無一不與這個總效果相連系，並對造成這個總效果有所貢獻，所以從這個總效果出發來分析這部作品，就能提綱契領，掌握全域，而部分的得失也就容易判斷了。」[115]在明確的關於作品佈局與人物畫的自覺意識支配下，周玨良先生從悲劇的情節佈局與馬克白的性格刻畫兩方面著手，具體考察了該劇整體悲劇效果。

周先慎先生在《古典小說鑑賞》中具體分析了短篇小說、長篇小說片斷等眾多中國古典作品後總結到：「從人物、情節和藝術構思入手分析和鑑賞小說，這只是主要的、基本的方面，並不是全面。其他我們還可以從結構、細節、語言等方面去分析。同時，以上談到的幾個方面也並不是孤立的、互不相關的，我們應該聯繫起來，從整體出發去進行全面思考，這樣對作品的認識和分析才能避免片面和膚淺。」[116]

周玨良老先生在外國文學作品考察中的體會，周先慎老先生在中國古典小說鑑賞中的經驗，與我們的發現相通。

4.3.5. 文本純文學風格的意指作用

在考察文本純文學風格橫組合意義以及縱聚合類型之後，我們可以比較完整地總結文本純文學風格的意指作用。

4.3.5.A. 文本純文學風格的意指作用

文本純文學風格，是文本手法統一體與文本藝術圖畫相互同化作用規定的文本想像空間，文本純文學風格類型，是以作品形象塑造與結構佈局為中心，以文本手法統一體及諸文學手法、文本藝術圖畫等為結構元素構成的、

---

[115] 中國莎士比亞研究會，《莎士比亞創刊號》，浙江人民出版社，1983 年，第 254 頁。
[116] 周先慎，《古典小說鑒賞》，北京大學出版社，1992 年，第 350 頁。

具有相互同化作用的轉換體系、轉換中樞，是一個具有三個結構等級序列的自主、自足、自律的文學結構存在。由此出發，文本純文學風格意指作用，是從最小文學手法自動產生的相互同化作用開始，多層次文學結構複雜構造過程的性質，它包括文本純文學風格的基本意義和具體意義。文本純文學風格基本意義規定作品文學想像空間的基本性質、基本類型；具體意義賦予文本純文學風格基本類型多樣化、具體化特點。

4.3.5.A.a. 文本純文學風格的基本意義

文本純文學風格的基本意義，即作品形象塑造與結構佈局關係規定的文本想像空間的基本性質、基本類型。就中西文學而言，即中國言志詩的「雅麗」與「奇麗」、「比興」與「境象」兩類四種二元對立，西方文學的「模仿」與「表現」兩類以及自由模仿、不自由模仿、具象表現、非具象表現四種的二元對立。

文本純文學風格－文本想像空間的這種基本規定性，是文本手法統一體、文本藝術圖畫各自都不具備的一種嶄新的結構特徵，是對文學「言語」結構連續構造過程中兩個等級序列的構造過程及被構造物之間相互作用的整體特徵的概括：以文本為單位的文學手法統一體內部諸文學手法相互同化作用；以文本為單位的文學手法統一體與作品藝術圖畫相互同化作用。

4.3.5.A.b. 文本純文學風格的具體意義

文本純文學風格的具體意義，即文本純文學風格諸結構層次諸結構元素保持自己的結構邊界、結構轉換規律參與文本純文學風格構造所具有的意義，它們豐富補充文本純文學風格的基本意義。

文本純文學風格的具體意義包括：第一，文本手法統一體以及所屬結構層級的文學性；第二，作品藝術圖畫的相對確定性[117]。

---

[117] 參見本章 4.3.3.C.。

文本手法統一體的文學性，包括以寫人記事與抒情言志二元對立為核心的五大文本手法的意義，比如，作品題材、文體－體制、性格刻畫、情節佈局、語體風格。文本手法統一體的文學性，還包括其子結構最小文學手法的文學性，即自然語言的裝飾性與反常化、不可再分文學想像具象的虛構－造型性、敘事、描寫、抒情－議論三大類型等。[118]

4.3.5.A.c. 《一個文官之死》文本純文學風格意義考察

《一個文官之死》文本純文學風格基本意義，即小說主人公性格刻畫、結構佈局關係規定的自由模仿類型。具體說，自由地從生活出發，模仿生活的性格必然性小文官形象塑造，符合事件的必然性的情節安排、結構佈局，使《一個文官之死》的純文學風格基本性質呈自由模仿。它主要由一個小文官因打噴嚏在某將軍身上被驚嚇而死的故事呈現，展示美醜並存真實人生圖畫，既反映了沙皇專制制度下小官員的不幸，又揭示了沙皇專制制度下人性異化之奴性。

這裡的「自由」模仿，是相對於西方文學的「不自由」模仿而言，比如雅典悲劇、喜劇，法國古典主義悲劇、喜劇的不自由模仿類型。這裡的「模仿」，強調主人公性格刻畫、情節佈局的必然性，是相對於西方文學的「表現」類型而言的，比如中世紀寓言文學、浪漫主義的具象表現風格類型。[119]

《一個文官之死》文本純文學風格的具體意義由兩個方面構成。除了小官員因為打噴嚏在某將軍身上被驚嚇而死的故事以時間、事件為序的相對確定性規定外[120]，圍繞寫人記事短篇小說文體－體制的基本規定的文本手法統一體賦予文本的文學手法-文學性，使《一個文官之死》的自由模仿類型，不同

---

[118] 參見本章 4.2.3.D.。
[119] 關於自由模仿在西方文學縱聚合關係中的相對、潛在價值，參見蘇敏，《從歐洲文學談文學風格結構》，《西南民族學院學報》，1994 年第 2 期。
[120] 參見本章 4.3.3.C.b.。

於莎士比亞的《哈姆雷特》、司湯達的《紅與黑》、托爾斯泰的《安娜‧卡列尼娜》，甚至也不同於契訶夫本人的小說《胖子和瘦子》。[121]

4.3.5.B. 風格與文學手法的文學性辨析

從上面的考察可見，風格的文學性，是文學「言語」第二個結構層級的整體特徵，而文學手法的文學性，是文學「言語」第一個結構層級的整體特徵。兩者分別屬於高低不同結構層級，有各自不同的結構邊界結構轉換規律，因而，它們雖然互相聯繫，但又互相區別。風格體現的文學之為文學的屬性，是對文本純文學風格能指與所指相互作用整體特徵的概括，或者說，是對文本手法－文本圖畫相互同化作用整體特徵的概括，是對文本想像空間性質與功能的概括；文學手法的文學性，是對文本純文學風格能指層面諸結構層級以及諸結構元素之間相互同化作用的概括，是對最小文學手法、文本文學手法兩個結構層級構成的符號－結構整體特徵的概括，是對作品藝術表達手段性質與功能的概括。

具體說，風格所體現的文學性，指文學手法與文本藝術圖畫以形象塑造與結構佈局關係為中心相互同化作用整體基本性質對文本想像空間基本類型的規定。

文學手法所體現的文學性，指以寫人記事、抒情言志兩大類文類-體制為中心、五大文本手法與三大最小文學手法類型，以及語言手法的藝術性等相互作用整體虛構－造型手段的規定。

文本純文學風格結構的整體性質，是作品文學手法統一體與作品藝術圖畫共同參與、相互同化作用決定的，而不僅僅是作品文學手法統一體，或者說作品純形式、純技巧決定的。作品純形式、純技巧，只屬於文學手法-文學性範疇問題。文學手法，只是文本純文學風格結構元素之一而不是唯一，沒

---

[121] 關於《一個文官之死》的文本手法統一體之分析，詳見本章 4.2.3.D.。

有文本藝術圖畫參與的文學手法統一體，談不上作品風格問題。文學作品進入文學審美活動時，是以純文學風格結構整體作為審美對象，而不僅僅是以作品的語體風格、修辭系統、以及其他文學手法，乃至文本手法統一體作為審美對象。

　　無論是中國言志詩，還是西方史詩小說戲劇，在其文學創造活動中，或者在其文學接受活動中，從來都不存在孤立的某種文學手法，也不曾出現文學手法統一體獨立參與文學審美活動的情況。屈原寫《離騷》或者契訶夫寫小說時，不可能只寫屬於文學手法統一體的體裁、題材、人物塑造、情節佈局、語體風格等；讀者閱讀《離騷》或者《一個文官之死》，不可能只接受其自然語言的節奏、音律、修辭、諸文學手法以及文學手法統一體。屈原栽種香草、叩帝閽、求女、升西天體現的九死不悔的心志、故土難離的深情；一個小官吏打噴嚏在將軍身上被驚嚇而死的故事，不參與《離騷》或者《一個文官之死》的寫作活動或閱讀活動，文學寫作或者文學閱讀只是玩弄語言技巧或文學手法，純屬荒誕無稽之談。

　　符號的符碼與資訊是不可以分開的，文本手法統一體與文本藝術圖畫，對於文本純文學風格－文本想像空間來說，猶如一張紙的兩面，不可以分開。我們借助符號學意指作用分清文本純文學風格符號的能指、所指，只是為了在理論上辯析文學手法與風格這兩個概念之間的差異，幫助我們認識到風格文學性，比文學手法文學性豐富得多、複雜得多。在認識到文學風格的文學性基礎上，可見雅各森語言學詩學的以偏概全，也可見日爾蒙斯基、索科洛夫文學手法-文學形式與文學風格理論建構中對文本藝術圖畫的疏漏。

　　在結束文本純文學風格討論時，筆者特別強調：以文本為單位的純文學風格符號這種多層次複雜構造過程，是同時並進，混為一體的。我們不能說作品先完成文本手法統一體構造過程，再完成純文學風格結構的構造過程。文本手法統一體完成之時，也就是文本純文學風格構造完成之際。

文本純文學風格是自主、自足、自律的文學結構存在，它具有整體性、自我轉換規律以及自我調整性，它保持自己結構內部諸結構邊界、結構轉換規律，並以子結構形式整合於更高結構層級——文本文學審美風格，成為文本文學審美風格的能指。

4.4. 文本文學審美風格

文本文學審美風格，是文學「言語」的第三個結構層級[122]或者說最高結構層級，是文本純文學風格的更高結構層級，是存在於具體歷史時空具有審美效應的作品文學風格。文本文學審美風格具有文本純文學風格沒有的新的結構因素——文本審美理想，以及新的結構性質與功能——文本審美價值評判。

在這裡，限定語「具體歷史時空」非常重要，這是筆者對文本文學審美風格的基本規定。已有的風格理論沒有從文學起點、文學單位、文學結構層級考察文學風格，因此，沒有意識到文本純文學風格與文本文學審美風格兩個不同結構層級之間的差異，沒有對文學審美風格提出這個絕對必要條件限制。

從中西文學互照互識看，不存在抽象的、絕對普遍的文學審美活動以及絕對永恆的、普遍有效的文學審美價值判斷。對文本文學審美風格整體審美特徵的體驗，總是發生在具體歷史時空具體文學活動中。文本文學審美風格創造與接收，總是從具體歷史時空文本審美理想出發對文本手法－文本藝術圖畫－文本想像空間的自由創造與自由觀照。文本審美理想，總是具體歷史時空人類生命衝動、藝術審美衝動的體現。

---

[122] 文學「言語」的第一個結構層級、第二個結構層級，參見本書 4.1.2.B.，以及 4.2.1.A.，4.3.2.B.。

4.4.1. 相關研究

與文本文學審美風格研究相關的重要學術資源，主要有二：第一，胡塞爾論意向客體及其意義；第二，英加登論文學作品的藝術價值和審美價值。

4.4.1.A. 胡塞爾論意向客體及其意義

為了在概念中把握世界現象的「意義」，胡塞爾提出「純事物」以及「純粹直觀態度」概念，以區別於「意向客體」以及「自然」態度。胡塞爾關於「純事物」與「意向客體」二元對立概念，是筆者關於文本純文學風格與文本文學審美風格區分的最基本理論資源。

4.4.1.A.a. 意向客體

在胡塞爾看來，意象客體，是與「純事物」相對而言的概念，它不僅象「純事物」一樣，具有純物理的存在，有事物的表象，而且，還包含著主體對此表象此事物的評價、價值判斷。意向客體由於包含著主體對表象的評價、價值判斷，因而不等於「純事物」。[123]

4.4.1.A.b. 意向客體的兩種意義

由於意向客體不同於純事物，因此，意向客體的意義，也與純事物的意義不同。關於意向客體的意義，胡塞爾提出了兩種：第一，「側顯」意義；第二，「必然所屬物」意義。其中，「側顯」意義，是純事物不存在的意義。

胡塞爾在討論意向對象的意義時，一方面強調意向相關物的「側顯」，「單側地」出現，因此，他認為無論如何意向對象的意義在各式各樣的體驗中是種類不同的；另一方面，他又強調在種類不同但類似的體驗中有某種同一的東西，以不同方式賦予的共同的東西，以致對顯現物本身的忠實描繪必然導

---

[123] （德）胡塞爾著，（荷蘭）舒曼編，《純粹現象學通論》，李幼蒸譯，北京：商務印書館，1995 年，第 227 頁。

致同樣的表達，那是「作為不可分離的東西和作為在各種相關的意向作用體驗的相互關係中的必然所屬物。」

　　胡塞爾舉例說，對一棵樹的意識，總是「單側地」「側顯」，每個人的認識不同，然而，儘管種種關於這棵樹的體驗不同，但是，總是與那一棵樹有關。[124]

4.4.1.A.c. 從意向客體角度看作品文學風格

　　在文學風格研究中，文本純文學風格，相對於文本文學審美風格而言，屬於胡塞爾所說的「純事物」[125]；而更高結構層級的文本文學審美風格，則屬於胡塞爾所說的「意向客體」。

　　我們說文本純文學風格屬於胡塞爾所說的「純事物」，是一種純物理的文本存在，是相對於文本文學審美風格而言。這不否認我們關於文本純文學風格、文本文學審美風格作為符號結構本身的物理－心理性質判斷。文本純文學風格本身，既具有物理性質，又具有心理性質。其物理性質，主要體現在文本自然語言物理存在，[126]心理性質主要體現在文本手法－文本圖畫－文本想像空間整體中的文學想像類型。文本文學審美風格作為符號結構的物理性質與文本純文學風格相似，但其心理性質有自己的特殊規定。文本文學審美風格的心理性質不再是文本純文學風格凝固的文學想像，而是指文學主體在文學活動中賦予文本純文學風格的主觀價值判斷——文本審美理想。正是在此意義上，從胡塞爾的觀點看，文本純文學風格屬於只有物態化事物表象的「純事物」，文本文學審美風格屬於「不僅有事物表象（Sachvorstellen），而且也包含著此表象的事物評價」的「實顯性樣式」（Sachwerten），即包含價值、評價等意識的「意向客體」。[127]

---

[124]（德）胡塞爾著，（荷蘭）舒曼編，《純粹現象學通論》，李幼蒸譯，北京：商務印書館，1995 年，第 227-231 頁。

[125] 參見本書 4.3.1.。

[126] 參見本書 4.1.2.C.。

[127]（德）胡塞爾著，（荷蘭）舒曼編，《純粹現象學通論》，李幼蒸譯，北京：商務印書館，1995 年，第 108 頁。

　　文本文學審美風格的「側顯」意義，從意向客體角度，在理論上解釋了讀者在審美具體化中「一千個讀者，有一千個哈姆雷特」之差異；文本文學審美風格的「必然所屬物」意義，則解釋了文本文學審美風格在接受活動中關於文本藝術圖畫確定點的同樣表達。[128]儘管一千個讀者有一千個哈姆雷特的「側顯」意義，但是，總是關於哈姆雷特文本藝術圖畫－文本想像空間－文本審美理想「必然所屬物」的「側顯」。如果說我們在上一節主要從審美客體角度討論了文本文學審美風格「必然所屬物」意義，那麼，在本節則主要從審美主體角度討論文本文學審美風格「必然所屬物」意義。至於文本文學審美風格的側顯意義，我們將在下一部著述中討論。

4.4.1.B. 英加登論文學作品的藝術價值與審美價值

　　作為胡塞爾的學生，英加登關於文學藝術作品的研究，是將現象學認識論哲學應用於文學作品研究。在分析文學相對主義、主觀主義的根源時，英加登指出，文學相對主義、主觀主義在對作品認識問題上混淆了三個區別，這就是：第一，不能區別文學作品與作品的審美具體化；第二，不能區別作品的藝術價值與審美價值；第三，不能區別作品價值本身與價值判斷（價值反應）。

4.4.1.B.a. 英加登論文學作品的兩種價值

　　關於文學作品，英伽登提出了藝術價值與審美價值兩種。英加登認為，作品是構成審美價值的實體基礎。作品藝術價值，是作品本身貯存的一種性質，作品結構的特徵。它的作用是為審美價值提供基礎，並暗示讀者具體化的方式。審美價值是一種絕對價值，自在自為具有價值的東西，它存在於審美具體化中，由作品與讀者兩方面構成。[129]

---

[128] 參見本書 4.3.2.C.，4.3.3.C.。

[129] （波蘭）羅曼・英加登，《對文學的藝術作品的認識》，陳燕穀等譯，北京：中國文聯出版公司，1988 年，第 386 頁。下面關於英加登論文學作品兩種價值的關係亦出自該書該部分，恕不一一注明出處。

4.4.1.B.b. 英加登論文學作品兩種價值的關係

　　在英加登看來，藝術價值只是一種關係價值、工具價值，它為審美價值而存在。對作品的評價，包括審美主體對作品藝術價值的現實化，對作品審美價值的理解，同時，還包括價值反應，即審美主體以一種適當的情感方式對審美價值做出適當的反應。換言之，對作品的評價，是對審美經驗中構成，價值反應中確認的審美價值的反思認識。完成了的審美對象，是在審美經驗和價值反應過程中構成的。

　　總之，在對作品審美認識問題上，英加登既強調以重構作品為基礎，強調審美價值的客觀因素，審美主體對作品藝術價值的現實化，又強調讀者的意識投射、審美反應，強調審美價值的主觀因素。

4.4.1.B.c. 文學作品兩種價值與作品文學風格兩個層次

　　英加登關於作品藝術價值與審美價值的區別，作品審美價值與審美反應的區別，對文學風格兩個結構層級研究很有啟發。

　　文本純文學風格，從作品內部構成角度概括作品不同組成部分之間關係，與英伽登所說的作品藝術價值相近，兩者都屬於作品客體的結構特徵；文本文學審美風格，概括審美客體與審美主體之間關係，與英伽登所說的作品審美價值相近，兩者都包括審美客體實體基礎與審美主體的理解反應。我們把文本純文學風格與文本文學審美風格區分開來，與英伽登分辨作品藝術價值－審美價值，動機是一樣的——指出兩者之間的差別與聯繫。

　　從現象學純事物與意向客體二元對立看，英伽登關於文學作品兩種價值「工具」與「目的」的區分順理成章。不過，從結構的自主、自足、自律看，文本純文學風格與文本文學審美風格之間的關係，是部分與整體之關係，或者說，是較低結構層級與較高結構層級之間的關係，都是文學風格連續構造運動的結構層級，各自都是自主、自足、自律的整體，有自己的整體性、轉換性、自我調節性。文本純文學風格是在保持自己結構守恆性、封閉性前提

下，參與更高結構層級文本文學審美風格建構，而且，文本純文學風格參與更高結構層級建構活動本身，是文本純文學風格結構自我調節性的體現。在文學風格連續構造過程中，只能說文本純文學風格是文本文學審美風格的能指，文本文學審美風格包容文本純文學風格，屬於更高結構層級，似乎不宜說文本純文學風格是工具，文本文學審美風格是目的。

　　然而，由於文本文學審美風格所指文本審美理想比較特殊，屬於主體價值判斷，因此，在文學風格建構符號－結構邏輯推演中，我們吸收了現象學理論資源，把文本文學審美風格看做意向客體，以揭示文本文學審美風格所指的特殊性。在意向客體意義上，文本文學審美風格似乎可以說是作為純事物文本純文學風格的目的。要指出的是，用意向客體與純事物之間的關係揭示文本文學審美風格結構特點，不需要否定、也否定不了我們關於文學風格符號－結構整體邏輯推演。現象學與符號結構，兩種方法分別從不同角度揭示了文本純文學風格與文本文學審美風格之間關係的不同「側顯」意義，都是解釋文學風格的有效方法，不存在非此即彼的絕對對立。

　　英加登把語音、語義、事態與意向性關聯物投射的客體、客體呈現於作品的圖式化外觀等這四個結構層級作為工具，把審美價值作為目的，注重揭示藝術價值與審美價值之間客體與主體的差異；筆者在區分文學風格純事物與意向客體之間差別的同時堅持符號結構整體構成，既揭示文學風格客體與主體之間的差異，又注重揭示文學風格整體與部分之間的聯繫。

4.4.2. 文本文學審美風格構成

　　如果我們把物態化文學作品風格從抽象的理論空間放回到它實際存在的具體歷史時空文學活動中，這時，作品文學風格就成為具有實際審美效應的文本文學審美風格，或者說成為包含主體價值判斷、價值反應的意向客體。在此需要進一步討論的是，在具體文學活動中，文本純文學風格究竟是怎樣轉換構成文本文學審美風格的？

4.4.2.A. 作為意向客體的文本文學審美風格

文本文學審美風格，與以前我們討論的文學符號－結構，比如最小文學手法、文本文學手法、文本手法統一體、文本純文學風格都不同，它不再限於「純事物」物態化存在，它是跨越文學客體與文學主體之間的特殊文學符號－結構，屬於意向客體，是完成了的審美對象。因此，文本文學審美風格，是從符號－結構角度對傳統風格理論關於風格是主體與客體統一的看法的概念表述。問題的難點在於，文本文學審美風格究竟是怎樣跨越主體與客體而成為意向客體的？下面，筆者嘗試從符號橫組合構成關係[130]，以及羅蘭・巴特符號第二性系統理論[131]出發，考察文本文學審美風格橫組合構成，以及文學「言語」第三次結構轉換，具體討論這個問題。

4.4.2.A.a. 文本文學審美風格橫組合構成

從文本文學審美風格橫組合構成關係看，文本純文學風格與文本審美理想相互作用，是文本文學審美風格跨越主體與客體成為意向客體的關鍵。

從文學審美風格連續構造邏輯推演看，文本文學審美風格是文本純文學風格在更高等級序列的結構存在，是文學「言語」的最高等級序列，因此，較低結構層級的文本純文學風格成為較高結構層級的文本文學審美風格的能指。從中西文學現象考察，文本純文學風格可以與文本審美理想交換，文本文學審美風格，是文本純文學風格與文本審美理想相互作用轉換生成的嶄新第三者。其間，既不存在文本純文學風格的審美理想化，也不存在文本審美理想客體化。文本審美理想與文本純文學風格，在文本文學審美風格構造活動中是一個不可分割的整體，猶如一張紙頁的兩面。

---

[130] 參見本書 1.3.2.E.a.。

[131] 參見本書 3.3.1.。

　　文本純文學風格與文本審美理想相互作用轉換過程以及轉換結構的整體性質與功能，我們稱之為文本文學審美風格的整體意義，它規定文本文學審美風格「必然所屬物」的意義。

4.4.2.A.b. 文學「言語」的第三次結構轉換

　　如果我們把文本手法統一體構造過程（最小文學手法與文本文學手法相互作用）視為文學「言語」的第一性系統 ERC，文本文學手法是其所指 C；把文本純文學風格構造過程（文本手法統一體與文本藝術圖畫的互相同化作用）看做文學「言語」的第二次結構轉換（ERC）RC'，文本藝術圖畫是其第二性系統單義所指 C'，[132]，那麼，文本文學審美風格構造過程，或者說文本純文學風格與文本審美理想相互同化作用，則是文學「言語」的第三次結構轉換（（ERC）RC'）RC"，文本審美理想是第三性系統單義所指 C"。在此意義可以說，文本審美理想是文本純文學風格（ERC）RC'在文學「言語」第三次結構轉換中潛在功能的體現。

　　如果說最小文學手法第二次結構轉換揭示了自然語言向文學「語言」轉換的秘密[133]，文學「言語」第二次結構轉換揭示了文學手法向文學風格轉換、文學風格包容文學手法的秘密[134]，那麼，文學「言語」第三次結構轉換則揭示了文學活動中審美主體價值判斷怎樣與物態化審美客體相互作用轉換生成嶄新第三者的秘密，並初步揭示了文學風格怎樣走出文學活動結構邊界參與所屬精神文化系統建構的秘密。也就是說，在文學風格結構構造中，由於第三次文學「言語」結構轉換，使文本文學審美風格跨越文學客體與文學主體，成為包含主體價值判斷的意向客體，成為參與精神文化建構的開放性結構。

---

[132] 參見本章 4.3.2.B.。
[133] 參見本書 3.3.。
[134] 參見本章 4.3.1.D.；4.3.2.B.。

4.4.2.B.　文學審美風格個體

猶如孤立分散的最小文學手法一旦進入以文本為單位的更大空間，就獲得文學「言語」意義，成為獨立的文學手法個體；孤立靜止的文本純文學風格一旦進入具體文學活動，就獲得文本文學審美風格意義，成為包含價值判斷的意向客體。傳統風格理論所說的作為風格的作品可以感知的整體特徵、文學主客體統一的整體，從符號－結構研究看，其實，是在文本文學審美風格層面才出現的文學現象。

在本書 1.4.1 我們明確指出，文學風格研究的起點是最小文學手法。在本書的第三章開始，我們相繼討論了最小文學手法、文本手法、文本手法統一體，文本純文學風格等。在前面相關研究基礎上，我們在此進一步總結從最小文學手法開始的文學審美風格個體的內在構成。

4.4.2.B.a.　文本文學審美風格能指與所指的內在關聯

在討論文本文學審美風格內在構成時，我們首先討論文本文學審美風格自身結構層級的問題。如前所述，文本純文學風格，是文本文學審美風格的能指。文本審美理想，是文本文學審美風格符號的所指，是作品純文學風格在文學活動中所傳播的主體意願、主體價值判斷。從符號－結構邏輯推演看，符號能指與所指之間存在內在關聯。

在關於文本純文學風格討論中，我們指出：在文學活動中，文本純文學風格能指文本手法統一體規定其所指文本藝術圖畫的相對確定性，規定文學想像空間的基本性質基本類型。[135]如同文本手法統一體與文本藝術圖畫之間存在內在關聯方式，文本純文學風格與文本審美理想之間，也存在這種內在關聯方式。文本純文學風格所提供的文本手法統一體——文本藝術圖畫－文本想像空間，為文本審美理想提供了相對確定、客觀的基礎，或者說，在物態化

---

[135] 參見本書 4.3.。

「純事物」意義上的文本純文學風格，規定文本文學審美風格「必然所屬物」的意義。文學風格中文本純文學風格與文本文學審美風格之間的這種內在關係，與英伽登關於藝術價值與審美價值之間的內在關係相近相通，只是研究角度不同。

要指出的是，在符號－結構研究中，符號能指與所指的關係，不是簡單的單向線性聯繫，符號能指與所指是相互作用，共同體現嶄新第三者的特徵。因此，在符號結構構成中，文本文學審美風格所指文本審美理想，猶如文本純文學風格中的文本藝術圖畫，不是簡單的被規定，而是與符號能指相互作用。在此意義上，文本審美理想，也當是作為意向客體文本文學審美風格的「必然所屬物」意義的組成部分。換言之，在具體歷史時空發生實際審美效應的文本文學審美風格必然所屬物性質，是文本純文學風格與文本審美理想相互關係規定的。

不管是作者創作，還是讀者接受，通常，文本審美理想與文本純文學風格之間都存在這種內在關聯。我們不能在巴爾扎克《高老頭》中讀出拜倫天馬行空特立獨行的自由精神或者陀思妥耶夫斯基關於俄羅斯民族命運的探索，我們不能在柯勒律治的《老水手》中讀出囿於自然時空必然性支配的文本想像空間，就好像我們不能在〈關雎〉中讀出〈月夜〉「羚羊掛角，無跡可求」之「興趣」，哪怕是在詩三百中被人通常看做最有意境意味的〈蒹葭〉詩歌文本中，我們也不能讀出王維詩歌文本的境象。

為什麼呢？因為上述似乎荒唐的、文學活動中通常不可能出現的讀解，人為割斷了文本純文學風格與文本審美理想之間的內在關聯。當然，這是一個非常複雜的問題，我們在具體考察文本審美理想時，還將進一步加以說明。[136]

---

[136] 參見本書 4.4.5.。

4.4.2.B.b. 文學審美風格個體的四個結構層級

從文學審美風格連續構造過程看，文本文學審美風格個體，作為文學風格結構最高結構層級的構造過程與被構造物，一方面，它是文本純文學風格與文本審美理想相互同化作用並具有自身轉換規律、自主性自我調節作用的結構存在，另一方面，它的構造活動不限於自己所屬結構層次，同時，它還是這樣一個包含了四次結構轉換作用的、具有四個結構等級序列的複雜結構。它上溯分析的起點，是最小文學手法，其具體四個結構層級以及四次結構轉換作用依次分別是：

第一個結構層級：最小文學手法。最小文學手法屬於文學「語言」符號，是文本文學審美風格最小、最簡單的構成元素。在最小文學手法構成中，自然語言橫組合集合，與不可再分文學想像具象相互作用，出現自然語言「言語」符號向文學「語言」符號的轉換。

第二個結構層級：文本手法統一體。文本手法統一體屬於文學「言語」符號的第一個結構層級。最小文學手法以更大單位文本藝術圖畫切分的橫組合集合，與文本手法相互作用構成文本手法統一體，出現文學風格結構構造過程中的第二次轉換作用，即文學手法「語言」符號向以文本為單位的、獨立的文學「言語」符號的轉換。

第三個結構層級：文本純文學風格。文本純文學風格屬於文學「言語」符號第二個結構層級。文本手法統一體與文本藝術圖畫相互同化作用，構成文本純文學風格，出現文學風格結構構造過程中的第三次結構轉換作用，即文學手法符號向文學風格符號轉換。

第四個結構層級：文本文學審美風格。文本文學審美風格屬於文學「言語」第三個結構層級。文本純文學風格與文本審美理想相互同化作用，構成文本文學審美風格，這是作品文學風格構造過程中最後一次結構轉換，即純文學風格符號向文學審美風格符號轉換。

　　作家使用自然語言組合文學手法——文本文學手法，創造文本藝術圖畫－文本想像空間，傳播文本審美理想；讀者閱讀自然語言符號，在文學想像空間再造文本手法統一體——文本藝術圖畫，體驗文本審美理想，上述四個等級序列的構造作用就出現。分析文本文學審美風格構造過程有先有後，而實際文本文學審美風格構造過程卻很難分清孰先孰後，文本編碼－釋碼一旦開始，四個等級序列構造過程就開始；文本編碼－釋碼一旦完成，四個等級序列構造過程就中止，或者說，四個等級序列連續構造過程就凝固在特定文本自然語言符號組合中。

4.4.2.B.c. 文本文學審美風格的自律與他律

　　我們把文本文學審美風格視為一種結構存在，不僅因為它具有結構的整體性、轉換性，而且，還因為它具有結構的自我調節性。由於文本文學審美風格是文學風格連續構造過程的最高結構層級，結構構成最複雜，因此，文本文學審美風格的自我調節性也更為複雜。

　　文本文學審美風格自我調節的複雜性，不僅體現在文本文學審美風格保持自己內部諸結構元素在四個結構層次相互作用中的自我平衡，還體現在文本文學審美風格以子結構形式整合於更大單位結構系統——以文學史為單位的文學審美風格系統，以及文學系統所屬的異質系統——精神文化系統[137]，並在整合中保持自己的結構守恆性與封閉性。在文本文學審美風格這種自我調節意義上，我們說，文本文學審美風格，是一種自主、自足、自律的結構存在。

　　作家詩人才、氣、學、習的「成心」，或者說作者的性格、個性、藝術意志、審美理想、生命體驗等會很大程度影響文本符號編碼，作者與文本文學審美風格保持不可否認的血緣關係。要指出的是，文本文學審美風格畢竟是脫離作者的獨立個體，它不能完全等於作者意識的投射。這猶如呱呱墜地的嬰兒，它雖然是母親十月懷胎的結晶，但它畢竟具有自己的獨立生理個體與獨立意志，它不再等於母親的生命存在與母親的意志。因此，文本審美理想，

---

[137] 關於文學審美風格系統、精神文化系統，筆者將在下一部書中討論。

即使與作者審美理想完全一致，它也不完全等於作者審美理想，它已融入在文本物質實體的血肉中，是從文本最小細胞——最小文學手法到文本獨立生命個體——文本純文學風格所凝固的特殊資訊，文本審美理想與文本純文學風格相互同化作用中轉換生成第三者，是獨立於作者意志的自主、自足、自律存在。

具體歷史時空發生審美效應的文本文學審美風格，或者說，被同一民族－地域－時代、同一精神文化系統社會群體認同的文本文學審美風格，其文本審美理想，是在物態化文本與具體歷史時空精神文化系統之間輸進輸出的成分。因此，文本文學審美風格通過能指文本純文學風格與所指文本審美理想相互作用，既保持自身結構運動，又與同一具體歷史時空精神文化系統保持聯繫，從同一具體歷史時空精神文化系統吸取新鮮氧氣與養料，維繫文學審美風格自律與他律統一的開放運動：通過文本審美理想與文本純文學風格的交換關係，保持作品文學風格的結構邊界，結構轉換規律，維繫文學風格從最小細胞到獨立生命個體內在協調運動；通過文本審美理想參與所屬精神文化系統，整合於所屬精神文化大系統，保持文學風格結構的開放性，他律性，維繫文學風格個體在特定環境中的新陳代謝運動。在此意義上，我們說，文本文學審美風格是自律與他律統一的存在。

傳統文學風格理論所說的風格，這個包含各種文學手法、文學類型，主體與客體統一的作品可以感知的整體特徵，它之所以成為文藝學研究的難點，就在於它本身是這樣一個包含四個結構層級的、開放的結構整體、猶如生命有機體一樣複雜！

4.4.3. 文本文學審美風格所指

猶如生命個體中的精氣神，即依附於自然生命個體，又獨立於自然生命個體與宇宙本體之氣相通，在文本文學審美風格中，其所指文本審美理想，既依附於文本純文學風格，又獨立於文本純文學風格與精神文化相通，是文本文學審美風格個體跨越客體與主體，維繫自律與他律生命運動的關鍵。因

此，文本審美理想也當是風格理論核心概念之一，也是筆者在日爾蒙斯基關於素材－手法－風格理論建構體系假設中增加的一個關鍵字。在此，我們關於文學審美風格理論的關鍵字可以表述為：文學手法－文本藝術圖畫－文本想像空間－文本審美理想－文本文學審美風格個體。

4.4.3.A.相關研究

與文本審美理想相關的研究，在不同學科都有討論，只是研究角度不同、使用話語不同。文本審美理想的理論資源，除了 4.4.1.A 所說的胡塞爾現象學以外，主要包括吉羅關於人類傳播符號的「傳播意願」；康德關於理性概念與表象統一的「審美觀念」「審美理想」；里格爾關於藝術風格中的「藝術意志」等等，上述不同領域不同概念互相補充，大體勾勒出筆者所說的文本審美理想基本內涵。

4.4.3.A.a. 吉羅論符號的「傳播意願」

皮埃爾·吉羅引用喬治·穆南的研究，把符號學限定為人類的傳播學，以此區別於動物傳播（蜜蜂的一些動作）。他強調符號學屬於傳播學，符號，是傳播意識的一種意願標誌。他說：符號，是一種刺激，這種刺激的心理影像在我們的精神中是與符號為了傳播而使人聯想的另外一種刺激的影像連在一起的。符號是某種意願的標誌，它傳播某種意義。

為此，他區別了人類傳播符號與自然標誌的不同。他指出符號為人類傳播一定資訊的特殊存在，不用於傳播目的的自然標誌，比如動物的蹤跡、自然現象、人的某些動作等，算不上符號。雲是雨的標誌，煙是火的標誌，地上留下的獵物，都不存在主體傳播的意願，不是符號。而語言、宗教儀式、禮儀、交通訊號等，都是符號。[138]

---

[138] （法）皮埃爾·吉羅，《符號學概論》，懷宇譯，成都：四川人民出版社，1988 年，第 23-24 頁。

在具體歷史時空發生實際審美效應的文本文學審美風格，是一種非常典型的人類符號。作家創作，不管自覺與否，都在編碼中傳播他的主觀意願才完成作品風格的創造；讀者接受，不管自覺與否，也在釋碼中傳播他的主體意願才完成作品風格的體驗。即使有的作家把文學理解為純粹語言技巧，似乎他只是在玩純遊戲，他也在文學作品中傳播他的關於文學等於純技巧的價值判斷。在此意義上，文本文學審美風格，作為傳播學的人類傳播符號，與作為現象學的「意向客體」，相近相通。

4.4.3.A.b.康德論「審美觀念」－「審美理想」

在《判斷力批判》中，康德提出的「審美理想」，是相對於「審美觀念」的一個術語。從創作角度的審美觀念，從欣賞角度，康德稱為審美理想。

德文 Idee，指某種包含著豐富內容的不確定的理性概念。宗白華翻譯的「觀念」，朱光潛翻譯為「意象」。鄧曉芒翻譯為「理念」。

康德的審美 Idee，指包含想像力和表象、客觀現實性的外觀，以及嚮往著超越經驗的理性。康德：「人們能夠稱呼想像力的這一類表象做觀念；這一部分因為它們對於某些超越於經驗界限之上的東西至少嚮往著，並且這樣企圖接近到理性諸概念（即智的諸觀念）的表述，這會給於這觀念一客觀現實性的外觀。」[139]

德文 Ideal，指「意味著一個符合觀念的個體的表象。」宗白華翻譯的「審美理想」，朱光潛解釋為「把個別事物作為適合於表現某一觀念的形象顯現。」[140]Ideal，鄧曉芒從宗白華的翻譯。[141]

康德的「審美觀念」、「審美理想」，即傳播學所說的「傳播意願」在審美活動中的體現。康德所說的「審美觀念」、「審美理想」，均強調審美對象中觀

---

[139]　（德）康德，《判斷力批判》，宗白華譯，商務印書館，1964 年，第 160 頁。

[140]　（德）康德，《判斷力批判》，宗白華譯，商務印書館，1964 年，第 70 頁。

[141]　（德）康德，《判斷力批判》，鄧曉芒譯，楊祖陶校，人民出版社，2002 年。

念與表象外觀不可分離。在此意義上，我們所說的文學審美風格符號是文本純文學風格與文本審美理想相互作用轉換生成的第三者，可以說是對康德「審美觀念」－「審美理想」的符號－結構闡釋。

4.4.3.A.c. 里格爾論「藝術意志」

在裝飾風格研究中，阿洛瓦·里格爾提出的話語「藝術意志」，與上面傳播學、美學的相關概念相近相通。里爾格所說的「藝術意志」，指推動和形成某個時期或某個民族藝術的、無處不在的精神或衝力，它即是意念，也是傳統。[142]

里格爾從裝飾藝術實證研究中概括出的「藝術意志」概念，與康德的「審美觀念」「審美理想」一定程度相近相通，都屬於文學藝術活動中主體的傳播意願。不過，康德的概念更側重在超越經驗世界的無限精神、理性概念，里格爾的概念更側重在超越實在功利的審美欲望、審美衝力，並涉及到具體歷史時空問題、傳統問題。

4.4.3.A.d. 狄爾泰論人文科學對個體的具體歷史理解

關於個體、系統以及不同系統之間的關係，狄爾泰在《精神科學引論》中都討論過。

一、對個體的具體歷史理解：自主自足個體是不同文化系統的交叉點

在《精神科學引論》第九章，狄爾泰提出人文科學的最終目標：具體歷史理解——歷史理解不是切斷「單個的和普遍的結合」。人類個體的理解，不僅被看做一種發現普遍性的手段，而應看做一種結束於自身的東西。一個個體，是許多不同文化系統的交叉點。不同文化之間，在個體中的關係，不是像外部社會組織是奴役與服從的關係，而是和諧的關係。個體中的不同文化系統，

---

[142] （奧地利）阿洛瓦·里格爾，《風格問題》，劉景聯等譯，湖南科學技術出版社，2000年。參見本書 2.1.2.F.。

個體並沒有融入其中，個體主要還是靠自己而存在。個體，在已經存在的歷史和社會力量的方向上活動時才能發揮巨大影響。這種個體，有自己的特殊範圍，不是黑格爾哲學、孔德社會學那樣穿越整個人類歷史或整個社會去尋找統一性或規律，而是應用於更為簡單事實的統一性，可以適用於來自整個社會的不同現實。範圍上的更大限制，較之於思辨的概括，更為豐富。[143]

二、文化系統整體與個別文化系統之間的相互依賴

在《精神科學引論》第一編中，針對孔德提出的真理之間是相互依賴的，如同自然科學中的物理、化學和生物學，都具有數學的基礎。狄爾泰認為，人文科學不能產生這樣的確定系統，不存在共同的數學基礎。

狄爾泰說，從來沒有整體的人文科學，每一種人文科學都是部分的，並且是互相依賴的。關於人文科學系統的邏輯推演，依賴對於部分的、互相依賴的人文科學系統的描述。文學研究中，不存在數學那樣確定的互相依賴的基礎系統，但是，存在自然科學中不同子系統互相依賴的那種關係。

文本文學審美風格個體，是保持自己結構邊界、結構轉換規律的不同文化系統之間的交叉點，其所指文本審美理想，即文學活動中的「生活經驗」，它通過特定社會空間實現了自己的社會理解功能，參與藝術精神、文化精神等更大系統建構。

4.4.3.B.　文本審美理想概說

4.4.3.B.a.　「文本審美理想」釋義

從文本文學審美風格看，文本審美理想是文本文學審美風格的所指。這裡的「審美理想」，借用了康德的術語以及康德對審美觀念－審美理想的基本

---

[143] （德）威廉・狄爾泰，《精神科學引論》，童奇志、王海鷗譯，中國城市出版社，2002 年。

界定：某種觀念與表象的統一。只是筆者所說的「審美理想」，屬於不區分傳播者編碼與接受者釋碼的主體傳播意願。

不過，筆者所說的「審美理想」，相對於康德的概念而言，有筆者研究所需要的特別規定，即我們的修飾語「文本」[144]對它的限定。也就是說，我們是在符號－結構方法邏輯推演基礎上、在獨立文學符號－結構個體意義上討論的「審美理想」。我們這一限定意味著我們所說的「審美理想」，是文學符號－結構連續構造過程第四結構層級的所指，不是泛泛而論的審美理想；同時，還意味著它僅僅存在於具體歷史時空文學想像活動中，不存在於理論假設空間；此外，還意味著它是獨立完整文學作品在具體文學創造與接收活動中存在的主體價值判斷。

4.4.3.B.b. 文本審美理想定義

文本審美理想，是文本文學審美風格的所指，是具體歷史時空創造-理解文本文學審美風格個體的主體價值判斷，是具體歷史時空文本文學審美風格中的文本純文學風格圖式化外觀所凝固的、通過審美遊戲直覺方式創造-判斷的、某種包含豐富內容而又似乎不確定的價值判斷之心理複現。包孕在文本文學手法－文本藝術圖畫－文本想像空間三位一體整體中的文本審美理想，既包括作品中凝固的作者編碼意願、又包括同一具體歷史時空受眾釋碼意願。正是由於文本審美理想，文本文學審美風格才跨越主體與客體、文學與文化，屬於帶有主體價值判斷的「意向客體」，成為具體文學活動中發生實際審美效應的審美對象。

在主體價值判斷意義上，文本審美理想與英伽登所說的價值反應相通。

文本審美理想究竟怎樣與外界保持聯繫的呢？為此，我們需要認識文本審美理想的雙棲身份。

---

[144] 參見本章 4.1.2.A.。

4.4.3.B.c. 文本審美理想的雙棲身份

　　如果我們從文學與文化角度考察，在發生實際審美效應的文本文學審美風格複合體中，文學與文化的交叉，編碼與解碼的交流，物態化文本與主體審美體驗的交匯，在於文本審美理想與特定文化審美期待同構。[145]文本審美理想與特定文化審美期待同構，從文學風格連續構造過程看，在於文本審美理想具有一種特殊的雙棲身份。

　　從意向客體角度看，文本審美理想，原本是自主、自足、自律的文學作品風格結構第四個結構層級中的所指，屬於文學範疇。如前所述，文本審美理想，與文本文學審美風格其他結構元素不同，它是一個非常特殊、非常複雜的結構因素，在與文本純文學風格發生關係的同時，它又與文學系統所屬的精神文化系統發生關聯。當我們把文本純文學風格放回到其存在的具體歷史時空文學審美活動中時，作為完成了的審美對象，其文本審美理想一方面與文本純文學風格相互作用轉換構成文本文學審美風格，同時，這種文本審美理想又與文化審美期待同構，參與精神文化系統建構，體現並豐富所屬精神文化系統。在具體歷史時空發生實際審美效應的文本文學審美風格中存在的任何文本審美理想，總屬於特定的精神文化系統，有相應的文化審美期待。在此意義上，我們說文本審美理想既屬於文學範疇，又屬於精神文化範疇，它具有在文學-文化兩個範疇雙棲的特點。[146]

　　沒有文本審美理想，精神文化無法進入文學領域，我們不可能在文化審美心理層面談論文本文學審美風格；沒有文化審美期待，我們只能在理論假設封閉空間討論文本純文學風格，而在中西文學活動中都不曾出現過這種理論假設空間存在的、不包含主體價值判斷的文本純文學風格。

---

[145] 文化審美期待以及它與文本審美理想同構問題，筆者將在下一部書中討論。
[146] 參見本書第一章 1.1.3.B.b.圖 1-2。

4.4.4. 文本審美理想縱聚合兩大類型

從中西文學作品看，文本審美理想在縱聚合相鄰關係維度有兩種類型：第一，文本主題；第二，文本藝術意志。

亞里斯多德所說的詩與歷史的差別，從文學審美風格構成看，文本審美理想與日常生活虛構－造型的動機不同，也是其差別之一。虛構－造型活動不限於文學藝術。在日常生活中，罪犯為了逃脫罪責、小孩家長為了孩子成長、病人家屬為了安慰病人……這些日常生活語境下所編造的謊言故事不能屬於文學活動。因為這些日常生活的虛構故事沒有文學手法－文本藝術圖畫自由形式創造，此外還有一個重要的差別，就是日常生活中的虛構故事在主體動機上存在具體偶然事件的功利性。相對而言，在文學活動中，無論是文本主題還是文本藝術意志，都不存在日常生活虛構故事的這種具體偶然事件的功利性。

4.4.4.A. 文本主題

「主題」，出自托馬舍夫斯基從文學實證研究中概括出的概念，是相對於母題而言的更大文學單位。[147]我們所說的「文本主題」，與托馬舍夫斯基的「主題」概念相近，都屬於以文本為單位的文學現象。不過，我們所說的文本主題，不是指文學單位，而是文本文學審美風格個體的傳播意願之一，是狄爾泰所說的生命體驗的體驗表達[148]。從文學審美風格連續構造過程看，雖然它是文本純文學風格的所指之一，是文本手法統一體－文本藝術圖畫相互作用整體傳播的資訊之一，但是，同時，它是最小文學手法虛構造型編碼的文化含義[149]在文本藝術圖畫中的體現。

---

[147] 參見本書 1.4.2.B.b.。
[148] 參見本書 2.3.1.B.b.。
[149] 參見本書 3.3.3.D.。

4.4.4.A.a. 文本主題及形而上性質

　　文本主題，更多與康德想像力表象包含的不確定的理性概念相通，指文本手法－文本藝術圖畫－文本現象空間所包含的一種不確定的理性概念，而且，這種不確定的理性概念，通常與特定具體歷史時空某種文化精神相聯繫，有時還具有形而上的性質。

一、相關研究

　　文本主題，一定程度與西方詩學文獻所討論的思想、觀念、精神、內容、理性等相通。在討論悲劇時，古希臘亞裡斯多德關於語言表達思想，以及卡塔西斯效果等論述，就提出了文學的社會功能問題[150]。在亞里斯多德基礎上，古羅馬賀拉斯明確指出詩歌「寓教於樂，既勸諭讀者，又讓他喜愛」。[151]文本主題可以包容從亞里斯多德的思想、品格，朗迦納斯《論崇高》「偉大的心靈」到康德《判斷力批判》「審美觀念」、「審美理想」的不確定理性概念、到狄爾泰論詩的主題、英加登、韋勒克等人關於作品形而上性質的相關論述。

　　狄爾泰在《哲學的本質》中指出：詩「能夠用語言表達一切人心中會出現的東西——外在的對象，內在的心境、價值觀念和意向」，如果藝術作品某些地方表現了世界觀，那就是在詩中。「詩是理解生活的感官，詩人是明察生活含義的目擊者。」主題是作者對作品展示的生活場面的感受、理解、概括，是「按照詩歌的方式理解其意義的生活場面。」「每一種抒情詩、敘事詩或戲劇詩都把一種特殊的經驗突出到對其意義之反思的高度。」在此意義上，詩與押韻之文不同。詩有種種手法使這種意義顯示出來，而不用直敘。他例舉了抒情詩民謠的具體場面表現感覺、敘事文學情節中行動、對話、獨白、合

---

[150]　（古希臘）亞里斯多德，《詩學》，羅念生譯，（古希臘）亞里斯多德、（古羅馬）賀拉斯，《詩學‧詩藝》，北京：人民文學出版社，1962 年。

[151]　（古羅馬）賀拉斯，《詩藝》，楊周翰譯，（古希臘）亞里斯多德、（古羅馬）賀拉斯，《詩學‧詩藝》，北京：人民文學出版社，1962 年，第 155 頁。

唱等手法，對生活具有普遍性的解釋。他因此概括到：主題既顯現於生活場面界限之內，「又同時顯現於最高的理想聯繫之中」。哲學與宗教、散文、詩歌的密切聯繫，三者都與世界之迷、人生之謎具有一種本質聯繫。這樣，哲學、便轉換成宗教態度、生活經驗和行為，以及表現為散文、詩歌的文學活動的產物。[152]

英伽登在《文學藝術作品》中指出：「文學作品中的形而上學性質是最重要的，同時，文學作品的客觀結構層次也能展現這個隱蔽的功能。」[153]

在「敘述性小說的性質和模式」討論中，韋勒克提出了敘事作品虛構世界的概念。韋勒克關於小說家的世界、虛構的小說世界，指包含有情節、人物或性格或人物塑造、背景、世界觀和語調的模式、結構。其中，情節、性格、背景屬於敘述的三個層次，敘述的第四個層次是世界觀，或「形而上的性質」，或對待生活的態度，或暗含在虛構世界的「調子」，都是與這個虛構的「世界」緊密相關的。韋勒克還強調這種作品的「形而上的性質」是從作品本身浮現出來的世界觀，而不是作者在作品裡或作品外說教式的陳述的觀點。[154]

同時，文本主題也與中國古代詩學文獻的相關論述一致。《尚書》就提出「詩言志」之「神人以和」[155]。

---

[152] （德）狄爾泰，《哲學的本質》，《西方文藝理論名著選編》，第 564-568、559 頁。

[153] Roman Ingarden: *The Literary Work of Art*, Trans: George G. Grabowicz. Evanston, Illinois: Northwestern University Press, 1973, p. 296.

[154] 筆者以為，韋勒克在這裡四個層次並提，混淆了文學作品中不同層次的文學現象。情節、性格、背景，三大敘述層次，屬於文學手法，文學表達手段，表達手段可以構成一個整體，但是，不構成一個虛構的世界。如果韋勒克所說的「世界」、虛構的世界，是指虛構造型的文學圖畫的話，應該是三個敘述層次的功能。而第四個層次世界觀，則是虛構世界的功能。參見（美）雷·韋勒克、奧·沃倫，《文學理論》，劉象愚等譯，北京：三聯書店，1984 年，第 254、282 頁。

[155] （清）孫星衍，《尚書今古文注疏》上卷，北京：中華書局，1986 年，第 69-70 頁。（漢）孔安國氏，（唐）孔穎達疏，《尚書正義》卷三《虞書·舜典》，阮元，《十三經注疏》，北京：中華書局 1980 年影印世界書局阮元校刻本，上冊，第 131 頁。

　　孔子把「詩三百」列為「六藝」之一，提出「《詩三百》，一言以蔽之曰：思無邪」、「詩可以興、可以觀、可以群、可以怨」、可以「事父」「事君」，並確定了中國詩教「樂而不淫，哀而不傷」[156]之溫柔敦厚基本原則。新出土的竹書《孔子詩論》第一章〈關雎〉以色喻於禮」，為《詩經》小序之義理發揮提供了新的材料。[157]〈關雎〉被經學家附會為「後妃之德」，《詩三百》被儒家尊為「經」成為中華文明教化的基本教材，從文本審美理想角度看，是中國士大夫關於文本審美理想的不自覺運用。直到清代葉燮倡導「詩之才調、詩之胸懷、詩之見解」，其門人沈德潛發揮說「有第一等的襟抱、第一等學識、斯有第一等真詩……古來可語此者，屈大夫以下，數人而已」[158]。葉燮、沈德潛的判斷與英伽登、韋勒克的斷言，一定程度相近相通。

　　二、中西文學作品考察

　　從中西文學看，只有少數稱得上「經典」的文學作品中才出現超越情節故事、人物形象，或者某種虛構造型的形而下經驗世界之人類靈魂巔峰體驗，誠如英加登所指出的，只有偉大作品才存在形而上質。但丁的《神曲》、莎士比亞的《哈姆雷特》、歌德的《浮士德》、巴爾扎克的《高老頭》、狄更斯的《雙城記》、托爾斯泰的《安娜·卡列尼娜》、陀思妥耶夫斯基的《罪與罰》，或者中國的屈原、陶淵明、王維、杜甫、蘇軾……無論是與偉大靈魂、不確定的理性概念相通的無限精神，還是相對於形而之下謂之器的儒道釋文化精神，都是人類生命本體內在精神的巔峰體驗。

　　然而，在中西文學歷史上，更多數量文學作品的主題，可能僅僅是關於形而下世界的經驗總結，人生感歎，甚至人生選擇。筆者以為，這些作品主

---

[156] （魏）何晏注、（宋）邢昺疏，《論語注疏》卷一、卷三、卷十七，（清）阮元，《十三經注疏》下，北京：中華書局影印世界書局本，1980 年，第 2461、2468、2525 頁。

[157] 黃懷信，《上海博物館藏戰國楚竹書「詩論」解義》，北京：社會科學文獻出版社，2004 年，第 23 頁。

[158] （清）沈德潛，《說詩晬語》，《原詩、一瓢詩話、說詩晬語》，人民文學出版社，1979 年，第 187 頁。關於中國傳統詩教之反思，筆者另文專論。

題雖然不一定有形而上學的性質，但是，它們還是屬於文學作品中存在的一種與文本純文學風格相對的傳播意願。大仲馬的小說、濟慈的詩歌、偵探小說，中國古代的漢樂府、梁陳宮體詩、《花間集》、李商隱傷春復傷別的情韻，當代的王朔小說，還有臺灣的金庸、瓊瑤小說……面對這樣數量眾多、種類豐富的文學現象，你不能說這些作品中不存在文本手法統一體－文本藝術圖畫－文本想像空間整體構造，也不能說在這些作品的文本手法統一體－文本藝術圖畫－文本想像空間整體中不曾存在作家編碼意願或者讀者釋碼意願。

　　筆者把具體歷史時空文本文學審美風格中曾經存在過的這種作者編碼意願稱之為「文本主題」，把其中凝固的、同一具體歷史時空文化精神認可的讀者釋碼意願稱之為「文本倫理價值判斷」。

4.4.4.A.b. 從文本主題－文本倫理價值尺度看文學性

　　不管是生命本體的巔峰體驗或者人生經驗世界的感歎感喟，正是這些文本文學手法－文本藝術圖畫－文本想像空間三位一體整體包孕的傳播意願，使文學作品與西安的唐三彩、貴州的扎染、哥特式建築、達‧芬奇的雕塑、拉斐爾的繪畫、貝多芬、莫札特的音樂有所不同。狄爾泰在《精神科學引論》卷二第二編第二章結束的時候，引用歌德〈浮士德〉的詩行斷言詩歌不朽的任務：

> 崇高的精神，您給予我的一切，
> 都是我所希求的。
> 您在熊熊火焰之中面對我，並非無益之舉。
> 您給了我高貴的本性，由我自己支配，
> 給了我體驗和享受她的力量。
> 您不僅給了我清醒遊歷的驚奇，
> 也使我能夠洞察她的核心，像洞察密友之心那樣。

　　您把所有活生生的東道主引到我面前，

　　教我認識我那些兄弟，在靜謐的叢林、天空和碧水之中。[159]

　　狄爾泰在其學生提出風格是典型生命態度的表達時，狄爾泰重申只有詩可以對世界觀的形成有所貢獻。[160]確實，相對而言，文學作品或多或少存在關於人的生命體驗的文本主題，並通過這種文本主題－倫理價值判斷，以文學子系統的方式參與精神文化系統建構。相對而言，工藝美術作品，裝飾藝術幾乎不存在關於人的生命體驗的主題－倫理價值判斷。

　　17 世紀法國古典主義的「理性」原則，文藝復興時期文學關於人權人性的張揚，19 世紀俄羅斯文學關於俄羅斯命運探索，濟慈、王爾德的純藝術，或者中國《詩經》小序的義理發揮、唐代杜甫、李白、王維詩歌、中國當代文壇的朦朧詩、王朔小說的調侃……其中的文本主題－文本倫理價值判斷，都體現了具體歷史時空文學與精神文化之間的聯繫。區別只是法國古典主義理性原則，中國《詩經》小序的義理發揮，更多與超經濟政治強力控制的意識形態相關，文藝復興時期文學、19 世紀俄羅斯文學，以及杜甫、李白、王維詩歌，或者是濟慈、王爾德以及中國的朦朧詩、王朔小說，與超經濟強力控制的意識形態不同程度保持一定距離，更多與所屬具體歷史時空的民族精神、時代精神有關，或者與作家詩人個體才氣學習內在「成心」、作家個性有關。

　　在此意義上，文本主題－文本倫理價值判斷，可以被視為保持文學結構邊界、結構轉換規律的人類文化精神，它在文學領域展示了不同文明、不同時代人類內在精神世界多姿多彩的豐富、有的甚至匯入到人類內在精

[159] （德）威廉·狄爾泰，《精神科學引論》，童奇志、王海鷗譯，北京：市出版社，2002年，第 255-256 頁。按：趙稀方關於歌德這段詩歌的翻譯為「體驗」「欣賞」「穿透」「高貴的本性」，（韋爾海姆·狄爾泰，《人文科學導論》，趙稀方譯，華夏出版社，2004 年，第 143 頁）筆者以為，趙的譯文不及童奇志譯本的「體驗」「享受」「洞察」傳達出歌德對詩歌任務的感受。

[160] 參見本書 2.3.1.B.a.。

神生活巔峰體驗形成的延綿之流[161]中體現出的、與哲學神學相通的形而上學超驗。

在此意義上，體驗文本文學審美風格，如果僅僅停止在文本純文學風格層面，沒有從文本主題－倫理價值判斷出發體驗文本文學審美風格曾經凝固的這種人類豐富、深刻、精彩的精神文化世界，不能不說是文學活動的一種巨大疏漏與遺憾！也正是在此意義上，把文學之為文學的東西在文學本體認識上僅僅限於文學作品的語言、手法技巧，忽略文學作為人類靈魂藝術最精彩、最具有震撼力的魅力，不能說不是文藝學理論的重大失誤。拜倫與濟慈、巴爾扎克與福樓拜，陶淵明與謝靈運、王維與孟浩然，他們之間的差距，不是語言文字，不是文學手法，而是凡夫俗子與大家巨匠內在「成心」之差異！張藝謀電影的失敗，不是鏡頭技巧不嫻熟，而是他內在心性缺乏大家巨匠那種才氣學習厚積薄發噴射而出的磅礡大氣。也是在此意義上，陸川電影《王的盛宴》是李安《少年派的奇幻漂流》、馮小剛《1942》無法比擬的。

還是在此意義上，我們不怕老調重彈地重申，文學是人類靈魂的工程師，具有提升人類內在精神的功能。要補充的是，提升人類內在精神的這種功能，在所有藝術種類中，似乎文學最擅長。相對於非語言的其他藝術種類，文本文學審美風格的文本主題－文本倫理價值判斷傳播手段更加具體細膩深刻。

誠然，在繪畫、雕塑、音樂作品中，關於人的生命體驗不同程度都存在，但是，其他任何藝術種類都不及語言文字為媒材的文學作品表達得那樣淋漓盡致。蕭邦《革命練習曲》、德拉克洛瓦《自由引導人民》在藝術感染力方面雖然可以與席勒《威廉·退爾》、雨果《悲慘世界》、狄更斯《雙城記》媲美，但是，在相關生命體驗上，《革命練習曲》《自由引導人民》無論如何不能與《威廉·退爾》《悲慘世界》《雙城記》相提並論。在匯入人類內在精神延綿

---

[161] （法）柏格森，《書信演說集》第 3 卷，法蘭西 1959 年，第 560 頁。轉引自朱立元主編，《當代西方文藝理論》，華東師範大學出版社，2005 年，第 79-81 頁。

之流的深度、廣度，以及細膩程度上，就是對話體表演的戲劇，也不能與第
三人稱敘述的史詩、小說，以及抒情—言志詩相提並論。也正是在這一點上，
以鏡頭為媒介的電影、電視劇雖然可以豐富文學活動，但是，永遠取代不了
以自然語言為仲介物－實體的語言文學作品。

　　孔子開創的詩教，[162]劉勰把《文心雕龍》前五篇作為「為文之樞紐」強調
「正心」，[163]亞里斯多德把詩提升到哲學的高度，斷言詩比歷史更高[164]，康德
論判斷力把神學倫理學與美學並提[165]，狄爾泰關於詩與哲學宗教相通處的討
論，[166]柏格森對喜劇滑稽社會功能的肯定[167]，伽達默爾《真理與方法》[168]對文
學藝術內在精神的強調……中西詩學文獻不同角度、不同程度都意識到文學
主題－倫理價值判斷的存在。至於文學淪為政治工具，應當是文學這種提升
人類內在精神功能在特定具體歷史時空的一種變異，典型的比如，蘇聯史達
林時期或者中國文化大革命時期文學等。

　　由於文本主題－文本倫理價值判斷與哲學、神學、宗教信仰之間存在這
種相通，使文學進入到人類精神活動的最高層面，因此，在同一具體歷史時
空中，文本審美理想，可以屬於精神文化範疇。也在此意義上，文學作品時
常成為歷史、哲學研究的對象，與歷史哲學同屬於人文科學範疇，人文科學
研究從來強調文史哲不分家。

---

[162] （魏）何晏注、（宋）邢昺疏，《論語注疏》卷一、卷三、卷十七，（清）阮元，《十
　　三經注疏》下，北京：中華書局影印世界書局本，1980 年，第 2461、2468、2525 頁。
[163] 參見本書 2.2.2.。
[164] （古希臘）亞里斯多德，《詩學》，羅念生譯，（古希臘）亞里斯多德、（古羅馬）賀
　　拉斯，《詩學・詩藝》，北京：人民文學出版社，1962 年
[165] （德）康德，《判斷力批判》，鄧曉芒譯，楊祖陶校，2002 年。
[166] （德）狄爾泰，《詩的偉大想像》、《哲學與宗教、散文與詩歌之間的聯繫環節》、《哲
　　學與詩人之人生觀》，《西方文藝理論名著選編》下卷，伍蠡甫、胡經之主編，北京：
　　北京大學出版社，1987 年。
[167] （法）柏格森，《笑》，徐繼曾譯，北京出版社出版集團，北京十月文藝出版社，
　　2005 年。
[168] （德）漢斯-格奧爾格・伽達默爾，《真理與方法》洪漢鼎譯，北京：商務印書館，
　　2007 年。

4.4.4.B. 文本藝術意志

文本藝術意志，借用里格爾的概念[169]，指包孕在文本手法統一體－文本藝術圖畫－文本想像空間中的人類自由形式創造中的審美欲求與審美衝力。

文本藝術意志，與康德的「審美觀念」或者「審美意象」、「審美理念」，在傳播者編碼意願層面上相近。但是，里爾格從藝術史研究中概括的「藝術意志」，與康德「審美觀念」的理性不同，它的側重點不是指超越感性物質世界、有限經驗世界的人類無限精神-理性，而是側重於指人類自由自主藝術形式創造中超越功利需要的審美欲求的衝力。在此意義上，里格爾的「藝術意志」與康德「審美觀念」的無目的的合目的性、席勒的審美遊戲衝動、柏格森的直覺一定程度相近相通。[170]

4.4.4.B.a. 文本藝術意志與文本審美價值判斷

猶如在文化精神層面的文本主題與文本倫理價值判斷之分，在審美欲求層面的文本審美理想，我們提出了「文本藝術意志」與「文本審美價值判斷」二元對立，以概括文學編碼意願與釋碼意願之間的差別。

在討論文本文學審美風格個體自律與他律運動時，我們曾經說，作者的意志不等於作品的意志。[171]在此我們可以進一步明確指出，文本藝術意志，即具體歷史時空文本文學審美風格中曾經凝固的作者編碼意志，而文本審美價值判斷，則是具體歷史時空文本文學審美風格曾經凝固的釋碼意志。

從文本文學審美風格構成看，文本藝術意志－文本審美價值判斷，也是文本純文學風格所指之一，不過，它是文本手法－文本圖畫－文本想像空間三位一體整體自由形式創造活動中凝固的人類審美欲求衝力。在文本審美理

---

[169] 參見本書 2.1.2.F.、本章 4.4.3.A.c.。
[170] 詳見本章 4.4.4.C.a.。
[171] 參見參見本書 4.4.2.B.b.。

想中，相對而言，文本主題－文本倫理價值判斷二元對立的情況比較簡單，文本藝術意志－文本審美價值判斷二元對立的情況更為複雜。

劉勰在〈通變〉、〈時序〉提出「質文代變」，以及「趨時」「乘機」「憑情以會通，負氣以適變」。[172]沃爾夫林提出風格與時代精神，民族性情有關。[173]文本主題－文本倫理價值判斷二元對立，更多體現了同一具體歷史時空精神文化系統與文學的相互影響，體現了文學參與同一具體歷史時空精神文化建構。文本主題－文本倫理價值判斷，是文隨時變的路徑之一。

文本藝術意志－文本審美價值判斷二元對立情況更為複雜，它與文本文學審美風格之外的存在發生多方位關聯：首先，同一具體歷史時空不同種類藝術共同的審美價值判斷；其次，同一文化－文明文本文學審美風格構成的整體——文學審美風格系統[174]，此外，作家個性或者說「成心」先天才氣後天學習。中西傳統風格理論中所說的時代風格、民族風格、作家個性等，都與文本藝術意志－文本審美價值判斷二元對立聯繫緊密。

4.4.4.B.b. 從文本審美價值判斷看文學性

如果說文本主題－倫理價值判斷的靈魂震撼屬於文學之為文學的東西更多是就文學提升人的內在精神生活功能角度說的，它們屬於文學與哲學、神學、宗教共用的人類高級精神生活領域，那麼，文本藝術意志－審美價值判斷給接受者在文學活動中的享受與愉悅，更多是就文學審美功能而言，後者屬於文學與其他藝術活動獨享的藝術精神領域。文本主題－文本倫理價值判斷溝通了文學與同一具體歷史時空的文化精神，文本藝術意志－文本審美價值判斷則溝通了文學與同一具體歷史時空的藝術精神，溝通了文本文學審美風格個體與同一文化-文明傳統的審美趣味。從文本藝術意志－審美價值判斷出發體驗

---

[172] 參見本書 2.2.2.C.a.。
[173] 參見本書 2.3.1.A.a.。
[174] 關於這個問題，筆者下一部書討論。

文本純文學風格的文本手法－文本圖畫－文本想像空間，即從文本文學審美風格體驗具體歷史時空獨特藝術精神、獨特民族——文化傳統審美趣味。

我們在浪漫主義詩學文獻中瞭解其特定文本藝術意志－審美價值判斷——注重天才、獨創、想像、激情，回到中世紀、回歸自然，英雄主義等，不僅可以幫助我們理解歌德、華茲華斯、拜倫的詩歌，而且，還幫助我們從歌德、華茲華斯、拜倫詩歌體驗中體悟與《浮士德》有相通審美追求的瓦格納《尼伯龍根的指環》、《特里斯坦和伊索爾德》的藝術世界，與〈在丁登寺旁〉有相近審美追求的舒伯特《月夜》、孟德爾松《仲夏夜之夢》、康斯特布林《乾草車》、卡斯帕爾‧達維德‧弗裡德里希《西里西安山景色》的藝術世界，體驗與拜倫天馬行空詩歌有類似審美追求的貝多芬《英雄》、達維爾《馬拉之死》、特納《暴風雨中的汽船》的藝術世界，並在更為寬廣、更為豐富的 19 世紀音樂、繪畫藝術自由形式創造中，體悟浪漫主義時代自主自由審美欲求衝力。在此意義上，文本藝術意志－審美價值判斷使文本文學審美風格打破文學種類封閉領域，參與同一具體歷史時空的藝術精神建構，並豐富同一具體歷史時空藝術精神。

浪漫主義的天才、獨創、想像、激情等文本藝術意志－審美價值判斷的提出，在西方文學中是一場革命，是對傳統模仿文學的否定，因而，從浪漫主義文本藝術意志－審美價值判斷出發對華茲華斯、拜倫詩歌的體驗，還可以幫助我們更好體悟浪漫主義審美趣味在西方傳統模仿文學語境下的潛在價值，體悟西方文化－文明獨特的審美趣味。在此意義上，文本藝術意志－審美價值判斷使文本文學審美風格打破自己個體類型封閉領域，參與自己民族－文化文學傳統建構，即參與自己所屬文學審美風格系統建構、並豐富自己所屬民族－文化文學審美風格系統。

就這樣，文本審美理想使文本文學審美風格不僅跨越主體與客體，而且，還跨越文學與非文學：一方面，通過文本純文學風格與文本審美價值判斷相互作用，使其文本主題－文本倫理價值判斷既參與同一具體歷史時空文化精

神建構，但又獨立於更大系統的文化精神，保持自己文學之為文學的獨立品格；另方面，又通過文本純文學風格與文本倫理價值判斷相互作用，使其文本藝術意志－文本審美價值判斷進入不限於封閉的形式創造領域而進入文化精神領域，具有文學藝術獨具的提升人類內在精神的功能。

相對而言，在文本文學審美風格體驗中，那種僅僅限於文本手法－文本藝術圖畫－文本想像空間的體驗，其實只觸及到文本文學審美風格個體審美具體化的冰山一角，文本文學審美風格作為意向客體所包孕豐富而深厚的具體歷史時空文化精神、藝術精神、傳統趣味等都被遺漏了。在此意義上，把文學之為文學的文學性囿於語言，或者文學手法-文學形式，是對文學本體膚淺表面的認識。

4.4.4.C. 文本審美理想的特點

中西傳統詩學文獻大都承認文本主題－文本倫理價值判斷，為什麼浪漫主義以來又出現「為藝術而藝術」、俄國形式主義以來又出現了拘泥於語言、手法、形式的本體論研究呢？從文學審美風格構成看，這些問題與文本審美理想置換自由特點有關。

在中西文學與詩學文獻互照互識基礎上，筆者以為，似乎可以把文本審美理想特點概括為兩點：第一，審美遊戲直覺－直觀；第二，文本審美理想置換自由。文本審美理想這兩個特點，互為因果地互相強化，形成文本審美理想獨具的特點。其中，審美遊戲直覺－直觀已是西方學界共識，而文本審美理想置換自由，卻尚未被人們認識。

4.4.4.C.a. 審美遊戲直覺－直觀

審美遊戲直覺，出自席勒的「審美遊戲」與柏格森的「直覺」概念。中國古代《文心雕龍》的任自然之勢，與西方詩學的無目的的合目的性審美體驗，從編碼與釋碼兩個角度具體討論了文本審美理想的審美遊戲直覺－直觀。

一、審美遊戲直覺－直觀

「審美遊戲」，出自席勒《審美教育書簡》。

德國的康德在審美理想是有限表象與無限理性概念統一基礎上，提出美感產生於不含任何佔有欲與功利觀念的滿足感，是交融感官與知性的和諧的統一感，是解脫一切現象界必然性的自由感。[175]

在康德的基礎上，在討論文學如何協調感官經驗與觀念，外在自然與人的內在自然，有限存在與無限精神的關係時，德國的席勒提出審美遊戲說。在席勒看來，美是人的非實在性的審美遊戲本能－衝動，是人的物質本能－衝動與形式本能－衝動的結合。席勒認為，人有兩種本能－衝動：第一，物質本能－衝動，它的對象是感性的物質存在，是生活；第二，形式本能－衝動，它的對象是形式與思考力，是形式創造的形象。人的物質與精神統一特點，人的理性，決定人的這兩種本能－衝動結合。而人的物質與形式兩種本能－衝動結合，決定審美觀照單純遊戲特徵。非實在性，是人的審美假像、審美遊戲的絕對前提。這種非實在的審美判斷，使人進入智力所不能領悟、語言所不能表達的審美觀照，使人在形式創造中獲得自由，使人性臻於完善。[176]

法國的柏格森提出「直覺」，以及藝術是一種直覺的斷言。在柏格森看來，直覺，藝術直覺，是擺脫實用的簡化了的現實功利的自然超脫的心靈，這種自然超脫的心靈與藝術家的心靈相通。藝術家以自然超脫的心靈把語言在創造時並未打算表達的東西告訴或者暗示我們，那就是生命節奏，生命衝動。[177]在《形而上學導論》中，柏格森進一步將這種直覺與理性共同視為人類認知世界的兩種方式。[178]

---

[175] （德）康德，《判斷力批判》第一章第一卷。

[176] （德）席勒，《美育書簡》，繆靈珠譯，《繆靈珠美學譯文集》第二卷，北京：人民大學出版社，1987 年。參見席勒，《審美教育書簡》，張玉能譯，譯林出版社，2009 年。

[177] （法）柏格森，《笑》，徐繼曾譯，北京出版社出版集團-北京文藝出版社，2005 年。

[178] （法）柏格森，《形而上學導言》，劉放桐譯，北京：商務印書館，1963 年。

義大利的克羅齊關於知識的「兩種形式」發揮柏格森的觀點，提出關於知識兩種形式的一系列二元對立：直覺－邏輯；想像－理智；個體－共相；諸個別事物－個別事物之間的關係；意象－概念。[179]

如果說席勒的物質本能衝動與形式本能衝動，是亞里斯多德的模仿本能天性的發展，那麼，柏格森、克羅齊的直覺，似乎可以視為對狄爾泰生命體驗與康德－席勒美學的綜合。

胡塞爾從現象學直觀角度對藝術直觀的闡釋，從另一個角度揭示了文本審美理想的這一特點。1907 年，胡塞爾在給霍夫曼斯塔爾的信中提出藝術直觀與現象學直觀的相通處在於排除存在性執態，不過，藝術家的直觀是為了直覺地佔有這個現象，而現象學的直觀是為了論證和在概念中把握這個世界現象的「意義」。[180]

在中西詩學文獻基礎上，筆者以為，作為創造形式的審美遊戲直覺－直觀，從文本文學審美風格編碼意願角度考察，可以概括為任自然之勢；作為文學接受的審美遊戲直覺－直觀，從文本文學審美風格釋碼意願角度考察，可以概括為無目的的合目的性審美體驗。

二、任自然之勢

任自然之勢，出自劉勰《文心雕龍·定勢》。從文本文學審美風格角度看，劉勰關於任自然之勢的斷言，揭示了文本審美理想編碼意願審美遊戲特點：作家詩人順其自然地聽任自己有限材料衝動與無限精神衝動自由創造文學形式。

在《文心雕龍·神思》中，劉勰以「體性」為中心，先從主體作家內在「秉心養術」談起，提出「秉心養術，無務苦慮，含章司契，不必勞情」。在

---

[179] （義大利）克羅齊，《美學原理》第十一章、第十二章，朱光潛譯，（義大利）克羅齊，《美學原理－美學綱要》，外國文學出版社，1983 年，第 7 頁。

[180] （德）胡塞爾《藝術直觀與現象學直觀——艾德蒙德·胡塞爾致胡戈·馮·霍夫曼斯塔爾的一封信》，倪梁康譯，《胡塞爾選集》下卷，倪梁康選編，上海三聯書店，1997 年，第 1201-1204 頁。

〈體性〉中，再從作家類型談到作品類型：「因內而符外」之作家「心性」四種以及作品「八體」，並提出「摹體以定習」、「因性以練才」的方法。在〈通變〉中，劉勰提出「趨時」、「乘機」、「憑情以會通，負氣以適變」，並在〈定勢〉中提出文無常勢，任自然之勢的觀點。[181]劉勰「秉心養術」、「憑情以會通，負氣以適變」任「自然之勢」互相照應，旨在強調作家主體自身氣質與修養，使作家的文本審美理想水到渠成、「因內而符外」地融入在文本手法－文本圖畫－文本想像空間的自由形式創造。

20 世紀西方柏格森的藝術直覺，與劉勰的任自然之勢，一定程度相近相通。

正因為文本審美理想編碼這種任自然之勢的特點，文學主體通常滿足於審美遊戲自由形式創造給人的愉悅、或者生命體驗給人的感動，未必深究這種審美遊戲創造物文本文學審美風格作為意向客體的價值判斷。或者說，過於執著於文本審美理想，反而不能創造出好的文學作品。

三、無目的的合目的性之審美體驗

審美的「無目的的合目的性」觀點，出自康德《判斷力批判》。「審美體驗」出自伽達默爾的《真理與方法》。從文本文學審美風格角度說，康德、伽達默爾的斷言揭示了文本審美理想釋碼意願的特點：接受者在無功利心境中從自由創造形式獲得自己潛在功利滿足。

伽達默爾在分析「體驗」概念之後討論「審美體驗」：正如作為審美體驗的藝術作品是一個自為的世界一樣，作為體驗的審美經歷物也拋開了一起與現實的聯繫。藝術作品的規定性似乎就在於成為審美的體驗，但這也就是說，藝術作品的力量使得體驗者一下子擺脫了他的生命聯繫，同時使他返回到他的存在整體。在藝術的一天中存在著一種意義豐滿，這種意義不只是屬於這個特殊的內容或對象，而是更多地代表了生命的意義整體。……體驗概念對

---

[181] 參見本書 2.2.2.。

確立藝術的立足點來說就成了決定性的東西。藝術作品被理解為生命的完滿的象徵再現，而每一種體驗仿佛正走向這種再現。因此，藝術作品本身就被標明為審美經驗的對象。

伽達默爾指出，體驗藝術，指藝術來自於體驗，是體驗的表現，專為審美體驗所規定的藝術。凡是以某種體驗的表現作為其存在規定性的東西，它的意義只能通過某種體驗才能把握。

伽達默爾還具體分析了這種審美體驗的「同在」：遊戲的主體，在遊戲中的存在，是由他在那裡的同在所規定的。同在，就是參與。也指某種主體「專心於某物」的行為方式。我們在某個事物上忘掉我們自己的目的。由所觀看的東西出發來設想，並進入入迷狀態，外在於自身的存在，忘卻自我地投入某個所注視的東西。古希臘的「理論」、「精神」等概念，都存在於同在相通的意義。這種同在不同於好奇心，不窮盡於瞬間的單純陶醉，含有持久的欲求以及這一欲求的持久存在。[182]

正是因為文本審美理想釋碼的這種無目地的合目的性審美體驗，在文學接受活動中，主體大多未必自覺意識到文本審美理想賦予文本文學審美風格的價值判斷。在此意義上，克羅齊對快感主義、道德主義的批判，從另一角度揭示了文本審美理想的無目的的目的性審美體驗的特點。[183]

4.4.4.C.b. 文本審美理想的置換自由

從接收者角度看，文本審美理想無目的的合目的性審美體驗，包含著文本審美理想的第二個特點——文本審美理想的置換自由。

---

[182] （德）漢斯-格奧爾格・伽達默爾，《真理與方法》，洪漢鼎譯，北京：商務印書館，2007 年，第 101-103，175-178 頁。

[183] （義大利）克羅齊，《美學原理》第十一章、第十二章，朱光潛譯，（義大利）克羅齊，《美學原理－美學綱要》，外國文學出版社，1983 年。

一、什麼是文本審美理想自由置換

從文本文學審美風格構成看，在文本文學審美風格中，作為符號所指的文本審美理想不是由自然語言符號聲音－意義二元對立固定下來的，而是自然語言符號若干次潛在結構轉換凝固在文本手法－文本圖畫－文本想像空間三位一體整體心理複現中的特殊資訊，因而，文本價值判斷往往在這種開放的第三空間凝而不固；同時，接受者在接受這種文本審美理想的時候又處於審美遊戲直覺－直觀的無目的的合目的性審體驗中，文學活動中這種特殊的主客體情況，導致文學主體在文學接受中獲得一定程度自由：根據自己的審美期待自由置換文本審美理想，筆者把這種情況概括為文本審美理想置換自由。

二、文本審美理想自由置換的兩種情況

從中西文學互照互識看，狄爾泰所說的真正偉大藝術作品的闡釋學理解，生命觀察，以及狄爾泰所說的有教養的讀者觀眾對文學作品的理解，[184]或者我們在上面討論所提出的從具體歷史時空文本審美理想出發闡釋文本文學審美風格的文學接受情況，在實際文學活動中少之又少，通常只限於有教養的接受者、或者主張嚴謹客觀態度還原歷史文本的學者，或者跨文化異質文明對話的中後期。在中西文學接受活動中，實際存在的文學闡釋，大多屬於接受者根據自己期待視野自由置換文本審美理想的情況。筆者將實際文學活動中文本審美理想自由置換的情況，大致概括為兩種：

第一種情況，接受者對文本審美理想的自由置換。比如，不同文化-文明之間文化交流初期文學作品的誤讀，不同歷史時空文學作品的飛鏢效應，或者同一作品不同歷史時空的不同譯本等。

---

[184] （美）魯道夫・馬克瑞爾，《狄爾泰傳》，李超傑譯，北京：商務印書館，2003 年，第 301 頁。

從中西文學看，把《水滸》大碗喝酒闡釋為西方的自由，把《離騷》讀解為中國的浪漫主義，把《悲慘世界》讀解為關於窮人不幸的現實主義描寫，把安娜‧卡列尼娜讀解為蕩婦，不同文化-文明之間文化交流初期這類文學誤讀天天幾乎都在發生。而《咆哮山莊》、托斯妥耶夫斯基小說、陶淵明詩歌的「飛鏢效應」，[185]在中西文學歷史上也時有發生。此外，在文學翻譯中，一個文本不同時代的譯本存在很大差距的情況，也非常普遍。比如，《魯濱遜漂流記》在中國的四個譯本之間存在很大差異。[186]

第二種情況，作者對文本價值判斷的自由置換。作者對文本審美理想的自由置換，大多是文本藝術意志與文本審美價值判斷之間的不一致。比如，歌德自己認為自己是古典主義，不屬於浪漫主義，與耶拿派一度發生激烈爭論。但是，從歌德《浮士德》象徵寓言的文本手法、浮士德故事展示的文本想像空間看，歌德《浮士德》文本手法－文本圖畫－文本想像空間的所指文本審美價值判斷與耶拿派的文學主張是一致的。歌德《浮士德》的這種情況，屬於比較典型的文本藝術意志與文本審美價值判斷不一致。

類似的情況還有，在法國浪漫主義－文學自由主義旗號下，幾乎同時孕育了以雨果為首的浪漫主義，以司湯達、巴爾扎克為代表的現實主義，還有

---

[185] 艾柯說，代碼、語境、環境的多重性向我們展示：同一資訊可以從不同的視點，並參照各式各樣的規範系統，去進行解碼。鑒於訊息出自頻道，又由接受者作為運算式而接受下來，因而變成不同潛在內容的源點。資訊是取決於潛在選擇豐富性的一種價值；義素的不同編碼讀解，連同語境和環境方面的多重闡釋，構成了若干多重選擇。訊息可界定為一種歧義狀況，訊息作為源點構成了一種限制網路，它容許一定的任選結果。其中有一些可以視之為行之有效的推斷，它們豐富了原初資訊，而其他情形則僅僅屬於「偏差」──對發送者意圖的悖逆。有時，接受者的整個文化單位系統致使發送者從未預見到的某種解釋合法化了，即大眾傳播社會學的「飛鏢效應」。參見烏蒙勃托‧艾柯《符號學理論》，盧德平譯，中國人民大學出版社，1990年，第二章。

[186] 林紓、曾宗鞏譯，《魯濱遜漂流記》，上海商務印書館，民國 22 年（1933 年）版；顧均正、唐錫光譯，《魯濱遜漂流記》，開明書店，民國 23 年（1934 年）版；徐霞村譯，《魯濱遜漂流記》，人民文學出版社，2006 年。黃杲炘譯，《魯濱遜歷險記》，上海譯文出版社，2006 年。參見孔雷，〈《魯濱遜漂流記》在中國的諸譯本研究〉，《重慶師範大學 2008 級碩士論文》。

戈蒂葉的為藝術而藝術；在英國，濟慈追求純美的詩歌，也是產生在浪漫主義文學時期。這種情況與上述情況的差異在於，作家藝術意志認識不是非常明晰，存在不同文學主張之間的糾纏。

要指出的是，這種文本審美理想自由置換，以承認文本純文學風格相對確定性為前提。所以，這些文本審美理想自由置換雖然存在一定程度誤讀，但是，大體上還是以文本文學審美風格必然所屬物意義——文本手法－文本圖畫－文本現象空間——為前提的文本價值判斷方面的「側顯」意義。

三、文本審美理想自由置換的功能

要指出的是，文本審美理想自由置換如果參與具體歷史時空當下視域文化精神、藝術精神建構，通常，對具體歷史時空語境下的文化發展有推動作用。比如，20 世紀初期西方的現代派文學對陀思妥耶夫斯基等作品的飛鏢效應，推動了現代主義的發展。又如，20 世紀初的西學東漸，大量對西方文學的誤讀催生了中國新文化運動。再如，20 世紀初的比較文學闡發法，在方法上講，也屬於文本審美理想自由置換的誤讀，但是，它開啟了比較文學跨文化研究的新角度。

康德說，每個人都有自己的鑑賞、鑑賞不可以爭論。[187]在後工業時代、後現代主義的今天，天賦人權幾乎成為全球普世價值尺度，可謂每個閱讀者幾乎都有自己闡釋文學作品的權利意識。不同時代之間文本審美理想自由置換的誤讀、異質文化之間文本審美理想自由置換的誤讀，確實是豐富異質文化交流，豐富人類精神文化生活的重要途徑之一。就個體而言，一個希望在文學閱讀活動中獲得物我兩忘審美愉悅的接受者，未必非要以文學作品歷史還原為前提，也就是說，未必非要成為一個有教養者才能在文學活動中滿足其文學審美體驗需要。在此意義上，自由的文學活動，不需要學院派研究的指

---

[187] 參見（德）康德，《判斷力批判》，鄧曉芒譯，人民出版社，2002 年，第 184 頁。

手畫腳，同樣具有自己的審美效果。文學教養，文學知識結構，不是文學接受活動的絕對前提。識字、文學想像活動，才是文學接受活動的充分必要條件。

我們在討論文本審美理想定義的時候說，文本審美理想是文本純文學風格圖式化外觀所凝固的、通過審美遊戲直覺方式判斷的、某種包含豐富內容而又似乎不確定的價值判斷之心理複現。[188]文本審美理想自由置換，為文學接受自由這一傳統命題提供了一種學理解釋。

不過，不得不指出的是，文本審美理想自由置換體悟的文本文學審美風格，通常，只是接受者期待視野「側顯」的意向客體，不是具體歷史時空特定文本審美理想「側顯」的文本文學審美風格。雖然我們承認接受者審美期待自由置換文本審美理想在文學活動中的正面積極功能，但是，隨著文學本體研究的深入，隨著文化的發展高等教育的普及，人們或許會不滿足缺乏文學教養的接受者期待視野自由置換文本審美理想的誤讀，或許希望在文本文學審美風格體驗中獲得具體歷史時空特定文本審美理想「側顯」意義的審美體驗，在此意義上，還原文本審美理想歷史視域的文本文學審美風格接受活動，似乎當是未來文學接受活動的路徑之一。此外，作為文學科學研究，恐只能以還原歷史時空文本審美理想的文本文學審美風格作為研究對象。[189]

4.4.5. 文本文學審美風格必然所屬物的意義

由於文本文學審美風格屬於意向客體，因而，其符號－結構的意義討論，與前面的最小文學手法、文本文學手法、文本純文學風格等不同，其意義討論必須加以限定——必然所屬物的意義。

---

[188] 參見本書 4.4.3.B.b.。
[189] 參見本書 1.2.。

4.4.5.A. 什麼是文本文學審美風格必然所屬物的意義

前面，通過文本審美理想特點討論，我們具體辨析了文本文學審美風格審美體驗的兩大類型：從接收者期待視野出發自由置換文本審美理想審美體驗獲得的「側顯」意義，從具體歷史時空特定文本審美理想出發審美體驗獲得的「側顯」意義。在辨析上述兩種關於文本文學審美風格側顯意義的時候，我們充分肯定了前者在具體文學活動中的積極正面功能，但也指出，後者或許是未來文學活動的路徑之一。

在此需要進一步指出的是，從具體歷史時空特定文本審美理想出發審美體驗獲得的「側顯」意義，從意向客體的意指作用看，屬於具體歷史時空文本文學審美風格必然所屬物的意義之一。不同文化、不同時代、不同知識結構教育程度的接受者，雖然有自由置換文本審美理想的權利，但是，這種自由置換文本審美理想審美體驗的「側顯」意義，與從具體歷史時空特定文本審美理想出發審美體驗獲得的「側顯」意義，畢竟存在很大差異。

在具體展開討論文本文學審美風格必然所屬物意義之前，我們首先討論文本文學審美風格的結構要素，以及文本文學審美風格的定義。

4.4.5.B. 文本文學審美風格的結構要素：文本審美價值判斷

在 4.4.2.B.a 我們指出，文本純文學風格與文本審美理想互為因果相互作用，規定文本文學審美風格整體性質，即規定文本文學審美風格必然所屬物的性質。現在要進一步討論的問題是，在文本文學審美風格符號－結構中的能指與所指，在文本文學審美風格構成中是否是同質等價的？具體說，文本純文學風格或者其子結構，文本審美理想，文本主題－倫理價值尺度或者文本藝術意志－審美價值尺度等，什麼是文本文學審美風格的結構要素？

從中西文學互照互識看，一種具體歷史時空存在的文本文學審美風格，通常，總可以在其詩學文獻中探尋到相應的文本審美價值判斷。而一種具體歷史時空文本文學審美風格相應的倫理價值判斷，通常更多出現在大致同一

歷史時空的哲學、宗教等與精神文化有關的歷史文獻中，是其他人文科學研究的對象。再加上文本審美理想的遊戲直覺－直觀特點，因此，筆者斷言，文本藝術意志－文本審美價值判斷，是文本文學審美風格的結構要素，它的性質與作用不限於自身，要放大影響文本純文學風格以及文本主題——倫理價值判斷，賦予文本文學審美風格必然所屬物意義。也就是說，文本手法——文本藝術圖畫－文本想像空間三位一體整體，只有與其特定歷史時空文本藝術意志——審美價值判斷相互作用，才能成為具體歷史時空特定文學審美活動中的意向客體。從文本藝術意志－文本審美價值判斷出發，探尋具體歷史時空文本文學審美風格最基本審美價值判斷，也屬於文學本體研究的內容。

4.4.5.B.a. 西方文學實證

西方文學純文學風格兩類四種基本類型——自由模仿、不自由模仿、具象表現、非具象表現，不僅為西方文學審美活動提供了四種相應的文本手法－文本圖畫－文本想像空間類型，而且，還提供了四種與之相應的審美價值尺度。[190]

歐洲文學四種文學審美風格類型的構成

純文學風格類型	文本手法－文本圖畫－文本想像空間	文本審美價值尺度
不自由摹仿	摹仿或美或醜單一有限人生藝術圖畫	追求單一情感體驗的悲劇效果、喜劇效果
自由摹仿	摹仿美醜並存複雜人生藝術圖畫	追求悲喜矛盾情感體驗的真實人生效果
具象表現	以完整客觀具象表現內在自然的藝術圖畫	追求新奇效果
非具象表現	以非完整客觀具象表現內在自然的藝術圖畫	追求不和諧效果

在西方文學中，不自由模仿文學風格類型出現，我們可以在亞里斯多德《詩學》關於悲劇、喜劇論述，以及布瓦洛《詩的藝術》中找到相關文本審

---

[190] 參見蘇敏，〈從歐洲文學談文學審美風格結構〉，《西南民族學院學報》，1994 年，第 2 期。

美價值尺度的文獻根據。自由模仿風格類型出現，我們可以在亞里斯多德論史詩、西班牙悲喜混雜劇理論、以及十八世紀、十九世紀論小說、戲劇的相關文獻中找到相應文本審美價值尺度的文獻根據。同理，具象表現類型，我們可以在中世紀，特別是浪漫主義詩學文獻中找到相應文本審美價值尺度的文獻根據；非具象表現類型，我們可以在 20 世紀西方詩學文獻中找到相應文本審美價值尺度的文獻根據。

4.4.5.B.b. 中國言志詩實證

從先秦到唐宋的言志詩中，文本純文學風格兩組四種類型——雅麗與奇麗，比興與境象——出現之後，亦出現了相應的四種文本審美價值尺度。詳見下表。

中國古代言志詩的風格類型

純文學風格類型	文本手法－文本圖畫－文本想像空間	文本審美價值尺度
雅麗	非怪力亂神的經驗世界	情信辭巧
奇麗	充滿詭異之辭，譎怪之談的非經驗世界	酌奇不失其真
比興	心與物並置的藝術圖畫	托物言志
境象	心與物交融的藝術圖畫	言外之意，象外之象

在劉勰《文心雕龍》中，我們可以找到《詩經》、《離騷》以來雅麗與奇麗兩大基本類型的相關論述，也可以找到關於比興的相關論述。《毛詩大序》也提供了關於比興的詩學文獻。而境象類型，則大量存在於唐宋詩話中，嚴羽的《滄浪詩話》可謂集大成，[191]而王士禎《帶經堂詩話》[192]可謂其發展。

4.4.5.B.c. 從文學源頭的經典詩學文獻闡釋文本文學審美風格

劉勰在概括《詩經》與《離騷》兩大基本風格類型二元對立的時候，唐宋詩歌還不曾出現，因此，中國言志詩的詩騷傳統，在後面的發展有所變異。

---

[191] （宋）嚴羽，《滄浪詩話》，郭紹虞校釋，人民文學出版社，1961 年。
[192] （清）王士禎，《帶經堂詩話》，張宗柟纂集，夏閎點校，人民文學出版社，1963 年。

比如，王維詩歌「奇麗」類型，明顯與劉勰的「奇麗」風格類型界定存在差異，或者說明顯與《離騷》的奇麗類型存在差異。這樣的情況在西方文學中也存在。比如，是否可以用亞里斯多德的《詩學》闡釋文藝復興時期的戲劇或者十九世紀中後期的現實主義小說？《俄狄浦斯王》與《哈姆雷特》、《伊利亞特》與《高老頭》，確實存在明顯差異。這裡就提出了一個問題：一種文化傳統的文學作品風格，是否可以用其文學源頭的經典詩學文獻加以闡釋？為什麼可以用文學源頭的經典詩學文獻，闡釋同一文化傳統中之前或之後出現的作品？

由於詩學文獻通常可能滯後於文學活動，用後來的詩學文獻經典闡釋之前的文學作品風格毋庸贅言。在此我們主要討論怎樣用文學源頭的經典詩學文獻闡釋之後的文學作品風格。

誠如我們在討論文本純文學風格中所說的，文本純文學風格，說到底是為文學想像活動提供了一個有特定規定的文本想像空間，[193]王維詩歌充滿禪意的非經驗世界，與《離騷》的神話世界，雖然存在較大差異，如果我們從文本文學審美風格不同結構層級看，那種差異主要是文本藝術圖畫層面的不同，但是，在文本想像空間上，兩者都屬於超越自然時空邏輯限制類型。[194]因此，筆者都用劉勰「酌奇不失其真」的審美價值判斷加以闡釋。《俄狄浦斯王》與《哈姆雷特》、《伊利亞特》與《高老頭》，筆者都用亞里斯多德模仿說闡釋，道理相通，恕不贅言。

要指出的是，從文學源頭經典詩學文獻闡釋文本文學審美風格，不是用詩學文獻全方位對作品事無巨細的一一闡釋，而是從詩學文獻基本概念出發探尋基本審美價值判斷，並以此闡釋作品形象塑造-結構佈局關係規定的文本想像空間類型經驗－超驗二元對立基本特徵。任何具體歷史時空存在的文學作品，都不是無源之水、無本之木，都可以在其源頭的經典詩學文獻中找到

---

[193] 參見本書 4.3.3.D.b.。
[194] 關於王維詩歌的分析，參見本章 4.2.2.B.b.。

相應文本審美價值判斷的文獻根據。這種情況猶如一個生命個體總是可以在其家族那裡找到遺傳 DNA 一樣。[195]

4.4.5.C. 文本文學審美風格的界定以及意義

在文本文學審美風格結構構成、結構要素討論基礎上，我們可以進一步界定文本文學審美風格，以及具體討論文本文學審美風格的必然所屬物意義。

4.4.5.C.a. 文本文學審美風格的界定

在文本文學審美風格結構要素考察基礎上，我們說，文本文學審美風格，是文本純文學風格與文本審美理想相互同化作用構成的意向客體，是文本文學審美風格諸結構元素以文本審美價值判斷為結構要素相互同化作用的轉換體系、轉換中樞，是一個具有四個結構等級序列的自律與他律統一的文學符號－結構。其中，與同一具體歷史時空文化審美期待同構的文本審美價值判斷的性質放大影響文本文學審美風格所有結構元素，賦予作品特定文學藝術價值判斷，並使文本文學審美風格保持自己的結構邊界、結構轉換規律，參與同一具體歷史時空文化精神、藝術精神建構。

4.4.5.C.b. 文本文學審美風格的基本意義與具體意義

從上述文本文學審美風格界定出發，我們說，特定文本審美價值判斷規定文本文學審美風格基本意義，文本文學審美風格的其他結構元素、結構層級賦予文本文學審美風格具體意義。

認識文本文學審美風格基本意義，可以幫助我們在整體上把握具體歷史時空作品審美風格基本類型以及基本審美價值判斷；同時，認識文本文學審美風格具體意義，可以幫助我們把握每一部作品的審美個性，使我們在認識

---

[195] 關於這個問題，筆者將在下一部書中進一步討論。在此只是從文本文學審美風格構成角度稍加解釋。

作品整體審美特徵、審美風格基本類型時，不至於忽略對具體作品審美風格的豐富性、個別性、多樣性認識。

　　比如，19 世紀英國浪漫主義詩歌以富有個性著稱，幾乎一個詩人一種個性。我們從天才、獨創、激情、想像等文本審美價值判斷與作品形象塑造-結構佈局相互關係出發，把 19 世紀英國浪漫主義詩歌的文本手法－文本圖畫－文本想像空間類型都概括為以完整具象表現內在自然。我們關於英國浪漫主義詩人上述作品審美風格基本類型概括，並不否定 19 世紀英國浪漫主義詩歌的審美個性：華茲華斯的淡泊清新，柯勒律治的瑰奇想像，拜倫一瀉千里的狂放不羈，雪萊水晶般透明的純潔理想，濟慈語言形式的精雕細刻……我們可以在最小手法、文本手法、文本圖畫諸層面深入探討英國浪漫主義詩人的不同個性，或者說，正是在對文本文學審美風格的基本意義與具體意義雙重把握中，我們方才可以更深入認識英國浪漫主義詩歌作品中的豐富內蘊。在此意義上，考察文本文學審美風格基本意義、具體意義，也屬於文學之為文學的文學性探討。

　　克羅齊批評十九世紀德國哈特曼、萊辛、黑格爾關於不同藝術的分類，認為各種藝術不存在界限，各種藝術作為美學的分類企圖是荒謬的。[196] 在中西文學互照互識基礎上，我們不僅承認不同藝術種類之間存在界限，並且，認為文學文本本身包含不同結構層級的種種界限。借助符號－結構方法，筆者從文學最小單位開始切分，討論了最小文學手法、文本手法統一體、以及文本純文學風格、文本文學審美風格諸結構層級，並在文學作品這種不同結構層級基礎上具體展開討論文學之為文學的文學性。在本書範圍內，或者說，在文本文學審美風格個體意義上，文學之為文學的文學性，即從最小手法到文本文學審美風格個體四個結構層級賦予文本的屬性，它主要包括文學表達手法的虛構造型性、最小文學手法三大類型、文本手法五大類型，文本手法

---

[196]（義大利）克羅齊，《美學原理》，朱光潛譯，（義大利）克羅齊，《美學原理－美學綱要》，北京：外國文學出版社，1983 年，第 124-125 頁。

－文本圖畫－文本想像空間經驗-超驗兩大基本類型，以及特定文本審美理想等。

4.4.5.C.c. 從文本文學審美風格基本意義看詩學模子尋根法

文本審美價值判對於文本文學審美風格而言，猶如生命個體中存在的氣，賦予文本文學審美風格個體獨特的精氣神。在此意義上，抽取出文本審美價值判斷的文本純文學風格，如果存在的話，也猶如斷了氣的生命個體或者沒有靈魂的行屍走肉。體悟作為人類心智活動結晶的文本文學審美風格最基本的文學性，就是從特定文本審美價值判斷出發，確定文本手法－文本圖畫－文本想像空間凝而不固的特定歷史時空文本審美理想歷史視域。

從亞里斯多德《詩學》闡釋古希臘史詩、悲劇的情節結構、主人公性格刻畫的必然性，從浪漫主義詩學文獻闡釋拜倫詩歌、雨果小說中的激情、理想、以及獨特的藝術形式創造，從《文心雕龍》闡釋《詩經》雅麗與《離騷》奇麗，從《滄浪詩話》闡釋唐詩不著一字盡得風流的趣味，這種從相關文本審美價值判斷出發體悟文本文學審美風格「必然所屬物」意義，即筆者宣導的詩學模子尋根法[197]。在此意義上，可以說文本文學審美風格基本意義為筆者所說的詩學模子尋根法提供了學理基礎。

在詩學模子尋根法基礎上，再從詩學文獻擴大到同一具體歷史時空不同藝術領域，再擴大到同時代的哲學、神學、宗教，以及政治、經濟……體驗不同時代、不同文化-文明文本文學審美風格中曾經凝固的藝術精神、文化精神，在此意義上，詩學模子尋根法是葉維廉所宣導的文化模子尋根法[198]的前提。

也在此意義上，筆者認為，隨著文學本體論認識的深入，隨著不同文化-文明之間文化交流的深入，雙線模子尋根法勢必走上歷史舞臺。

---

[197] 參見本書 1.2.3.B.。
[198] 參見本書 1.2.3.A.a.。

後記

　　1975－1977 年，我在重慶巴縣木洞青溪公社知青茶場當農民。雖然那時我酷愛讀書，但是，所讀的是《共產黨宣言》、《哥達綱領批判》、《毛澤東選集》五卷等，我只能在毛澤東的《矛盾論》以及軍事著作中體驗邏輯推演的快樂。今天能夠寫出關於文學風格研究專著，首先，當感謝鄧小平的改革開放。

　　當終於看到我的專著問世時，不由想到自我跨進大學校園三十餘年學習生活中給我各方各面大大小小幫助的老師、同學、同行、同事、學生、朋友、親人……他們有的已經過世了，有的在空間上和我隔開了，有的現在還經常耳提面命地關心幫助我，而有的是我的晚輩，他們無私關愛幫助之點點滴滴是滋養我這本書的空氣雨露陽光。

　　《文本文學審美風格》是我三十餘年潛心研究的結晶之一。我本來題為「作品文學審美風格」。在一次討論中，我的同門師兄、現杭州師範大學單小曦教授說我研究的其實是「文本文學審美風格」，在此採用師兄單小曦教授的意見，並向師兄致謝！

　　還在我看到我的專著雛形的時候，就暗暗對自己說，等書出來了，一定首先感謝中國比較文學學會學術委員會主任、上海師範大學孫景堯教授，是孫老師為我打開了比較文學的大門，並為我豎立了為比較文學學術而人生的楷模！

　　我本科畢業在大學教外國文學。1987 年，因困惑於當時流行的劉再復性格二重組合理論與外國文學事實相悖寫成了〈從歐洲文學談文學創作規律〉一文，把歐洲文學概括為四種類型，提出四種類型不存在孰高孰低。在紙質媒介上看到中國比較文學學術會議召開的資訊，我把文章郵寄給當時的中國比較文學學會學術委員會主任孫景堯老師，素昧平生的孫老師給我熱情洋溢的回信，說破格邀請我參加在西安召開的中國比較文學第二次年會暨第一次學術會議。

　　在西安會議上，孫老師特意叮囑我說，在大會自由發言時上臺發言。可是，當年北京大學中文系伍小明老師對我說，我的論文使用了符號結構的術語但又討論文學與文化的關係，而結構符號方法是封閉的，對此我當時確實無法解釋。因此，在會議自由發言時，雖然孫老師一再在臺上請代表發言，我卻幾經猶豫，最終放棄了發言。會後，負責大會論文集的田辰山編輯向我約稿並說將以中英文發表，我說，我的論文不成熟，再次放棄了我的大會論文問世的機會。現在想來，當時的兩次放棄我仍不後悔，不過，當時年輕，沒有處理這類事情的經驗，沒有給以學術為唯一價值尺度的孫老師告知我的想法，甚是遺憾！

　　2008 年，我的博士論文《文學審美風格論》通過答辯上交時，我把我的博士論文複印稿郵寄一份給尊敬的孫老師，不過，畢竟不是公開發表的專著。我一直期待著把正式出版物獻給孫老師的日子早點到來，並想好了要在那一天向孫老師解釋我當年兩次放棄發表論文的原因。

　　2011 年末，聽說孫老師患癌症，我委託我在上海讀書的學生去看望孫老師，孫老師送給我他總審校的譯作《全球人文藝術通史》。孫老師在該書的〈譯者序〉中感歎：天天相同的還是 24 個小時，年年一樣的還是 365 個白天與黑夜，但今天與上個世紀 80 年代的學術氛圍不太一樣了。儘管孫老師的譯作沒有通過評估、沒有得到專案與經費，只落得個「副業」，但他仍然堅持完成譯作。看著上下兩大本譯作，我再次感受到孫老師作為一個以學術為生命的獨

立學者之尊嚴，感受到富貴不能淫、威武不能屈、貧賤不能移之中國讀書人之人格。當時，我的書稿已經修訂結束正在聯繫出版社，我渴望我的書稿立馬付梓並奉給尊敬的孫老師，給病中的孫老師一點安慰：讓孫老師知道，他以學術為生命的人生選擇有後繼者。因為孫老師病情有所好轉，為了不打擾孫老師我沒有給孫老師打電話致謝，只是盼著今年夏天比較文學教學年會時面謝孫老師，並盼著把我的出版物早日贈給孫老師。

今年夏天，我終於聯繫上了出版社，以我的博士論文 2／3 為基礎的專著《文本文學審美風格》終於可以問世了！可是，也就是在今年夏天，我痛心疾首地驚聞噩耗——我尊敬的孫景堯老師過世了！嗚呼！孫老師永遠也看不到我的正式出版物了！我再也沒有機會給孫老師訴說我對他人格力量的尊重、認同、追隨，我再也沒有機會彌補我年輕時不懂事留下的遺憾！真真正正的是汝病吾不知時，汝歿吾不知日，生不能相贈以釋懷，歿不能撫汝以盡哀！嗚呼哀哉！

在西安會議上，我有機會向當時中國比較文學學會會長、北京大學英語系楊周翰老師請教。楊老師聽說我的題目後對我棒喝：年輕人做學問要踏實。我對他說：我做人做學問都是踏實的，並向他講述了我寫文章的動機。在討論後他改變態度對我說，我們做實證的不滿意理論，但是，我們做實證的搞理論很難。在我的專著問世之時，我再次體悟到楊周翰老師這句話沉甸甸的分量！會後，楊周翰老師給我寫信，肯定我的論文說：不管別人怎樣看，我認為體系是成立的，為外國文學研究提供了一個新的角度。沒有想到的是，楊周翰老師竟然很快就去世了！楊周翰老師給我回信時病已經很重了。嗚呼！嗚呼哀哉！在這幾十年的治學中，我時常暗暗對自己說，等我的書出來了，一定要捧著我的出版物對楊周翰老師在天之靈說：楊老師，我一直在老老實實做人，老老實實做學問！

楊周翰老師去世後，作為第二任中國比較文學學會會長的樂黛雲老師每次在比較文學年會暨學術會議上都有關於學術前沿的精彩報告。樂老師的報告，對於偏於西南一隅的我，是擺脫封閉的重要視窗。學術研究不能追風，

但是，也不能閉門造車。在此意義上，我非常感謝中國比較文學學會以及尊敬的樂黛雲會長！尊敬的樂黛雲老師，請接收學生的獻禮！

在我的繼續學習中，老實做人、老實做學問的學者不多，但是，確實還是有，我在內心深處尊重他們，感謝他們。除了孫景堯教授、楊周翰教授、樂黛雲教授以外，曾經給我耳提面命的學者有：北京大學古籍所所長孫欽善教授，他帶我走進先秦文獻；北京大學哲學系李中華教授，他帶我走進《道德經》的世界；四川大學文學與新聞學院羅國威教授，他帶我走進魏晉南北朝文獻；四川大學文學與新聞學院周裕鍇教授，他帶我走進唐宋詩歌世界。在與這些老師的交往中，我得到的不僅是知識，更是學統延綿中的人格力量、學者風範！此外，我在北京大學裘錫圭教授、何九盈教授、袁行沛教授、葛曉音教授、常森副教授、四川大學曹順慶教授、趙毅衡教授的課堂上也有這種收穫。

重慶師範大學，不僅是我的母校，而且，是我工作的單位。我由衷感謝重慶師範大學已故陳守元老教師、退休喬以仁老教師（他們一輩子什麼職稱都沒有）、以及退休教授王德裕老師、李敬敏老師、歐恢章老師、戴少瑤老師、劉登東老師等當年對我的教誨和幫助，由衷感謝重慶師範大學對我的培養，請重慶師範大學以及我當年的老師接受學生的獻禮！

重慶師範大學哲學教授王德裕老師，1949 年以前是共產黨地下組織成員，小說《紅岩》劉思揚的後繼者，負責重慶學生運動。他經常對我說，讀書寫書是最好的事情。1949 年以後，他沒有去重慶市政府當官，而是選擇了在當時的重慶師範專科學校教書。反右傾被衝擊，他反而落得讀書的機會……王老師帶我進入了淡泊名利的讀書人境界。喬以仁老師曾經是新四軍的軍官，後來因為什麼歷史問題而在 1977 年恢復高考後來到我們學校。喬老師以他對屠格涅夫的酷愛帶我進入了屠格涅夫詩情畫意藝術世界，使我選擇屠格涅夫藝術美作為我的本科畢業論文題目。陳守元老師畢業於北京大學，是宗白華的學生，因為曾在汪精衛政府做過事所以流落到 80 年代初期的重慶師範

學院。陳老師含著眼淚分析〈春江花月夜〉的情景，以及從全人全作品分析一部作品的諄諄教誨，使我學會用嚴謹方法與自己生命體驗感知中外文學作品。戴少瑤老師做人做學問為我豎立了獨立知識女性的楷模。劉登東老師輔導我閱讀外國文學作品、做讀書筆記，我現在也是這樣要求我的學生。是重慶師範大學那些帶著各自不同時代傷痕的老師帶我從「廣闊天地」走進文學殿堂，喚起我對中西文學作品藝術形式的興趣，帶我走上獨立思考、勤奮、嚴謹、正直、謙虛、淡泊名利為學術獻生的人生道路。

同時，是原重慶師範學院現重慶師範大學在我工作期間派我先後到四川外語學院（現四川外國語大學）、上海外語學院（現上海外國語大學）學習俄語，到前蘇聯、以及北京大學做訪問學者，到四川大學攻讀博士學位。沒有這些繼續學習機會，我無法從更多學者鮮活生命個體彙集而成的豐厚土壤中汲取人文學科的人格力量以及延綿學統。

我從來不會請客送禮，從來不會與領導套近乎，但是，在原來的重慶師範學院以及現在的重慶師範大學，我得到了在當下世俗風氣下似乎只有親戚關係或者賄賂關係才可以得到的學習機會。80 年代後期，我自費到四川外語學院俄語系二年級下三年級上旁聽一年俄語課並參加各科的課程考試。當我學習結束回到學校，沒有想到當年中文系主任歐恢章老師主動叫我把讀書的發票給他，他給我報銷了旁聽費。80 年代末，與我沒有任何親戚關係的李敬敏老師，作為當時重慶師範學院院長承受巨大壓力（被人控告我是他的親戚而被組織部審查）支持我到前蘇聯做訪問學者，我從蘇聯回來以後才聽到這樣的「笑話」。90 年代，當時的中文系系主任周曉風教授介紹我參加中國符號學學會第一屆年會即蘇州會議，並在大會期間給我提出文學符號的能指與所指問題，使我的研究從文學與文化關係轉入文學符號自身內在構成研究。

此外，感謝中國符號學學會會長、北京大學胡壯麟教授、中國海洋大學張德祿教授、北京大學董學文教授、清華大學王甯教授、復旦大學楊乃喬教

授等從不同角度對我的研究的肯定與幫助，感謝美國北卡羅萊納州高點大學教授，中國旅美華人社會科學教授協會副主席鄧鵬先生對我的研究的幫助！特別感謝臺灣的蔡登山先生、四川大學劉世龍教授、徐躍教授在我的書稿出版方面給我的幫助！我這本書其實一年以前就寫出來了，因為不是正教授，又沒有國家級課題，因此，聯繫出版的時候通常都被拒絕。在我吃盡閉門羹的時候，我的老朋友徐躍教授、劉世龍教授，以及未曾蒙面的蔡登山先生幫我聯繫出版社，臺灣秀威出版公司奕文編輯在很短時間內就給我回覆同意出版，真可謂山窮水盡疑無路柳暗花明又一村！

在四川大學期間，曾得到我過去的學生，當時的同學，現揚州師範大學教師馬強才博士多方面的幫助；在我的風格研究過程中，一直得到我過去的學生，現重慶旅遊學校教師許波碩士的具體幫助；在我的體論研究中，給我治病的賀元林老中醫曾經幫助我解讀《黃帝內經》，我的朋友徐躍、黃眉夫婦、劉世龍兄、劉慰榮兄在各方面給我的幫助，在此一併致謝。

一日之師，百日之恩。特別要致謝的是我的導師儲斌傑教授、馮憲光教授。在樂黛雲教授推薦下，2000-2001 年我在北京大學中文系以儲斌傑教授為導師做訪問學者，是褚斌傑老師帶我進入先秦詩歌世界，並有機會在知識結構上補上中國古典詩歌、中國文化方面的缺陷，為我跨文化文學比較研究打下堅實基礎。四川大學文學與新聞學院馮憲光教授，是我 2005-2008 年在四川大學攻讀文藝學博士的導師，是他使我有三年寶貴時間進一步補充自己知識的不足，並完成博士論文《文學審美風格論》。如果沒有馮老師的幫助，我的這本書不知道要在何年何月才能成形。遺憾的是，褚斌傑教授也過世了！嗚呼！嗚呼哀哉！當我拿著師母給我郵寄過來的褚斌傑老師最後遺著《詩經選評》，想像著去世前在病床上家人每每侍奉完湯藥之後以《詩經》講述為「酬報」的褚斌傑老師，再次感受到中國學人以學術為生命的人生選擇，再次感受到中國學人在經歷了反右、文化大革命等政治運動、經歷了經濟改革名利誘惑仍然九死不悔之浩然正氣！

　　最後，感謝我的先生王康君幾十年來對我做人做學問的充分理解和有力支持，君子食無求飽，居無求安，敏於事而慎於言，就有道而正焉，可謂好學也已；士而懷居，不足以為士是我們志同道合的基礎。感謝我的父母在我童年時期對我的嚴格要求和無私關愛，以及在我成年之後對我事業追求的無私支持！遺憾的是，我的父親也在去年過世了！嗚呼！嗚呼哀哉！我也曾經把我的博士論文複印稿送給我父親一本，並由衷期待我父親有一天能帶著他特有的抿著嘴的微笑看一看、摸一摸我的正式出版物！我知道作為小學校長的父親是看不懂我的出版物的，我只是要他知道我是照著他對我的要求做的：君子成人成己，己所不欲勿施於人，學而不厭誨人不倦，嚴於律己寬以待人，認真做人認真做事，滴水之恩湧泉相報。

　　嗚呼！言有窮而情不可終，汝其知也邪！其不知也邪！嗚呼哀哉！

　　學問乃天下公器，今天這本書算是對當年伍小明老師、周曉風老師對我提出的問題之答卷，並敬請同行批評！

2012 年 11 月心遠齋

主要參考文獻

一、漢譯西人著述

（一）方法論

（古希臘）亞里斯多德，《尼各馬科倫理學》，苗力田譯，中國人民大學出版社，
　　2003 年。

（瑞士）費爾迪南・德・索緒爾，《普通語言學教程》，高名凱譯，北京：商務印
　　書館，1980 年。

（法國）羅蘭・巴特，《符號學原理》，黃天源譯，廣西民族出版社，1964 年。

（法國）皮埃爾・吉羅《符號學概論》，懷宇譯，四川人民出版社，1988 年。

（丹麥）路易士・葉姆斯列夫，《葉姆斯列夫語符學文集》，程琪龍譯，長沙：湖
　　南教育出版社，2006 年。

（義大利）艾柯，《符號學理論》，中國人民大學出版社，1990 年。

（瑞士）讓・皮亞傑，《結構主義》，倪連生、王琳譯，北京：商務印書館，1987 年。

（奧地利）路德維希・貝塔蘭菲，《一般系統論》，秋同、袁嘉新譯，北京：社會
　　科學文獻出版社，1987 年。

（德國）胡塞爾著，（荷蘭）舒曼編，《純粹現象學通論》，李幼蒸譯，北京：商務
　　印書館，1995 年。

（德國）威廉・狄爾泰，《精神科學引論》，童奇志、王海鷗譯，中國城市出版社，
　　2002 年。

（德國）韋爾海姆・狄爾泰，《人文科學導論》，趙稀方譯，北京：華夏出版社，
　　2004 年。

（美國）魯道夫・馬克瑞爾，《狄爾泰傳》李超傑譯，北京：商務印書館，2003 年。

（德國）漢斯-格奧爾格‧伽達默爾，《真理與方法》，詮釋學卷一，洪漢鼎譯，北京：商務印書館，2007 年。

（德國）蘭克，《歷史上的各個時代》，楊培英譯，北京：北京大學出版社，2010 年。

（英國）亞‧沃爾夫，《十六、十七世紀科學、技術和哲學史》，周昌忠等譯，商務印書館，1991 年。

（英國）培根，《新工具》，許寶騤譯，北京：商務印書館，1984 年。

（二）其它

（古希臘）亞里斯多德，《詩學》，羅念生譯，（古希臘）亞里斯多德、（古羅馬）賀拉斯，《詩學‧詩藝》，北京：人民文學出版社，1962 年。

（古希臘）亞里斯多德，《詩學》，陳中梅譯，商務印書館，1999 年。

（古希臘）亞里斯多德，《亞里斯多德全集》，苗力田主編，人民大學出版社，1994 年。

（德國）康德，《判斷力批判》，宗白華譯，商務印書館，1964 年。

（德國）康德，《判斷力批判》，鄧曉芒譯，人民出版社，2002 年。

（德國）歌德，《歌德談話錄》，朱光潛譯，中國社會科學出版社，1978 年。

（德國）歌德，《歌德文集》范大燦譯，人民文學出版社，1999 年。

（德國）歌德，《歌德文集》羅悌倫譯，河北教育出版社，1999 年。

（德國）黑格爾《美學》，朱光潛譯，商務印書館，1979 年。

（德國）萊辛《拉奧孔》，朱光潛譯，人民文學出版社，1979 年。

（奧地利）阿洛瓦‧里格爾，《風格問題》，劉景聯等譯，湖南科學技術出版社，2000 年。

（德國）施勒格爾，《雅典娜神殿斷片集》，李伯傑譯，三聯書店，1996 年。

（德國）席勒，《美育書簡》，繆靈珠譯，《繆靈珠美學譯文集》第二卷，北京：人民大學出版社，1987 年。

（德國）席勒，《審美教育書簡》，張玉能譯，譯林出版社，2009 年。

（德國）胡塞爾，《胡塞爾選集》，倪梁康選編，上海三聯書店，1997 年。

（德國）歌德等，《文學風格論》王元化譯，上海：上海譯文出版社，1982 年。

（俄國）別林斯基，《別林斯基論文學》，別列金娜選集，梁真譯，上海：新文藝出版社，1958 年。

（俄國）亞・尼・維謝洛夫斯基《歷史詩學》，劉甯譯，天津：百花文藝出版社，2003 年。（愛沙尼亞）札娜・明茨・伊・切爾諾夫編，《俄國形式主義文論選》，王薇生編譯，鄭州大學出版社，2004 年

（俄國）M・M・巴赫金，《文本，對話和人文》，白春仁等譯，石家莊：河北教育出版社，1998 年。

（蘇聯）金茲堡，《風格與時代》，陳志華譯，陝西師範大學出版社，2004 年。

（法國）茨維坦・托多洛夫編選，《俄蘇形式主義文論選》，蔡鴻賓譯，北京：中國社會科學出版社，1989 年。

（法國）茨維坦・托多洛夫，《象徵理論》，王國卿譯，北京：商務印書館，2004 年。

（法國）A・J・格雷馬斯，《論意義》，吳泓緲、馮學俊譯，天津：百花文藝出版社，2005 年。

（波蘭）羅曼・英加登，《對文學的藝術作品的認識》，陳燕穀等譯，北京：中國文聯出版公司，1988 年。

（美國）雷・韋勒克、奧・沃倫，《文學理論》，劉象愚等譯，北京：三聯書店，1984 年。

（美國）喬納森・卡勒《結構主義詩學》，盛寧譯，中國社會科學出版社，1991 年。

（美國）喬納森・卡勒，《文學理論》，李平譯，瀋陽：遼寧教育出版社，1998 年。

《文學批評理論——從柏拉圖到現在》，（英國）拉曼・塞爾登編，劉象愚等譯，北京大學出版社，1999 年。

《問題與觀點——20 世紀文學理論綜論》，（加拿大）馬克・昂熱諾等編，史忠義等譯，天津：百花文藝出版社，2000 年。

（法國）布封，《布封文鈔》，任典譯，人民文學出版社，1958 年。

（法國）史達爾夫人，《論文學》，徐繼曾譯，人民文學出版社，1986 年。

（法國）熱拉爾・熱奈特，《熱奈特論文集》，史忠義譯，百花文藝出版社，2001 年。

（法國）柏格森，《笑》，徐繼曾譯，北京出版社出版集團，北京十月文藝出版社，2005 年。

（法國）讓・貝西埃等主編，《詩學史》，史忠義譯，天津：百花文藝出版社，2002 年。

（法國）柏格森，《形而上學導言》，劉放桐譯，北京：商務印書館，1963 年。

（法國）達維德・方丹，《詩學——文學形式通論》，陳靜譯，天津人民出版社，2003 年。

（瑞士）H・沃爾夫林，《藝術風格學》，潘耀昌譯，遼寧人民出版社，1987 年。

（瑞士）沃爾夫岡・凱塞爾，《語言的藝術作品——文藝學引論》，陳銓譯，上海：
　　上海譯文出版社，1984 年。

（荷蘭）米克・巴爾，《敘述學——敘事學理論導論》，譚君強譯，北京：中國社
　　科出版社，1995 年。

（義大利）克羅齊，《美學原理——美學綱要》，朱光潛譯，外國文學出版社，1983 年。

（日本）小野澤精一、福永光司、山井湧編《氣的思想》，李慶譯，上海人民出版
　　社，1990 年。

二、國人著述

（一）方法論

（清）顧炎武，《亭林文集》，《四部叢刊》影印清康熙刊本。

（清）顧炎武，《日知錄集釋》，上海古籍出版社，2006 年。

（清）沈德潛選，《古詩源》，北京：中華書局，1963 年。

（清）沈德潛編，《唐詩別裁集》，上海：上海古籍出版社 1975 年影印乾隆二十八
　　年教忠堂重訂本。

王叔岷，《校讎學・校讎學別錄》中華書局，2007 年。

王國維，《海寧王靜安先生遺書》，商務印書館，1940 年刊行，上海古籍書店 1983
　　年影印本。

古洪添、陳慧樺，《比較文學的墾拓在臺灣》，東大圖書股份有限公司，1976 年。

吳宓，《文學與人生》，清華大學出版社，1993 年。

梁啟超，《清代學術概論》，上海古籍出版社，1985 年。

葉維廉，《葉維廉文集》，安徽教育出版社，2002 年。

趙毅衡，《符號學——文學論文集》，百花文藝出版社，2004 年。

《中外比較文學的里程碑》，李達三、羅鋼主編，人民文學出版社，1997 年。

（二）其它

（先秦）《國語》，上海古籍出版社，1978 年。

（先秦）《春秋左傳注》（修訂版），楊伯峻注，北京：中華書局，1990 年。

（先秦）《左傳考校》，王叔岷考校，北京：中華書局，2007 年。

（先秦）《周易集解纂疏》，（清）李道平撰，潘雨廷點校，中華書局，1994 年。

（漢）班固撰、（唐）顏師古注，《漢書》，中華書局。

（漢）董仲舒，《春秋繁露》，《北京圖書館古籍珍本叢刊》第二冊，北京：書目文
　　獻出版社，1988 年

（清）阮元，《十三經注疏》，中華書局，1980 年（中華書局影印世界書局）。

《黃帝內經集注》，（清）張志聰集注，浙江古籍出版社，2002 年。

《諸子集成》，中華書局，1954 年。

《老子道德經河上公章句》，王卡點校，中華書局，1993 年 8 月。

《文賦集釋》，張少康集釋，北京：人民文學出版社，2002 年

《增訂文心雕龍校注》，黃叔琳注、李詳補注，楊明照校注拾遺，北京：中華書局，
　　2000 年。

《文心雕龍注》，范文瀾注，北京：人民文學出版社，1958 年

《文心雕龍義注》，詹瑛義注，上海：上海古籍出版社，1989 年。

《文心雕龍義疏》，吳林伯義疏，武漢大學出版社，2002 年。

《文選》，（梁）蕭統編，（唐）李善注，北京：中華書局 1977 年影印胡克家重刻
　　本《中國文學論集》，臺灣學生書局，1982 年。

《滄浪詩話》，郭紹虞校釋，北京：人民文學出版社，1961 年。

《原詩、一瓢詩話、說詩晬語》，人民文學出版社，1979 年。

王洪圖主編，《內經講義》，人民衛生出版社，2002 年。

王運熙、顧易生，《中國文學批評通史》，上海古籍出版社，1996 年。

周先慎，《古典小說鑑賞》，北京大學出版社，1992 年。

陳伯海、蔣倫哲主編，《中國詩學史》，鷺江出版社，2002 年。

黃懷信，《上海博物館藏戰國楚竹書「詩論」解義》，北京：社會科學文獻出版社，
　　2004 年。

黃侃，《文心雕龍札記》，中華書局，2006 年。

郭紹虞，《中國文學批評史》，天津：百花文藝出版社，1999 年（上冊 1934 年商務
　　印書館、下冊 1947 年商務印書館版重印）。

郭紹虞主編《中國歷代文論選》，上海古籍出版社，2001 年。

馮友蘭，《中國哲學史》，蔡仲德校勘，華東師範大學出版社，2000 年根據 1944 年商務印書館增訂版校勘。

詹瑛《文心雕龍的風格學》，北京：人民文學出版社，1982 年。

劉麟生主編，《中國文學八論》，北京市中國書店，1985 年根據 1936 年世界書局版影印。

史亮，《新批評》，成都文藝出版社，1989 年。

朱立元，《當代西方文藝理論》華東師範大學出版社，2005 年。

伍蠡甫、胡經之，《西方文藝理論名著選編》，北京大學出版社，1985。

章安祺，《西方文藝理論史精讀文獻》，中國人民大學出版社，2003 年。

趙毅衡，《新批評》，中國社會科學出版社，1986 年。

趙毅衡，《「新批評」文集》，中國社會科學出版社，1988 年。

趙毅衡，《當說者被說的時候——比較敘述學導論》，北京：中國人民大學出版社，1998 年。

三、西文著述

Peirce,Charles Sanders. *"Logic as Semiotic:The Theory of Signs."* Collected Papers of Charles Sanders Peirce.Ed.Charles Hartshorne and Paul Weiss.Cambridge:Harvard UP,1931.

Roman Ingarden, *The Literary Work of Art,* Trans: George G. Grabowicz. Evanston, Illinois: Northwestern University Press, 1973.

А. Н. Веселовский, 《Историческая поэтика》, Ивдателъство, 《Высшая школа》, 1989г.

А. Н. Соколов, 《Теория стиля》, Ивдателъство, 《Искуство Москва 》, 1968г.

В. Б. Шкловский, 《О теории прозы》, Издательство, 《Советкий писатель》, 1984 г.

文學視界 28　AG0153

文本文學審美風格

作　　者 / 蘇　敏
主　　編 / 蔡登山
責任編輯 / 王奕文
圖文排版 / 郭雅雯
封面設計 / 陳佩蓉

發 行 人 / 宋政坤
法律顧問 / 毛國樑　律師
出版發行 / 秀威資訊科技股份有限公司
　　　　　114 台北市內湖區瑞光路 76 巷 65 號 1 樓
　　　　　電話：+886-2-2796-3638　傳真：+886-2-2796-1377
　　　　　http://www.showwe.com.tw
劃撥帳號 / 19563868　戶名：秀威資訊科技股份有限公司
　　　　　讀者服務信箱：service@showwe.com.tw
展售門市 / 國家書店（松江門市）
　　　　　104 台北市中山區松江路 209 號 1 樓
　　　　　電話：+886-2-2518-0207　傳真：+886-2-2518-0778
網路訂購 / 秀威網路書店：http://www.bodbooks.com.tw
　　　　　國家網路書店：http://www.govbooks.com.tw

2013 年 3 月 BOD 一版
定價：570 元

國家圖書館出版品預行編目

文本文學審美風格 / 蘇敏著. -- 初版. -- 臺北市：秀威資
訊科技，2013. 03
　　面；　公分
　ISBN 978-986-326-073-8 (平裝)

1. 文學美學

810.1　　　　　　　　　　　　　　　102002250

讀者回函卡

感謝您購買本書，為提升服務品質，請填妥以下資料，將讀者回函卡直接寄回或傳真本公司，收到您的寶貴意見後，我們會收藏記錄及檢討，謝謝！如您需要了解本公司最新出版書目、購書優惠或企劃活動，歡迎您上網查詢或下載相關資料：http:// www.showwe.com.tw

您購買的書名：_____

出生日期：_____年_____月_____日

學歷：□高中 (含) 以下　　□大專　　□研究所 (含) 以上

職業：□製造業　□金融業　□資訊業　□軍警　□傳播業　□自由業
　　　□服務業　□公務員　□教職　　□學生　□家管　　□其它_____

購書地點：□網路書店　□實體書店　□書展　□郵購　□贈閱　□其他

您從何得知本書的消息？

　□網路書店　□實體書店　□網路搜尋　□電子報　□書訊　□雜誌

　□傳播媒體　□親友推薦　□網站推薦　□部落格　□其他_____

您對本書的評價：（請填代號　1.非常滿意　2.滿意　3.尚可　4.再改進）

　封面設計____　版面編排____　內容____　文／譯筆____　價格____

讀完書後您覺得：

　□很有收穫　□有收穫　□收穫不多　□沒收穫

對我們的建議：_____

_____

_____

_____

11466
台北市內湖區瑞光路 76 巷 65 號 1 樓
秀威資訊科技股份有限公司　　　收
BOD 數位出版事業部

....

（請沿線對折寄回，謝謝！）

姓　　名：＿＿＿＿＿＿＿＿　年齡：＿＿＿＿　性別：□女　□男

郵遞區號：□□□□□

地　　址：＿＿＿＿＿＿＿＿＿＿＿＿＿＿＿＿＿＿＿＿

聯絡電話：(日) ＿＿＿＿＿＿＿＿＿＿　(夜) ＿＿＿＿＿＿＿＿＿＿

E-mail：＿＿＿＿＿＿＿＿＿＿＿＿＿＿＿＿＿＿＿